KB089862

대나무가 자라는 땅

www.facebook.com/huudbooks

동방문학총서 5

대나무가 자라는 땅

사우드 알 사누시 지음

Saud Alsanousi
The Bamboo Stalk

당신과 무언가의 관계는
당신이 그것을 얼마만큼 이해하느냐에 달려 있다.

이스마엘 파흐드 이스마엘

일러두기

① 이 소설은 '호세 멘도사'라는 인물이 쓰고 '이브라힘 살람'이라는 역자가 아랍어로 번역한 한 권의 책 형식임을 밝힌다.

② 하단의 주석 중 '옮긴이 주'는 독자의 이해를 돕기 위해 한국어판 번역자가 추가한 것이며, 나머지 주석은 이브라힘 살람이 역자 후기에서 밝힌 바에 따른다.

대나무가 자라는 땅

Ang tangkay ng kawayan

호세 멘도사 지음

이브라힘 살람 옮김

카울라 라쉬드 감수

역자 소개

본 소설의 역자인 이브라힘 살람은 현재 통번역 분야에 종사하며 필리핀어뿐만 아니라 아랍어와 영어를 유창하게 구사한다. 그는 필리핀 남부에 위치한 민다나오섬의 한 무슬림 가정에서 태어났지만 그와 그의 가족은 더 나은 삶을 영위하기 위해 필리핀의 마닐라로 이주했다. 역자는 마닐라의 이슬람 연구소에서 아랍어를 배웠으며, 쿠웨이트 교육·과학·문화 위원회로부터 장학금을 받아 쿠웨이트의 종교 연구소에서 학업을 이어 갔다. 그리고 쿠웨이트 대학교 문과대에 입학하여 아랍어 학위를 취득했으며, 현재 쿠웨이트 주재 필리핀 대사관에서 통번역사로 일하고 있다.

 * 역자는 다양한 주제의 글들을 쓰고 연구를 진행했으며, 그중 일부는 필리핀 현지 신문과 잡지에 게재되었다.

주요 저서로는 『쿠웨이트에서의 10년』(2005), 『그 종교는 우리가 이해하던 것과는 다르다: 잘못된 종교 관습을 바로잡기 위하여』(2010), 「우리가 먼저 그들을 이해하자: 쿠웨이트에 거주하는 필리핀 이주노동자들이 겪는 문제들의 원인이 무엇인지 그 이해를 돕기 위한 연구(「마닐라 불러틴 뉴스」, 「알 까바쓰」 쿠웨이트 신문에 게재)」 등이 있다.

 * 역자는 쿠웨이트·필리핀 문화 연구소에서 이슬람 새 신자들을 위한 아랍어와 이슬람 문화 강의를 진행했다.

 * 역자는 현재 쿠웨이트 신문에 실린 필리핀 공동체에 관한 기

사들을 번역해서 「마닐라 불러틴 뉴스」, 「필리핀 스타」, 「필리핀 데일리 인콰이어러」와 같은 필리핀 신문들에 게재하고 있다.

역자 후기

나는 이 책을 번역한 장본인이지만 그렇다고 해서 내가 여기에 나오는 모든 내용에 동의하는 것은 아니다. 또한 나는 실제 인물로서 이 책에 여러 번 등장한다. 하지만 여기서 역자인 내 임무는 필리핀어로 쓰인 그의 원고를 저자의 요청에 따라 아랍어로 옮기는 것일 뿐, 그 이상도 이하도 아니라는 것을 독자들에게 미리 알려주고 싶다.

모든 언어는 한 민족이 가진 문화의 일부분이다. 그리고 문화라는 것은 서로 비슷한 부분도 있지만 분명 서로 다른 모습을 가지고 있기에 언어라는 것 역시 저마다의 특수성을 지니고 있다고 말할 수 있다. 이 때문에 역자는 본 원고를 번역하면서 아랍어에서 딱 맞는 동의어를 찾을 수 없는 수많은 필리핀어를 발견하게 되었다. 특히 특정 단어들의 경우 다른 문화권에는 존재하지 않는 지방색과 민족색이 강해서 이들을 번역하는데 큰 어려움을 겪었다. 역자는 꾸란의 언어인 아랍어를 사랑하고 유창하게 구사하지만, 이런 문제들로 인해 어쩔 수 없이 많은 표현을 문자적 의미에 부합하게끔 임의적으로 번역했다. 부디 내가 독자들에게 의미를 잘 전달했기를 바라는 마음으로 신께 기도드린다.

이 저서에 쓰인 일부 단어들과 명칭들은 글 내용을 통해 자체적으로 설명이 가능하지만, 문맥을 통해 이해가 되지 않는 단어들의 경우 저자가 각 페이지의 각주에 그에 대한 설명을 달아 놓았다. 본문에 추가적으로 첨부된 각주들이 많아 보일지도 모르겠으나 역자와 저자는 일부 본문에는 반드시 각주를 첨부해서 독자의 이해를 도와야 한다는 것에 의견을 모았다.

번역자는 보통 자신의 번역물이 담고 있는 내용에 대해 따로 설명을 덧붙이거나 변명 또는 사과를 할 필요가 없다. 하지만 그동안 역자는 쿠웨이트 국민들과 돈독한 관계를 쌓아 왔고 쿠웨이트에 온 날부터 지금까지 그들에게 많은 도움을 받아 왔다. 또한 이 책의 배경으로 등장하는 필리핀의 모습이 실제 필리핀의 모습과 완전히 일치한다고 볼 수도 없다. 이러한 점들을 고려할 때, 본 저서가 빈번히 발생하는 특정 상황들을 반영한 것일 뿐이지 두 국가의 전체적인 모습을 반영하는 것은 아니라는 점을 독자들에게 미리 일러둔다.

또 이 기회를 빌려 역자를 믿고 번역 작업을 맡겨 준 저자에게 고맙다는 말을 전하고 싶다. 더불어 역자가 번역 작업을 시작하기 전, 저자에게 조건으로 내세운 역자의 말 삽입에 관하여 저자가 흔쾌히 동의해 준 점에 대해서도 고맙다고 말하고 싶다.

마지막으로 이 책은 'Ang tangkay ng kawayan'이라는 원제의 원고를 번역했다는 점을 밝힌다.

그리고 본인은 번역자로서 이 책에 등장하는 사생활과 관련된 모든 견해들과 실명, 세부 사항, 비밀 등에 대해 책임이 없다는 것을 독자에게 알리고 싶다.

역자 이브라힘 살람

참고: 각주에 역자나 저자의 이름이 따로 명시되어 있지 않은 경우, 그것은 이 번역의 감수를 맡아 준 카울라 라쉬드 양의 설명임을 미리 밝힌다.

보통 괴짜들과는 다른 내 정신 나간 친구들에게
누구도 닮을 수 없는 내 친구들
마슈알, 투르키, 자비르, 압둘라, 그리고 마흐디

오직 그들에게만….

차례

역자 소개 8

역자 후기 10

1장 이싸, 출생 전 19

2장 이싸, 출생 후 71

3장 이싸, 첫 번째 방황 169

4장 이싸, 두 번째 방황 239

5장 이싸, 조국의 변두리에서 393

마지막 장 이싸, 뒤를 돌아보다 537

1장
이싸, 출생 전

노예가 없는 곳에는 독재자도 없다.

호세 리살

1

내 이름은 Jose.

이렇게 쓰인다. 필리핀에서는 영어와 마찬가지로 이 이름을 '호세'라고 발음한다. 아랍어와 스페인어 발음으로는 '코쎄'로 들리는데 같은 글자이지만 포르투갈어 발음으로는 '죠제'로 불리기도 한다. 그리고 이곳 쿠웨이트에서는 앞서 언급된 이름들이 다 소용없다. 왜냐? 이곳에서 내 이름은 '이싸'이기 때문이다!

어떻게, 그리고 왜 이렇게 돼 버린 걸까? 내가 내 이름을 선택할 수 있었던 것이 아니니 사실 나 역시 그 이유를 알지 못한다. 내가 아는 것이라고는, 이 세상이 하나의 똑같은 이름을 서로 다르게 부르기로 이미 합의를 봤다는 것이다!

엄마는 내가 '그곳'에 있을 때 아버지가 '이곳'에서 지어 준 이름으로 나를 부르는 것을 꺼려했다. '이싸'라는 이름이 비록 엄마가가 믿는 신의 이름[1]이긴 해도 그건 분명 아랍식 이름이었고, 그곳 필리핀에서는 'Isa'가 필리핀어로 숫자 '1'을 뜻하는 단어였기 때문이다. 그래서 사람들이 내 이름을 부를 때마다 이름이 아닌 숫자를 외치는 우스꽝스러운 상황이 벌어질 게 불을 보듯 뻔했다.

엄마는 '호세 리살'의 이름을 따서 나에게 호세라는 이름을 지어 주었다. 호세 리살은 필리핀의 국민적 영웅이자 의사이며 소설가이기도 했는데, 만일 그가 없었더라면 필리핀 국민들은 단합해서 스페인 식민 세력에 대항할 수 없었을 것이다. 비록 그 민중 혁명이 호세 리살의 처형 이후에 일어나기는 했지만 말이다.

호세, 코쎄, 죠제 또는 이싸…. 이름에 관한 내 문제와 그 이름들이 붙여진 이유는 지금 여기서 반드시 짚고 넘어가야 할 정도로 중요한 일은 아니다. 왜냐하면 나에게 있는 문제의 본질은 이름에 있는 것이 아니라, 바로 그 이면에 감추어져 있기 때문이다.

내가 그곳 필리핀에 있을 당시, 내 이야기를 알고 있는 이웃들과 동네 아이들은 앞서 언급한 이름들로 나를 부르지 않았다. 그들은 쿠웨이트라는 나라의 이름을 들어 보지도 못했기에 나를 그냥 Arabo(아라보), 즉 아랍인이라고 불렀다. 하지만 나는 턱 주변의 수염이 빨리 자란다는 점을 빼고는 아랍인과 닮은 구석이 전혀 없었다. 당시 필리핀에는 '아랍인은 몰인정하다'라는 인식이 널리 퍼져 있었는데 이외에 아랍인을 구별할 수 있는 특

---

1 이싸는 예수를 뜻하는 아랍어로 아랍 국가에서 남자의 이름으로 사용된다. _옮긴이 주

징이 하나 더 있었다. 바로 그들의 온 몸에는 털이 수북하게 자란다는 것이었고, 보통 그런 아랍인의 모습을 상상하면 가장 먼저 떠오르는 것이 바로 각양각색의 모양과 길이를 자랑하는 수염이었다.

한편 이곳 쿠웨이트에 온 뒤 내가 가장 그리워했던 것은 바로 내가 가진 다양한 이름들과 바로 위에 언급했던 '아라보'라는 별명이었다. 물론 이곳의 새로운 환경으로 인해 나는 또 하나의 별명을 갖게 되었지만 말이다. 이곳에서 얻은 내 새로운 별명은 바로… '필리피노'이다!

만약 그곳 필리핀에서 내가 '필리피노'라고 불리고 이곳 쿠웨이트에서 '아라보'라고 불렸더라면 얼마나 좋았을까? 하지만 지금 이 시점에 그것은 중요치 않다.

필리핀에서 쿠웨이트인 아버지를 둔 아이는 나 혼자만이 아니었다. 그곳에는 쿠웨이트, 걸프, 아랍, 그리고 그 밖의 여러 국적을 가진 남자들과 필리핀 어머니 사이에서 태어난 아이들이 많았다. 그 아이들의 엄마는 바로 당신들의 집에서 가사도우미로 일하거나, 헐값의 쾌락을 즐기기 위해 당신들의 나라에서 온 관광객에게 놀아난, 굶주림에 지친 여성들이었다. 그곳 필리핀에는 자신의 욕구를 충족시키기 위해 몸을 파는 저열한 짓거리를 한 사람들도 있었지만, 동시에 가난 때문에 굶주린 배를 채우기 위해 그런 일을 할 수밖에 없는 이들도 있었다. 그리고 그것의 대가는 아버지 없이 태어난 수많은 사생아들이었다.

그곳의 소녀들은 이방인 남자들이 코를 풀다 버린 휴지 조각이 되어 버린다. 그 남자들은 코를 풀고 나면 휴지를 땅바닥에 내팽개쳐 버린 채 그렇게 떠나가 버린다. 그러면 땅에 떨어진 그 휴지 조각에서는 자기 아버지가 누군지도 모르는 생명체들이 탄생한다. 때때로 사생아라 불리는 그들을 우리가 생김새로 구별할 때도 있지만, 그들 중 어떤 이들은 자신이 그런 태생임을 서슴없이 밝히기도 한다. 하지만 나의 경우는 조금 특별하다. 내가 그곳에 있던 다른 사생아들과 달랐던 점은 아버지가 나를 쿠웨이트로 다시 데려가겠다고 엄마에게 약속했다는 것이다. 그곳은 아버지가 태어난 곳이자 그의 조국이었다. 아버지는 내가 자라고 나면 나를 자신의 조국으로 데려가서 내가 그곳의 구성원으로서 살길 바랐다. 그리고 그 국적을 가진 사람이 사는 것처럼 풍요로운 삶과 평화를 평생 동안 누릴 수 있게 해 주고 싶어 했다.

2

엄마는 80년대 중반 돈을 벌기 위해 학업과 가족을 뒤로한 채 이곳 쿠웨이트에 왔고, 후에 내 할머니가 될 주인집에 와서 일하게 되었다. 엄마의 아버지와 언니, 오빠, 그리고 시누이와 세 명의 조카들은 가정 형편이 어려워지자 내 어머니, 조세핀에게 모든 희망을 걸었다. 풍족한 삶을 위해서가 아니라 단지 살아남기 위해서였다.

"나는 내가 가사도우미로 일하게 될 줄은 꿈에도 상상하지 못했단다." 엄마는 내게 이렇게 말하고는 했다. 엄마는 학업을 마치고 좋은 직장에서 일하는 것을 꿈꾸던 소녀였다. 엄마는 다른 가족들과 닮은 점이라고는 단 하나도 없었다. 엄마의 언니가 새 구두나 드레스를 사는 것을 늘 꿈꿔 왔다면 엄마는 책을 사거나 아니면 같은 반 친구들에게 책을 빌려 보는 것 말고는 그 이외의 다른 것들은 바라지도 않았다. "나는 정말 많은 소설책들을 읽었어. 그중에는 공상 소설도 있었고 현실적인 소설도 있었지. 나는 신데렐라나 레미제라블의 코제트를 좋아해서 집안의 궂은일을 하게 되더라도 그들처럼 되고 싶어 했어. 하지만 나는 그들처럼 행복한 결말에 다다르지는 못했단다." 엄마는 이렇게 말했다.

엄마는 어려운 집안 사정 때문에 조국인 필리핀과 가족, 친구들을 뒤로한 채 돈을 벌기 위해 외국으로 떠나야만 했다. 이는 20대의 소녀에게 가혹한 일이었지만, 엄마의 운명은 세 살 많은 언니 아이다의 팔자보다는 훨씬 나은 편이었다. 외할아버지 내외는 당시 열일곱 살이었던 큰딸을 강제로 중개인에게 보냈다. 굶주림과 외할머니의 투병, 그리고 투계용 닭을 기르는데 모든 돈을 탕진했던 도박꾼 외할아버지의 빚 때문에 집안 사정이 너무도 어려워졌기 때문이다. 중개인은 어린 아이다에게 동네의 무도회장과 바(bar)에서 일할 기회를 줬는데, 아이다 이모는 하루 일정이 끝날 때마다 다른 직업여성들처럼 경찰에게 불려 갔다. 그리고 일정한 몫의 돈과 자신의 몸을 상납해야만 했다.

"세상의 모든 일에는 다 그럴 만한 이유가 있단다." 우리 엄마가 항상 내게 하던 말이었다. 그리고 나는 내 주변에 일어나는 모든 일들의 근본적인 이유가 무엇인지를 찾으려 할 때마다, 그

것이 바로 내 앞을 가로막은 가난이라는 사실을 깨닫게 되었다.

내 이모 아이다는 직업여성으로서 서서히 최고의 정점에 이르렀지만 동시에 그 내면은 점차 나락으로 떨어지고 있었다. 처음에 이모는 주정뱅이들의 시선과 더러운 혀에 희롱당하는 바의 종업원으로 일을 시작했다. 하지만 어느새 땀에 전 몸뚱이들 사이에서 치이며 파렴치한 손길에 농락당하는 나이트클럽의 종업원이 되었고, 결국에는 스트립쇼 클럽의 무용수가 되어 굶주린 늑대들의 탐욕의 대상이 되었다. 이렇게 아이다 이모는 어둠이 지배하는 밤의 세계에서 최고이자 동시에 최악의 자리까지 가게 되었다.

"그 세계에서 일하는 여자들은 나중에 지옥에 가게 되나요?" 나는 그날 엄마에게 윤락가 여성들의 운명에 대해 물었다. 그 여자들은 해가 지자마자 길가로 우르르 몰려나오는데, 마치 썰물 때 바닷물이 빠지면 해변가 모래 여기저기서 시끄럽게 모습을 드러내는 바닷게들 같았다. 그렇게 밤이 지나면 다시 찾아온 해가 전날 밤의 죄들을 햇빛으로 씻어 내 버린다. 그리고 밀물 때 들어온 바닷물은 밤새 모래에 생긴 구덩이들을 막으며 바닷게들을 날름 삼켜 버린다. "글쎄, 그 여자들이 지옥에 갈지는 모르겠구나. 하지만 남자들을 지옥으로 끌고 갈 거라는 건 확실해." 엄마는 이렇게 내 질문에 답했다.

그 당시 아이다 이모는 중개인이 정해 놓은 금액을 받는 대가로 몸을 팔았다. 그 대상이 누구든지 상관없었다. 외국인 남성들에게 책정된 금액은 따로 있었는데, 그 금액은 가난한 현지 남성들이 낼 수 있는 할인된 금액보다는 높은 액수였다. 또한 시간과 장소에 따라서도 가격은 달라졌다. 한 시간 서비스에 따른 금액과 하룻밤 서비스에 따른 금액이 달랐고, 클럽 뒤편에 마련된 방에서 제공되는 서비스의 가격과 호텔에서 제공되는 서비스의 가격이 또 달랐다.

이모는 특정 가격에 팔리고 구매되는 하나의 물건이 되어 버렸다. 대부분은 헐값에 팔렸고 아주 드문 경우에 많은 돈을 받기도 했는데, 책정된 가격은 아이다 이모가 제공하는 서비스의 종류에 따라 달라졌다. 이모는 침묵과 슬픔 속에서 돈과 남자들을 증오하며 일했다.

아이다 이모는 가족들의 생계를 책임지는 수입원이 되었고 이른 새벽이 되어서야 손에 작은 가방을 들고 집으로 돌아왔다. 그 가방 안에는 그녀의 병든 어머니와 도박꾼 아버지가 초조하게 기다리는 것들이 담겨 있었다. 이모는 가끔 늦게 귀가해서 우리 엄마를 걱정시켰는데, 그때마다 외할아버지 내외는 이 늦은 귀가에 긍정적인 반응이었다. 왜냐하면 이모의 늦은 귀가는 곧 이모가 누군가와 호텔에서 하룻밤을 보낸다는 뜻이자, 그만큼의 돈을 받는다는 의미였기 때문이다. 특히나 외국인과 호텔에 있다는 것은 그만큼 거액의 돈을 받는 일이기에 이모의 작은 가방이 더 두둑해질 것임이 분명했다. 외할아버지 내외는 귀가하는 딸의 얼굴은 보지도 않았고 그들의 시선은 늘 딸의 가방이 자리 잡고 있는 허리선을 넘지 않았다. 가끔 이모는 입술이 잔뜩 붓거나 코피를 흘리면서 혹은 턱 부분에 짙은 푸른색 멍이 가득한 채로 집에 돌아왔지만, 외할아버지 내외에게 그런 것 따위는 중요치 않았다. 그들에게는 자신의 딸에게 행해진 이런 변태적 행위들이 그저 남자들이 성욕을 채우고 난 뒤 퍼붓는 돈 다발로 여겨질 뿐이었다.

아이다 이모는 이 세계의 깊숙한 수렁으로 빠져 버렸다. 술과 마리화나에 중독되어 버린 이모에게는 이제 거칠 것이 없었고, 이모의 삶에 가치 있는 것이라고는 아무것도 없었다. 이모는 여러 차례 임신을 했지만 매번 임신 사실을 알자마자 바로 낙태를 했었기에 그 기간은 오래 지속되지 못했다. 이모가 계속 낙태를 했던 것은 태아에 대한 증오심도 있었지만, 자신들의 딸로 하여금 이 고되고 비참한 일을 계속하게 하려는 외할아버지 내외의 압박도 있었다. 그러다가 이모가 스물세 살이 된 어느 날, '메릴린'을 임신했다. 이모는 어릴 적 강제적으로 시작한 매춘에서 벗어날 수 있는 유일한 방법이 임신이라는 사실을 깨닫고 난 뒤, 여동생인 우리 엄마를 제외하고는 모든 이들에게 자신의 임신 사실을 숨겼다.

그렇게 어느덧 낙태가 불가능한 시기가 되고 일터에서 쫓겨난 이후에야 이모는 외할아버지 내외에게 임신 사실을 밝혔다. 그리고 다시는 매춘을 하지 않을 거라고 선언했다. 이모가 일을 그만두면서 외할머니의 치료도 중단됐다. 할머니의 건강 상태는 점점 악화되었고, 할아버지는 투계에만 몰두하게 되었다.

엄마네 집에 새로운 가족 구성원이 생겼던 그때, 본래 있던 구성원 중 한 명이 가족의 품을 떠났다. 세상에 갓 태어난 메릴린이 첫 숨을 쉬었을 때 외할머니가 마지막 숨을 내뱉었던 것이다.

메릴린의 생김새는 특별했다. 붉은 빛을 띤 흰 피부와 갈색 머리, 파란 두 눈, 그리고 오뚝한 콧날을 가진 생김새는 필리핀 사람이라고 보기 힘들었다.

그 당시 우리 엄마는 막 스무 살이 되었고 아이다 이모는 일을 그만두고 메릴린을 키우는데 전념하고 있었다. 이 때문에 분명 할아버지의 눈에 엄마는 가족의 생계를 부양할 이상적인 투자처이자 보험으로 보였을 것이다. 가족의 외아들이었던 베드로는 자신의 아버지와 누이들의 일보다는 오로지 구직을 하는 데에만 열중하고 있었기에, 이제 둘째 딸인 조세핀을 이용할 절호의 시기가 온 것이다.

3

엄마가 이모처럼 비참한 운명을 살 뻔했던 그때, 이웃 주민 중 하나가 신문에 난 광고지를 들고 엄마네 집을 찾아왔다. 광고는 마닐라에 있는 중개인을 통해 해외에서 일할 소녀들을 모집해서 걸프 국가에 있는 가사도우미 사무실로 인력을 보낸다는 내용이었다. 엄마는 그 광고지가 마치 욕정으로 가득 찬 남자들의 몸으로 이뤄진 감옥에서 그녀를 구원해 줄 보증수표라도 되는 듯 그 종이를 집어 들었다. 할아버지와 이모는 그런 엄마와 이웃을 조용히 바라볼 뿐이었다. 엄마는 채용이 되기도 전에 여행용 가방과 외국에 나갈 때 필요한 물건들을 살 생각에 설레어했지만 정작 이 소식을 알려 준 이웃은 엄마가 더 이상의 희망을 품도록 놔두지 않았다. "그런데 말이죠…" 그의 말에 모두가 침묵했다. "취업 허가를 받으려면 우선 중개인에게 돈을 좀 내야 해요." 이웃은 더 자세한 사항들과 필요한 액수에 대해 말하기 시작했다. 그리고 그 말을 들은 가족들은 그만한 액수의 돈을 마련할 형편이 되지 못했기에 충격을 받을 수밖에 없었다. 아이다 이모는 방으로 들어가 버렸고 엄마는 자신의 불운에 슬퍼하며 울기 시작했다. 할아버지는 "얘야, 그만 울고 내가 말한 계획대로 일할 준비를 해라."라고 소리를 높여 말했다.

이웃은 집으로 돌아가고 할아버지는 다 낡은 소파 위에 누워 있었다. 그리고 엄마는 여전히 바닥에 앉아서 자신의 불행한 운명을 원망하며 울고 있었다.

얼마 뒤 이모가 메릴린을 허리춤에 메고 방에서 나왔다. 이모는 봉투 하나를 손에 쥐고 엄마에게 다가갔다. 엄마는 그 당시를 회상하며 내게 말했다.

아버지가 코를 골기 시작하자 네 이모가 내게 다가오더니 이렇게 속삭이더라고.

"메릴린을 위해 그동안 모아 놨던 돈이야… 조세핀, 네가 원하는 대로 이 돈을 쓰렴."

그때 코 고는 소리가 멈추더니 아버지가 한쪽 눈을 떴어. 아버지의 눈썹이 위로 치켜 올라가는 듯싶더니 마치 죽은 시체에 영혼이라도 들어간 양 벌떡 일어나더라. 그러고는 우리에게 말했어.

"부모의 코 고는 소리가 높아지니 자식들이 목소리를 낮추고 비밀을 속삭이는구나!"

그러더니 아버지는 두 눈에 분노의 불꽃을 뿜으면서 아이다를 향해 달려갔어. 그때 나는 여전히 바닥에 앉아 있는 상태였지. 아버지는 언니가 가지고 있던 봉투를 빼앗으려고 팔을 비틀었어.

"조세핀! 메릴린을 부탁해!"

아이다가 내게 소리치던 그 순간 메릴린은 하마터면 바닥에 떨어질 뻔했어. 나는 얼른 메릴린을 건네받고 거실 구석에 서서 언니가 아버지를 밀어내는 모습을 보고만 있었어. 아이다는 아버지에게 욕설을 하면서 그의 손찌검과 발길질을 다 받아 냈어. 마치 정신이 나간 것 같았지. 감히 누가 그런 짓을 할 수 있겠어?!

나는 아버지와 아이다에게 그만하라고 싹싹 빌었고, 메릴린은 겁에 질려 소리를 질러 댔어. 몸싸움과 주먹질이 오가면서도 그 둘의 대화는 계속됐지.

"저를 남자들에게 팔아넘긴 걸로도 충분하지 않아 또 이러시는 거예요?!"

그러자 아버지는 언니의 머리채를 잡더니 손바닥으로 입을 내려치면서 언니의 말을 막았어.

"네 이년, 닥쳐!"

그리고 아이다를 벽 쪽으로 밀어버렸지. 벽에 부딪친 아이다의 머리채를 뒤로 당겼지만 언니는 가슴을 벽 쪽에 붙이면서 계속해서 버텼어.

"네 딸 메릴린은…."

아버지는 아이다의 귀에 대고 자신의 손녀 이름을 속삭였어. 아버지의 두 입술 사이로 송곳니와 여러 개로 갈라진 혀가 나타날 것만 같았단다.

"자기 아비가 누군지도 모르는 창녀의 딸이지."

아버지의 말을 듣던 아이다는 말문이 막혀서 두 눈을 크게
떴어. 마치 두 눈을 통해 고함을 지르는 것만 같았지. 아버지는
뱀 같은 소리를 계속 해 댔어.

"만약 네가 네 딸년처럼 불행한 것들을 계속 이 집에 들여온
다면, 내가 그 계집을 죽여 버릴 테다!"

"불행이라고요?"

아이다는 아버지에게 되물었단다. 그리고는 갑자기 큰 소리
로 깔깔 웃어댔지. 찢어진 옷에 헝클어진 머리를 하고 말이야.
정말이지 미친 여자 같았어.

엄마는 잠시 회상을 멈추고는 침묵했다. 그리고 내게 고개를
돌려 말했다.

"호세야, 내가 너에게 이 모든 것들을 다 얘기해 줘야겠니?"

나는 고개를 끄덕이며 엄마가 이야기를 계속 이어 나가도록
재촉했다.

"엄마, 계속 얘기해 봐요!"

엄마는 다시 회상에 빠졌다.

아버지는 그런 언니의 모습을 보고는 마치 옷에 오줌이라도
쌀 듯한 모습이었어. 그가 아이다의 머리채를 잡고 있던 손을 풀
자, 언니는 바깥마당으로 나가는 문 쪽으로 천천히 걸어갔지.
아버지가 언니의 뒤를 쫓아갔고, 나 역시 메릴린을 안은 채 아

버지의 뒤를 따라갔어. 아이다는 대나무로 만들어진 낮은 울타리, 큰 바나나 나무 밑에 있는 닭장을 둘러싸고 그 울타리 근처로 가더니 갑자기 멈춰 섰어. 나는 현관 문턱에 선 채로 아버지 뒤에서 그런 언니의 모습을 지켜보고 있었어. 언니는 겨우 들릴 만한 작은 목소리로 이렇게 말했어.

"아버지, 당신이 이 수탉들을 걸고 하는 투계 도박이야말로 진정한 불행이에요!"

언니의 말에 아버지는 아무 말도 하지 못했어. 언니는 계속 말을 이어갔지.

"당신들 모두가 수탉이야."

그 말에 아버지는 뒤돌아 나를 보며 이렇게 속삭였단다.

"네 언니가 단단히 미친 것 같구나!"

내 눈에도 아이다가 정말 그래 보여서 나는 아무 대꾸도 하지 못했지.

"아버지 당신도 마찬가지야!"

언니는 아버지를 향해 삿대질을 하며 말했단다.

"내 몸을 탐했던 남자들 모두가 이 수탉들과 다름없다고요!"

그 자리에 얼어 있던 아버지의 얼굴에 후회 또는 두려움 같은 감정들이 보였단다.

"얘, 얘야, 아, 아, 아이다!"

아버지가 할 수 있는 것이라고는 언니의 이름을 부르는 것뿐이었어. 하지만 언니는 아버지의 외침 따위는 듣지 않고 고함을 쳐댔지.

"그리고 나는! 나는 이 암탉 역할을 하는 게 이제 진절머리가 나요!"

언니는 자기가 입고 있던 옷을 무릎 위로 걷어 올리더니 닭 우리를 둘러싸고 있던 낮은 대나무 울타리를 성큼 넘어서 우리 안으로 들어갔어. 그러고는 우리 한가운데 서서 가슴을 부풀리더니 하늘을 바라보며 이렇게 소리를 질러 댄 거야.

"꼭꼭 꼬꼬댁 꼭꼭꼭꼭!!"

거기서 끝이 아니었지. 언니는 닭장 안에 있던 네 마리의 수 탉들을 꺼내더니 차례대로 닭들의 머리를 잘라 버리고는 몸통에서 분리된 머리들을 아버지가 있는 쪽으로 던졌어. 그 모습에 아버지는 거의 실신할 지경이었지. 언니는 피가 뚝뚝 흐르는 손으로 아버지를 가리키며 이렇게 말했어.

"다음 차례는…, 아버지, 당신의 머리가 될 거야!"

하지만 다음 날 아침이 되자마자 아버지는 아이다의 돈 봉투를 들고 일찍 집을 나서더니, 몇 시간 뒤에 볏짚으로 만들어진 새장을 하나 들고 돌아왔어. 그 안에는 네 마리의 새 수탉들이 들어 있었단다.

4

엄마는 계속 과거의 이야기를 들려주었다.

집 앞마당에서 골목으로 이어지던 좁은 길목에서 새장을 들고 집으로 오던 아버지와 집을 나서던 나랑 아이다가 서로 마주치게 됐어. 아버지는 수탉 사건이 있고 난 뒤부터 언니를 피하기 시작했는데, 그날도 좁은 길목에서 마주쳤음에도 불구하고 우리 쪽은 보지도 않더구나. 아버지는 언니가 자신 앞에 나타나도 마치 눈병이 걸린 환자를 마주하기라도 한 듯[2] 언니가 있는 쪽은 쳐다보지도 않았어. 아이다는 그렇게 아버지의 독재에 마침표를 찍고 그의 족쇄로부터 벗어난 거지. 나도 언니처럼 아버지의 노예 신세에서 벗어나고 싶었지만 나는 아이다가 아니었기에 그럴 수가 없었단다. 언니는 그날 아침 나를 데리고 골목 끝에 있는 상점으로 갔어. 상점 주인은 우리와 잘 알던 사이였는데, 엄마가 살아 있을 때 우리는 그로부터 종종 적은 액수의 돈을 빌리곤 했단다. 아이다는 주인에게 내 사정을 모두 설명하면서 내가 외국에서 가사도우미로 일하려면 돈이 조금 필요하다고 말했어. 그는 평소처럼 우리의 사정을 안타까워했지. 하지만 애석하게도 그 금액을 빌려줄 능력은 없다고 우리에게 미안해했어. 하는 수 없이 우리가 집으로 그냥 되돌아가려 하자 그 주인이 이렇게 말하더라고.

"내가 그 돈을 빌려줄 수는 없지만 대신 너희들에게 붐바이[3]를 소개해 줄 수는 있단다. 그들이 나를 신뢰하고 나 역시 그들과 오랜 기간 거래를 했으니 큰 문제는 없을 게다."

---

2 필리핀 서민들 사이에는 눈병에 걸린 환자의 눈을 직접 쳐다보면 그 자체만으로도 눈병에 감염된다는 믿음이 있다. _역자 주

3 붐바이는 인도의 도시 뭄바이의 옛 이름으로 알려져 있는데, 필리핀에서는 이자를 받고 가난한 사람들에게 돈을 빌려주는 인도 사람들의 무리를 가리켜 붐바이라고 부른다. 그들은 집들을 돌아다니며 할부로 전자, 전기 제품들을 팔기도 한다. _역자 주

사실 붐바이와 거래를 한다는 것은 한 번 열고 나면 불어나는 빚에 가로막혀 도무지 다시 닫을 수 없는 문을 여는 것과 같았어. 그들은 돈을 필요로 하는 사람들의 처지를 이용해서 자신들의 이익을 취하는 이들이었지. 한 번 붐바이들과 거래를 시작한 사람들은 그 사실을 알면서도 아무 저항도 하지 못한 채, 그들에게 돈을 바쳐야 하는 현실을 순순히 받아들여야만 했단다. 또 그들은 붐바이의 주머니로 들어갈 자신들의 빚이 눈처럼 순식간에 부풀어가는 그 과정을 두 눈으로 똑똑히 지켜봐야만 했어!

그렇게 그가 우리에게 붐바이 중 한 명과의 만남을 주선해 줬단다.

우리는 이미 몇 년 전에 그들과 거래를 했던 적이 있어서 붐바이가 어떤 이들인지는 알고 있었다. 우리 가족은 그들한테서 할부로 부엌용 가스레인지와 텔레비전, 천장과 바닥에 놓는 선풍기를 산 적이 있었는데, 그 금액을 다시 갚는 데까지 정말 오랜 시간이 걸렸지. 그런데 탐욕스러운 그들은 돈을 빌려 준다고 하면서 그 당시에 빌렸던 금액의 이자보다 더 큰 이자를 제시하는 거야. 가게 주인이 할 수 있는 일이라고는 그들에게 내 사정을 설명해 주는 것이었지만, 오히려 그들은 급하게 돈이 필요한 내 사정을 악용해서 이자 금액을 크게 부풀리느라 정신이 없었단다.

하지만 그때 우리는, 당시 우리가 처한 어려움에서 벗어나기 위해 그 제안을 받아들일 수밖에 없었어. 결과적으로 그것 때문에 나중에 또 다른 위기를 겪게 되었지만 말이야.

그다음 날 나는 마닐라 도심 한복판에 위치한 가사도우미 중개 사무소에 찾아갔어. 많은 사람들이 차례를 기다리고 있더구나. 사무소의 작은 문턱을 시작으로, 보도블록을 지나 저 멀리 작은 점으로 보이는 곳까지 사람들이 길게 줄을 지어 있었단다. 나도 그 사람들 중 하나였지.

줄을 서고 몇 시간이 지나고 나서야 사무소 직원을 만날 수 있었어. 나는 우선 필요한 금액의 절반을 지불하고 필요한 절차를 진행했지. 그리고 다시 사무소에 갔을 때는 지원서에 허가를 받고 나머지 잔금을 지불했단다. 직원은 내가 쿠웨이트에 가서 일하게 될 거라고 했어. 그때 나는 처음으로 쿠웨이트라는 나라에 대해 듣게 됐지. 그렇게 나는 쿠웨이트로 갈 준비를 하기 시작했단다. 비록 앞으로 내가 벌 돈의 절반을 붐바이들의 빚을 갚는 데 쓰고, 나머지 절반은 내 가족에게 보내야 한다는 것을 알았지만 그래도 나는 마냥 기뻤단다. 내가 번 돈을 그들과 나누는 대신 내가 내 몸에 대한 자유를 얻는다면, 그리고 내가 사랑하는 이에게 내 몸을 준다면 나는 기꺼이 그런 상황들을 받아들일 수 있었지.

<h1 style="text-align:center">5</h1>

엄마는 '이곳' 쿠웨이트의 문화에 대해 전혀 알지 못한 채 여기에 와서 일하게 되었다. 이곳 사람들은 얼굴 생김새에서부터 언어, 심지어 본인은 알아차리지도 못했던 자신을 향한 시선들

까지, '그곳' 필리핀 사람들과는 달랐다. 이곳의 자연 환경 또한 낮에는 해가 뜨고 저녁에는 달이 뜨는 것만 빼면 그곳의 환경과는 전혀 달랐다. 엄마는 내게 이렇게 말했다.

"처음에 나는 쿠웨이트에서 뜨는 해조차 내가 알던 그 해인지 의심스러웠단다!"

엄마는 50대 중반의 과부와 그녀의 장남, 그리고 세 명의 딸들이 함께 사는 큰 집에서 일하게 됐다. 이 과부는 후에 내 친할머니가 될 사람이다. 할머니의 이름은 '가니마'였는데, 엄마는 할머니를 '큰사모님'이라고 불렀다. 할머니는 단호했으며 신경질적인 성격의 소유자였다. 한편 진지하고 강한 사람이기는 했지만 자신이 꿈에서 본 것에 대해 절대적인 믿음을 갖고 있었다. 그래서 꿈을 꿀 때마다 그게 비록 하찮거나 이해할 수 없는 내용이라고 해도 그 속에 담긴 메시지를 절대 간과하지 않았다. 할머니는 꿈풀이를 찾는 데 대부분의 시간을 보냈고 혼자 그 답을 찾을 수 없을 때에는 해몽가에게 찾아가서 조언을 구하기도 했다. 가끔 해몽가들의 꿈풀이가 서로 달라서 그 해석이 서로 상반되는 지경에까지 이르면 할머니는 그들이 말한 해몽들을 전부 신뢰했고, 꿈에서 본 것이 실제로 일어나기만을 기다렸다. 꿈에 대한 맹목적인 신뢰 말고도 할머니는 주변에서 일어나는 모든 현상들이 겉으로는 단순해 보여도 그 속에는 절대 간과할 수 없는 어떤 신호가 숨겨져 있다고 생각했다.

엄마는 필리핀에 있는 우리 집 작은 거실에 나와 아이다 이모와 함께 앉아 있었을 때 할머니에 관한 이야기를 해 주었다.

나는 네 할머니를 도무지 이해할 수 없었단다. 당신의 주변에서 일어나는 그 모든 시시콜콜한 일들과 우연으로 생긴 일들까지 어떻게 그 모든 일을 신경 쓰고 살 수 있는지 말이다. 어느 날은 네 할머니가 자기 딸들과 결혼식에 초대를 받아 외출을 한 적이 있었는데, 나간 지 30분도 안 돼서 돌아온 거야. 나는 의아해하며 물었지.

"결혼식 파티가 일찍 끝났나 보네요, 사모님!"

네 할머니는 내 쪽은 쳐다보지도 않고 위층으로 올라가 버렸고, 그녀 대신 뒤따라오던 막내딸 힌드가 내 질문에 답했어.

"파티에 가는 길 도중에 차가 고장 나 버렸어."

나는 집 앞에 주차되어 있던 여러 개의 차량을 떠올리며 힌드에게 물었단다.

"그러면 다른 차들을 타면 되잖아요?"

힌드는 입술에 바른 립스틱을 휴지로 지우며 대답했지.

"우리 엄마는 차가 결혼식에 가는 길 중간에 고장 났기에 망정이지, 안 그랬다면 결국 결혼식장에 거의 다 도착해서 우리가 사고로 죽었을 거라고 생각해."

"대체 어떻게요?"

나는 놀라서 힌드에게 물었어. 그녀는 허리를 굽혀 신발을 벗으며 말했지.

"엄마는 비극적인 사건이 우리를 기다리고 있다고 생각한 거야!"

엄마가 가사도우미로 일했던 쿠웨이트의 그 집은 필리핀에 있는 집들과 비교했을 때 어마어마했다. 실제로 이곳 쿠웨이트의 집 한 채 크기는 엄마의 고향인 필리핀에 있는 집 열 채, 혹은 그 이상을 수용할 수 있을 정도로 크기가 컸다. 한편 엄마는 한창 어수선한 시기에 쿠웨이트에 왔고, 그래서인지 할머니는 엄마가 쿠웨이트에 온 것을 부정적으로 생각했다. 할머니의 그런 생각은 엄마가 할머니의 앞에 나타날 때마다 드러나는 얼굴 표정으로 쉽게 알 수 있었는데, 장차 나의 아버지가 될 그녀의 큰아들은 엄마에게 그런 할머니의 상황을 설명하려 애썼다.

"조세핀, 네가 이곳 쿠웨이트에 도착했을 때 국왕 폐하의 거리 행진이 있었는데 거기서 폭탄이 터졌었어. 신의 가호가 없었더라면 폐하께서 돌아가셨을지도 몰라. 그래서 우리 어머니는 네가 이곳에 온 것을 불길한 징조라고 여기는 거야."

우리 아빠는 엄마보다 네 살 위였다. 할머니와 변덕스러운 막내를 제외한 할머니의 딸들은 모두 우리 엄마를 구박했지만, 아빠만큼은 항상 엄마에게 다정하고 부드러웠다. 아버지는 우리 엄마이자, 가사도우미였던 조세핀을 대하는 방식에서 할머니, 고모들과는 확연히 달랐다.

내가 열 살이 되자마자 엄마는 내가 태어나기 전 무슨 일들이 있었는지를 내게 하나씩 알려 주기 시작했다. 아마도 엄마는 내가 서서히 떠날 채비를 할 수 있도록 미리 준비를 한 것일지도 모르겠다. 필리핀에 있을 당시 작은 거실에서 내가 엄마의 옆에 앉아 있으면 엄마는 아버지가 보낸 편지들을 읽어 주곤 했다. 그리고 아버지가 약속했던 땅인 이곳 쿠웨이트에 오기 전, 내게 아버지와의 관계가 어땠었지 아주 자세하게 말해 줬다. 엄마는 가끔씩 나의 뿌리는 그곳 필리핀이 아니라 더 나은 곳에 있음을 상기시켜 주었다. 내가 자라면서 말을 하기 시작하자 엄마는 '앗살라무 알라이쿰(당신에게 평화가 있기를), 와히드, 이쓰난, 쌀라싸(하나, 둘, 셋), 맛 살라마(잘 가요), 아나, 안타(나, 너), 하비비(내 사랑), 샤이(차), 까흐와(커피)'처럼 간단한 아랍어 단어들을 말할 수 있도록 알려 주었다. 그리고 내가 더 자라자 엄마는 내가 한 번도 보지 못했던 아버지를 좋아하게 되기를 무척이나 바랐다.

나는 그곳 필리핀에 있을 때, 엄마 앞에 앉아서 아버지에 대해 얘기해 주는 것을 귀 기울여 듣곤 했다. 그러면 아이다 이모는 늘 그랬듯이 엄마의 얘기에 진저리를 쳤다. 엄마는 내게 이렇게 말했다.

"나는 네 아버지를 사랑했었고 지금도 그 마음은 변하지 않았단다. 내가 어떻게, 왜 그를 사랑하게 됐는지는 모르겠지만 말이야. 그 집 가족들 모두가 나를 막 대했을 때, 네 아버지만이 내게 다정했었기 때문일까? 아니면 그 집에서 네 아버지만이 유일하게 명령이나 심부름이 아닌 다른 일로 내게 말을 걸었기 때문일까? 그것도 아니면 생김새가 잘생겨서? 아니면 그가 장편 소설 집필을 꿈꾸는 지식인이었고 나는 소설에 흠뻑 빠져 있던 소녀였기 때문에?"

엄마는 내게 아버지 얘기를 할 때마다 미소를 지었다. 하지만 그날만큼은 이상하게도, 미소를 짓는 엄마의 두 눈에서 눈물이 뚝뚝 떨어질 것만 같았다.

"네 아버지가 말하길, 내가 자기처럼 독서를 좋아해서 나와 함께 있는 것이 좋다고 했어. 그는 내게 자신이 쓰는 소설에 대해서 이야기를 해 주었는데, 소설을 쓰려고 할 때마다 당시 중동에서 소란스러웠던 정치적 사건들에 연루되면서 더 이상의 진도를 나가지 못했다고 했어. 또 네 아버지는 한 신문에 주간 칼럼을 썼는데, 당시에 쿠웨이트에 만연했던 신문 검열 때문에 그의 칼럼은 거의 실리지 못했단다. 그는 1차 걸프 전쟁이 일어났을 때, 대립하던 양측 중에 한쪽만을 지원하는 국가 정책에 대해 반대하는 소수의 문인들 중 하나였어. '가지고 와, 닦아, 걸레질 해, 밥 좀 차려, 저것 좀 가져 와!' 같은 명령만 받던 그곳에서 네 아버지는 가정부였던 내게 문학과 예술, 국가의 정치적 이슈에 대해 얘기해 줬단다. 네 아버지가 얼마나 미쳤는지 상상이나 되니?"

아이다 이모는 엄마의 이야기에 지겨워하며 앉은 자리에서 계속 뒤척였지만 엄마는 아랑곳하지 않고 계속 아버지에 대해서 말했다.

나는 낮 시간 내내 쓸고 닦고 걸레질을 했단다. 밤이 돼서 네 할머니가 잠자리에 들면 네 아버지와 대화할 시간을 충분히 갖기 위해서였지. 네 아버지와 나누는 대화는 밤늦은 시간에 그의 서재에서 이루어졌는데, 나는 네 아버지가 하는 정치 얘기를 같이 공유하면서 그의 관심을 받기 위해 부단히 노력했단다. 물론 정치에 대해 내가 보여 준 지식은 빈약한 수준이었지만 말이야. 어느 날은 필리핀에서 코라손 아키노[4]가 대통령에 당선되어 필리핀 최초의 여성 지도자가 되었고, 야당의 주도로 페르디난드 마르코스[5] 전 대통령의 독재를 무너뜨린 이후 필리핀에 민주주의가 다시 되살아나게 되어 얼마나 기쁜지 모른다고 네 아버지에게 말했던 적이 있었어.

그는 그 말에 특별한 관심을 보이며 내게 이렇게 말했지.

"그렇다면 필리핀 국민들이 여성을 지도자로 만든 것이군!"

나는 자랑스러워하며 대답했어.

"아키노가 대통령이 된 지도 어느덧 5개월이 지났어요. 지난 2월 25일에 있었던 일이에요."

그러자 네 아버지가 웃음을 터뜨리다가 혹시나 자고 있던 어머니와 여동생들을 깨울까 봐 목소리를 낮추고 내게 말했어.

"정확히 같은 날, 25일에 우리는 쿠웨이트의 국경일을 축하하고 있었지!"

그리고는 손가락으로 서재의 책상을 두드리며 마치 혼잣말을 하는 것처럼 말했단다.

"우리들 중에는 과연 누가 주인이 될까?!"

나는 그가 무슨 의도로 그런 말을 하는지 이해할 수 없었어. 그러고 나서 네 아버지는 내게 착취당한 여성의 권리에 대해 설명해 줬단다. 그의 말대로라면 당시 쿠웨이트 여성에게는 정치에 참여할 권리가 없었던 거야. 그리고 얼굴에 깊은 수심을 드리운 그가 이번에는 내게 당시 중단된 쿠웨이트의 의회 활동에 대해 얘기하기 시작했어. 나는 사실 그 주제에 대해 관심을 갖고

---

4 필리핀의 제11대 여성 대통령 _역자 주
5 필리핀의 제10대 대통령으로 야당에 의해 정권에서 퇴출당했다. _역자 주

있지는 않았지만 눈을 반짝이며 그의 목소리와 반응들에 온 신경을 쏟았단다.

나는 엄마의 말을 가로막으며 물었다.

"엄마, 왜 아버지는 엄마에게 그런 것들에 대해 얘기했을까요?"

엄마는 자신도 아버지가 왜 그런 말을 했는지에 대해 의구심을 품으며 내 질문에 이렇게 답했다.

"아마도 그의 주변 환경이… 그의 생각을 인정하지 않았기 때문이었을까?"

그러더니 엄마는 아버지가 어떤 사람인지 내게 자세히 알려주었다.

"네 아버지는 내가 봤을 때 정말 이상적인 남자였어. 분명 모두가 나와 같은 생각을 했을 거야. 네 할머니는 항상 그가 집안의 유일한 남자라고 말하면서 자기 아들을 정말 각별하게 대했어. 그는 항상 조용한 편이었고 목소리를 높이는 일이 거의 없었지. 서재에서 독서와 글쓰기에 대부분의 시간을 보내던 그의 관심사는 낚시 아니면 그의 친구 가싼, 왈리드와 함께 여행을 가는 거였어. 그 둘은 네 아버지 집에 찾아오는 유일한 친구들이었는데, 서재에 와서 책이나 문학, 예술, 정치에 대해 토론하기도 하고, 가싼이 우드[6]를 가져오면 집 별채에 있는 작은 홀에 모여

6　터키를 중심으로 아랍과 중앙아시아에서 연주되는 짧은 목의 발현 악기 _옮긴이 주

서 시간을 보내기도 했지. 가싼은 군인이었지만 감수성이 예민한 예술가이자 시인이었어.

그 당시 쿠웨이트의 젊은이들에게 가장 인기 있던 여행지는 동남아시아 특히 태국이었는데, 네 아버지는 내게 두 친구와 태국에 갔던 이야기를 많이 해 줬단다. 언젠가는 내 눈을 똑바로 바라보며 태국에 대해 얘기했던 적이 있는데, '너는 태국 여자들과 많이 닮았구나!'라고 내게 말하더구나. 내가 정말 그들과 닮았던 걸까, 아니면 그 말에 어떤 암시가 있었던 것은 아닐까….

네 아버지가 친구들과 여행을 가는 날이면 그 큰 집이 얼마나 암울해지던지. 나는 그들이 빨리 여행에서 돌아와 집이나 별채의 홀을 채워 주기를 손꼽아 기다렸단다. 그들이 모일 때마다 들려오는 시끄러운 소리들마저 그리웠지."

엄마는 갑자기 이야기를 멈추더니 바닥으로 시선을 옮기며 말했다. "나는 부엌에 있는 창을 통해 네 아버지와 친구들의 모습을 지켜보곤 했었어. 그들이 바다에 가기 전에 낚시 도구들을 준비하던 집 안마당은 그들의 웃음소리로 늘 떠들썩했단다. 그렇게 바다로 나가서 몇 시간이고 집을 비우면 나는 그들이 빨리 집으로 돌아오기를 바랐어. 그가 잡아 온 생선들을 냉장고에 차례대로 놓고 생선 비린내가 나는 그의 옷을 어서 빨아 주고 싶었지."

엄마는 내 얼굴을 바라보며 말했다.

"호세야, 나는 네가 쿠웨이트로 돌아가면 너에게도 가싼과 왈리드 같은 친구들이 생기기를 바란단다."

"엄마, 더 얘기해 줘요. 할머니는 어떤 분이셨어요?"

"큰사모님은 항상 아들의 관심사에 대해 걱정이 많으셨어. 그래서 '네가 읽는 책들이 너의 정신을 갉아먹고, 네가 즐겨 가는 바다가 너의 몸을 해칠 게다!'라며 그의 귀에 못이 박히도록 말했지. 그리고 문이 닳도록 그의 서재에 가서 제발 독서나 글쓰기는 그만두고 본인에게 도움이 되는 일에나 관심을 가지라고 부탁까지 했어. 하지만 네 아버지는 고집스럽게 글쓰기를 포기하지 않았지. 네 아버지는 서재 말고도 바다를 너무 좋아해서 그에게서는 가끔 생선 냄새가 풍겼어. 마치 네 할머니에게서 늘 아랍 향수와 향의 냄새가 풍기듯 말이야."

이야기를 마친 엄마는 두 눈을 감더니 자신이 그리도 좋아했던 그 내음을 맡으려는 듯이 숨을 깊이 들이마셨다.

"네 할머니가 자신의 아들을 그렇게 걱정했던 이유는 그가 외아들이었기 때문만은 아니야. 바로 그가 집안의 대를 이을, 가문의 마지막 남자였기 때문이었지. 오래 전부터 그 집안의 조상들 중 많은 남자들이 배를 타고 바다에 나가면서 남자는 씨가 마르기 시작했어. 몇몇은 어떤 상황 때문에 죽음을 맞기도 했고, 나머지는 주야장천 딸만 낳았고. 큰사모님은 집안이 그렇게 된 이유가 오래 전부터 이 가문을 시기했던 한 여자가 부려 놓은 주술 때문이라고 생각했단다. 그 주술 때문에 이 집안이 저주에 걸려서 남자의 씨가 마르게 된 거라고 말이야. 물론 네 아버지는 그 말을 믿지 않았지만 네 할머니의 믿음은 굳건했지. 네 할아버지 이싸와 작은할아버지 샤힌은 그 당시 집안에 남은 마지막 남자였어. 네 작은할아버지가 결혼을 하기도 전 어린 나이에 죽자 네 할아버지가 네 할머니와 결혼해서 네 아버지 라쉬드를 낳은 거지. 그리고 할아버지가 돌아가시자 자동적으로 네 아버지가 가문의 유일한 남자가 되어 버린 거야."

엄마의 얘기를 듣는 동안 내 앞에는 상상의 나래가 펼쳐졌다. 바다에서 죽은 사람들, 거센 파도와 사투를 벌이는 돛단배들, 어두운 방에서 주술을 부리는 한 여자의 모습, 그 주술 때문에 한 명씩 사라져 가는 집안의 남자들까지. 엄마의 말을 통해 내 머릿속에 그려진 아버지 가족들의 모습은 놀라운 전설처럼 느껴졌다. 엄마는 아버지에 대해 더 많은 이야기를 해 주었다.

"네 아버지의 존재야말로 내가 그 집안 사람들의 푸대접을 버틸 수 있었던 유일한 이유였단다. 그가 내게 해 줄 수 있는 것이라고는 가족들 모두가 잠든 밤에 내게 따뜻한 위로의 말들을 건네거나 주머니에 있던 1, 2디나르 아니면 3디나르를 주고 가는 것뿐이긴 했지만 말이다. 하지만 내게는 그 돈이 중요한 게 아니었어."

"남자들은 전부 믿을 수 없는 족속들이야!"

가만히 듣고 있던 아이다 이모가 끼어들었다. 나와 엄마는 그런 이모를 바라보았다. 그러고 있자니 그녀는 한 술 더 떠서 이렇게 말했다.

"그렇게 안 보여도 다들 그런 족속이라니까."

그 말에 엄마는 딱 두 단어로 대응했다.

"라쉬드는 아니야!"

그러더니 엄마는 계속 이야기를 이어 나갔다.

"어느 날 저녁에는 내 어깨에 손을 올리며 귀에 대고 작게 속삭였어. '우리 어머니에게 화가 났다면 풀었으면 좋겠어. 어머니가 연세가 많으셔서 말은 그렇게 하시지만 그래도 속은 그렇지 않을 거야. 신경질적이기는 해도 마음은 따뜻한 분이셔.'라고. 나는 그가 내 어깨에 올려놓은 손을 떼지 않았으면 했어. 그의 말 한마디에 그동안 큰사모님이 내게 해 왔던 모든 모욕과 천대가 씻은 듯이 사라졌지 뭐니. 그날 이후로 나는 가끔씩 일부러 네 할머니를 더 화나게 만들었단다. 부엌 바닥에 일부러 잔을 떨어뜨려서 그다음 날까지 유리 파편이 여기저기에 널려 있게 만들기도 했고, 밤새 수도꼭지를 틀어 놔서 아까운 물을 다 버리게 하기도 했지. 언젠가는 모래 먼지가 가득한 날에 집 안의 창문을 열어 놔서 온 바닥과 가구에 먼지들이 쌓이도록 하기도 했단다. 그러면 아침 일찍부터 잠에서 깬 네 할머니의 불호령이 떨어졌지. 내 이름을 부르며 고함을 질러 대는 소리에 집 안의 모든 사람들이 잠에서 깰 수밖에 없었단다. 네 할머니는 '조세핀'의 발음이 어렵다고 당신 마음대로 날 '조우자!!!'라고 불렀단다. 할머니는 욕하고 소리를 질러 대며 나를 저주했지. 그러면 나는 바닥에 흩어진 유리 조각들을 치우고, 낮 시간 내내 먼지를 털어 내고 집 안을 치우면서도 빨리 밤이 되어 네 아버지가 나를 측은해하며 내 어깨를 어루만져 주기만을 기다렸단다."

어느새 속눈썹에 눈물이 가득 맺힌 엄마는 눈물을 훔치려는 듯 옆에 있던 휴지를 뽑았다. 엄마의 이야기는 계속되었다.

어느 날인가 서재에 있던 라쉬드는 그의 첫 소설 준비에 필요한 자료들을 쌓아 놓고 그 위에 왼쪽 팔꿈치를 올려놓은 채 주간 사설을 쓰고 있었어. 나는 그에게 커피 한 잔을 가져다주면서 그에게 말을 건넸지.

"주인어른! 저는 당신이 글을 쓰고 있는 모습을 보는 게 정말 좋아요."

그러자 그는 내게 이렇게 말했어.

"주인어른이라는 말 대신에 다른 호칭으로 나를 불러 줄 수는 없니?"

순간 나는 아무 말도 할 수 없었단다. 그의 어머니나 여동생들처럼 '라쉬드'라고 그의 이름을 부르는 것은 단 한 번도 상상해 본 적 없었거든.

"그리고 너는 내가 글을 쓰고 있는 모습 이외의 다른 면들은 좋아하지 않는 거야?"

나는 그 자리에서 얼어 버렸어. 당황해서 오히려 그에게 다시 물었지.

"다른 면들이요?"

라쉬드는 책상에 펜을 내려놓더니 깍지를 낀 두 손 위에 턱을 받친 채 나를 바라보며 말했어.

"뭐 이를 테면 이것저것… 아니면 나라는 사람이라든지…."

그날 이후로 나는 그를 통해 내가 그를 사랑하고 있다는 것을 확인하게 됐단다. 비록 그에게 있어 나란 존재는 아무런 이의 제기 없이 그의 생각과 신념들을 들어주는 청중에 불과했지만 말이야. 나는 그가 날 사랑하지도 않고 앞으로도 그럴 일이 절대 없을 거라 철석같이 믿었기에, 비록 짝사랑이더라도 그가 내게 관심을 가져주고 동정해 주는 것만으로도 만족했단다.

네 아버지는 내가 그 집에 일하러 갔을 때 쓰라린 이별의 고통에서 막 헤어 나온 상태였어. 그는 대학교 시절부터 한 여자를 사랑했었고 그녀와 결혼하기를 바랐지만, 내가 모르는 무언가의 이유로 또는 그들만의 분류 기준 때문에 네 할머니가 그 결혼을 반대했던 거야. 그러니까 호세, 사랑 하나만으로는 네가 꿈꾸던 여자와 결혼하기가 힘들단다.

내가 라쉬드를 통해 이해한 바로는 이랬어. 쿠웨이트에서는 누군가와 사랑에 빠지기 전에 앞으로 사랑하게 될 여자를 미리 선택해야 한다고 하더라고. 그 사랑에는 우연이라는 것도, 특정한 상황이라는 것도 있을 수가 없지. 또 그곳에서는 어떤 이가 가지고 있는 이름이 누군가에게 흠으로 여겨지기도 한단다. 네 할머니가 아들이 사랑하는 여자의 가문 이름을 알고 나서 그 결혼을 반대했던 이유도 바로 그거야. 네 할머니의 반대 때문에 라쉬드의 사랑은 좌절되었고, 얼마 지나지 않아 그 여자는 다른 남자와 결혼하게 됐단다.

네 아버지와 나와의 관계는 이런 식으로 계속됐어. 우리는 네 할머니가 낮이나 밤에 잠을 잘 때, 그리고 네 고모들이 학교생활로 바쁘거나 위층에서 텔레비전 시청에 몰두할 때 기회를 포착했지. 그때마다 나는 라쉬드를 위해 커피나 차를 준비해 그에게 가져다주었단다. 그러면서 나는 그가 해 주는 이야기를 들으면서 그와 함께 시간을 보냈어. 물론 그 이야기보다는 내가 그의 서재에서 그와 함께 있다는 사실이 내게 더 중요했지만 말이다.

6

아버지가 엄마를 태국 여성들에 비유했을 때 들었던 엄마의 직감은 틀리지 않았다. 아버지는 분명 그 말을 통해 무언가를 암시했던 것이다. 그는 분명한 의사를 내보이려 하지 않았지만 무언가를 암시하는 듯한 행동을 취했다. 엄마는 내게 그 거북한 일들에 대해 세세히 얘기하지는 않았지만 "주인어른, 저는 그런 일들로부터 벗어나기 위해 제 조국을 떠난 거예요!"라고 했다는 엄마의 단호한 대답을 통해 유추해 볼 수 있다. 엄마를 취하고 자 하는 그의 의도는 분명했고, 시간이 지나면서 아버지의 암시적인 태도는 서서히 구체적인 행동들로 변하기 시작했다. 하지만 "나와 결혼해 주겠니?"라는 아버지의 물음에 엄마의 단호함도 눈 녹듯이 사라졌다. 엄마는 분명 그 결혼 같지도 않은 결혼에 동의하면서 아버지의 청혼에 떨 듯이 기뻐했을 것이다.

그날은 1987년 여름이었는데, 엄마가 그곳에 간 지 딱 2년이 되던 날이었다. 엄마의 말에 따르면, 그리고 이후에 내가 직접 경험해 본 결과 그곳 쿠웨이트의 여름은 혹독할 정도로 더웠다. 아버지의 가족들은 여름이 되면 쿠웨이트 남부 해변 지역에 지어진 개인 별장으로 가서 주말을 보내곤 했는데, 그 별장은 아직도 그대로 있고 지금도 종종 가족들이 모임을 갖기도 한다.

그날 할머니와 고모들은 인도인 운전기사를 대동해서 별장으로 먼저 갔고, 아버지는 그 뒤를 따라 자기 차로 집안의 요리사와 가사도우미를 데리고 움직이기로 했다. 하지만 먼저 출발한 할머니 일행보다 조금 늦게 출발한 아버지는 별장으로 직접 가는 대신, 그곳에서 멀지 않은 곳에 위치한 오래된 집 앞에 차를 세웠다. 그리고 아버지는 요리사를 차에 남겨 둔 채 엄마만 데리고 차 밖으로 나왔다.

"그 집은 오래되고 마치 당장이라도 무너질 것 같았어." 엄마는 이렇게 묘사했다. "외국인 노동자들의 거처로 보였던 그 집의 마당과 창을 통해 보이는 내부에는 빨랫줄들과 옷들이 걸려 있었는데, 마치 몇 년 동안 여자의 손길이 한 번도 닿지 않은 것처럼 어수선했단다. 마당의 구석에는 크기가 제각각인 태국어들과 버려진 나무판자들, 먼지가 쌓인 오래된 옷장들, 전선, 그리고 햇빛에 바랜 매트리스들이 놓여 있었지.

우리는 그 집의 현관문으로 들어가는 대신, 왼편의 별채로 이어진 작은 복도로 들어갔어. 그곳에는 한 남자가 우리를 기다리고 있었지. 그는 아랍 사람으로 보였는데, 길고 두터운 턱수염을 길렀고 이마 한가운데에는 검은색 얼룩이 있었어. 아랍식 전통 복장을 입고 있던 그 사람은 머리를 덮는 천을 쓰고 있었지만 그 천을 고정시키기 위해 함께 쓰는 검은 원형의 장식은 하지 않았단다. 그는 그 집에 살고 있는 듯한 또 다른 두 남자를 불렀어. 우리는 그곳에서 오래 머무르지 않았단다. 우리는 아랍식 전통 복장 차림을 한 남자 앞에 함께 앉아 있었어. 네 아버지가 먼저 그와 아랍어로 대화를 하기 시작했고, 대화를 마친 그 남자가 이번에는 나를 보더니 이렇게 묻더구나. '이전에 결혼을 한 적이 있습니까?' 나는 아니라고 답했지. 그러자 이번에는 네 아버지에게 아랍어로 질문했어. 네 아버지는 동의한다고 답했고. 다시 그 남자가 내 쪽을 바라보더니 '라쉬드를 남편으로 맞이하겠습니까?'라고 내게 물었어.

남자는 동의한다는 우리의 말을 듣고 나서 종이 한 장을 발급해 줬는데, 나와 네 아버지는 그 종이 위에 각각 서명을 했고 우리와 함께 있던 그 낯선 두 남자들도 종이에 서명을 했단다. 그리고 들려오는 소리는 '결혼을 축하합니다!'였어.

차로 돌아오는 길에 나는 의심의 눈초리로 라쉬드를 바라보며 물었어. '이런 절차만으로 우리가 부부가 된 건가요?' 그는 확신의 눈빛을 보내며 이렇게 말했지. '간단한 일이야.' 그의 말처럼 우리가 방금 결혼을 했음에도 불구하고, 나는 우리 사이가 달라졌다고 전혀 느낄 수 없었기 때문에 머뭇머뭇했어. 그는 조금 전 차에서 내리기 전에도 내가 일하는 집의 주인어른이었고, 우리가 이 의식을 끝내고 차로 돌아가는 길에도 여전히 내 남편이 아닌 주인어른이었기 때문이지. 나는 다시 한 번 더 물었어. '정말 우리가 부부가 된 게 확실한가요?' 그러자 그는 주머니에서 종이를 꺼내 내게 건네주며 이렇게 말했어. '이 종이가 그걸 증명해 줄 거야… 이 종이를 네가 보관하고 싶으면 그렇게 해.' 나는 그에게 큰사모님과 그의 누이들에게 우리의 결혼에 대해 어떻게 말할 거냐고 물었지만, 그는 관심 없다는 듯 이렇게 말했어. '모든 것에는 다 때가 있기 마련이지.' 그의 말에 나는 침묵을 지켜야만 했지. 사실 우리가 진짜 부부가 된 건지 확신이 서지 않았고 납득도 되지 않았지만 네 아버지에 대한 내 감정 때문에 나는 결국 그렇다고 생각하기로 했어.

우리는 다시 차를 타고 별장으로 출발했지. 함께 차를 타고 있던 요리사는 의심의 눈초리로 조용히 나를 바라보더라."

***

나는 아버지가 한 일들이 과연 엄마와 결혼을 하고 싶다는 진실한 마음에서 우러난 행동인지 의심이 들었다. 아마도 아버지는 그가 원하는 것만 엄마에게서 취하고 싶었던 것은 아니었을까… 형식상 이상한 결혼이기는 했지만 그럼에도 불구하고 결혼은 결혼이었기에, 적어도 아버지는 자기가 할 수 있는 최대한의 선행을 한 것이었다.

그날 밤 그 둘은 아버지가 정한 시간에 몰래 은밀한 만남을 가졌다. 자정이 넘어서자 할머니와 고모들은 잠자리에 들었고, 별장의 불이 하나둘씩 꺼지자 엄마는 몰래 건물 밖으로 나갔다. 해변의 차가운 모래 위를 걷고 있던 그때,

"조세핀!"이라고 속삭이는 아버지의 목소리가 들려왔다. 그는 막 바다에 배를 띄우려던 참이었다.

"주인어른…."

"그런 호칭은 더 이상 우리에게 어울리지 않아!"

아버지는 어머니에게 손을 내밀었다.

"내가 목소리를 높여서 집 안에 있는 모두가 다 알아채기 전에 어서 이리 가까이 와."

엄마는 아버지의 곁으로 다가가서 그가 배를 완전히 띄우기 전까지 그의 옆을 지키고 서 있었다. 아버지는 배를 띄우는데 성공하자 배 위로 풀쩍 뛰어올랐다.

"모두가 잠에 들었니?"

"방금 전에 큰사모님이랑 아가씨들 모두가 방으로 갔어요."

아버지는 배 위에서 엄마에게 손을 내밀었다.

"이리 와."

엄마는 당황한 채 아버지에게 물었다.

"이 배를 타고 어디로 가는 건가요?"

아버지의 손은 여전히 엄마에게 내밀어진 상태였다. 그는 다른 손으로 저 멀리 바다 한가운데를 가리켰는데 그곳에는 빨간 빛이 반짝이고 있었다.

"저 지점에서 가까운 곳이야. 오래 걸리지는 않을 거야. 한 시간에서 최대 두 시간 정도?"

엄마는 고개를 돌려 별장이 있는 곳을 바라보며 말했다.

"하지만 주인어른…."

"네가 계속 나를 주인어른이라고 부른다면, 내가 주인어른으로서 네게 명령을 할 수밖에 없구나. 자, 나와 함께 가자!"

엄마는 계속 망설이면서도 아버지가 있는 배로 한걸음씩 다가갔다. 신발은 모래사장 위에 벗어 둔 채 바닷물 속에 발을 담갔는데 앞으로 나아갈수록 물은 점차 깊어지기 시작했다. 물이 가슴만큼 차올랐을 때, 엄마는 드디어 아버지의 손을 잡았고 아버지는 두 팔로 엄마의 허리춤을 감싸 안아서 배 위로 끌어 올렸다.

아버지가 나무로 만든 긴 노를 젓자 배는 해변과 점차 멀어지기 시작했다. 곧 배는 파도 소리가 들리지 않는 지점까지 도착했고 그곳에서부터 아버지는 배의 엔진을 가동했다. 엄마는 아버지의 옆에 있었는데 바닷물에 젖어 훤히 드러나는 자신의 몸을 감추려고 무릎을 감싸 안고 앉았다.

그리고 얼마 지나지 않아 해변과 멀리 떨어진 빨간 빛과 가까운 그곳, 고요한 바다 한가운데서 배가 요동치기 시작했다. 그때나는 아버지의 몸에서 막 빠져나와 엄마의 몸속 깊숙한 곳에 정착했고, 그렇게 내 인생의 첫 여행을 시작하게 됐던 것이다.

7

그날 이후로 몇 달이 지나고, 내가 정착해 자라고 있던 엄마의 배가 점차 둥글게 불어나기 시작했다. 그녀는 더 이상 펑퍼짐한 옷으로 나의 존재를 감출 수 없었다. 처음에 엄마는 아버지에게 임신 사실을 밝히지 않았다. "우리의 결혼 생활은 정말 이상했어. 그날 이후 우리 사이에는 여러 일들이 있었음에도 불구하고, 그는 여전히 내게 주인어른이었던 거야. 그 결혼은 진짜 같지가 않았지. 그래서 혹시나 그가 내 임신 사실을 알게 되면 너를 지우라고 할까 봐, 나는 내 뱃속에 있는 너를 나 혼자만의 비밀로 간직했단다." 엄마는 이렇게 그 시절을 회상했다. 아이다 이모가 그랬던 것처럼 엄마는 나를 낙태시키는 일이 불가능해질 때가 되어서야 아버지에게 임신 사실을 털어놓았다.

아버지는 처음에 엄마의 임신을 믿지 않았다. 하지만 일이 심각해지자 그는 당혹스러워했다. 그리고 오랫동안 임신에 대해 침묵을 지켰던 엄마를 꾸짖었다. "그때서야 나는 우리의 결혼이 진짜가 아니었다는 것을 알아차렸단다." 아버지는 엄마에게 은근히 낙태를 권유했지만 그러기에는 이미 때가 늦은 것을 알고 서는 적당한 때가 되면 본인이 직접 나설 거라고 엄마에게 약속했다. 시간이 지나면서 엄마의 외형과 움직임은 눈에 띄게 변하기 시작했다. 피부, 코, 두 입술, 손가락이 부었고 걸음걸이도 둔해졌다. 내 할머니이자 그 집안의 큰사모님이었던 가니마가 이러한 변화들을 포착하는 것은 어려운 일이 아니었다. "누가 너를 이렇게 만든 게야?" 할머니는 부엌에 함께 있던 인도인 요리사와 엄마를 불시에 추궁하기 시작했다. 할머니는 엄마가 인도 출신의 요리사와 저지른 일들을 자신에게 이실직고하기만을 기다리는 눈치였다. 할머니의 추궁에 엄마는 결국 울음을 터뜨렸다. 그리고 요리사는 부엌 바닥에 무릎을 꿇고 앉아 할머니의 두 손에 키스를 하면서 본인은 절대 조세핀 근처에도 가지 않았다며 자신의 무고함을 밝히려 애썼다. 그때 부엌에서 요동치는 할머니의 고함을 들은 아버지가 서재에서 나왔다. 그리고 할머니의 고함 소리와 엄마의 울음, 요리사의 애원으로 엉망이 된 부엌으로 들어왔다. 아버지는 손짓으로 인도인 요리사를 밖으로 내보내고 할머니의 눈을 똑바로 바라보며 이렇게 말했다. 그의 말에는 무모함 또는 할머니에 대한 반항심이 복잡하게 뒤섞여 있는 것 같았다. "어머니, 제가 그랬습니다."

그러자 부엌에는 무거운 침묵이 감돌았다. 잠시 멈칫하던 할머니는 그 침묵을 깨려는 듯 아버지에게 재차 확인을 했다.

"네가… 그래, 너는 이 집안의 주인이니 저 천하고 어리석은 놈에게 뭔가를 보여 주려고 지금 이러는 거겠지. 그런 게지?"

할머니는 요리사가 엄마를 임신시킨 장본인이라고 굳게 믿고 있었다. 하지만 아버지는 그런 할머니에게 자신이 한 일을 명백하게 밝혔다.

"어머니… 제가 조세핀을 임신시켰어요…."

할머니는 바닥으로 떨어질 뻔한 심장을 다시 제자리에 집어넣으려는 듯이 손바닥으로 가슴을 쳐 댔다. 그리고 두 손으로 귀를 막다가 자신의 얼굴을 감싸더니 겨우 들릴 만한 목소리로 말했다.

"당장 내 눈앞에서 사라져!"

그런 할머니에게 아버지는 냉정하게 말했다.

"어머니, 제 사전에 한 번 뱉은 말을 되돌리거나 제가 한 행동을 무르는 일은 절대 없습니다. 그리고 이 세상에는 절대 원점으로 되돌릴 수 없는 일들이 있어요."

그 말에 할머니는 하마터면 쓰러질 뻔했다. 안 그런 척했지만 아버지 역시 마음만은 할머니와 같았다. 할머니는 얼굴을 감싸고 있던 손을 떼더니, 의자에 앉아 주먹으로 식탁을 탕탕 치며 말했다.

"그런 말들은 네 정신 나간 독자들한테나 하고…, 나에게 그딴 말은 하지 마라!"

엄마는 아버지가 그렇게 언성을 높이는 것을 처음 보았다고 했다. 그것도 누구 앞에서? 바로 우리 할머니 앞에서 말이다!

"이 아이를 임신시킨 것은 제 잘못입니다. 하지만 제가 만든 이 아이를 버리는 것은 더 큰 죄이고 저는 그런 죄를 짓고 싶지 않아요!"

부엌에서 두 사람의 언성이 높아지자 고모들이 달려왔다. 하지만 그 어느 누구도 감히 이 두 사람에게 다가가지는 못했다.

그 때 할머니가 말했다.

"조세핀… 이 천한 것! 내일 당장 이곳을 떠나거라!"

할머니가 하는 말에 엄마는 두 손에 얼굴을 묻고 엉엉 울기 시작했다.

"네, 네, 큰사모님… 제가 내일 떠나겠습니다."

하지만 아버지가 그런 엄마를 저지하며 할머니에게 맞섰다.

"조세핀은 떠나지 않을 거예요. 지금 그녀는 뱃속에 저의 일부를 품고 있단 말입니다!"

할머니는 그녀의 앞에 있던 식탁에 두 손을 지지한 채로 자리에서 벌떡 일어났다.

"네가 원한다면… 내일이라도 당장 대학생인 신붓감을 찾아 약혼시켜 주마."

아버지를 고개를 저었다.

"어머니, 그러기에는 이미 늦었어요."

할머니는 울부짖으며 아버지에게 소리쳤다.

"이건 재앙이야… 우리 가문의 수치라고!!!"

그러고는 부엌문에 서 있던 고모들을 가리키며 외쳤다.

"그러면 네 동생들은 어쩌라는 게냐, 이 이기적인 놈아! 이 바보 같은 녀석아! 네가 이렇게 경솔하게 행동하면 대체 누가 네 누이들과 결혼을 하려 하겠니?"

"…"

"당장 내 집에서 나가… 이 천한 것을 데리고 나가! 그리고 네 머리를 망가뜨린 그 미친 책들도 가지고 함께 나가거라!"

***

그 소란이 있고 난 뒤, 일주일이 지났다. 엄마는 아랍어를 이해할 수 없었기에 그 일주일이라는 시간 동안 그날 부엌에서 무슨 말들이 오갔는지 아버지에게 끈질기게 물어 댔다. "왜 큰사모님이 당신의 누이들에게 손가락질을 한 거죠?", "책에 대해서 말씀하셨던 것 같은데… 대체 뭐라고 말씀하신 거예요?", "당신이 큰사모님 면전에서 언성을 높였을 때, 사모님께 뭐라고 말했어요?"

엄마는 그녀의 질문에 아버지가 뭐라고 답했는지 내게 얘기해 주었다. "네 아버지는 내 앞에서 그날 있었던 일들을 재현하면서 내가 이해할 수 있도록 영어로 통역해 주었어. 호세야, 그런 네 아버지의 모습을 보며 나는 많이 울었단다. 그가 너무나 딱했어."

아버지는 엄마와 정식으로 혼인을 올리겠다고 할머니에게 감히 말을 꺼낼 수도 없었다. 그랬기에 그날 흘린 엄마의 눈물은 이후에도 도무지 마를 틈이 없었다. 또 아버지가 엄마와 뱃속에 있던 나를 지킬 수 없고, 우리와 함께하기 위해서 할머니에게 맞설 수도 없다는 사실을 알게 되면서 엄마의 눈물은 계속됐다. 아버지는 내가 엄마의 뱃속에 있었을 때 나를 지킬 수 있었지만, 내가 세상에 나온 뒤에는 그럴 수가 없었다.

내가 할머니를 만족시킬 수 있었다면 얼마나 좋았을까!

아니면 아버지가 임신한 엄마의 배를 걷어차기라도 해서 내가 이 세상에 존재하지 않았더라면…. 그러면 나는 엄마의 홍건

한 피 속에서 작은 살덩이가 되어 부엌 바닥 위를 헤엄치고 있었을 텐데.

8

할머니의 집을 나온 아버지와 엄마는 작은 아파트에서 단둘이 살았다. 그 아파트는 당시 아버지의 쥐꼬리만 한 월급 수준에 맞춘 집이었는데, 그곳에는 아버지의 두 친구인 가싼과 왈리드만이 발걸음을 했다. 이 두 친구는 아버지와 엄마가 새 집으로 거처를 옮긴 후 정식으로 결혼을 할 때 증인이 되어 주기도 했다.

어느 날 엄마와 나, 그리고 아이다 이모가 한자리에 모였을 때, 엄마는 서류들과 아버지의 편지들이 담긴 가방(지금은 내가 갖고 있다)을 가지고 나왔다. 그리고 그 종이들 사이에서 새로운 거처로 옮긴 이후 올렸던 아버지와의 정식 결혼을 증명하는 결혼 계약서 사본을 꺼내서 우리에게 보여 줬다. 그리고 그 종이 맨 끝에 적혀 있는, 엄마도 나도 이해 못하는 단어를 손가락으로 가리키며 이렇게 말했다.

"이게 바로 가싼의 서명이란다."

그리고 그 옆에 있는 또 다른 서명으로 손가락을 옮긴 엄마는 잠시 침묵했다. 그러더니 슬픔에 젖은 목소리로 내게 말했다.

"그리고 이건 그 사람의 서명인데… 괴상하지? 서명마저도 그 사람의 성격을 닮았구나."

나는 두 번째 서명을 뚫어지게 바라보았다. 그 주인을 닮아 괴상한 서명이라니. 나는 엄마에게 물었다.

"엄마, 대체 누구의 서명인데 그래요?"

엄마는 그 서류를 접으며 미소 지었다.

"네 아버지의 또 다른 친구 왈리드⋯. 이건 왈리드의 서명이란다."

그러더니 엄마는 가방 속에서 두 장의 사진을 꺼냈다. 한 장은 아버지의 모습이 담긴 사진이었는데, 사진 속의 그는 우스꽝스러웠고 매우 날씬한 몸매에 두터운 턱수염을 기르고 있었다. 안경 너머로 작은 눈이 보이는 아버지는 하얗고 품이 넓은 옷을 입고 있었고, 머리에는 퀴아포[7]의 차이나타운에 사는 무슬림들이 쓰던 흰 모자를 쓰고 있었다.

나는 어떻게 엄마의 눈에 이런 아버지가 잘생겨 보일 수 있는지 도무지 이해할 수 없었다! 두 번째 사진에는 배 위에 서 있는 두 명의 젊은 남자들이 있었다. 엄마는 그 둘 중에서 무언가에 열중했는지 카메라 쪽을 바라보지 않는 한 명을 가리키며 "이 남자가 바로 가싼이란다. 낚싯줄에 미끼를 끼우고 있어."라고 말했다. 그러고는 카메라를 정면으로 바라보고 있는 다른 한 명을 가리키더니 "그리고 이 사람이 바로 왈리드야."라고 내게 일러 주었다. 아버지와 가싼에 비해 어려 보이고 어린아이 같은 모습을 한 그는 성격도 명랑해 보였다.

---

7 퀴아포(Quiapo)는 필리핀 마닐라의 구 도시 중심에 있으며, 저렴한 물건들을 파는 상점들로 유명한 지역이다. 거주자들의 대부분이 무슬림인 이곳에는 황금 사원과 그린 사원이 있다. _역자 주

"아주 괴짜였어. 라쉬드나 가싼과는 달랐지. 차나 오토바이 경주를 정말 좋아했어. 대담하기도 했고 흥분도 잘 했어. 말썽도 엄청 부렸단다. 비행기 공포증이 있었지만 여행하는 것도 엄청 좋아했지."

엄마는 웃으며 말했다.

"왈리드는 비행기가 이륙하기 전에 수면제를 먹고 비행을 하는 내내 죽은 사람처럼 내리 잤단다. 그러다가 비행기가 착륙하고 바퀴가 공항 바닥에 닿고 나서야 그 깊은 잠에서 깨어났지."

비록 엄마의 말을 통해서, 또 사진으로만 얼굴을 본 그였지만, 나는 왠지 그의 성격이 마음에 들었다. 사진 속 왈리드는 한 손에 비닐봉지를 쥐고 있었고 엄마는 그 봉투 안에 아버지가 미끼로 즐겨 사용하는 닭 내장이 들어 있다고 했다. 왈리드의 눈은 선글라스에 가려져 보이지 않았는데, 그는 비닐봉지에서 풍기는 고약한 냄새를 표현하기라도 하듯 한 손으로는 자신의 코를 누르고 있었다.

"엄마, 냄새가 엄청 고약했나 봐요."

엄마한테 그렇게 말하는 내 얼굴에도 메스꺼운 표정이 드러났다.

"맞아. 닭 내장의 냄새는 정말 지독했어. 하지만 네 아버지 라쉬드의 옷에서 풍기던 그 생선 비린내는…"

엄마는 말을 다 끝맺지 못한 채, 두 눈을 감더니 가슴이 부풀어 오를 때까지 숨을 깊이 들이마셨다.

"그 비린내가 얼마나 그리운지 몰라…"

그런 엄마의 모습을 지켜보던 아이다 이모는 부엌문을 가리키며 말했다.

"애, 호세야, 저기 냉장고 위 칸에 생선 열 마리가 있는데, 두 마리만 네 엄마에게 가져다줘.

그리고 이모는 콧구멍 안에 손가락을 넣고는 코맹맹이 소리로 내게 말했다.

"그 생선을 네 엄마 콧속에 넣어 버리자꾸나."

하지만 엄마는 그런 이모의 말에 아무런 반응도 보이지 않았다. 대신 엄마는 자신과 아버지가 함께했던 그 시간들을 회상하며 내게 계속해서 그때의 이야기를 들려주었다.

아버지는 엄마가 나를 임신한 그 기간 동안 할머니의 집에 일체 발길을 끊었다. 엄마의 말에 따르면 아버지는 겉으로는 고집을 부리며 할머니에게 무신경한 척했지만, 속으로는 자신의 어머니를 매우 그리워했다고 한다. 나는 아버지가 그렇지 않은 척했겠지만 분명 자신의 행동에 대해 후회를 하고 있었으리라 생각한다. 자신이 한 일에 대한 부끄러움 때문이었을까. 임신 기간 동안 한 번도 할머니 댁에 가지 않았던 아버지는 집에 가지 않는 대신 할머니와 연락을 하려고 몇 차례 시도를 했었다. 하지만 연락을 받은 그의 누이들은 할머니가 아버지의 목소리를 듣고 싶어 하지 않는다며 그녀의 말을 대신 전하기만 했다. 그들 중 어느 누구도 아버지와 연락을 하기 위해 먼저 노력하지도 않았다.

아버지는 내가 이 세상에 태어나는 것이 할머니를 변하게 만들 보증수표라 굳게 믿고 있었다. 만약 할머니가 아버지의 품에 안겨 있는 내 모습을 본다면 그녀의 품으로 나를 데려가 따뜻하게 안아 줄 거라는 믿음이 있었던 것이다. 아버지는 내가 태어나기도 전에 이미 내 이름을 어떻게 지을지 결정해 놓은 상태였다. 내가 만약 아들이면 자신의 아버지 이름을 딴 '이싸'로 혹은 딸로 태어날 경우 자신의 어머니 이름을 딴 '가니마'로 지을 작정이었다.

한편 우리 엄마는 자신의 삶을 되돌아볼 때마다 그 어떤 것에도 후회하는 법이 없었다. 그중에는 아버지와 결혼해서 나를 임신한 것도 있었다. 엄마는 옛날부터 지금까지 그녀만의 확고한 철학을 가지고 있었는데, 그것은 바로 '세상의 모든 일에는 다 그럴 만한 이유가 있다.'는 것이었다. 아버지와 엄마는 아버지가 승부수를 걸었던 그날, 내가 태어나는 날까지 철저하게 고립되어 지냈다. 그리고 1988년 4월 3일 일요일, 산부인과에서 엄마의 담당 의사는 아버지에게 나의 탄생을 알렸다. "부인 분께서 아들을 순산하셨습니다. 산모와 신생아 모두 건강합니다."

아버지는 갓 태어난 나를 안고 한참 동안이나 내 얼굴을 뜯어보았다. "네 아버지는 너에게서 자신과 닮은 점을 찾으려고 무던히도 애썼을 거야." 하지만 아버지가 본 내 얼굴은 아버지 자신을 제외한 모든 이들의 모습이 한데 뒤섞인 모습이었다. 내 얼굴은 엄마와 아이다 이모, 그리고 외할아버지의 얼굴을 섞어 놓은 모습이니 말이다.

아버지와 엄마 그리고 내가 병원에서 퇴원하자마자, 아버지는 차를 몰아 곧장 할머니네 집으로 향했다. 집 앞에 도착하자 아버지는 엄마에게 차에서 기다려 달라고 부탁했다. 할머니가 엄마를 보지 않으려 할 수도 있었기 때문이다. 아버지는 손자인 나 때문에 언젠가 할머니도 엄마를 받아 줄 수 있을 거라 생각했다. 엄마는 차에서 우리를 기다렸고, 나는 아버지의 품에 안겨 할머니의 집으로 갔다.

집 앞에 선 아버지가 대문을 열려고 몇 차례나 시도했지만 이미 할머니가 열쇠를 바꿔 버리는 바람에 그 노력은 실패로 끝나고 말았다. 할머니는 혹시나 아버지가 집에 다시 돌아올 생각을 할 경우 그가 집 안에 들어오는 것을 막기 위해 대문의 열쇠를 바꿔 놨던 것이다. 아버지가 초인종을 누르자 잠시 뒤 새로 고용된 인도인 가사도우미가 집 밖으로 나왔다. 아버지는 집 안에 들어가기 전 그녀와 잠시 대화를 나누는가 싶더니 문을 열고 집 안으로 들어갔고 엄마의 시야에서 사라졌다. 그렇게 몇 분이 지났을까, 낯선 차량 한 대가 할머니네 집으로 다가왔다. 그 차를 본 엄마는 자신도 모르게 좌석에 움츠려 앉았다. 그 차는 집 맞은편 보도에 멈추었고 네 명의 여자들이 그 차에서 내렸다. 곧 그들 중 하나가 초인종을 눌렀고 인도인 가사도우미가 나와서 문을 열었다. 아버지가 집 안으로 들어간 지 얼마 지나지 않았음에도 불구하고, 여자들이 문 뒤로 사라지자마자 집 옆에 위치한 작은 차고 문이 열리면서 나를 안은 아버지의 모습이 나타났다. 아버지는 입을 굳게 다문 채 어머니가 있는 차로 다가왔다.

"할머니 집에 다녀온 이후로, 네 아버지의 기분 상태가 많이 변했단다." 그렇게 말하는 엄마의 얼굴에는 어느새 슬픔이 어렸다.

네 아버지는, 말수도 적어지고 계속 무언가를 생각하는 것 같았어. 전보다 더 많은 시간을 독서와 글쓰기에 할애했지. 바다에 가 보라고 계속 설득했지만, 네 아버지는 가싼과 왈리드가 여행 준비로 바쁘다고 핑계를 대며 거절했어. 나는 그가 두 친구들과 함께 여행이라도 가기를 바랐지만 역시나 내 제안은 거절당했지. 그렇게 네가 태어난 지 이틀 뒤에 가싼과 왈리드는 네 아버지 없이 단둘이 여행을 떠났어. 가지 않았다면 좋았을 텐데….

당시 쿠웨이트는 태국으로 향하던 자국의 여객기가 납치된 사건으로 온통 떠들썩했단다. 문제는 가싼과 왈리드가 바로 그 비행기에 타고 있었다는 거야. 네 아버지는 정신이 나가서는 신문이나 다른 친구들과 연락하면서 새로운 소식이 없는지 이곳저곳을 수소문하고 다녔어. 그때를 제외하고는 뉴스를 알리는 텔레비전 앞을 떠나지 않았지. 하지만 뉴스 속보를 통해서 방송되는 사실들 말고는 그 이상의 새로운 소식은 들을 수 없었단다. 그런데 갑자기 상황이 나빠졌어. 승객들 중 두 명이 살해당했고 사람들은 그 소식을 듣고 매우 비통해했어. 네 아버지는 라르나카 공항에 착륙한 항공기 문 밖으로 두 구의 시신이 던져지는 모습을 보고는 절규했어. 비행기 아래 떨어져 있는 두 시신을 구급차가 급히 수습해 가는 화면 앞에서 그는 가슴을 치며 울어 댔단다. 나는 그 모습을 앞으로도 절대 잊을 수 없을 거야. 그는 손끝을 말아 주먹을 쥐더니 가슴을 세게 치기 시작했어. "그놈들이 죽인 게 아니야… 우리가, 바로 우리가 저들을 죽인 거야." 나는 어떻게 한 번도 만나 보지 못한 낯선 사람의 죽음 앞에서 그렇게 비통해하며 울 수 있는지, 정작 본인은 아무 일도 하지 않았으면서 자신이 살인을 저지른 죄인이라고 말할 수 있는지 네 아버지의 행동을 이해할 수가 없었단다. 그건 지금까지도 그래.

그리고 정규 뉴스가 보도되기도 전에, 그 여객기에서 세 번째 희생자가 나왔다는 소문이 사람들 사이에 돌기 시작했어. 라쉬드는 언론사에서 일하는 친구들을 통해 그 소식의 사실 여부를 확인해 냈지. 승객들 중 한 명이 충격으로 인해 히스테리성 발작을 일으켰는데, 상태가 급격히 나빠졌고 응급치료를 받지 못해서 결국에는 심장마비로 사망했다는 소식이었어.

비행기 공포증, 바로 그것 때문에 왈리드가 죽은 거였지. 그 사실을 알게 된 네 아버지는 절규하며 미친 듯이 울어 댔어. 나는 그런 그의 모습을 보고도 아무것도 해 줄 수 없었어. 그저 함께 바닥에 주저앉아 라쉬드와 그의 친구 왈리드의 처지를 애통해했단다.

왈리드의 죽음 이후, 네 할머니는 처음으로 네 아버지의 연락에 응답했어.

"솔직히 네 연락을 받고 싶지는 않았지만… 이제는 너도 불행한 기운이 너를 쫓고 있다는 것을 깨달았을 테지. 그 증오스러운 것이 태어나고 난 뒤 네 친구에게 생긴 일들을 보라고! 그놈은 제 어미처럼 저주를 받은 게야!"

그 말을 들은 라쉬드는 아랫입술을 깨물었어. 두 빰은 눈물로 뒤범벅이 됐지. 네 할머니는 통화를 끝내기 전에 이 말을 덧붙였단다.

"그 둘을 내쫓아 버려라. 그러고 나서 네가 어떻게 축복을 받는지 똑똑히 봐…. 둘을 쫓아 버리고 네 집으로 다시 돌아오도록 해라. 어미의 마음으로 네가 저지른 그 큰 죄를 용서해 주마."

네 할머니가 전화를 끊자 라쉬드는 여전히 수화기를 손에 든 채로 고개를 떨구었지. 울지 않으려고 부단히 애를 쓰면서 내게 이렇게 말했단다.

"어머니가 말씀하시기를…."

아버지는 '이싸'라는 이름의 내 출생증명서를 발급받자마자 여행사에 연락해서 나와 엄마를 마닐라로 데려갈 비행기 표를 예매했다. 단 쿠웨이트 항공사만은 피해 달라고 여행사에 신신당부했다.

그리고 며칠 뒤, 나는 내 인생의 두 번째 여행을 떠났다. 이번 여행은 아버지의 나라를 떠나 어머니의 나라로 향하는 여정이었다.

2장
이싸, 출생 후

자신이 왔던 곳을 되돌아보지 못하는 자는
그가 목표한 곳에 절대 도달할 수 없다.

호세 리살

1

그렇게 나와 엄마는 쿠웨이트를 떠나 필리핀 땅에 도착했다. 그리고 그때부터 내 외할아버지인 '멘도사'의 집에서 함께 살게 되었다. 나는 할아버지의 이름을 따서 '호세 멘도사'라는 새로운 이름을 갖게 되었는데, 사실 멘도사는 할아버지의 성이었다. 할아버지 생전에 사람들은 그를 부를 때 이름 대신 성으로 부르곤 했는데 사실 그 성도 많이 불리지는 않았다.

나는 마닐라 북부에 있는 발렌수엘라라는 지역에서 평방 2,000미터도 안 되는 할아버지의 작은 땅에서 살았다. 우리는 그 땅 위에 두 채의 집을 짓고 살았는데, 두 집의 크기는 모두 달랐다. 2층으로 되어 있는 좀 더 큰 집에는 나와 엄마, 아이다 이모, 메릴린, 베드로 외삼촌, 그리고 그의 아내와 자식들까지 한데 뒤엉켜 살았고, 그 옆에 1미터 폭의 개울을 사이에 두고 세워진 다른 작은 집에는 할아버지가 혼자 살고 있었다. 두 집을 나누고 있던 그 개울은 사실 실개천이나 강의 하류에서 갈라진 물줄기가 아니라 쓰레기들이 둥둥 떠다니는 하수도나 마찬가지였다. 그래서 습도가 높아지는 날이면 참을 수 없는 고약한 악취가 풍겼다.

할아버지의 작은 땅에는 우리 가족이 사는 두 채의 집 말고도 아주 작은 또 다른 집이 있었는데, 그 집은 거리의 골목이 내려다보이는 구석의 외진 곳, 거대한 망고 나무 아래에 자리 잡고 있었다. 대나무로 만들어진 그 집은 몇 년 전 어디에서 왔는지도 알 수 없는 츌링이라 불리는 가난한 노파를 위해 할아버지가 손수 지은 것이었다. 그녀는 이전에 거처 없이 길거리를 떠돌던 노파였는데 우리는 츌링이라는 이름 말고는 그녀에 대해 아는 게 아무것도 없었다. 우리는 그 이름을 알기 전 그녀가 노인이라는 점을 감안하여 존중의 의미로써 '이낭'[1]이라는 명칭으로 그녀를 불렀었다. 탐욕스러운 멘도사의 땅에 그녀가 아무런 대가 없이 산다는 것은 우리 할아버지가 가진 여러 모순적인 면모들 중 하나였다. 고령의 노파였던 그녀는 그 생김새 때문에 마을 아이들에게 공포의 대상이었다. 등이 굽은 그녀의 입가는 하얀 수염으로 덮여 있었고, 백발의 머리카락은 듬성듬성 빠져 있었는데 머리카락이 없는 부분은 헐어 있거나 붉은 반점으로 덮여 있었다. 마을 아이들은 그녀에 대해 무시무시한 괴담을 만들

---

1 이낭(Inang)은 필리핀의 서민들 사이에서 나이가 많은 노파를 부를 때 쓰는 명칭으로, '어머니'라는 의미가 있다. _역자 주

어 냈고, 그 때문에 해가 지고 나면 그녀의 집 앞을 지나간다는 것은 거의 불가능한 일이 되어 버렸다. 이낭 츌링은 마을의 주술 사이자 아이들을 먹고 사는 죽지 않는 마녀가 되어 버렸다.

세 채의 집을 둘러싼 나머지 빈 땅에는 망고, 바나나, 구아바, 파파야, 잭프루트와 같은 나무들이 심어져 있었는데, 긴 대나무 줄기들이 그 나무들 주위를 둘러싸면서 멘도사의 땅을 구분 짓는 담장이 되어 주었다.

우리 가족은 엄마가 쿠웨이트에서 돌아오기 직전, 금전적으로 약간의 여유를 되찾았다. 만약 할아버지의 광기와 투계 도박 중독만 없었더라면 상황은 더 좋았을 것이다. 중독은 비단 마약에 국한된 것만이 아니었다. 할아버지의 피에는 도박의 유전자가 흐르고 있었던 것이다. 당시 할아버지와 아이다 이모, 메릴린, 그리고 베드로 삼촌과 그의 식솔들까지 모두 엄마가 가사도우미로 일하면서 매달 말에 보내 주는 돈에 전적으로 의지하고 있었다. 특히 붐바이 무리에게 빚진 돈을 다 갚고 난 뒤, 엄마의 월급 전액이 가족들에게 송금되면서부터 집안의 형편은 눈에 띄게 더 좋아졌다. 덕분에 할아버지는 아이다 이모가 그렇게 바라던 냉장고도 샀다. 할아버지가 이모를 두려워했기에 가능한 일이었다. 비록 냉장고는 거의 텅텅 비어 있었지만 말이다.

베드로 삼촌이 엄마에게 했던 말을 빌리자면, 그 당시의 상황은 이랬다. "조세핀! 네가 여기에 있었더라면 참 좋았을 텐데! 집에 냉장고를 들여오는 게 마치 엄숙한 의식 같았단다! 항구에 서서 전쟁에서 승리한 전함을 맞이하는 것만 같았지. 남녀노소 할 것 없이 온 동네 사람들이 우리 집 주변에 모여서 일꾼들이 냉장고를 차에서 내려 집으로 옮기는 모습을 구경했어! 그때의 기분은 정말 날아갈 것만 같았다고!"

냉장고를 집에 놓은 지 몇 주가 지나지 않아, 우리 가족에게는 또 다른 생계 수단이 생겼다. 다행히도 그것은 현금이 아니었던지라 할아버지가 그걸 다 써 버릴 걱정은 하지 않아도 됐다. 이웃들이 아이다 이모와의 합의하에 그들의 음식을 우리 집 냉장고에 보관했고, 그 대가로 우리 가족은 그 음식의 일부를 받았던 것이다. 이렇게 물만 넣어 놨던 우리 집 냉장고에 다양한 종류의 음식이 보관되기 시작했다.

2

필리핀에서 돌아온 엄마가 문을 열었을 때, 나는 아기용 포대기에 쌓여 엄마 등에 업혀 있었다. 나의 할아버지 멘도사는 평소처럼 대낮부터 거실 소파에 누워 낮잠을 자고 있었다. 그는 밤에 잠자리에 들 때가 아니면 좀처럼 자신의 거처인 옆집에 가지 않았고, 거의 대부분의 시간을 큰 집에서 보내곤 했다.

엄마는 문을 열고 집 안으로 들어섰다.

나는 네 할아버지 앞에서 발에 못이라도 박힌 것처럼 멈춰 섰단다. 그렇게 거실 한가운데서 자고 있는 네 할아버지와 현관문 사이에 잔뜩 얼어서 서 있었어. 아버지에게 실컷 욕을 먹거나 아니면 흠씬 두드려 맞고 나서야 내 방에 들어가나 싶었지. 허리를 숙여 아버지 손등에 내 이마를 대고 싶었지만 몇 년 전 아버지가 그 손으로 아이다의 뺨을 몇 번이나 계속 때리던 것이 생각나서 차마 그러지는 못했단다.

"아버지!"

아버지는 꿈쩍도 하지 않았어. 그래서 더 큰 목소리로 그를 불렀단다.

"아버지!!"

그제야 아버지가 한쪽 눈을 떴어. 그러고 나서 벌떡 일어나 앉았지.

"조세핀!"

아버지는 미소를 띠며 내게 말했단다.

"네가 올해 일을 마치고 오는 거라면…."

말을 다 끝맺지 않은 그는 얼굴에 여전히 미소를 띠고 있었어. '만약 아버지가 지금 내 등에 있는 것의 정체를 알기라도 한다면?!' 나는 아버지 몰래 중얼거렸어.

"아버지, 제가 일한 지도 벌써 3년이 지났어요. 3년이면 충분하다고 생각해요…."

내 말이 끝나기가 무섭게 문 밖에서 베드로 오빠의 목소리가 들려왔어.

"이게 누구 가방이지?"

오빠는 내가 문 밖에 두었던 가방을 들고 집 안으로 들어왔지. 문턱에 선 오빠의 시선이 제일 먼저 향한 곳은 내가 아니라 바로 내 등에 업혀 있던 너였단다.

"이게 누구야?!"

의아해하는 오빠의 목소리가 내 등 뒤에서 들려왔어. 그 모습을 본 아버지는 여전히 소파에 앉은 상태로 껄껄 웃어댔지. 그러더니 오빠한테 말했어.

"누구긴, 네 여동생 조세핀이지, 이 바보 같은 녀석아!"

오빠는 내 앞으로 성큼성큼 다가오더니 아버지와 내 사이에 서서는 당황한 표정으로 나를 바라봤어.

"제 말은 그러니까… 조세핀이 지금 등에 업고 있는 게 누구냐는 말이에요!"

오빠의 말이 채 다 끝나기도 전에 아버지는 허름한 소파를 박차고 일어나더니 험상궂은 얼굴을 하고 내 쪽으로 다가왔어. 두 눈이 잔뜩 커져서 말이지. 나는 뒤에서 날아올 아버지의 주먹을 받아 낼 만반의 준비를 하고 그 자리에 꼼짝도 않고 있었어. 아버지는 나를 지나쳐 내 등 뒤로 가더니 가만히 서 있더라. 그리고 내 귀에 속삭였지.

"우리 집에 또 아비 없는 자식이 생긴 거냐!"

아버지는 내 머리카락을 세게 잡아당겼어. 그 바람에 내 머리와 너의 작은 머리가 부딪쳤고, 너는 큰 소리로 울기 시작했어.

"네가 일을 한다면서 그 먼 나라로 가는 대신에 차라리 여기서 몸을 팔았더라면…!"

나는 그런 아버지의 말을 끊고 이렇게 얘기했어.

"아비 없는 자식이 아니에요! 이 아이의 아버지는… 제 남편이에요!"

아버지는 내 머리채를 잡더니 오빠에게 소리쳤지.

"얘야, 어서 저 문을 닫아라!"

나는 그 순간 아버지가 무슨 생각을 하는지 알고 있었어. 하지만 나에게는 아이다처럼 닭 모가지를 부러뜨릴 용기가 없었단다.

3

그날 이후로 엄마에 대한 할아버지의 대우는 달라졌다. 화가 잔뜩 난 할아버지는 그래도 엄마에게 전에 없던 존중의 표시를 보였던 것이다. 비록 밖에서 아이를 낳아 집으로 데려오면서 할아버지의 기대를 저버리긴 했지만, 그래도 엄마는 엄연히 배우자가 있는 한 남자의 아내였다. 그리고 엄마는 다른 형제들에 비해 할아버지와 가장 가까운 자식이기도 했다. 물론 할아버지가 하는 행동을 보면 그렇게 보이지 않을 때도 있었지만. 엄마는 할아버지가 자신에게 아무리 모질게 굴어도 그를 아버지로서 잘 보살폈다. 할아버지에게 늘 끼니를 챙겨 주고 그의 작은 거처를 매일같이 청소했다. 그리고 무엇보다 내 아버지가 쿠웨이트에서 부쳐 주는 돈의 절반을 할아버지께 매달 챙겨 드렸기에 엄마에 대한 할아버지의 태도는 다를 수밖에 없었다.

엄마는 어느 날 내게 이렇게 말한 적이 있었다. "나는 네 외할머니가 그랬던 것처럼 네 외할아버지와 최대한 같이 잘 살아 보려고 노력했단다. 네 할아버지가 그렇게 신경질적인 데에는 다 이유가 있어. 엄마는 늘 내게 아버지가 젊은 시절에 군인이었고 힘든 일들을 많이 겪었다고 했지. 아버지가 투계 도박에 빠진 것도 다 내면에 쌓인 화를 분출하기 위한 방법이야. 아마도 아버지는 상대편의 닭들이 죽는 걸 보면서 과거에 싸웠던 적들에 대한 복수를 하려는 것 같았어." 엄마는 잠시 미소를 짓더니 이렇게 말했다. "우리 여자들은 항상 남자들의 기분을 이해해야 하고, 그들의 행동을 정당화시킬 이유들을 만들어 내곤 하지. 또 그들의 잘못 앞에서는 항상 인내해야 하고 말이야. 하지만 우리가 그걸 참고 견디는 이유는 그 남자들을 위해서가 아니라 사실 그들보다 더 중요한 것을 보호하기 위해서란다."

엄마는 웃으며 내게 말했다. "그때 내가 만약 네 외할아버지에게 대들고 저항이라도 했다면 아이다가 그랬던 것처럼 내 삶도 끝났을 거야. 평생을 잔뜩 굳은 표정에, 감정 없이 텅 빈 두 눈을 한 채로 걸어 다녔겠지. 기차처럼, 목표물이 있으면 거기로 무작정 달려들었겠지. 코에서 마리화나 연기를 잔뜩 뿜어 대면서 말이야."

그 누구도 우리 엄마처럼 할아버지를 능수능란하게 잘 다루지 못했다. 멘도사라는 사람을 다룬다는 것은 스타일과 취향, 심지어 생각까지 서로 다른 여러 명의 남자들을 한꺼번에 대하는 것과 맞먹는 일이었기 때문이다. 나는 엄마가 다른 이들과 달리 할아버지를 이렇게 잘 다룰 수 있었던 이유가 대체 무엇인지 아직까지도 잘 모르겠다. 그녀의 탁월한 인내심 때문이었을까, 아니면 영리함 덕분이었을까?

외할아버지 멘도사는 정말 특이한 사람이었다. 내가 그곳 필리핀에서 있던 시절 내내 아무리 할아버지의 성격을 이해해 보려고 노력해도 도무지 그럴 수가 없었다. 할아버지의 성격은 너무나 다중적이어서 나는 그중에서 무엇이 진짜 그의 모습인지 헷갈려 했다. 할아버지는 그 자체로 하나의 장편소설 같았다. 그런 내게 엄마는 이렇게 일러 줬다. "여러 가지 성격을 가진 사람들을 볼 때면, 나는 그들에게는 진정한 자아가 없기 때문에 여러 인격들 중에서 진짜 자신을 찾고 있는 것이라고 생각한단다." 하지만 나는 엄마의 말이 틀렸다고 생각했다. 왜냐하면 다중적인 외할아버지는 투바²를 통해서는 자신의 진짜 모습을 드러냈기 때문이다. 한밤중에 그것을 한두 잔 홀짝이는 날이면 다른 여러 성격들로 자신의 진짜 모습을 숨기려 했지만, 본격적으로 투바를 마시기 시작하는 날이면 그는 술에 취해 숨죽여 울면서 "나는 이렇게나 약한 존재야…. 나는 이 세상에서 철저하게 외톨이라고…."라는 말을 반복했다. 그러면 나는 한밤중에 들려오는 할아버지의 술주정을 가만히 듣고만 있었다.

1966년, 할아버지는 당시 미국이 이끄는 한국, 태국, 호주, 뉴질랜드와 필리핀 연합군 소속으로 베트남전에 참전했다. 그는 그 전쟁에서 의료와 민간 업무를 지원하는 군부대에 있었다. 엄마는 그 당시 외할아버지가 어떤 모습이었는지를 내게 말해 주었다. "베트남 산악 지대에 있던 북베트남 측 반란 세력들은 네 할아버지의 인간성을 말살해 버렸어. 아버지는 그곳에서 본 것들에 대해 우리에게 일체 말하지 않았지만, 분명 차마 말로는 다 설명할 수 없는 일들을 겪었던 게 분명해. 그리고 네 할아버지는 전쟁이 끝나기 전에 네가 알고 있는 바로 지금의 그 모습으

---

2 코코넛 열매의 과즙으로 만든 현지 술 _역자 주

로 고향에 돌아왔단다."

나는 자라면서 놀라울 정도로 할아버지를 증오하기 시작했다. 심지어는 엄마가 그렇게나 두둔하는데도 불구하고 할아버지가 죽기를 바란 적도 있었다. 할아버지가 나를 모질게 대할 때마다 나는 엄마에게 달려가 불평을 해댔다. 하지만 엄마는 "나, 아이다, 베드로 모두가 너와 같았단다. 네 할아버지가 우리 앞에서 펄쩍 뛰며 성을 낼 때마다 우리는 네 할머니에게 달려가서 아버지에 대해 불평을 했어. 하지만 네 외할머니는 '그건 다 전쟁 때문이야. 아직도 네 아버지 안에는 전쟁의 불씨가 활활 타오르고 있단다.'라며 우리를 달랬지."라고 그녀 역시 나를 다독거렸다.

할아버지는 1973년 우리가 모르는 자신만의 고통스러운 기억들을 품은 채 고향 집으로 돌아왔다. 그리고 그에게 남은 건 미국 정부에서 제공하는 월 4,500페소[3]에 달하는 종신 보상금뿐이었다.

하지만 이 돈은 우리 가족의 생활비에 하나도 보탬이 되지 않았다. 할아버지가 그때 한창 투계 경기에 빠져 있었기 때문이다. 할아버지는 경기 중 상대편의 사나운 닭에 의해 당신의 닭이 죽는 경우 매달 받는 그 보상금으로 새로운 닭을 샀다. 그리고 반대로 만약 상대편 닭을 이겨서 할아버지가 도박장에서 돈을 따기라도 한 날에는 딴 돈으로 새 닭을 샀고 보상금으로는 새 닭에게 줄 사료와 거액의 투계용 알약들 그리고 비타민을 사 버

---

3   현재 미화로 약 100달러의 가치에 달한다. _역자 주

렸다. 자연히 보상금은 통째로 사라져 버렸다.

이 두 경우 때마다 할아버지의 보상금은 투계들의 깃털들과 함께 날아가 버렸는데, 가족들 중 누구 하나도 이런 할아버지의 행동에 반기를 들 수 없었다. 그나마 유일하게 위안이 되는 경우라고는 할아버지의 닭이 싸움에 이긴 날, 그가 품에 세 마리의 닭이 담긴 닭장을 안고 집으로 돌아오는 때였다. 그 세 마리의 닭은 각각 투계에서 이긴 닭, 새로 산 닭, 그리고 싸움에서 패배한 닭이었는데 보통의 경우 싸움에서 진 닭은 죽어 있거나 거의 죽기 직전의 상태였기에 굶주린 우리 가족의 잔치 음식이 되어 주었다.

4

엄마는 내가 훗날 아버지의 나라에 가게 된다면 이슬람이 나를 기다리고 있을 것이라는 믿음을 가지고 있었다. 그래서인지 나를 교육시키는 데 있어 종교적인 면은 등한시했다. 아버지는 내가 태어난 날 병원에서 처음 나를 품에 안자마자 내 오른쪽 귀에 대고 이슬람의 기도문을 속삭였다. 그러나 엄마는 우리가 필리핀에 도착하자마자 나를 동네의 작은 성당으로 데려가서 성수에 내 몸을 담그며 가톨릭식의 세례를 시켜 버렸다. 아마도 그당시 엄마의 마음속에는 내가 쿠웨이트로 돌아갈 수 있을 거라는 믿음이 굳건하게 자리 잡지 않았기 때문이었으리라.

만약 아버지와 엄마가 한 부분에서, 단 한군데에서라도 접점을 찾았더라면…. 기나긴 고난의 길에서 내 자신의 명확한 정체성을 찾으며 허덕이지 않게 해 주었더라면, 나를 부르는 이름이 하나였더라면, 내가 태어나고 국가를 부를 수 있는 조국이 하나였더라면, 그래서 죽음을 맞이하며 그 땅에서 눈을 감기 전, 그곳의 나무들과 거리 곳곳에 오롯이 내 기억들을 새길 수 있게 되었더라면, 내가 믿는 종교라도 하나였더라면… 그랬다면 얼마나 좋았을까?!

나는 가끔 라쉬드와 조세핀이 내 부모가 되기 전 그날, 그 배 위에서 둘만의 세계에 빠져 들었던 그 단 몇 분 동안의 시간에 대해 곰곰이 생각하곤 했다. 두 남녀가 즐겼던 그 몇 분의 순간 때문에 내 인생이 통째로 불행해진 것은 아무리 생각해 봐도 정말 말도 안 되는 일이었다!

내 부모가 모두 쿠웨이트인 무슬림이었다면 좋았을 텐데. 그러면 나는 위층을 다 차지할 만한 나만의 방이 있는 큰 저택에 살았겠지. 그 방에는 46인치짜리 텔레비전과 드레스 룸, 화장실도 갖춰져 있었을 거야. 매일 아침 나는 잠자리에서 일어나서 흰색의 폭이 넓은 옷을 입고 머리에는 전통적인 두건을 쓴 채로 내가 직접 선택한 나만의 일을 하러 집을 나설 테지. 그러면 나는 할리우드 영화에 나오는 아랍인 역할의 엑스트라들과 달리 '사회 전체의 한 부분'이 되는 거야. 내 주변의 사람들을 여유롭게 바라보게 될 거야. 그들과 말하기 위해서 고개를 하늘 위로 쳐들지 않아도 될 거고 나를 바라보는 그 시선들 때문에 고개를 땅으로 처박지 않아도 될 테니까 말이야.

고급스러운 카페나 레스토랑에 앉아 있으면서도 그런 상류층의 공간에 어울리지 않는 나를 부정하며 수군대는 사람들의 소리도 듣지 않겠지. 밤에는 젊은이들과 어울려 놀 거고, 가싼과 왈리드 같은 쿠웨이트 친구들도 많이 생겨서 홀에 모여 함께 시간도 보내고 그들과 함께 바다에도 갈 테지. 금요일이 되면 이슬람 사원에 가서 단상 뒤에 선 남자의 설교도 듣고, 그가 무엇을 말하는 지도 이해할 수 있겠지. 두 손을 모아 주변에 있는 사람들을 따라 앵무새처럼 "아멘, 아멘, 아멘"이라고 말하는 대신에 말이지.

그게 아니라면….

필리핀 부모에게서 태어났더라면 얼마나 좋았을까. 만약 마닐라의 유복한 가정에서 태어났다면 매일같이 인파 속을 헤치고 다니며 두 폐와 피부의 땀구멍으로 자동차 매연을 들이마시며 살았을 테지. 만약 가난한 필리핀 무슬림 가정에서 태어났다고 해도, 필리핀 남부에 있는 민다나오에서 굶주림이나 정부의 압력에 대한 걱정 없이 마음 편하게 살았을 텐데. 또는 무슬림이지만 마카티에 있는 좋은 동네에서 부자로 태어났다면 매일 아침 부자들만 다닐 수 있는 명문 학교에 다녔겠지. 또는 중국계 불교 신자의 가정에서 태어났다면 마닐라에 있는 차이나타운에서 부모님과 함께 가게를 운영했을 거야. 매일 아침마다 부처상 앞에서 향을 피우며 복을 기원했겠지. 그것도 아니라면 필리핀 북부 지역에 사는 이푸가오족[4]의 자녀로 태어나서 낮에는

4　이푸가오족(Ifugao)은 필리핀 북부 산악 지대에 거주하는 원주민으로 농경 생활과 관련된 그들만의 종교와 문화가 있다. 쌀은 그들의 생존 수단이고, 이들이 산에 만든 계단식 논은 그 역사가 무려 2,000년 전으로 거슬러 올라간다. _역자 주

중요한 부분만 가린 채 산에 있는 계단식 논에서 일을 하고, 밤에는 지푸라기로 만든 집에서 잠을 잘 거야. 그러면 아니토[5]신 목상이 악령으로부터 우리를 보호해 줄 거니까. 그것도 아니라면 차라리 메스티소[6]로 태어나서 멋진 외모로 영화나 광고의 스타가 되거나 유명한 가수라도 됐을 것을….

그것도 아니라면….

차라리 집파리의 알에서 깨어나 집을 온통 더럽히다가 열흘 뒤에는 늙어 버리고, 그리고 2주 뒤에는 죽을 수밖에 없는 그런 파리라도 됐으면 좋았을 텐데.

그게 무엇이든 상관없이, 만약에, 만약에 내가 명확한 특징만 하나 가졌더라도 이렇게 고통스러운 방황은 하지 않았을 텐데!!!

세례를 받는다고 해서 과연 내가 기독교인이 되는 걸까? 아직 주변의 그 무엇도 기억할 수 없는 어린 시절에 세례 의식에 참여했다고 해서 내가 기독교를 나의 종교로 받아들였다고 볼 수 있는 걸까?

우리는 저마다 다른 종교를 가지고 있다. 세상에 존재하는 여러 종교들 중 우리가 믿을 종교를 하나 선택하는 것이다. 하지만 그와 동시에 우리는 이성으로 인식하지 못하는 점을 무시해 버

---

5 아니토(Anito)는 이푸가오족이 믿는 신의 이름으로, 그들은 어두운 색의 나무 조각으로 신을 형상화했다. _역자 주

6 메스티소(Mestizo)는 필리핀과 유럽의 혼혈 자손들에게 불리는 이름인데, 여기서 유럽은 보통 스페인을 의미한다. 스페인이 필리핀을 식민 통치하던 시절부터 아시아와 유럽의 인종이 섞이기 시작했다. 메스티소라 불리는 이들은 수려한 용모와 훤칠한 키를 자랑한다. _역자 주

리거나 무작정 믿음을 갖는 시늉을 하기도 한다. 그 의미를 이해하지도 못하면서 종교 의식을 행하기도 하고 혹여 내가 가진 무언가를 잃을까 봐 그 종교를 믿으려 노력하기도 한다.

나는 할아버지로부터 갖은 수모를 당하면서도 그의 악행들에 용서로써 답하는 것에 익숙했으며, 오른쪽 뺨을 때리는 이에게 내 왼쪽 뺨을 내어 주는 것도 마찬가지였다. 나는 꿈에서 예수님을 볼 정도로 그를 사랑했다. 꿈속에서 그는 인자한 미소를 지으며 내 머리를 쓰다듬어 주었는데, 날 쓰다듬어 주던 그의 손에는 십자가에 못 박히던 날 그의 손을 관통했던 큰 못의 상처들이 여전히 남아 있었다. 그렇다면 나는 기독교인이 맞는 걸까? 하지만 나는 고독함 속에서 내 자신을 찾을 수 있었고 항상 내 주변에 있는 자연들과 하나가 되고픈 소망을 가지고 있었기에 늘 할아버지의 땅에 있는 나무들 밑에 앉아 시간을 보내곤 했다. 그러다가 하마터면, 부처가 말했던 것처럼 모든 고통의 근원인 감각들을 잃을 뻔하기도 했다.

나는 부처의 가르침이 좋았다. 그래서 그의 가르침이 담긴 책들에 푹 빠져 지내다가 부처가 가장 아끼고 가깝게 지냈던 제자인 '아난다'가 되기도 했다. 그렇다면 나 자신도 모르는 사이에 내가 불교 신자가 되어 버린 걸까? 그러나 나는 유일신의 존재를 믿었고, 신은 누군가에 의해 태어나거나 다른 누군가를 낳지도 않는다는 신념을 가지고 있었다. 그렇다면 나는 내가 선택하지 않았음에도 불구하고 무슬림이 되어 버린 것일까?

나는 대체 누구인가?

내 이름과 종교 그리고 내 국가를 평생 동안 찾아 헤매는 것이 나의 운명이 되어 버렸다. 그러나 나는 이런 부모님 덕에 – 물론 그들은 그럴 의도가 없었겠지만 – 나를 만든 창조주가 누구인지에 대해 내 방식대로 알아 갈 수 있었다.

5

필리핀에 있을 때 나는 성당에 자주 나가지 않았고, 따라서 성당과 이렇다 할 특별한 관계가 형성되지도 않았다. 그러다가 열두 살이 되던 해에 아이다 이모, 베드로 삼촌 내외와 함께 성당에 갔다. 어린 아기였을 때 세례를 받고 난 후 처음이었다. 이두 번째 성당 방문은 가톨릭 7성사에 따른 견진성사를 받기 위한 것이었는데, 나는 지금까지 가톨릭의 일곱 가지 성사들 중에서 세례성사와 고해성사, 그리고 견진성사만을 치룬 상태이다.

나의 첫 번째 고해성사 의식은 학교의 주최로 진행되었다. 일반적으로 학교에서는 신부님을 학교로 초청하여 초등학교 3학년 학생들과의 만남을 주선하고 학생들에게 고해성사를 하도록 했다. 내가 아홉 살이 되던 해에도 신부님이 우리 학교를 방문했다. 우리는 교실 밖에서 한 줄로 서서 신부님과의 만남을 기다렸고 신부님은 교실 안에 앉아 학생들과 한 명씩 차례대로 만났다. 당시 어린 학생들이 신부님 앞에서 뉘우칠 죄라고는 "선생님께 거짓말을 했어요. 엄마 말을 듣지 않았어요. 누군가의 연필이나 인형을 훔쳤어요."의 범위를 벗어나지 않았다. 하지만 나의 경우는 달랐다. 내가 신부님 앞에서 뉘우칠 죄는 그 당시 내 나이에 저지를 수 있는 종류의 것이 아니었다. 아마 이낭 츌링의 나이쯤 된 사람이나 고백할 수 있는 죄가 아니었을까?

이낭 츌링은 이웃에 살고 있는 노파였고 동네 아이들에게 공포의 대상이었으며 그녀의 작은 집은 거대한 망고 나무 밑, 우리 할아버지의 땅 한구석에 자리 잡고 있었다.

과거 멘도사의 땅을 회상해 보면 우리 가족과 함께 그 작은 땅을 공유했던 세 가지 생물체들이 떠오르는데, 그것은 바로 할아버지가 키우던 개와 닭들, 그리고 이낭 츌링이었다! 이낭 츌링은 남편도 자식도 없는 혈혈단신의 노파였다. 나는 그녀가 단 한 번도 자신의 집 밖으로 나온 것을 본 적이 없었는데 내가 유일하게 볼 수 있었던 이낭 츌링의 모습은 집 밖에 놓여 있는 음식을 가지러 문 밖에 내민 그녀의 상체가 전부였다. 엄마는 할머니가 병석에 누운 이후로 매주 이낭 츌링을 찾아가 그 집을 청소해 주었다. 그 전에는 할머니가 그 임무를 도맡아 했었고 할머니가 돌아가시고 엄마가 쿠웨이트로 갔을 때에는 아이다 이모가 대신 그 역할을 했었다.

우리 동네에 살던 다른 여자들은 이낭 츌링을 위해 매일 아침저녁으로 그녀의 집 앞에 음식을 가져다 놓았다. 그러던 중 일곱 살이 되던 해의 어느 날, 나는 잔뜩 배고픈 상태로 하교하는 길이었다. 마침 이낭 츌링의 집 앞을 지나고 있었는데 이웃의 한 여자가 그녀의 집 앞에 음식을 놓고 가는 것을 보게 되었다. 보통 그 음식들은 흰 쌀밥이나 얇게 자른 과일 또는 튀긴 바나나였는데 이상하게도 그날은 보통 때와는 달랐다. 이낭 츌링의 집 앞에 닭 반 마리가 놓여 있었던 것이다. 순간 입에 침이 고이기 시작했고, 나는 그녀의 집 앞에서 걸음을 멈춘 채 빤히 그 닭을 바라보았다. 집주인에 대한 두려움 때문이었을까. 나는 차마 그 닭에게 더 가까이 다가가지는 못했다. 나뭇잎이 흔들리는 소리와 망고 나무 가지 사이에 있던 거대한 벌집에서 나는 벌들의 소리만 빼면 집 주변은 너무도 고요했다. 나는 주변을 둘러보며 망설였다. "해도 될까?"

어느새 내 시선은 나무로 만들어진 이낭 츌링의 문손잡이에 가 있었다.

"그 마녀가 갑자기 나타나서 나를 저 집 안으로 끌고 들어가 버리면 어쩌지?"

나는 초조해져서 손톱을 물어뜯었다.

"마녀가 잡기 전에 달아나 버리면 되지, 뭐."

드디어 결심이 선 나는 문 쪽으로 한 발자국씩 다가갔다.

"이낭 츌링이 배고파서 죽어 버리면 어쩌지?"

말은 그렇게 했지만 내 두 눈은 이미 문 아래에 놓인 음식을 향해 있었다.

"진짜 맛있어 보이는데…."

멀리 떨어지지 않은 곳에서 우리 집 개 짖는 소리가 들려왔다.

"내가 지금 이 닭을 먹지 않으면 우리 집 개가 달려와서 먹어 버릴 거야!"

나는 혹시라도 우리 집 개가 그 닭을 먹어 버릴까 봐 조바심이 났지만 반대로 이낭 츌링이 갑자기 내 앞에 나타나 나를 집 안으로 끌고 갈까 봐 겁이 나기도 했다. 배고픔에 못 이겨 한 발짝씩 음식을 향해 다가가다가도 혹시 나 때문에 그 노파가 굶어 죽지는 않을까 또 망설여졌다. 개 짓는 소리가 점점 가깝게 들리기 시작했고 벌집의 벌들은 계속 윙윙거렸다. 배고픔을 못 이긴 내 위는 곧 쪼그라들 것만 같았다. 결국 나는 이낭 츌링의 집 앞으로 달려가 작은 손을 뻗어 문 앞에 놓인 닭을 잡아챘고 빈 접시만을 남겨 둔 채 멀리 달아나 버렸다.

그 일이 있고 2년이 지난 뒤, 나는 교실에서 신부님과 단둘이 독대하는 시간을 가졌다. 그날 나는 결국 그 닭을 맛보지는 못 했지만, 신부님께 그날 이낭 츌링의 음식을 훔친 일을 고백했다.

"먼저 자신의 죄를 뉘우치세요."

나는 신부님의 말에 긍정의 의미로 고개를 끄덕였다.

"신부님, 그렇게 하도록 하겠습니다. 하지만…"

"그리고 우리 주 예수 그리스도와 성모 마리아님께 스무 번 기도를 드리세요."

신부님은 의식을 끝내려는 듯한 미소를 지어 보였다.

"신부님의 말씀대로 하면 제 머리 속에 있는 벌이 나갈까요?"

내 질문에 신부님은 어리둥절한 표정을 지었다.

"제가 그날 이낭 츌링의 집에서 도망쳐 올 때 벌 한 마리가 저를 따라왔어요."

그는 흥미롭다는 듯 나를 바라보며 내가 계속 이야기를 할 수 있도록 고개를 끄덕이며 맞장구를 쳐 주었다.

"제가 막 달리고 있었는데 귓가에서 벌이 윙윙대는 소리가 들려오는 거예요! 무서웠어요!"

나는 그날 무슨 일이 있었는지 신부님께 자세히 설명하기 위해 얼굴 주변에 대고 손을 휘저으며 벌 쫓는 시늉을 해 보였다.

"아무리 벌을 쫓으려고 해도 그 녀석은 고집이라도 부리는 것처럼 절대 사라지지 않았어요."

나는 손가락으로 내 귀를 찰싹 쳐대면서 그날 있었던 일을 재현해 보였다.

"벌을 쫓아내려고 이렇게 귀를 치다가 결국 손에 쥐고 있던 닭을 땅에 떨어뜨렸지 뭐예요."

나는 두 손으로 귀를 막고 신부님의 얼굴을 빤히 쳐다보았다.

"그러니까 갑자기 귓가에서 윙윙대던 소리가 사라졌어요. 그런데 이제는 그 소리가 제 머리 안에서 들려요!"

내 말을 듣던 신부님은 내게 미소를 지었다. 그러다가 점차 그 미소가 사라지는가 싶더니 신부님은 무언가 곰곰이 생각하는 것 같았다. 하지만 오래 지나지 않아 그는 곧 입을 열었다.

"그건 바로 죄입니다."

"학생이 기도를 드린다면 신께서 그 죄를 용서해 주실 겁니다. 그러면 그 소리도 자연히 사라지게 될 거예요."

신부님의 대답을 들은 그날 이후로 나는 신께 기도를 드리고 또 기도를 드렸다. 하지만 그 벌은 오랫동안 내 머릿속을 떠나지 않았다.

6

엄마는 내게 아버지와 쿠웨이트, 그리고 앞으로 내가 살게 될 새로운 삶에 대해 끊임없이 얘기했다. 어린 시절의 나는 쿠웨이트에 대해 아무것도 아는 것이 없었기 때문에 엄마가 그 얘기를 할 때마다 엉엉 울었다. 발렌수엘라에 있는 우리 할아버지 멘도 사의 땅이 아닌, 다른 곳에 내 자신이 있다는 것을 도무지 상상할 수 없었다. 엄마가 내게 계속 말해 주었던 '라쉬드'라는 이름을 듣는 것조차도 거북했다.

하지만 집안 형편이 더 어려워지고, 엄마가 내 머릿속에 심어주었던 나를 기다린다는 그 '천국'에 대한 이미지 때문인지, 언제부터인가 나는 그 천국에 가게 될 날만을 손꼽아 기다리게 되었다. 그곳에 가기만 한다면 돈 많은 부자가 될 것이며, 아무 노력 없이도 원하는 것을 얻을 수 있게 되리라는 기대감 때문이었다. 언제인가 내가 값비싼 자동차 광고를 보며 놀라워하고 있을 때, 엄마는 내게 이렇게 말했다. "너도 언젠가는 저런 차를 갖게 될 거야. 네가 쿠웨이트로 돌아간다면 말이지." 또 어느 날은 시장에 가서 엄마가 내게 사 줄 수 없는 것을 손가락으로 가리키며 응석을 부린 적이 있는데, 엄마는 그런 내게 "나중에 쿠웨이트에 가면, 라쉬드가 저것과 똑같은 것을 네게 사줄 거야."라며나를 달랬다. 그럴 때마다 나는 내가 마치 이상한 나라의 앨리스라도 된 것 같았다. 토끼 대신에 엄마의 약속을 쫓아 달려가다가 구덩이에 빠져서는 쿠웨이트라는 신비의 나라로 흘러 들어가는 그런 이야기의 주인공 말이다. 엄마는 지금 우리가 살고 있는 이곳은 지옥이지만, 쿠웨이트는 내가 충분히 갈 자격이 있는 천국이라며 계속 나를 설득했다.

그 당시 나는 학교에서 영어를 배운지라 어느 정도 영어를 구사할 수 있었다. 그러자 어느 날 엄마는 아버지로부터 받은 편지들 중 일부를 내게 보여 주었다. 그 편지들은 엄마와 내가 쿠웨이트를 떠나고 난 뒤 아버지가 보낸 것들이었는데, 당시 나는 생후 4개월의 어린 아기였다.

아버지의 편지에는 이런 내용이 담겨 있었다.

사랑하는 조세핀에게,

당신이 이곳을 떠난 지 어느덧 3개월이 지났구려. 그리고 당신은 아직까지 내가 왜 당신과 우리 아이 이싸를 명확한 설명도 없이 이렇게 떠나보냈는지, 그 이유를 묻지 않고 있군.

읽던 편지를 엄마에게 건네며 나는 진저리 치며 말했다.

"엄마, 나는 이싸라는 이름이 싫어요."

엄마는 그런 나를 나무라기라도 하듯 눈썹을 찌푸렸다.

"하지만 얘야, 이싸는 아름다운 이름이란다. 예수님의 아랍어 이름이기도 해."

그러고는 내 머리를 쓰다듬으며 이런 말을 해주었다.

"네가 만약 나의 종교를 따른다면 이싸는 신의 아들이 되는 거고, 만약 네가 네 아버지의 종교를 택한다면 이싸는 신이 보내 주신 예언자가 되는 거란다. 어떤 경우에든지 너는 네 이름을 자랑스러워해야 해."

나는 그 말에 대답하지 않았고, 엄마는 내게 다시 편지 읽기를 재촉했다.

"호세야, 편지를 계속 읽어 보렴."

이번에는 엄마가 내가 좋아하는 이름인 '호세'로 나를 불렀기에 나는 그 편지를 계속해서 읽어 나갔다.

나는 당신이 앞으로도 그 이유에 대해 묻지 않을 거라는 걸 알고 있어. 당신은 항상 이런 말을 했었지. "세상의 모든 일에는 다 그럴 만한 이유가 있다."라고. 당신은 조목조목 이유를 따지지 않는 사람이라는 것도 잘 알고 있어.

나뿐만 아니라 당신도 그날 우리의 결혼과 그날 밤 배 위에서 우리가 저지른 행동들이 경솔했다는 것을 알고 있을 거라 생각해. 아니 인정한다는 편이 더 옳을 것 같군.

나는 엄마의 얼굴을 바라보며 물었다.
"엄마, 그날 대체 배 위에서 무슨 일이 일어났던 거예요?"
곤란한 듯한 표정의 엄마는 이렇게 답했다.
"언젠가는 너도 다 알게 될 거야."
나는 계속해서 아버지의 편지를 읽어 나갔다.

그렇기에 우리는 그날의 결과물을 받아들였고, 처음에는 그것을 모두 감수하려고 했었어. 하지만 그 후에는… 너무나 나약했던 나는 그것을 견디지 못했고, 결국 당신에게 모든 책임을 전가하고 말았어.

나는 우리 아들 이싸가 분노로 차갑게 얼어 버린 어머니의 마음을 녹일 수 있을 거라 믿었어. 어머니는 내가 우리 사이에 있었던 일들을 인정하기 전까지만 해도 단 하루도 거르지 않고 "내가 죽기 전에 라쉬드 네 자식을 꼭 봐야 할 텐데."라는 말을 하시곤 했었거든. 그래서 그날, 우리가 병원을 나서자마자 이싸를 데리고 어머니를 뵈러 갔던 거야. 그리고 그날 나는 어머니가 당신이 그렇게도 원해 왔던 손자를 채 보기도 전에 당신이 먼저 목숨을 끊어 버리고 싶어 하신다는 느낌을 받았어.

혹여 내가 돌아올 생각을 하더라도 집 안에 얼씬도 못하게, 어머니는 집 열쇠를 미리 바꿔 버리셨지. 그 정도로 어머니는 크게 분노하셨어. 나는 어머니가 나를 얼마나 사랑하는지 알았기 때문에 그런 어머니의 행동에 마음이 크게 요동쳤어. 비록 굳게 닫힌 집 문을 열 수는 없었지만, 당신이 아는 것처럼 나는 어머니의 굳게 닫힌 마음을 열 수 있는 또 다른 열쇠, 이싸를 내 품에 안고 있었지.

나는 찡그린 표정으로 엄마를 바라보았고, 그 표정을 본 엄마는 빙그레 웃었다.

"좋아, 호세야, 계속 읽으렴!"

가사도우미가 문을 열어 주고 내가 집 안에 들어서자마자 가장 먼저 나를 반겨 준 것은 바로 향냄새였어. '혹시라도 내가 돌아올 것을 대비해서 어머니가 직접 향을 피우신 걸까?'라며 나는 궁금해졌지. 집에 오자 지난 몇 달간 보지 못했던 어머니의 얼굴을 볼 생각에 마음이 조급해졌어. 가사도우미가 나를 쫓아오며 "누구시죠? 누구를 보러 오셨나요?"라고 물었지만 나는 그 질문에 답하지 않고 대신 어머니가 어디에 계신지 물었어. 그녀는 계단 위를 가리키며 "저 위에 계십니다."라고 답했고. 그날은 온 집 안의 조명이 켜져 있었는데, 특별한 행사가 있는 날이 아니면 좀처럼 볼 수 없는 풍경이었어. 그리고 계단을 오르던 나는 위층에서 막 내려오시던 어머니를 마주치게 됐어.

나는 그 자리에서 그대로 얼어 버렸고, 어머니도 처음에는 망설이시는 듯했지. 나를 보자마자 뒤로 물러서려는 듯했지만 어머니는 도망가지 않았고 완강하게 나를 마주하셨어. 내 두 눈에 그녀의 눈이 담기는 순간이었지. 어머니는 화가 난 듯했고 엄격한 표정을 지어 보였지만 곧 평정을 찾으시는 듯도 했어.

내가 계단 위로 한걸음씩 발을 옮길 때마다 어머니의 표정은 점점 누그러지더니 가엾다는 눈으로 나를 쳐다보셨어. 나는 그녀의 손등과 이마에 입맞춤을 하고 품 안에 안고 있던 우리의 아이를 그녀에게 보여 드렸지.

"보세요, 어머니. 이싸예요."

"이싸"라는 단어에 짜증이 났던 나는 일부러 이를 꽉 물며 그 부분을 읽었다. 그러나 이번에는 엄마의 얼굴은 보지 않았다.

어머니의 두 눈에 맺혔던 눈물은 이 작은 아이 때문이었을까? 아니면 내 입에서 나온 '이싸'라는 이름과 함께 떠오른 돌아가신 아버지의 형상 때문이었을까?

어머니는 이싸를 두 팔에 안아 들고는 천천히 아래층으로 내려가셨어. 나는 계단 끝에 우두커니 서서 터져 나오는 울음을 애써 집어 삼키면서 작은 아이의 얼굴을 뚫어지게 보고 있는 그녀의 모습을 물끄러미 바라보았지. 어머니는 아래층에 있던 소파에 앉으셨고, 계단 위에 있던 나는 천장 한가운데에 달린 커다란 샹들리에 사이로 보이는 어머니와 아이의 모습을 주시했어. 그런데 갑자기 어머니의 품 안에 있던 이싸가 울기 시작하더군. 그러자 어머니는 그런 이싸를 더 꽉 안더니 몇 년 전 아버지가 돌아가셨다는 소식을 들었을 때 이후로는 본 적이 없었던 울음을 터뜨리셨어. 내가 태어나고 자란 그 집에서 조명과 향냄새로 둘러싸인 어머니와 내 아이의 모습을 보고 있자니 내 눈에도 눈물이 고이더군. 순간 그 냄새가 머릿속에 있던 내 궁금증을 건드렸지. 어머니는 왜 향을 피우셨을까? 혹시 어머니는 오늘 내가 올 것이라는 것을 미리 짐작하고 계셨던 건 아닐까?

나는 어머니가 앉아 계신 소파로 다가가서는 그녀의 앞에 무릎을 꿇고 앉았어. 그리고 그동안의 그리움을 전하기라도 하듯 두 손으로 어머니의 무릎을 꽉 쥐었지. 어머니와 이싸의 울음소리가 하나가 되던 그 순간, 갑자기 밖에서 초인종이 울렸어. 잠시 뒤 가사도우미가 오더니 "사모님, 밖에 여자 네 명이 와서 사모님을 찾고 있어요."라고 말하더군. 그러자 어머니는 "중매쟁이들이 왔구나, 중매쟁이들이 왔어!"라고 말하며 마치 금방이라도 터질 시한폭탄을 안고 있는 것처럼 품속의 아이를 내게 던지듯 떠넘겨 버리셨어. 그러고는 눈물을 닦고 거울 앞에 서서 이싸가 망가뜨린 엄숙했던 표정을 다시 찾으려 얼굴 표정을 점검하시더라고. 그러더니 내 쪽은 보지도 않은 채, 손가락으로 차고로 통하는 뒷문을 가리키며 이렇게 말씀 하셨어. "네 아들을 데리고 여기서 나가거라." 갑자기 달라진 어머니의 태도에 나는 충격을 받았어. "어머니!" 크게 울어 대는 이싸의 소리보다 내 언성이 더 높아지더군. "어머니, 제발요!"

그러자 어머니는 뒷문 쪽으로 직접 가서는 문을 열더니 한 글자 한 글자 힘주어 말씀하셨지. "지금 당장 나가거라!" 그리고 이싸를 가리키며 이렇게 말씀하셨어. "너는 '이걸' 여기에 데리고 오지 말았어야 했어."

나는 축복이 정문을 통해 집 안에 들어갈 수 있도록, 이싸라는 저주를 가슴에 품고 뒷문으로 나온 거야. 그날은 어머니가 내 큰누이인 아와띠프의 정혼자가 될 가족들을 집에 초대하기로 한 날이었던 거지.

조세핀,

이 일은 내가 상상했던 것 이상으로 엄청난 것이었어. 그래서 나는 도무지 규칙을 알 수 없는 이 게임을 더 이상 하지 않으려고 해. 이 편지를 쓰기 바로 몇 시간 전에 당신과의 이혼 절차를 끝내 놨어. 이게 나와 당신을 위한 최선이었음을 믿어 주길 바라. 단, 이싸는 절대 포기하지 않겠다고 당신에게 약속할게. 아이에게 필요한 모든 것을 내가 다 책임질 거야. 그리고 내가 이싸를 다시 데려올 때까지 매달 말에 아이에게 드는 양육비를 보내 주도록 할게. 그리고 적당한 시기가 되면 이싸를 꼭 다시 데리러 간다고 당신에게 약속할게.

1988년, 9월, 쿠웨이트에서

라쉬드가

엄마는 분명 몇 년 전에도 이 편지를 수도 없이 읽었을 테고, 라쉬드와 이혼한 후에 다른 남자와 재혼도 했다. 그럼에도 불구하고 내가 편지에서 '이혼 절차를 끝내 놨어'라는 구절을 읽자 엄마는 눈물을 뚝뚝 흘리기 시작했다. 그런 엄마와는 달리 나는 "너는 '이걸' 여기에 데리고 오지 말았어야 했어."라는 부분을 읽고 나서 울음을 터뜨리고 말았다.

"엄마, 할머니는 왜 나를 싫어했을까요?"

자신의 눈물을 훔치던 휴지로 내 눈물을 닦아 주느라 여념이 없는 엄마에게 물었다. 그러자 엄마는 내게 이렇게 말했다.

"우리들의 선지자들도, 예수님도 그들의 가족들에게 낯선 이방인 취급을 받았단다."

나는 놀라서 엄마에게 물었다.

"그렇다면 나도 선지자인가요?"

그 질문을 들은 엄마는 창문 쪽을 바라보며 이렇게 말했다.

"그건 하나님만이 아시겠지."

나는 갑자기 무서운 생각이 들어 엄마의 두 손을 꼭 잡고 말했다.

"엄마! 그러면 내가 더 자라서 선지자가 되어 아버지의 나라에 돌아가게 간다면, 그들이 저를 십자가에 못 박을까요?"

엄마는 웃으며 나를 품 안에 끌어안고 말했다.

"십자가에 못 박힌 것은 하나님의 아들이시니 걱정하지 말거라. 아무도 너를 못 박지 않을 거야. 너는 라쉬드의 아들이니까."

아버지가 엄마를 버렸음에도 불구하고 라쉬드는 여전히 엄마에게 있어 큰 존재로 남아 있었다.

7

엄마는 아버지의 편지를 처음 읽었을 때 마치 머리를 한 대세게 맞은 것 같았다고 했다. 그것은 비단 이혼이라는 단어 때문만이 아니었다. 엄마에게 있어 이혼은 그 관계의 이미 예정된 종착역이었다. 엄마는 아버지의 결정에 대해, "네 아버지는 어쩔 수 없었을 거야. 단지 그가 살고 있는 사회가 그에게 그런 결정을 내리게 한 거겠지."라고 말했다. 정작 엄마가 편지를 읽고 당황했던 이유는 나중에 다시 나를 데려가겠다는 아버지의 약속 때문이었다. 엄마는 그 이유가 뭐든 간에 나를 아버지에게 맡긴다는 것을 단 한 번도 상상해 보지 않았다. 하지만 처음에만 그랬을 뿐, 나중에 엄마는 모든 감정을 배제하고 차분히 이일에 대해 생각하기 시작했다. 그리고 결국 아이의 꿈을 실현할수 있는 곳은 자신의 나라가 아닌, 안정되고 풍요로운 삶을 제공하는 나라, 바로 쿠웨이트라는 결론에 다다르게 되었다.

한 여자가 모든 것을 포기하고 서양인 남자와 결혼하고자 하면, 그리고 더 나은 삶을 살고 더 좋은 환경에서 가족을 꾸리고자 남자를 따라 그의 나라로 하면, 그 남자는 이 꿈을 이뤄 주기위해서 많은 시련을 겪을 수밖에 없을 것이다. 엄마의 나라에서는 이렇게 성별을 떠나 모든 이들이 자국을 떠나 유럽과 미국, 캐나다 같은 나라에 정착하는 것을 꿈꿨다. 그들의 과거, 조국, 심지어 가족까지 그 모든 것들을 버리고 말이다.

엄마는 이곳의 남자들에게 잘 주어지지 않는 안정된 미래가보장되는 곳이 바로 그곳, 쿠웨이트라는 것을 깨달았다. 쿠웨이트는 다른 선진국들이 제공하지 않는 것들까지도 그 국민들에게 주는 나라였다. 그리고 결국 나도 그 국민들 중 하나가 될 것이고. 결국 엄마는 아버지의 약속을 받아들였고 그날만을 기다리며 항상 나를 준비시켰다.

아버지가 이혼이라는 이름으로 엄마를 버렸음에도 불구하고엄마는 항상 "나는 살면서 네 아버지만큼 누군가를 사랑해 본적이 없단다."라고 말했었다. 하지만 아버지에 대한 뜨거운 사랑에도 불구하고 엄마는 대략 2년 뒤에 '알베르토'라는 현지 남자와 재혼했다. 그는 엄마보다 열 살 위였는데, 우리 동네에 살았고 상선에서 일하며 1년 중 여덟 달을 바다에서 보냈다. 그래서 그는 1년 중 배를 타지 않는 기간 동안만 엄마와 할아버지의 땅 근처에 있는 작은 집에 살면서 시간을 보냈다. 엄마는 새로운 남편과 함께하면서 더 나은 삶을 살게 되었지만, 그 대신 남자가 필리핀에 머무르고 있는 동안에는 나를 아이다 이모에게 버려두다시피 맡겨 두었다. 그러다가 자신과 새 남편의 더 나은 미래를 위해 걸프 국가로 돌아가 다시 가사도우미로 일할 뻔하기도 했다.

그러나 엄마는 쿠웨이트에 있는 아버지의 개입으로 그 일은 포기하기로 했다.

아버지는 우리가 쿠웨이트를 떠난 지 2년이 조금 더 지난 후 다음과 같은 편지를 보냈다.

사랑하는 조세핀에게,

조세핀, 어떻게 지내? 이싸는 잘 지내고 있어?

마지막으로 받은 당신의 편지를 보고 이렇게 편지를 보내게 됐군. 나는 당신이 재혼을 하면서 이싸에게 소홀해지는 것을 원치 않아. 그리고 일을 하려고 다시 외국에 나간다는 생각도 하지 않기를 바라. 대신 당신이 외국에 나갈 필요가 없게끔 원하는 만큼의 돈을 보내 주도록 할게. 단 당신은 이싸의 곁에 있어 줘. 나는 아이가 엄마와 떨어져서 자라는 것을 원치 않아. 그 아이는 아빠인 나와 떨어져 있는 것만으로도 이미 충분하다고 생각해.

그리고 며칠 뒤면 나 역시 '이만'이라는 좋은 여자와 결혼을 하게 될 거야. 그녀는 나를 많이 사랑해 주고 내가 쓰는 글들을 잘 읽어 주는 여자야. 이만에게 이싸의 존재에 대해 말해 놨어. 그리고 그녀에게 내 누이가 모두 결혼하면 아이를 쿠웨이트로 다시 데려와서 함께 살 거라고 했더니 반대하지 않더군. 그녀는 우선 어머니가 있는 본가로 와서 같이 살기로 했어. 그리고 상황이 좋아지면 우리는 새 집으로 옮겨서 그곳에서 새로운 가정을 꾸릴까 해.

당신과 이싸가 늘 건강하기를 바라며….

1990년, 5월, 쿠웨이트에서

라쉬드

항상 아버지에게서 받은 편지들을 나에게 읽어 달라고 부탁했던 것은 엄마였다. 하지만 언제부터인가 아버지의 편지들은 나의 호기심을 자극하기 시작했고 나는 그 편지들을 직접 읽어 보고 싶었다. 그래서 언젠가 엄마에게 그 다음 편지를 보고 싶다고 했는데 엄마는 그런 내게 이렇게 말했다.

"호세야, 그 다음 편지는 없단다."

엄마는 가방에 편지 뭉치들을 다시 넣으면서 이렇게 말했다.

"네가 읽은 그 편지 이후로, 네 아버지의 편지와 송금은 모두 끊겨 버렸단다. 2차 걸프전 때문이야."

8

언제부터인가 할아버지는 나를 싫어하게 되었다. 엄밀히 말하면 아버지가 쿠웨이트에서 매달 보내주던 생활비가 끊긴 후부터 할아버지는 더 이상 나에 대한 자신의 감정을 숨길 필요가 없었던 것이다. "조세핀, 너는 언젠가 알베르토의 집에 정착하게 될 거고, 나는 이 꼬맹이가 여기에 계속 머무르는 것을 원치 않는다." 어느 날 할아버지가 엄마에게 이런 말을 했다. 하지만 그 말에 대한 대답은 엄마가 아닌 이모 아이다의 입에서 대신 나왔다. "제가, 제가 이 아이를 보살피겠어요." 이모의 말에 외할아버지는 입을 다물었다.

매달 쿠웨이트에서 송금되던 아버지의 돈이 끊기자 멘도사는 금전적으로 큰 영향을 받았다. 그래서 그는 이 전쟁이 빨리 끝나서 아버지가 다시 매달 우리 집에 돈을 보냈으면 하는 소망을 갖게 되었다. 그러나 그런 그의 소망 한 편에는 사실 아버지가 무사할 수 있을지에 대한 의구심도 함께 있었다.

"라쉬드가 전쟁에서 죽지 않아야 할 텐데…."

그는 이렇게 혼잣말을 했다. 한편 소파에 앉아서 그 말을 듣고 있던 엄마는 소파의 나무가 있는 부분을 손가락으로 두드렸다.[7]

"아니면 전쟁 때문에 미쳐 버리지 않기를…."

그것은 직접 전쟁을 겪었던 할아버지 자신의 내면에서 나와 버린 고백으로, 그가 정신질환을 앓고 있음을 은연중에 드러내는 말이었다.

"그런 게 바로 전쟁이지…."

---

7 누군가 불길한 징조를 말하면 나무를 두드리며 그 일이 실제로 일어나지 않기를 바라는 필리핀의 풍습 중 하나이다. 쿠웨이트에 거주하는 다른 아랍 국가 출신의 사람들도 이와 유사한 풍습을 갖고 있는데, 그들은 나무를 두드리는 대신 나무를 붙잡는 행위를 통해 악과 질투로부터 벗어나고자 한다. _역자 주

할아버지는 그렇게 혼자 중얼거렸다. 마치 머릿속에 지난날의 여러 장면들을 떠올리기라도 하듯 두 눈의 초점은 어딘가를 향해 고정되어 있었다.

"전쟁터에서 일어나는 전투가 전쟁이 아니야. 전쟁터가 아닌 사람들의 영혼 속에서 불같이 활활 타오르는 것, 그게 바로 전쟁이야. 전투는 언젠가 끝나기 마련이지만, 사람들의 머릿속에서 타오르는 그 불길만은 영원하지."

어딘가에 고정된 할아버지의 시선은 흔들리지 않았다. 하지만 엄마는 그런 할아버지의 두 눈에서 잠깐 반짝였던 것이 그의 눈물이라고 말해 주었다. 할아버지는 문 쪽으로 시선을 옮기며 자신의 거처가 있는 옆집으로 가려는 듯 자리에서 일어났다. 그는 고개를 저으며 낮은 목소리로 이렇게 말했다.

"아마 라쉬드는 돌아오지 못할 거야… 돌아오지 못해…."

그가 문을 나서고 난 뒤, 엄마는 밖으로 연결된 나무문에서 들려오던 세 번의 두드림 소리를 들었다고 했다.

9

1991년 2월, 아버지의 나라 쿠웨이트에서 드디어 전쟁이 끝났다. 하지만 종전이 되었음에도 불구하고 아버지로부터의 편지는 더 이상 오지 않았다. 엄마는 여러 차례 쿠웨이트에 있는 할머니 댁에 연락을 했지만 수화기에서 들려오는 것은 욕설과 고함 소리, 그리고 늘 익숙하게 들려오는 "뚜-뚜-뚜-"라는 소리였다. 엄마는 쿠웨이트에서 일하는 다른 노동자들에게 아버지의 소식에 대해 알아봐 달라고 부탁도 했지만 그에 대한 소식만큼은 좀처럼 전해 들을 수 없었다. 하지만 엄마는 포기하지 않고 마닐라에 있는 쿠웨이트 대사관까지 찾아가서 아버지에 대해 묻기도 했다. 그러나 그곳의 직원들 역시 답을 주지는 않았다. 엄마는 오랜 시간을 기다렸다. 하지만 아버지는 종적을 감춰 버렸다.

좀처럼 아버지의 소식이 들려오지 않자, 아이다 이모는 오히려 기뻐했다.

"남자라는 것들은 다 그렇단다. 믿을 수 없는 족속들이지!"

그날부터 엄마는 그런 이모의 말에 항상 "라쉬드만 빼고."라는 말로 대응했다.

그렇게 몇 날 며칠이 흐르고 아버지로부터의 소식과 편지는 끊겼지만, 언젠가 내가 아버지의 나라로 돌아갈 것이라는 엄마의 믿음만큼은 절대 흔들리지 않았다.

반면 할아버지는 나에 대한 적대감을 노골적으로 드러냈다. 내가 어린 나이였음에도 불구하고 말이다.

"이놈에게 운이 따랐던 거라면, 아마 그곳에 있는 네 시댁 가족들도 이놈을 버리지는 않았을 거다."

그런 할아버지의 말에 엄마는 침묵으로 일관했다.

"만약 이놈이 나이가 많기라도 했다면 부려먹기라도 했을 텐데."

알베르토와 재혼한 뒤 그의 아기를 임신한 엄마는, 당시 임신 초기 상태였다. '아드레안'이 태어났을 때 나는 세 살 반의 어린 아이였다. 처음에 엄마는 알베르토가 필리핀에서 보내는 네 달 남짓한 휴가 기간 동안에만 그의 집에 잠깐 머물렀었는데, 임신을 한 이후에는 그곳에서 계속 지내기로 했다. 그리고 가끔 우리 집을 방문해서 나의 안부를 묻거나 할아버지에게 돈을 좀 쥐어 주고, 매주 이낭 츌링의 집을 청소해 주었다.

하지만 엄마의 안정된 생활은 그리 오래가지 못했다. 생활비가 빠듯해지자 엄마는 다시 외국에 나가서 돈을 벌어 올 생각을 하기 시작했고, 결국 아드레안이 태어난 지 여섯 달 만에 엄마는 바레인으로 떠났다. 나와 내 어린 동생은 아이다 이모에게 맡겨졌고, 그렇게 3년이라는 시간 동안 나는 엄마와 생이별을 해야만 했다.

대체 가난이 아니라면 무엇이, 마리화나에 중독되어 두 눈이 붉게 변해 사는 여자에게 자식을 맡길 수밖에 없게끔 만들었겠는가.

엄마는 바레인으로 떠난 지 1년이 지나고 나서야 아이다 이모에게 안부 편지를 보냈다.

정신 나간 내 언니에게

잘 지내고 있어? 내 두 아들은 어떻게 지내?

몇 시간 전에 내 봉급을 모두 필리핀으로 송금했어. 그 돈이 아버지 손에 들어가지 않기를 바라. 호세와 아드레안 그리고 언니와 메릴린이 그 돈을 나눠 쓰면 좋겠어. 또 베드로가 새로운 집을 짓는다고 하니 보탬이 되게끔 더 많은 돈을 저축해 보내도록 할게.

며칠 전에 알베르토가 내게 연락을 했어. 몇 주 뒤에 필리핀에 돌아간다고 하더라고. 그이가 돌아가기 전에 언니가 우리 집에 가서 미리 청소 좀 해 줘. 매일 그이에게 아드레안을 데려가서 보여 주는 것도 잊지 말고. 언니도 잘 알고 있듯이 알베르토 그이는 아버지가 계속 돈을 달라고 요구하는 통에 우리 집에 가는 것을 원치 않아해. 나는 그 사람을 잃고 싶지 않아. 비록 모든 남자들이 믿을 수 없는 족속이라고 해도 말이야.

호세에게는 내가 많이 보고 싶어 한다고 전해 줘. 그리고 내가 호세의 아버지가 살고 있는 그곳과 가까운 곳에서 일한다고 얘기해 줬으면 해. 내가 만약 수영이라도 해서 바다를 건너가 라쉬드를 만날 수만 있다면 얼마나 좋을까? 아니면 적어도 그의 생사라도 알아서 그의 미래와 호세의 미래에 대해 안심할 수 있다면 참 좋으련만.

나는 잘 지내고 있어. 바레인은 쿠웨이트만큼 삶이 풍요롭지는 않아. 내가 지금 일하고 있는 집은 형편이 좋은 편이지만 이곳의 다른 사람들은 가난하기도 하더라고.

몇몇은 닥치는 대로 가리지 않고 일을 하더라. 세차를 하고 호텔에서 짐을 옮기고, 상점에서 판매원으로 일하기도 하고, 심지어는 나와 같이 집안일을 나눠서 하는 경우도 많이 있어. 이곳의 사람들을 좋아하게 됐어. 사람들이 참 좋아.

호세에게 이 사실을 알려 줘. 마음씨가 좋다는 것은 가난이 주는 장점인 것 같기도 해. 이곳의 가난은 우리가 필리핀에서 겪는 가난과는 다르지만, 누군가에게는 가난한 게 더 나을 수도 있다는 생각이 드네.

호세에게 내가 많이 사랑하고 보고 싶어 한다고 말해 줘. 그리고 나 대신에 아드레안에게 입 맞춰 줘.

1993년 3월, 조세핀

아이다 이모는 엄마가 나를 사랑하고 많이 그리워한다고 전해 줬다. 그때 나는 고작 다섯 살이었기에 모든 내용을 세세하게는 기억하지 못하지만 분명 이모는 그렇게 말했던 것 같다. 아드레안이 이모에게 뽀뽀를 받으면 그녀의 입술을 통해 엄마의 체온을 전해 받을 수 있었을까? 엄마의 편지가 '그날' 전에만 왔더라면 정말 좋았을 텐데….

***

그 해에 베드로 삼촌은 여러 회사의 큰 화물차를 운전하면서 일당을 받는 직업을 갖게 되었다. 그리고 덕분에 할아버지의 땅에 새로운 집을 짓게 되었고 중고차도 하나 마련했다. 새로운 집을 갖게 된 외삼촌 덕분에, 나는 몇 년 뒤 삼촌이 쓰던 방을 물려받으면서 나만의 독립된 방을 갖게 되었다. 그 방은 엄마의 나라에서 보냈던 내 삶의 일부를 소중히 보듬어 준 장소였다. 작고 파란 벽지에 침대 하나와 벽에 걸린 선풍기, 그리고 건너편 할아버지의 집에 난 창이 내려다보이는 창문까지. 내 방과 할아버지 방의 거리는 2미터도 채 안 됐고 그 사이에는 작은 개울이 흐르고 있었는데, 그 개울 양 옆으로는 줄기가 가는 대나무가 자라고 있었다. 내가 방에 있을 때 그 안락한 행복을 깨는 것이 딱 두 가지가 있었다. 그것은 바로 밤이면 내 방 창문을 통해 침범하는 뚜바에 취한 할아버지의 잠꼬대와 낮이면 "호세야아아아!"라고 계속해서 나를 불러 대는 그의 고함 소리였다.

10

내가 다섯 살쯤 되었을 때 아드레안은 막 걷기 시작한지 몇 달이 되었다. 아드레안은 당시 태어난 지 1년 반쯤 되었고 2년은 채 되지 않은 어린 아기였다. 나 역시 어린 나이였음에도 불구하고 아이다 이모가 바쁠 때면 어린 아드레안을 돌보곤 했다. 하지만 이 '돌본다'는 것이 거창한 것은 아니어서 고작 동생을 감시하면서 그 아이가 집 밖으로 나가거나 또는 부엌에 다가가는 것을 막는 것일 뿐이었다. 그 당시 아드레안은 통통하게 살이 올랐는데, 두 눈은 작고 코는 납작해서 통통한 두 볼 사이에 묻혀 버렸었다. 얼마나 귀여웠는지! 이런 아드레안의 모습을 보며 할아버지는 아이다 이모에게 이렇게 말하곤 했다. "이런 게 아비가 있는 아이들의 모습인가 보구나!"

어느 날 밤, 이모는 내게 아드레안을 맡기고 베드로 삼촌의 새 집 정리를 돕기 위해 집을 나섰다. 그때 메릴린은 위층에서 자고 있었고 나 혼자 아드레안과 함께 작은 거실에 앉아 있었다. 나는 그날 있었던 일들에 대해 파편적인 이미지들 외에는 아무것도 기억하지 못했다. 하지만 내가 자란 후, 이모는 그 날에 대한 내 기억의 조각들을 다시 하나의 이야기로 맞춰서 자세히 알려 주었다. 여전히 내 기억 속에 존재하는, 명확하지는 않지만 섬광처럼 번쩍이는 장면들은 다음과 같았다.

어둠, 거세게 내리는 빗줄기, 천둥과 번개, 아이다 이모, 그리고 빗속에서 들려오는 외침. "아드레안! 아드레안!" 베드로 삼촌의 아이들이 이리저리 밖에서 뛰어다니는 모습, 마을의 남자들과 여자들까지 램프를 들고 할아버지의 땅에서 무언가를 찾는 모습, 베드로 삼촌이 나무 사이를 뛰어다니며 "아드레안, 아드레안!"을 외치고 다니는 장면까지. 그들의 옷은 모두 비에 흠뻑 젖어 몸에 찰싹 달라붙어 있었다. 비는 세차게 내렸고, 손전등에서 나오는 빛들은 실처럼 가느다란 선이 되어 서로 엉키면서 도무지 한곳에 머무를 줄을 몰랐다. 그리고 이어지는 사람들의 웅성거리는 소리와 번개가 만들어 낸 섬광에 비춰진 몇몇 모습들까지… 이게 바로 내가 기억하는 그날의 전부이다.

"여기, 여기!" 숙모의 외침과 메릴린의 비명, 아이다 이모의 울음소리, 그리고 모든 손전등이 한 곳으로 향하며 사람들이 그곳으로 달려가기 시작했다. 그곳은 바로 우리 집과 외할아버지 집 사이에 있던 개울이었고 베드로 삼촌은 그곳으로 미친 듯이 달려갔다. 그리고는 거기에서 무언가를 꺼내었고, 개울 옆에 빗물을 잔뜩 먹어 옆으로 기울어져 있는 대나무 줄기들 사이에 그것을 눕혔다. 번개가 번쩍 하자 그 주변에 서 있던 모두가 공포에 질린 얼굴을 해서 손으로 십자가를 그렸다. 그리고 그들 사이로 베드로 삼촌이 걸어 나왔고, 그의 품 안에는 아드레안이 있었다. 아이의 얼굴은 짙은 파란색으로 질려 있었고 검은 물이 작은 코와 입에서 잔뜩 흘러나왔다. 베드로 삼촌은 아드레안의 가슴을 계속 눌러 댔다. 두 손을 모아서 아드레안의 작은 가슴을 두드리고, 그의 입술을 아이의 입술에 대며 숨을 불어 넣었다. 그리고 삼촌은 울부짖었다.

***

어린 시절 남에게 저지른 잘못은 곧 잊히기 마련이다. 하지만 그 '남'이 사라지지 않고 당신의 두 눈 앞에서 함께 자란다면, 그리고 그 잘못의 결과가 계속해서 그에게 남아 있다면 어떻게 그 잘못을 쉽게 잊겠는가. '당시에 나는 무언가를 제대로 인식할 수 없는 어린아이였다. 그렇기에 나에게는 아무런 책임도 없고, 그 누구도 나를 나무랄 수 없다!'

이 말은 그날의 사건 이후, 내가 마음속에서 수도 없이 되뇌었던 그럴싸한 핑계였다. 하지만 이성과 감성을 동시에 설득한다는 것은 사실상 불가능했다.

그래서 나는 "세상의 모든 일에는 다 그럴 만한 이유가 있다."라는 엄마의 말에 의지하기로 했다. 종교에 의지하는 것은 믿음을 필요로 하는 일이기에 나는 차마 믿음도 없이 괴로운 감정을 피하기 위해 종교에 의지할 수는 없었다.

세상의 모든 새로운 것은 시간이 흐르면서 오래된 친숙한 것이 되어 버린다. 하지만 아드레안의 얼굴만은 달랐다. 그 아이의 얼굴은 매번 볼 때마다 새로웠다.

자신이 좋아하는 방 모퉁이에 앉은 아드레안은 항상 '헤' 하고 입을 벌리고 있었고, 입에서는 침이 줄줄 흘러내렸다. 그리고 그런 모습은 내가 잊고 싶어 하는 것들을 다시 떠오르게 만들었다. 그것은 바로 내가 저지른 잘못에 대한 죄책감. 언제 일어났는지도 기억나지 않는 그날의 일과 죄책감이 내 목을 졸랐고 마치 나를 죽일 것만 같았다.

"이모! 아드레안을 치료할 방법이 정말 없는 건가요?"

내가 이런 질문을 할 때마다 이모는 말했다.

"몇 년 전, 그날 그 일이 일어나고 병원에서 들은 바로는….."

지난 몇 년 간 이모는 내게 의사 선생님이 해 준 말들을 전했지만, 나는 끊임없이 "의사 선생님은 뭐라고 하셨어요?"라며 매번 이모를 귀찮게 했다.

"산소가 뇌에 공급되지 못해서 이렇게 된 거라고 하더라… 세포가 손상된 모양이야."

그녀의 대답을 들을 때마다 나는 항상 낙담했다. 아마도 나는 매번 이모에게 같은 질문을 하면서 그녀의 입에서 다른 대답이 나오기만을 기다렸던 것 같다.

개울에 빠진 아드레안이 발견된 직후, 아이는 몇 주 동안 혼수상태에 있었다. 그리고 점차 정상 체중과 건강을 되찾았다. 이렇듯 아드레안은 모든 걸 되찾아 가는 듯 보였지만, 아이의 정신만은 정상으로 돌아오지 못했다.

11

처음에는 그 누구도 바레인에 있는 엄마에게 아드레안의 사고 소식을 알릴 용기를 내지 못했다. 하지만 2년이 지나고 치료에 대한 희망이 사라진 뒤에야, 아이다 이모는 엄마에게 전화를 걸어 그 날 있었던 사고에 대해 상세히 알려 주었다. 그러나 그 사고로 아드레안에게 깊은 흉터처럼 남겨진 증상들에 대해서

만은 함구했다. 당시 상선에 타고 있었던 알베르토는 자신의 아들에게 발생한 그 사고가 일어난 지 몇 주가 지나고 필리핀으로 돌아왔다. 그는 아이의 비참한 운명에 크게 낙담하며 네 달 동안의 휴가 중 대부분을 집 근처의 술집에서 보냈다. 그리고 휴가가 끝나자마자 다시 바다로 떠나 버렸다.

이모가 엄마에게 전화를 건지 얼마 지나지 않아 엄마는 곧장 필리핀으로 돌아왔다. 그날은 1995년 중반쯤 되는 어느 날이었다. 나와 이모, 메릴린, 아드레안 그리고 숙모와 삼촌의 자식들은 집에서 엄마가 오기만을 기다리고 있었다.

비극적인 장면들은 우리의 기억 속 깊은 곳에 새겨지는 반면, 기쁨은 밝은 색으로 우리의 기억을 덧칠한다. 그리고 시간이라는 구름이 몰려와 기억의 벽에 비를 뿌려 대면 그 기쁨의 색은 바래지고 오직 비극이라는 조각만이 남게 된다.

베드로 삼촌이 문을 열고 들어오자 삼촌의 뒤로 엄마의 모습이 나타났다. 나는 엄마에게 달려가서 그녀의 품에 안겼다. "우리 호세가 이렇게 커서 이제 남자가 다 되었구나!" 그렇게 말하는 엄마의 얼굴에는 행복이 가득했다. 엄마는 가족들 한 사람한 사람에게 입을 맞추며 안부를 물었다. 그리고 우리 가족은 피할 수 없는 그 순간이 다가오는 것을 그냥 지켜볼 수밖에 없었다. 엄마와 인사를 나누던 가족들이 서서히 주변으로 흩어지기 시작했고, 그녀는 거실 모퉁이에 있는 아드레안에게 다가갔다. 환한 미소를 지으며 엄마는 아드레안에게 말을 걸었다.

"벌써 3년이라는 시간이 흘렀구나. 네 엄마가 누군지 잊어버릴 수 있을 정도의 시간이지."

하지만 엄마의 미소는 곧 당황스러움으로 바뀌었다.

"얘가 나를 왜 이렇게 보는 거지?"

베드로 삼촌은 그런 엄마를 팔로 감싸 안았고 아이다 이모는 엄마의 손을 꼭 쥐었다.

"조세핀, 자리에 앉아. 우선 앉아서 얘기하자꾸나."

이모가 엄마를 달랬지만 엄마의 표정은 순식간에 싸늘하게 변했다.

"대체 아이에게 무슨 일이 있었던 거야?"

멍청하게 벌어진 아드레안의 입에서는 침이 줄줄 흘러나왔고, 엄마는 믿을 수 없다는 듯이 두 손으로 입을 막으며 이모와 삼촌 사이에 주저앉아 버렸다.

아이다 이모는 말까지 더듬으며 아드레안에게 무슨 일이 있었는지 엄마에게 설명했고, 베드로 삼촌도 중간에 껴서 자세한 상황을 얘기해 주려고 애썼다. 하지만 엄마의 굳어진 표정은 좀처럼 풀어질 줄 몰랐고, 불안해 보이는 두 눈썹은 응축된 엄마의 감정을 알려 주는 듯 했다. 결국 엄마는 울음을 터뜨리며 아드레안을 자신의 품에 안았다. 하지만 아드레안은 엄마의 품에서 빠져 나와 그녀를 이모가 있는 쪽으로 밀어 버렸다. 엄마는 두 눈에 불을 켜고 이모에게 욕을 해댔다.

"이 멍청한! 멍청한 것 같으니라고!"

그리고 엄마의 손이 공중으로 올라가는가 싶더니 곧 이모의 뺨을 내리치고 말았다.

"너 때문에 내 아들이 앞으로 어떻게 살아야 할지, 넌 상상이나 할 수 있어?"

엄마는 분노해서 계속 이모의 뺨을 내리쳤다. 하지만 이모는 엄마에게서 벗어나거나 손으로 얼굴을 가리기는커녕 그 자리에 가만히 서 있기만 했다.

"차라리 돌아오지 말 걸, 대체 왜 나에게 이런 일들이 생기는 거야?"

엄마는 이모를 계속 때리며 절규했다. 나는 차마 그 장면을 볼 수 없어 두 손으로 얼굴을 가렸지만 이모가 뺨을 맞는 소리는 계속해서 내 귀를 파고들었다.

"내가 돌아오지 말았어야 했어. 돌아와서 이 꼴을 보지 말아야 했다고!"

순간 이모가 엄마를 세게 끌어안았고, 그제야 엄마도 이모를 때리는 것을 멈추었다. 이모는 울음을 터뜨렸다.

"조세핀! 이만하면 충분해!"

삼촌은 이렇게 말하며 엄마를 내 방으로 밀어 넣었다.

나는 이모가 우는 모습을 태어나서 처음 보았다. 그 모습을 보자 내 가슴 속의 무언가가 내게 이렇게 말을 걸어왔다. '정작 저 뺨을 맞았어야 하는 사람은 이모가 아니라 너인데 말이지.'

실제로 엄마의 손찌검을 받아 낸 것은 이모의 얼굴이었지만, 나는 내 뺨이 후끈해지는 것만 같았다.

엄마는 그렇게 일주일 내내 아드레안을 붙잡고 울음을 멈추지 않았다. 그녀가 갖고 있던 모든 슬픔들과 눈물들이 다 메말라 버린 것 같다고 느껴질 때쯤에서야 엄마는 가족들을 거실로 불러 모았다. 엄마가 바레인에서 돌아온 지 딱 일주일 지났을 때였다. 엄마는 마치 아무 일도 없었다는 듯이 바닥에 앉아 여행 가방을 풀면서 바레인에서 사 온 선물들을 가족들에게 하나씩 나눠 주었다.

엄마는 아드레안에게 벌어진 일들도, 다 그럴 만한 이유가 있었기에 일어난 것이라고 믿고 있던 게 아니었을까?

12

엄마가 바레인에서 일할 당시 우리에게 보낸 편지 중에는 이런 구절이 있었다. "수영이라도 해서 이 바다를 건너 쿠웨이트로 가고 싶구나. 그러면 네 아버지를 만날 수 있거나 아니면 적어도 전쟁 이후 그의 행방에 대해서는 알 수 있을 텐데…" 당시 엄마는 필리핀으로 돌아와야지만 아버지의 소식을 들을 수 있다는 사실을 알지 못했다.

1996년, 엄마가 바레인에서 돌아온 지 1년이 지난 어느 날 밤이었다. 나는 할아버지를 도와 일을 하며 피곤한 하루를 보낸 뒤 작은 거실의 소파 위에 누워 있었고 아이다 이모와 메릴린은 텔레비전을 보고 있었다. 엄마는 알베르토와 함께 사는 집에 전기가 끊기는 바람에 아드레안과 함께 잠깐 내 방에 와 있는 상태였다. 그때 "아이다! 아이다!" 하고 부르는 외삼촌의 목소리가 집 밖에서 들려왔다. 그는 새로운 소식이라도 가져온 듯 상기된 얼굴로 문을 열며 엄마의 행방을 물었다. "조세핀은 어디에 있니? 알베르토의 집에 갔더니 거기에는 아무도 없더구나." 그 말에 이모는 내 방문을 가리키며 "조세핀은 지금 호세 방에 있어.

대체 무슨 일이야?"라고 물었다. 삼촌은 그 물음에 답하지 않고 서둘러 내 방으로 달려갔다. 삼촌의 알 수 없는 행동에 호기심이 생긴 나는 그를 따라 내 방으로 갔다.

외삼촌이 불이 꺼진 어두운 방 안으로 막 들어가려던 차에 방문이 열렸다. 그리고 입술에 집게손가락을 댄 채 엄마가 고개를 내밀고 말했다. "쉿! 아드레안이 잠에서 깨겠어. 내가 나갈게." 엄마가 삼촌을 따라 방 밖으로 나왔다.

작은 거실에서 엄마는 이모와 메릴린 사이에 앉았고, 나는 새로운 소식을 전하려는 삼촌 옆에 우두커니 서 있었다.

"오늘 내가 어떤 회사로 물품을 납품했었는데 말이지…"

엄마는 그렇게 말하는 외삼촌의 얼굴을 쳐다봤지만 이미 졸음으로 눈이 반쯤 감긴 상태였다.

"그 회사의 소유권이 쿠웨이트인 사업가에게 넘어갔더라고."

그 얘기를 듣자마자 엄마의 반쯤 감겼던 눈이 활짝 떠졌다.

"계속 말해 봐, 그래서?"

삼촌은 엄마의 눈을 바라보며 계속 이야기를 이어 나갔다.

"그 회사 직원 중 한 명이 말하길, 그 사업가가 쿠웨이트에서 꽤나 유명한 사람이라고 하더라고."

엄마는 외삼촌의 얼굴을 뚫어지게 바라봤다.

"그 사람이 사업가기는 한데 원래 작가 아니면 소설가, 그런 부류의 사람이라고 하더라."

그 말을 들은 엄마는 자리에서 벌떡 일어나서 삼촌에게 말했다. "그렇다면 오빠 생각에는…?!"

***

아버지는 쿠웨이트의 한 신문사에서 기고가로 활동했었다. 그래서 엄마는 그 쿠웨이트인 사업가로부터 아버지와 관련된 정보를 얻을 수 있기를 바랐다. 아니면 그 사업가가 라쉬드이기를 바랐을지도 모르겠다.

다음 날 외삼촌은 엄마를 그 사업가에게 데려가서 내 아버지의 소식에 대해 알고 있는지, 아니면 그의 소식을 알 수 있도록 도움을 받을 수 있는지의 여부를 묻기로 했다.

엄마는 그날 밤 좀처럼 잠에 들지 못했다. 그리고 다음 날 아침 일찍부터 나를 깨워서 옷을 갈아입게 하고는 나를 데리고 삼촌과 함께 집을 나섰다.

"오빠, 그 쿠웨이트인 사업가는 여기 필리핀에서 무슨 일을 하고 있어요?"

엄마는 그 남자를 만나러 가는 길에 삼촌에게 그에 대한 정보를 물었다.

"회사 직원들 말로는 5년 전부터 여기서 산다고 하던데, 우리랑은 상관없는 일이야!"

회사 본부에 도착한 우리는 직원에게 그를 만나고 싶다고 부탁했다. 하지만 직원은 그가 이미 바레인으로 출장을 갔다고 말했다.

"그곳에 오래 머무를 예정인가요?"

삼촌이 직원에게 묻자 그는 이렇게 말했다.

"적어도 2주 정도 계실 예정인데, 그곳에 연극과 관련된 일이 있어서요."

그 말을 들은 삼촌은 엄마를 바라보며 "이곳에서 하던 연극이 끝났나 보군!"이라고 말했고, 엄마는 나를 보며 "그 남자가 지금 바레인에 있다는구나!"라고 얘기해 주었다.

엄마는 잠시 침묵하는 듯싶다가 내게 이렇게 말했다.

"내가 그곳에 있을 때 그는 여기에 있었고, 내가 오늘 이곳에 오니 그는 다시 거기로 가 버렸구나!"

우리는 다시 삼촌의 차로 돌아왔고 엄마는 남들에게 들리지 않게 혼잣말을 했다.

"모든 일에는 다 그럴 만한 이유가 있는 법이지."

차 문을 열고 자리에 앉으며 엄마는 말했다.

"그 남자를 꼭 만나 보고 싶구나."

우리는 그 쿠웨이트인 사업가가 출장에서 돌아오면 그를 만날 수 있다는 희망을 가지고 집으로 돌아왔다. 엄마는 특히 그와의 만남에 큰 기대를 하고 있었다. "그러면 분명 라쉬드를 알거야. 아니면 적어도 라쉬드의 소식을 들을 수 있는 방법을 알고 있을 테지. 이렇게 된 것도 다 운명일거야."

그렇게 집으로 돌아오는 길, 우리는 할아버지의 땅 입구로 이어지는 좁은 골목길에 들어섰다. 거기에서 삼촌은 차를 잠시 멈춰 세우고 우리 집에서 막 나오던 차를 위해 길을 비켜 주었다.

집에 도착한 우리는 할아버지에게 그 차의 정체에 대해 물었고 그는 기쁜 얼굴로 이렇게 말했다.

"스마트라는 통신 회사에서 나온 판매원들이야."

그러고는 주머니에서 종이 한 장을 꺼내며 우리에게 자초지종을 설명했다.

"우리 땅의 6제곱미터 정도의 땅을 내줘서 통신사의 송신탑을 세우는 대신, 매달 임대료를 받기로 계약했단다!"

그 말을 들은 엄마는 할아버지의 기뻐하는 얼굴을 등지고 손을 저으며 말했다.

"임대료가 아니라 매달 투계용 닭을 살 돈이겠지!"

13

나는 내가 자라 온 할아버지의 땅을 사랑했다. 그 땅에서, 나는 내 주변에 있는 것들에 대해 홀로 명상을 하며 많은 시간을 보냈었다. 심지어는 내가 그 땅에서 자라는 나무들과 하나가 된 듯한 기분도 들었다. 그래서 어느 날은 내 머리가 온통 잎으로 덮이고 귀 뒤에서는 망고 나무의 열매가 자라며 겨드랑이에서는 바나나 송이가 자라는 내 모습을 상상해 보기도 했다. 가끔은 내 자신이 그 땅에 굴러다니는 돌이 되는 상상도 했다. 모래가 불면 자신의 모습을 감추었다가도 비가 오면 다시 그 모습을 드러내는 돌, 하지만 할아버지의 땅을 둘러싼 대나무 울타리는 벗어나지 않고 그 땅에 계속 머물러 있는 그런 돌 말이다. 나는 이 세상을 설명할 수 있는 유일한 색, 삶의 색깔인 초록색을 좋아했다. 그러나 할아버지의 땅을 뒤덮는 초록색을 좋아하는 만큼 나는 할아버지를 증오했다.

그의 땅마저도 이제는 할아버지의 탐욕으로부터 안전하지 않왔다. 할아버지는 내가 그의 유일한 장점이라고 생각하는 부분에서마저도 나를 실망시킨 것이다. 그는 탐욕스러웠지만 그의 땅과 나무들, 그리고 자신이 키우던 개와 닭들에게 만큼은 많은 관심을 기울였었다. 비록 할아버지 본인은 이들을 돌보는 수고는 하지 않았고, 대신 내게 그 고생을 모두 떠넘기며 온갖 심부름을 시켜 댔지만 말이다. 하지만 나는 적어도 자연을 사랑할 줄 안다는 부분에서 만큼은 할아버지를 존경했었다. 그러나 할아버지는 내가 사랑하는 그 땅의 나무들을 밀어내고 흉물스러운 탑을 세우는 것에 동의해 버렸다. 그리고 이것은 그의 못된 성질머리 중 내가 유일하게 장점이라고 생각하는 부분마저 산산조각 내버린 큰 사건이었다.

나는 할아버지의 땅에 있는 나무들 중 가장 큰 나무에 등을 기대고 앉아 많은 시간을 보내곤 했었는데 특히 한밤중에 그러고 있는 것을 참 좋아했다. 그렇게 앉아 있으면 내 눈앞에는 넓은 평지가 펼쳐졌고 맞은편으로 이낭 츌링의 집도 보였다. 나는 그곳에 앉아 있는 동안 내 주변에 있는 모든 것들을 찬찬히 살펴보았지만 그 노파의 집만큼은 보지 않으려고 했다. 왠지 그 집을 보면 내 머릿속에 살고 있는 벌이 다시 윙윙 소리를 내며 날아다닐 것 같았다.

그곳에서 이낭 츌링은 자신만의 또 다른 삶을 살고 있었다. 나는 축축해진 땅 위에 그렇게 계속 앉아 있었다. 그 자리에 가만히 앉아 있노라면 우리 집과 할아버지의 집, 삼촌의 집, 그리고 이낭 츌링의 집까지 총 네 채의 집이 눈 안에 들어왔다. 그 집들에서 새어 나오는 불빛만 없었다면 밤과 함께 찾아온 깊은 어둠이 내가 앉아 있던 그 자리를 꿀떡 삼킬 것만 같았다.

개구리와 귀뚜라미가 우는 소리, 우리 집에서 키우던 개가 짖는 소리, 그리고 그 소리를 따라 함께 짖어 대는 동네 개들의 소리… 그리고 정체를 알 수 없는 다른 소리들이 한데 어우러졌다. 그 소리들과 땅이 품고 있는 특유의 냄새가 한데 뒤섞이면 나는 그 자리에서 더 오랜 시간을 보내고 싶었다. 엄마는 밤이 되고 알베르토의 집으로 돌아갈 때가 되면 항상 내 얼굴을 보고 가려고 했다. 엄마는 내가 늘 그 나무 아래에 앉아 시간을 보내고 있다는 것을 알았기에 그녀의 집에 돌아가기 전이면 창문을 열어 "호세야! 얘야, 어서 집 안으로 들어오렴!"이라고 나를 불렀다. 그러면 나는 자리에서 일어나 집으로 발걸음을 옮겼는데, 그때마다 내 등 뒤에 있던 나무가 가지를 뻗어 나를 붙잡으려는 듯한 느낌을 받았다. 점점 커지는 개구리와 벌레들의 울음소리 속에서 마치 누군가 내 이름을 부르는 것만 같았고, 잡초들이 내 발 위로 뒤엉켜서 내가 돌아가는 길을 막는 것만 같았다. 하지만 우리는 곧 다시 만날 것이기에, 내일 해가 지고 나면 내가 사랑하는 이 대자연과 또 만날 것임이 분명했기에 나는 이들과 헤어지는 것이 두렵지 않았다

그렇게 자연과의 헤어짐을 뒤로한 채 내가 집으로 들어오면 아이다 이모는 내게 "부처님이 드디어 집으로 돌아오셨군."이라며 꼭 한마디를 던졌다.

왜 엄마는 내가 나무 아래에 앉아 있는 것을 불편해하는 걸까? 혹시 엄마는 나한테 뿌리라도 자라나서 이 땅에 나를 정착시켜 버리고, 그래서 내가 아버지의 나라로 돌아가는 일이 불가

능해지기라도 할까 봐 두려웠던 걸까? 아마 그럴지도 모르겠다. 하지만 뿌리라는 것은 가끔 아무런 의미가 없을 때도 있다.

내가 만약 아무 곳에도 적(籍)을 두지 않는 대나무였더라면…. 대나무란 본디 그 줄기 중 일부를 잘라 땅에 심으면 곧 그 줄기에서 새로운 뿌리가 나고 과거에 대한 아무런 기억도 없이 새로운 땅에서, 아무 땅에서나 그렇게 다시 자라난다. 필리핀에서는 카와얀, 쿠웨이트에서는 카이주란, 다른 곳에서는 밤부. 대나무는 사람들이 자기를 어떻게 부르든지 상관하지 않고 그렇게 꿋꿋이 홀로 자라난다.

내가 사랑하던 그 나무 앞에 큰 송신탑이 세워진 후, 나는 그 탑을 등진 채 나무를 향해 앉기 시작했다. 비록 앉는 위치나 자세는 달랐지만 매일 들려오던 자연의 소리들만큼은 한결같이 내 귓속을 맴돌았다.

14

멘도사의 땅에 송신탑이 세워진 지 약 열흘이 지난 어느 날 아침, 나는 창문을 통해 들려오는 외삼촌 차의 경적 소리를 들었다. 나는 창을 열어 "삼촌, 뭐 도와 드릴 일이라도 있나요?"라고 물었고 삼촌은 대답 대신 손짓으로 내게 나오라는 신호를 보냈다.

삼촌의 차로 다가가자 옆자리에는 엄마가 앉아 있었다. 그녀가 차 문을 열자 아드레안이 차 밖으로 나왔고 엄마는 "호세야,

가서 이모에게 아드레안을 맡기고 오렴, 우리와 함께 가자."라고 내게 말했다.

그렇게 우리 셋은 차를 몰고 쿠웨이트인 사업가가 일하는 회사로 향했다.

"오늘은 회사에 나오시지 않을 겁니다. 내일 다시 오세요." 회사 직원이 베드로 삼촌에게 말했다. 하지만 엄마는 계속 그 남자를 만나야 한다고 직원에게 고집을 부렸다. 그런 엄마의 행동에 직원은 아무 말 없이 옆에 있던 여자 동료에게 눈짓을 했고 그녀는 수화기를 들었다. 종잇조각에 무언가를 받아 적던 그녀는 "이 주소에 있는 집으로 가면 직접 만나실 수 있어요."라며 그 쪽지를 엄마에게 건넸다. 대신 "만약 그렇게 급한 일이라면 말이죠."라는 조건을 달았다.

우리가 살고 있는 집과 크게 다르지 않은 단출한 집 앞에 도착하자 삼촌은 차를 세웠다. 그런 삼촌에게 엄마는 "오빠, 이 주소가 맞는 거예요?"라며 당황해했다.

엄마의 반응에 삼촌은 차 문 밖을 가리키며 "네가 가서 직접 확인해 보렴." 하고 답했다.

"오빠, 쿠웨이트 사람이 이런 집에 사는 건 불가능해요!"

엄마는 삼촌에게 이렇게 말했지만 그는 대꾸하지 않았다. 엄마는 차 문을 열고 밖으로 나가더니 내게 따라오라고 했다.

나는 엄마를 따라나섰고, 외삼촌은 차에 남아서 우리를 기다리기로 했다.

엄마가 현관문을 두드리고 얼마 지나지 않아 누군가가 나오더니, "어서 와요, 자 안으로 들어오세요."라며 우리에게 영어로 반갑게 인사를 건넸다.

집에서 나온 사람은 50대로 보이는 남자였는데, 외삼촌이 '쿠웨이트 사업가'라고 설명한 수식어 때문인지 우리가 상상했던 이미지에 비해 검소해 보였다. 보통의 키에 마른 몸을 가진 그는 관자놀이 쪽을 제외하고는 좀처럼 흰머리를 찾아볼 수 없었다. 차분해 보이는 그의 입 양쪽에서는 뾰족한 콧수염이 자라고 있었고 그의 검은 눈썹은 다른 이들의 것보다 유난히 넓어 보였다.

책으로 가득한 작은 거실에 들어서자 그는 우리에게 종이 뭉치들과 끝이 뾰족하게 깎인 연필들로 가득 찬 책상 앞 의자에 앉기를 권유했다. 그리고 우리가 마주한 책상 앞에 앉기 전 간단히 자기소개를 했다.

"제 이름은 이스마엘[8]입니다."

그의 말에 엄마도 자기를 소개했다.

"안녕하세요, 저는 조세핀이에요."

그리고 내 쪽을 가리키며,

"이 아이는 이싸라고 하는데, 제 아들──."

"제 이름은 호세예요!"

나는 그런 엄마의 말을 재빨리 끊으며 내 이름을 다시 밝혔다.

그러자 엄마도 자신의 말을 정정하며 남자에게 다시 내 소개를 했다.

---

8 이스마엘 파흐드 이스마엘은 쿠웨이트의 소설가로 조국 쿠웨이트가 해방된 후 약 6년간 필리핀에 거주하며 점령의 역사를 기록한 7부작 소설, 『고립된 시간의 좌표들』을 집필했다. 우리가 그를 방문했을 당시 그는 해당 소설을 검토 중이었다. _작가 주

"네. 이쪽은 제 아들, 호세라고 합니다."

남자는 미소를 지으며 우리에게 말했다.

"만나서 반가워요."

그리고는 가만히 앉아서 엄마가 말을 꺼내기를 기다렸다.

"저기, 한 남자에 대해 묻고 싶어서 이렇게 오게 됐어요."

차분해 보이던 남자의 표정에 호기심이 어리기 시작했다.

"저는 당신이 일자리를 원하는 줄 알았는데 말이죠."

"저기, 제가 원하는 건, 그런 게 아니라 그것보다 훨씬 더 중요한 거예요."

그 말을 들은 그는 엄마에게 계속 말하라는 듯 고개를 끄덕였다.

"혹시 라쉬드라는 이름의 쿠웨이트 남자를 아시나요?"

그의 용모를 닮은 점잖은 미소가 그의 얼굴에 서렸다.

"쿠웨이트에서 라쉬드라는 이름을 가진 사람이 수천 명은 될 겁니다."

그 말에 엄마는 재빨리 대답했다.

"'라쉬드 따루프'라는 사람을 찾고 있어요."

그러자 남자는 눈썹을 치켰다.

"작가로 일했었고, 그가 살던 곳은——."

"혹시 '꾸르뚜바' 아닌가요?"

남자는 엄마의 말에 끼어들며 대신 이렇게 답했다.

남자의 대답에 엄마는 깜짝 놀라서 맞장구를 쳤다.

"맞아요, 맞아!"

잠시 정적이 흐르는가 싶더니, 엄마는 다시 말문을 열었다.

"혹시 그를 아시나요? 그의 소식에 대해 아는 게 있다면 제발 제게 알려 주세요."

그는 긍정의 의미로 고개를 끄덕였다.

"개인적으로 라쉬드를 아시는 건가요?"

엄마의 물음에 그는 또 한 번 고개를 끄덕였다. 그런 그에게 엄마는 자신의 사연에 대해 얘기하기 시작했다.

"제가 쿠웨이트에 있을 당시, 라쉬드의 어머니 집에서 일을 했어요. 쿠웨이트에서 전쟁이 시작된 이후로 그의 소식이 끊겨서 지금까지 좀처럼 그의 행방을 알 수가 없어서 말이에요."

다시 차분해진 남자에게 엄마는 질문을 던지기 시작했다.

"그의 행방을 아시나요? 지금 그는 어디에 있나요?"

그는 대꾸하지 않았다. 대신 표정을 통해 그가 혼란스러워하고 있음을 알아차릴 수 있었다. 남자는 생각에 잠긴 듯한 표정으로 책상 위에 있는 거대한 종이 뭉치를 바라보았다. 그리고 그 종이들을 가리키며 우리에게 말했다.

"라쉬드는 지금 이 안에 있어요."

그 말에 엄마는 깜짝 놀란 듯이 내 얼굴을 쳐다봤다. 그리고는 남자가 이해하지 못하도록 필리핀어로 내게 속삭였다.

"망할 베드로 같으니라고, 이 남자 미친 것 같아!"

그러자 그 남자는 미소를 지으며 엄마에게 말했다.

"저는 미치지 않았어요."

그 말에 엄마의 얼굴이 붉게 달아올랐다. 남자는 영어로 계속해서 말을 이어 갔다.

"저는 전쟁 당시 쿠웨이트에 있었습니다. 우리는 저항 단체를 조직했고, 라쉬드는 그 단체의 회원들 중 하나였지요."

엄마는 그렇게 말하는 남자의 얼굴에서 눈을 떼지 못했다.

"제 말에 놀라신 것 같군요. 하지만 더 놀란 건 바로 접니다."

남자는 거대한 종이 뭉치에 두 손을 올려놓은 채로 말했다.

"이것은 7개월간의 점령 기간 동안 있었던 사건들과 우리의 저항 활동들을 기록한 소설입니다. 저는 5년이 넘는 지난 시간 동안 이 소설을 집필했어요. 이상한 것은⋯."

남자는 말을 마치기 전, 잠시 망설이는 듯 했다.

"어젯밤에⋯."

엄마는 남자를 재촉하듯 고개를 끄덕였다.

"어젯밤 제 소설 속의 라쉬드가 점령군의 포로가 되면서 그의 역할이 끝났다는 거지요."

엄마는 남자가 이야기를 마치자 아무 말도 하지 않았다. 그의 집에서 나온 뒤, 차 안에서도 그리고 우리 집에서조차 그녀는 침묵으로 일관했다. 그 쿠웨이트 남자를 만나고 온 뒤 엄마가 얻은 것이라고는 아버지가 포로로 잡혔다는 소식과 집을 나서기 전 남자가 엄마에게 쥐어 준 돈 봉투뿐이었다. 엄마는 그 남자에게 자신이 라쉬드의 부인이라는 것과 내가 그의 하나밖에 없는 아들이라는 사실을 끝내 밝히지 않았다.

15

이스마엘이라는 남자를 통해 아버지가 전쟁 포로가 되었다는 이야기를 들은 그날 이후로 나에게 쿠웨이트는 아무런 의미가 없는 존재가 되었다. 언젠가는 아버지의 나라로 돌아갈 거라는 생각도 저절로 사라져 버렸다. 그럼에도 불구하고 엄마는 "네 아버지의 약속은 꼭 지켜질 거야."라고 끊임없이 되뇌었다. 어느 날은 아이다 이모가 엄마에게 물었다.

"만약에 라쉬드가…."

이모는 망설이는 듯 차마 말을 끝맺지 못했다. 이모와 엄마는 동시에 소파의 나무 부분을 두들겼고, 엄마는 이모의 질문에 이렇게 답했다.

"만약에 라쉬드가 죽었다고 해도, 그이가 한 약속은 사라지지 않을 거야."

나는 그런 엄마가 불쌍했다. 왜 엄마는 몇 년이 지난 지금까지 이렇게나 군건한 믿음을 갖고 있는 걸까? 그녀는 아직까지도 오래 전 전쟁에서 사라진 한 남자에 대한 기대를 버리지 못한 것이다. 그런 엄마의 믿음에도 불구하고 나는 이미 기적의 나라로 갈 수 있다는 희망을 버린 상태였다.

'만약에라도 아버지의 약속이 이루어진다면?' 나는 문득 궁금해졌다. 라쉬드라 불리는 그 사람이 돌아오기라도 한다면? 나도 대나무와 같은 운명을 살게 되는 걸까?

***

1997년, 엄마는 다시 일자리를 찾기 시작했다. 구직을 위해 도움을 요청할 사람으로 엄마가 맨 처음 떠올린 사람은 이스마엘이라는 그 쿠웨이트 남자였는데, 그때 그는 이미 필리핀에서의 모든 업무를 마치고 고국으로 귀국한 상태였다.

결국 엄마는 오랜 노력 끝에 마카티에 있는 포브스파크라는 동네의 부잣집에서 가사도우미로 일할 수 있게 되었다. 그래서 낮 동안에는 내내 그 집에서 일을 하며 시간을 보냈고, 저녁 늦게야 집으로 돌아와 우리와 함께 저녁 식사를 한 후 아드레안을 데리고 자신의 집으로 가 버렸다.

그렇게 엄마는 나에게서 점점 멀어졌다. 엄마는 어떤지 몰라도 적어도 나는 그렇게 느꼈다. 일터에 나가 있는 엄마의 부재, 아드레안과 생활 전선에만 집중된 그녀의 관심, 엄마의 감정 상태를 알려 주는 그녀의 구겨진 미간과 계속되는 방황, 더 이상 볼 수 없는 그녀의 미소까지. 엄마는 많이 변했다. 하지만 나는 이 모든 변화의 원인이 무엇인지를 잘 알고 있었기에 그런 엄마를 원망하지는 않았다.

엄마가 내게서 멀어진 대신 아이다 이모와 메릴린이 그 자리를 대신 채워 주었다. 이모와 메릴린의 사이는 좋지 않았지만 나는 그들과 가깝게 지냈다. 나는 단 한 번도 메릴린이 이모에게 '엄마'라고 부르는 것을 들어 보지 못했다. 엄마라는 말 대신 메릴린은 이모를 '아이다'라고 불렀다. 메릴린은 이모의 허락 없이 밖에 나가서는 밤늦은 시간이 되어서야 집으로 돌아왔고 마닐라를 벗어난 먼 지역까지 훌쩍 여행을 떠나기도 했다. 하지만 이모는 그런 메릴린을 도무지 말리지 못했다. 이모는 이런 딸에게 지나치다 싶을 정도로 잘해 줬고 어떻게든 딸의 환심을 사려

했지만 그런 이모의 노력과는 정반대로 메릴린은 이모에게 항상 너무할 정도로 차가웠다.

이모에게 냉정하게 대하는 메릴린을 보면서 나는 이모에 대한 연민을 갖게 됐다. 어느 날 저녁 나는 이모가 엄마에게 "그 아이는 나를 엄마라고 부르지 않아."라고 고민을 털어놓는 것을 들었다. 그 아이는 분명 메릴린을 가리키는 말이었다. 그 때부터 나는 이모를 "마마 아이다!" 즉 아이다 엄마라고 부르기 시작했고 나의 이런 행동은 이모에게 큰 영향을 미쳤다.

나는 항상 이름들과 조국, 심지어 종교들 사이에서도 방황하는 것에 익숙했었기에 두 명의 엄마가 있는 것쯤은 내게 특별한 일도 아니었다.

16

2000년, 나는 열두 살이 되었고 이모의 말에 따르면 그때 나는 성당에 가서 견진성사를 받아야만 했다.

"조세핀! 호세가 이제 열두 살이 되었어."

우리는 부엌의 식탁에 빙 둘러앉아서 이야기를 나누고 있었다. 이모의 말에 엄마는 이렇게 답했다.

"아이다, 언니는 그 독 같은 마약을 피우는 거에나 집중하고, 호세는 제 갈 길을 가도록 내버려 둬."

엄마의 반응에 이모는 다소 엄숙한 표정으로 말했다.

"조세핀, 나 이제 마리화나는 끊었어."

그 말에 관심도 없다는 듯 엄마는 무심하게 물었다.

"대체 언제부터?"

이모는 그런 엄마의 얼굴을 쳐다보지도 않고 이렇게 답했다.

"바로 오늘부터."

엄마는 별 대꾸도 없이 아드레안에게 밥을 먹이는데 집중했고 이모는 그런 엄마에게 고집을 부렸다.

"얘야, 조세핀, 우리는 호세를 성당에 데려가야 해."

이모의 입에서 성당이라는 단어가 나오자 아드레안은 반사적으로 자신의 얼굴 앞에 십자가 성호를 그렸다.

"언젠가 호세는 자기 아버지의 나라로 가서 이슬람으로 개종을 하게 될 거야."

그렇게 말한 엄마는 곧 이모를 몰아붙였다.

"언니의 믿음이 그렇게나 크다면…."

그리고 잠시 침묵하다가 말했다.

"언니의 딸은 지금 열여섯 살이나 되었어. 메릴린의 행동거지를 고쳐서 성당에 데려가도록 해. 그렇지 않으면 그 아이는 지옥에 가게 될 거야."

이모는 아무 말도 하지 못했다.

***

그날은 처음으로 마닐라에 있는 대성당에 간 날이었다. 가톨릭의 7성사에 따라 내가 꼭 견진성사를 받아야 한다는 이모의 고집으로 몇 년 전 세례성사를 받았던 우리 동네의 작은 성당 대신 나는 이모와 함께 이곳을 찾게 되었다. 이모는 삼촌과 숙모에게 내 견진성사에 동행해서 그녀와 함께 나의 신앙적 후견인인 대부와 대모가 되어 줄 것을 부탁했다. 거기에 대해 삼촌과 숙모는 기꺼이 동의했지만 엄마는 '호세는 언젠가 이슬람으로 개종을 하게 될 것이다.'라는 생각을 굽히지 않았기에 우리와 함께 가지 않았다.

나와 아이다 이모, 베드로 삼촌, 그리고 숙모는 대성당의 거대한 나무 문턱을 넘어 성당 안으로 들어섰다. 우리는 성수를 담은 그릇을 들고 있는 천사의 동상 앞에 잠시 멈춰 섰는데 모두가 차례로 손가락 끝에 성수를 묻혀서 얼굴 앞에 성호를 그었고 나 역시 그들을 따라 얼굴 앞에 십자가 모양을 그렸다.

믿음이라는 것 때문에 성당이라는 이 장소에 대한 경외심이 생기는 걸까? 아니면 이곳을 채우고 있는 촛불이나 조각들, 아니면 성상들 때문에 그런 감정이 드는 걸까?

아이다 이모와 삼촌 내외는 자리에 앉아서 기도문을 읊었고 나는 양쪽으로 길게 늘어선 나무 의자들 사이 통로에 깔린 붉은 양탄자 위에 서 있었다. 이전에는 느껴 보지 못했던 새로운 기분이 들었다. 고요한 분위기가 감도는 성당 안에는 조각으로 장식된 천장과 그 천장을 받치고 있는 여덟 개의 대리석 기둥이 있었고, 벽에는 커다란 십자가들이 걸려 있었다. 형형색색으로 장식된 창문들과 그 창문을 통해 본당의 대리석 바닥에 반사된 햇빛 역시 알록달록했다. 성당 밖 뜰에는 하얀 옷 위에 파란 장옷을 입을 마리아의 성상이 화환으로 둘러싸여 있었다.

그곳에는 나 말고 내 또래의 아이들이 많이 있었는데, 그들은 가족들과 함께 앞자리에 앉아 의식을 진행해 줄 신부님을 기다리고 있었다. 아이다 이모는 그렇게도 그 의식을 하고 싶어 했다.

견진성사가 시작되었고, 신부님은 "당신은 마귀와 마귀의 모든 행실과 마귀의 모든 영을 끊어버립니까? 당신은 전능하신 천주 성부 천지의 창조주를 믿습니까? 그 외아들 우리 주 예수 그리스도님 동정 마리아에게서 나시고 고난을 받으시고 묻히셨으며 죽은 이들 가운데서 부활하시고 성부 오른편에 앉아 계심을 믿습니까? ⋯ 당신은 거룩하고 보편된 교회와 모든 성인의 통공을 믿으며 죄의 용서와 육신의 부활을 믿으며 영원한 삶을 믿습니까?"라는 질문을 차례로 읊으며 성수로 우리를 축복해 주었다.

신부님, 제가 그 질문에 "예, 믿습니다."로 일관되게 답하는 것은 너무나 쉽지만, 실은 이것이 제게는 얼마나 어려운 질문인지 혹시 알고 계시나요?

아드레안은 운이 좋았다. 신부님이 던진 이 질문들이 그 아이에게는 아무런 걱정도, 한 치의 의심이나 믿음, 혼란, 그리고 두려움 따위를 주지 않을 것이 분명했기 때문이다. 차라리 내가 아드레안 대신에 그날 밤 개울물에 빠져서 뇌세포가 손상되었더라면 이렇게 괴롭지는 않을 텐데!

이모는 의식이 끝나고 성당을 나가기 전에 내게 십자가가 달린 목걸이를 선물해 주었다. 그날 견진성사를 함으로써 이모가 행복해하는 모습을 본 것이 내게는 견진성사보다 더 큰 의미가 있었다.

17

"호세야, 호세야! 얘 호세야!"

내 이름은 할아버지의 입에서 하루에도 수십 번 이상 불렸다. 나는 항상 진정한 내 이름을 찾고자 했었지만, 할아버지와 함께 있을 때만큼은 차라리 내 이름이 없어져서 그가 나를 부르지 못하면 좋겠다고 생각했다. 그가 내 이름을 이렇게 불러 대는 것은 나와 이야기를 나누고 싶어서가 아니라, 오직 내게 심부름을 시켜 대기 위한 것일 뿐이었다. 닭들에게 물 좀 줘라, 울타리를 청소해라, 남은 음식물 찌꺼기를 개에게 가져다줘라, 망고 나무 위에 올라가서 열매를 좀 따라, 기름을 좀 데워라, 나를 좀 따라와라 등등.

엄마가 아드레안을 출산하고 알베르토의 집으로 이사 간 후, 우리 가족 중 나 말고는 아무도 할아버지의 말을 들으려고 하지 않았다. 엄마는 할아버지의 집을 떠나 더 좋은 환경에서 아드레안을 키우고 싶어 했다. 비록 새로운 보금자리라고 해 봤자 그녀의 집은 모래 길 끝에 있는 이웃의 작은 집보다 더 가까운 거리에 있었고, 따라서 할아버지의 땅이 훤히 내다보이는 곳이었다.

엄마는 대체 어떤 환경에서 아드레안이 자라기를 원했던 걸까? 운이 좋은 내 동생은 정작 자기 주변에서 무슨 일이 일어나는지 알 수도 없는데 말이다!

엄마는 재혼을 함으로써 자유를 얻었다. 아이다 이모는 그보다 더 일찍 이미 할아버지에게 반항을 할 수 있는 자유를 얻었다. 메릴린의 경우에는 아이다 이모의 딸이라는 이유와 그녀의 괴팍한 성질 때문에 할아버지로부터 자유로울 수 있었다. 이러한 상황 속에서 할아버지는 그들 틈의 작은 구멍을 통해 아직 자유를 얻지 못한 나라는 돌파구를 찾아낸 것이다.

그의 검은 두 입술 사이에서 불리던 내 이름, 담배 냄새가 잔뜩 묻은 채 누런 이를 뚫고 나오던 그 이름이 얼마나 싫었던지.

"호세야아아아!" 할아버지의 익숙한 고함 소리, 교실 칠판에 분필을 긋는 듯한 그 날카롭고 짜증나는 소리가 터지면 나는 그가 쓰러져 죽어 버리는 상상을 하곤 했다. 하지만 곧장 할아버지에게 달려가서 허리를 굽히고 그의 손등을 내 이마에 가져다 댔다. 물론 속으로는 그에게 온갖 욕설들을 퍼부었지만 말이다.

할아버지는 작은 키에 어두운 피부색을 지녔고 이마와 뺨은 깊이 팬 주름으로 가득했다. 눈은 움푹 파여서 숱이 많은 두 눈썹 밑으로 사라져 버릴 것만 같았다. 그는 항상 기침을 해 댔는데 마치 몸속에 있는 두 폐를 토해 낼 것만 같았다. 나는 어렸을 적부터 할아버지가 점차 죽어가고 있다고 확신했다. 하지만 그는 그런 상태로 몇 년 동안을 계속 살아왔다. 나는 할아버지가 죽은 뒤 그의 모습이 어떨지 상상할 수 있었는데, 생전의 모습과 그리 달라질 것 같지 않았기 때문이었다. 그는 이미 뼈가 앙상한 몸에 주름진 피부를 입은 것 같은 몰골을 하고 있었다.

할아버지는 그의 작은 집에 머무를 때면 항상 상의를 벗은 채 고약한 냄새가 풍기는 베개에 얼굴을 묻은 자세로 나무 침대에 누워 있었다. 그 당시 나는 어린 나이였음에도 불구하고 전문 마사지사로 일할 정도의 경력을 갖고 있었는데, 이는 매일 할아버지에게 마사지를 하던 경험 때문이었다. 나는 나무 침대처럼 딱딱한 할아버지의 엉덩이에 걸쳐 앉은 채, 손에 쥐고 있던 플라스틱 통에서 따뜻하게 데워진 값싼 오일을 꺼내 할아버지의 등에 뿌렸다. 그러면 그 오일은 가는 선처럼 할아버지의 등을 타고 흘러내렸다. 오일을 바른 뒤, 나는 두 손으로 할아버지의 등 밑 부분을 눌렀다가 볼록 튀어나온 척추를 타고 목까지 밀어 올렸다. 그러면 "아아아!"라는 할아버지의 신음 소리와 함께 "계속 주물러라."라는 명령이 떨어졌다. 그때마다 나는 혹시나 내 손의 힘 때문에 할아버지의 피부가 벗겨지면서 그의 척추가 훤히 드러나면 어쩌나 불안함에 떨기도 했다. 새벽 동이 틈과 동시에 나무 사이를 훨훨 날아다니길 기다리는 참새처럼 나는 이 고통스러운 임무에서 나를 해방시켜 줄 신호가 오기만을 고대했다. 그 신호는 바로 할아버지의 호흡이 규칙적으로 변하는 순간이었는데 그러면 나는 그의 등을 누르던 손을 손바닥에서 손가락 끝으로 바꿔 가며 서서히 힘을 빼기 시작했다. 그리고 곧 할아버지의 코 고는 소리가 들려오면 나는 조심스럽게 그의 곁을 떠나 메릴린에게로 갔다.

18

메릴린은 나보다 네 살이 더 많았다. 내가 메릴린과 함께 있으면 할아버지의 고함과 부름을 받는 건 늘 내 몫이었다. 할아버지는 아이다 이모를 두려워했기에 그녀의 딸인 메릴린에게 감히 일을 시키지 못했다. 메릴린의 강한 성격 역시 할아버지가 그녀를 어려워하는 것에 한몫을 하기도 했다. 그래서 할아버지의 반복되는 심부름은 온전히 나의 몫이었고 나는 그로부터 자유로운 메릴린이 너무나 부러웠다.

메릴린은 어린 시절부터 성격이 강했고 똑똑하면서 리더십도 있었다. 동네 아이들은 그런 메릴린을 어려워했다. 그녀는 화가 나면 여느 다른 여자아이들처럼 말로 대응하지 않았고, 대신 자동적으로 손이 먼저 나가는 타입이었다.

날씬한 몸매에 키가 큰 편이었던 메릴린은 홍조를 띠는 흰 피부와 갈색의 곱슬머리를 가졌고, 색깔 있는 두 눈동자는 그녀를 더 돋보이게 만들었다. 하지만 메릴린은 본인의 아름다운 외모가 그녀가 증오하는 이름 모를 유럽인 아버지를 상기시켰기 때문에 자신의 생김새를 싫어했다. 정체 모를 자신의 아버지 때문에 메릴린은 자신의 생김새와 유럽에 관련된 것이라면 그게 무엇이든 상관없이 심하다 싶을 정도로 강한 적개심을 품었다.

엄마가 새로운 집에 정착하기 전 매년 네 달 정도를 알베르토의 집에서 보내기 시작하면서 그 기간 동안 아이다 이모가 엄마 대신 나를 돌봐 주기 시작했고, 그 때부터 나와 메릴린의 관계는 더욱 돈독해졌다.

필리핀을 떠나 저 멀리 쿠웨이트로 갔을 때, 내가 그녀를 얼마나 보고 싶어 했었는지… 나는 그곳에서 더 이상 볼 수 없었던 초록색을 그리워했던 것처럼 그렇게 메릴린을 그리워했다. 비가 온 뒤 땅이 물을 가득 머금고 있다가 젖은 숨을 내뱉으면서 만물의 영혼을 씻어 내리고 그 물에 젖은 풀이 내뿜는 냄새를 그리워했던 것처럼, 그렇게 나는 메릴린을 그리워했다.

서로 다른 길을 가면서 헤어질 수밖에 없던 이들과 같이 보냈던 시간들을 다시 되돌릴 수 있다면, 그래서 그들 대신에 다른 사람들과 그 시간을 다시 보낼 수 있다면 얼마나 좋을까? 하지만 이 세상 어느 누구도 다른 사람을 대신할 수는 없기에 그 일은 불가능해 보였다. 그러나 그게 메릴린이라면 나는 분명 그렇게 되기를 간절히 소망했을 것이다. 내가 얼마나 메릴린과의 재회를 꿈꿔 왔는지 아무도 그 심정을 모를 것이다.

메릴린과 오랜 시간을 함께 보냈음에도 불구하고 그녀에게는 비밀이 많았고, 메릴린은 내가 모르는 면을 가지고 있었다. 언제인가 메릴린이 자신의 팔에 MM이라는 글자로 문신을 새기고 온 날, 나는 그녀에게 질문 세례를 퍼부었다. 그 문신의 뜻이 뭐냐는 내 질문에 메릴린은 이렇게 변명했다.

"메릴린, 바로 내 이름의 첫 이니셜을 딴 문신이야. 그리고 나는 내 자신을 너무 사랑하기 때문에 M 하나만으로는 충분치 않아서 두 개를 새긴 것뿐이고."

사실 나는 넘쳐흐르는 여성적인 매력과 조각상 같은 몸매, 탐스러운 피부, 아름다운 머리카락, 그리고 두툼한 입술을 가진 메릴린의 아름다운 외모에 딱히 관심을 갖지 않았었다. 하지만 내가 열네 살이 되던 해, 메릴린이 처음 내 꿈에 나타나면서부터 상황은 달라졌다. 꿈속에서 나와 메릴린은 모두 제정신이 아니었다. 그리고 잠에서 깨어난 나는 그녀와의 일들이 단순히 꿈이었다는 사실을 도저히 믿을 수 없었고, 앞으로도 계속 그런 꿈을 꾸게 될 것이라고는 상상도 못했다. 물론 그날 꿈속에서 나와 메릴린이 한 짓은 어린아이의 옷을 벗고 남자의 옷을 입으려 하는 한 소년의 한밤중의 축축한 꿈에서만 일어나는 일이었다. 잠을 자면서 느꼈던 그 감정과 촉감, 맛, 향기, 그리고 그 꿈의 결과물까지. 나는 현실에서 메릴린을 마주할 때마다 꿈속에서 봤던 그 장면들을 머릿속에서 쉽게 떨쳐낼 수 없었다. 메릴린은 나와 한집에서 자랐던 그 모습 그대로였고 그녀에게는 아무런 변화도 없었다. 단지 내 두 눈이 그녀를 이전과는 다른 모습으로 담기 시작한 것이다. 하지만 나는 다른 남자들과 달리 메릴린을 남자의 욕정이나 자극하는 여자로 보지 않았다. 단지 나는 메릴린을 볼 때마다 내 꿈에 나왔던 그녀의 모습을 떠올리게 된 것뿐이었다.

그러나 우리는 자연의 순리에 어긋나는 관계를 억지로 맺을 수는 없다. 그건 나와 메릴린의 경우에도 해당되는 말이었다. 우리는 우선 나이 차가 많이 났고 무엇보다 메릴린은 내 이모의 딸이었기 때문이다.

내가 여섯 살이고 메릴린이 열 살이던 때, 나는 문득 엄마에게 이런 말을 했다.

"엄마, 난 메릴린이랑 결혼하고 싶어요."

그 말에 엄마는 박장대소했다.

"호세 너는 내가 생각했던 것보다 더 빨리 이슬람으로 개종할 것 같구나!"

엄마의 말에 아이다 이모는 놀란 표정으로 물었다.

"그렇다면 이슬람에서는 사촌 간의 결혼이 허용된다는 말이야?"

엄마는 긍정의 표시로 고개를 끄덕였다. 그 대답에 나는 엄마와 이모를 향해 말했다.

"그러면! 나는 무슬림이 될래요!"

그런 내 말에 이모는 놀라기라도 한 듯 가슴에 손을 올리더니 이렇게 말했다.

"그런 생각을 하면 안 돼! 나와 내 딸은 가톨릭 신자란 말이다."

한편 메릴린은 깔깔 웃더니 검지로 나를 가리키며 위협이라도 하듯 이렇게 말했다.

"너는 네 아버지의 나라로 가 버려! 그리고 거기서 원한다면 네 할머니랑이나 결혼 해!"

그날 나는 매우 언짢아졌다. 그곳에는 나와 메릴린의 결혼을 막는 장벽이 있었기 때문이다. 당시 나는 메릴린을 좋아했고 그 아이를 생각하면 마음이 뜨거워지는 것만 같았다. 그러나 그 감정은 금방이면 사그라질 아이들의 꿈 이상의 감정은 아니었다. 하지만 몇 년 뒤 메릴린을 향한 내 감정은 다른 형태로 바뀌어 다시 한 번 내 가슴의 문을 두드렸다. 나는 그때와 같은 꿈을 꾸었지만 이번에는 아이들이 꾸는 그런 종류의 꿈이 아니었다.

메릴린은 과감했고 반항적이었으며 그녀가 하는 말들은 가끔 제정신으로 하는 말이 아닌 것 같았다. 사춘기 시절 메스티소였던 메릴린과 아라보였던 나, 우리 둘은 마닐라 거리를 배회하고 다니다가 주스를 파는 가판대 앞에서 아이스티를 마시고는 했다. 우리는 식민지 시절 스페인 군대가 주둔하고 있었던 오래된 산티아고 요새로 놀러 가기도 했고, 산과 계곡을 오가는 모험을 하기도 하며 비악 나 바토 공원[9]의 동굴까지 훌쩍 여행을 떠나기도 했다.

우리는 타알 화산을 마주하고 나란히 앉았다. 우리가 앉아 있던 자리와 화산 사이에는 호수가 하나 있었는데, 그 위로 태양 빛에 그을린 얼굴을 하고 있는 어부들과 그들이 탄 배들이 둥둥 떠다니고 있었다.

메릴린의 말대로 우리는 이런 소박한 여행들을 통해 비싼 대가를 지불하지 않고도 행복을 얻을 수 있었다. 우리가 지불해야 했던 것은 대중교통을 이용하는 데 필요한 아주 약간의 돈 혹은 아주 드물게 냈던 입장료 요금이었다. 한마디로 우리의 여행은 기차나 버스, 지프니[10] 또는 입장료를 제외하고는 모든 것이 무료였다. 그 누구도 화산섬을 보며 보내는 시간에 대한 돈을 요구하지 않았고, 거대한 돌 사이에서 자라난 큰 나무 밑에 앉아 시간을 보내면 어느 누구도 관람 종료 시간을 알리지 않았다. 하나, 둘, 셋 … 그리고 오십까지, 이렇게 호수 위에 둥둥 떠서 하늘에 있는 구름의 수를 세더라도 아무도 우리를 말리지 않았다. 또 맛있어 보이는 열매에 손을 뻗어 사랑하는 사람과 함께 나눠 먹어도 어느 누구도 우리를 막는 법이 없었다.

메릴린은 내게 이렇게 말했다. "너도 봤지? 자연이 아무런 대가 없이 우리에게 얼마나 많은 기쁨을 주는지 말이야."

---

9   비악 나 바토 국립공원(Biak-na-bato National Park)은 동굴과 강, 구릉과 같은 고지가 있는 암반 지대이다. 나무로 만들어진 다리와 계단을 통해 높은 지대와 동굴 사이를 쉽게 이동할 수 있다. _역자 주

10   필리핀에서 가장 유명한 대중교통 수단으로 약 스무 명의 승객을 태울 수 있는 지프차이다. 제2차 세계대전 당시 사용됐던 미군 군용 지프차를 본떠 디자인 되었으며 필리핀만의 문화를 잘 보여 주는 예로 여겨진다. _역자 주

"하지만 여기에 들어오기 위해 이미 입장료를 냈는걸?"

나는 바지 주머니에 손을 넣어 두 장의 노란 입장권을 꺼내 보였다.

"대체 누구에게 이 돈을 받아 갈 권리가 있는 거야?!"

내 물음에 메릴린은 아무 말 없이 하늘을 바라보다가 주변에 있는 나무와 돌들을 차례대로 보더니 내게 이렇게 일러 주었다.

"자연에게는 아무런 잘못이 없어. 단지 인간이 자신이 가지지 못한 것에 대해 돈을 요구하는 것뿐이야."

메릴린은 잠시 침묵을 지키다 내게 이렇게 말했다.

"그리고 이곳에 들어오기 위해 우리는 표를 샀지만 출입문을 통과하는 순간 모든 게 무료잖아!"

나는 그녀의 말에 완전히 동의한 것은 아니었지만 특별히 대꾸하지도 않았다. 당시 나는 메릴린과 나의 나이 차이가 꽤 컸다고 생각했었기 때문에 내 눈에 그녀는 모든 것을 이해하는 지혜로운 사람으로 비쳤다. 또 늘 그랬던 것처럼 결국 패자는 내가 될 것이기 뻔했기에 나는 감히 메릴린과 말싸움을 할 엄두도 내지 못했다. 당시 나는 열네 살의 소년이었고 열여덟 살이었던 메릴린의 말이라면 자연스레 수긍했었다.

비약 나 바토 국립공원에 갔던 그날은 2002년의 어느 날이었다. 그 놀라운 장소에서 우리는 마치 하늘을 뚫을 것처럼 거대한 나무들과 공원의 중심을 지키고 있는 웅장한 화산 산을 직접 마주하게 되었다. 그날 나와 메릴린은 처음으로 우리가 살던 동네에서 멀리 떨어진 곳으로 여행을 가게 되었다. 그 여행을 가기 위해 나는 텔레비전에서나 보던 여행가들 같은 차림을 했다.

마치 탐험가라도 된 양 등에는 여행에 필요한 모든 잡동사니들을 담은 가방을 멨다. 그리고 무릎 밑으로 조금 내려오고 주머니가 많이 달려서 평퍼짐해 보이는 바지를 입고, 거친 돌들이 깔린 길을 편하게 걷기 위해 목이 긴 운동화도 신었다. 메릴린은 어두운 동굴에 들어갈 때 사용할 손전등을 한 손에 들고 소매가 없는 흰 셔츠와 아주 짧은 청바지를 입었다. 등 뒤로 곱게 딴 머리를 한 메릴린의 모습에 나는 탄식했다. 메릴린이 내 사촌이 아니었다면 얼마나 좋았을까!

그날 메릴린은 당연하다는 듯이 내 가이드가 되어 주었다. 이미 이곳에 한 번 와 본 적이 있던 메릴린은 담당 가이드에게 동행할 필요가 없다고 미리 일렀고, 나는 그곳 가이드 대신 메릴린을 쫓아다니며 그녀가 해주는 설명을 경청했다. "아주 오래전 혁명군들이 이 동굴에서 살았었어. 그들은 스페인 점령군들의 눈을 피해 이곳에 숨어 살면서 혁명을 일으킬 계획을 하고 있었지."

메릴린은 그 장소들에 얽힌 이야기들을 쉴 새 없이 내게 쏟아냈다. 나는 길이 트여 걷기 편하면 그녀의 말에 귀를 기울였으나 높은 바위 사이에 있는 계단을 오르느라 힘들어질 때는 그녀의 말을 귓등으로 흘려버렸다. 그리고 공중에 나무로 만들어진 다리의 중반쯤 도착했을 때 어지러움을 느낀 나는 메릴린에게 잠시 조용해 달라고 부탁까지 했다. 메릴린은 그런 나를 비웃었다. "이 불쌍한 녀석아, 여기에 놓인 다리와 계단들이 다 너 같은 사람들을 위해서 만들어진 거야."라는 말과 함께 그녀는 두 손으로 내 등을 밀며 나를 계속 걷게끔 만들었다. 그리고는 "그 당시 혁명군들이 이곳에서 지낼 때는 이런 다리나 계단도 없었어."라고 내게 일침을 놓았다.

"그렇다면 그 사람들은 어떻게 이 높은 동굴과 바위 사이를 다닐 수 있었어?"

내 물음에 메릴린은 나를 놀리듯 혀를 내밀어 보이며 이렇게 대답했다.

"그 사람들은 영웅이었으니까! 그리고…"

"그리고 뭐?"

나는 궁금증에 메릴린의 대답을 애타게 기다렸다. 그러자 그녀는 눈앞에 보이는 거대한 바위들을 가리키며 그 바위들의 귀에 들리지 않게끔 하려는 듯 작은 목소리로 내게 속삭였다.

"저 바위들조차 혁명군들을 도왔음이 분명해. 그래서 자신의 동굴 속에서 혁명군들이 살도록 허락해 준 거야."

자연에 관한 이야기들조차 내 사촌 메릴린의 입에만 들어가면 상상 속의 환상적인 이야기가 되어 버린다. 그녀에게는 아주 사소한 이야기조차 하나의 전설로 만들어 버리는 뛰어난 재주가 있었다. 정말이지 메릴린은 여러모로 대단했다.

메릴린은 앞장서서 걸었고 나는 그 뒤를 쫓아가며 그녀의 뒷모습을 멍하니 바라보았다. 고개를 숙였다가 걸으면서 좌우로 움직이는 메릴린의 자태가 내 시선을 사로잡았다. 매끈하게 뻗은 다리 그리고 훤히 드러난 팔에 새겨진 MM이라는 문신까지. 나는 저 두 알파벳 중 하나를 지워 내고 그 자리에 J라는 이니셜을 대신 새기고 싶었다. 어느새 앞뒤로 걷던 나와 메릴린 사이에 며칠 전 문득 나를 찾아왔던 그 꿈이 다시 살아나기 시작했다.

거대한 바위들 사이에 높은 경사가 나타나거나 머리 위의 나뭇가지들이 뒤얽혀 햇빛과 공기가 차단되어 숨이 가빠질 때를 제외하고는 그 무엇도 내 상상의 나래를 막을 수 없었다.

두 개의 높은 구릉 사이에 놓인 거대한 나무다리의 가운데에 다다랐을 때쯤 메릴린은 잠시 걸음을 멈추더니 다리 밑에 흐르는 호수를 가리키며 내게 이렇게 말했다.

"많은 인부들이 이 다리를 놓다가 저 호수에 빠져서 죽고 말았어."

그 말에 나는 다리를 지탱하는 밧줄을 꽉 움켜잡고 밑을 내려다보려 했지만 차마 그럴 수 없었다. 메릴린은 그런 나를 한심하다는 듯 쳐다보다가 이런 말을 했다.

"그들의 희생이 없었더라면 이 다리는 이곳에 지어질 수 없었을 거야."

그 말을 마치자마자 메릴린은 내 어깨를 움켜잡았다. 갑작스러운 그녀의 행동에 나는 이상한 기분이 들었다. 그리고 곧 메릴린의 얼굴이 천천히 내 얼굴로 다가왔다. 나는 달콤한 전율을 느끼며 두 눈을 감고 메릴린이 하는 것처럼 내 얼굴을 그녀의 얼굴에 들이밀었다.

그때 메릴린의 손에 들려 있던 손전등이 내 머리를 강하게 때리면서 나는 정신을 차렸다.

"이 바보가 대체 뭐하고 있는 거야?!"

그녀는 멈춰 있던 나에게 다시 걸으라고 재촉했다. 나는 손전등에 맞은 이마를 손바닥으로 문지르며 어쩔 줄 몰라 했다. 방금 전 내가 할 뻔한 행동이 무엇인지 분명했기에 나는 아무 말도 하지 못했다. 하지만 메릴린은 아무 일도 없었던 것처럼 내 행동을 대수롭지 않게 넘겼다. 그리고 눈을 크게 떴다가 감으며 이렇게 속삭였다.

"이 호수에 빠져 죽은 그 인부들은 분명 이곳의 정령들에게 바쳐진 제물이었을 거야. 사람들이 이 다리를 놓을 수 있도록 허락을 받기 위해서는 꼭 필요한 일이었겠지."

메릴린은 안타깝다는 듯 고개를 끄덕였다.

"그들은 자신을 희생함으로써 선을 행한 거야."

나는 메릴린의 말에 이렇다 할 관심이 없었지만 그녀는 내게 이곳에 대한 설명을 더 해 주고 싶어 하는 눈치였다.

"호세 리살[11]은 누군가의 희생이 받아들여지기 위해서는 그 희생자가 순결해야 한다고 했어."

나는 다리를 놓다가 사망한 이들의 비극이나 호세 리살의 말에는 주의를 기울이지 않았다. 대신 내 관심은 메릴린에게 맞아 머리에서 조금씩 짙어지기 시작하는 멍과 '이곳의 정령'이라는 그녀의 말에만 온통 쏠려 있었다. 나는 고개를 들어 주변에 있던 거대한 돌들과 큰 나무들 동굴들을 바라보았다. 그러니 정말로 돌들이 속삭이는 소리와 나뭇잎의 바스락거리는 소리, 물이 졸졸 흐르는 소리가 크게 들려오기 시작했다. 이 자연의 모든 것들이 나는 알 수 없는 그들만의 언어로 속삭이고 있던 것이다.

---

11 호세 리살(1862~1896)은 필리핀의 가장 유명한 민족 영웅들 중 한 명으로 스페인 식민 세력에 맞서 저항했다. _작가 주

그날부터였을까. 나는 모든 사물에는 영혼이 있다는 믿음을 갖게 됐다. 한편 메릴린은 다리 아래에 있는 호수를 바라보며 "여기서 뛰어내려 이 삶을 끝내 버리고 싶어."라고 혼잣말을 했다. 그녀의 말에 나는 반신반의하며 이렇게 말해 주었다. "하지만 우리 엄마가 자살은 삶과의 싸움에서 패배한 겁쟁이들이나 하는 거랬어." 메릴린은 내 말을 귀 기울여 듣지 않았다. 아니 아마 들리지 않은 척 했던 것 같다.

그때 갑자기 하늘에 있던 새들이 사라졌다. 우리는 여전히 그 호수 위에 떠 있는 나무다리 위에 있던 상태였다. "날 따라와." 메릴린은 서둘러 목적지로 발걸음을 옮기기 시작했다. 나무가 우거진 숲 속으로 들어가자 다양한 종류의 새들이 지저귀는 소리가 들려왔다. 한편 메릴린은 "호세, 서둘러. 곧 비가 올 거야." 라고 나를 재촉했다. 그녀의 말에 나는 무성한 나뭇가지들 사이로 하늘을 올려다보았다. 하지만 비구름의 흔적은 어디에서도 볼 수 없었다.

"메릴린, 어떻게 비가 올 거라고 생각한 거야?"

내 물음에 그녀는 옆에 있던 나무를 가리키며 말했다.

"왜 새들이 저 나무들 사이로 숨었을 거라 생각해?"

그리고 그녀의 왼편에 있는 바위 벽을 바라보며 말했다.

"그리고 여기를 봐 봐."

메릴린이 가리킨 곳에는 개미떼가 일렬로 바위를 오르고 있었다.

"이것들과 비가 오는 게 무슨 상관이야?!"

내가 이렇게 묻자 메릴린은 내게 화를 내며 말했다.

"너는 정말 아무것도 모르는구나!"

나는 메릴린이 이 세상의 모든 것을 다 아는 양 뽐내는 것이 싫었다. 가끔 답을 찾기 어려운 궁금증이 생길 때마다 나는 척척박사인 내 사촌 메릴린에게 질문을 할까 하다가도 "너는 정말 아무것도 모르는구나!"라는 그녀의 뻔한 대답을 들을까 두려워 지레 포기하기도 했다.

우리는 거대한 바위들 사위로 깊게 파인 협곡이 내려다보이는 좁은 길을 걸었다. 몇 분 뒤쯤 지났을까. 하늘에 먹구름들이 모이더니 태양을 가렸고 곧 천둥소리가 온 세상을 뒤흔들기 시작하면서 굵은 빗방울들이 떨어졌다. 구름들도 그 빗방울과 함께 하늘에서 떨어져 내리는 것만 같았다. 결국 이번에도 메릴린의 말이 맞았다. 나는 정말 아무것도 모르는 것이다.

나와 메릴린은 바위 사이를 뛰어다니다가 비를 피하기 위해 거대한 동굴 안으로 들어갔다. 우리는 동굴 안에 있던 큰 바위 위에 나란히 앉았다. 눈앞에 보이는 동굴 입구로는 하염없이 내리는 굵은 빗방울과 짙은 녹색의 그림자만 보였다. 동굴 안은 정말 습했고 젖은 흙냄새와 박쥐들의 배설물 냄새가 뒤섞여 색다른 분위기를 자아냈다. 메릴린은 가지고 있던 손전등을 켜서 동굴의 천장을 비추어 보았는데 거기에는 수십 마리의 박쥐들이 거꾸로 매달려 있었다.

나는 메릴린 곁에 꼭 붙어 있었다. 내 다리와 그녀의 훤히 드러난 젖은 다리가 맞닿자 온갖 감정들이 한데 뒤섞였다. 하지만 그 감정들 중에 두려움은 없었다. 메릴린과 함께라면 죽음도 두렵지 않을 것만 같았다.

남자의 곁에 있을 때 여자가 안정감을 느낀다는 것은 모두가 아는 사실일 것이다. 그러나 이와 반대로 한 남자가 한 여자의 곁에 있을 때 안정감을 느낀다는 것은 전에 보지 못했던 새로운 일이었다.

순간 지난밤에 꿨던 꿈이 또 생각났다. 메릴린의 다리와 맞닿아 있던 그 부분에서 시작해 온 몸이 서서히 마비되는 느낌이 들면서 관자놀이 부분의 맥박이 세차게 뛰기 시작했다. 여기저기에서 느껴지는 축축한 느낌 때문에 나는 더 곤란해졌다.

"무슨 생각을 해?"

메릴린이 내게 물었다. 그 물음에 나는 반사적으로 마치 혐의를 부인하려는 사람처럼 소리쳤다.

"아무것도 아니야!"

대체 내가 누구를 속이려고 했단 말인가?! 메릴린은 나를 추궁했다.

"내가 너를 모를 거라고 생각하지 마."

동굴 밖 자갈 위로 세차게 떨어지는 빗방울의 소리에 질세라 내 심장 박동도 빠르게 뛰기 시작했다. 그런 나를 빤히 바라보던 메릴린이 이렇게 말했다.

"오래 전부터 나를 향한 네 시선과 네 행동들을 보면⋯."

메릴린의 얼굴이 가까이 다가왔고 그녀의 숨소리도 가깝게 느껴졌다. 메릴린의 날숨과 내 들숨이 한데 뒤섞여 내 폐 안으로 들어왔다. 그녀의 눈이 내 눈을 뚫어지게 바라보았고 이번에 나는 눈을 감는 대신 메릴린이 쥐고 있던 손전등에 시선을 고정했다. 머리에 생긴 멍 아래로 피들이 들끓고 있었다.

"하지만 호세야, 네가 생각하는 그런 일은 불가능해."

메릴린과 함께라면 전혀 느낄 수 없을 것만 같았던 두려움이 나를 휘감기 시작했다. 나는 그녀의 말에 동의했다.

"그래, 맞아. 불가능하지."

메릴린의 얼굴은 여전히 내 얼굴과 마주하고 있었다. 그녀는 뜬금없이 내게 이런 질문을 던졌다.

"그 불가능하다는 이유가 뭔지, 혹시 너는 알고 있니?"

나는 그녀의 눈을 똑바로 바라보며 이렇게 답했다.

"그야 당연히 너는 내 사촌이니까."

내 말에 메릴린은 희미한 미소를 보였다.

"그건 아주 사소한 이유에 불과해. 그런 이유라면 내가 하고자 하는 일을 막을 수 없을 거야."

메릴린은 고개를 돌려 동굴 밖을 바라보았다.

"사실 진짜 이유는 다른 데 있어."

메릴린이 손전등의 전원을 끄자 동굴 안의 빛이 사라지면서 그녀가 어떤 표정을 짓고 있는지 도무지 알 수 없게 돼버렸다.

"네가 남자가 아니었다면 좋았을 텐데…."

19

"호세야, 호세, 얘 호세야!!!"

할아버지, 나는 당신이 날 부르는 소리가 너무 싫어요!

이 말이 가슴속에만 맴돌다가 욱하는 마음에 살짝 목 근처로 올라올 뻔 했으나, 결국에는 내 목구멍을 넘지 못했다.

언젠가 엄마가 아버지의 나라에 가서 할머니의 대저택에서 일할 당시 겪었던 정신적 고초에 대해 이야기를 한 적이 있었다. 그 당시 나는 그 말에 공감을 하지 못했는데, 할아버지가 시킨 온갖 심부름들과 힘든 일들을 하고 나니 엄마가 얼마나 고통스러웠을까 하는 생각이 들었다.

나는 길고도 고단한 하루가 끝나면 밤에 창문을 열어 놓고 귀뚜라미 소리가 내 방 안으로 들어 올 수 있게끔 했다. 하지만 한밤중 창문을 통해 오롯이 귀뚜라미의 소리를 들을 수 있는 것은 아주 드문 경우였다.

"이 망할 것들아!"

술 취한 할아버지의 목소리가 귀뚜라미의 울음소리를 타고 내 방에 불청객으로 찾아오기 일쑤였다.

"메릴린!"

낮은 목소리로 메릴린의 이름을 부르던 할아버지는 다시 내 이름을 크게 외쳤다.

"호세야!!!"

나는 할아버지의 부름에 답하지 않는다.

"이 애비 없는 것들!"

그 소리에 나는 감고 있던 두 눈을 떴다. 침대 맞은편의 벽에는 대나무 줄기에 비친 그림자가 할아버지의 방에서 새어 나온 불빛에 맞춰 이리 저리 춤을 추고 있었다.

"호세야, 이놈아!"

이번에는 손가락으로 두 귀를 꽉 막았다. 잠시 조용해졌지만 이 적막함이 싫었기에 귀를 막고 있던 손가락을 빼내었다. 그리고 다시 들려오는 귀뚜라미 소리에 귀를 기울이려고 할 때,

"호세, 호세야!"

자는 척을 해 보았다.

"지금 네가 듣고 있다는 걸 다 알고 있다!"

"나는 애비 없는 것들이 정말 싫어!"

이 말에 나는 자리에서 벌떡 일어나 창문 쪽으로 뛰어나갔다. 그러고는 서로 뒤얽힌 창살에 팔을 집어넣고 그 두 팔로 할아버지의 목을 꽉 쥐는 상상을 해 보았다.

"나는 애비 없는 자식이 아니라고요!"

그러자 할아버지는 입을 다물었다. 잠시의 침묵에 혹시라도 그가 내 방으로 쫓아오는 것은 아닐까라는 걱정이 됐다. 하지만 그 침묵은 그리 오래가지 못했다.

"니가 애비가 있는 자식이라는 것을 증명할 수 있기나 해?"

할아버지는 박장대소를 하며 내게 이런 질문을 했다. 그러다가 다시 기침을 했다.

망할 귀뚜라미 같으니라고. 너는 왜 더 크게 울지 못해서 할아버지의 목소리가 내 방에서 들리게 하는 거야?

나는 할아버지의 물음에 대답하지 못한 채 창문을 쾅 닫았다. 그리고 미처 완성되지 못한 우리의 대화를 끝내 버렸다.

***

"호세야!"

다음 날 아침 할아버지의 부름은 일찍부터 시작됐다.

"가서 바나나 좀 가져오거라."

"노란 바나나 말이다."

바나나는 당연히 노랗기 마련인데, 왜 할아버지는 굳이 바나나의 색깔까지 고집하는 걸까? 아하, 할아버지는 우리 집 주변의 바나나 나무에는 익지 않은 초록색의 작은 송이들만 달려 있다는 사실을 알고 있던 것이다. 멘도사! 난 할아버지가 정말 싫어요!

"할아버지, 아직 바나나는 초록색이에요."

할아버지는 화난 척하며 짜증을 일으키는 목소리로 내 말에 대꾸했다.

"분명 노란 바나나 열매를 찾을 수 있을 게다!"

나는 바닥난 인내심을 느끼며 대답했다.

"아니요, 절대 없을걸요."

"확실해?"

그 말이 무슨 의미를 담고 있는지 알기에 나는 대답했다.

"그럼요, 확실해요."

할아버지는 필요 이상으로 목소리를 높여서 이렇게 말했다.

"좋아, 그렇다면 네게 천 개의 눈이 생겨나서 사물들을 좀 똑바로 보면 좋겠구나!"

나는 그 말에 조용히 응수했다.

"네 할아버지, 저 역시 신께서 할아버지의 바람을 들어주시
길 기도할게요."

내 대꾸에 할아버지는 입을 다물었는데, 화가 폭발하기 직전
의 얼굴이었다.

나는 열네 살이 되었고 더 이상 옛날처럼 내 얼굴에 천 개의
눈이 생기게 해달라는 할아버지의 기도가 무섭지도 않았다.

**

어렸을 적 나는 매일 아침 "호세야!"라는 할아버지의 기상 알
람과 함께 눈을 떴다. 그리고 눈을 뜨자마자 두 손으로 얼굴
을 더듬으며 내 얼굴이 여전히 피부로 온전히 덮여 있음에 안심
하며 신께 감사의 인사를 드렸다. 할아버지는 정말이지 교활했
다. 그는 어린 내게 피니아의 전설이 얼마나 큰 영향을 줄지 알
고 있었던 것이다.

할아버지는 내가 그 전설 속의 주인공처럼 될까 봐 두려워하
는 것을 즐겼다. 그는 내게 심부름을 시킬 일이 없으면 어느 장
소에서 무엇을 가지고 오라고 부탁했다. 그는 나를 보낸 장소에
이미 그 물건이 없다는 것을 알면서도 내가 돌아오기만을 기다
렸다. 그리고 빈손으로 돌아온 내게 "네게 천 개의 눈이 생겨나
서 사물들을 좀 똑바로 보면 좋겠구나"라는 고약한 표현을 내
뱉었다.

할아버지가 이 말에 반응하는 나의 공포심을 즐기기 시작했

을 때 나는 일곱 살도 채 되지 않았었다. 그가 이 소원 아닌 소원을 빌면 나는 공포에 떨며 미친 사람처럼 할아버지가 가져오라고 한 물건을 찾으러 그가 알려 준 장소로 부리나케 달려갔다. 그럼 그걸 본 할아버지는 미친 듯이 깔깔대며 웃어 댔다.

멘도사 씨, 당신은 대체 어디서 그런 괴상한 성격을 물려받은 건가요?

***

엄마나 이모는 내가 잠에 들기 전 많은 이야기들을 해주었다. 나는 한 번 들었던 얘기도 다시 얘기해 달라고 조르곤 했는데, 같은 이야기라도 매번 들을 때마다 새로운 얘기를 듣는 양 흥미로웠다. 물론 피니아의 전설과 관련된 이야기는 예외였다. 그 이야기를 처음 듣던 그 순간부터 나는 그 얘기가 너무 싫어서 이모한테는 다시는 그 이야기를 해 주지 말라고 부탁까지 했다. 그럼에도 불구하고 그 이야기는 좀처럼 내 머릿속에서 지워지지 않았다.

***

옛날 옛적, 어느 마을에 피니아라는 예쁜 외동딸을 가진 여인이 살고 있었다. 엄마의 과한 사랑 때문이었을까. 그 딸은 응석

받이에다가 의존적이고 게을렀다. 하지만 여인은 세상에서 그 누구보다 피니아를 사랑했기에 자신의 딸이 원하는 것이라면 모두 들어주었다.

마을 사람들은 모두 피니아에 대해 잘 알고 있었다. 마을 아이들은 피니아가 그들이 갖지 못한 것들을 모두 누리고 있었기에 그녀를 시기했다. 어느 날 피니아의 엄마가 병에 걸리고 말았다. 그녀는 딸 피니아를 돌보기 위해 하루빨리 회복되기를 바랐다. 하지만 정작 돌봄이 필요했던 사람은 병에 걸린 그녀 자신이었다.

"피니아, 피니아!"

침대에서 일어날 수 없었던 여인은 힘없는 목소리로 딸을 불렀다.

"애야, 이리 좀 오거라. 네 도움이 필요해."

여인은 집 뒷마당에서 놀기 바쁜 피니아를 불렀다.

"네 엄마, 무슨 일이죠?"

피니아는 침대에 누워 있는 엄마 옆으로 갔고, 여인은 이렇게 답했다.

"내가 좀 피곤하구나. 일어설 수 없는데 배는 고프고, 딱딱한 것은 먹을 수 없을 것 같아."

여인은 딸에게 부탁의 어조로 말했다.

"네가 루가오를 좀 요리해 줬으면 해."

피니아는 갸우뚱했고 그런 딸에게 여인은 요리 방법에 대해 이야기해 주었다.

"애, 피니아, 그 요리는 간단하단다. 그릇에 약간의 쌀을 넣고,

물을 붓고 설탕도 조금 넣어 주렴. 그리고 약간 끓게 놔 두면 된
단다."

"엄마, 너무 어려워요!"

피니아의 참을성 없는 말에 여인은 힘없이 답했다.

"피니아, 이번에는 네가 꼭 요리를 해야만 해. 네가 하지 않으
면 네 불쌍한 엄마는 무엇을 먹겠니?"

그 말을 들은 피니아는 무거운 발걸음을 옮겨 계단을 내려와
아래층에 있는 부엌으로 향했다.

그리고 그릇과 쌀, 물, 설탕을 준비했다. 하지만 피니아는 국
자를 찾지 못했다. "국자도 없이 어떻게 이 재료들을 한데 섞으
라는 거야?"

피니아는 큰 목소리로 엄마에게 외쳤다.

"엄마! 국자는 어디에 있나요?"

그 질문에 여인은 맥없는 목소리로 답했다.

"조리 도구들 사이에 있을 텐데… 피니아, 너는 내가 평소에
국자를 어디에 두는지 알고 있잖니!"

하지만 피니아는 조리 도구들 사이에서 국자를 찾지 못했고
일부러 다른 곳에서 국자를 찾는 수고를 하려 하지도 않았다.

"엄마! 국자를 도저히 찾을 수가 없어요! 국자 없이는 요리 안
할래요!"

피니아의 외침에 여인은 좌절과 분노에 이렇게 중얼댔다.

"어휴! 저 게으른 것 같으니라고!"

그리고 목소리를 높여 딸에게 외쳤다.

"피니아! 다른 곳은 찾아보지도 않은 거지?!"

이렇게 외친 여인은 화가 잔뜩 나서 피니아에게 말했다.

"너에게 천 개의 눈이 생겨서 네 주변의 사물들을 좀 똑바로 보면 좋겠구나!"

여인이 이 말을 뱉자마자 갑자기 집에 정적이 감돌았다. 아래 층에서 요리 준비를 하던 소리들도 모두 멈춰 버렸다. "아마 피니아가 요리를 하기 시작했을 거야." 여인은 잠시 놀랐다가 자신을 안심시키며 말했다.

시간이 흘렀지만 집 안은 여전히 고요했다. 부엌에서 달그락 거리는 그릇 소리도 들리지 않았고 요리 냄새도 풍겨 오지 않았다. 여인은 슬슬 피니아가 걱정되기 시작했다. 없는 힘을 쥐어짜며 여인은 딸의 이름을 불렀다. "피니아! 피니아!" 하지만 피니아는 그녀의 부름에 답하지 않았다. 한편 이웃 주민들은 여인의 울부짖음을 듣고는 "평소 피니아의 행동거지가 어떤지 당신이 가장 잘 알잖아요? 걱정 말아요. 분명 어딘가에서 친구들과 놀고 있을 테니."라며 여인을 안심시켰다. 그리고 "아마도 당신이 루가오를 요리해 달라고 한 것에 화난 것 같은데, 곧 돌아올 거예요."라는 말도 잊지 않았다. 여인은 이웃의 말에 안심했지만 그것도 오래가지는 못했다. 여인은 어렵게 침대에서 일어나 동네를 돌며 사람들에게 피니아의 행방을 물었다.

그러나 피니아의 흔적은 그 어디에도 없었다. 딸의 행방을 찾다가 지친 여인은 자리에 주저앉아 통곡을 하기도 했다. 그럼에도 불구하고 피니아의 행방은 여전히 묘연했다.

그러던 어느 햇살 좋은 날, 집 뒷마당을 청소하던 여인은 전에는 보지 못했던 이상하게 생긴 열매를 하나 발견했다. 그 열매는 어린아이의 머리만큼 컸었는데 열매의 정수리 쪽에는 두꺼운 초록 잎들이 자라 있었다. 여인은 깜짝 놀라 열매 쪽으로 가까이 다가섰다. 손가락으로 열매의 껍질 부분을 매만지던 여인은 "참 이상하게 생겼네…. 마치 눈이 천 개가 달려 있는 것 같아." 라고 혼잣말을 했다. 천 개의 눈이 달려 있다는 말을 다시 곱씹어 보던 여인에게 순간 과거의 일이 떠올랐다. "너에게 천 개의 눈이 생겨서 네 주변의 사물들을 좀 똑바로 보면 좋겠구나!" 그 말은 자신이 딸 피니아를 향해 홧김에 내뱉었던 말이었다!

여인은 자신의 딸이 이 괴상하게 생긴 열매로 변해 버렸고 그녀가 바라던 대로 천 개의 눈이 달리게 되었다고 확신했다. 그러나 그 많은 눈 중에서 어느 하나도 주변의 사물을 볼 수도 없었고, 눈물을 흘릴 수도 없었다.

여인은 여전히 이 세상의 무엇보다도 자신의 딸 피니아를 사랑했기에 그 열매를 지극정성으로 돌봤다. 그리고 피니아를 기리기 위해 이 이상한 열매의 씨를 모아서 다시 땅에 심기로 결심했다. 어느덧 여인의 집 뒷마당은 이 열매들로 가득해졌고 여인은 이웃과 마을 사람들에게 열매들을 나눠 주었다. 이 열매는 후에 피니아 또는 파인애플이라는 이름으로 세상에 알려지게 되었다.

할아버지는 매일같이 내게 "네게 천 개의 눈이 생겨서 네 주변의 사물들을 좀 똑바로 보면 좋겠구나!"라는 저주의 말을 일삼았지만 나는 더 이상 피니아의 전설에 겁먹지 않게 되었다. 하지만 그 전설의 기원을 알게 된 이후로 나는 좀처럼 파인애플을 먹지 못했다.

내 안의 무언가가 속삭였기 때문이다. 사실 파인애플은 사람이야, 피니아라는 작은 필리핀 소녀였다고, 하면서 말이다.

20

2004년, 메릴린의 절친한 친구인 마리아가 내 삶에 등장했다. 그녀가 메릴린과 가깝다는 것은 메릴린이 자신의 비단 같던 팔을 망치면서도 새겨 넣었던 문신 'MM'을 통해 충분히 알 수 있는 사실이었다.

마리아는 괴상한 소녀였다. 나는 오래 전부터 메릴린을 통해 마리아라는 이름을 들었지만 이전에 단 한 번도 그녀를 직접 본 적이 없었다. 하지만 마리아가 우리 집에 오게 되면서 우리 가족들 중 어느 누구도 마리아의 존재에 대해 안심하지 못했다. 그녀는 자주 집에 놀러 와서는 메릴린과 단 둘이 방에서 오랜 시간을 보냈다. 아이다 이모는 마리아에 대한 불편한 심경을 숨기지 못했다. 그래서 마리아가 우리 집에 놀러 올 때마다 찡그린 표정으로 그녀를 맞았고, 이 때문에 이모와 메릴린 사이에는 잦은 마찰이 생겨났다. 이모는 매일같이 메릴린에게 충고하면서 그녀의 친구인 마리아가 썩 내키지 않는다고 솔직히 털어놓았다. 하지만 이 때문에 둘 사이에는 계속 말싸움이 생겼고 메릴린은 늘 자신이 원하는 것을 하고야 말았다. 그러나 반대로 아이다 이모는 자기 전 매일 밤을 침대 위에서 울음으로 지새워야 했다.

나의 경우에는 마리아가 비록 수상한 용모와 두 관자놀이에서 자란 털, 짧은 머리, 펑퍼짐한 옷, 그리고 여자답지 않은 걸음걸이를 갖고 있었지만 이모가 생각하는 것처럼 그녀에 대해 나쁜 감정을 갖지는 않았다. 마리아가 불편했던 이유는 단지 그녀가 내 하나뿐인 이모의 딸, 메릴린을 독차지했기 때문이다.

마리아가 메릴린을 차지해 버리고 난 후로, 메릴린은 그렇게 내게서 점점 멀어졌고 우리 둘 사이를 이어 주던 끈은 서서히 자취를 감춰 버렸다. 내 방에서 함께 밤을 새우던 날들과 먼 곳까지 함께 모험을 떠났던 순간들도 이제는 추억이 되어 버렸다. 메릴린은 그녀의 의심스러운 친구 마리아와 집 안팎에서 보내는 시간들도 부족했었는지, 그녀와 밤새 통화하기 위해 자신의 방에 전화선을 연결하기까지 했다.

나는 늘 아이다 이모 곁에 붙어 있었고 늘 그렇듯 이모를 사랑했다. 이모도 여전히 나를 친아들처럼 돌봐 줬지만 우리 집은 메릴린 변한 뒤로는 더 이상 예전 같지 않았다. 메릴린은 새벽 동이 트고 나서야 집에 돌아왔고 종일 마리아와의 통화를 멈추지 않았다. 그렇게 잠에 들면 메릴린은 해가 중천에 뜨고 나서야 일어났고, 남은 하루의 시간을 마리아와 함께 집 밖에서 보냈다.

나는 할아버지와 일을 하면서 매일 그런 메릴린의 모습을 목격했다. 그녀는 할아버지의 땅 끝에 이어진 모랫길로 가서는 오토바이에 뛰어올라 마리아의 뒷자리에 앉아서 그녀의 허리에 두 팔을 감았고 그렇게 둘은 알 수 없는 곳으로 떠나 버렸다.

꿈에서 메릴린을 취한 사람은 나였지만 현실에서는 내가 아넌 마리아가 그녀를 차지했다. 그럼에도 불구하고 나는 도저히 메릴린을 내 가슴 속에서 내칠 수 없었다. 종교도 그녀를 취하고자 하는 내 욕망을 막을 수 없었고, 메릴린의 성적 취향조차도 그녀가 내 꿈에 나오는 것을 막을 수는 없었다.

***

같은 해 어느 날 늦은 밤, 나는 이모의 고함 소리와 함께 위층에서 시끄럽게 들려오는 문 두들기는 소리에 잠에서 깨어났다. 당시 나는 침대에 누워 있는 상태였다.

"조용히 해! 이 창녀 같은 것들, 조용히 하란 말이다!"

할아버지의 고함 소리가 옆 창문을 통해 들려왔다. 그는 내게도 고함을 질러 댔다.

"이 애비 없는 후레자식아! 네가 일어나서 대체 무슨 일이 있는지 보고 오란 말이다!"

'할아버지, 그럴 용기가 있으면 당신이 직접 일어나서 보고 오시지요!' 오늘도 나는 조용히 혼잣말을 했다.

위층에 올라가 보니 이모는 미친 사람처럼 메릴린의 방문을 주먹으로 두들기고 발로 차고 있었다.

"이모, 대체 무슨 일이에요?"

나는 문에서 멀찍이 떨어져 그런 이모에게 물었다.

"호세야, 너는 이 냄새가 안 나니? 저 애는 미쳤어!"

담배 냄새가 메릴린의 방에서 새어 나오고 있었다.

"이모, 뭘 새삼스럽게 그래요? 이모도 이미 메릴린이 담배를 핀다는 사실을 알고 있었잖아요."

이모는 막아서는 나를 밀쳐 냈다. 그리고는 마치 문을 부수기라도 할 듯이 히스테릭하게 문을 두드렸다.

"이건 담배가 아니야!"

그러더니 발로 문을 차며 외쳤다.

"지금 당장 문을 열어, 그렇지 않으면…!"

그러던 이모는 돌아서서 나를 바라보며 말했다.

"메릴린은 지금 마리화나를 피우고 있는 거라고!"

위층에서 이모가 보여 준 초인적인 힘은 아래층의 거실에서는 도무지 볼 수 없었던 것이었다.

순간 집 밖에서 한밤의 정적을 깨는 마리아의 오토바이 소리가 들려왔다. 집 안에서는 아이다 이모의 울음소리가 이미 정적을 깨고 있었다. 그제야 문을 연 메릴린을 보고 이모는 자신의 딸의 두 손을 꼭 붙잡고 입맞춤을 하며 외쳤다.

"제발, 내가 이렇게 애원할게, 가지 말거라…."

하지만 메릴린은 그런 이모의 얼굴을 외면한 채 옷을 싼 가방을 들고 집 밖으로 나서려 했다.

"메릴린, 제발, 제발 그러지 마!"

이모는 자신의 등으로 현관문을 막으며 나가려는 메릴린을 저지했다.

"아이다, 저리 가!"

이렇게 외친 메릴린은 자신의 엄마에게 경고하듯이 말했다.

"당신이 아무리 애원해도 소용없어."

그 말에 힘이 풀린 이모는 바닥에 주저앉았다. 하지만 여전히 현관문에 기댄 채였다.

"메릴린, 나는 네가 이런 삶을 살기를 바랐던 게 아니야. 제발 부탁할게…."

이모는 두 손으로 얼굴을 가린 채 통곡하듯 울음을 터뜨렸다.

"나는 네가 진정한 삶을 살았으면 좋겠어. 가정을 꾸려서, 남편과 아이들과 함께 하는 그런 삶 말이야."

"그만 해!"

메릴린은 소리쳤다.

"당신이 내게 남편과 아이들을 논한다고?!"

이모가 우는 모습을 보고 나도 울고 말았다. 하지만 메릴린은 그런 이모에게 소리를 질러 댔다.

"그 수탉들에 대해서 내게 그렇게나 말해 놓고, 나에게 남편과 아이들이 생기기를 바란 거야?!"

이번에는 메릴린이 울음을 터뜨렸다. 하지만 목울대를 넘어오는 울음을 억누르고 그녀는 이렇게 외쳤다.

"아이다, 지금 당신의 모습을 봐. 그리고 알코올 중독자인 당신의 아버지를 봐. 당신들의 상태가 어떤지 똑똑히 보란 말이야!"

메릴린은 이번에는 내 쪽을 가리키며 말했다.

"저 아이를 보라고! 여기, 이 집에 있는 모두를 한번 돌아 봐!"

메릴린은 온 힘을 다해서 출입문의 손잡이를 당겼다.

"안 돼, 안 돼 메릴린, 내가 이렇게 부탁할게…."

이모는 눈물과 콧물로 범벅이 된 얼굴을 하고 메릴린에게 가지 말라고 애원했다. 그러고는 문이 열리지 못하도록 자신의 등으로 문을 밀어내며 버텼다. 하지만 언제나 그래왔듯이 메릴린은 이모보다 강했다.

집 밖에서 들려오던 시끄러운 오토바이 소리는 점차 멀어지더니 그렇게 사라져 버렸다.

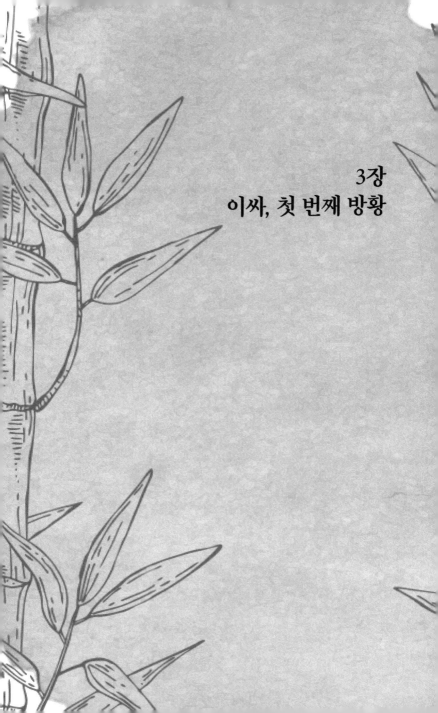

3장
이싸, 첫 번째 방황

신을 의심하는 것은 사람의 양심을 의심하는 것과 같다.
그리고 그것은 모든 것을 의심하게 만든다.

호세 리살

1

그렇게 메릴린이 집을 나가면서 내게는 더 이상 이 집에 남을 이유가 없어졌다. 물론 아이다 이모는 내가 이곳에 남을 유일한 이유였지만, 메릴린이 집을 나가고 다시 술과 담배에 손을 대기 시작한 이모 역시 내가 이 집에 남게 될 이유가 될 수는 없었다.

나는 당시 열여섯 살이었고 학교를 그만둔 상태였다. 엄마는 그 사실에 슬퍼했지만 나는 이미 마음의 결정을 내린 상태였다.

"저는 일자리를 찾겠어요."

내가 이런 결정을 내리게 된 배경에는 사실 할아버지로부터 해방되고 싶었던 이유가 가장 컸다. 특히 할아버지가 병에 걸려 몸져눕고 나서는 그의 끊임없는 심부름에 이미 이골이 난 상태였다. 나는 돈만 받을 수 있고, 집이 아닌 곳이라면 그게 어디든 상관없이 할아버지가 내게 시켰던 만큼의 일들을 할 만반의 준비가 되어 있었다. 멘도사의 땅에서 내가 버티고 살 수 있었던 유일한 이유였던 이모의 회개와 메릴린의 존재가 사라지면서 내가 더 이상 이곳에서 살 이유는 없었다. 아이다 이모가 갑작스럽게 신앙에 대한 믿음을 가졌을 때, 나는 내가 혼자가 아닌 것만 같았다. 나는 이모의 믿음을 통해 안정감을 느꼈던 것이다. 하지만 이모가 믿음을 버리면서 내게도 그 안정감이 사라져 버렸고 약했던 나의 믿음이 흔들렸다. 처음으로 나는 내가 혼자라고 느꼈다. 내 운명은 내 손에 달려 있다는 생각이 들었고, 결국 의지할 곳은 내 자신밖에 없다는 생각에 두려움이 밀려왔다.

엄마는 내 결정을 만류하려고 무던히 애썼다. 내게 애원하기도 하고 겁을 주기도 했으며 협박까지 서슴지 않았다. 그리고 계속해서 내게 알베르토를 보냈다. 하지만 나는 이미 메릴린을 본보기로 삼아 끝까지 고집을 부렸다. 가족들 중 베드로 삼촌만이 유일하게 내 결정을 지지해 주었고 내게 약간의 돈을 빌려 주었다. 그리고 "항상 연락을 하도록 하자."라며 내게 핸드폰도 쥐어 주었다.

삼촌은 내게 바나나 장수를 소개해 주었고, 그와의 만남까지 주선했다. 삼촌은 그 장사치가 날 도와줄 것이라고 하며 내 머리를 잡고는 말했다. "호세야, 잘 들어. 나는 네게 따로 충고를 하고 싶지는 않아. 나야말로 그 충고가 절실한 사람이거든. 하지만 말이다…" 삼촌은 내 머리에서 손을 떼더니 이번에는 내 어깨를 부여잡으며 말했다. "일을 하면서 겪게 되는 어려움을 이겨 내려면 그 일의 주인과 네 관계를 돈독히 해야 한단다. 그리고 삶을 살면서 겪는 고충을 극복하려면 너의 신과 네 자신의 관계를 돈독히 하면 된다는 것을 잊지 말고."

***

    당시 할아버지의 건강 상태는 크게 악화되었고 그에 따른 심 부름과 술의 여부에 상관없이 밤늦은 시간에 들려오는 할아버 지의 헛소리는 평소의 배로 늘어났다. 그를 위한 나의 마사지 시 간도 몇 시간이고 계속되었다. 내가 가장 참을 수 없었던 할아 버지의 한밤중의 고함 소리는 어느새 죽은 외할머니와의 일방 적인 대화로 바뀌었다. 또 할아버지는 내가 들어 본 적이 없는 이름들을 하나씩 읊기 시작했다. 이모에게 그 이름의 정체에 대 해 묻자, 이모는 "우리 가문 조상들의 이름이야. 이미 오래 전에 죽은 사람들이지."라고 내게 귀띔해 주었다. 그러던 할아버지는 언제부터인가 한밤중의 일방적인 대화를 멈추더니 이번에는 무 서운 고함을 질러 대기 시작했다. "살려 줘! 살려 줘! 그가 나를 지켜보고 있어!" 그 소리에 나는 침대에서 벌떡 일어나 할아버 지에게 달려갔다. 그러고는 할아버지의 시선을 따라 그의 방 천 장 한쪽 구석을 바라보았다. 하지만 그곳에는 아무것도 없었다. "애, 호세야, 저 사람을 좀 보렴, 너는 보이지? 저 사람이 나를 손 가락으로 가리키면서 같이 가자고 하잖아!" 할아버지는 두 손 으로 얼굴을 가리며 내게 외쳤다. "살려 줘, 나 좀 구해 주렴, 나 는 가기 싫어, 싫단 말이야."

    "할아버지, 아무것도 없어요. 저기에 정말 아무것도 없단 말이에요."

멘도사와의 악몽 같은 지난날의 기억이 없었더라면 나는 하마터면 그런 할아버지의 모습을 동정할 뻔했다.

그는 여전히 얼굴을 가린 채로 손가락을 벌려 그 사이로 조심스럽게 천장을 보다가 다시 공포에 떨며 고함을 질러 댔다.

"저 사람을 좀 봐! 저기에 있잖아!"

나는 그 쪽으로 다가서서 손을 휘저었다.

"할아버지, 정말 아무것도 없어요!"

"호세야, 더 가까이 가 보렴, 더 가까이!"

할아버지의 고집에 나는 그 쪽으로 더 가까이 다가섰다. 그러자 할아버지는 눈에 보이지 않는 누군가에게 이렇게 외쳤다.

"저놈을 잡아가요! 나 대신 저놈을 데려가란 말이에요! 제발!"

강할 때나 약할 때나 할아버지는 늘 비열하고 교활했다.

나는 할아버지가 가리키는 벽 쪽으로 작은 탁자를 밀어서 그 위에 올라섰다. 그리고는 방 천장 구석에 있는 빈 공간에 내 얼굴을 들이밀며 말했다.

"할아버지 보이세요? 여기에는 정말 아무것도 없어요!"

그 말을 듣고도 할아버지는 침대 시트를 당겨서 그 밑에 몸을 숨기며 우는 소리를 냈다.

"이 망할 것아! 네 몸에 천 개의 눈이 생겨서 저것을 똑똑히 보면 좋겠구나!"

그 말에 나는 탁자에서 뛰어내려 과일 바구니가 있는 부엌으로 갔다. 그리고는 그중 파인애플을 하나 골라 할아버지의 방으로 돌아왔다. 그는 여전히 시트 밑에 몸을 숨기고 있는 상태였다. 나는 내가 아까 딛고 올라섰던 작은 탁자 위에 그 파인애플을 둔 채 방을 나섰다.

***

마닐라에 있는 차이나타운으로 간 나는 바나나 수레 앞에서 온종일 시간을 보냈다. 나는 바나나를 팔면서 그 수수료를 받았는데, 그 금액은 날마다 달랐다. 토요일이나 일요일이 다른 요일에 비해 장사가 잘 되는 날이었지만 그럼에도 불구하고 내가 받는 금액은 터무니없이 적었다.

좁은 길을 사이에 두고 내가 수레를 세워 놓은 보도 건너편에는 '창'이라 불리는 친구가 나처럼 바나나 수레를 세워 놓고 장사를 하고 있었다. 창은 중국 출신의 불교 신자였는데 중국력으로 계산을 하면 자신이 4683년 호랑이의 해에 태어났다고 했다. 당시 그의 나이는 열여덟 살이었고 나와 함께 바나나 장사를 했는데 그가 받는 수수료는 내가 받는 것보다 많았다. 창은 장사 경험도 많고 손님들도 많이 알았기에 항상 내가 파는 것보다 그 몇 배 이상의 바나나를 팔았다. 언제인가 내가 창에게 함께 살지 않겠냐고 물었을 때, 그는 다짜고짜 내가 몇 년에 태어났는지를 물었다. 그 물음에 나는 1988년 4월 3일생이라고 답했더니 창은 눈을 감고 손가락으로 셈을 하며 무엇인가 생각하는 듯 했다. 그러더니 "너는 4685년 용의 해에 태어났구나! 우리 둘 다 나무의 기운을 가지고 태어났어. 아주 좋아."라는 말을 했다.

만약 내가 뱀이나 말 또는 양의 해에 태어났더라면 창은 함께 살자는 내 제안을 받아들이지 않았을 것이다. 왜냐하면 이 동물들은 불의 기운을 가지고 있고, 불은 나무와 어울리지 않는다는 것이 그의 지론이었다. 중국의 사주에는 복잡한 특징들이 있었다. 하지만 창은 그 특징들을 찾는 수고를 하지 않았고, 그 대신 기본 사주들이 타고 난 기운들을 살펴보았다. 그것은 바로 땅, 불, 물, 나무, 쇠로 이루어진 오행이었는데, 창은 항상 이것을 기준으로 결정을 내렸다. 이런 창의 행동은 엄마가 내게 일러 주었던 쿠웨이트에 있는 친할머니의 버릇과 유사했다. 할머니 역시 무언가로부터 길조와 흉조를 점치는 괴상한 행동을 했다고 하니 말이다.

약간의 돈을 주는 대신, 창은 내가 그의 작은 방에서 함께 사는 것을 허락해 주었다. 그의 방은 차이나타운에서 멀지 않은 거리에 자리 잡은 낡은 건물의 2층에 있었는데, 크기는 작았고 그곳에는 '싱관'이라는 절이 내려다보이는 작은 창문 하나가 있었다. 잠자리에 들기 전 매트리스를 두 개 깔면 꽉 찰 정도로 작았던 방에는 통조림 음식으로 채워진 작은 냉장고만 들어갈 수 있었다. 그 방에서 살게 된 첫날 밤, 나는 창에게 왜 이 좁은 방에서 나와의 동거를 허락했는지 그 이유를 물었다. 그러자 그는 "내 목소리 말고, 다른 누군가의 소리를 듣고 싶었어."라고 대답했다. 그 말에 나는 고쟁[1]이 세로로 세워져 있는 문 뒤편을 가리

---

1 고쟁(Guzheng)은 중국식 기타로 현을 퉁겨서 연주하는 전통 악기이다. _역자 주

키며 "고쟁 소리면 충분하지 않아?"라고 물었다. 그러자 창은 웃으며 "내 목소리가 아닌 다른 누군가의 소리를 듣고 싶었다고 하잖아!"라고 답했다.

창은 작은 냉장고 위에 우리에게 필요한 물건들을 놓을 선반들을 달아 놓았는데, 그곳에는 옷가지와 수건 두 벌, 책, 비누 조각들, 플라스틱으로 만들어진 국수 용기, 양초, 각기 다른 자세를 하고 있는 작은 부처상들이 놓여 있었다.

우리는 밤이 되면 매트리스 위에 누워서 잠이 들기 전까지 매일 밤을 어둠 속의 대화로 지새웠다. 어느 날은 내가 아버지의 나라에 대해 얘기한 적이 있었는데, 창이 내게 이런 말을 했다.

"쿠웨이트라… 언젠가 내가 일했던 한 상인의 사무소 수출 목록에서 그 이름을 본 적이 있어."

그러고는 조용히 있다가 내게 물었다.

"쿠웨이트라는 나라가 대체 어디에 있는 거야?"

나는 창에게 쿠웨이트의 위치를 설명해 주었다.

"쿠웨이트는 사우디아라비아 근처에 있어."

그는 고개를 끄덕이며 말했다.

"그들은 바나나를 심지 않는 것 같았어… 그래서 이곳 필리핀에서 바나나를 수입하더라고."

창은 키득거리며 내게 이런 말을 했다.

"네가 바나나였다면 아마 네 아버지의 나라로 쉽게 갈 수 있었을 텐데!"

나는 그 말을 듣고 생각에 빠졌다. 나는 어떤 운명을 따라야 하는 걸까? 멘도사의 집에서 파인애플로 계속 살아야 하는 걸까?

아니면 아버지의 나라에서 수입된 바나나로 살아야 하는 걸까?

2

창이 한밤중 꿈나라에 빠져 있는 동안 나는 그의 방 창문을 통해 싱관사를 관찰했다. 엄숙해 보이는 절의 색은 어두운 잿빛이었고 절 위에는 중국식 집들과 유사한 모양의 기와들이 놓여 있었다. 벽은 조각들로 장식되어 있었는데 한쪽에는 용 모양의 동상이, 다른 한쪽에는 긴 턱수염을 기른 채 미소를 머금은 대머리 노인의 동상이 놓여 있었다. 둥글게 휘어진 대문 위에는 중국어 글자가 쓰인 나무 판이 걸려 있었는데 그 밑에는 'Seng Guan Temple'이라는 영어식 이름이 쓰여 있는 현판이 함께 걸려 있었다. 나는 그곳이 좋아졌다. 그 절 안에서 무슨 일이 일어나고 있을까라는 호기심도 함께 생겨나기 시작했다. 그러나 이러한 호기심에도 불구하고 나는 절 안으로 들어갈 생각은 감히 하지도 못했다.

결국 그 장소에 대한 호기심은 나를 창밖의 절 대신 창의 냉장고 위에 놓인 선반으로 이끌었다. 선반 위에 놓인 창의 책들 중에서 나는 책 한 권을 꺼내 들었다. 그리고 그날 밤 이후로 나는 창이 자는 동안 촛불에 의지해서 그 책을 읽어 나가기 시작했다. 그 책에는 부처의 가르침, 그의 생애, 제자들에 대한 이야기뿐만 아니라 그가 무화과나무 밑에서 연꽃 자세로 앉아 있었다는 것과 그의 계몽에 관한 이야기가 담겨 있었다.

부처라는 인물은 나를 매혹시켰다. 내가 만약 할아버지의 땅에 심긴 내가 좋아하던 그 나무 아래에 계속 앉아 있었다면 나도 부처가 되었을까? 젠장, 그놈의 송신탑만 없었더라면!

창은 내가 그의 책에 관심을 보이는 것과 그의 종교와 종교 의식에 대해 자주 묻는 것을 눈치 채고 매일 밤 나에게 부처에 대해 이야기해 주었다. 그리고 그 대신 내게는 예수에 대해 물었다. 우리는 부처와 예수를 비교해 보기도 하고 그들이 태어난 배경과 삶, 추종자들, 그리고 그들이 겪은 주변 환경들에서 서로의 공통점을 찾기도 했다.

부처와 예수라, 이 얼마나 위대한 인물들인가!

하지만 내가 두 인물들 중 한 명의 가르침을 따른다면 그것은 다른 한 명을 배신하게 되는 걸까?

부처와 예수는 모두 사랑과 평화, 관용, 선, 그리고 타인에 대한 친절을 강조했는데 말이다.

***

어느 날 창은 내게 자신과 함께 절에 가보자고 했다. 나는 내가 절에 간다는 것이 혹여 허용되지 않은 일일까 두려운 마음에 처음에는 그의 제안을 받고 망설였다. 하지만 그는 절은 불교 신자의 여부에 상관없이 모두를 환영한다고 강조했다. "호세, 네가 절에 가게 된다면 너는 마음의 안정을 찾게 될 거야." 그는 내게 이렇게 말했다.

해가 지기 전 일을 마치고 나는 창과 함께 싱관사를 방문했다. 그 절은 아무리 봐도 교회나 성당과 닮은 점이 없었다. 그러나 그곳에서 느끼는 감정만큼은 성당의 그것도 비슷했다.

"호세야, 나를 잘 봐, 그리고 내가 하는 대로 따라 해 봐." 그는 내가 당황해 하는 것을 느꼈는지 이렇게 말했다. "아니면 저기에 앉아 있어도 돼." 창은 붉은 가죽으로 만들어진 좌식 의자를 가리키며 내게 눈짓했다. 그곳에는 총 여섯 줄의 자리가 있었는데 각 줄마다 열 개의 좌식 의자들이 서로 붙어 있었다. 하지만 그 의자들에는 등받이나 손잡이가 없었고 높이도 30센티미터가 채 넘지 않았다. 나는 창의 말대로 네 번째 줄 다섯 번째 의자, 즉 정중앙에 자리를 잡았다. 희미한 조명 밑으로 내 앞에는 세 개의 큰 유리 상자가 있었는데 그 안에는 각각 금으로 만들어진 실물 크기의 부처 동상이 있었다. 그중 가운데 부처상은 진홍색의 배경 앞 금색 조각으로 장식된 채 자리에 우뚝 서 있었고, 그 양쪽으로 나머지 두 개의 부처상이 가부좌를 틀고 앉아 있었다.

그 절에는 나와 창 둘 이외에는 아무도 없었다. 창은 가운데 유리 상자로 다가가더니 턱 밑에 두 손을 모아 고개를 숙였다. 기도를 하려는 것 같았다.

한편 나는 그곳에서 내 모든 오감이 자극되는 것을 느꼈다. 언젠가 메릴린이 내게 알려 줬던 것처럼 우리는 아무런 대가를 지불하지 않고도 많은 것들을 발견하고 경험할 수 있다. 나는 그곳에 있던 모든 것들에 매료되었다. 두꺼운 구름처럼 그 장소를 잠식하고 있던 향의 연기와 구석구석에 스며든 재스민 꽃의 향기, 그리고 고요함까지… 이 정적만이 오롯이 우리의 내면에 있는 소리를 깨울 수 있을 것만 같았다. 그 소리는 우리가 믿는 타인의 형상으로 나타나서 익숙하지 않은 새로운 장소로 우리의 발걸음을 이끌게 되는 것이다.

창은 기도를 끝내고 커다란 청동 그릇으로 다가갔다. 그리고 향에 불을 붙이더니 그대로 그 그릇 안에 있는 고운 모래 사이에 꽂았다.

창이 밖으로 나가기 전, 붉은 의자에 앉아 있던 나도 자리에서 일어나 창이 기도를 드리던 정중앙의 부처상 앞으로 다가갔다. 나는 온화한 표정을 짓고 있는 그 부처상 앞에 서서 창이 그랬던 것처럼 고개를 숙였다. 그리고 얼굴 앞에 십자가 성호를 긋고 고개를 들었다. 부처상은 그런 내 행동을 비난하지 않고 여전히 조용하고 온화한 표정을 짓고 있었다.

나는 구릿빛을 띠는 그릇 앞에 서서 향에 불을 피우고 모래 사이에 집어넣었다. 그러고 나서 창과 절을 나섰다.

***

저녁이 되고 우리는 방에 매트리스 두 개를 깔았다. 창이 자신의 매트리스 위에 웅크려 앉더니 파리처럼 두 손을 비벼 댔다. 그리고 "저기에 있는 고쟁 좀 가져다줘."라며 내게 부탁했다.

나는 문 옆의 모퉁이로 다가갔다. 창은 그곳에 악기를 기대어 놓았다. 나는 아기를 안듯 조심스럽게 두 손으로 고쟁을 안아 들었는데, 그 악기의 모양은 참 매력적이었다. 거북이 등껍질과 상아로 만들어진 고쟁에는 스물 한 개의 팽팽하게 당겨진 줄들이 잘 정돈된 채 달려 있었다. 나는 그 악기를 창의 다리 위에 올려놓았다. 그러자 창은 입고 있던 셔츠를 벗어 던졌다.

"고쟁에게 젖이라도 물려줄 참이야?"

내가 농담조로 질문하자 그는 웃으며 말했다.

"원래 나는 옷을 홀딱 벗고 연주하는데 익숙해서 말이야. 만약 네가 여기에 없었더라면…."

그의 말에 웃음이 터져버렸다.

"그래 좋아. 딱 거기까지만 벗도록 해."

창은 손가락에 골무 같은 작은 고리들을 고정시켰는데 고리 끝으로 튀어나온 손가락 끝이 동물의 발톱 같아 보였다. 그는 다소 근엄한 표정을 지으며 내게 말했다.

"호세, 자리에 앉기 전에 방 안의 불 좀 끄고, 대신 냉장고 위에 있는 초에 불을 좀 붙여 줘."

나는 창의 말대로 전등을 끄고 초에 불을 붙였다.

고쟁이라 불리는 그 악기에서 나오는 소리들을 어찌 다 말로 형용할 수 있을까?

"재스민 꽃의 향기." 창은 연주를 시작하기에 앞서 자신이 연주할 악보의 제목을 내게 일러 주었다.

드디어 연주가 시작되었고 창의 오른손 손가락들이 엄청난 속도로 세 개의 현을 오가며 같은 음을 반복해서 냈다. 그의 왼쪽 손도 다른 현들을 오가며 쉴 새 없이 움직였다. 그의 손가락에서 탄생한 마법은 우리의 작은 방을 휘감았다. 연주를 듣던 나는 순간 온몸의 털이 바짝 서는 느낌을 받았는데, 마치 내 몸의 털들이 서로를 감싸 안고 창의 음악에 맞춰 춤을 추는 것만 같았다. 나는 눈을 감고 벽에 등을 기댄 채 음악에 집중했다. 고쟁에서는 분명 음악이 흘러나오고 있었지만 그 현들 사이에서는 마치 재스민 향기가 뿜어져 나오는 것만 같았다. 도저히 말로는 설명할 수 없는 것들이었다!

연주를 마친 창은 내게 고쟁을 넘겨주며 아무 말 없이 문 뒤에 있는 방의 구석 자리를 가리켰다.

"창, 이 악기로 대체 어떤 마법을 부린 거야?!"

나는 고쟁을 제자리에 두면서 창에게 이런 질문을 했다. 그러나 그는 아무 대답도 없이 미소만 지을 뿐이었다. 그리고는 슬며시 이불 안에 발을 집어넣으며 매트리스에 누울 채비를 했다. 나도 창을 따라 양초의 불을 끄고 내 자리에 누우면서 과연 오늘밤에는 창이 어떤 이야기를 해 줄지 기대했다. 하지만 창은 아무 말 없이 조용했다.

"오늘 밤에는 이야기를 해 주지 않을 거야?"

그는 내게 등을 돌려 누우며 이야기를 하는 대신 이런 말을 했다.

"방금 전에 이미 난 내가 가진 모든 것들을 다 네게 말했어. 내 모든 것들을 말이야."

3

"호세!"

어느 날 저녁, 창은 늦은 시간에 나를 깨웠다.

"창, 무슨 일이야?"

창이 매트리스 위에 배를 깔고 누운 채 내게 말했다.

"호세, 가서 오일을 좀 따뜻하게 데워 와. 그리고 네 솜씨를 내게 보여 줘."

"창, 그건 절대 네가 웃으면서 할 수 있는 말이 아니야. 그것 때문에 내가 할아버지의 집을 나온 거라고!"

내가 그의 말에 발끈하자 창은 말투를 바꾸더니 내게 이렇게 말했다.

"지금 농담하는 게 아니야. 네가 언젠가 내게 말하지 않았어? 돈을 받을 수 있고 그 장소가 네 할아버지의 집만 아니라면, 멘 도사가 너에게 시켰던 그 모든 일들을 할 만반의 준비가 되어 있다고."

창의 말에 나는 바로 자세를 고쳐 앉으며 물었다.

"그 말은 지금, 내가 네게 마사지를 해 준다면 그 대가로 돈을 주겠다는 뜻이야?!"

"호세, 네가 잊은 게 있는데 우선은 네 솜씨를 보여 줘. 그러면 나도 너에게 무언가를 알려 줄게."

나는 그의 말을 이해하지 못했지만 어느새 창의 지시에 따라 움직이고 있었다.

"하지만 마사지를 하려면 오일이 필요하다고!"

내 말에 창은 손끝으로 방구석을 가리켰다.

"오일은 저 선반 위에 있어."

***

마사지를 시작한지 30분도 지나지 않았을 때, 창은 내 손 아래에서 잠들고 말았다.

"창! 창!"

나는 잠든 창을 깨웠다.

"호세, 내일 얘기하자, 내일, 제발…."

창은 마치 반쯤 잠들었을 때 꾼 달콤한 꿈에서 깨어나고 싶지 않은 사람처럼 말했다. 하지만 나는 그의 어깨를 세게 흔들며 소리쳤다.

"창! 너는 날 이렇게 놀려 먹을 수 없어, 무슨 말인지 알아?!"

나는 창에게 성을 냈다. 그러자 창은 어쩔 수 없다는 듯 반쯤 감은 눈으로 자세를 고쳐 앉으며 내게 말했다.

"이 정신 나간 친구야, 바나나를 파는 일은 네게 적합하지 않아."

"하지만 내겐 다른 선택권이 없어…."

"호세, 내 말을 잘 들어 봐. 내일 아침 나는 너를 데리고 중국인 센터에 갈 거야. 절 뒤의 거리에 위치한 그 센터 말이야."

"하지만 나는 중국어도 못하는데!"

내 말에 창은 웃음을 터뜨렸다. 그러자 그의 작은 두 눈이 사라져 버렸다. 창은 내 손바닥을 가리키며 이렇게 말했다.

"대신 네 두 손이 잘할 수 있는 일이야."

창이 말한 중국인 센터는 물리치료와 마사지를 병행하는 곳으로 그곳에서 치료사로 일하려면 직업 활동을 허가하는 증명서가 필요했다.

"하지만 마사지사로 일하려면 네가 가지고 있는 그 마법의 손가락만 있으면 만사형통이라고." 창은 내 손을 가리키며 이렇게 말했다.

***

다음 날, 중국인 센터의 담당자는 내 실력을 시험한 후 이렇게 말했다.

"실력이 쓸 만은 한데… 충분하지는 않아."

그는 의료용 침대에서 벌떡 일어나더니 침대와 샤워 시설을 나누는 나무 칸막이 쪽으로 갔다. 몸에 묻은 오일을 닦기 위해 칸막이 뒤로 사라진 그는 샤워기에서 나오는 물소리를 뚫을 정도로 큰 목소리로 내게 이런 답변을 주었다.

"중국식 마사지, 태국 마사지, 건식 마사지, 그리고 뜨거운 돌을 이용해서 하는 마사지 등 실전 훈련을 받아야 해!"

담당자가 요구하는 직업훈련을 성공적으로 마치자마자 나는 바로 그 센터와 계약을 맺었다. 계약서에 따르면 나는 매월 급여를 받을 수 있었고 서비스를 대가로 수수료도 받을 수 있었다. 하지만 계약서에 명시되어 있는 것 이외에 더 중요한 수입이 있었는데, 그것은 바로 손님들이 서비스에 만족할 경우 내게만 따로 쩔러주는 팁이었다. 그 팁은 내가 마닐라에 있는 차이나타운에서 바나나를 팔면서 벌던 돈의 몇 배에 달하는 수입원이 되었다.

나는 꽤 이 일을 잘 해내고 있었다. 일을 시작하고 나서 처음에는 사실 어려움도 있었다. 남자라는 이유만으로 손님들의 선택을 받을 기회가 적었기 때문이다. 그곳에서 함께 일하던 여자 직원들은 여타 다른 직업들처럼 여자라는 이유만으로 더 많은 기회를 얻을 수 있었다. 하지만 시간이 지나면서 내게 이런 장벽은 아무런 문제가 되지 않았다. 센터의 굳게 닫힌 문 뒤에서 일부 여성 마사지사들이 제공하는 '그것'과는 달리 내게는 고된 노동이나 힘든 운동 훈련을 끝내고 한 시간 가량의 진정한 마사지를 받으러 찾아오는 '진짜' 손님들이 있었기 때문이다.

4

마닐라에 있는 차이나타운에서 바나나를 팔며 한 달을 보내고, 중국인 센터에서 마사지사로 일을 하며 또 한 달을 보낸 나는 오랜만에 발렌수엘라에 있는 우리 집에 찾아가기로 했다. 마음속 깊은 곳에는 고향 집에 대한 향수를 품고, 등에는 돈 봉투 두 개를 넣은 가방을 멘 채 나는 집으로 향하는 길에 올랐다. 돈 봉투 중 하나는 아이다 이모, 다른 하나는 엄마와 아드레안의 것이었다.

귀향길 버스에는 좌석에 앉아 있는 사람들보다 서 있는 사람들이 더 많았다. 그들 중 몇몇은 피곤에 찌들어 말처럼 서서 꾸벅꾸벅 졸고 있었고. 빈틈없이 다닥다닥 붙어 있는 사람들 사이에서는 다양한 냄새들이 풍겼다. 버스 좌석의 가죽, 에어컨 바람에 밴 습기, 사람들의 땀, 과일, 그리고 싸구려 향수 냄새까지. 나는 그 냄새들의 출처들을 어렴풋이 구별할 수 있었다.

버스 안 승객들 사이에서, 나는 무언가를 찾는 사람처럼 주변을 살폈다. 그들 중에는 뙤약볕에 그을려 얼굴이 검게 탄 노동자들이 있었고 정장 차림의 회사원들, 흰색의 팀을 이룬 한 무리의 간호사들, 아이에게 젖을 물리는 여인, 서로 창가에 붙으려고 다투는 아이들도 있었다. 아이들은 버스 창문에 얼굴을 들이밀며 입김으로 유리에 구름을 만들어 냈다. 그리고 그 구름 위에 고사리 같은 손가락으로 그들의 작은 꿈을 그려 나가고 있었다. 어떤 승객들은 지팡이를 짚고 걷는 노인에게 길을 내주기도 했고 다른 누군가는 그 노인이 들고 있던 과일이 가득한 종이봉투를 건네받고는 빈자리에 앉게 도와주기도 했다. 그 와중에 버스 검표원은 그들 사이를 헤치고 나가며 새로 탄 승객들에게 목적지를 물어보고 표를 끊어 갔다. 나는 이 많은 사람들의 얼굴들을 구별하는 검표원의 능력에 새삼 감탄했다. 그는 사람들에게 버스 요금을 받고는 다시 승객들 사이를 헤쳐 나가며 자신이 원래 서 있던 버스의 중간 자리로 돌아갔다.

버스가 흔들릴 때마다 버스에 타고 있던 사람들의 머리도 덩달아서 이리저리 흔들렸다. 버스는 갑자기 멈춰서 새 승객들을 태웠고 이미 만석이던 버스는 사람들로 가득 차 이제는 발 디딜 곳도 부족했다.

버스는 계속해서 승객들을 삼키기만 할 뿐 좀처럼 내뱉으려는 기색을 보이지 않았다. 그리고 그 상태로 목적지를 향해 또다시 출발했다. 한편 나는 내 주변에 있는 사람들의 얼굴이 담고 있는 각자의 사연에 흠뻑 취해 있었다. 그들의 얼굴에는 저마다 어떤 사연을 갖고 어떻게 살고 있는지가 확연히 드러났기에 굳이 숨겨진 이야기들을 추측해 내려 노력하지 않아도 됐다. 나는 거울처럼 빛을 반사하는 선글라스를 끼고 있었기 때문에 아무도 모르게 한 사람씩 그들의 얼굴을 자세히 바라보며 그들의 사연을 읽어 낼 수 있었다. 혹시라도 사람들이 선글라스 뒤에 감춰진 내 시선을 의식하고 내 눈을 바라보더라도 그들이 볼 수 있는 것은 선글라스 렌즈에 반사된 자신들의 얼굴밖에 없을 것이었다.

천진난만한 아이들을 제외하고는, 버스 안에 있던 그 많은 승객들의 얼굴에서 좀처럼 미소를 찾아볼 수 없었다. 그들의 표정에는 공포와 슬픔, 분노, 그리고 삶에 대한 의지가 아닌 순응의 감정들이 복잡하게 뒤섞여 있었다.

나는 세상모르고 천진한 아이들, 삶과의 사투를 벌이는 어른들의 세계를 이어 주는 다리 한가운데 서 있는 사람이었다.

그 다리의 정중앙에서 나는 내 의지와 상관없이 어른들의 세계로 건너가고 있었다. 열여섯이라는 나이를 등에 짊어진 채 아이들의 노랫소리와 웃음이 울려 퍼지는 세계를 뒤로하고 나아갔다. 아이들의 세계와 그들의 웃음소리가 점차 멀어지고 노랫

소리도 희미해져 갔다. 나는 계속해서 앞으로 걸어 나가야만 했다. 몸은 피로해지고 기침으로 고생도 하고 등은 점차 굽어지고 늙어 갔다. 그러자 멀리서 들려오던 또 다른 소리들이 점차 가까워지기 시작했다. 그것은 울음, 요청, 불평, 기도, 저주, 통곡의 소리였다.

나는 쓰고 있던 선글라스를 벗어 내 얼굴을 비춰 보았다. 렌즈에 비친 얼굴을 빤히 바라보니 더 이상 버스에 있던 아이들의 그것과 같은 모습이 아니었다. 나도 이제 곧 이 버스에 있는 누렇게 뜬 얼굴을 한 사람들 중 하나가 되겠지.

순간 두려워졌다. "계속 이곳에 산다면, 대체 어떤 운명이 나를 기다리고 있을까?"

두 세계의 경계에 서서, 나는 『이상한 나라의 앨리스』에 등장하는 토끼가 갑자기 '짠' 하고 내 앞에 나타나길 기다렸다. 그래서 내가 어른들의 세계로 완전히 넘어가 버려서 이 버스 안의 승객들 같은 얼굴을 하기 전에 나를 구제해 주길 바랐다. 그 토끼라면 아버지의 나라, 기적의 나라로 통하는 구멍으로 나를 데려가 줄 수 있지 않을까!

***

"이모, 지금 내가 주는 이 돈을 이모의 건강을 해치는 데 쓰지 않을 거라고 내게 약속해 줘요."

이모는 내가 건넨 봉투를 받으며 내 말에 답했다.

"알았어, 그렇게 한다고 약속할게."

하지만 이모의 붉게 충혈된 눈, 내게 약속하는 그 순간에도 그녀가 다른 세계에 있다는 것을 증명하는 이모의 굳은 표정을 보고도 내가 어떻게 이모의 말을 믿을 수 있을까?

이모와의 대화를 마친 뒤, 나는 엄마를 바라보며 물었다.

"엄마, 아직도 나한테 화났어요?"

"아니, 단 한 번도 네게 화난 적 없어.

엄마는 슬픈 얼굴로 내 얼굴을 바라보며 말했다.

"내가 그랬던 이유는 네가 걱정이 돼서야. 나는 때가 되어서 네가 네 아버지의 나라로 떠나게 될 때 혹시라도 문제가 생기는 것을 원치 않아."

"엄마!"

내가 엄마의 말을 끊으려 했지만 그녀는 아랑곳하지 않고 할 말을 이어 나갔다.

"호세야, 엄마는 아주 오래 전부터 네가 떠날 그날을 위해 마음의 준비를 하고 있었단다. 이해할 수 있겠니?"

엄마는 눈물을 삼키며 내게 이렇게 말했다.

"말로는 설명할 수 없을 정도로 너를 사랑한단다. 하지만 너는 이곳에서 살 운명이 아니야. 그 때문에 일부러 너에게 정을 붙이지 않으려고 노력했지. 그래서 너를 언니의 집에 맡기고 알베르토의 집으로 갔던 거고, 일부러 아드레안에게만 몰두했어. 하지만 결코 너에 대한 내 사랑이 부족해서가 아니라는 것만 알아주길 바란다."

엄마는 손등으로 눈물을 훔쳤다.

"너에게 집착하게 될까 봐 두려웠어… 그래서 너를 아이다, 메릴린과 함께 이 집에 살도록 한 거고. 그렇게 하면, 만약 네가 떠날 그날이 찾아온다고 해도 내가 좀 덜 고통스럽지 않을까 생각했던 거란다."

나는 이제 엄마와의 대화를 마무리해야 함을 알려 주기 위해 일부러 손목시계를 바라보았다. 그리고 가방을 등에 메고 나갈 준비를 했다. 엄마는 내가 그녀의 집을 나서기 전 "네 할아버지를 보러 가지 않을 거니?"라고 물었다.

나는 긍정의 의미로 고개를 끄덕이며 대답했다.

"물론 만나 뵈어야죠."

***

하지만 막상 할아버지의 집 앞에 도착하니 망설여졌다. 그곳에서 풍겨 나오는 냄새를 도저히 견딜 수가 없었다. 엄마의 말에 따르면 할아버지는 최근 병석에 누운 이후로 단 한 번도 침대를 떠나지 않았고 소변이나 대변도 누운 상태로 본다고 했다. 매일 밤마다 무섭게 소리를 질러 대고 죽은 조상들과 대화를 나눈다는 할아버지를 가리켜 엄마는 "네 할아버지가 아무래도 정신을 놓은 것 같구나."라고 말했다.

나는 할아버지의 집 앞에서 결국 발을 돌렸다. 이미 충분히 그를 보았고 더 이상 그를 볼 필요는 없었다. 뒤돌아서 할아버지의 땅 밖에 있는 모래가 깔린 골목으로 가려는 찰나 비스듬히 열려 있던 문을 통해 할아버지의 목소리가 들려왔다.

"호세가 파인애플이 되어 버렸구나… 호세가 파인애플이 되어 버렸어!"

그의 목소리를 듣자마자 나는 그 자리에서 굳어 버렸다. "젠장, 멘도사가 나 때문에 미쳐 버린 건가?" 나는 그렇게 멈춰서 혼잣말을 했다. 그리고 다시 발걸음을 옮기려는 찰나 다시 한 번 내 뒤에서 살려 달라는 듯한 할아버지의 목소리가 들려왔다.

"호세! 베드로! 아이다! 밀라!"

아이다, 밀라라니! 언제부터 할아버지가 그들을 제대로 된 이름으로 불러 주었나?! 그는 마치 어린아이처럼 울부짖었다.

"호세가 파인애플이 되어 버렸어. 호세가 말이야!"

순간 두 눈에서 굵은 눈물방울이 떨어졌다. "지금이라도 가서 내가 여기에 있다고 할아버지를 안심시켜야 하는 걸까?" 망설여졌다. 하지만 결국 나는 다시 발걸음을 옮겨 이번에는 이낭 츌링의 집 쪽으로 향했다. 그 집에 가까워질수록 머릿속에 있던 벌들이 부산하게 움직이기 시작했다. 윙윙거리는 소리가 머리를 울렸다.

나는 서둘러 할아버지의 땅을 둘러싸고 있는 대나무 울타리를 건너서 내가 살던 할아버지의 집과 그의 외침을 뒤로한 채 그곳을 떠났다.

"호세야! 나를 용서해 다오. 내가 미안하다. 호세야, 내 말 들리니? 내가 잘못했어!"

"호세야! 호세, 호세야…."

***

내가 중국 마사지 센터에서 새 일자리를 구한 지 채 여섯 달이 되지 않았을 때였다. 센터 주인은 내게 새 일자리를 알아볼 것을 권유하며 계약이 종료되기 전 마지막 일주일의 기한을 주겠노라고 했다.

필리핀 법에 따르면 고용주들은 여섯 달의 계약이 만료되면 마지막 날에 퇴사하는 직원들에게 퇴직금의 개념으로 상여금을 지급해야 했다. 그래서 많은 고용주들은 일단 직원을 고용하면 그들이 여섯 달을 다 채우기 전에 그들을 해고해 퇴직금을 지급하지 않으려고 했다. 또 다른 이유는 이 기간이 지나면 계약이 자동으로 갱신되었기 때문인데, 이곳 필리핀에는 그 직원이 아니더라도 같은 일을 할 수 있는 노동력이 항상 차고 넘쳤던 것이다. 그렇기에 고용주의 입장에서는 여섯 달의 계약 기간이 끝나기 전 자기가 데리고 있던 직원을 해고하고 그 직원 대신 다른 이들을 고용하는 것이 더 이익이었다. 이 때문에 필리핀 사람들은 짧은 기간 동안 이리저리 일자리를 옮겨 다니며 여러 분야의 일자리 경험을 갖게 되었다.

나의 경우에는 다행히도 마사지 센터 주인이 말미로 준 일주일이 다 지나기 전에 새로운 일자리를 구할 수 있었다. 마닐라 남쪽에 있는 섬 보라카이의 휴양지에서 하는 일이었는데, 마사지 센터에서 일할 때 알게 된 여행사에서 일하던 손님이 소개해 준 것이었다. 사실 고되고 힘든 일이었고, 월급도 그 금액으로는 한 달을 채 살기 힘든 수준이었다. 하지만 그는 내게 관광을 온 손님들이 찔러주는 팁이면 어느 정도 수입이 될 것이라며, "학교도 제대로 나오지 않은 남자애에게 소개해 줄 수 있는 최선의 일이야."라고 내게 말했다.

"언제쯤이면 아버지가 내게 한 약속을 지키게 될까? 대체 언제쯤이면?"

엄마의 나라에서 기회의 문은 점차 좁아지고 있었다. 내게 남은 것이라고는 좁은 틈으로 겨우 비집고 들어갈 수 있는 문이었다. 하지만 그마저도 일시적으로 삶을 꾸려 갈 수 있게 해 주는 것일 뿐이었다.

***

창의 방을 떠나 잠깐 집에 들러 물건을 챙기고 보라카이섬으로 떠나는 여정은 내가 살면서 해 본 가장 긴 여행이었다. 하루 만에 필리핀에 존재하는 모든 교통수단을 이용해 보기로 작정한 사람처럼 그날 나는 삼륜 오토바이[2], 지프니, 버스, 기차, 비행기, 그리고 보트까지 탔다.

사실 보트를 타는 것이 바로 내가 얻은 새로운 일감이었다. 작은 보트에는 두 명이 올라타는데 한 명은 배의 키를 잡고 다른 한 명은 키잡이를 도왔다. 하지만 나는 그들처럼 운이 좋은

---

2   삼륜 오토바이(Tricycle)는 필리핀에서 유명한 대중교통 수단 중 하나로, 세 개의 바퀴가 달린 오토바이이다. 본체 옆에는 최대 두 명의 승객이 탈 수 있도록 또 다른 몸통이 붙어 있다. _역자 주

편이 아니었다. 보트 위에서 키를 잡는 대신 내가 맡은 임무는 바로 긴 대나무 막대를 든 채 배의 앞머리에 서서 물의 깊이를 가늠해 보는 것이었다. 해변에 가까워지면 그 긴 막대로 보트 앞머리가 암초에 닿는 것을 막았고, 육지에 도달하는 순간에는 닻을 내리는 일도 했다. 두꺼운 밧줄을 항구에 있는 기둥에 연결하며 보트를 정박시켰고 배와 해변 사이에 나무 널빤지를 놓고 승객들을 건너게 했다. 그러고는 보트에 있는 그들의 여행 가방들을 들고 리조트에서 픽업 나온 차들까지 모든 짐을 옮겼다.

보라카이섬에 있는 모든 리조트는 저마다 한 척 이상의 보트를 보유하고 있었는데, 그 배들의 임무는 작은 공항이 있는 카티클란섬에서 휴양지와 관광으로 유명한 보라카이섬으로 여행객들을 데려오는 것이었다.

나는 하루 종일 뱃머리에 서서 손님들을 싣고 그 두 섬 사이를 오갔다. 두 섬을 오가는데 각각 10분 정도의 시간이 걸렸다. 공항에 비행기가 도착했다는 소식이 들리면 각각의 리조트들이 보유하고 있는 수십 척의 보트들이 동시에 공항이 있는 섬으로 출발하기 시작했다. 보트들의 종류는 1등급에서 중간 수준, 그리고 3등급까지 저마다 제각각이었다. 보트의 수준은 그가 속한 리조트의 수준을 알려 주는 지표이기도 했다. 공항이 있는 섬으로 향하는 길목에서 우리는 최대한 많은 손님들이 이곳에 찾아와서 최대한 많은 액수의 팁을 받기를 간절히 소망했다.

이곳에서 일하면서 내 피부색은 검게 그을렸다. 양쪽 어깨와 코 주변의 피부도 바닷물의 염분과 뜨거운 햇볕 때문에 벗겨지기 시작했다. 짧은 기간이었지만 내 모습은 많이 달라졌다.

보라카이섬에서 초록색을 찾기란 좀처럼 쉽지 않았다. 대신 파란색이 초록의 자리를 대신했고 다행히 나는 그 파란색이 꽤나 마음에 들었다. 파란색은 그 시작도 끝도 없이 무한했다. 이 영원할 것 같은 색을 바라보는 내 눈은 한 쌍의 갈매기가 되었다. 흰색의 날개로 자신과 같은 색을 띤 구름들을 가지고 놀며 하늘을 유영하는 갈매기였다. 그러다가 그 눈으로 다시 바다를 바라보면 내 눈은 끝이 없을 것 같은 푸르름 속에서 서로를 따라 헤엄치는 바닷속의 한 쌍의 생선이 되기도 했다. 나는 하늘과 바다 도처에 있는 이 푸른색이 좋았다. 나는 이전에 이런 푸르름을 메릴린의 두 눈 외에 그 어느 곳에서도 본 적이 없었다.

나는 이 일을 하면서 이전에 엄마와 함께 이스마엘이라는 남자를 만난 이후로 두 번째로 쿠웨이트 사람들을 만나게 되었다. 그들은 보통 신혼여행을 온 부부들이거나 유쾌한 젊은이들 무리였는데 보통 다섯에서 여섯 이상의 젊은이들이 한 팀으로 이 섬에 방문했다. 그들의 자국의 여름방학 또는 휴가를 즐기러 온 것 같았다.

그들은 참으로 행복해 보였다. 어디를 가든지 쿠웨이트 청년들 주위를 감도는 특유의 분위기가 있었는데 그들은 마치 정신이 나간 것만 같았다. 그래도 난 그 분위기가 참 좋았다. 그들은 배 위에서 시끄럽게 떠들어 댔고 내가 모르는 내 아버지의 언어로, 한목소리로 노래를 불러 댔다. 노래가 시작되면 신기한 방법으로 손뼉을 치며 리듬을 만들어 내기도 했다. 그들은 무리 중 한 명을 가운데에 두거나 두 명을 서로 마주 앉게 하고는 그 주위에 원을 그리며 둘러앉더니 모두가 한 사람인 것처럼 일정하게 손뼉을 쳤다. 그러면 신기하게도 시간이 흐르면서 그 박수는 마치 백 명의 사람들이 치는 손뼉 소리처럼 들렸다. 원 안에 있는 사람은 박수에 맞춰 이상한 춤들을 췄다. 한 손으로는 머리에 쓰고 있는 모자를 고정시키듯 꽉 붙잡은 상태에서, 등을 구부리고 두 어깨를 들썩거리며 무릎을 굽히는 춤이었다. 그러고 나서 그가 제자리에서 껑충 뛰면 주변의 원이 흩어졌다가 다시 모였다. 원 안의 사람이 제자리에서 이리저리 몸을 흔들다가 마치 눈에 보이지 않는 줄이라도 당기는 것처럼 손을 움직이는 동안에도 주변의 다른 사람들은 계속해서 손뼉을 쳐 댔다.

내가 얼마나 그들을 좋아했었는지! 그날 나는 내가 일하는 보트에 쿠웨이트 관광객들이 탄다는 소식을 듣고 너무 기뻐서 날아갈 것만 같았다. 처음에 나는 여러 관광객들 중에서 아랍인 관광객을 겨우 구별할 수 있을 정도였지만, 시간이 지나면서 '나 역시 그들과 같은 쿠웨이트 사람이었기에' 비슷해 보이는 아랍인들 사이에서도 점차 쿠웨이트 출신의 사람들을 구별해낼 수 있었다. 당시 나는 내가 그들 중 한 명이라고 그렇게 스스로에게 최면을 걸고 있었다.

쿠웨이트 청년들이 입은 옷, 신발, 모자, 선글라스, 향수는 그들이 놀러 온 '이곳'과는 어울리지 않았다. 평범한 행동들과는 다르게 청년들의 행색이나 차림은 그들이 부유하다는 것을 어렴풋이 짐작하게 했다.

그들에게 미소를 지어 보이고, 보트와 항구 사이에 나무판자를 놓아 무사히 육지로 건널 수 있게 도와준 대가로 나는 그들 중 몇몇에게 팁으로 꽤 큰돈을 받았다. 그들에게 돈은 아무것도 아닌 것만 같았다. 그 청년들 무리가 보트의 키잡이와 보조를 동반해서 지프차를 타고 리조트로 떠나면 나는 두 손에 대나무 막대를 들고 혼자 멍하니 보트 머리에 서 있었다. 그럴 때마다 나는 지금 내가 쥐고 있는 이 대나무 막대가 요술 지팡이로 변해서 나를 저 청년들 무리에 낄 수 있게 도와주기를 바라고 또 바랐다.

나는 당장에라도 그들을 뒤쫓아 가서 "헤이! 잠깐 멈춰 봐. 내 이름은 이싸이고 나도 너희들과 같은 쿠웨이트 사람이야. 날 좀 기다려 줘!"라고 외치고 싶었다.

그렇게 지프차는 젊은이들의 웃음소리와 함께 점차 멀어지더니 결국 내 시야에서 사라져 버렸다. 나는 보트 옆 모래 위에 앉아 보트를 빤히 쳐다보았다. 어느새 내 머릿속에는 보트에 타고 있는 아버지와 엄마의 모습이 그려지기 시작했다. 내가 이 세상에 태어나기 전 나의 첫 여행이 시작되었던 그 순간으로…. 두 눈을 감았다 뜨자 내 눈 앞에는 흰 모자를 쓴 아버지와 가싼이 바닷물에 낚싯줄을 던지고 있었고 그 옆에서 왈리드는 장난스럽게 사팔눈으로 나를 쳐다보며 혀를 내밀었다. 하지만 내가 보트 쪽으로 다가가자 왈리드의 모습이 사라졌다. 더 가까이 다가가자 이번에는 아버지의 모습도 없어졌다. 나는 남아 있던 가싼의 모습마저 사라질까 두려워 보트로 가는 발걸음을 멈추었다.

***

　내가 머물고 있던 숙소는 직원 관리 부서가 배정한 작은 부속 건물로 리조트의 바로 옆에 있었다. 숙소 문을 열고 나가면 좁은 흙길의 골목 한가운데로 갈 수 있었는데, 그곳에서는 다른 리조트들을 둘러싼 높은 벽들이 내려다 보였다. 그리고 그곳을 기준으로 오른쪽으로 더 걸어가면 해변가로 갈 수 있었고 왼쪽으로 가면 해변을 마주하는 다른 리조트들을 가로지르는 거리로 나갈 수 있었다.

　나는 잠자는 시간을 제외하고는 직원 숙소에 들어가지 않았다. 대신 잠에 들기 전까지는 숙소 옆 좁은 골목에서 담배를 피거나 해변가에 앉아서 시간을 보냈다.

　해변을 마주한 바다 한가운데는 '윌리스 록'이라 불리는 화산암으로 만들어진 바위섬이 솟아 있었는데 그 바위 위에는 야자수와 정체 모를 나무 두 그루가 자라고 있었다. 그 나무들 중 한 그루 밑으로는 돌로 만들어진 벽감이 있었고 그 안에는 해변을 마주한 성모 마리아상이 자리를 잡고 있었다. 금빛 후광을 배경으로 마주 잡은 두 손을 가슴 앞에 가지런히 놓은 마리아상의 얼굴은 온화하고 아름다웠다.

　그 바위섬은 해변에서 약 100미터 정도 떨어진 곳에 있었다. 관광객들은 썰물 때가 되면 걸어서 그 섬으로 갔고, 밀물 시간이 되어 바닷물이 들어오면 수영을 해서 섬으로 가기도 했다. 그리고 그 섬에 놓인 계단을 따라 올라가 마리아상이 있는 벽감 앞에 서서 초에 불을 붙이며 기도를 드렸다.

2005년 중반의 어느 날, 나는 해변의 모래사장 위에 입고 있던 셔츠와 신발, 담뱃갑을 던져 둔 채 멀리서만 봐 오던 그 섬에 직접 가 보기로 했다. 밀물 때가 되어 바닷물은 섬에 올라가는 계단 윗부분까지 차올랐고 성모상이 있는 벽감과 나무 세 그루만이 시야에 보였다. 나는 천천히 섬 쪽으로 다가갔다. 바닷물이 무릎 위까지 잠기자 나는 들고 있던 라이터를 입에 물었고, 수면이 점점 깊어지자 헤엄을 치기 시작했다.

늦은 시각이라 그런지 해변에는 해안경비대 대원 몇 명과 어두운 모래사장 위에 동그랗게 둘러앉은 관광객들 무리밖에 없었는데, 입고 있는 흰색 셔츠들로만 겨우 형체를 구분할 수 있을 정도라 멀리서 보면 마치 유령처럼 보였다. 불빛이 점차 희미해지고 리조트에서 새어 나오는 빛들도 하나둘씩 꺼지면서 바닷가를 수놓은 별들이 더 환하게 빛나기 시작했다. 헤엄쳐서 섬에 도달한 나는 계단을 타고 올라가 성모 마리아상 앞으로 갔다. 그리고 그 앞에서 두 손을 마주 잡고 기도를 드렸다. 사방에서 들려오는 파도 소리가 점차 커지면서 오히려 마음속에는 고요함이 찾아왔다. 섬에 있는 바위들과 파도가 부딪치면서 소금기가 느껴지는 물방울들이 내 얼굴에 뿌려졌다. 그러면 나는 기도를 드리다가 손등으로 그 물기들을 닦아 냈다.

"성모 마리아님, 저는 지금 우는 게 아니에요."

나는 고개를 들어 성모상의 얼굴을 바라보며 이렇게 말을 건넸다.

"이건 단지 바닷물이 튀어 생긴 물방울이에요. 그러니 걱정하지 마세요."

하지만 마리아상의 시선은 내가 아닌 내 뒤편에 자리한 먼 곳 어딘가를 향해 있었다. 나는 성모상 앞에 있는 단상으로 올라갔다. 드디어 내 얼굴이 성모상의 얼굴에 얼추 맞닿게 되었다. 나는 성모상의 왼쪽 어깨 위에 내 얼굴을 바싹 대고 그녀의 귀에 속삭였다.

"하지만 마리아님, 여기서 더 오래 머물게 된다면 그때는 정말 울지도 몰라요."

나는 두 눈을 감은 채 내 앞에 있던 마리아상을 껴안았다. 그러자 고쟁의 음색과 비슷한 소리가 파도 소리에 섞여 들려왔다. 오랜만에 그 소리를 들으니 마치 온몸에 있던 털이 쭈뼛 서는 느낌이 들었다. 나는 놀라 고개를 들어 다시 성모상을 바라보았지만 그녀의 두 눈은 여전히 내가 아닌 내 뒤편의 먼 곳 어딘가로 향해 있었다.

나도 그녀의 시선을 따라 고개를 돌렸지만 거기에 있는 것이라고는 모래사장에 앉아 있는 한 무리의 관광객들뿐이었다. 누군가 이름을 알 수 없는 악기를 연주하며 처음 들어 보는 소리를 내고 있었고 사람들은 그 연주에 맞춰 이리저리 몸을 기우뚱거렸다. 나는 라이터의 불을 켜서 입에 물고 다시 계단을 내려와 헤엄을 쳐서 해변가로 돌아왔다.

5

모래사장에 동그랗게 앉아 있던 무리는 아까 본 다섯 명의 쿠웨이트 젊은이들이었다. 그들 중 가운데에 앉아 있던 친구가 기타처럼 생긴 악기를 연주하며 노래를 부르고 나머지 친구들은 조용히 그 노래를 듣고 있었다. 그 소리가 점점 커지자 경비 대원 한 명이 이들에게 다가가서 "저기요! 여기서 시끄럽게 하면 다른 관광객들에게 피해를 줄 수 있어요!"라고 말했다. 그 말에 청년들은 아무 대꾸 없이 그를 바라보았다.

"여기 말고 저쪽에 있는 곳에서 연주를 하면 되겠네요."

경비 대원은 공사 중인 어두운 리조트 쪽을 가리키며 말했다.

"보다시피 저기는 사람들이 없으니 편하게 즐기도록 하십시오."

그 말에 가운데에 앉아 있던 젊은이가 악기를 들고 어두컴컴한 리조트 쪽으로 발걸음을 옮겼고 나머지도 그를 따라 이동하기 시작했다. 그들의 손에는 무언가 하나씩 들려 있었다.

그때 나는 그 청년들과 멀지 않은 곳에 있었다. 그래서 바다와 그들 사이, 윌리스 록을 마주 보는 자리에 앉아 그들 사이에 오가는 대화에 귀를 기울였다. 젊은이들이 자리를 옮겨 닫힌 리조트 앞 야자나무 밑에서 다시 노래를 부르기 시작하자 나는 어느새, 나도 모르게 그들 곁으로 다가가고 있었다.

"앗살라무 알라이쿰!"

나는 엄마가 가르쳐 준 대로 그들에게 아랍어로 인사말을 건넸다. 그러자 그들은 어리둥절해하며 서로의 얼굴을 바라보다가 내 쪽으로 시선을 돌리고 다 같이 한목소리로 내 인사에 답했다.

"와 알라이쿳 살람!"

나는 혹여 그들이 술에 취한 상태가 아닐지 걱정했지만 한 명을 제외하고 나머지는 모두 멀쩡했다. 나는 안심하며 미소를 지었다.

"당신들 모두 쿠웨이트 사람들이죠? 내 말이 맞죠?"

내 말에 그들은 놀라워하며 서로 시선을 교환했다. 그러자 그들 중 가운데에 앉아 있던 젊은이가 내 질문에 답했다.

"네, 어떻게 알았죠?"

"손님, 저는 쿠웨이트 사람들이 어떤지 잘 압니다."

그들은 내가 이해할 수 없는 언어로 자기들끼리 말하더니 손에 잔을 쥐고 있던 한 명이 내게 유창한 영어로 말을 걸었다.

"거기 서 있지 말고 이리 와서 앉아요."

"손님, 정말 그래도 돼요?"

그러자 다섯 명이 동시에 옆자리를 가리키며 외쳤다.

"그럼요! 당연하죠!"

그렇게 나는 어느새 그들 사이에 자리를 잡고 앉게 되었다. 옆에 앉은 한 청년이 내게 담뱃갑을 건넸고 나는 내가 가지고 있던 담배를 꺼내 보이며 정중하게 거절했다.

그러자 그는 내 담배를 가져가서 이리저리 살펴보더니 다시 내 손에 쥐어 주며 계속 'Davidoff'라 쓰인 자신의 담배를 피워 보라고 권했다.

"한 대 피워 봐요, 그러면 폐도 정화가 될 테니!"

그 말에 나머지 친구들이 껄껄 웃었다. 이번에는 한 손에 잔을 들고 있던 다른 젊은이가 유리병을 들고 다가왔다. 빨간 레벨로 둘러싸이고 갈색 빛을 내는 유리병을 들고 그가 내게 권했다.

"술 좀 마셔 볼래?"

"사실 법적으로는 술을 마실 수 없어요. 저는 아직 열일곱 살이거든요. 사실 이전에 한 번 마셔 본 적은 있지만…"

내 말에 그는 내게 건넸던 잔을 다시 거두었다.

"그래도 정 주신다면 기꺼이 마셔 보겠습니다!"

나는 그가 건넨 잔을 받아 들었다.

"레드 호스(Red horse)라는 맥주가 독하다고 하던데, 진짜인가요?"

그는 잔에 남아 있던 술을 단숨에 들이켜더니 마치 레몬이라도 씹은 것처럼 얼굴을 찌푸렸다.

"궁금하면 직접 마셔 봐."

나는 그가 따라 준 술을 한 모금 마셔 보았다. 그러자 거기에 있던 모두가 웃음을 터뜨리고 잔을 들고 있던 친구는 내게 술을 더 따라 주었다. 나는 그들 중 가운데에 있던 청년에게 질문을 던졌다.

"손님, 이제 연주는 그만 하는 건가요?"

나는 조금 망설이다가 그에게 또 다른 질문을 했다.

"그나저나, 그 악기의 이름은 뭐예요?"

"이건 '우드'라는 악기야."

그 이름을 들으니 이전에 엄마가 내게 해 준 이야기가 떠올랐다. 아버지의 친구인 가싼도 같은 이름의 악기를 곧잘 연주한다고 했었는데…

내 말에 그는 검은색의 작은 플라스틱 조각으로 악기의 현을 움직이기 시작했다.

"손님, 무슨 연주를 하실 건가요?"

그는 연주를 이어 가며 말했다.

"이 노래는 내가 쿠웨이트에서 제일 좋아하는 가수가 불렀던 건데…."

그리고 잠시 연주를 멈추더니 갑자기 손에 쥐고 있던 플라스틱 조각을 콧수염처럼 인중에 대고 "그 가수 이름이 말이야…" 라고 말해 주었다.

사실 그가 말해 준 이름이 정확히 기억나지는 않는다. 대신 그의 행동에 주변 친구들이 깔깔대며 박장대소했던 것만 기억에 남는다. 친구들의 웃음에 그 역시 미소를 지어 보이더니 다시 연주를 하기 시작했다.

"풍성한 콧수염과 목소리로 단번에 그 가수를 구별할 수 있단다."

그 말과 함께 남자는 노래를 하며 고개를 흔들었다. 가끔 하늘을 바라보는가 싶다가 우드라는 악기에 고개를 기대기도 했다. 그의 노래가 담고 있는 가사가 무슨 뜻인지 알았으면 정말 좋았을 텐데.

***

술잔이 계속 오가면서 내 머리는 점점 무거워지기 시작했다. 연주는 계속되었고 노래는 이루 말할 수 없이 아름다웠다.

나는 뜬금없이 자리에서 벌떡 일어났다. 땅이 내 주위로 빙빙

도는 것만 같았다. "스톱, 스톱…" 나는 내 옆자리에 앉아 있는 그들에게 소리쳤다. 그러자 노래가 멈췄고 다섯 명은 일제히 내 쪽으로 고개를 돌렸다.

"자, 여기 주목 좀 해 줘요. 내가 이 자리에서 당신들한테 내 비밀을 하나 말해 줄게요!"

그들은 아무 말도 하지 않은 채 나를 바라보았다.

"나는 말이죠, 사실 쿠웨이트 사람이에요."

나는 푹 숙이고 있던 고개를 어렵사리 들어 그들의 얼굴을 바라보았다.

"그리고 내 이름은 이싸이고요."

남자들은 어리둥절해하며 서로 시선을 주고받았다.

"만약 못 믿겠다면 진짜인지 아닌지 내가 증명해 보일게요."

그러자 우드를 연주하던 젊은이가 악기를 거꾸로 세워 자신의 다리 옆에 놓으며 흥미롭다는 듯이 나를 쳐다보았다.

"자, 그러면 나를 위해 박수를 보내 줄 수 있나요?"

내 말에 그들은 여전히 놀라움을 감추지 못한 표정으로 날 위해 손뼉을 치기 시작했고, 나는 그 소리를 조금 듣다가 그들의 박수를 저지했다.

"아니, 아니, 그 박수 말고요."

갑작스러운 내 말에 남자들은 박수를 멈추고 내 얼굴을 유심히 바라보았다. 그때 내게 술을 권하던 청년 하나가 두 발을 맞대며 소리를 내기 시작했다.

"그러면 이렇게 하라는 말이야?"

냉소적으로 묻는 그의 질문에 나는 답했다.

"손님, 그게 아니죠. 쿠웨이트 사람들이 손뼉 치듯이 그렇게 해 달라는 말입니다."

내가 이렇게 주문하자 그들의 당황한 표정은 어느새 미소로 바뀌었다. 그러고는 곧 알 수 없는 말을 주고받더니 미친 것 같은 그들만의 박수를 시작했다.

나는 그 박수 소리에 맞춰서 어깨를 들썩거렸고 몸을 좌우로 흔들었다. 남자들은 내 행동에 놀라워하면서도 어느새 함박 미소를 지어 보였다. 나는 두 어깨를 앞으로 내밀다가 있지도 않은 모자를 머리에 고정시키려는 듯 한 손으로는 머리 위를 잡기도 했다. 그때, 내게 술을 권하던 친구가 벌떡 일어나서 내 쪽으로 다가오더니 함께 어깨를 좌우로 흔들기 시작했다. 다른 친구들도 흥미진진하게 우리를 바라보았다. 나는 무릎을 굽혔다가 제자리에서 펄쩍 뛰었다. 그러자 다른 한 명이 내 옆으로 다가와서는 내 어깨에 자신의 어깨를 붙이며, "아니, 그렇게 추는 게 아니야. 이렇게 한번 해 봐."라고 내 춤을 고쳐 주었다. 그는 내가 했던 것처럼 두 다리를 땅에 고정시켰고 그렇게 우리는 함께 천천히 어깨를 들썩였다. 이번에 나는 다리를 벌리고 숨겨진 밧줄이라도 있다는 듯 두 손으로 그 줄을 당기는 춤을 추었다.

내 행동에 모두의 웃음이 터졌고 그들은 땅을 뒹굴며 배를 잡고 깔깔댔다.

"그래, 네가 진짜 쿠웨이트 사람이 맞긴 하구나! 하지만 너는 메이드 인 필리핀, 그러니까 필리핀산 쿠웨이트인이라고!"

젊은이들의 웃음소리는 하늘을 찌를 듯 커져 갔다.

하지만 저 멀리서 경비 대원이 달려오며 "제발 정숙하세요!

조용히 하라고요!"라고 외치는 통에 우리의 작은 파티는 아쉽게도 그렇게 끝이 났다.

6

"호세야, 호세, 호세야…."

나를 간절하게 부르는 목소리의 주인공은 이번에는 할아버지가 아닌 엄마였다. 자정이 넘은 시간, 전화기를 통해 들려오는 엄마의 목소리는 울음이 잔뜩 섞였고 내 이름도 제대로 발음하지 못했다.

"호세야, 호세야!"

엄마는 잠시 숨을 고르더니 단어를 겨우 하나씩 이어서 내게 소식을 전했다.

"방금, 방금 전에 말이야, 네 할아버지가, 돌아가셨어!"

엄마는 엉엉 울더니 통곡했다. 울음소리가 점점 커져 갔다.

"당장 집으로 오렴… 네가 여기에 꼭 있어야 해."

***

불과 며칠 전까지만 해도 보트로 왕복 10분 거리의 두 섬 사이를 오가던 내가 이번에는 뱃머리를 지키는 일꾼이 아닌, 쿠웨이트 젊은이들과 함께 이 섬을 떠나는 사람들 중 하나가 되어 버렸다. 물론 채 일주일도 안 되는 무급 휴가를 받아 떠나는 잠깐의 작별이기는 했지만 말이다.

그 쿠웨이트 젊은이들은 늘 그랬던 것처럼 유쾌했고 노래와 웃음소리가 끊이지 않았으며 서로 계속 장난을 쳐 댔다. 리조트나 보트, 비행기 등 장소를 가리지 않았고, 늘 정신이 나간 사람들 같았다.

항공 회사들은 국내선에 탑승하는 승객들을 위해 다양한 오락 프로그램을 제공했는데, 그중에는 비행 중 승무원들이 승객들에게 퀴즈를 내는 프로그램이 있었다. 그 쿠웨이트 젊은이들이 탔던 비행기에서도 문화와 관련된 일반 상식 퀴즈를 내서 정답을 맞힌 이들에게 소정의 선물을 주기로 되어 있었다. 하지만 승객들이 항공사에서 준비한 프로그램에 아무런 관심도 보이지 않자 승무원들은 난처한 상황에 처해 버렸다. 모든 승객들의 시선과 관심은 퀴즈가 아닌 쿠웨이트인들, 전통 노래를 불러 대고 신기하게 손뼉을 쳐 대는 정신 나간 청년들에게 온통 쏠려 있었기 때문이다. 한 명은 악기를 꺼내 빠른 박자로 연주했고 나머지 친구들은 그 연주에 맞추어 노래를 부르기 시작했다. 무리 중 또 다른 한 명은 비행기 통로 한가운데 서서 다른 승객들에게 손뼉 치는 법을 설명하기 시작했다.

"자, 신사 숙녀 여러분!"

그는 자신의 오른편에 있던 승객들을 가리키며, "이렇게 손뼉을 쳐 보세요!"라고 박수 방법을 가르쳤다.

"탁, 탁, 탁, 이런 박자로 치는 겁니다!"

그러더니 이번에는 왼편에 있던 승객들을 바라보며, "여러

분들은 탁탁탁, 탁탁탁, 이 박자로 손뼉을 쳐야 해요. 이해했어요?"

자신의 임무를 마친 젊은이는 다시 자리로 돌아와서 큰 소리로 승객들을 향해 소리쳤다.

"하나, 둘, 셋 하면 동시에 손뼉을 치는 겁니다!"

이 얼마나 정신 나간 행동이란 말인가?! 쿠웨이트 청년들은 비행기에서조차 이런 행동을 서슴지 않았다. 해맑은 미소, 웃음소리, 모든 순간을 담으려는 비디오카메라, 그리고 일반 카메라까지.

나는 그 친구들과 함께했던 순간들이 너무 행복해서 곧 할아버지의 장례식이 열릴 거라는 사실도 잠시 망각해 버렸다. 장례식은 우리 집과 가까운 동네의 한 성당에서 이루어질 예정이었다. 하지만 할아버지가 돌아가셨다는 것보다 나를 정말 슬프게 했던 것은 따로 있었다. 국내선 비행기가 공항에 착륙하고 나면 이 정신 나간 청년들이 나를 이곳에 홀로 버려둔 채 내 아버지의 나라로 돌아갈 것이라는 사실이었다.

공항 정문에서 내가 막 집으로 가는 택시를 타려 했을 때, "이싸! 이싸!"라고 누군가 내 이름을 불렀다. 처음에는 그게 나를 부르는 건지도 몰랐다. 내 머리 속에는 차들의 경적 소리와 엔진이 돌아가는 소리, 군중 속 시끌벅적한 사람들 소리 등이 한데 뒤섞여 있었다.

그때 누군가가 뒤에서 내 어깨를 잡았다

"네 이름이 이싸라고 하지 않았니?"

내게 술을 권하던 쿠웨이트 청년이었다.

"아, 손님이시군요. 맞아요, 제 이름이 이싸였지요."

그는 근처에 세워져 있는 밴에 있는 다른 친구들을 가리켰다. 그들은 미소를 머금고 창문 뒤에서 내 쪽을 바라보고 있었다.

"나랑 내 친구들이 말이야…."

그는 잠시 머뭇거리는가 싶더니 내게 이렇게 말했다.

"우리는 이제 니노이 아키노 국제공항으로 갈 거야. 그리고 거기에서 쿠웨이트로 가는 비행기를 탈 예정이고."

그러더니 남자는 내게 꽤 많은 액수의 돈뭉치를 건네주었다.

"돈을 쓸 시간이 없더라고… 네가 이 돈을 가져가렴."

"하지만 손님, 액수가 너무 많아요!"

내 말에 별로 상관하지 않는다는 듯한 표정을 하던 남자는 내 얼굴을 바라보며 이렇게 말했다.

"네가 쿠웨이트인이라고 말했던 게 진짜인지 아닌지는 모르겠지만 말이야…."

그는 말을 흐리며 잠시 침묵했다.

그의 말에 나는 당장이라도 내 아버지가 쿠웨이트 사람이고, 나는 그곳에서 태어났으며 출생을 증명할 수 있는 서류도 있노라고 맹세하고 싶은 심정이었다. 하지만 그가 무슨 말을 할지 끝까지 들어 보기로 했다.

"사실이 어떻든지 간에 지금 네 모습으로 쿠웨이트에 갈 생각은 하지 않는 게 좋아.

말을 마친 남자는 뒤돌아서 친구들이 있는 밴으로 걸어갔다. 나는 당황한 얼굴로 그가 내게 쥐어 준 돈뭉치를 들고 그들의 모습을 지켜볼 수밖에 없었다. 남자는 차에 타기 전 다시 한 번 내 쪽을 돌아보더니 이렇게 말했다.

"꼬마야, 그냥 여기에 살면서 레드 호스나 마시렴."

"아니, 난 거기서 마실 거예요."

나도 모르게 나온 말에 나도 깜짝 놀랐다. 남자는 청년들로 꽉 찬 비좁은 차에 타기 전 내게 이런 말을 남겼다.

"꼬마야, 쿠웨이트에 있는 레드 호스를 말하는 거니? 그 빨간 말은 네 존재를 받아 주지 않을 거야. 대신 그 거대한 발굽으로 너를 짓밟아 버릴 거라고."

남자는 차 문을 열기 전, 담배꽁초를 밟는 듯이 발로 세게 땅을 밟는 시늉을 했다. 사람들과 차들이 뒤섞인 복잡한 길 가운데에서 청년들을 태운 차가 점점 멀어져 갔다. 그때 창가에 앉아 있던 우드를 연주하던 청년이 창문을 내리더니 큰 목소리로 내게 소리쳤다. 덕분에 나는 주변 사람들의 시선을 한 몸에 받게 되었다.

"이봐! 이 주정뱅이가 네게 뭐라고 했는지는 모르겠지만, 네 말이 사실이라면 쿠웨이트로 돌아와! 그곳에는 네가 누릴 수 있는 권리들이 아주 많다고!"

사람들은 계속 나를 쳐다봤고 택시 기사는 빨리 차에 타라고 나를 재촉했다. 점점 멀어지는 밴의 뒤쪽 유리를 통해 보이는 주정뱅이라는 청년은 나를 보며 고개를 저었고 집게손가락을 흔들었다. 나는 그의 입 모양을 통해 "절대 그렇게 하지는 마!"라는 그의 말을 읽을 수 있었다.

차는 그렇게 시야에서 사라졌고, 망나니 쿠웨이트 청년들은 큰 액수의 돈뭉치, 그리고 그것보다 훨씬 큰 고민거리와 혼란을 내게 안긴 채 먼 곳으로 떠나 버렸다.

7

　오래 전 내가 세례성사를 받았던 집 근처의 작은 성당에서 우리 가족은 할아버지의 장례식에 찾아온 조문객들을 맞이했다. 꽤 많은 수의 가깝고 먼 친인척들이 우리 가족을 위로하고 돌아가신 할아버지에게 마지막 작별 인사를 하기 위해 방방곡곡에서 찾아왔다. 하지만 죽음 뒤의 작별 인사가 대체 무슨 소용이겠는가.

　조문객들의 방문 동안 나와 아이다 이모는 성당의 의자에 나란히 앉아 있었다. 이모는 엄마와 베드로 삼촌의 끈질긴 설득 끝에 장례식에 참석하긴 했지만 마치 가시방석에 앉은 것처럼 그 자리를 불편해했다. 이모는 내게 할아버지가 돌아가시던 날 어떻게 그의 죽음을 알게 되었는지 말해 주었다. "호세야, 그날은 정말 끔찍했어, 소름이 돋았다니까!" 이모는 할아버지의 시신이 들어 있는 관을 바라보더니 내게 그날의 일을 전했다.

　"밤늦은 시간이었는데, 나는 그때 방 안에서 마리화나를 한 대 피우고 있었어. 그때 갑자기 우리 집 그 늙은 개가 짖기 시작하는 거야. 근데 얼마 지나지 않아서 그 개 짖는 소리가 통곡 소리처럼 들리지 뭐니? 개미들이 관자놀이로 줄지어 기어 올라가는 것처럼 내 머리는 마비된 상태였어. 마치 악몽에서 깨어나려는 사람처럼 나는 머리를 세게 저었단다. 그런데 이번에는 개 짖는 소리 대신에 닭 한 마리가 크게 울어 대는 거야. 개 짖는 소리와 닭 울음소리가 함께 나는 걸 상상할 수 있겠니?! 우리 집 개가 짖으면 닭은 감히 소리도 내지 못하는 걸 너도 잘 알잖아. 그런데 그날 밤에는 닭이 계속해서 울어 댔어. 한 마리가 쉬면 다른 한 마리가 그 자리를 대신하기라도 하듯 번갈아서 말이야! 우리 집 개도 소름이 돋게 계속 짖어 댔고."

이모는 온몸에 곤두선 털들을 다시 원상태로 복귀시키려는 듯 손바닥으로 자신의 팔을 쓸어 내렸다. 그러고는 계속 그날 밤 무슨 일이 있었는지 내게 이야기해 주었다.

"나는 무서워서, 잠옷을 입은 채 당장 계단을 내려왔지. 그리고 신발도 못 신고 집 밖으로 뛰쳐나갔단다."

그날 밤의 일들이 생생하게 떠오르는지 이모는 얼굴 앞에 성호를 그렸다.

"집 밖에 나가 보니 개가 아버지 집 문 앞에 앉아 고개를 쳐들고 늑대처럼 울고 있더라고. 대체 누가 묶어 놨던 개 목줄을 푼 걸까? 닭들은 여전히 울고 있었어. 근데 호세야, 정말 무섭고 소름 끼쳤던 게 뭔지 아니? 바로 이낭 츌링이 껌껌한 자기 집 창문을 통해 이쪽을 바라보고 있었던 거야. 구부정한 등에 윗도리도 입지 않은 채 말이야! 홀쭉한 젖가슴 밑으로 뭔가를 품에 안고 있는 듯이 팔을 마주 잡고 있었어."

이모는 몸을 앞으로 숙이며 두 손으로 얼굴을 감쌌다.

"난 몇 년 전부터 아버지 집에 한 발자국도 들어간 적이 없었어. 그래서인지 감히 그 집에 가까이 가지도 못하겠더라고. 그래서 이낭 츌링의 집 쪽은 보지도 못한 채 베드로네 집으로 달려

갔어. 그리고 온 힘을 다해 문을 두들겼지. 조금 뒤 베드로가 나와서 대체 무슨 일이 생겼는지 내게 묻더라고. '베드로, 아버지가 돌아가셨어… 침대 위에서 죽어 버렸다고.' 하지만 내가 그집에 들어가지 않는 걸 잘 알았던 베드로는 '대체 누가 그래, 누나?'라며 내게 되물었지. 그 질문에 나는 아버지의 집 앞에 있는 공터를 가리키며 외쳤어. 우리 집 개랑 닭이 알려 준 거야!"

이모의 이야기를 듣고 있던 내 옆 자리로 베드로 삼촌이 와서 앉았다. 삼촌이 자리에 앉자마자 아이다 이모는 자리에서 일어나더니 "난 집으로 돌아갈래. 이만하면 충분해. 더 이상 이 자리에 못 있겠어."라고 우리에게 통보했다. 삼촌은 그런 이모 쪽은 보지도 않고 그녀가 내게 해 주던 이야기 뒤에 어떤 일들이 있었는지 내게 말했다.

"네 이모의 말을 듣자마자 나는 아버지의 집으로 달려갔어. 방문을 열었더니 문 앞에 있던 개가 먼저 집으로 들어가 버리더라고. 양초의 불이 꺼진 지 얼마 되지 않은 것처럼 아직 그 향이 미세하게 남아 있었어. 전등 스위치를 눌렀더니 고장이 났길래 가지고 있던 라이터 불을 켰지. 그러자 내 앞에 헐벗은 아버지가 마치 태아처럼 옆으로 몸을 웅크리고 누워 있었어. 무서운 장면을 어떻게든 보지 않으려는 듯이 두 손으로 얼굴을 감싸고 말이야."

할아버지가 세상을 떠난 지 3일째 되던 날, 메릴린이 장례식장에 왔다. 우리 가족은 할아버지를 땅에 묻기 전에 모든 가족 구성원들이 그의 마지막 모습을 볼 수 있게 닷새 동안 그의 시신을 성당에 안치해 놓기로 결정했다.

메릴린은 마리아를 데리고 성당에 들어왔다. 마리아는 성당 입구 가까이에 있는 가장 끝자리에 앉았고 메릴린은 맨 앞줄로 다가왔다. 그녀는 짧은 인사와 함께 "부고를 들었어요. 유감이에요."라고 말했다. 삼촌은 메릴린을 위해 내 옆자리를 비워 주었다.

해가 지자 우리 가족들과 조문객들이 한 명씩 성당 밖으로 나가기 시작했다. 그리고 그 안에는 나와 메릴린 둘만이 남아 있었다. 그녀는 나를 바라보며 이렇게 말했다.

"가식 떨지 마! 할아버지의 죽음에 슬퍼하는 척하지 말란 말이야."

나는 그 말을 듣고 메릴린의 무릎 위에 내 손을 얹으며 할아버지의 시신이 안치된 관 쪽을 바라보았다.

"아니야, 난 할아버지가 돌아가셔서 슬퍼. 아직까지 그의 얼굴을 보지도 못했는걸."

그리고 메릴린의 무릎 위에 얹어 놓았던 손의 주먹을 꽉 쥐며 말했다.

"할아버지가 세상을 떠나기 전에 그를 만났더라면 '할아버지, 저는 당신을 용서했어요.'라고 말했을 거야."

그 말에 메릴린은 내 손을 쳐 내며 자리에서 벌떡 일어나더니 관 쪽을 바라보며 말했다.

"그래, 네가 그를 용서했다는 사실이 중요한 거지. 하지만 그건 네 입장일 뿐, 그와는 상관없는 일이야."

"그게 무슨 말이야?"

메릴린은 나를 등지고 불과 몇 미터 남짓 떨어져 있는 할아버지의 관을 바라보며 이렇게 이야기했다.

"우리는 남들의 죄를 용서함으로써 그들에게 보답한다고 생각하지만 사실 그건 우리 자신을 위한 거야. 왜냐, 용서를 통해 우리 자신의 내면이 깨끗이 정화되니까."

그 말에 나는 침묵했다. 하지만 그렇다고 내가 메릴린의 말에 동의한다는 의미는 절대 아니었다. 단지 이 정신 나간 계집애가 이런 상황에서 진지한 말을 한다는 것에 할 말을 잃었을 뿐이었다. 나는 할아버지가 죽기 전 나한테 저지른 과오들로부터 벗어나 나 역시 내적으로 정화되기를 바랐다.

메릴린은 내 쪽은 보지도 않고 "마지막으로 할아버지 얼굴을 보지 않을래?"라고 내게 물었다. 그녀는 할아버지의 관 쪽으로 다가갔고 나 역시 무거운 발걸음으로 그녀의 뒤를 따랐다.

작은 성당 한가운데 안치된 할아버지의 관은 뚜껑이 열린 채로 흰 비단 천으로 덮인 테이블 위에 놓여 있었다. 그리고 그 주위를 은색 병에 담긴 흰 꽃들이 장식하고 있었다. 흰색 관은 자주색의 조각들로 장식되어 있었고 양쪽에는 금색의 손잡이들이 달려 있었다. 또한 관의 머리 부분에는 중간 정도 크기의 십자가가 달려 있었으며 관의 오른편으로는 나무 받침대 위 액자가 놓여 있었다. 그리고 그 속에는 할아버지의 생전 모습이 담긴 사진과 그에 대한 기록이 쓰여 있었다.

'식스토 필립 멘도사, 1925년 4월 6일~2005년 6월 21일 사망, 향년 80세.'

그 앞에서 기도를 하는 메릴린의 곁에 나도 조심스레 다가갔다. 유리 밑으로 보이는 잿빛 얼굴의 할아버지는 두 눈을 감은 채 누워 있었다. 얼굴에 발린 하얀 분은 그의 창백한 얼굴을 미처 다 가리지 못했다. 할아버지는 검은 바지와 역시 같은 색의 세로줄이 나 있는 흰 셔츠를 입고 생전에는 보지 못했던 단정한 모습을 하고 있었다.

고개를 들어 보니 그 옆에는 관 뚜껑이 놓여 있었다. 엄마는 관 뚜껑 중 할아버지의 얼굴이 맞닿을 부분에 천으로 만든 자주색의 리본들을 고정시켜 놓았는데, 각각의 리본에는 '아이다, 조세핀, 베드로, 알베르토, 아드레안, 메릴린, 그리고 호세' 등 가족들의 이름이 하나씩 적혀 있었다. 관 뚜껑이 닫힌다면 이름표 같은 그 리본들이 할아버지의 얼굴에 맞닿게 될 것이고, 그러면 할아버지는 저 세상에 가서도 가족들을 기억할 거라는 것이 엄마의 생각이었다.

"호세야, 이만 가자."

우리는 할아버지를 이 고요한 성당에 홀로 남겨 두고 떠나기 전 마지막으로 십자가 성호를 그으며 작별 인사를 마쳤다.

그리고 집에 가는 길, 나는 메릴린에게 먼저 집에 가서 기다리고 있으라고 말했다.

"아직 내가 해야 할 일이 있어. 곧 뒤따라갈게."

메릴린을 집으로 보낸 나는 그길로 다시 성당으로 돌아왔다. 다행히 성당을 관리하는 담당자가 불을 끄고 막 문을 닫으려고 할 때 도착한 나는 할아버지에게 기도할 시간을 좀 달라고 그에게 부탁했다. "그럼 5분 뒤에 돌아오겠습니다." 남자는 그렇게 말하고 관이 안치된 탁자로 가서 촛불 하나를 꺼내 왔다. 그러고는 촛불에 불을 붙이고 내게 건네준 뒤 자리를 떠났다.

나는 그가 건넨 초를 들고 할아버지의 시신으로 다가갔다. 그리고 그의 두 눈, 코, 입술 등 얼굴을 유심히 바라보았다. 춤을 추듯 어둠 속에서 이리저리 흔들리는 촛불 때문에 마치 할아버지의 얼굴이 살아 움직이는 것만 같았다. 나는 그의 얼굴에서 관 뚜껑으로 시선을 옮겨 뚜껑을 향해 손가락을 뻗었다. 그리고 엄지와 검지를 사용해 거기에 달린 여러 이름표들 중 내 이름이 적힌 리본을 찾아내 조심스럽게 빼냈다.

"할아버지, 죄송해요."

나는 유리 너머에 있는 할아버지의 얼굴을 보며 이렇게 말하고는 관 뚜껑을 닫아 버렸다. 그리고 한 손에는 초를, 다른 한 손에는 내 이름이 적힌 리본을 꼭 쥔 채 출입구로 향하는 짧은 복도를 걸어 나왔다.

"이제 당신에게 호세라는 손자가 있었다는 것을 기억하지 못할 거예요."

나는 홀로 남겨진 할아버지의 관에서 점점 멀어져 가며 말했다. 그리고 문 앞에서 발을 멈춰 뒤돌아섰다. 나는 굳게 닫힌 그의 관을 바라보며 입술을 동그랗게 말고 들고 있던 촛불을 꺼 버렸다. 이제 오늘 이후로 더 이상 "호세야, 호세, 호세야!"라고 외치는 할아버지의 외침을 듣는 일은 없으리라고 확신했다.

8

이상한 나라의 토끼는 마치 할아버지가 돌아가시길 기다리기라도 한 것처럼 아무런 예고도 없이 내 앞에 나타났다. 할아버지가 돌아가신 지 5일째 되는 날이었다.

토끼님, 저는 정말 오랫동안 당신이 내 앞에 나타나기만을 기다렸어요. 조금 이상한 모습으로 나타난 당신을 따라가다가 발을 헛디디면서 이상한 굴로 떨어져 버리면 아버지의 나라로 갈 수 있겠죠? 하지만 내가 상상한 것과 달리 그 굴에 빠지는 게 쉽지는 않네요.

"일주일 전, 따루프 가문의 사람들이 이라크 남부에 위치한 집단 묘지에서 발견된 라쉬드의 유해를 넘겨받았습니다."

홀연히 내 앞에 나타난 그 토끼는 짧은 아버지의 생애에 마침표가 찍혔다는 소식만을 내게 전해주었다.

***

그날 정오, 할아버지의 시신은 꽃으로 잔뜩 치장된 화려한 리무진 차에 실려 집에서 가까운 묘지로 운반됐다. 그는 살아생전에 타 보지도 못한 차를 죽고 난 이후에야 타 보게 된 것이다.

차는 기어가듯 천천히 움직였고 미처 차에 타지 못한 나머지 가족과 조문객들이 걸어서 그 뒤를 따라갔다. 그들은 머리에 선글라스를 얹어 두고 저마다 손에 꽃다발을 든 채 멘도사의 마지막 길을 배웅했다.

그 시각, 앨리스의 토끼는 누구나 다 아는 특유의 코트를 입고 회중시계를 든 채 어디에선가 나를 기다리고 있었다.

할아버지의 마지막 길을 배웅하기 일주일 전, 토끼 역시 자신의 나라에서 또 다른 누군가의 마지막 길을 배웅하고 있었다. 그 누군가는 바로 15년 만에 재회한 그의 친구였다.

***

할아버지의 시신을 묘지로 운반하는 날, 이모는 엄마와 삼촌의 끈질긴 설득에도 불구하고 집에 있는 것을 택했다.

그녀는 "내가 알던 아버지는 우리가 어린아이였을 때 이미 죽어 버렸어. 내가 열일곱 살이었을 때 아버지가 나를 밀어 넣어 버린 그 컴컴한 구덩이에 이제 나 대신 시체가 된 당신이 들어가는 것뿐이야. 너희나 네 아이들을 데리고 가렴."이라고 말하며 끝까지 할아버지의 마지막 모습을 보지 않겠다고 고집을 부렸다.

한편 모든 장례 절차를 마치고 집으로 돌아온 우리에게 이모는 엄마를 찾는 전화가 왔다고 말했다. "그 사람에게 두 시간 뒤에 다시 전화해 달라고 말해 놨어." 그리고 이모의 말대로 조금 뒤, 그 '토끼'로부터 연락이 왔다.

"네, 제가 조세핀입니다만." 엄마는 전화를 받더니 놀란 표정으로 자리에서 벌떡 일어났다. "가싼? 정말 가싼이에요? 제가 어떻게 당신을 잊을 수 있겠어요!"

가싼! 그 이름 두 글자가 내 귀에 콕 박혔다. 그는 아버지의 오랜 친구이자 소문난 낚시광에 군인이며 우드라는 악기를 연주할 수 있는 시인이기도 했다!

순간 머릿속에 그에 대한 모든 기억들이 한데 모이면서 내 오감도 함께 반응하기 시작했다. 보라카이섬에서 들었던 우드 소리와 함께 생선 비린내가 내 코를 타고 들어왔다. 또 다른 이 쾨쾨한 냄새는 어디서 나는 것일까? 아마 이건 그 오래된 사진 속, 아버지의 또 다른 친구 왈리드가 쥐고 있던 검은 비닐봉지에 담긴 미끼 냄새일 것이다.

엄마가 가싼이라는 이름을 내뱉자마자 나는 부리나케 이층으로 연결된 계단을 뛰어올라가 또 다른 전화기가 있던 메릴린의 방으로 달려갔다. 그리고는 엄마와 가싼의 대화를 엿듣기 위해 수화기를 귀에 바짝 붙이고 무슨 말이 오가는지 유심히 들었다.

"이제 그 아이가 이곳으로 돌아올 때가 된 것 같아."

가싼이라는 남자는 시인답지 않게 목소리가 걸걸했다. 아마도 그건 군인일 때 내는 목소리일거라 짐작해 보았다.

"그건 15년 전부터 라쉬드의 소원이기도 했어."

가싼의 입에서 아버지의 이름 세 글자가 나오자 엄마의 숨이 가빠지는 걸 느낄 수 있었다.

"나와 라쉬드는 서로에게 미리 유언을 남겼었지. 혹시라도 내게 무슨 일이 생긴다면 나는 라쉬드에게 우리 어머니를 부탁했고, 라쉬드는 자신에게 무슨 일이 일어난다면 내게 자신의 아들 이싸를 맡아 달라는 유언이었어."

가싼은 겨우 들릴 만한 낮은 목소리로 말했다. 그런 가싼에게 엄마는 물었다.

"라쉬드가요?! 무슨 일이 생긴 건가요?!"

"라쉬드가 포로들 무리에서 풀려나기를 정말 간절히 바랬었는데…."

가싼은 가늘어진 목소리로 그렇게 말하고는 조금 망설이다가 다시 입을 뗐다.

"유감스럽게도 정말 그렇게 되기를 바랬지만…."

어느새 군인의 걸걸하고 투박한 목소리는 사라져 버렸다. 어느새 그는 시인의 목소리로 엄마에게 말하고 있었다.

"일주일 전에 따루프 가문 사람들이 이라크 남부 집단 묘지에서 발견된 라쉬드의 시신을 넘겨받게 됐어."

그 말에 엄마는 아무 말도 하지 못했다.

"혹시라도 이싸, 그 아이가 쿠웨이트에 오고 싶어 하지 않는 거야?"

엄마는 울음을 터뜨렸다. 하지만 나는 몰래 대화를 엿듣고 있던 2층 수화기를 통해 가싼에게 외쳤다.

"아뇨! 저는 쿠웨이트로 돌아가고 싶어요. 정말 가고 싶어요!"

가싼은 내가 쿠웨이트에 돌아갈 수 있도록 자신이 모든 일을 책임지겠다고 우리 모자에게 약속했다. "이싸가 이곳에 돌아올 수 있도록 도와줄 사람들을 알고 있어." 엄마를 안심시킨 가싼은 이번에는 내게 "필요한 서류들을 준비하고 쿠웨이트 여권을 발급받을 수 있도록 내게 시간을 좀 다오."라고 말했다. 그는 본인이 직접 필리핀으로 와서 나를 데리고 쿠웨이트로 돌아가고 싶었지만 '어떤 이유' 때문에 그러지 못하게 됐다고 내게 미안함을 전했다.

그렇게 이상한 나라의 토끼는 "조만간 내가 또 연락할게."라는 말을 마지막으로 전화를 끊었다.

9

죽음이라는 것은 신기하게도 한 번 찾아오면 쉽게 떠나지 않고 우리의 곁에 머문다. 그리고 또 다른 누군가의 목숨을 노리면서 이곳저곳을 살피고 다니는 것만 같았다. 이미 이 곳에서 한 사람의 목숨을 걸어 갔으면 충분할 텐데, 죽음이라는 녀석은 왜 굳이 다시 이곳에 돌아왔을까?

우리 할아버지 멘도사가 세상을 떠난 지 5일째 되던 날, 나와 엄마는 아버지의 임종 소식을 들었다. 그리고 그로부터 일주일 뒤, 이번에는 죽음의 그림자가 이낭 츌링의 목숨을 앗아 갔다.

이낭 츌링의 집 앞에는 매번 그녀를 위한 음식들이 준비되어 있었다. 그런데 그날은 평소와는 달리 아침에 두었던 음식들이 문 앞에 그대로 놓여 있었다. "이낭 츌링이 아픈가 봐요." 그것을 발견한 이웃의 말에 이모는 이낭 츌링의 집으로 달려갔다. 그리고 몇 분 뒤, 굳은 얼굴로 돌아온 이모는 수화기를 들어 엄마에게 전화를 걸었다. 그녀의 바짝 마른 두 입술이 떨리고 있었다. "조세핀! 빨리 이리로 와 봐!" 그리고 이모는 울음을 터뜨렸다. "이낭 츌링이 죽었어! 죽어 버렸다고." 이모는 전화를 끊고 몸을 던지듯 소파 위에 앉아 히스테릭하게 울어 댔다. 그 모습에 나는 아무 말도 못하고 멍하니 있었다. "이모는 자기 아버지가 죽었을 때는 울지도 않더니! 도대체 뭐야?" 조금 뒤 베드로 삼촌이 창백한 얼굴로 들어왔고 그 뒤를 따라 알베르토의 팔에 기댄 채로 엄마가 왔다. 아드레안은 여전히 멍청하게 입을 벌리고 엄마를 뒤쫓아 왔다. 아드레안이 흘린 침이 얼마나 많았는지 아이가 입고 있던 셔츠에는 침 때문에 생긴 큰 점이 그려져 있었다. 엄마는 이모 옆에 앉아서 두 손에 얼굴을 묻고 울음을 터뜨렸다. "그렇게 오래 기다리더니 결국 그 불쌍한 노인네가 죽어 버렸네… 자신의 유일한 희망이 사라져 버리니 자기도 함께 죽어 버린 거야…" 대체 엄마는 무슨 말을 하고 있는 걸까? 어리둥절한 나는 고개를 들어 가족들의 얼굴을 하나씩 살펴보았다. 이모는 통곡하고 엄마는 울부짖고 베드로 삼촌도 슬픈 얼굴로 고개를 숙이고 있었다. 알베르토도 침묵을 지키고 있었고 아드레안은 그 특유의 멍한 표정으로 그 곁에 앉아 있었다. 이웃도 이 분위기에 적잖이 당황한 얼굴이었다.

나는 위층 메릴린의 방으로 올라가 그녀에게 전화를 걸었다. "메릴린, 이낭 츌링이 죽었어!" 내 말에 메릴린은 "그것 참 안됐네. 근데 네 목소리는 왜 그래? 그 노인은 적어도 백 살쯤 먹었을 거야. 너 혹시 이낭 츌링에 대한 동네 아이들의 소문을 믿은 건 아니겠지? 그녀가 죽지 않는 불사의 마녀라는 이야기 말이야?!"라고 내게 물었다.

아마도 나는 그 노인에 대해 떠도는 소문이나 전설 따위를 믿었던 것 같다. 하지만 내가 당황했던 이유는 이낭 츌링의 죽음이나 그녀를 쫓아다녔던 소문 때문이 아니었다. "여보세요, 호세야, 내 말 듣고 있어?" 메릴린의 목소리에 멍하게 있던 나는 정신을 차렸다. 그리고 전화를 끊기 전 메릴린에게 마지막 당부를 했다. "메릴린, 얼른 집으로 와 봐. 밑에서 정말 이상한 일들이 일어나고 있어. 엄마도, 이모도, 베드로 삼촌도 모두 이상해."

***

나를 제외한 모든 가족들은 이낭 츌링의 집으로 갔다. 나는 그 집에 가는 대신 메릴린이 집으로 오기만을 기다렸다. 곧이어 메릴린이 집에 왔고 내게 물었다. "모두들 다 어디로 갔어?"

"그 노파의 집으로 갔어."

내 말에 메릴린은 이상하다는 표정으로 내게 물었다.

"호세! 네가 하도 겁을 줘서 놀랐잖아. 대체 무슨 일이야?"

나는 아무 말 없이 어깨를 으쓱해 보이며

"사실 나도 잘 모르겠어… 근데 말이야…"

내가 말을 다 끝내기도 전에 메릴린은 갑자기 내 손을 잡더니 나를 자리에서 일으켜 세웠다.

"호세야, 일어나 봐. 그리고 우리 처음이자 마지막으로 이낭 츌링의 집이 어떤지 들어가 보자."

나는 메릴린의 부드러운 손에서 내 손을 빼내고 싶지 않았지만 생각과는 반대로 그 손을 뿌리치며 그녀에게 외쳤다.

"너 미쳤어? 그 마녀의 집에 들어간다고?"

메릴린은 놀랍다는 듯이 내 얼굴을 바라보았다.

"그러면 왜 나에게 집에 오라고 한 거야?"

메릴린의 물음에 나는 잠시 주저했다. 나도 내가 왜 그랬는지 도무지 알 수 없었다.

"나도 몰라. 하지만 네 엄마도 우리 엄마도 삼촌도 모두 슬퍼했다고… 이낭 츌링이 죽었다는 말에 가족들이 보였던 반응이 너무나 이상했단 말이야!"

메릴린은 더 이상 못 참겠다는 듯이 내게 말했다.

"멘도사의 땅에서는 모든 것들이 다 이상해. 다들 제정신이 아니라고."

"엄마 말로는, 이낭 츌링이 오랫동안 기다려왔대…"

"헛소리 하지 마. 그 나이 때의 노인들이 기다리는 건 죽음밖에 없다고!"

메릴린의 말에 나는 아무 대답도 하지 못했다.

"자, 어서 그 마녀의 집으로 가 보자."

메릴린은 나를 일으켜 세우며 재촉했다.

***

이낭 츌링의 집 앞에는 이웃들이 모여 있었고 아이들은 어른들 뒤에 숨어 두려움이 가득한 눈으로 그 집을 바라보고 있었다. 외숙모와 외숙모의 아이들은 집 밖에서 기다리고 있었고 알베르토 역시 집 안에 들어가지 않고 가까운 바위 위에 앉아 있었다. 나와 메릴린이 그들의 곁으로 가자 외숙모는 우리에게 와서 "베드로, 조세핀, 아이다는 지금 신부님과 함께 집 안에 있어… 너희도 함께 들어가지 않을래?"라고 물었다. 그 말에 메릴린은 나를 쳐다봤고 나는 "아니요, 우리가 들어갈 필요는 없는 것 같아요!"라고 대답했다. 그러자 알베르토가 우리에게 다가와서 "메릴린, 호세, 너희는 꼭 들어가 봐야 해."라고 말했다. 메릴린은 알베르토의 말을 듣더니 "나는 처음부터 저 집에 들어가려고 했었어. 그런데 어른들이 저렇게 반응하니 왠지 더 무서워지네."라며 내 귀에 대고 속삭였다. 외숙모는 우리를 위해 기꺼이 문까지 열고 우리를 집 안으로 들어가게 했다. 메릴린은 망설이더니 썩 내키지 않는 걸음으로 집에 들어갔다. 나는 더 무거운 걸음으로 메릴린의 뒤를 따랐다.

이낭 츌링의 집은 밖에서 볼 때도 작았지만 안으로 들어가니 더 작은 것 같았다. 침실과 화장실, 그리고 침실 쪽을 마주하고 있는 작은 부엌이 한쪽에 있었는데, 방 안의 습기와 음식 썩은 냄새가 시체에서 나오는 죽음의 향기와 뒤섞여 나는 하마터면 구역질을 할 뻔했다. 나무로 만들어진 침대 앞에는 엄마와 이모가 경건하게 기도문을 외우고 있었고 다른 한편에서는 베드로 삼촌이 의자에 앉아 있었다. 침대 위에는 이낭 츌링이 어깨와 머리만 내놓은 채 하얀 이불을 덮고 누워 있었고, 꼽추였던 구부러진 그녀의 등을 세 개의 베개가 받쳐 주고 있었다.

가까운 동네 성당에서 오신 신부님은 성유로 이낭 츌링의 이마를 닦으며 기도문을 외웠다. 대체 저런 용기가 어디에서 나온 걸까? 노파의 입은 크게 벌어져 있었고 그 사이로 듬성듬성 난 치아들이 보였다. 나는 이낭 츌링의 시체가 벌떡 일어나서 몇 개 남지 않은 저 이빨들로 신부님의 손을 물어 버리기라도 할까 봐 신부님이 빨리 기도를 끝내기만을 기다리며 공포에 식은땀을 흘렸다. 동시에 몇 년 전 이낭 츌링의 집 앞에 놓인 음식을 훔쳐 먹었던 기억이 뇌리에 스쳤다. 그러자 죄책감 때문인지 내 머릿속에 살고 있던 그 벌들이 다시 윙윙거리며 날아다니기 시작했다. 엄마와 이모의 울음소리, 머릿속 벌들의 윙윙대는 소리, 관자놀이에서 느껴지는 심장의 맥박 그리고 손가락 끝의 떨림까지, 그 모든 것들을 견딜 수 없어 나는 얼른 자리를 박차고 나가고만 싶었다. 내가 막 자리를 뜨려고 할 때 갑자기 메릴린이 팔꿈치로 나를 쿡 찔렀다. 그녀를 바라보니 메릴린은 눈짓으로 벽 쪽을 가리키고 있었다. 그녀의 눈을 따라 벽 쪽으로 시선을 옮긴 나는 믿을 수 없는 것이라도 본 듯 두 눈이 휘둥그레졌다. 벽에는 할아버지의 모습이 담긴 흑백사진이 잔뜩 붙어 있었던 것이다. 그 사진들 중에는 내가 언젠가 그의 군인 신분증에서 본 적이 있던 사진도 있었고, 그가 군복을 입은 남자들의 무리와 함께 찍은 사진도 있었다. 다른 사진 속의 할아버지는 긴 의자에 한 여자와 나란히 앉아 있었는데 그들 한가운데는 두 명의 어린 여자아이와 남자아이 한 명이 있었다. 그리고 할아버지의 모습이 담긴 다른 오래된 사진들은 내가 이전에 전혀 보지 못한 것들이었다. 나는 대체 이것들이 다 무엇인지 설명해 달라는 듯 메릴린을 쳐다보았다. 그녀는 내게 얼굴을 들이밀며 귓가에 속삭였다. "호세, 너는 정말 아무것도 모르는구나!" 메릴린은 이 말이 나를 얼마나 괴롭게 하는지 알았지만 개의치 않는 듯 했다. 그리고 나를 나무라는 듯 덧붙였다. "네 그 대단한 할아버지한테는 여러 여자들이 있었다고!" 하지만 나는 여전히 어리둥절해하며 그런 메릴린에게 반문했다. "하지만 난 할아버지가 이 집 근처에 오는 것도 보지 못했는걸!"

신부님이 기도와 간단한 장례 절차를 마치고 집을 나갔다. 신부님이 문을 나서자마자 메릴린은 낮은 목소리로 물었다. "이낭츨링의 방 안 벽에 걸려 있는 할아버지의 이 사진들…, 이건 대체 뭔가요?"

삼촌은 신부님을 따라 집을 나섰고 엄마는 그 자리를 정리하느라 바쁜 시늉을 했다. 이모는 우리 쪽은 보지도 않은 채 메릴린의 질문에 답했다.

"엄마가 하나밖에 없는 아들의 사진으로 벽을 장식하는 게 이상하지는 않잖아…."

그 말에 나와 메릴린은 믿을 수 없다는 듯 서로 시선을 교환했다. 나는 이모에게 물었다.

"그럼, 이낭 츨링이 멘도사, 우리 할아버지의 엄마라는 말이에요?"

두 뺨이 눈물로 얼룩진 이모는 내 물음에 긍정의 의미로 고개를 끄덕였다. 엄마는 여전히 우리에게 등을 돌린 채 무언가를 하느라 바쁜 시늉을 했지만 엄마의 흔들리는 두 어깨는 그녀가 울고 있음을 간접적으로 알려 주었다. 나는 엄마에게 가서 그녀의 두 눈을 마주하려 했다. 하지만 엄마는 내게서 얼굴을 피했다.

"엄마, 이 노파가 할아버지의 생모라면, 할아버지의 아버지는 대체 어디에 있는 거죠?"

엄마는 여전히 눈물이 줄줄 흐르는 눈으로 나를 바라보며 말했다. 엄마의 말은 내게 충격이었다.

"호세야, 네 할아버지에게는 아버지가 없었어…."

순간 내 머릿속에서 정신없이 날아다니던 벌이 조용해졌다. 어느새 윙윙거리던 소리도 사라져 버렸다. 나는 두 눈을 감고 일부러 그 소리를 다시 들어 보려 했지만 벌은 이미 내 머리를 떠나버린 것 같았다. 그 벌은 다른 벌들로 가득 찬 멘도사의 머릿속, 그곳의 벌집으로 날아가 버린 것이다.

10

처음 가싼의 연락을 받은 이후 여섯 달 동안의 준비 과정 끝에 나는 마닐라에 있는 쿠웨이트 대사관에서 여권을 받을 수 있었다. 대사관을 나오는 길에 나는 곧장 마닐라에 있는 대성당으로 발걸음을 옮겼다. 쿠웨이트로 가는 것이 확정된 지금 이 순간 알 수 없는 두려움과 긴장감이 파도처럼 동시에 밀려왔다.

대성당에 도착한 나는 성당 맨 앞줄에 앉아 두 손을 모아 가슴에 달고 있던 십자가 위에 살포시 올려놓았다. 그 십자가는 내가 몇 년 전 이 자리에서 견진성사를 받을 때 이모가 내게 선물로 준 것이었다. 나는 두 손을 모아 기도했다.

하늘에 계신 우리 아버지, 아버지의 이름이 거룩히 빛나시며 아버지의 나라가 오시며 아버지의 뜻이 하늘에서와 같이 땅에서도 이루어지소서. 오늘 저희에게 일용할 양식을 주시고 저희에게 잘못한 이를 저희가 용서하오니 저희 죄를 용서하시고 저희를 유혹에 빠지지 않게 하시고 악에서 구하소서. 주님께 나라와 권능과 영광이 영원히 있나이다. 아멘.

하늘에 계신 우리 아버지, 저는 이제 제가 태어난 곳, 얼굴도 보지 못한 제 아버지의 나라, 그리고 당신만이 알고 계실 알 수 없는 미래가 저를 기다리는 곳으로 갑니다. 엄마는 제게 그곳에 가면 아름다운 삶이 기다리고 있을 거라 했어요. 하지만 당신 이외에는 그 누구도 무엇이 저를 기다리고 있을지 모를 거라 믿습니다. 하늘에 계신 우리 아버지, 제 손에는 지금 파란색의 여권이 있고 제 마음에는 언제 잃을지 몰라 두려운 믿음이 자리 잡고 있어요. 제가 당신에 대한 믿음을 잃지 않게 도와주시고 쿠웨이트로 가는 그 길에 함께해 주세요. 선이 있는 곳으로 저를 인도해 주시고 제 의심이 사라지도록 도와주세요. 하늘에 계신 우리 아버지, 당신은 정말 하늘에 계신가요? 당신의 천사들과 당신의 아들 예수 그리고 성모 마리아에 대해 제게 알려 주세요.

**

대성당에서 기도를 마치고 나온 나는 곧장 차이나타운 쪽으로 발걸음을 옮겼다. 차이나타운을 지나 싱관사에 갈 생각이었던 나는 마지막에 택시를 탔던 것을 제외하고는 두 시간 내내 걸어서 절까지 갔다. 굳이 걸음을 고집했던 이유는 마지막으로 이곳 사람들 사이에서 무작정 걷고 싶었기 때문이었다.

나는 길거리를 꽉 메운 차들의 매연을 맡아 보고 다른 곳의 태양과는 다를 이곳만의 태양을 빤히 바라보았다. 그러다가 무거운 열매들로 가지가 축 처진 인도의 나무들도 살펴보면서 그 열매의 개수가 얼마나 되는지도 일일이 세어 보았다. 그리고 내 주변에 있는 사람들의 얼굴도 차근차근 살펴보았다. 이곳을 아직 떠나지는 않았지만 벌써부터 그들이 그리워지려고 했다. 나는 이곳 사람들에게 모두 사죄하고 싶었다. "지난 몇 년간 당신들 사이에서 함께 지내 왔지만, 나는 이곳의 그 어느 곳에도 속하지 않았답니다."라고 말이다.

성당에서 절까지 사 분의 삼이 넘을 정도의 거리를 걷던 나는 피곤해졌다. 그래서 택시를 세워 "싱관사로 가 주세요."라고 기사에게 말했다. 택시 기사는 멀지 않은 거리에 있던 절 쪽 방향을 가리키며 "그 절이라면 여기서 가까운데?"라고 의아하다는 듯이 나를 바라보았다. 그 질문에 나는 "알고 있어요. 그래도 저를 좀 태워 주시겠어요?"라고 부탁했다.

교통체증은 심각했고 내가 만약 택시를 타는 대신에 그냥 걸어갔더라면 더 일찍 목적지에 도착할 수 있었을 것이다. 택시 안에서 나는 내 왼편에 있는 창문과 택시 앞 유리 쪽을 번갈아 보면서 마치 이곳에 처음 온 사람인 양 내 눈에 보이는 모든 것들을 신기한 듯 바라보았다. 그때 갑자기 숨이 막혔다. 이게 다 혼잡한 교통체증 때문일까? 아니면 내 마음속의 복잡하게 뒤엉킨 실타래 때문이었을까? 택시 앞 유리로 보이는 세상은 온갖 불행과 빈곤이 뒤섞인 모습이었다. 상인들의 얼굴에는 슬픔이 가득했고, 더러운 옷을 입은 거지 아이들은 멀끔해 보이는 사람들을 쫓아다니며 동냥을 하고 있었다. 그리고 언젠가 새하얬을 모자를 쓴 무슬림 소년들은 유명한 할리우드 영화나 성인 영화들이 담긴 해적판 DVD들을 길거리에 늘어놓고 있었다. 인도 위에는 수레를 든 바나나 장수들이 이곳저곳에 흩어져 있었는데 그중에 창도 있었다. 그의 수레 주위에 사람들이 잔뜩 모여 있었는데, 그래서인지 창은 행복해 보였다. 노란색의 바나나와 파란색 비닐봉지 무더기들 사이에 있는 그는 마치 온통 노랑과 파랑으로 장식된 축제 한가운데 있는 것만 같았다.

택시의 룸미러에는 못 박힌 예수가 장식되어 있고 나무로 만들어진 십자가 목걸이가 걸려 있었다. 한편 핸들 뒤편에는 염주를 손에 쥐고 가부좌를 틀고 앉아 있는 작은 부처상이 놓여 있었다. 의아했던 나는 택시기사에게 물었다.

"왜 룸미러에 십자가를 매달아 놓은 건가요?"

그는 이상하다는 눈빛으로 나를 바라보며 답했다.

"그야 내가 크리스천이니까!"

그 말에 나는 핸들 뒤에 놓여 있는 부처상을 가리키며 물었다.

"그러면 저 부처상은 대체 뭔가요?"

그는 그제야 내 질문의 의도를 알았다는 듯 미소를 지어 보이더니 말했다.

"이건 복을 불러오기 위한 거란다."

택시가 싱관사 앞에 도착했고, 막 내리려는 순간 이번에는 기사가 내게 물었다.

"꼬마야, 너도 십자가 목걸이를 차고 있는 것 같은데, 왜지?"

나는 차 문을 열고 내리면서 그가 했던 것처럼 미소를 띠며 대답했다.

"이건 제 이모가 저에게 골라 준 선물이에요."

그러자 기사는 싱관사 정문을 가리키며 되물었다.

"그렇다면 이 절에는 무슨 일로 온 거니?"

그가 내 대답을 기다리는 듯 보였지만, 나는 차 문을 닫고 등을 돌려 절 쪽으로 향했다. 등 뒤에서 창문을 내리면서까지 끈질기게 내 대답을 듣길 원하는 그의 목소리가 들렸다.

"이봐! 내 질문에 대답하라고!

내가 정문에 다다르자 그는 크게 소리쳤다.

"그래야 공평해지지! 대체 왜 이곳에 온 게냐?

나는 멈춰 서서 택시기사 쪽을 돌아봤다. 그는 여전히 내 대답을 기다리고 있었다. 나는 잠시 허공을 바라보며 그 질문에 어떻게 대답해야 할지 생각이라도 하는 듯 머리를 긁적였다. 그리고 그에게 대답했다.

"저도 아저씨처럼 복 같은 무언가를 불러오려고요… 하지만 그게 뭔지는 저도 사실 잘 모르겠네요."

***

절 안에 있는 세 개의 큰 유리 상자들 중 금으로 된 부처상이 우뚝 서 있는 가운데 상자 앞에서 나는 발걸음을 멈추었다. 절 안에는 염주를 손에 쥐고 바닥에 앉아 있는 남자 하나와 가운데 부처상 앞에서 경건하게 기도를 하고 있는 늙은 여인이 있었는데, 나는 그 여인 옆에 자리를 잡았다.

신의 아들이시여… 저는 당신에게 어떻게 기도를 드려야 하는지 모릅니다. 하지만 사람들 말대로 당신이 정말 신의 아들이고 모든 인류를 고통으로부터 구하시는 분이라면, 그리고 인간이 저지른 모든 죄의 무게를 견디시는 분이라면…, 제 말을 들어 주시고 제 기도를 받아 주실 것이라 믿습니다. 저는 저기에 앉아 있는 남자처럼 손에 염주를 쥐고 당신에게 기도를 드리는 법을 모릅니다. 그리고 제 옆에 있는 이 여인이 왜 두 손을 모아 위아래로 흔들며 기도를 드리는지도 이해할 수 없습니다. 하지만 저는 어떻게 향을 피우고 어떻게 그릇에 담긴 부드러운 모래에 그 향을 꽂아 두는지는 알고 있어요. 비록 그 행동의 의미가 뭔지는 모르지만요… 신의 아들이시여, 당신이 정말 그런 분이라면, 당신이 전한 그 메시지와 제자들에 관한 일화가 사실이라면, 그리고 당신의 어머니인 마야부인이 당신을 임신했을 때 그녀의 배 주변에서 빛이 뿜어져 나왔고 당신의 존재가 탄생 전에 이미 증명되었다는 것이 사실이라면, 제가 당신에 대한 믿음을 갖도록 도와주세요. 당신이 신이라면, 아니 혹시 예언자나 성자라면 저를 이끌어 주세요. 제가 당신을 통해 빛을 볼 수 있도록 제발 도와주세요.

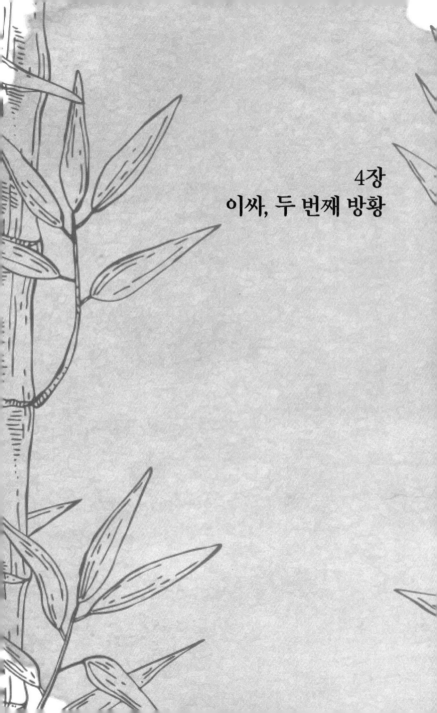

4장
이싸, 두 번째 방황

누군가의 전횡은 또 다른 누군가의
나약함이 있기에 가능하다.

호세 리살

1

2006년 1월 15일 일요일, 나를 실은 비행기가 착륙한 '그곳' 공항의 분위기는 사뭇 침울했다. 그곳에서 마주한 사람들의 얼굴에도 공항의 분위기처럼 도무지 이유를 알 수 없는 우울함이 가득했다. 비행기에서 내린 승객들은 여권에 도장을 찍기 위해 공항 직원들 앞에서 여러 갈래로 줄을 섰는데, 사람들이 대기하던 줄 앞에는 표지판이 두 개로 나뉘어 있었다. 하나는 'G.C.C CITIZENS'[1]이라고 쓰인 안내 표지판, 다른 하나는 '그 이외 국가 국민들'이라는 표지판이었다. 그 앞에 선 나는 망설였다. 함께 비행기를 타고 온 필리핀 사람들이 서 있는 저 줄에 서야 하

---

1 걸프협력회의(Gulf Cooperation Council) 국가들의 국민들을 지칭한다. _역자주

는 걸까? 아니면 나와는 생김새가 전혀 다른 사람들이 줄 서서 기다리고 있는 저 'G.C.C CITIZENS' 줄에 서야 하는 걸까?

공항에 있던 기둥들 중 금연이라고 쓰인 안내판 아래에 군복을 입은 남자 한 명이 기대어 서 있었다. 나는 내가 저 두 개의 줄 중에서 대체 어느 곳에 서야 하는지를 묻기 위해 그가 있는 기둥 쪽으로 다가갔다. "실례합니다만, 쿠웨이트가 G.C.C 국가에 속하나요?" 내 질문에 그는 입에 물고 있던 담배를 바닥에 던지더니 발로 비벼 껐다. 그리고는 끼고 있던 팔짱을 풀면서 "난 영어 못해요! No English!"라고 고개를 저었다. 그의 대답에 나는 다시 여권 심사대 쪽으로 발걸음을 옮겼다. 내 양 손에는 아버지의 옛날 모습이 담긴 사진들과 내 출생증명서 등 나의 존재를 입증할 중요한 서류들이 담긴 가방이 들려 있었다. 그 가방은 내 존재 그 자체나 다름없었다. 심사대 쪽으로 돌아온 나는 결국 G.C.C라고 쓰인 줄에 섰다. 내 앞으로는 통이 넓은 옷을 입고 아랍식 두건을 쓴 사람들이 잔뜩 기다리고 있었다. 그들은 나와 같은 쿠웨이트 사람들임이 분명했다.

한 명씩 차례대로 여권에 도장을 받고, 드디어 내 차례가 되었다. 나는 바지 주머니에 손을 넣어 가지고 있던 여권을 꺼내려고 했다. 그때 직원이 나를 보더니 깜짝 놀랄 정도로 무례하게 소리를 질러 댔다. 그는 필리핀인들과 다른 외국인들이 서 있는 줄을 손으로 가리키며 내가 이해할 수 없는 말을 해댔다. 그래서 나는 서둘러 그가 손으로 가리키던 줄로 도망쳐 버렸다. 하지만 그 직원은 계속 큰 목소리로 고함을 쳐댔다. 집게손가락으로 G.C.C라고 쓰인 안내판을 가리키다가 내 쪽을 가리키며 화를 잔뜩 품은 단어들을 내뱉었다. 그리고는 자신의 머리 옆에 손가락을 가까이 대더니 빙빙 돌려댔다. 그는 내가 이해할 수 없는 말 대신 그 행동을 통해 "너 미쳤구나!"라고 내게 말하고 싶어 하는 것 같았다. 나는 그 상황에 놀라서 덜덜 떨고 있었고 그곳에 있던 사람들의 모든 시선이 나에게 집중됐다. 저 줄에 서는 것 자체가 금지된 걸까? 아니면 저기는 군인들만 설 수 있는 곳이라서 그런 걸까?

그때 혼란스러워하는 내게 한 필리핀 청년이 말을 건넸다. "너는 잘못된 곳에 서 있었던 거야. 저 줄은 쿠웨이트 사람들과 걸프 국가들 사람들만 있을 수 있는 곳이라고." 나는 그에게 고맙다며 고개를 끄덕였지만, 속으로는 이렇게 중얼거렸다. '내 여권을 보기도 전에 내 얼굴만 보고 이렇게 문전박대를 하다니!'

오랜 기다림 끝에 나는 바닥에 표시된 노란 선을 넘어 드디어 여권 심사대에 섰다. 그리고 직원에게 내 파란 여권을 내밀었다. 여권을 건네받은 직원은 여권을 이리저리 살펴보다가 내 얼굴을 유심히 바라보았다. 그러더니 미소를 지으며 "꼬마야, 내 동료가 한 행동에 대해 내가 대신 사과할게. 지금 여기서 내가 네 여권에 도장을 찍어 줄 수는 있지만, 다시 저쪽 줄에 서서 저 친구한테 도장을 받는 건 어떨까?"라고 말했다. 나는 인상을 찌푸리고 있는 그 직원 쪽을 바라보다가 내 앞에 있는 직원에게 싫다는 의미로 고개를 강하게 저었다. 그러자 그는 "부탁할게. 이건 네 권리야. 비록 다시 줄을 서서 기다리는 게 시간이 오래 걸리겠지만 말이다."라고 말하며 내게 입국 도장이 찍히지 않은 여권을 다시 돌려주었다. "네 나라에 온 걸 환영한다. 하지만 외국인 전용 입국 심사대로는 들어오지 말거라." 그는 활짝 웃으며 내게 환영의 인사말을 건넸다.

그렇게 나는 또다시 노란 선을 넘어 화난 얼굴의 직원에게 내 여권을 내밀었다. 파란색의 내 여권을 받은 그의 얼굴이 붉게 변했다. 그는 내 얼굴을 보지도 못하고 아무 말도 하지 못한 채 여권에 도장을 찍어 주었다. 나는 심사대를 지나면서 저 멀리 미소를 짓고 있던 직원이 있던 곳을 바라보았다. 그 역시 나를 바라보며 활짝 웃고 있었다. 그는 한쪽 눈을 찡긋하며 내게 엄지손가락을 들어 보였다. 그리고 다시 고개를 돌려 외국인들의 여권에 도장을 찍기 시작했다. 그 여권들의 주인들은 그들에게 정해진 입구를 통해서만 이 나라에 들어올 수 있는 것이다.

***

공항에 있는 상점들과 음식점, 카페들은 다 불을 끄고 문을 닫은 상태였다. 의자들은 모두 뒤집힌 상태로 탁자 위에 올려져 있었다. 아, 이 얼마나 침울한 분위기인가! 입국장으로 나온 나는 먼 곳에서 돌아온 이들을 맞이하려 기다리고 있던 군중 속에서 누군가를 찾기 위해 이리저리 고개를 돌렸다. 그곳에 있던 사람들 역시 슬픈 표정을 하고 있거나 아니면 조용히 침묵을 지키는 모습이었다. "멀리서 오는 지인들을 맞이하러 나온 이 사람들조차 암울해 보여. 도대체 뭐가 사람들을 이렇게 만든 거지?!" 나는 혼잣말로 외쳤다.

그리고 많은 군중 속에 그가 서 있었다. 만약 그가 들고 있던 아랍어와 필리핀어로 함께 표기된 "Isa"라는 이름이 쓰인 종이가 없었더라면 나는 그를 알아보지 못했을 것이다. 그는 어두운 색의 아랍식 옷을 입고 머리카락을 드러낸 차림이었다. 그의 머리와 수염은 흑백이 뒤섞인 은빛이었고 그 때문에 그의 나이를 쉽게 가늠하기가 어려웠다. 그리고 두 눈은 내가 이전에 한 번도 보지 못한 슬픔을 담고 있었다. 언젠가 누군가가 내게 슬픔이 어떻게 생긴 거냐고 묻는다면 나는 그에게 이렇게 대답해 줄 것이다. "슬픔은 가싼의 얼굴 그 자체였어."

***

공항 밖의 날씨는 엄마가 내게 쿠웨이트에 대해 얘기해 주던 것과 달리 쌀쌀한 편이었다. 공항에서 나오자마자 나는 마치 길거리의 모든 것을 감시라도 하겠다는 듯 내 시야에 있는 모든 것들을 주의 깊게 바라보았다. 공항 근처의 길에는 나무들이 아름답게 심어져 있었으나 공항과의 거리가 멀어질수록 나무와 풀의 초록색 녹음은 점차 줄어들었고 대신 노란색이 그 자리를 차지하게 되었다. 공항을 빠져 나온 후 나무가 심어진 로터리를 지나기 전까지 길 위에는 꽃들이 가지런히 심어져 있었다. 창밖으로 보이는 색다른 광경을 보며 나는 가싼에게 물었다.

"쿠웨이트에서는 필리핀과 다른 방법으로 국기를 다는군요."
나는 길가를 지나는 차들 한가운데 고정되어 있는 쿠웨이트

깃발들을 가리키며 말했다.

"필리핀에서는 국기를 더 높게 달아요."

내 말에 가싼은 고개를 양옆으로 저으며 조금 이상한 발음의 영어로 내 질문에 답했다.

"원래 쿠웨이트에서도 그렇게 달아. 어느 나라든 간에 국기를 다는 법은 모두 같지. 하지만 지금 이 나라는 애도의 기간 중이라 그렇단다."

"애도의 기간이라고요?!"

나는 어리둥절해져서 지금 무슨 상황이 벌어졌는지 가싼이 대답해 주기를 기다렸다.

"국기를 저렇게 한 단 낮게 단 이유는 말이지⋯ 실은 오늘 새벽, 이곳의 왕께서 승하하셨기 때문이란다⋯."

2

후에 가싼의 말에 따르면 사실 공항에서 나오자마자 그는 나를 데리고 바로 할머니의 집으로 갈 작정이었다. 하지만 예상치 못한 국가의 애도 기간과 슬픔 때문에 그러지 못했는데, 사실 그것보다 더 중요했던 것은 그 당시 할머니의 감정 상태였다. 왕이 죽은 바로 그날 내가 쿠웨이트에 온 것을 알게 되었다면 할머니는 절대 나를 받아들이지 않았을 것이었다. 그동안 엄마와 나 때문에 생겼던 그 불행한 일들만으로도 이미 충분했다. 80년대 중반 엄마가 처음 이곳 쿠웨이트에 도착하던 날, 왕이 참석

한 행렬에서 폭탄이 터지는 사건이 일어났고, 내가 태어나자 쿠웨이트 여객기가 납치됐다. 그리고 엄마와 내가 이 땅을 떠나자 여객기의 인질들이 풀려났다. "지금 이 시점에 네가 이 곳에 있다는 것은 조세핀이 모든 불행의 근원이자 저주의 씨앗이라고 믿는 네 할머니의 생각을 더 확고하게 하는 거야." 가싼은 내게 이렇게 말했다. 그래서 결국 나와 할머니의 만남은 내가 이곳에 도착한 그 다음 달로 미뤄지게 되었다.

나는 가싼이 편했고 그에 대한 신뢰도 있었지만 그렇다고 그가 사는 곳 역시 편한 것은 아니었다. 가싼의 작은 아파트는 '자브리야'라고 불리는 동네에 있었는데, 과거 가싼과 왈리드가 탑승객으로 타고 있었던 그 납치된 여객기도 같은 이름이었다. 그리고 그 이름은 내가 이곳 쿠웨이트에 도착한 날 사망했던 쿠웨이트 왕의 이름이기도 했다.

나와 가싼은 이곳에 도착한 후 첫 3일 동안 아파트를 나서지 않았다. 그 기간은 국왕의 사망에 대한 추모와 애도의 기간이었기에 공공 기관과 대부분의 회사들이 일을 하지 않았고 그 때문에 가싼도 일을 하러 나갈 필요가 없었던 것이다. 대신 가싼은 텔레비전에만 열중했다. 이따금 내게 말을 걸다가도 다시 텔레비전에 나오는 방송에 집중했고 손등으로 눈물을 훔치기도 했다. 텔레비전 화면에 사막의 한 묘지가 비쳤다. 그곳에서 쿠웨이트 국기로 덮인 왕의 시신이 사람들의 어깨에 들려 나왔고 그의 주위를 수천 명의 사람들이 둘러싸고 있었다. 방송을 진행하는 아나운서의 목소리에서도 슬픔이 느껴졌다. 나는 그가 무슨 말을 하는지 알 수 없었지만 울음이 터지려고 할 때마다 진행을 잠시 멈추는 것을 알아차릴 수 있었다. 그 모습에 나 역시 침묵을 지켰다.

가싼은 방송을 보며 마치 종교적인 의식을 치르는 것 같았는데 나는 그를 방해하고 싶지 않았다. 이번에는 카메라의 앵글이 검은 옷을 입은 여자들이 잔뜩 모여 있는 묘지의 다른 장소로 옮겨졌다. 여자들은 서럽게 울부짖고 있었고 어린 소녀들은 죽은 왕의 사진들을 들고 있었다. 노인들도 보도 위에서 왕의 죽음에 슬퍼하며 울고 있었는데, 놀랍게도 그들 중 몇 명은 휠체어까지 타고 왕을 애도하기 위해 거리로 나온 것 같았다.

대체 어떻게 하면 슬픔이 이 모든 것들을 지배할 수 있는 걸까? 슬픔과 수심으로 가득한 사람들의 얼굴을 보는 것은 경우에 따라 충분히 납득할 만한 일일 것이다. 하지만 누군가의 죽음 때문에 온 나라의 거리와 집, 땅 그리고 하늘까지 슬퍼한다는 것은 정말 놀라운 일이 아닐 수 없었다.

본래 슬픔이라는 것은 그 자체로는 색깔도 없고 우리의 눈에 보이지도 않는 것이다. 단 누군가가 슬픔이라는 감정을 표출하면 그 감정이 온 주위로 퍼져 나가면서 그것에 닿은 모든 것들에 자신의 영향력을 미치는 것이다. 내가 처음 도착했을 당시의 쿠웨이트도 같은 상황이었다. 국왕의 죽음에 사람들은 자신의 슬픈 감정을 표출했고 이 땅과 하늘, 공기 그리고 모든 것들이 그들의 슬픔을 빨아들인 것만 같았다.

텔레비전은 그동안 여러 행사들에 참여했던 왕의 모습들과 그의 활동들을 계속해서 방송했다. 그의 생전 모습들과 함께 음악 반주 없이 노래를 하는 듯한 남자의 목소리도 들렸는데, 아마도 그는 기도를 하거나 쿠란을 낭독하는 것 같았다. 사실 그게 무엇인지는 잘 모르겠다.

화면에 계속해서 등장하는 그가 고인이 된 왕이라는 것을 가싼이 내게 일러 주지 않았더라면 나는 그가 종교적으로 영향력 있는 상징적인 인물이라고 생각했을 것이다. 화면에 나오는 왕의 모습은 검소했고 그의 주위에는 항상 사람들이 몰려 있었다. 그 이외의 여러 장면들을 보면서 나는 왕과 국민들의 관계가 얼마나 친밀했는지를 어림짐작할 수 있었다. 검은 메르세데스에서 내린 왕은 같은 색의 검은 가운을 입고 있었고 노인들과 악수를 나누고 있었는데, 그 노인들의 얼굴에는 기쁨과 행복함이 가득해 보였다. 가싼은 또 다른 장면에 등장한 왕의 모습을 보며, 쿠웨이트가 해방 된 후 그가 본국으로 돌아왔을 때 찍힌 것이라고 내게 설명해 주었다. 갈색의 가운을 입은 왕은 비행기 계단 위에 서서 금요 예배를 드리는 사람들이 하는 것처럼 두 손을 들고 있었고, 조국의 땅을 밟자마자 바닥에 엎드려 이마를 땅에 붙이고 입맞춤을 했다. 덕분에 그의 흰 머리 덮개를 고정시키고 있던 검은 띠가 바닥에 떨어진 것 같았다. 다음 장면에서 그는 떨어진 띠를 다시 머리에 얹고 다른 이들이 건네준 붉은색 책에 입맞춤을 했다. 그리고 그다음 장면에서 왕은 붉은 융단 위를 걸으며 군복을 입은 사람들에게 인사했다.

다음에는 가운을 입지 않은 왕이 여러 사람들과 함께 식사가 준비된 바닥에 둘러앉아 있는 모습이 등장했고, 마지막에는 사막 한가운데 앉은 왕이 고개를 양쪽으로 돌리며 기도를 드렸다. 그의 뒤에는 여러 남자들이 한 줄로 앉아 그와 같은 모습으로 단체 예배를 드리고 있었다. 한편 텔레비전 화면 밖의 작은 거실에는 나와 또 다른 세상에 있는 가싼이 함께 앉아 있었다.

***

"저기요! 저번에 저희 엄마와 첫 통화를 할 때, 다른 나라에 갈 수 없다고 하셨잖아요…."

나는 이곳에 도착하고 며칠 지나지 않은 어느 날 아침, 문득 가싼에게 이런 말을 했다. 그는 내 말에 대답했다.

"이싸! 가싼이라는 이름은 어렵지 않은데, 왜 자꾸 나를 '저 기요'라고 부르는 거니?!"

그러더니 그는 잠시 아무 말도 하지 않다가 이런 말을 했다.

"맞아, 나는 이 나라를 떠나서 다른 나라에 갈 수 없어. 나는 쿠웨이트 사람이 아니기 때문이지…."

그의 대답은 엄마가 그동안 가싼에 대해 내게 일러 준 것과는 맞지 않는 것이었다. 엄마는 단 한 번도 내게 가싼이 쿠웨이트 사람이 아니라고 했던 적이 없었다. 그리고 쿠웨이트 사람이 아니라는 것과 여행을 갈 수 없다는 것이 대체 무슨 상관이 있는 건지 나로서는 전혀 이해할 수 없었다!

"그럼 아저씨는 어느 나라 사람인데요?"

내 질문에 그는 곧바로 이렇게 답했다.

"나는 비둔이야…."

나는 머릿속이 복잡해졌다.

"정말요?! 저는 그동안 아저씨가 쿠웨이트 사람인 줄만 알았어요!"

하지만 가싼은 나의 반응에 대꾸하지 않았다.

"비둔이라… 사실 저는 그런 나라가 있다는 걸 한 번도 들어보지 못했어요."

내 말에 가싼은 아무 말도 하지 않았다. 하지만 나는 언제나 그랬듯이 그에게 바보 같은 질문을 던졌다.

"그러면 비둔이라는 나라는 G.C.C 국가들에 속하나요?"

내 질문에 가싼은 껄껄 웃어댔다. 하지만 그 소리는 웃음보다는 울음에 더 가까워 보였다.

***

나는 가싼을 통해 이 세상에는 새롭고 특이한 종류의 인간이 있다는 사실을 알게 되었다. 그 인간의 종은 새롭고도 희귀했다. 나는 이따금씩 발견되는 아마존의 부족들이나 아프리카의 부족들보다 더 이상한 종류의 사람들이 이 세상에 존재한다는 것을 알게 된 것이다. 그들은 그들이 속하지 않은 곳에 살고 있었고, 그들이 살고 있는 곳에는 속하지 않았다. 사실 나로서는 도저히 이해하기 힘든 말이었다. 그래서 나는 그 말의 의미가 무엇인지에 대해 가싼에게 끈질기게 설명을 요구했고, 오랜 노력 끝에 결국 그들이 처한 상황이 무엇인지 조금이나마 이해할 수 있게 되었다.

"하지만 아저씨는 그 때 납치당했던 그 비행기에 탔었고, 여행을 가는 길이었잖아요!"

내 질문에 가싼은 의미를 알 수 없는 미소를 지으며 말했다.

"그때는 지금처럼 일이 이렇게 복잡하지는 않았었지…."

나는 그동안 엄마에게 들었던 가싼에 대한 모든 정보들을 한데 모으려고 애썼다.

"그리고 심지어 아저씨는 군인이잖아요!"

나는 대체 어떻게 된 일인자 해명이라도 해 보라는 듯 그를 재촉했다.

"그래, 한때는 그랬었지…."

***

나는 끈질기게 가싼에게 질문을 던지면서 그에 대한 모든 것을 알 때까지 그를 괴롭혔다. 하지만 그에 대해 모든 것을 안다고 해서 내가 그것들을 모두 이해할 수 있는 것은 아니었다. 가싼의 얼굴에 항상 드리워져 있던 그 슬픔의 근본적인 원인은 그가 절대 벗어날 수 없는 꼬리표 같은 그의 출생 성분 때문이었다. 가싼은 '비둔'이었다. 그가 내게 그 뜻을 번역해 주고 그 의미를 설명했지만 나로서는 도저히 이해할 수 없는 그 이름 비둔, 나는 그 이름이 싫었다. 비둔은 국적이 없는 사람들, 그런 상태로 태어난 사람들을 지칭하는 말이었다. 정어리라는 생선은 대서양에서 태어났기에 대서양 생선이라는 이름이 붙는다. 만약 아마존의 어느 숲에서 태어난 새가 있다면 그 새는 아마존의 새라는 이름을 얻게 될 것이다.

하지만 쿠웨이트 땅에서 태어난 아버지를 두었고, 그와 같은 땅에서 태어나 조국 이외에는 아무 것도 모르는 군인으로 일하며 이라크가 쿠웨이트를 점령했던 시기에 조국을 위해 목숨을 바쳐 싸웠던 가싼이 비둔이라니!

비둔인 가싼에게는 다섯 명의 형제들이 있었는데 그들은 모두 쿠웨이트인이었다. 그들은 무사히 법의 그물망을 피했지만 가싼, 그만이 홀로 그 덫에 빠져 버린 것이었다.

"신이시여, 대체 뭐가 이리도 복잡한가요, 아저씨?!"

내 물음에 그는 웃기만 했다. 마치 그가 겪고 있는 이 모든 상황들이 울 가치도 없다는 듯한 반응이었다.

"아저씨와 아저씨의 아버지는 이곳에서 태어났고 아저씨의 형제들은 모두 쿠웨이트인인데… 아저씨는 군인으로도 일했었고… 또 우리 아버지와 함께 쿠웨이트를 지키려고 싸웠잖아요! 이런 일에 참견해서 죄송하지만, 심지어 어제는 아저씨가 이곳 국왕의 죽음에 슬퍼서 우는 것도 봤다고요! 아저씨의 상황이 이럼에도 불구하고——."

가싼은 내 말을 자르며 말했다.

"이싸! 왜 나에 대한 이런 질문들을 하면서도 정작 네 아버지에 대한 질문은 하지 않는 게냐?"

그의 말에 나는 아무 말도 할 수 없었다. 사실 나는 아버지에 대해 이렇다 할 어떠한 감정도 갖고 있지 않았다.

"이싸, 라쉬드는 너를 사랑했어. 항상 너에 대해 이야기했단다."

가싼의 말을 들으니 내 가슴속 깊은 곳에서 아버지에 대한 이상한 감정이 꿈틀대는 것 같았다.

"정말 아버지가 그랬어요?"

"네가 상상하는 것 이상으로 그랬지."

그런 가싼에게 이런 질문을 하기 전, 나는 조금 망설여졌다.

"그렇다면 아버지는 왜… 저를 그의 곁에 남겨 두지 않은 거죠? 왜 저를 버린 건가요?"

내 말에 가싼은 조용히 미소만 지었다. 그는 이상한 얼굴의 소유자였다. 가싼의 미소는 항상 슬픔을 담고 있었기에 그가 하는 말이 정말 무엇을 의미하는지 추측하는 것은 거의 불가능한 일이었다.

"좋아…."

가싼은 여전히 미소를 띤 얼굴이었지만 긴 한숨을 내쉬더니 내게 이런 말을 했다.

"여기 한 사람이 있어. 그 사람의 모든 일거수일투족이 네게는 너무도 중요하지. 너는 그를 사랑하고 그의 안위에 대해 항상 걱정을 해. 그런데 그 사람이 인생에 있어 두 가지 큰 선택의 기로에 직면했어. 그리고 어떠한 이유 때문에, 그에게는 자신의 인생을 선택할 권리가 없었던 거지…."

가싼은 집게손가락으로 나를 가리키며 이렇게 말했다.

"이싸, 그 상황에서 너만이 그를 위해 선택을 할 수 있단다."

나는 가싼의 말에 고개를 끄덕였다.

"불구덩이에 빠지든지 아니면 가시밭에 떨어지든지. 너는 어떤 것을 선택하겠니?"

나는 조금도 망설이지 않고 가싼의 질문에 답했다.

"당연히 가시밭이죠!"

내 대답에 가싼은 마치 내기에서 이긴 사람처럼 엄지를 척 들어 보이며 이렇게 말했다.

"그게 바로 라쉬드가 너를 위해 한 선택이란다."

3

쿠웨이트에 오고 한 달의 시간이 흘렀다. 그 시간 동안 나는 가싼의 작은 아파트에서 그와 함께 살았고 덕분에 그와 더 가까워질 수 있었다. 하지만 그의 작은 아파트는 너무 답답했고 나는 이런 종류의 거처에 도무지 적응을 할 수 없었다. 과거 친구 창과 함께 지냈던 방 역시 좁고 고요하기는 마찬가지였지만, 그 방에는 싱관사가 내려다보이는 창문이 있었기 때문에 숨통이 트였었다. 하지만 가싼의 아파트에 있던 창문은 그 개수가 여러 개였음에도 불구하고 도무지 흥미를 끌 만한 풍경을 담지 못했다. 그 창문을 통해 느낄 수 있었던 유일한 감정은 내가 살던 나라와 그곳의 사람들에 대한 그리움 같은 고통스러운 느낌뿐이었다.

가싼은 매일 아침 출근하기 위해 집을 나섰다. 그러면 텅 빈 아파트에 남아 있던 나는 그의 집에서 시간을 때울 만한 무언가를 찾기에 바빴다. 선반에 놓인 책들은 모두 아랍어로 쓰여 있었고 그가 가지고 있던 신문이나 잡지들도 모두 아랍어로 된 것들 뿐이었다. 어느 날 아침에는 그것들 중 하나를 골라 글 대신 사진이나 그림만 볼 요량으로 이리저리 뒤적이다가 우연히 모든 신문들과 잡지에 가싼의 모습이 담긴 사진이 적어도 한 장 이상은 실려 있다는 것을 발견했다. 아마 그 이유 때문인지 그는 이 인쇄물을 버리지 않고 집에 보관하고 있는 모양이었다. 가싼의 사진 밑에는 아랍어로 쓰인 글들이 잔뜩 있었는데, 아랍어를 모르는 나는 대체 어떤 말이 쓰여 있는지 너무나 궁금했다. 이후 가싼은 내게 이 신문과 잡지들이 모두 자신의 시와 그 시에 대한 비평가들의 논평, 인터뷰, 또는 그가 참가한 세미나, 행사 등이 실린 개인 자료라고 내게 귀띔해 주었다.

어느 날 저녁, 나는 가싼에게 그가 쓴 작품들 중 하나를 골라서 내게 직접 읽어 달라고 부탁했다. 그는 흥미 있다는 듯 나를 바라보더니 "내 시 중 하나를 읽으란 말이니? 영어로? 한 번도 생각해 보지 못한 일이긴 한데…"라고 말했다. 곧이어 그가 책장에서 책을 한 권 꺼내 들었고 안경을 집어 코끝에 고정시켰다. 가싼의 반응에 나는 뛸 듯이 기뻤다. "이싸, 그거 참 좋은 생각이구나. 대신 몇 줄만 번역할 수 있도록 내게 시간을 좀 다오."

가싼은 이 말과 함께 연필로 종이에 무언가를 끄적거리다가 곧 담배를 하나 물었다. "담배 없이는 읽지 못하겠구나."라는 농담과 함께 가싼은 목청을 가다듬기 시작했다. 그리고는 영어로 번역한 그의 시를 읽어 내렸다. 시를 낭독하는 그의 목소리는 오르락내리락 리듬을 타며 참으로 아름다운 소리를 냈다. 가싼은 마치 연기라도 하는 듯 팔을 이리저리 휘저었고 그의 얼굴에는 무언가를 표현하려는 듯한 표정이 있었는데 그게 참 감동이 있었다. 나는 가싼의 표현력에 매료되어 심지어 눈물을 흘릴 뻔했다. 그는 시를 다 낭독하고 내 얼굴을 바라보았다.

"내 시가 어떠니?"

사실 나는 그의 질문에 뭐라고 대답해야 할지 몰라 당황했다. 가싼이 읽은 시는 물론 영어로 번역이 되었지만 단 하나도 제대도 된 문장이 없었기 때문이다.

"사실 말이죠…."

나는 망설였다. 하지만 할 말은 했다.

"사실 아무것도 이해하지 못했어요!"

내 말에 가싼은 고개를 끄덕이더니 이렇게 말했다.

"네가 만약 다른 대답을 했더라면 분명 거짓말을 한 거라고 생각했을 게다.

그는 잠시 말을 멈추는 듯 싶다가 이런 말을 했다.

"왜냐하면 나도 내가 무슨 말을 했는지 하나도 이해를 못했기 때문이지!"

그러더니 가싼은 입과 코를 통해 담배 연기를 내뱉으며 껄껄 웃어댔다. 나 역시 그의 얼굴을 바라보며 웃음을 터뜨렸다.

내가 가싼의 시를 읽을 수 있다면 얼마나 좋을까? 아니면 그의 표정을 읽는 것처럼 귀로 듣기만 해도 그의 시를 쉽게 이해할 수 있다면 참 좋았을 텐데….

***

"이 서랍 안에는 네 아버지 사진이 참 많단다." 어느 날 아침, 가싼은 출근을 하러 집을 나서기 전 자신의 책상 서랍을 가리키며 내게 이렇게 말했다. 그러고는 "책상 위에 음식점들 번호가 있을 거야. 혹시라도 집에 있는 음식들이 입에 맞지 않으면 식당에서 시켜 먹으렴." 하며 주머니에서 10디나르를 꺼내 내게 건네주었다.

나는 사실 한 번도 음식이 내 입맛에 맞는지의 여부를 생각해 본 적이 없었다. 내게 있어 음식은 배고픔을 채워 주는 것 그 이상도 이하도 아니었기 때문에 흰 쌀밥과 간장이면 한 끼니로 충분했다. 다만 문제가 됐던 것은 바로 음식이 아니라 물이었다. 쿠웨이트의 물맛은 내가 필리핀에서 마시던 물의 맛과는 너무 달랐다. 언젠가 내가 가싼에게 "필리핀의 물이 더 맛있어요."라며 물맛에 대해 말하자 그는 껄껄 웃으며 내게 미네랄워터를 잔뜩 사 줬다. 하지만 여전히 내가 필리핀에서 마셨던 물의 맛이 더 나았다.

가싼이 집을 나서고 나는 그가 일러 주었던 책상 서랍을 빤히 바라보았다.

몇 년 전, 엄마는 내가 미래의 언젠가 만나게 될 아버지의 사진을 보여 주면서 그의 모습을 내게 각인시키려 노력했었다. 하지만 사진 속의 아버지는 이제 더 이상 이 세상에 없다. 그런 아버지의 사진을 다시 보려고 하니 순간 이상한 기분이 들었다. 서랍을 열기 전 내가 얼마나 망설이고 고민을 했는지… 특히나 가싼으로부터 아버지가 항상 나에 대한 이야기를 했다는 말을 듣고 내 마음 속 깊이 아버지에 대한 그리움이 생겨난 후에는 그의 얼굴을 보기가 더욱 망설여졌다. 아버지를 만나는 일이 불가능해지고 난 이후에야 그를 사랑하게 되는 것이 싫었기 때문이다. 하지만 내가 과연 저 서랍에 관심을 끊을 수 있을까?

잡동사니로 가득한 거실에서 그 서랍은 계속 내 시선을 끌며 나를 자극했다. 실은 내가 가지고 온 서류 가방 속 아버지의 사진들로는 충분치 않았다. 나는 관심을 다른데 두려고 일부러 텔레비전을 켜서 영어로 된 방송도 틀어 보았다. 가싼의 집에는 텔레비전 말고는 시간을 때울 만한 것들이 없었다. 그러다가 가끔씩 창문을 내려다보았지만 창밖으로 보이는 풍경은 도무지 밖으로 나갈 동기가 되지 못했다. 그럼에도 불구하고 그날 아침 일찍, 나는 지루함에 못 이겨 드디어 밖으로 나가기로 결심했다.

***

쿠웨이트의 길거리를 다니며 느낀 것은 이곳에 지나다니는 차들에서 도무지 눈을 뗄 수 없다는 것이었다. 필리핀에서는 이 차들보다 더 싸고 단순한 차들도 일반 서민들에게는 이룰 수 없는 꿈과 같았다. 집들도 마찬가지였다. 이곳에 있는 집들보다 작은 것들도 필리핀에서는, 특히 내가 살던 곳에서는 마치 성처럼 여겨졌다.

날씨는 생각보다 추워서 나는 난생 처음으로 입김이라는 것을 눈으로 직접 보았다. 폐에서 나온 공기가 짙은 연기가 되어 내 얼굴 앞에 나타난 것이다. 나는 온몸을 오들오들 떨며 길을 걷다가도 계속 입을 벌린 채로 날숨이 입김으로 변하는 현상을 관찰했다. 같은 겨울이었지만 내가 이전에 알던 겨울과는 다른 새로운 날씨를 경험하니 이상한 기분도 들었다.

그렇게 계속 길을 걷고 있는데 내가 있던 보도로 갑자기 차가 한 대 멈춰 섰다. 그리고 흰색의 전통 옷을 입고 머리 두건을 쓴 남자가 차에서 내리더니 내 얼굴 앞으로 손을 내밀어 자신의 신분증을 보여 주었다. 그 신분증은 내가 소지한 것과 비슷하게 생겼었다.

"경찰이다."

순간 나는 당황해서 어쩔 줄 몰랐다. 심지어 말도 제대로 안 나왔다. 그러자 남자는 화난 어조로 내게 신분증을 요구했다.

나는 얼른 바지 뒷주머니에 손을 넣어 지갑을 꺼냈다. 그러자 남자는 내가 신분증을 꺼내기도 전에 내 지갑을 가져가 버렸다. 나는 미동도 않고 서서 그를 유심히 바라보았다. 그는 지갑 안을 이리저리 살피더니 지갑에 있던 10디나르를 꺼내서 자기 주머니에 넣었다. 그러고는 그 안에 있던 신분증은 보지도 않은 채 내 얼굴에 지갑을 던져 버리고 다시 차에 타더니 쏜살같이 사라졌다. 나는 내게 대체 무슨 일이 생긴 건지 파악도 못하고 당황해서 그 자리에 계속 서 있었다. 지갑은 여전히 내 발 밑에 버려져 있었다.

"경찰이 도둑질을 한다면, 이곳의 강도는 대체 무슨 죄를 저지르는 건데?!"

경찰이라고?! 경찰차도 타지 않았고, 제복도 입지 않았는데 경찰?

내 상식으로는 절대 이해할 수 없는 일이었다.

4

어느 날 저녁, 식사를 마친 나는 가싼에게 "엄마 말로는 아저 씨가 악기 연주를 잘 한다고 하던데, 한 번도 직접 보지 못한 것 같아요."라고 말했다. 그러자 그는 놀란 듯한 표정을 지어 보였 다. "우드를 말하는 게냐?" 가싼의 질문에 나는 고개를 끄덕였 고 그는 무언가를 생각하는 듯 잠시 아무 말도 하지 않다가 자 리에서 일어나 다른 방으로 갔다. 그리고 몇 분 뒤, 한 손에는 검 은색 가죽으로 된 케이스에 담긴 우드를 들고 다른 한 손에는 물에 적신 천 조각을 들고 거실로 돌아왔다.

가싼은 거실 바닥에 책상다리를 하고 앉더니 등 뒤의 소파에 몸을 기대었다. 한편 나는 나도 모르게 소파에서 벌떡 일어나 가싼처럼 바닥에 자리를 잡고 앉았다. 그러자 그는 물이 묻는 천 조각으로 가죽 케이스 위에 쌓인 먼지들을 닦아 내면서 내 게 말했다.

"조세핀이 네게 정말 모든 것들을 이야기해 주었나 보구나."

가싼은 우드를 꺼내지 않은 채 그 케이스를 무릎 위에 얹어 놓더니 이렇게 말했다.

"이싸, 혹시 너 그거 아니?"

가싼의 얼굴에 어느새 슬픔이 차올랐고 동시에 그는 조금 격앙된 듯 보였다.

"내가 이 악기를 마지막으로 연주했을 때가 바로 쿠웨이트가 점령당했던 시절, 그러니까 한창 저항 활동을 할 때였어."

"저는 아저씨가 무기를 가지고 점령 군인들에 맞서 싸운 줄로만 알았어요!"

내 말에 가싼은 대답했다.

"당시에 우리는 모두 저항하며 맞서 싸웠지. 모두에게는 각자의 방법이 있었어. 자신만의 무기가 있었던 게지…."

＊＊＊

아버지가 이스마엘이라는 남자를 비롯해 또 다른 이들과 함께 '아부 푸후드'라는 단체에 가입했을 때, 가싼은 다른 곳에서 자신만의 방법으로 점령 세력과 싸우고 있었다. 쿠웨이트가 이라크에 점령당했을 때 가싼은 애국 저항시를 짓고 그 시를 노래로 만들어 녹음한 뒤 사람들에게 배포했는데, 그의 노래는 쿠웨이트 국민들에게 저항의 열기를 북돋아 주었다. 그리고 얼마 지나지 않아 가싼은 그 활동 대신 아부 파리스[2]가 주도하는 또 다

---

2 쿠웨이트의 시인으로 본명은 파이끄 압둘 잘릴이다. 1948년생인 그는 1991년 1월 3일 이라크군에게 포로로 잡혔고, 2006년 이라크 카르발라 근처에 있는 공동묘지에서 그의 유해가 발견되었다. 그리고 같은 해인 2006년 6월, 그의 시신은 송환되어 자신의 조국인 쿠웨이트 땅에 묻혔다.

른 저항 활동에 가담했다. 아부 파리스는 점령 기간 동안 「수무드(저항)」[3]라는 제목의 애국적인 오페레타를 썼다. 가싼은 다른 청년들과 합창을 맡아 자신의 목소리로 오페레타에 참여했고, 카세트테이프에 이 오페레타를 녹음해서 점령하에 고통 받던 사람들에게 이 테이프들을 나눠 주는 일에 동참했던 것이다.

가싼의 말에 따르면 점령 군인들의 눈을 피해 공연을 준비하는 과정에서 여러 차례 비밀 모임들을 가졌는데 그 때부터 그는 우드를 연주하고픈 마음이 들지 않았다고 한다. 특히 아부 파리스와 오페레타의 작곡가[4]가 점령군의 포로가 된 이후 그는 더 이상 우드를 연주하지 않았다.

***

가싼은 케이스에서 우드를 꺼내 들었다. 나무 빛깔과 반짝임 때문인지 그 우드는 마치 한 번도 손대지 않은 새 악기 같았다. 그는 작은 플라스틱 조각으로 우드의 현들을 쓸어 내렸다. 나를 바라보는 그의 미소를 보니 나는 얼른 그의 연주가 듣고 싶었다. 가싼은 손을 뻗어 우드의 현을 조율했다. 현들 중 하나를 세게

---

3 오페레타 「수무드」는 이라크가 쿠웨이트를 점령할 당시 파이끄 압둘 잘릴에 의해 완성된 작품이다. 라피끄 두르바 압둘라 라쉬드가 작곡을 맡았고 마이 사비흐 이단이라는 이름의 어린 소녀와 쿠웨이트 독립투사 청년들이 참여해 오페레타의 노래를 불렀다.

4 압둘라 라쉬드를 가리킨다. 그는 쿠웨이트의 작곡가로 점령 당시 투옥되었다가 2007년 7월 25일에 유해가 발견되었다.

조이며 그 음이 맞는지 튕겨 보던 가싼의 손에서 갑자기 현 하나가 끊어져 버렸다.

"이싸, 너도 봤지? 심지어 우드의 현마저 나를 거부하는구나."

가싼은 이런 말을 하더니 곧이어 악기를 케이스에 다시 집어넣어 버렸다.

***

그렇게 가싼은 자신의 침실로 들어가 버렸다. 나는 홀로 거실에 남아 아버지의 사진들이 담겨 있는 서랍 쪽을 바라보았다. 저 서랍을 열어 볼까 말까 계속 망설였지만 이내 결심이 섰다. 나는 책상 앞에 앉아 조심스럽게 서랍을 열어 보았다.

서랍 안에서는 수십 장의 사진들이 나를 반기고 있었다. 각각의 사진은 아버지의 어린 시절, 사춘기, 청년기를 담고 있어 마치 그의 일대기를 보여 주는 것만 같았다. 사진 속에는 막 수염이 자란 어린 소년과 수염이 덥수룩하게 자란 청년의 모습, 안경을 낀 얼굴, 안경을 벗은 얼굴, 쿠웨이트 혹은 런던, 태국 등 여러 나라들을 배경으로 한 아버지의 다양한 모습들이 있었다. 만약 사진 속 아버지의 모습이 우울하거나 슬퍼 보였다면 그의 죽음이 이렇게나 비극적이지는 않았을 것이다. 하지만 사진 속 그의 얼굴은 하나같이 모두 행복해 보여서 나는 너무도 짧은 삶을 살다 간 아버지의 죽음에 목이 메여 왔다.

아버지는 비록 스물아홉의 젊은 나이로 생을 마감했지만 나는 사진들을 통해 그가 얼마나 풍성한 삶을 살았는지 미루어 짐작할 수 있었다. 해변가로 보이는 곳에서 아버지는 한 손으로 큰 생선 한 마리를 높이 들고 다른 한쪽 팔로는 자신의 근육을 보여 주며 마치 '내가 바로 이 생선을 잡았다!'라고 말하고 있는 것 같았다. 그의 옆에서 왈리드는 아버지를 따라 한 손에는 손가락만한 크기의 작은 물고기를 들고 다른 한 손으로는 근육을 만들어 보이고 있었다. 또 다른 사진은 런던에서 찍은 것 같았는데, 사진 속 아버지는 회색빛의 말쑥한 정장과 진홍색의 타이를 매고 빅 벤(Big Ben) 시계탑 아래에 서 있었다. 그의 곁에는 쿠웨이트인으로 보이는 한 여성이 갈색의 긴 코트와 짧은 체크 치마를 입고 무릎까지 오는 부츠를 신고 있었다. 여자는 세련된 모자를 쓰고 있었는데 마치 영국의 공주 같은 분위기를 풍기고 있었다. 그다음 사진은 아버지가 왈리드와 함께 태국에서 찍은 사진이었다. 둘은 소매가 없는 옷을 입고 있었다. 아버지는 자신의 옆에 있는 태국 여성이 하는 동작을 따라 등을 숙이고 두 손을 턱 밑으로 모아 태국식으로 인사를 하고 있었다. 한편 아버지의 뒤에 있던 왈리드는 늘 그렇듯 혀를 쑥 내밀고는 앞에 있는 아버지와 태국 여성의 머리 뒤로 브이 자를 그리고 있었다. 원래 그 모양은 평화를 상징한다고 알려져 있지만 왈리드는 분명 그럴 의도가 아니었을 것이다.

또 다른 사진 속에서 아버지는 이번에는 가싼과 함께 있었다. 가싼은 골키퍼 차림을 하고 있었고 아버지는 두 발 사이에 공을 둔 채 서 있었다. 마치 나무처럼 길게 머리를 기른 아버지는 검은 반바지에 노란 셔츠를 입고 있었는데, 그 셔츠에는 9라는 번호가 적혀 있었다. 나중에 가싼은 내게 그 번호가 아버지가 가장 좋아하는 선수[5]의 등 번호라고 일러 주었다. 다음 사진을 넘겨 보니 이번에는 머리를 짧게 자른 아버지의 모습이 보였다. 그는 흰 천으로 자신의 몸을 감싼 것 같았는데 오른쪽 어깨와 가슴의 일부분은 내 놓은 상태였다. 사진 한구석에는 아버지처럼 흰 천으로 몸을 감싼 왈리드의 모습이 보였다. 그는 마치 포기했다는 듯 면도칼을 든 남자에게 자신의 머리카락을 맡기고 있었다. 마지막 사진에서는 아버지의 모습을 알아보는 게 쉽지 않았다. 길게 수염을 기른 아버지는 흰색 옷을 입고 전통 방식의 머리 두건을 고정하는 띠 없이 쓰고 있었다. 나중에 알게 된 사실이지만 그 사진은 전쟁 때 찍혔던 아버지의 마지막 모습이었다.

과연 사진들만 보고 내가 아버지를 사랑한다고 말할 수 있는 걸까? 아니, 사실 나는 아버지에 대한 애틋함을 넘어선 그 이상의 감정을 느껴 버렸다. 한 번도 내 눈으로 직접 본 적 없는 그 사람을 사랑하고 그리워하게 된 것이다. 나는 그 어느 때보다 아버지에게 안기고 싶었고 그의 목소리가 듣고 싶었다. 사진을 보고 난 뒤 내가 얼마나 숨죽여 울었는지 아무도 모를 것이다. 그리고 그 때 나는 처음으로 내가 살면서 단 한 번도 '아버지'라고 말해 본 적이 없다는 사실을 깨달았다.

그리고 왜 멘도사가 뚜바라는 술만 마시면 '나는 외톨이야,

---

5 자썸 야으꿉으로, 그는 까디시야 클럽 소속 선수이자 쿠웨이트의 대표팀 선수로 '무시무시한'이라는 뜻의 '무르입'이라는 별명을 가지고 있다. 쿠웨이트 축구의 황금기였던 1970년대를 이끈 대표 선수 중 하나이다.

너무도 약한 존재라고!'를 외치고 다녔던 건지 이해할 수 있을 것 같았다. 할아버지, 저는 술을 먹지 않아도 당신처럼 내가 이 세상에서 철저히 외톨이이고 너무나도 약한 존재라는 걸 인정할 수 있을 것 같아요.

5

가싼과 함께 쇼핑몰과 식당들을 다니며 본 쿠웨이트의 모습은 아름다웠다. 길거리는 눈에 띌 정도로 깨끗했고 그 위에 다니는 차들은 도무지 평범한 법이 없었다. 건물과 집들도 제각각 다른 색과 형태를 자랑하며 지나가는 이의 시선을 끌었다. 그리고 그 앞에 주차된 차들이란 정말 어마어마했다!

집들과 차들 말고도 나의 시선을 사로잡은 것이 하나 더 있었는데 그것은 바로 이곳 남자들의 입맞춤이었다. 그들은 서로 인사를 나눌 때 입맞춤을 했는데 그것은 진짜 입맞춤이라기보다는 그와 거의 유사한 형태의 것이었다. 또 그들은 인사를 나눌 때도 악수를 하며 서로의 뺨을 맞대었다. 가싼의 말에 따르면 그것은 이곳 쿠웨이트의 전통적인 인사 방식이고 남자들뿐 아니라 여자들도 같은 방식의 인사법을 따른다고 했다.

어느 날은 한 남자가 우리 앞을 지나면서 "앗살라무 알라이쿰"이라고 속삭이고는 다시 제 갈 길을 갔는데 가싼도 아무 거리낌 없이 "와 알라이쿳 살람"이라고 남자의 말에 대답을 했던 적이 있었다. 그 장면을 본 나는 "아저씨, 저 사람이 누군지 알아요?"라고 가싼에게 물었다. 하지만 그는 모른다며 고개를 저었다. 그의 대답에 내가 또 다른 질문을 하려는 찰나 "앗살라 무 알라이쿰"이라며 이번에는 가싼이 쇼핑몰 엘리베이터 문 앞에 있던 한 남자에게 인사말을 건넸다. 나는 다시 한 번 가싼에게 "그러면 저 사람은 아는 사람인가요?"라고 물었지만 이번에도 가싼은 아니라며 고개를 저었다. 모르는 사람이라면서 대체 왜 서로 인사를 나누는 건지 나는 너무나 궁금했다.

거리에 있는 사람들의 얼굴과 모습, 옷차림은 서로 극과 극일 정도로 너무 달랐다. 몇몇의 옷차림은 나의 시선을 끌기에 충분했는데, 나는 그들 중 한 명을 가리키며 "저 사람은 대체 어느 나라 사람인가요?"라고 가싼에게 물었다. 그러면 가싼은 내게 "쿠웨이트 사람이란다."라고 일러 주었다.

그러면 저 사람은요? 쿠웨이트 사람이지. 아니, 아뇨 저 사람 말고 그 옆 사람 말이에요. 둘 다 쿠웨이트 사람이란다. 그럼 저기에 서 있는 사람은요? 쿠웨이트 사람이야. 그렇다면 저기 쿠웨이트식 옷을 입고 있는 여자는요? 역시 쿠웨이트 사람이지.

사람들 중에는 최신 유행을 따라 옷차림을 하고 있는 이들도, 전통 복장 차림을 하고 있는 이들도 있었다. 반바지와 셔츠를 입기도 했고 청바지를 입기도 했다. 머리 두건 아래로 길게 머리를 기른 청년들도 있었고 마른 몸매에 꽉 붙는 옷차림을 한 이들도 있었다. 괴상한 머리 스타일을 한 젊은이들도 있었는데 나는 그 스타일이 마음에 꼭 들었다. 어떤 남자들은 모자를 썼고 다른 이들은 흰색 혹은 붉은색 두건을 쓰기도 했다. 어떤 이는 터질 듯한 근육질 몸매의 소유자였고 어떤 이는 홀쭉한 몸매를 자랑하고 있었다. 여인들의 모습도 제각각이었다. 각기 다른 스타일의 머리와 매력적인 옷차림, 누군가는 짧은 치마를 입었고 다른 누군가는 긴 치마를 입고 있었다. 어떤 여자들은 '히잡'이라고 불리는 두건을 쓰고 있었는데 그 두건을 쓰는 방법도 각양각색이었다. 평퍼짐하게 머리를 덮거나 앞머리를 내놓는 히잡이 있는 반면 머리카락 전체를 가리거나 머리뿐만 아니라 턱 부분을 가리는 두건도 있었다. 한편 여자들이 입고 있던 검은 옷은 폭이 좁아서 몸매를 다 드러내는 것도 있는 반면, 폭이 넓어서 평퍼짐한 것들도 있었다. 그곳의 여자들은 마치 할리우드 영화에 나오는 배우들 같았다. 어떤 여자들은 두껍게 파우더를 칠해서 마치 일본 게이샤들 같기도 했는데 그들의 콧날은 오똑하고 입술은 부자연스러울 정도로 도톰했다. 검은 천으로 눈을 제외한 얼굴을 모두 가린 여자들도 있었다. 그곳에는 검은색과 금발의 머리카락, 갈색, 흰색, 검은색의 피부가 한데 뒤섞여 있었다.

이러한 사람들의 다양성은 내게 "나도 이들 사이에서 어우러질 수 있을 거야."라는 희망을 갖게 해 주었다.

***

내가 가싼의 집에 머물며 살게 된 지도 어느덧 한 달이 지났다. 이 한 달 동안 쿠웨이트는 점차 활기를 되찾았다. 1월 말에는 새로운 왕이 왕위에 오르게 되었고 그의 사진이 신문과 거리, 차 할 것 없이 전국에 도배되었다. 그리고 2월의 마지막 주가 찾아오자마자 쿠웨이트는 완전히 탈바꿈했다. 2월 25일, 나라 전체가 흥에 겨워 춤을 췄다고 해도 과언이 아니었다.

그날 가싼은 자칭 자신의 애인이라고 부르는 흰색 랜서 차에 나를 싣고 해변가 도로로 드라이브를 나갔다. 맑은 날이었지만 아직 공기는 차가웠다.

해변가에 가까워질수록 차들이 붐비기 시작했는데 모든 차들 위에서 각기 다른 크기의 쿠웨이트 국기들이 바람에 나부끼고 있었다. 창문을 통해서는 국가를 찬양하는 노래들이 울려 퍼졌고 차들은 서로 경쟁하듯이 기쁨의 경적을 울려 댔다. 박수와 함성 소리 사이에 보이는 사람들의 얼굴은 하나같이 모두 즐거워 보였다. 국경일에 볼 수 있는 물총과 거품을 뿜어내는 스프레이들의 등장으로 쿠웨이트는 하나의 거대한 세탁기가 되어 버렸다. 사람들은 마치 공중목욕탕에서 목욕을 하는 것처럼 온몸이 온통 물에 젖고 비누 거품을 뒤집어 쓴 상태로 노래하고 춤을 춰 댔다. 한편 가싼은 누군가가 차 문을 열고 물과 거품을 뿌려 댈까 봐 차 문이 닫혔는지 다시 한 번 꼼꼼하게 확인했다.

나는 그 장면을 보고 보라카이섬에서 만났던 그 정신 나간 젊은이들의 모습을 떠올렸다. 국경일에 거리에서 춤을 춰 대는 이 사람들을 보니 그 친구들은 아주 일부에 불과했다는 생각이 들었다.

나는 사람들의 얼굴을 뚫어지게 바라보며 그들의 표정을 살폈다. 서로 다른 생김새와 옷차림을 한 그들이 이렇게 조화롭게 어우러지는 것을 보면서 분명 나도 그들 중 하나가 될 수 있을 것이라는 확신이 들었다.

그 때 어디에선가 이상한 소리가 들려오면서 혼자만의 생각에 빠져 있던 나를 현실로 되돌려 놓았다. 그 소리는 한 여자의 입에서 나온 소리였는데, 그녀가 입 주위에 손바닥을 가져다 대며 혓바닥을 빠르게 굴리자 마치 인디언들의 함성과 같은 소리들이 여기저기에서 터져 나오기 시작했다.

이곳 사람들의 반응은 참 신기했다. 내가 이곳에 처음 도착한 날 느꼈던 깊은 슬픔과 비통함도 어느새 넘칠 것 같은 기쁨으로 변해 버렸다.

"아저씨와 우리 아버지, 그리고 왈리드도 이런 식으로 기뻐했나요?"

"당연히 아니지!"

가싼은 내가 마치 혐의라도 씌웠다는 듯이 강하게 부정했다.

"우리는 쿠웨이트에 대한 진심 어린 사랑을 담아서 서로를 축하하고 기뻐했단다."

그리고 그는 자신의 가슴을 가리키며 말했다.

"바로 여기에서 나온 진심으로 말이야."

6

"내일 네 할머니를 만날 준비가 됐니?"

가싼은 국경일을 축하하는 자리에 나를 데리고 갔던 그날 저녁 내게 물었다.

그 질문에 나는 잠시 망설이다가 답했다.

"사실 잘 모르겠어요… 할머니는 저를 싫어하셨잖아요…."

나는 가싼의 얼굴을 바라보며 그가 날 위해 응원의 말을 해 주길 기다렸다. 하지만 그는 그런 내게 아무 말도 하지 않았다.

"아저씨가 보기에 할머니는 여전히 저를 싫어하시나요?"

"이싸야, 그건 나도 잘 모르겠구나. 하지만…."

그는 잠시 머뭇거리더니 이렇게 말했다.

"일이 쉽게 될 거라고 생각하지는 않길 바란다."

다음날 아침이 찾아왔다. 그리고 11시 30분이 조금 지나자 내 몸이 떨리기 시작하더니 온 몸에서 땀이 흘렀다. 나는 가싼의 애마를 타고 그와 함께 할머니의 집으로 향했다. 차가 집 앞에 도착하자마자 가싼은 옆자리에 앉아 있는 나를 바라보더니 깜짝 놀랐다.

"이싸야, 무슨 일이니?"

"아저씨, 제발 저를 자브리야로 다시 데려가 주세요! 제발요!"

가싼은 앞에 놓여 있던 휴지를 한 장 뽑더니 내게 주었다.

"이싸야, 여유를 가지렴. 너무 서두를 필요 없단다."

나는 이렇게 약한 모습을 보일 수밖에 없는 내 자신이 싫었다. 마치 어두운 구덩이에 막 떨어지려고 하는 어린아이처럼 나는 엉엉 울었다. 이런 내 모습에 가싼은 어쩔 줄 몰라 하며 내 어깨를 토닥였다.

"괜찮아. 다 잘 될 거야. 잘 될 거야."

그리고 그는 차 문을 열며 말했다.

"이싸, 너는 차 안에 있으렴. 우선 나 혼자 네 할머니를 만나

뵙고 오마."

가싼은 차에서 내려 차 문을 닫고는 창가에 머리를 들이대고 내게 이렇게 말했다.

"네 할머니에게 너에 대해 이야기할 거야. 그리고 너를 데리러 다시 돌아오마."

그리고 그는 내게 미소를 활짝 지어 보였다.

"강해지렴."

그의 말에 나는 휴지로 눈물을 닦아 냈다. 그리고 할머니의 집으로 향하는 가싼의 뒷모습을 지켜보았다. 그는 초인종을 누르고 인도 사람으로 보이는 가사도우미와 잠깐 이야기를 나누었다. 가사도우미는 집 안으로 들어갔다가 잠시 뒤에 다시 돌아와서 가싼을 데리고 안으로 사라졌다. 대문은 여전히 열린 상태였다.

'어떤 문에서 가싼이 나올까? 예전에 아버지가 갓난아기였던 나를 안고 나왔을 때처럼, 가싼도 잔뜩 실망해서 뒷문으로 나오게 되는 걸까? 아니면…' 나는 눈앞에 있는 커다란 할머니의 집을 바라보며 그 안에 있는 엄마의 모습을 상상했다. 엄마는 대체 어떻게 홀로 저 큰 집의 일을 도맡아 한 걸까?

"알라후 아크바르… 알라후 아크바르." 그 때 할머니의 집 옆으로 50미터쯤 떨어진 곳에 보이는 작은 이슬람 사원에서 기도 시간을 알리는 소리가 들려왔다. 그 소리는 연달아 들려오다가 잠시 멈추는가 싶더니 또 다시 반복되었다. "알라후 아크바르… 알라후 아크바르." 예배 시간을 알리는 소리를 이렇게 가까이에서 정확하게 들은 것은 처음이었다. 순간 알 수 없는 이상한 기분이 내 영혼을 스치는 기분이 들었다. 정체를 알 수 없는 무언가가 내 마음에 안정을 가져다주었다. 나는 그 단어들의 의미가 무엇인지 이해할 수 없었지만 그 소리 자체는 낯설게 느껴지지 않았다. 내 가슴 속 깊은 곳에 가만히 잠자고 있던 무언가가 조금씩 움직이기 시작했다. 이 소리는 내가 이 세상에 태어나자마자 처음으로 들었던 소리이자, 아버지가 내 오른쪽 귀에 대고 속삭였던 바로 그 소리였다. 예배 시간을 알리는 이 소리는 내 호기심을 강렬하게 자극했고 나는 그 작은 사원에 직접 들어가보고 싶었다. 만약 필리핀 퀴아포에 있는 황금 사원이나 그린 사원 주변을 지났다면 절대 느껴보지 못했을, 처음 느끼는 강렬한 호기심이었다.

당시 내 머릿속에 있던 이슬람이라는 종교는 낯설고도 모호한 존재였다. 내게 있어 이슬람은 다른 여느 종교들과 마찬가지로, 그리고 어떤 문명이나 이야기 또는 관념처럼 여러 상징적인 존재들과 맞물려 있었다.

나는 어릴 적 이슬람이라는 종교를 놀라움과 존경의 시선으로 바라보았다. 그 이유는 필리핀 역사에서 가장 위대한 민족 영웅들 중 하나로 일컬어지는 막탄섬의 지도자이자 이슬람의 부족장이었던 '라푸라푸'의 명성 때문이었다. 그는 16세기에 처음으로 식민 세력에 맞서 저항한 필리핀의 영웅이었고 그의 모습을 본떠 만들어진 동상들은 필리핀 전역의 유명한 광장들을 장식하고 있었다. 긴 머리의 라푸라푸는 가슴을 훤히 드러낸 채한 손으로 땅속 깊숙이 그의 검을 꽂은 형상을 하고 있었는데 나는 이 무슬림 지도자에 대한 모든 것들을 상세히 기억하고 있었다. 어릴 적 같은 반 친구들은 수업 시간에 배웠던 라푸라푸에 대해 별 흥미를 갖지 않았지만 나의 경우는 달랐다. 친구들이 선생님을 따라 다음 과로 바로 넘어갈 때 나는 여전히 홀로 1512년 4월 27일 이른 새벽의 막탄섬에 머물러 있었다. 그날 새벽 라푸라푸는 바롱과 창, 캄필란, 칼라삭[6]으로 무장한 1500명의 군사들을 이끌고 막탄 전투에 참여했다. 이 전투는 포르투갈 출신의 신항로 개척자이자 탐험가였던 페르디난드 마젤란에 대항한 것으로 마젤란은 당시 역사상 처음으로 세계 일주를 한 인물이었다. 막탄섬 주변의 다른 섬들에 살고 있던 원주민들을 기독교로 개종시키는데 성공한 마젤란은 이번에는 막탄섬을 목표로 549명의 총으로 무장한 기독교 군인들을 데리고 진군했다. 하지만 그곳의 지도자 라푸라푸는 마젤란의 요구를 거절했고 자신의 군사들과 함께 막탄섬의 종교와 사상, 그리고 그들의 땅을 지키기 위해 마젤란의 군에 맞서 용맹하게 싸웠다.

그리고 치열한 전투 끝에 마침내 독을 바른 대나무 화살로 마젤란을 죽이는데 성공한다.

라푸라푸는 내가 유일하게 알고 있던 이슬람의 상징적인 인물이자 전설적인 영웅이었고, 어릴 적 나는 무슬림인 내 아버지인 라쉬드 역시 라푸라푸의 혈통을 물려받은 사람이라 생각했

---

6   필리핀 남부 무슬림 부족들이 사용했던 전통 무기의 명칭이다. 바롱(Barong)은 나뭇잎 모양의 두꺼운 칼로 손잡이는 나무로 만들어졌다. 캄필란(Kampilan)은 손잡이 부분에서 검의 끝 부분으로 갈수록 폭이 넓어지는 모양의 장검이다. 칼라삭(Kalasag)은 단단한 나무로 만들어진 직사각형 모양의 방패를 가리킨다. _역자 주

었다. 내 기억 속에 있는 이슬람에 대한 좋은 이미지는 바로 이 라푸라푸라는 인물 때문에 생긴 것이었다. 하지만 이슬람에 대한 이런 긍정적 이미지는 얼마 지나지 않아 이슬람의 또 다른 상징적 인물들로 인해 산산이 부서지고 말았다. 그들은 바로 '아부 사이야프'와 그들의 추종자로 이 집단은 강도짓과 약탈, 암살뿐만 아니라 기업과 부유한 사업가들을 협박하면서 자신들의 활동 자금을 충당하는 인간들이었다. 내가 필리핀에 있었을 때, 나는 그들에 대한 이야기를 자주 들었지만 당시에 나는 어렸기 때문에 그들의 활동에 대해 그다지 큰 관심을 갖지는 않았다. 하지만 2001년 중반의 어느 날, 이 집단이 인질들을 납치하는 사건이 발생하면서 전 필리핀 국민들의 관심이 이들에게 쏠리게 되었다. 언론에서는 연일 그 납치 사건을 보도했다. 납치된 인질들 중에는 세 명의 미국인 선교사들이 있었는데 그중 두 명은 남성이었고, 그 둘 중 한 명은 부인과 동행하고 있었다. 그 사건은 매우 끔찍했다. 인질들 중 열두 명의 필리핀 사람들이 살해당했고 한 미국인의 시신이 머리가 잘린 채 발견되었다. 인질들의 억류 기간은 무려 1년이 넘었고 납치범들과 정부의 교섭 끝에 나머지 인질들이 석방되었다. 그러나 그 기간 동안 필리핀 간호사가 살해당했고, 미국인 선교사도 자신의 부인이 보는 앞에서 죽임을 당했다. 가난하지만 평화를 사랑하는 다른 이들처럼, 민다나오섬의 무슬림들도 분명 좋은 사람들이었다. 하지만 외부의 사람들은 아부 사이야프와 그의 추종자들 때문에 나머지 다른 무슬림들에 대해 나쁜 이미지를 갖게 될 수밖에 없었다.

지도자 라푸라푸의 영웅담과 그 일대기는 종교에 상관없이 모든 필리핀 국민들의 칭송을 받았고, 침략 세력에 저항했던 그의 공로는 전 국민의 인정을 받았다. 그리고 이것은 내게 이슬람이라는 종교를 더 친숙하고 가깝게 만들어 주었다. 하지만 죄 없는 사람들과 선교사들을 무자비하게 살해한 아부 사이야프와 그의 추종자들은 나와 이슬람 사이에 큰 벽을 만들어 버렸다.

***

기도 시간을 알리는 소리가 멈추자 주변이 다시 고요해졌다. 나는 계속 차에 앉아서 할머니의 집을 주시했다. 그때 위층의 창문들을 가리고 있던 커튼 중 하나가 움직이면서 그 뒤로 한 소녀의 모습이 나타났다. 그녀는 내가 있는 쪽을 내려다보는가 싶더니 몇 초도 채 지나지 않아 다시 커튼 뒤로 모습을 감췄다. 그리고 도무지 예측할 수 없는 표정을 한 가싼이 그 집에서 나왔다.

가싼은 차에 올라타 안전벨트를 매더니 담배에 불을 붙였다. 그리고 내 얼굴은 보지도 않고 말했다.

"괜찮아… 다시 한 번 시도해 보자꾸나."

그의 말에 나는 아무 대답도 할 수 없었다. 오래 전 아버지가 이 집에서 갓난아기였던 나를 품에 안고 나왔을 때 엄마가 그랬던 것처럼 나는 침묵을 지키며 다시 멘도사의 땅으로 돌아갈 마음의 준비를 했다.

'여기서는 대나무조차 뿌리를 내리지 못하는 건가?'

***

"아저씨, 다시 시도해 본다고 해도 무슨 소용이 있겠어요?"

나는 가싼과 함께 그의 집에 돌아오자마자 말했다.

"이싸, 내가 다시 시도를 해 보려는 이유는 말이야, 네 할머니가 분명 생각을 바꿀 거라고 믿기 때문이란다."

가싼은 무언가를 생각해 내려는 듯이 눈을 내리깔며 내게 말했다.

"네 할머니는 지금 자신에게 생긴 일에 대해 혼란스러워하고 있어."

그리고 그는 내 얼굴을 찬찬히 뜯어보며 말했다.

"네 할머니가 사람들의 소문을 두려워하지 않는다면 이 일이 더 쉬워질 텐데 말이지."

나는 어리둥절해져서 그에게 물었다.

"제 가족이 저를 받아들이는 일인데 대체 다른 사람들이 무슨 상관이에요? 그리고 어떻게 사람들이 제 이야기를 알게 된다는 거죠?!"

내 말에 가싼은 고개를 내저으며 이런 말을 해 주었다.

"애야, 이곳에서 사람들의 말과 소문은 권력과도 같단다. 그리고 이 일은 단지 네 이야기가 아니라 따루프 가문 전체의 이야기가 되어 버리는 거야. 그리고 이곳의 모두가 이 일을 알게 될 테지. 쿠웨이트는 너무나 작은 곳이니까."

그리고 그는 유감스럽다는 듯 이 말을 재차 강조했다.

"이곳 사회는 너무나 작아서 내 숨통을 막아 버릴 정도지."

***

내 할아버지 이싸는 할머니에게 딸 셋과 아들 하나를 남겨
둔 채 세상을 떠났는데 할머니에게 남겨진 그 외아들이 바로 내
아버지 라쉬드였다. 엄마의 말에 따르면 아버지는 외아들이자
집에 남겨진 유일한 남자였기에 할머니는 자신의 딸들보다 아
버지를 더 각별하게 생각했다고 한다. 하지만 할머니가 아버지
를 유난히 아꼈던 데에는 그보다 더 중요한 이유가 있었다. 바로
아버지가 따루프 가문의 명맥을 이을 유일한 사람이라는 것이
었다. 할머니는 내 아버지가 자식들, 특히 아들들을 낳아 가문
의 명맥을 이어 주기를 바랐다. 특히 할아버지의 친형제였던 작
은할아버지 샤힌의 죽음 이후 할아버지가 집안에 남은 유일한
남자였었기 때문에 내 아버지에 대한 할머니의 기대와 바람이
더 컸을 것이다. 할아버지는 내 아버지를 낳으면서 따루프 가문
의 이름을 물려주었다. 하지만 아버지는 아들을 낳지 못한 채
전쟁에서 포로로 사망했다. 분명 나는 아버지의 아들이긴 했다.
하지만 지난날 할머니가 했던 말처럼 나는 사람이 아닌 '그것'
에 불과했기에, 현재 따루프 가문의 명맥이 이어진다는 것은 불
가능한 일이 되어 버린 것이다. 하지만 갑작스러운 나의 등장으
로 할머니는 할아버지와 아버지를 따라 따루프라는 이름의 존
속을 보장해 줄 유일한 해결사인 '그것'에 대해 다시 고민하게
되었다.

"그 필리피노의 아들은 대체 어떻게 생겨 먹었니?"

내가 처음 할머니의 집에 갔던 날 할머니는 가싼에게 이렇게

물었다고 한다. 그녀의 질문에 대한 가싼의 답은 이러했다.

"필리핀 사람같이 생겼습니다…."

"네 할머니에게서는 위압감이 느껴진단다." 나는 그날 할머니와 가싼의 만남에서 어떤 말들이 오고 갔었는지 자세히 묻지 않았다. 그럼에도 불구하고 가싼은 내게 계속 할머니에 대한 이야기들을 해 주었다.

"너는 라쉬드가 네 할머니에게 있어 어떤 의미였는지 모를 게다. 네 생김새가 비록 이렇지만 너는 분명 하나밖에 없는 라쉬드의 아들이야. 내 말이 무슨 뜻인지 이해할 수 있겠니?"

"아뇨… 무슨 말인지 모르겠어요."

내 대답에 가싼은 고개를 끄덕이며 이렇게 말했다.

"그래. 내가 설명을 해줄 테니 저기 있는 담배 한 갑을 좀 다오."

나는 가싼에게 담뱃갑을 건넸고 그는 담배 한 개비를 꺼내 불을 붙였다. 그리고 연기를 내뿜으며 내게 말했다.

"이싸, 잘 들어 보렴. '카울라'는 지금 '따루프'라는 성을 가진 마지막 사람이야. 그리고 언젠가 결혼을 하고 자식을 낳으면 그 아이들에게 자기의 성 대신 남편의 성을 물려주겠지."

그는 잠시 생각을 하는 듯 싶다가 재차 말을 이었다.

"네 할머니 가니마에게는 지금 두 명의 손자가 있단다. 두 명 모두 네 할아버지의 이름을 따서 이싸라는 이름을 갖고 있지. 하지만 둘 다 외손자라서 따루프라는 성 대신 그들의 아버지의 성을 따르고 있단 말이다."

그리고 가싼은 검지로 나를 가리키며 말했다.

"결국 너 말고 그 어느 누구도 따루프 가문의 명맥을 이어갈 수 없다는 뜻이야. 즉 네가 그 집에 돌아간다면 너만이 그 이름을 이을 수 있다는 말이지."

가싼의 말에 나는 바보처럼 멍하니 그를 바라보았다. 사실 난 그가 내게 해 준 말에는 관심이 없었다. 단 하나만 빼고.

"아저씨, 카울라가 대체 누구예요?"

***

카울라는 2차 걸프전이 끝나고 6개월이 지난 후에 태어났다고 했다. 물론 그녀는 아버지의 얼굴을 보지도 못한 채 이 세상에 나왔고 태어나서 단 한 번도 '아버지'라고 불러보지도 못했기 때문에 나와 같은 처지였다. 그러나 내게는 이 배다른 여동생이 누리지 못한 특권이 있었다. 그것은 바로 여러 우여곡절 속에서도 나는 아버지의 품에 안겨 봤다는 것, 그리고 아버지가 내게 직접 할아버지의 이름을 물려주었다는 것, 또 비록 나는 기억을 할 수 없지만 그가 내 얼굴을 바라보고 내게 입맞춤을 해 주었다는 것이었다.

불쌍한 카울라! 그녀가 태어났을 때 아버지는 그녀의 오른쪽 귀에 예배를 알리는 소리를 속삭여 주지 못했고 갓난아기인 그녀를 안아 주지도 못했다. 그녀에게 입맞춤도 해 주지 않았고 '카울라'라는 이름을 직접 지어 주지도 않았을 것이다.

아버지는 1990년 중반에 '이만'이라는 쿠웨이트 여성과 재혼했다. 하지만 이라크의 점령 기간 동안 아버지가 포로로 잡히면서 그들의 결혼 생활은 오래 지속되지 못했다. 그리고 쿠웨이트가 해방되던 해에 이만은 내 동생 카울라를 낳았고 두 모녀는 몇 년 뒤 이만이 다른 남성과 재혼을 하기 전까지 할머니의 집에서 함께 살았다. 이만은 재혼 뒤 카울라를 할머니에게 맡기고 남편의 집으로 들어갔는데, 할머니는 자신의 딸들인 아와띠프, 누리야, 힌드보다 카울라를 더 아꼈다.

라쉬드의 딸인 내 배다른 동생 카울라는 할머니의 집에서 그녀의 사랑을 독차지하는 귀한 손녀였다. 할머니는 사람과 정령으로부터 카울라를 보호하고자 했고 손녀의 안위를 항상 걱정했다. 가싼의 말에 따르면 할머니는 매일 밤마다 카울라의 이마 위에 자신의 손을 얹어 놓고 꾸란의 구절들을 암송하며 시기하는 이들로부터 그녀의 손녀를 보호해 달라고 신께 기도했고 매일 아침이 되면 꾸란 암송으로 정화시킨 물을 카울라에게 마시게끔 했다.

가싼은 카울라에 대해 많은 이야기를 해 주었다. 그는 카울라를 아꼈고 그녀 역시 가싼을 한 번도 보지 못했던 자신의 아버지처럼 생각했다. 가싼은 내게 이렇게 일러 주었다. "카울라는 정말 멋지고 똑똑한 아이란다. 이싸, 네가 그 아이와 가깝게 지내면 좋겠구나. 카울라는 네가 동생이 필요한 것처럼 오빠를 필요로 하는 아이야."

사실 카울라도 나만큼이나 문제가 많은 아이였다. 아버지를 여의고 어머니가 재혼을 하면서 할머니의 집에 버려진 것이나 다름없었기 때문인데, 그럼에도 불구하고 카울라는 자신의 이런 환경에 부정적인 영향을 받은 것 같지 않았다. 그녀에게는 또래의 아이들에게서 좀처럼 볼 수 없는 면이 있었다.

카울라는 아버지의 판박이였다. 하루 종일 돌아가신 아버지의 서재에 틀어박혀 그의 책들을 읽는데 몰두했던 카울라에게는 언젠가 이루고자 하는 꿈이 있었다. 그것은 바로 아버지가 생전에 집필을 시작했지만 일찍 세상을 떠나는 바람에 차마 다 끝을 맺지 못했던 그의 소설을 완성하는 일이었다. 카울라에게는 친구가 많지 않았다. 그러나 그녀에게는 가싼과 그녀의 고모인 힌드라는 가장 친한 친구이자 말동무가 있었다.

"나는 카울라가 마치 내 딸인 양 자랑스럽단다." 가싼은 늘 내게 이렇게 말하고는 했다.

내가 따루프 가문의 명맥을 이어갈 유일한 사람이라고 가싼이 말해 줄 때마다 나는 내가 마치 왕국의 왕좌에 오르기 위해 오랜 여행과 방황을 마치고 돌아온, 정통성을 가진 왕이라도 된 것만 같았다. 하지만 정통성 하나만으로는 내가 이 가문에서 인정을 받기에 충분치 않았다. 왕이란 본디 백성들에게 인정을 받지 못하면 자신의 합법성과 정통성을 잃게 되는 법이었다. 그런 의미에서 본다면 나는 아버지의 가족들에게 거부당했기에 왕이 될 수 없었다.

사실 가문의 대를 이어 간다는 것이 무엇을 의미하는지, 그리고 그것이 실현된다면 어떤 일들이 벌어지는 건지, 또 대체 이런 일들에 내 얼굴 생김새가 무슨 상관이 있는 건지 나는 좀처럼 이해할 수 없었다.

나중에 알게 된 사실이지만 가싼의 말대로 그가 할머니를 만나고 온 그날 밤, 내 할머니 가니마는 나의 방문에 대해 매우 혼란스러워하고 있었다. 나는 '이싸 라쉬드 이싸 따루프'라는 고귀한 이름을 지닌 명백한 그녀의 손자였지만 그와 동시에 그녀에게는 수치스러운 얼굴을 가진 존재였기 때문이다. 나는 전쟁에서 희생한 영웅 라쉬드의 아들 이싸였지만 동시에 필리핀 가사도우미의 아들 이싸이기도 했던 것이다.

7

할머니가 끔찍하게 생각하는 카울라 덕에 나는 정말 어렵게 허락을 받아 마침내 따루프가(家)에 입성하게 되었다. 카울라는 나를 만나게 해 달라고 할머니를 끈질기게 설득했다.

"할머니 그냥 단순히 만나 보는 것뿐이에요. 제발 한 번만 부탁 드려요. 우선 만나 보고 나서 결정을 하실 수도 있잖아요."

결국 할머니는 카울라의 끈질긴 설득과 온갖 애교에 항복하고 말았다.

"내가 왜 오빠가 이 집에 올 수 있게 해 달라고 그렇게 할머니에게 고집을 부렸는지 나도 그 이유를 잘 모르겠어. 단순한 호기심 때문이었을까? 아니면 갑자기 내 인생에 짠, 하고 나타난 오빠라는 존재를 알게 돼 기뻐서 그랬을까?" 내가 카울라를 처음 만나던 날, 그녀는 내게 이렇게 말했다.

나와 가싼이 그의 집 아파트 거실에 함께 앉아 있을 때였다.

갑자기 전화벨이 울렸고, 가싼은 그 전화를 받더니 짧은 통화를 마치고 내게 말했다.

"호세, 너는 운이 참 좋구나. 이렇게 용감한 동생이 있으니 말이야."

***

나는 '세상의 모든 일에는 다 그럴 만한 이유가 있다.'라는 엄마의 지론을 좋아했다. 그리고 이 말은 시간이 지나면 지날수록 '우리의 삶에는 우연이라는 것이 없음'을 내게 증명해 보이기도 했다.

아버지는 이만이라는 여성과의 재혼 후 내 여동생인 카울라를 낳았고 그녀는 따루프가의 유일한 내 변호인이 되어 주었다. 만약 카울라가 없었더라면 나는 절대 그 집 근처에도 가 보지 못했을 것이다. 하지만 만약 카울라가 남자아이였다면 어땠을까? 내 할아버지의 이름을 딴 이싸라는 이름과 대가 끊길 위기에 있는 따루프라는 성씨를 가진 남자아이였다면 그는 자손을 번창시킬 것이고, 그 자손들은 조상의 뒤를 이어 따루프 가문의 명맥을 이어 갔을 것이다. 그리고 그들은 자신들의 오래된 도시 주위로 견고한 성벽을 쌓아 올리겠지. 그 성벽에 대한 그들의 자부심은 만리장성을 쌓은 중국인들의 자부심에 절대 뒤지지 않을 것이다.

아버지의 자식이 카울라인 것을 신께 감사드린다.

***

카울라에게 연락이 온 다음 날, 우리는 해가 지고 난 뒤 할머니의 집을 다시 찾았다. 가싼은 대문의 초인종을 눌렀고 나는 그의 뒤에 서서 혹시나 또 쫓겨나지는 않을지, 어떤 수모를 당하지는 않을지, 가족들이 과연 나를 받아 줄지 두려움에 떨고 있었다.

드디어 굳게 닫혀 있던 대문이 열리더니 "어서 오세요."라는 여자의 목소리가 들려왔다. 그녀의 목소리와 억양은 내 호기심을 자극했고 나는 까치발을 들어 가싼의 어깨 너머로 그 목소리의 주인공이 누군지 바라보았다. 그녀는 간호사처럼 머리 두건과 유니폼, 앞치마, 구두까지 온통 흰색으로 맞춰 입은 어린 필리핀 가사도우미였다. 나는 이곳에서 나와 닮은 얼굴의 그녀를 만나니 뛸 듯이 기뻤다. 그래서 가싼의 어깨를 누르며 그녀에게 말을 걸었다.

"필리핀 분이세요?"

그러자 가싼이 뒤돌아 나를 바라보며 말했다.

"이싸! 이 아이는 이 집의 가사도우미야!"

갑자기 집 안에서 유창한 영어 발음으로 가사도우미를 부르는 소리가 들려왔다.

"로자, 로자! 밖에 누가 왔니?"

"가싼 씨가 오셨어요."

그 필리핀 가사도우미는 우리를 집 안으로 안내했고, 집에 들어선 우리는 누군가가 우리를 환영하는 소리를 들었다.

"앗살라무우우우 알라이쿠무무무."

소리가 들려오는 현관문 맞은편 쪽을 바라보니 거기에는 금색으로 장식된 새장과 앵무새 한 마리가 있었다. 그 소리에 가싼이 웃음을 터뜨렸고 앵무새는 큰 목소리로 "로자! 로자!"라며 가사도우미 이름을 불러 대다가 내가 모르는 단어들을 외치기 시작했다. 필리핀 가사도우미는 새장 앞으로 달려가서 "쉿! 쉿!"이라며 앵무새를 조용히 시켰지만 가싼은 좀처럼 웃음을 멈추지 않았다.

"어서 오세요!" 집 안에서 우리를 기다리던 카울라가 모습을 드러냈다. 나는 그녀를 처음 본 순간 그녀가 내 동생이라는 것을 단번에 알아차렸다. 열여섯이라는 나이에 비해 성숙해 보였던 카울라는 갈색 피부를 가지고 있었는데 키는 나보다 컸고 검은색 히잡으로 머리카락을 가리고 있었다. 그녀의 코는 오똑하고 날카로웠으며 두 입술은 얇았다. 희고 가지런한 치아를 가진 카울라의 얼굴은 귀여웠지만 무표정으로 있을 때는 도도한 매력이 있었다. 그녀는 가싼과 아랍어로 잠깐 대화를 나누다가 환하게 웃는 얼굴로 내 쪽을 바라보았다.

"이쪽이 이싸?"

나는 긍정의 의미로 고개를 끄덕이며 그녀에게 미소 지었다.

"어서 들어오세요. 어서요!"

가싼과 나는 카울라를 따라 집 안으로 들어갔다. 그녀는 계속 싱글벙글 내 얼굴을 바라보았는데 그 아이가 얼마나 기뻐하는지 눈에 다 보일 정도였다. 카울라는 우리를 거실로 안내하더니 잠깐 양해를 구하고 위층으로 올라갔다. 계단으로 올라가면서도 내가 있는 쪽을 바라보던 카울라는 잔뜩 들떠 있는 것 같았다.

"정말 멋진 집이네요!" 나도 모르게 혼잣말이 나왔다. 어떻게 하면 이렇게 집의 구석구석까지 신경을 써서 잘 꾸며 놓을 수 있을까? 대리석 바닥, 화려한 카펫, 벽에 장식된 조각, 천장에 매달린 화려한 샹들리에, 고급스러운 벨벳 커튼, 보석 같은 작은 조각으로 수놓아진 식탁보와 그 밑에 덮여있는 작은 나무 탁자까지 집 안에 놓인 모든 가구와 장식들의 색깔은 조화로웠다. 거실에는 여러 종류의 꽃병들이 놓여 있었는데 그 안에서 대나무 줄기들이 자라고 있었다. 나는 그 아름다운 집이 좋았지만 혹시라도 뭔가를 부수거나 망가뜨리기라도 할까 봐 몸을 잔뜩 움츠리고 있었다. 다행히 집 입구에서부터 나를 반겨 주던 익숙한 필리핀인의 얼굴과 거실에 장식된 대나무들 덕에 나는 이 집에서 약간의 친근감을 느낄 수 있었다. 비록 화려한 꽃병들과는 어울리지 않는 저 대나무들처럼 나 역시 이 따루프가에는 어울리지 않았지만 말이다.

잠시 뒤 인도 사람으로 보이는 나이 많은 가사도우미가 흰 유니폼을 입고 거실로 들어왔다. 그녀는 우리에게 주스를 가져다 주더니 위층에서 한 여자가 내려오자 밖으로 나가 자리를 피해 주었다. 위층에서 내려오던 그 여자는 30대 후반 정도로 보였는데 진중한 커리어우먼 같았다. 남자처럼 짧은 머리를 한 그녀는 가싼과 내게 손을 내밀어 악수를 청했고 우리 앞에 다리를 꼬고 앉았다.

"이분은 네 막내 고모인 힌드야."

가싼은 내게 그녀를 소개했다.

"만나서 반갑습니다."

내 인사에 여자는 어색한 웃음을 지으며 고개를 끄덕였다. 그녀와 가싼은 아랍어로 대화를 나누기 시작했고 나는 그런 그녀의 표정을 가만히 바라보았다. '힌드'라 불리는 그녀의 표정은 진지했다. 가싼에게 무언가를 말하던 그녀는 눈썹을 위로 치켜 올리다가 곁눈질로 내 쪽을 바라보거나 쓰고 있던 안경을 다시 고쳐 쓰기도 했다. 그런데 이상하게도 가싼은 그녀와 이야기를 나누면서도 그녀의 얼굴은 바라보지 않았다. 이상함을 느낀나는 아무 말 없이 그 둘을 번갈아 보았다. 나는 마치 자막 없는 외국 영화 한 편을 보는 것 같았다. 힌드와 가싼 모두 표정이 어두웠지만 나는 그들 사이에 오가는 대화가 무슨 내용인지를 내가 원하는 대로 번역해 보았다. "우리와 이곳에서 함께 살 저 아이를 위해 방을 준비해 두었어요. 저 아이가 자신의 조국과 가족의 품으로 돌아와서 얼마나 기쁜지 모르겠어요!"

얼마 지나지 않아 위층에서 한 늙은 여인이 나타났다. 그녀는 한 손으로는 카울라의 부축을 받고 있었고 또 다른 손으로는 계단의 나무 난간을 꼭 잡고 있었다. 그녀가 분명 내 할머니 '가니마'임에 틀림없었다. 그녀의 시선은 거실에 있는 우리가 아닌 계단을 향해 있었고, 어렵게 다리를 구부려 천천히 계단을 내려왔다. 그녀는 가벼워 보이는 검은 숄을 머리에 쓰고 있었는데, 카울라의 히잡과는 다르게 헐렁하게 쓴 숄 아래로 머리카락이 드러났다. 할머니가 계단을 내려오는데 온 신경을 집중하고 있던 사이에 나는 몰래 그녀의 얼굴을 관찰할 수 있는 기회를 포착했다. 할머니가 한 걸음씩 걸음을 옮길 때마다 나는 그녀의 얼굴에서 새로운 모습들을 하나씩 발견할 수 있었다. 갈색 피부의 그녀는 얼굴에 주름이 가득했고 나는 그 주름을 통해 할머니의 나이를 가늠할 수 있었다. 그리고 두 입술은 얇아서 거의 없어질 것만 같았고 그 입술 위로 긴 인중이 뚜렷하게 보였다. 넓은 두 눈썹 사이에는 날카로운 코가 자리 잡고 있었는데 크고 날카로운 그녀의 코끝은 살짝 휘어져 있었다. 두 눈은 작았지만 반짝였고 검은 두 동공 때문에 흰자가 거의 보이지 않았다. 할머니의 눈빛은 숨겨진 무언가를 찾는 것처럼 날카로웠다. 매부리코에 반짝이는 두 눈 때문인지 할머니는 마치 몽골 독수리 같았다.

할머니가 카울라의 부축을 받고 나타나자 가싼과 힌드 고모가 존경의 의미로 자리에서 일어났고 나도 그들을 따라 자리에서 벌떡 일어났다. 할머니는 고개를 끄덕이며 가싼에게 인사를 건넸다. 나는 내 차례가 되자 어떻게 해야 할지 몰라 당황했다. 고개를 숙여 할머니의 손을 내 이마에 가져다 대기라도 해야 하는 건가? 그녀의 위엄 앞에 당황해서 어쩔 줄 몰랐던 나는 마치 부족장 앞에 서서 어떻게 예를 갖춰야 할지 몰라 발만 동동 구르는 사람 같았다. 그때 가싼이 잔뜩 얼어 있던 나를 보며 "네 할머니의 이마에 입맞춤을 해 드리렴."이라고 일러 주었다. 그 말에 심장이 빠르게 뛰기 시작했다. 나는 마치 뜨거운 철판에 입을 맞추기라도 할 것처럼 할머니의 이마를 뚫어지게 쳐다봤다. 그녀는 여전히 내 쪽은 바라보지도 않았다. 하지만 가싼의 미소와 카울라의 기뻐하는 얼굴에 용기를 얻은 나는 할머니에게 조심스럽게 다가갔다. 그리고 그녀의 이마에 내 얼굴을 가까이 대려는 그 순간, 할머니가 짙은 갈색으로 문신한 손바닥으로 내 어깨를 잡으며 내가 그녀에게 가까이 다가가는 것을 막았다. 할머니의 거부 반응에 나는 입맞춤을 포기하고 뒤로 물러섰다. 내 눈을 똑바로 쳐다보던 그녀의 얇은 입술이 떨리기 시작했다. 내가 고개를 떨어뜨리자 그녀는 내 어깨를 잡고 있던 손을 치웠다. 나는 무의식적으로 할머니가 잡고 있던 내 어깨 쪽 소매 부분을 살펴보았다. 혹시라도 이 부족장이 내 옷에 자신의 손바닥 자국을 남겨 나를 이 부족의 일원으로 인정해 주는 의식이라도 한 건가 싶었지만 이런 내 상상은 현실과는 동떨어진 생각이었다. 내가 고개를 들어 할머니의 얼굴을 바라보자 그녀도 역시 나를 바라보고 있었다. 반짝이는 두 눈은 그녀의 총명함을 알려 주는 것이었을까 아니면 눈물이었을까? 나는 할머니의 시선을 피해 다시 고개를 숙였다. 그러자 가싼이 "이싸, 할머니의 이마에 입을 맞추거라."라며 다시 나를 재촉했다. 뜨거운 철판의 열기는 달아올랐고 내 입술도 덩달아 떨리기 시작했다. 나는 다시 할머니의 이마에 내 입술을 가져다 댔지만 이번에도 할머니는 나를 피해 얼굴을 돌리더니 소파에 앉기 위해 카울라에게 도움을 청했다. 할머니는 손으로 무릎을 잡더니 겨우 다리를 굽혀 소파에 앉았고, 카울라는 작은 탁자를 하나 가지고 오더니 할머니가 다리를 올려놓을 수 있도록 그 탁자를 할머니의 다리 밑에 놓았다. 할머니가 소파에 앉자 우리 모두 그녀를 따라 자리에 앉았다.

처음 정문에서 우리를 맞아 주었던 필리핀 가사도우미가 작은 찻잔을 담은 쟁반을 들고 거실로 들어왔다. 그 작은 잔들은 손잡이나 컵 받침만 없었더라면 마치 테킬라 잔과 꼭 닮은 모습이었다. 나는 이번에는 그 가사도우미 쪽은 보지도 않았고 그녀를 향해 미소 짓지도 않았다. 그녀는 유리받침에 찻잔과 작은 금수저, 설탕 두 조각을 담아 우리에게 건네주었다. 하지만 나는 나와 그녀의 얼굴을 번갈아 쳐다보는 할머니 때문에 그녀에게 고맙다는 말조차 할 수 없었다. 할머니는 날카로운 눈으로 나와 필리핀 가사도우미 그리고 가싼과 힌드 고모의 얼굴을 번갈아 보았는데 우리를 뚫어지게 바라보는 그녀의 시선이 너무 날카로워서 무서울 지경이었다. 할머니의 존재는 그 자체로 불편했다. 내가 아무리 결백하다고 해도 탐정 앞에 혐의자로 앉아 있다는 것은 너무나 불편했다. 마치 독수리 앞의 쥐가 된 기분이라고나 할까?!

"앗싸라무우우우 알라이쿠무무무." 앵무새가 큰 소리로 울자 곧이어 두 명의 여자가 거실로 들어왔다. 둘 중 한 명은 히잡을 쓰고 있었고 다른 한 명은 머리카락을 내놓은 상태였다. 둘은 가싼에게 인사를 건네더니 힌드와 카울라에게 차례대로 입맞춤을 했다. 그리고 고개를 숙여 할머니의 이마에 입을 맞췄다. 카울라는 내게 그 둘을 소개했다.

"이쪽은 아와띠프, 그리고 이쪽은 누리야. 모두 우리 고모들이야."

두 여인은 거실에 있는 소파에 나란히 앉았다. 둘은 자매였지만 닮은 구석이라고는 좀처럼 찾아보기 힘들었다. '아바야'라 불리는 검은 가운을 입은 큰 고모 아와띠프는 한 손에는 핸드백을 든 채 두 다리를 가지런히 모아 자리에 앉아 있었는데, 카울 라나 힌드 고모처럼 수려한 외모는 아니었지만 화장기 없는 그 녀의 얼굴은 편안해 보였다. 아와띠프는 우리를 만나는 내내 미 소를 띠고 있었고 참으로 인자해 보였다. 큰 눈 사이에는 넓고 동그란 이마가 자리 잡고 있었는데 웃는 상의 그녀의 얼굴은 마 치 돌고래 같았다. 한편 누리야라 불리는 그녀의 동생은 아와띠 프와는 정반대의 모습이었다. 그녀는 자신만만한 표정으로 다 리를 꼬고 앉아 있었다. 적당하게 화장을 한 그녀는 화려하고 세련돼 보였고 얼굴은 전체적으로 날카로워 보였다. 그녀는 말 을 할 때마다 턱과 눈썹을 치켜 올렸는데 살짝 거만해 보이기도 했다. 나는 두 고모들의 얼굴을 번갈아 보면서 생각했다. '어떻 게 돌고래와 상어가 같은 뱃속에서 나올 수 있었던 거지?!'

거실에 둘러앉은 그들은 저마다 각기 다른 방식으로 이야기 를 나누었고 할머니는 그 모습을 조용히 바라봤다. 그녀는 가 싼이 말을 하면 힌드의 얼굴을 보았고 힌드가 이야기를 하면 가싼 쪽으로 시선을 옮겼다. 어느새 거실에서는 언성이 높아졌 고 뜨거운 설전이 벌어졌다. 가끔씩 그들의 시선이 나에게 꽂혔 고 누군가는 손가락으로 내 쪽을 가리키기도 했다. 카울라는 그들 사이에 앉아 여전히 미소를 띤 채 나를 바라보고 있었다. 그녀는 내가 가싼과 함께 이 집에 들어온 순간부터 계속 그렇게 웃고 있었다. 그들은 한 시간 넘게 회의를 했는데 가싼은 긍정의 의미로 고개를 끄덕이는 것 같았고 힌드는 초초한 듯이 한쪽 다 리를 떨며 낮은 목소리로 말하고 있었다. 돌고래는 해맑게 미소 짓고 있는 반면 상어는 신경질적으로 응수했고, 늙은 몽골 독수리는 고갯짓 하나로 그곳에 있던 모두를 조용하게 만들었다. 생쥐였던 나는 내 앞에서 벌어지고 있는 일들이 대체 무슨 상황인지 이해할 수 없었기 때문에 벙어리처럼 아무 말도 못하고 어쩔 줄 몰라 하며 눈치만 보고 있었다. 내가 그곳에서 이해할 수 있는 거라고는 온순한 참새 같은 카울라가 나를 향해 보내는 애틋한 시선의 의미뿐이었다.

8

그날 할머니의 집에서 돌아온 나는 가싼을 통해 그들 사이에 무슨 말들이 오고 갔었는지 알게 되었다. 당시 가싼은 두 가지 선택의 기로 앞에 놓여 있었는데, 그것은 바로 아버지의 유언에 따라 나를 따루프 가문에 맡기거나 아니면 다시 짐을 싸서 나를 필리핀으로 보내는 것이었다. 한편 카울라는 자신에게 오빠가 있다는 사실에 뛸 듯이 기뻐했다. 만약 재혼한 자신의 엄마가 아이를 낳는다고 해도 나와 카울라처럼 나이 차이가 적게 나지는 않을 것이기 때문에 카울라는 내가 그 집에서 함께 살아야 한다고 고집을 부렸다. "제가 이싸에게 아랍어를 가르쳐 주고 이싸와 관련된 일이라면 모두 제가 맡아서 처리할게요. 그러니까 할머니는 이싸에 대해서라면 전혀 염려하지 마세요!"

고모들 중 첫째였던 아와띠프도 카울라처럼 기뻐했다. 그녀 역시 "이 아이는 우리 집 자식이에요."라고 말하며 내가 할머니 집에서 가족들과 함께 살기를 바랐다. 다른 이들이 그녀의 의견을 무시하긴 했지만 아와띠프는 나를 가족으로 인정하고 받아들여야 한다고 주장했다. "이 아이는 우리 오빠의 아들이잖아요. 신께서도 우리가 이 아이를 내치는 것을 원치 않으실 거예요." 가싼을 통해 고모의 말을 듣고 나는 기뻤다. 신이 그 자리에 우리와 함께 있으면서 무슨 말들이 오가는지 들었다고 생각하니 왠지 모르게 안심이 되는 것 같았다. 비록 내 눈으로 직접신의 존재를 보지는 못했지만 그가 아와띠프 고모의 마음속에 있었다는 사실은 신이 내 곁에 있다는 안도감을 안겨 주었다. 나는 신께 내 마음속에도 함께해 달라고 기도드렸다. 반면에 누리야는 내 존재를 강하게 부정했다. 그녀는 아와띠프에게 화를 내며 아와띠프의 남편인 아흐마드가 내 존재를 알게 되면 무슨일이 벌어질지 모른다며 겁을 주기도 했다. 누리야가 자신의 남편까지 들먹이자 아와띠프는 잠시 망설였다. 하지만 "내 남편 아흐마드는 신을 경외하는 사람이야. 이싸의 존재를 안다고 해도 부정적으로 생각하지 않을 거야."라며 자신의 주장을 굽히지 않았다. 누리야는 가족들에게 화를 내며 언성을 높였다. 그러더니 정 나를 받아들여야 한다면 증명서의 내 이름에서 따루프라는 성을 빼고 집에서 멀리 떨어진 곳에 나를 살게 하자고 제안했다. 그게 아니라면 돈으로 해결을 하거나 나를 다시 필리핀으로 보내 버리자고 했다.

그녀는 이성을 잃은 것 같았다. "다들 쿠웨이트가 얼마나 작은지 알잖아요! 사람들 사이에서 소문이 금방 퍼질 거라고요. 내 남편인 파이살과 시댁 가족들이 이 사실을 알게 된다면 내 입장이 어떻게 되겠어요? 나는 아딜 가문에서 위신을 잃게 될 거고 시누이들과 그들의 남편들에게 웃음거리가 될 거라고요!"
격분한 누리야는 핸드백을 챙겨 자리에서 일어났다. 그리고 그
녀는 집을 나서기 전 이런 말을 남겼다.

"제겐 결혼 적령기인 아들과 딸이 있어요. 이 필리피노 놈이
내 아이들의 혼삿길을 막는 걸 절대 두고만 보고 있지 않을 거
예요!"

나는 가싼의 말을 도무지 이해할 수 없었다. 대체 무엇이 고
모의 입장을 곤란하게 만들고 무엇이 그녀를 시댁에서 웃음거
리로 만든다는 말인가? 또 왜 나의 존재가 그녀의 자식들이 결
혼을 하는데 걸림돌이 된다는 걸까?! 이 말은 수년 전 엄마의
임신 사실을 알고 할머니가 우리 아버지에게 했던 말이었다.
"그러면 네 동생들은 어쩌라는 게냐, 이 이기적인 놈아! 이 바보
같은 녀석아! 네가 이렇게 경솔하게 행동하면 대체 누가 네 누
이들과 결혼을 하려 하겠니?" 나로서는 도무지 이해할 수 없는
이 상황을 엄마도 제대로 설명해 주지 못했었다. 그래서 이번에
는 가싼에게 자초지종을 물었다. 하지만 그 역시 내 질문에 이
렇게 답했다. "이싸야, 내가 대체 어떻게 설명해야 할 지 모르겠
구나. 너도 이해하기 힘들 거야."

나의 편을 들어주던 카울라와 아와띠프 고모 그리고 나를 결
사반대하는 누리야 고모 사이에서 나는 난관에 빠지고 말았다.

한편 막내 고모인 힌드는 어찌해야 할지 몰라 혼란스러워했
다. '힌드 따루프', 그녀는 쿠웨이트에서 유명한 인권 운동가였
다. 고모는 그날 가족들 앞에서 이렇게 말했다고 한다.

"언행일치를 하면서 사람들 앞에서 떳떳할 것인지 아니면 가

문과 제 명예를 지킬지의 기로에 놓이게 됐군요."

　그녀는 둘 중 하나를 포기할 수밖에 없는 상황이었다. 힌드 고모가 인간으로서의 나의 권리를 주장한다면 그것은 전쟁에서 순교자로 생을 마감한 라쉬드가 필리핀 가사도우미와 결혼했었다는 것을 사람들 앞에서 폭로하는 셈이었고 결국 그것은 가문과 자신의 명예를 더럽히는 일이었다. 반대로 고모가 내 인권을 짓밟고 그녀의 원칙을 포기한다면 본인의 명예와 지위를 지킬 수 있는 것이었다. 혹은 내 존재가 알려지기도 전에 내가 사라져 버리기라도 한다면 그녀는 사람들 앞에서 자신의 원칙을 고수할 수 있었고 그녀의 명예도 지킬 수 있었다. 하지만 그들이 나를 가족으로 받아 주지 않고 내쫓는 게 나를 희생시키는 거라고 생각한다면 나는 오히려 행복할 것 같았다.

　본디 누군가가 무엇을 희생시킨다는 것은 그 무엇이 자신에게 가치가 있는 것이라 생각하기 때문에 나온 말이고, 진정한 희생이란 타인을 위해서 나에게 소중하고 단 하나밖에 없는 무언가를 포기하는 것이기 때문이다. 그러나 나는 내 자신에게나 그들에게 있어 가치 있는 존재가 아니었다. 그래서 내가 그들과 멀리 떨어진다는 것은 그들 입장에서 소중한 것을 잃는 것이 절대 아니었고, 나의 부재는 그들에게 어떤 근심도 가져다주지 않을 것이 자명했다.

　"가싼, 그러면 할머니는요? 그날 할머니는 저에 대해서 뭐라고 하셨나요?" 내가 아무것도 이해할 수 없었던 그날의 뜨거운 논쟁에 대해 가싼에게 듣던 중, 나는 문득 할머니의 의견이 궁금해졌다. 가싼은 담배 연기를 내뱉으며 내게 이렇게 말했다.

"그 집안의 모든 결정권은 네 할머니 가니마에게 있단다."

그는 그날의 일들을 생각하는 것 같았고 나는 가싼의 대답을 재촉했다.

"그래서 할머니의 결정이 뭐였는데요?"

"너는 그날 그 자리에서 네 할머니가 입을 여는 걸 봤니?"

가싼의 질문에 나는 바로 대답했다.

"아니요… 할머니는 아무 말 없이 거기에 있던 사람들의 얼굴만 관찰하는 것 같았어요."

가싼은 피고 있던 담배를 재떨이에 끄더니 나를 바라보며 말했다.

"그럼 왜 나에게 네 할머니의 의견을 묻는 게냐? 그녀는 아마도 더 생각할 시간이 필요할 거야."

그는 잠시 아무 말도 하지 않았다. 그러다 미소를 지어 보이며 나를 안심시켰다.

"우리 카울라를 한번 믿어 보자꾸나."

***

엄마는 내게 약속된 그 '천국'이라는 곳에 대해 아주 일부분만 보여 줬던 것이다. 그녀는 그동안 내게 필리핀에서는 누구도 쉽게 누릴 수 없는 꿈의 실현과 창창한 미래, 많은 기회들에 대해서만 입이 닳도록 이야기했었다. 나는 지난 몇 년간 멘도사의 땅에서 "언젠가 너는 네 아버지의 나라로 돌아가게 될 거야."라는 엄마의 말을 들었었다. 하지만 막상 아버지의 나라에 와 보니 나는 내 가족이라는 사람들이 나 때문에 어쩔 줄 모르는 것을 보게 되었다. 그들 중 누군가는 나를 원했고 어떤 이들은 나를 거부했다. 누군가는 내가 돌아온 것에 기뻐했고 다른 누군가는 혼란스러워했다. 몇몇은 돈으로 해결하자고 했고 내게 엄마의 나라로 다시 돌아가라고 했다. 나는 낯선 이 땅에서, 아버지와 엄마의 나라 사이 어딘가에서 나를 품어 줄 안식처를 찾아 헤매고 있었다.

호세, 아라보, 또는 창녀의 아들이라는 내 옛 이름들을 벗어던지고 '이싸 따루프'라는 새 이름을 받아들이자마자 나는 내가 그 이름을 갖는 것을 원치 않는 이들을 만나게 되었다. 하지만 나는 더 이상 아버지도 없는 멘도사 같은 사람이 아니었다. 나에게는 '라쉬드 따루프'라는 아버지가 있었고, 나는 그의 아들 '이싸 따루프'였다.

***

따루프가의 가족회의가 열린 지 3일이 지났다. 날씨가 따뜻한 편이라고는 했지만 나는 추위에 덜덜 떨며 두 손에 따뜻한 커피 잔을 쥐고 두꺼운 양말을 신은 채 전기난로 옆에 꼭 붙어 앉아 외국 영화를 보고 있었다. 한편 가싼은 그 옆에서 책을 읽고 있었다. 그 때 가싼의 휴대폰이 울렸다. 그는 읽고 있던 책을 무릎 위에 얹어 놓고 액정을 확인한 뒤 전화를 받았다.

"네 가족의 전화구나."

나는 한걸음에 가싼이 앉아 있던 소파로 달려가서 그 전화의 주인이 누구인지 물었다.

"우리 엄마인가요? 아니면 아이다 이모?"

그는 내 물음에 대답하는 대신 바로 전화를 받았다. "와 알라 이쿠뭇 살람." 그 통화는 10분 넘게 지속됐는데 가싼은 고개를 끄덕이며 "네, 네, 네."라는 말 외에 다른 어떤 말도 하지 않았다.

드디어 통화가 끝났고 가싼은 내게 "이싸야, 잘 들어 보렴."이라며 입을 뗐다. 그리고는 내게 이렇게 말했다. "이제 너는 네 할머니의 집에 가서 살게 될 거야." 그의 말을 듣자마자 나는 거실 한가운데서 팔짝팔짝 뛰며 주먹 쥔 손을 허공에 흔들었다. "예쓰! 예쓰!!" 내 발 밑에 있던 바닥이 흔들리는 것만 같았다.

"이싸! 뛰지 말거라, 애야. 우리는 지금 4층에 살고 있고 아랫집에 사는 사람들을 생각해야지!"

나는 진정하고 소파에 앉아 가싼의 눈을 바라보며 물었다.

"밑에 사는 사람들이요?!"

그러자 그는 고개를 저으며 웃음을 터뜨렸다.

"아니야. 사실 우리 밑에는 아무도 살고 있지 않아."

가싼은 나의 모습에 함께 기뻐하며 껄껄 웃었다.

"이 녀석아, 네가 그리울 거다."

가싼과 함께 살던 자브리야라는 동네는 할머니의 집이 있는 꾸르뚜바라는 곳과 멀지 않았다. 그럼에도 불구하고 나는 막상 가싼의 집을 떠나려 하니 왠지 그에게 미안해졌다. 그는 평생을 혼자 살아왔지만 나는 내가 할머니의 집으로 가는 것이 왠지 그를 혼자 이곳에 버려두는 것 같았다. 문득 아버지, 왈리드와 함께 있던 가싼의 모습, 그리고 엄마가 얘기해 줬던 그 세 친구의 이야기들이 떠올랐다. 그들은 자신들만의 세상에서 함께 이야기하고 노래도 하고 여행도 다니고 바다로 떠나기도 했었다. 하지만 이제 가싼, 이 외로운 남자는 숨 막히는 작은 아파트, 그리고 이집트, 시리아, 인도, 파키스탄 같은 다른 아랍인과 외국인 노동자들이 가득한 이 건물에 홀로 남게 된 것이다.

"가싼 아저씨!"

그는 웃음을 멈추고 나를 바라보았다. 그런 그에게 나는 이런 질문을 했다.

"아저씨는 왜 지금까지 결혼하지 않았나요?"

내 물음에 가싼은 평소 내가 알던 그 슬픈 얼굴로 다시 돌아왔다. 그는 무릎 위에 올려놓았던 책을 들어 소파 위에 놓더니 무언가를 말 하려다가 다시 입을 다물었다. 나는 담뱃갑을 집어 담배 한 개비를 꺼내 입에 물었다. 그리고는 담배에 불을 붙여 그에게 건네주며 이렇게 말했다.

"여기 이 담배 연기와 함께 가슴 안에 있는 말들을 시원하게 내뱉어 봐요."

가싼은 숨을 깊게 들이마셨고 발갛게 달아오른 담뱃불에서 재들이 떨어졌다. 그는 담배 연기를 내뱉으며 내게 자신의 숨겨진 사연을 꺼내기 시작했다.

"이싸, 나는 내가 죽고 나면 나를 원망하고 저주할 아이들을 낳고 싶지 않단다."

그는 머리 뒤에 손깍지를 끼더니 소파에 몸을 기댔다. 여전히 그의 입술 끝에는 담배가 물려 있었다.

"평생 나를 꼬리표처럼 따라다니던 비둔이라는 이름 말고 내가 자식들에게 물려줄 수 있는 게 뭐가 있겠니…"

가싼은 침묵을 지켰다. 그러다 이런 말을 했다.

"이싸, 비둔이라는 건 흉측한 유전자란다. 어떤 유전자는 자식들에게 전해지지 않거나 아니면 한 세대를 건너 그 다음 후손에게 전해지기도 하는데, 비둔만은 달라. 이 악성 유전자는 단한 번도 실수를 하는 법이 없지. 아버지에서 그 자식에게, 그리고 또 그 자식에게 단 한 번의 예외 없이 전해진단다. 자신의 운명을 피할 수 있다는 희망을 산산조각 내 버린 채 그렇게 말이다."

이야기를 마친 가싼은 담뱃불을 끄고 자신의 방으로 들어가 버렸다.

***

그날 밤 늦은 시간, 방에서 잤던 건지 얼굴이 부은 가싼이 눈을 반쯤 감은 채 거실로 나왔다. 그는 내게 자신의 휴대폰을 건네주며 말했다. "네게 온 전화야…" 그는 입을 크게 벌리며 하품을 했다. "네 동생 카울라가 너와 통화하고 싶대." 나는 가싼의 전화를 받았고 그는 로봇처럼 뒤돌더니 그대로 곧장 그의 방으로 가 버렸다.

"여보세요."

"이싸! 내가 혹시 깨운 건 아닌지 모르겠네."

"아니야. 아직 자지 않았어."

카울라는 내게 집 옆 별채에 내 방과 그 안에 필요한 모든 물건들을 다 준비해 뒀다고 일러 주었다. "그 방에 모든 게 다 갖춰져 있을 거야." 카울라는 내 방에 뭐가 있는지 하나하나 열거하며 자세히 설명하기 시작했다. 나는 그런 카울라를 진정시키며 "카울라, 그 정도면 충분해. 정말 충분하다고."라고 했다. 내 말에 카울라는 잠시 멈칫하는 것 같았다. 침묵이 이어졌고 나는 혹시 그녀가 전화를 끊었나, 하는 생각에 휴대폰 액정을 봤다. 카울라는 여전히 통화중인 상태였다.

"여보세요! 카울라?"

"응, 듣고 있어."

"네가 나를 위해 해 준 모든 일에 대해 정말 감사하고 있어."

"하지만 이싸!"

카울라는 다시 하던 말을 멈추고 우물쭈물하다가 이렇게 말했다.

"정말 행복한 거지?"

"그럼 당연하지. 내가 그동안 꿈꿔 왔던 것 이상으로 행복해.

"혹시 집 별채에 머문다는 사실이…."

카울라가 적당한 단어를 찾으려는 듯 망설이더니 내게 말했다.

"음… 어… 있잖아, 이싸. 나는 오빠가 최대한 좋은 환경에서 우리와 함께 지낼 수 있도록 많이 노력했었어. 하지만 그게 쉽지 않더라. 할머니가 생각을 바꿔서 오빠가 집 안채에서 함께 살 수 있을 때까지 우리 조금만 더 기다려 보도록 하자."

나는 카울라를 통해 할머니가 나를 받아 준 것이 완전한 동의가 아니었음을 알게 됐다. 본디 별채란 그 집이 아닌, 집 안뜰에 따로 떨어진 공간이었고 거기에는 요리사나 운전기사 같은 사람들이 사는 곳이었다. 그리고 집 안채에는 그 집의 주인들과 함께 가사도우미들만이 맨 위층에서 살 수 있었다. 하지만 나는 내 방이 있을 그 별채가 이전에는 아버지와 그의 친구들이 함께 모여 앉았던 공간임을 알았기 때문에 넓은 마음으로 이 결정을 받아들이기로 했다.

"여보세요, 이싸? 내 말 듣고 있어?"

"응. 네 말이 뭔지 다 알았어."

"이싸, 이 집에 들어오기 전에 꼭 알아 둬야 할 것이 사실 하나가 더 있어…"

***

할머니의 집으로 들어가기 전, 나는 많은 것들을 숙지해야 했다. 그중에 하나는 바로 그 집에서 일하는 사람들, 특히 요리사나 운전기사에게 내 일에 대해 절대 발설하지 말아야 한다는 것이었다. 할머니에게는 이웃들이 많았고 이웃들은 집마다 요리사와 운전기사를 고용하고 있었는데, 그들 사이에는 소식들이나 소문들이 빠르게 공유되었다. 그 때문에 혹시라도 그들이 집 안의 비밀을 알게 된다면 그 비밀은 순식간에 옆집들로 퍼져 나갈게 불 보듯 뻔했기 때문이다. 카울라는 내게 이 주제에 대해 많은 이야기를 해 주었다. 그녀와 통화를 하다가 문득 든 생각은 단 하나였다. 내가 할머니의 집, 아니 그녀의 집 별채에서 다른 사람들에게 알려져서는 안 되는 비밀스러운 존재로 살게 된다는 것이었다.

"만약 이웃이나 그들이 고용한 사람들이 오빠한테 누구냐고 물으면, 우리 집에서 새로 일하게 된 요리사라고 말해. 이 문제를 해결할 답을 찾을 때까지만 그렇게 하도록 하자."

9

"우리 다시 만날 수 있겠죠?"

할머니의 집 앞에 도착한 나는 가방을 메고 차에서 내리면서 가싼에게 물었다.

"그럼. 몇 번이고 또 만날 수 있지."

렇게 가싼과 작별 인사를 하고 등을 돌려 대문으로 향하려는데 가싼이 나를 불러 세웠다. "이싸, 이걸 가져가렴." 그는 창문 사이로 손을 내밀어 내게 무언가를 전해 주려는 것 같았다. 나는 집 앞에 옷 가방을 내려놓고 한 손에는 증명 서류가 든 가방을 쥔 채 그에게 다가갔다.

"이게 뭐예요?"

"내 아파트 열쇠야. 언제든지 오렴. 혹시 내가 없더라도 열쇠가 있으니 들어올 수 있을 게다."

'아저씨까지도 내가 이 집에 오래 머물 수 있을 거라 믿지 않는군요.' 나는 혼잣말을 하며 가싼에게 고맙다는 인사를 전하고 옷 가방이 있는 대문으로 돌아왔다. "이싸, 어서와!" 내가 벨을 누르기도 전에 문 뒤에서 나를 기다리고 있던 카울라가 나타났다. 가싼은 경적을 울리며 우리에게 작별 인사를 하더니 나를 내 동생에게 맡겨 둔 채 자신의 애마와 함께 사라졌다.

"앗살라무우우 알라이쿠무우우우!" 문이 열리자 평소처럼 앵무새가 소리치기 시작했다. 내가 막 안으로 들어서려는 찰나 카울라가 주저하면서 이웃집들을 살펴보았다. 그러더니 "이싸, 거기 말고 이쪽으로 들어와."라며 옆에 있던 또 다른 문을 가리켰다. 그리고 그녀는 "이 문으로 들어가면 오빠의 방이 있을 거야. 그리고 거기에서 마당을 통해 안채로 들어올 수 있어."라는 말도 잊지 않았다.

나는 카울라가 알려 준 또 다른 문을 열었다. 그 문은 오래 전 아버지가 나를 안은 채 할머니에게서 쫓겨났던 바로 그 문이었다. 문을 들어서니 정원과 함께 내가 머무를 별채가 나왔다. 정문으로 들어갔던 카울라는 이미 도착해서 그곳에서 나를 기다리고 있었다.

앞서가는 카울라를 뒤따라가자 그녀는 얼마 가지 않아 알루미늄으로 만들어진 문 앞에서 걸음을 멈추었다. 그러고는 뒤돌아서 알루미늄 문의 맞은편에 있는 건물을 가리키며 내게 말했다. "바로 여기야. 옛날에 아버지가 친구들과 함께 모여서 시간을 보냈던 곳이지. 자, 이제는 오빠의 방이야."

이게 다 나를 위한 거라고?! 그 방은 내가 상상했던 것 이상으로 좋았다. 그 방 안에만 있으면 밖으로 나갈 필요도 없을 것 같았다. 나는 이게 진짜 내 방이 맞는지 믿을 수 없었다. 내 새로운 방은 필리핀에 있던 방의 두 배 정도 되는 크기였고, 바닥에는 두꺼운 카펫이 깔려 있었다. 두 명 정도는 충분히 잘 수 있는 큰 침대에는 베개 두 개, 그리고 흰색의 세련된 이불이 놓여 있었다. 그리고 큰 화면의 텔레비전 옆에는 작은 탁자와 함께 새 노트북도 있었고, 냉장고, 난로, 에어컨까지 마련되어 있었다.

"어때, 새 방이 마음에 들어? 오빠가 기뻐하면 좋겠는데." 카울라의 물음에 나는 이 방과 필리핀에 있는 내 암울한 방을 비교하며 이렇게 답했다.

"네가 상상하는 것 이상으로 정말 기뻐."

카울라는 방에 짐을 두고 자기를 따라오라고 했다. 정원으로 뒤따라 간 내게 그녀는 아까 지나쳤던 알루미늄 문을 가리키며 그곳은 '바부와 라주'라 불리는 요리사와 운전기사의 방이라고 했다. 그리고 이번에는 내 방 바로 맞은편에 위치한 있는 철제 틀로 장식된 유리문을 가리키더니 "이 문으로 들어가면 우리가 전에 함께 앉아 있던 안채의 큰 거실이 나와. 여기로 가면 시끄러운 앵무새를 만날 필요도 없지."라고 일러 주었다. 그리고 유리문 위로 보이는 2층 창문을 바라보며 할머니 방의 창문이라고 알려 줬다. 카울라는 손목시계를 힐끔 보더니 내게 물었다.

"벌써 10시가 다 됐네. 방에 돌아가서 자고 싶어?"

"아니. 아직 자기에는 이른 시간이야."

"그러면 지금 옷부터 갈아입어. 내가 곧 오빠 방으로 갈게."

"카울라, 내가 안채로 들어가면 안 되는 거야?"

내 물음에 카울라는 미소를 지었다. 그게 일부러 미소를 지은 것인지 아니면 카울라의 입술이 원래 그렇게 생긴 건지는 모르겠지만 나는 내 동생의 웃는 얼굴이 참 좋았다.

"물론 들어올 수 있지. 너무 성급해 하지 마."

***

새 방으로 들어온 나는 신발도 벗지 않은 채 그대로 커다란 침대 위에 대자로 누웠다. 그런데 얼마 지나지 않아 방문을 두드리는 소리가 들려왔고 나는 자리에 고쳐 앉았다. 방문을 열기 위해 막 자리에서 일어나려던 찰나 문이 열리면서 힌드 고모가 나타났다. 그녀는 방 안에 들어오지 않고 방에 있는 가구들을 꼼꼼히 살펴보며 내게 물었다.

"새로운 방이 마음에 드니?"

나는 벌떡 일어나서 고모의 눈을 보지도 못하고 대답했다.

"네."

힌드는 내 대답을 듣고는 잠시 아무 말도 하지 않다가 조금 달라진 어조로 내게 말했다.

"그것 참 신기하구나…."

나는 뭐가 신기하다는 건지 영문을 몰라 그녀를 멀뚱히 쳐다봤다.

"네게는 라쉬드의 목소리가 있어. 마치 오빠가 다른 얼굴을 하고 내게 말하는 것 같아."

"정말 그런가요?"

나는 그녀의 말에 뛸 듯이 기뻤다.

"근데 내게 왜 고모라고 하지 않는 거니? 나는 네 고모야."

나는 아무 말 없이 미소를 지으며 고개를 끄덕였다.

"아무래도 네가 이걸 필요로 할 것 같아서 너에게 전해 주려고 왔어."

힌드는 작은 가방에서 무언가를 꺼내더니 내게 건네줬다. 바로 휴대 전화였다.

"자, 네 것이란다. 중요한 번호를 몇 개 저장해 뒀어. 가싼이랑 카울라 그리고 우리 집 번호도 있어."

내게 전화기를 건네준 고모는 그대로 뒤돌아서 안채로 이어진 유리문 쪽으로 가려고 했다. 그러다가 갑자기 그녀는 내가 서 있는 쪽을 돌아보더니 말했다.

"그리고 내 번호도 저장되어 있단다."

***

한 시간쯤 지났을까, 카울라가 다시 내 방으로 돌아왔다. 나는 문을 열어 카울라에게 들어오라고 했는데 그녀는 고개를 저으며 "이싸, 어서 나를 따라와 봐. 오빠에게 보여 줄 것이 있어."라고 나를 유리문 쪽으로 끌고 갔다. 막상 문에 다다르자 안으로 들어서기가 망설여졌다. "대체 어디로 가는 건데?" 카울라는 그런 나를 보더니 "쉿, 조용!"이라며 입술에 손가락을 가져다 댔다. 나는 카울라를 따라 거실로 들어갔다. 그리고 앵무새가 있는 새장을 지나 짧은 복도로 갔는데, 다행히 새장은 천으로 가려져 있었다. 복도의 끝에 다다르니 나무문의 방이 우리를 기다리고 있었다. 카울라는 그 문을 열어 방 안으로 나를 안내했다.

"자, 이싸, 어서 들어 와!"

방은 작았다. 벽마다 책장이 달려 있었고 구석에는 나무로 만들어진 책상도 놓여 있었다. 책장이 없는 벽에는 금테로 장식된 사진들이 걸려 있었다. "이게 바로 아버지의 서재야."라며 카울라가 말했다. "아버지는 정말 여기에 있는 책들을 다 읽은 거야?" 셀 수 없을 정도로 많은 책들을 보며 나는 카울라에게 이렇게 물었다. 그러자 내 질문에 카울라는 씩 웃기만 했다. 나는 마치 퍼즐 맞추기라도 하듯이 엄마가 그동안 이 방에 대해 내게 들려 줬던 이야기들의 조각들을 모아 보려 애썼다. 할머니와 고모들이 잠에 들면 아버지와 엄마는 이 방에 앉아 도란도란 이야기를 나누었겠지. 엄마는 여기서 책을 읽고 있는 아버지를 위해 커피를 타 왔을 거야. 그 순간 나는 내가 선조들의 역사적인 유물들을 모아 놓은 박물관에라도 온 것 같은 기분이 들었다.

나는 사진이 걸려 있는 벽 쪽으로 다가갔다. 흑백사진 사이로 보이는 노인은 넓은 이마에 정돈되지 않은 머리를 하고 있었는데 짙은 두 눈썹과 흰 콧수염 밑으로는 가슴까지 길게 자라 여러 갈래로 삐죽삐죽 자란 턱수염이 자리 잡고 있었다. 나는 카울라를 바라보며 말했다.

"나 이 사람이 누군지 알 것 같아!"

카울라도 사진 앞으로 다가왔다.

"당연히 오빠도 누구인지 알 거야."

나는 씩 웃어 보이며 확신에 차서 말했다.

"이 분은 분명 우리 할아버지 이싸가 맞지? 그렇지?"

내 말에 카울라는 터져 나오는 웃음을 겨우 참으며, 누가 듣기라도 할까 봐 방문으로 달려가더니 문을 닫고 박장대소했다.

"이싸, 이 사람은 러시아의 위대한 소설가인 톨스토이야!"

그 말에 나는 머쓱해져 카울라와 함께 웃었다. 그리고 이번에는 기필코 정답을 찾아내겠다는 의지로 또 다른 사진을 가리켰다. 사진 속 남자는 머리에 전통적인 두건을 쓰고 그 위에는 검은색의 두꺼운 띠를 얹은 채 어두운 빛깔의 초록색 코트를 입고 있었다. 히틀러의 콧수염 같은 검은 수염을 기른 그의 두 눈은 둥근 선글라스 알 뒤에 감춰져 보이지 않았다. 나는 카울라를 바라보며 말했다.

"이 남자는 러시아 장교들이 입는 것 같은 코트를 입긴 했지만 절대 러시아 사람처럼 보이지는 않는데… 이 분이 우리 할아버지야?"

내 말에 카울라가 또 한 번 웃음을 터뜨렸다. 그녀는 입을 막으며 고개를 저었다. 이번에도 내 짐작이 틀렸던 것이다.

"아니야. 예전에 정말 유명했던 쿠웨이트 시인이야.[7]"

카울라는 즐거워 보였지만 나는 동생의 웃음에 부끄러워졌다. 그래서 무슨 결심이라도 한 듯 카울라에게 말했다.

"이제 더 이상 사진들의 주인공이 누구인지 추측해 보지 않을 거야. 네가 내게 설명을 좀 해 줘. 이 사진 속의 사람들은 대

---

7   파흐드 아스카르(1917-1951)로 초대 쿠웨이트 시인들 중 한 명이다.

체 누구야?"

나는 사진 속에 있는 또 다른 남자를 가리켰다. 사진에는 뚱뚱한 체격의 남자가 측면으로 앉아 있었다. 그는 갈색의 전통 의상을 입었는데 그의 턱 밑에는 작고 흰 수염이 나 있었다. "이 남자는 누구야?" 내 질문에 카울라는 "이 분은 '아부 도스토르' (헌법의 아버지)라 불렸던 쿠웨이트의 선대왕들 중 한 분이셔."[8] 라고 일러 주었다. 나는 그 옆에 놓인 사진을 보며 분명 이 사진의 주인공은 할아버지 아니면 내 조상들 중 하나라고 생각했다. 비록 나는 그들의 과거가 어땠는지, 그들이 어떻게 살아왔는지 전혀 몰랐지만 말이다. 나는 벽장을 지나 아버지의 책상 쪽으로 발걸음을 옮겼다. 그리고 책상 위에 놓여 있던 나무 액자 속 사진 한 장을 집어 들었다. 카울라는 빤히 사진을 들여다보고 있던 내게 말했다.

"그 사진의 주인공이 누구인지, 그의 사연이 뭔지 내가 다 알려 줄게. 그 사람은 말이야…."

나는 카울라가 입을 떼기 전 그녀에게 먼저 말했다.

"카울라, 나는 그가 누군지 알아. 사실 한 번도 만나 본 적은 없지만 그를 좋아하게 됐어. 그의 사진을 이미 여러 장 봤었거든…."

"오빠는 정말 많은 걸 아는구나."

"내가 필리핀에 있을 때 엄마가 얘기해 주셨어."

---

8 셰이크 압둘라 살림 사바흐(1895-1965)를 가리킨다. 제11대 쿠웨이트 왕으로 그의 통치 기간 동안 쿠웨이트는 독립을 실현했다.

고개를 돌리자 왈리드의 옆에는 마이크 앞에서 크게 입을 벌린 채 노래를 부르는 것 같은 한 여자의 모습이 있었다. 그녀는 한 손에 손수건을 들고 두 팔을 벌리고 있었다. "이 여자는 누구야?" 내 물음에 카울라는 별로 귀를 기울이지 않는 것 같았다. 그녀는 책장 속에서 무언가를 찾는 듯 했는데, "오빠는 우리 할아버지 이싸 따루프의 사진을 보고 싶은 거지?"라고 내게 묻더니 책들 사이에서 커다란 책 한 권을 꺼내 내게 건네주었다.

그 책의 표지에는 두 남자의 모습이 담긴 오래된 사진 한 장이 있었다. 원래 그 사진은 흑백사진이었던 것 같았으나 나중에 그 위에 색을 덧칠한 것처럼 보였다. 둘 중 한 명은 내가 이곳에 도착했을 때 세상을 떠났던 전 쿠웨이트 국왕의 것과 비슷한 작은 턱수염을 기르고 있었는데 아무 표정 없이 카메라 쪽을 응시하고 있었다. 그는 가운 아래에 전통 의상을 입고 있었다. 한편 그 옆에 있던 또 다른 남자는 수염을 기르지 않고 흰옷 위에 검은 조끼를 입고 있었는데, 그 조끼 주머니 밖으로는 시계에 달린 것으로 보이는 작은 체인이 매달려 있었다. 두 남자가 쓰고 있던 두건 위 머리띠는 내가 그동안 봐 왔던 검은색의 머리띠들과는 달랐다. 그 띠는 검은색의 정사각형 모양이었고 노란색의 넓은 실들로 연결되어 있어 마치 왕관처럼 보였다. 카울라는 수염을 기른 남자를 가리키더니 "이분이 돌아가신 우리 할아버지야."라고 내게 말했다. 그리고 그 옆의 남자를 가리키며 "이 사람은 할아버지의 동생 샤힌이고."라고 했다. 꽤 두꺼워 보이는 그 책은 종이들도 화려했다. 책 안에는 오래된 지도와 나무배, 진흙으로 만들어진 집들의 사진도 있었다. "이 책은 우리 할아버지와 작은할아버지에 대해 무슨 이야기를 하고 있는 거야?" 카울라가 내 질문에 답을 하려던 찰나 갑자기 서재의 문이 활짝 열리더니 벽에 세게 부딪치며 큰 소리를 냈다. 나는 깜짝 놀라 문 쪽을 바라봤다. 그곳에는 인도인 가사도우미에게 부축을 받고 눈썹을 찌푸리고 서 있는 우리 할머니, 가니마가 있었다. 할머니는 내 쪽은 보지도 않은 채 아랍어로 카울라를 나무랐다. 카울라는 얼굴이 붉게 달아올라 그녀의 앞으로 가서는 가사도우미를 보내고 자신이 대신 할머니의 팔을 부축했다. 그리고 당황한 듯 나를 바라보며 말했다. "이싸, 어서 방으로 돌아가."

나중에 안 사실이지만 당시 할머니는 나를 믿지 못했고, 내가 카울라와 문을 닫은 채 단둘이 서재에 있었다는 사실에 격분한 것이었다.

할머니는 당황한 카울라에게 "너희 둘이 그렇게 있으면 안 돼. 그러면 악마도 너희 곁에 함께 있게 될 거다."라며 크게 나무랐고 카울라는 할머니와 함께 급히 서재를 나섰다. 한편 나는 할머니의 말마따나 우리와 함께 있던 악마를 서재에 홀로 남겨둔 채 그렇게 내 방으로 돌아왔다.

10

"메리! 로자! 메리! 로자!"

다음 날 아침 일찍, 나는 누군가를 불러 대는 소리에 잠에서 깨어났다. 그 이름은 할머니의 집에서 일하고 있던 가사도우미들의 이름이었는데 나는 한 번도 그녀들의 목소리를 들어 본 적이 없었다. 그들을 부르던 목소리는 정체를 알 수 없는 또 다른이름들을 부르기 시작했는데 목소리의 주인공은 잔뜩 화가 난것 같았다. 나는 내 방과 라주와 바부의 방 사이에 있던 화장실에 가려던 차였는데 부엌으로 보이는 곳에서 한 늙은 남자가 내쪽을 바라보고 있었다. 그는 요리사 바부였고 나는 그의 시선을 피한 채 내 갈 길을 갔다. 한편 집 안 정원에서는 라주가 바닥을 닦으려는 듯 호스로 물을 뿌리고 있었다. 그 역시 의심의눈초리로 내 쪽을 보고 있었는데 그 눈빛은 마치 "이 불청객은대체 누구야?"라고 말하는 것 같았다. 하지만 나는 그의 시선을 마주하며 "나도 이 집안의 가족이라고요!"라고 당당한 눈빛으로 맞섰다. 공동 화장실의 문도 마치 "어이 불청객, 이리로 들어 와!"라고 외치는 것 같았다. 바부나 라주 모두 내 곁으로 다가오거나 말을 걸려고 하지 않았고 나 역시 그들 근처에 가지도않았다. 아마 내가 그랬던 것처럼 그들도 역시 나와 말을 섞지말라는 언질을 받은 것 같았다.

나는 세수와 양치질은 했지만 이른 아침의 찬 기운에 목욕은차마 하지도 못하고 방으로 다시 돌아왔다. "이제 뭘 하지?" 나는 채널을 돌려보다가 무료해져서 노트북을 키고 인터넷으로시간을 보냈다. 그러다가 꼬르륵거리는 소리에 허기짐을 느꼈다. 어젯밤부터 아무것도 먹지 못했던 것이다. 이렇게 완벽한 방을 주면서 정작 밥은 주지 않는 건가? 나는 방구석에 있던 냉장고 문을 열었다. 거기에는 우유와 오렌지 주스, 망고, 탄산음료,

물병과 함께 사과, 오렌지, 그리고 파인애플이 있었다. 냉장고를 뒤지다가 파인애플을 본 순간 나는 피니아 이야기와 멘도사의 헛소리가 들려오는 것 같아 얼른 냉장고 문을 닫았다.

나는 힌드 고모가 내게 준 휴대폰을 멍하니 바라보았다. 그 휴대폰은 노키아의 새로운 모델인 것 같았는데 앞뒤에 카메라도 달려 있었다. 나는 카울라에게 전화를 걸어 보려고 했지만 다짜고짜 먹을 것부터 달라고 연락을 하기에는 조금 망설여졌다. 그러다가 가싼에게 이 상황에서 어떻게 해야 할지 물으려고 통화 버튼을 누르려던 찰나, 갑자기 방문을 두드리는 소리가 들려오더니 문이 열렸다. 문밖에는 엄격한 표정의 바부가 서 있었는데 그는 내게 "타알(이리 와)."이라는 말만 남긴 채 부엌 쪽으로 걸어갔다. '타알'이라는 단어는 필리핀 바탕가스 지역에 있는 유명한 화산의 이름이라 내게 전혀 새로운 단어가 아니었다. 나는 이 늙은 인도인 요리사가 정말 바탕가스와 화산을 말한 건지 그 의중을 몰라 문턱에 서서 어리둥절해했다. 그러자 부엌으로 들어간 그는 창문을 통해 내가 있는 쪽을 바라보며 이리로 오라는 듯이 손짓하더니 다시 "타알!"이라고 큰 목소리로 외쳤다. 화산이 당장이라도 용암을 뿜어낼 것만 같았다. 나는 그가 있던 부엌으로 갔다. 그러자 바부는 내게 작은 식탁 앞에 있던 의자를 하나 빼 주더니 작은 컵에 우유를 한 잔 따라 주었다. 식탁에는 계란프라이, 삶은 계란, 치즈, 올리브 열매, 토마토, 오이 등이 차려져 있었고 그는 내게 자리에 앉으라고 한 뒤 가스레인지 앞으로 가서 다시 하던 일에 열중했다. 나는 아무 말 없이 그가 차려 준 음식들을 먹기 시작했다. "카울라도 함께 먹으면 좋겠는데.” 아무도 못 듣게 나는 혼잣말을 했다.

식사를 막 마치려고 할 때쯤, 부엌문이 열리면서 큰 쟁반을 들고 필리핀 가사도우미가 나타났다. 그녀는 누군가가 먹고 남은 음식들을 치우려는 것 같았는데 그 음식들은 내가 먹고 있던 것들과 비슷해 보였다.

“잘 지내고 있니?”

그녀가 활짝 웃는 얼굴로 내게 말을 걸었다. 그녀의 입에서 나온 말은 내가 그렇게도 그리워하던 고향의 언어였다!

“별 탈 없이 잘 지내고 있어요.”

우리의 대화를 지켜보고 있던 바부가 살짝 웃음을 짓는 것 같았다. 그 모습은 인상을 쓴 채 내게 밥을 먹으라고 할 때의 그 모습과는 사뭇 달랐다. 바부는 내가 있는 쪽을 가리키면서 필리핀 가사도우미에게 아랍어로 뭔가를 말 하는 것 같았다. 그의 말에 가사도우미가 박장대소했다. 나는 궁금해져서 대체 그가 뭐라고 했는지 그녀에게 물었다. 그러자 그녀는 “바부가 그러는데, 큰사모님은 인도 영화를 볼 때마다 매번 어떻게 저런 이야기가 있을 수 있느냐고 인도인들을 비웃고는 했는데, 이번에는 그녀의 손자가 인도 영화에나 나올 법한 이야기를 가지고 나타났네!”라고 했다며 내게 말해 줬다.

한편 나는 “그녀의 손자”라는 말에 크게 당황했다. 이건 카울라가 내게 일러 줬던 말과는 전혀 달랐다. 그녀는 분명 내게 이곳에서 일하는 사람들이 나와 관련된 사실을 모르고 있다고 했었다!

“그걸 어떻게 알았어요?”

그녀는 내 앞에 있던 의자를 끌어 앉더니 말했다.

"너는 그들처럼 되면 안 돼! 그들은 우리가 아무것도 느끼지 못하고 아무것도 모르는 것처럼 우리를 대하니까 말이야."

"그 말은 단지 느낌으로 나에 관한 일들을 알게 됐다는 말인 가요?"

그녀가 고개를 가로저으며 내게 뭔가를 말하려는 듯 막 입을 떼려고 했다. 그때 부엌으로 늙은 인도인 가정부가 나타났다. 싱글벙글 웃는 표정의 그녀는 양손에 빗자루와 플라스틱 바구니를 들고 있었다. 필리핀 가사도우미가 그녀를 가리키며 내게 말했다.

"예전에 큰사모님은 조세핀을 임신시킨 범인으로 바부를 의심했었지."

그녀의 말에 나는 충격을 받았다. 순간 엄마가 내게 들려줬던 이야기들이 파노라마처럼 머릿속을 스쳤다.

"그리고 이쪽은 바부의 부인인 라크쉬미라고 해. 조세핀이 네 아버지와 이 집에서 쫓겨났을 때 그녀를 대신해서 이 집에 일하러 왔지. 그리고 라크쉬미는 몇 달 뒤 네 아버지가 다시 이 집에 돌아왔을 때 그의 품에 안겨 있던 너를 처음 봤던 사람이기도 하단다."

그들은 모두 미소를 띠고 있었다. 나는 그들에게 물었다.

"그럼 우리 가족들도 당신들이 이 사실에 대해 알고 있다는 것을 아나요?"

"아니. 그들에게 우리는 아무것도 못 느끼고 아무것도 모르는 사람들이니까."

바부가 내가 먹은 음식들을 막 치우려고 할 때, 밖에서 "메리! 로자!"라고 외치는 소리가 들려왔다. 그 목소리의 주인공은 바로 우리 할머니 가니마였다. 라크쉬미가 서둘러 부엌을 나갔고 필리핀인 가사도우미가 그 뒤를 쫓아 나서려고 할 때 나는 그녀에게 감사의 인사를 했다.

"고마워요, 로자. 그런데 이름이 참 특이하네요!"

내 말에 그녀는 부엌 문턱에 멈춰 서서 나를 바라보며 말했다.

"내 이름은 루즈비민다야. 큰사모님은 내 이름이 맘에 들지 않는지 자기 마음대로 바꿔서 부른단다."

"로자! 로자!" 밖에서는 할머니의 외침이 계속 들려왔다. 그리고 앵무새가 외치던 그 말들이 함께 들려왔다.

"네! 사모님, 지금 갑니다!" 루즈비민다는 이렇게 외치며 서둘러 부엌문을 나섰다. 나도 자리에서 일어나 방으로 돌아가려고 했는데, 갑자기 루즈비민다가 부엌문 사이로 고개를 들이밀더니 내게 이렇게 말했다.

"라크쉬미도 나와 같아. 사모님이 그녀의 이름이 마음에 안 드셨는지 원래의 이름과는 전혀 다르게 부르더라고. 너도 사모님처럼 그녀를 메리라고 부르렴."

그녀는 씩 웃더니 밖으로 사라졌다. 나는 바부에게 아침 식사를 차려줘서 고맙다고 말한 뒤 다시 내 방으로 돌아와 침대에 대자로 누웠다. 침대 위에서 나는 계속 "루즈비민다, 루즈비민다, 루즈, 비, 민다라…"라며 그녀의 이름을 되뇌어 보았다. 그녀의 이름은 순수한 필리핀 이름이었다. 왜 그녀는 트리자, 메르세데스, 메를린, 엔질린처럼 스페인이나 영어로 이름을 짓지 않앗을까? 실제 많은 수의 필리핀 여성들은 순수 필리핀 이름보다 외국 이름을 더 선호하고 있었다.

필리핀은 북부의 '루손섬', 중간의 '비사야제도' 그리고 남쪽으로는 '민다나오섬'까지 이렇게 세 개의 큰 지역으로 이루어져 있었다. 그리고 각 지역의 첫 글자인 '루즈-비-민다'를 딴 것이 바로 루즈비민다, 그녀의 이름이었다!

나는 할머니가 그랬던 것처럼 그녀를 루즈비민다가 아닌 로자라고 부르기로 했다. 그녀의 본명을 부르게 된다면 그녀의 이름을 외칠 때마다 내 눈앞에 필리핀 지도가 떠오를 것 같았기 때문이다. 나는 지금 필리핀이 아닌 새로운 나라의 지도가 필요한 상황이었다. 하지만 얼마 지나지 않아 나는 여러 개의 이름 때문에 방황했던 과거의 나를 돌아보며 그녀에게 왠지 미안한 마음이 생겼다. 그래서 나는 로자가 아닌 루즈비민다로 그녀를 부르기로 결심했다.

11

그렇게 할머니 댁에서의 몇 달이 지났다. 그동안 나는 그 부엌에서 삼시 세끼를 먹었다. 그리고 일하는 사람들은 내가 부엌 밖 정원이나 안채에 있을 때는 나와 마주치거나 나에게 말을 걸려고 하지도 않았다. 하지만 가족들의 눈을 피해 부엌에 모이기만 하면 우리는 마치 다른 사람들이 된 양 돌변했다. 그들은 내게 이것저것 말을 걸어왔고 다정하게 잘 대해 줬다. 하지만 운전기사인 라주만은 유일하게 나를 피했고 나에 대해 아무것도 모르고 있었다. 그는 할머니 댁에서 일하는 다른 사람들과도 잘 지내지 못하는 것 같았는데 사람들은 내게 그를 조심하라고 미리 일러 주기도 했다.

한편 나는 조금씩 아랍어를 배워갔다. 가끔은 무슨 소리인지 알아듣기도 했고 집에서 일하는 사람들이 우리 가족들과 의사소통하거나 그들끼리 말하는 것을 따라 아랍어를 사용해 보기도 했는데 사실 그 방식은 영어와 엉터리 아랍어가 뒤섞인 것들이었다.

나는 혼자 방에 있을 때면 텔레비전을 보거나 DVD로 영화를 봤다. 가끔 인터넷을 하기도 했는데, 어느 날은 메릴린을 위해 새로운 메일 계정을 하나 만들었다. 나는 전화로 메릴린에게 메일 주소와 비밀번호를 알려 주고 그녀와 더 쉽게 연락을 할 작정이었다. 비록 금지된 사랑이긴 했지만 나는 메릴린이 너무나 그리웠다. 나는 혼자 있을 때에는 그녀에게 메일을 쓰거나 그녀의 메일에 답장을 하면서 대부분의 시간을 보냈다.

어느 날 해가 지고 난 뒤, 나는 집 밖으로 나와 주변의 거리를 걸었다. 어느새 중앙 시장에 도착한 나는 시장을 둘러싼 가게들 사이를 정처 없이 거닐다가 대로가 내려다보이는 보행자 전용 길에 들어섰다. 끝까지 걷는 데 한 시간 정도의 시간이 걸릴 정도로 긴 길의 한 편에는 집들이 나란히 늘어서 있었고 그 맞은편으로는 큰 도로가 내려다보였다. 그 길 어딘가 쯤에는 아름다운 나무들이 줄지어 심어져 있었는데, 그곳은 내가 가장 좋아하는 장소였다. 나는 그곳에 갈 때마다 '다마스쿠스 거리'라고 쓰인 표지판 아래 식수대에 등을 기대어 한참을 앉아 있었다.

그 보행로에는 보행자들이나 노동자들이 무더운 낮에 길을 걷다가 목이 마를 것을 대비해서 동네 사람들이 군데군데 마련해 놓은 식수대들이 있었다. 나는 그들 중 하나에 기대어 앉아 눈앞에 펼쳐진 큰 도로를 내려다보곤 했었다. 등 뒤로는 아직 집이 지어지지 않아 넓은 공터가 있었고 눈앞에는 시끄러운 소리를 내면서 빠르게 달리는 차들이 있었다. 그 소리가 여간 시끄러운 게 아니었지만 나는 그곳에 심긴 나무들이 좋았기에 차 소음쯤은 참을 수 있었다. 그곳은 다른 어디보다 내가 좋아하는 장소였다. "나한테도 이런 땅이 있다면 망고나 바라밀, 파인애플, 바나나 같은 걸 심을 텐데… 아니면 멘도사의 땅에서 자라던 그 나무들이나…." 나는 내 뒤에 펼쳐진 공터를 멍하니 바라보며 혼잣말을 하곤 했다.

카울라는 매일 내 방을 찾아왔지만 방 안으로 들어오지는 않고 문턱에만 서 있었다. 우리는 서로 일정한 간격을 두고 그 상태로 몇 시간 이상 대화를 나누기도 했다. 카울라와 말을 하고 있으면 가끔 위층에서 창문이 열리는 소리가 들렸는데 그건 할머니가 이층의 자기 방에서 우리를 감시하고 있음을 알리는 소리였다. 할머니는 카울라가 내 방에 들어오지 않는 걸 자신의 두 눈으로 직접 확인해야 안심하는 것 같았다. 카울라는 아침에 학교에 가거나 힌드 고모와 시장이나 카페를 가는 것을 제외하고는 집 밖에 잘 나가지 않았다. 가끔 재혼한 자신의 엄마를 찾아가기도 했으나 할머니는 자신의 손녀가 낯선 남자의 집에 머무르는 것을 못마땅하게 여겼기 때문에 그 집에 가는 것도 쉽지 않았다. 그리고 이만의 새 남편도 그녀가 전남편의 집에 가는 것을 원치 않아서 이 모녀의 만남은 전화를 통해서나 잠깐 밖에서 보는 것이 전부였다.

한편 힌드 고모는 전쟁에서 순교한 아버지 덕분에 가족들이 매달 받던 보상금 중 자신의 몫을 내게 양보했다. 사실 내게도 아버지의 아들로서 보상금의 일부를 받을 권한이 있었지만 나는 내 몫을 따로 요구하지 않았다. 고모는 그런 나에게 종종 일하는 사람들을 통해 선물과 옷 들, 내가 필리핀에 있는 가족들과 통화할 때 쓸 수 있도록 휴대폰 충전 카드를 보내 주곤 했다.

나는 고모에게 선물을 받을 때마다 '힌드 고모, 고맙습니다.'라는 문자 메시지를 보냈고 그러면 고모는 '천만에.'라는 단문의 답만 보냈다.

어느 날 고모는 나를 데리고 공문서를 발급하는 정부 기관에 가서 서류들을 제출했다. 그리고 그 기관에 다시 방문하던 날, 나는 국적 사실 증명서를 받게 됐다. 그 증명서는 네 장으로 이뤄진 작은 수첩이었는데 검은색의 표지에는 금색으로 된 아랍어가 쓰여 있었고 그 한가운데에 쿠웨이트 화폐에 그려진 것과 같은 표식이 그려져 있었다. 겉표지를 열어보니 거기에는 내 증명사진이 있었고 사진 밑에는 아랍어로 무언가가 쓰여 있었다. 그리고 집에 돌아오는 길, 고모는 운전을 하면서 내 쪽은 보지도 않고 "공식적으로 네가 쿠웨이트인이라는 거야."라며 그 뜻이 뭔지 알려 줬다. 그 말에 나는 '공식적으로 인정을 받았다면, 내 가족들한테도 인정을 받는 걸까?'라며 속으로 생각했다. 힌드 고모를 자주 만나지는 못했다. 대부분 마당 앞을 지나가다 우연히 만나는 정도였고, 그게 아니면 가끔 텔레비전에 나와서 무슨 말인지 알 수 없는 이야기를 하는 고모의 모습을 보는 게 전부였다.

한편 아와띠프, 누리야는 매주 그들의 남편과 자식들을 데리고 할머니의 집에 오곤 했는데, 그들이 집에 올 때마다 나는 고모들의 남편인 아흐마드와 파이살의 눈을 피해 방 안에 있어야만 했다. 아와띠프 고모는 그런 나를 불쌍해했지만 "아흐마드와 파이살은 친구잖아! 혹시라도 아흐마드가 저 필리피노의 존재를 알게 된다면, 내 남편 파이살의 귀에도 들어갈 수 있다고! 만약 그렇게 된다면 언니는 땅을 치고 후회하게 될 거야!"라고 소리치는 누리야 앞에서 꼼짝도 할 수 없었다. 아와띠프 고모는 너무나 마음이 약했다. 그녀는 카울라를 통해 내게 영어로 번역된 꾸란과 예배용 카펫을 선물로 보내 주었다. 아와띠프는 누리야의 성질에 져서 결국 나를 보러 오지는 못했지만 "이싸가 요즘 기도를 드리고 있니?"와 같이 카울라를 통해 종종 나의 안부를 물었다. 고모들의 가족들이 집에 오는 날이면 나는 집 밖으로 나갈 수밖에 없었다. 그래서 그들의 방문이 있는 날이 곧 내가 가싼을 방문하는 날이 되어 버렸다. 가싼은 나를 데리러 할머니의 집으로 왔고, 우리는 밖에서 외식을 하거나 그의 집에서 단둘이 식사를 했다.

여름이 되자 우리 가족은 매주 주말인 목요일과 금요일을 해변가에 있는 별장에서 보내기로 했다. 할머니는 다른 손자들이 같이 동행하지 않는다면 나도 그들과 함께 별장에 갈 수 있도록 허락해 줬다.

할머니는 내가 자신의 다른 손자, 손녀들과 접촉하는 것을 절대 허락하지 않았고 그들 중 어느 누구도 나의 존재에 대해 알지 못하게 했다. 할머니의 말마따나 썩은 물고기는 나머지 다른 생선들도 썩게 만들었기 때문인데, 나는 할머니가 한 말을 곧이곧대로 전하는 카울라를 보며 욕을 해 줘야 할지 아니면 고맙다고 해야 할지 헷갈렸다. 카울라는 내게 늘 솔직했다. 그녀의 솔직함을 나무랄 수는 없었지만 그 솔직함이 때론 내게 지울 수 없는 상처를 주기도 했다.

할머니는 그곳에서도 내게 별장과는 따로 떨어진 별채의 방을 주었다. 그곳은 바다와는 정반대 방향에 있는 곳이었는데 만약 누리야 고모가 오기라도 한 날에는 나는 별장에 들어가는 것은 물론이고 바다 근처에 가는 것도 나한테는 허락되지 않았다. 매주 주말마다 별장에 가는 것은 나에게 감옥에 가는 것이나 다름없었다. 우리는 늘 두 대의 차량으로 별장에 갔는데, 그중 한 차는 힌드 고모가 운전을 했고 거기에는 할머니와 카울라가 탔다. 그러면 라주가 운전하는 나머지 다른 차에는 요리사인 바부와 가사도우미인 라크쉬미 그리고 루즈비민다가 탔다. 내가 두 차량 중에 어떤 곳에 탔을지는 따로 말하지 않아도 충분히 알 거라 믿는다.

그곳의 밤바다는 정말 아름다웠다. 솔직히 해가 떠 있는 낮시간 동안에는 그 우중충한 방 안에 갇혀서 컴퓨터나 하며 시간을 보내야 했기에 환한 바다는 볼 수 없었다. 그래서 밤바다의 모습과 낮 시간의 바다를 비교하는 것 자체가 불가능했다.

별장을 찾은 어느 주말의 늦은 밤, 나는 방을 빠져 나와 바다 쪽으로 향했다. 바다로 가는 길에는 큰 파라솔이 세 개 있었는데 첫 번째 파라솔 밑에는 별장에 있을 정전을 대비해 마련된 발전기가 있었고, 두 번째 파라솔 아래에는 먼지가 잔뜩 쌓여 원래의 색이 뭔지 알 수 없는 오래된 지프차가 한 대 있었다. 그리고 마지막으로 보이는 파라솔 밑에는 작은 배가 한 척 있었는데 나는 그 앞에 서서 배의 모습을 유심히 살펴보았다. "이건 분명 그 배일 거야!" 이 오래된 배는 얼마나 많은 사연들을 가지고 있을까? 또 그동안 얼마나 많은 사람들을 태웠을까? 그중에는 우리 아버지와 가싼, 왈리드 그리고 그들이 잡은 생선들과 닭 내장들도 있었겠지. 물론 우리 엄마도 그들 중 하나였을 테고….

잠시 생각에 빠져 있던 나는 그 과거의 기억들에서 멀리 달아나고 싶었다. 그래서 얼른 고개를 돌려 다시 해변가 쪽으로 발걸음을 옮겼다. 습도가 높은 날이었지만 해변가의 모래는 차가웠고 썰물 때라 바닷물이 빠지면서 그 자리에 남아 있던 모래들은 아무 흔적 없이 고르게 펼쳐져 있었다. 바다의 밀물과 썰물이 없었더라면 내 비극이 시작됐던 그날 밤 엄마가 이곳에 남겨 둔 발자국들이 지금까지 그대로 남아 있었겠지.

나는 젖은 모래 위에 앉았다. 사방은 고요했고 어두웠다. 검은 적막 속에서 들려오는 파도 소리와 젖은 공기가 어느새 나를 보라카이섬으로 데려가는 것만 같았다. 하지만 그곳에는 보라카이섬의 푸르름 대신 어둠이 모든 것을 집어삼킨 뒤의 검은색만이 남아 있었다. 문득 보라카이섬에서 지냈던 지난날들이 멀게만 느껴졌다. 공간적인 거리감은 우리가 모르는 또 하나의 거리감을 가져다주는데 그것은 바로 시간이라는 거리감이다. 그래서 우리는 어디에선가 점차 멀어지면 멀어질수록 그곳에서 있었던 일들이 더 오래 전에 있었던 일이라고 느끼게 되는 것이다. 그래서 당시의 나도 불과 몇 개월 전만해도 내가 보라카이섬에 있었다는 사실이 좀처럼 믿기지 않았다. 나는 고개를 들어 저 멀리 바다와 하늘 사이의 경계를 지워 버린 짙게 깔린 어둠을 바라보았다. 마치 그곳에서 보라카이섬에 있던 윌리스 록의 모습을 찾으려는 듯이 말이다. 하지만 그곳에는 윌리스 록 대신 과거 어느 날, 내 아버지와 엄마가 배를 타고 쫓던 빨간 불빛만이 어둠 속에서 반짝거리고 있었다.

12

어느 날 카울라가 급하게 내 방의 문을 두드렸다. 그녀는, 라주가 할머니에게 내가 그 집안에서 일하는 사람들과 얘기를 나눈다고 일러바쳤고 그 말을 들은 할머니가 크게 노했다고 했다.

"매일 그 부엌에서 식사를 하는데 어떻게 거기에 있는 사람들을 모른 척할 수 있겠어?"

내 물음에 카울라는 천진난만하게 웃으며 말했다.

"이싸, 이제 그 사람들과 함께 지낼 필요 없어! 라주가 그렇게 말한 덕분에 오빠가 우리와 함께 집 안에서 식사하는 걸 할머니께서도 허락하셨어!"

카울라의 말에 내 입꼬리도 덩달아 함께 올라갔다. '라주, 이게 다 네 비열함 덕분이다!' 나는 속으로 이렇게 외쳤다.

한편 내가 가족들과 함께 식사를 하게 되자 라주는 펄펄 뛰며 대체 왜 일이 그렇게 됐는지 주변 사람들에게 그 이유를 묻고 다녔다. 하지만 그들은 모두 그 이유에 대해 모르는 척을 하며 내 일에 대해 함구했다.

그리고 할머니와 힌드 고모, 카울라와 함께 처음으로 점심 식사를 하던 날, 나는 좀처럼 아무것도 먹을 수 없었다. 카울라는 노란 쌀밥을 덜어서 내 접시에 담아 주었다. 그리고 닭, 토마토 소스, 샐러드 그리고 치즈와 야채, 고기가 들은 삼각형의 만두, 또 주황빛의 으깬 쌀 같은 음식들을 먹기 좋게 내 옆에 가져다 놓았다. 할머니는 마치 내가 그 자리에 없기라도 한 양 내가 있는 쪽은 쳐다보지도 않았고 아무 말 없이 손가락으로 쌀을 둥글게 말아 먹기만 했다. 나는 밥을 먹으면서도 아이다 이모와 엄마 그리고 아드레안과 함께 먹던 흰 쌀밥과 간장, 구운 바나나 그리고 바삭거리는 닭다리를 떠올렸다. 그 음식들은 가난한 서민의 것이었지만 맛있게 먹을 수 있었다. 함께 음식들 주위에 둘러앉아 도란도란 이야기를 나누던 가족들의 단란함과 애정이라는 양념 덕이었다. 하지만 이렇게 아무 말도 하지 않는 삭막한 사람들 사이에서 먹는 부잣집 음식에서는 좀처럼 그 맛을 느낄 수가 없었다. "왜 먹지 않는 거니?" 힌드 고모의 말에 과거의 회상에 젖어 있던 나는 다시 현실 세계로 돌아왔다. 고모의 말에 나는 당황하고 말았다. 배가 고팠는데도 불구하고 왜 도무지 먹지를 못하겠는지, 나 역시도 알 수 없었기 때문이다. "고모, 사실은 배가 고프지 않아요." 나는 이렇게 둘러댔다. 그때가 처음으로 할머니 앞에서 목소리를 낸 날이었다. 할머니는 여전히 내 쪽은 보지도 않았지만 깜짝 놀란 듯 두 눈을 크게 뜨며 갑자기 먹고 있던 밥그릇에서 손을 뗐다.

나는 그녀가 접시에서 벌레라도 본 줄 알았다. 할머니는 식탁 위에 팔꿈치를 올려놓고는 손에 이마를 가져다 댔다. 그녀의 갑작스러운 행동에 나는 어쩔 줄 몰라하며 당황했다. 카울라와 힌드 고모도 화들짝 놀라 나를 바라보았다. 나는 그들에게 "제가 할머니를 언짢게 하는 말을 한 게 아니었으면 좋겠어요."라고 말했다. 내 말이 끝나기가 무섭게 할머니는 얼굴과 목을 가리기 위해 머리에 대충 둘렀던 숄 끄트머리를 꽉 움켜쥐었다. 그러더니 소리 없이 숨죽여 울기 시작했다. 그녀의 가녀린 몸도 함께 떨리고 있었다. 힌드 고모는 그런 할머니에게 다가가서는 그녀의 어깨를 잡으며 다정한 목소리로 뭔가를 말했다. 그러자 할머니는 여전히 숄로 얼굴을 가린 채 눈물을 흘리며 고모에게 무언가를 답하는 것 같았다. 고모는 할머니의 머리에 입을 맞추더니 그녀의 등을 다독거리며 달래 주었다. 카울라는 조용히 미소를 지으며 그 모습을 바라보다가 몰래 손등으로 눈물을 훔쳤다. 힌드 고모가 나를 바라보았다. 그녀의 코는 붉어져 있었고 두 눈은 눈물로 반짝이고 있었다. 그런 고모가 내게 말했다. "네 할머니가 그러시는구나. 네 목소리가 라쉬드의 목소리를 꼭 닮았다고."

카울라는 일부러 내게 이것저것 말을 걸며 할머니가 내 목에서 나오는 아버지의 목소리를 듣게끔 유도했다. 할머니는 물컵을 꼭 쥔 채로 내가 있는 쪽은 보지 않았고 또 내가 하는 영어를 이해하지도 못했지만 내 목소리만큼은 유심히 듣고 있었다. 어딘가를 응시하는 할머니의 시선에는 아무것도 담겨 있지 않았다. 아니면 그녀는 상상 속에 불러낸 죽은 아들의 얼굴을 바라보고 있었을지도 모르겠다. 할머니는 고개를 저으며 안타까워했고 그녀의 비통함이 얼굴에 그대로 드러났다. 할머니는 왼쪽 손으로 눈물을 훔치며 모든 것을 닦아 내려고 했지만 그녀의 숨죽인 흐느낌만큼은 좀처럼 사라질 줄 몰랐다.

식사를 마친 할머니는 고모에게 부축을 받으며 거실로 갔다. 그리고 구석에 있는 소파에 앉아 앞에 놓인 작은 테이블에 다리를 올려놓았다. 나는 그제야 내 앞에 놓인 음식들을 먹기 시작했고 그 맛도 느낄 수가 있었다. 거기에 있던 음식들이 얼마나 맛있었던지! 나는 식사를 하며 거실에 앉아 있는 할머니의 모습을 빤히 쳐다봤다. 그리고 카울라에게 물었다. "할머니는 왜 저렇게 항상 앉아 계실 때마다 다리를 탁자 위에 올려놓는 거야?" 내 물음에 카울라는 "불쌍한 우리 할머니… 무릎관절에 문제가 생겨서 많이 아파서."라며 안타까워했다.

***

점심 식사가 끝난 뒤 내 방으로 돌아온 나는 라크쉬미에게 작은 수건 두 장과 따뜻한 물이 담긴 그릇을 준비해 달라고 부탁했다. 그리고 30분쯤 지나서 카울라에게 전화를 걸어 할머니를 좀 뵙고 싶다고 말했다. 카울라는 잠시 어리둥절해하는 것 같았다. 그러다가 수건과 뜨거운 물이 담긴 그릇을 들고 있던 나를 위해 거실로 연결된 유리문을 열어 주었다. 카울라는 나를 보더니 "이싸, 세차를 하고 싶으면 여기가 아니라 저기 파라솔 밑으로 가면 되는데?"라고 했다. 맙소사! 내 동생은 순발력도 있고 총명하고 게다가 농담도 잘했다. 나는 카울라에게 오일을 좀 가져다 달라고 부탁했다. "이싸, 대체 뭘 하려고 하는 거야?" 그녀는 내가 대체 무슨 일을 하려는 건지 궁금해했다. "나중에 다 알게 될 거야." 내 대답에 카울라는 반신반의하는 눈빛으로 나를 바라보다가 "그런데 어디서 오일을 가져오라는 거야? 요리용 오일도 괜찮아?"라고 물었다. 나는 요리용 오일이라는 말에 잠깐 실망했다가 올리브 오일이라면 괜찮다고 그녀에게 일러 주었다. 내 말에 카울라는 "로자! 로자!"라며 가사도우미를 불렀고 그 소리를 들은 앵무새가 카울라의 목소리를 따라 하다가 늘 그렇듯 그 뒤에 뭔가를 덧붙여 함께 외쳤다. 문득 나는 그 단어의 정체가 궁금해졌다. 그래서 카울라에게 "할머니와 저 앵무새는 루즈비민다를 부를 때마다 항상 같은 말을 덧붙여 하던데, 대체 그게 무슨 뜻이야?"라고 물었다. 그러자 갑자기 카울라의 얼굴이 빨갛게 달아올랐다. 그녀는 눈썹을 찌푸린 채로 머리를 긁적이더니 다소 민망해하며 내게 그 말이 뭔지 알려 주었다. "'히마라(당나귀)[9]'라는 말이야." 나는 카울라가 말한 아랍어 단어들을 홀로 되뇌어 보았다. "히마라?"

---

9 아랍 국가에서는 바보 같은 행동을 하거나 멍청한 사람을 당나귀로 표현하는데, 흔히 욕으로 쓰인다. _옮긴이 주

"저를 부르셨어요, 아가씨?" 루즈비민다가 안채로 들어왔고 카울라는 그녀에게 부엌에 있는 올리브 오일을 가져다 달라고 부탁했다.

***

할머니는 처음에 내 제안을 거절했다. 하지만 카울라의 끈질긴 설득 끝에 마지못해 내 부탁을 받아들이게 되었다. 그녀는 여전히 작은 테이블 위에 다리를 올려놓은 채 앉아 있었고 나는 그런 할머니 앞에 무릎을 꿇고 바닥에 앉았다. 나는 따뜻한 물에 수건을 담갔다가 그 수건으로 할머니의 다리를 감쌌다. 그러고는 수건으로 감싼 그녀의 다리를 부드럽게 누르기 시작했다. 할머니는 그런 나를 불편해하는 것 같았다. 나는 카울라에게 베개를 가져다 달라고 해서 할머니의 머리 뒤에 놓았다.

그리고 할머니에게 뒤로 편하게 기댄 채 눈을 감고 있으라고 했다. 그렇게 나는 젖은 수건에 있던 물들이 다 마를 때까지 계속해서 할머니의 다리를 주물렀다. 그리고 그녀의 앞에 있던 작은 테이블을 치우고 테이블 대신 내 무릎과 어깨 위에 할머니의 다리를 한 짝씩 올려놓았다. 할머니는 머리에 쓰고 있는 숄 끝을 꽉 쥐고 있다가 자세가 민망했는지 그 숄로 자신의 얼굴을 가렸다. "할머니가 부끄러우신가 봐." 카울라가 웃음을 참으며 내 귀에 대고 속삭였다. 이번에 나는 뜨거운 물에 데운 올리브 오일을 꺼내서 내 어깨에 놓인 할머니의 한쪽 다리에 부었다. 그리고 손깍지를 낀 상태로 오일이 묻은 그녀의 다리를 발뒤꿈치에서 종아리, 그리고 무릎관절 밑까지 부드럽게 마사지했다. 다리 마사지가 끝나자 이번에는 다리를 내 무릎 위에 올려놓고 엄지손가락으로 발바닥을 주무르기 시작했다. 발바닥과 발가락 사이사이를 부드럽게 마사지하고 있는데 그 손길에 할머니가 잠이라도 들었는지 코를 골기 시작했다. 나는 옆으로 치워 놨던 테이블을 조심스레 다시 가져와서 그 위에 할머니의 두 다리를 올려놨다. 그러자 갑자기 할머니의 코고는 소리가 뚝 멈췄다. 잠에서 깬 그녀는 내게 뭔가를 말하는 것 같았다. 나는 할머니가 무슨 말을 한 건지 카울라에게 물었고 그녀는 내게 이렇게 전해 줬다.

"할머니가 나머지 한쪽 다리도 잊지 말라고 하시네!"

나는 기뻐서 고개를 끄덕이며 외쳤다.

"그럼, 당연하지!"

만약 할머니의 다리를 주무르는 게 나와 그녀의 사이를 가깝게 해 주는 연결 고리라면 나는 평생이라도 그 일을 할 수 있을 것만 같았다.

13

2006년 6월 20일, 가싼은 내게 전화를 걸어 어딘가로 함께 가자고 제안했다. "이싸, 옷을 갈아입거라. 몇 분 뒤에 너를 데리러 가마." 나는 가싼의 말대로 서둘러 옷을 갈아입고 방에 앉아 그가 도착하기만을 기다렸다. 그리고 얼마 지나지 않아 집 밖에서 그가 모는 차의 경적 소리가 들려왔다. 가싼은 나를 차에 태우더니 그가 말하던 어딘가를 향해 차를 몰기 시작했다. "이싸, 혹시 내가 전에 네게 알려 줬던 '아부 파리스'를 기억하니?" 가싼의 물음에 나는 전쟁이 발발했을 당시 투쟁을 선동하는 시와 노래를 지었다는 명목으로 포로로 잡혔다던 그 쿠웨이트 시인을 떠올렸다. 가싼은 내게 그의 시신이 이라크 카르발라 근처의 공동묘지에서 발견됐고, 얼마 전 쿠웨이트로 인도되어 고국의 땅에 다시 묻히게 될 거라고 했다. 그리고 오늘 우리가 가는 곳은 그에게 마지막 작별의 인사를 건네는 자리라고 했다. 하지만 왜 가싼은 그런 자리에 나를 데리고 가려는 걸까? 나는 궁금해졌지만 그에게 따로 묻지 않았다. 그러나 그런 내 무언의 질문을 알아차리기라도 한 듯 가싼은 내게 말했다. "나는 오늘 네가 보게 될 아부 파리스처럼, 몇 달 전에 고국에 돌아온 네 아버지의 유해가 사람들에게 얼마나 큰 대접을 받았었는지 네가 직접 봤으면 해. 또 오늘 네 아버지의 무덤에도 가 볼 예정이란다."

가싼의 말에 갑자기 가슴이 조여 오는 것 같았다. 왜 나는 계속 돌아가신 아버지의 기억을 붙들고 살아야 하는 것일까? 왜 나는 아버지를 사랑해야 하는 걸까? 그는 이제 더 이상 이곳에 존재하지도 않는데 말이다. 대체 왜 기억이라는 것이 채 형성되기도 전에 봤던 남자를 위해 나는 이리도 괴로워해야 하는 걸까? 나는 물론 한 치의 의심도 없이 내 아버지가 자랑스러웠다. 하지만 그에 대한 슬픔은 나로 하여금 다른 감정들을 느낄 수 없게 만들었다.

내가 이곳 쿠웨이트에 도착했던 다음날 나는 텔레비전을 통해 선왕의 장례를 치르는 사람들의 모습을 본 적이 있었다. 가싼과 내가 도착했던 그곳의 광경도 텔레비전에서 봤던 것과 비슷했다. 그곳은 전쟁에서 순교한 포로들의 유해를 묻는 곳이었는데, 광활하게 펼쳐진 모래 위에 비석들이 일렬로 줄 지어 있었고 사랑하는 이들을 떠나보내기 위해 모인 사람들로 가득 찼다. 그곳에는 군복을 입은 남자들과 유력 인사처럼 보이는 이들이 모여 있었다.

그들은 금색 밑단으로 장식된, 검은색, 갈색, 회색빛을 띤 전통 복장과 가운을 입고 있었다. 텔레비전을 통해 봤던 선왕의 모습처럼 순교자들의 시신은 쿠웨이트 국기로 덮여 있었다. 나는 가싼에게 아버지의 시신도 이렇게 국기에 덮여 있었는지 물었고, 내 질문에 가싼은 긍정의 의미로 고개를 끄덕였다. 나는 그 국기가 좋았다. 그리고 그 순간부터 쿠웨이트의 국기는 내 국기가 되었다.

늘 그렇듯 슬픈 표정을 하고 있던 가싼의 얼굴에 어느새 눈물이 고이기 시작하더니 그의 슬픔이 한층 더 짙어졌다. 그리고 그의 슬픔은 전염병처럼 내게도 전해졌다. 어느새 그곳에 모여 있던 사람들의 시선이 우리에게로 집중되기 시작했는데, 그들은 수군대며 나의 존재를 이상하게 생각하는 것 같았다. 이 빌어먹을 얼굴! 왜 이름은 그렇게나 다양하면서 이 얼굴만은 변함없이 항상 주변에 있는 사람들을 놀라게 하는 건지?!

그들 중 몇몇이 우리가 서 있는 쪽으로 다가오더니 가싼에게 악수를 건넸다. 어떤 이는 그에게 입맞춤을 했고 또 다른 이는 울음을 참느라 잔뜩 떨리는 몸으로 가싼을 품에 안기도 했다. 어떻게 하면 이 오랜 시간 동안 고인들을 위해 슬퍼할 수 있는 걸까?!

　그렇게 아부 파리스의 장례식은 끝났고 장례에 참여한 사람들은 하나씩 집으로 돌아갔다. 가싼은 그곳에서 멀리 떨어지지 않은 어떤 곳을 가리키며 "라쉬드가 너를 봤더라면 참 기뻐했을 텐데…. 그는 분명 지금 지하에서 우리가 그에게 가는 발걸음 소리를 듣고 있을 게다."라고 말했다. 가싼의 말에 온몸이 떨리기 시작하면서 개미들이 내 목을 타고 관자놀이로 기어오르는 것만 같았다. 가싼이 가리키던 곳은 아버지의 무덤이 있는 곳이었는데 그곳으로 가는 내 발걸음은 너무나 무거웠다. 가싼은 아버지의 무덤 앞에 앉아 잠깐 기도를 하더니 "나는 내 부모님 무덤에 다녀올 거야. 오래 걸리지는 않을 게다."라고 말하며 자리에서 일어났다. 그렇게 나는 그곳에 아버지와 단둘이 있게 됐다. 나는 고개를 돌려 주변의 무덤들을 밟지 않으려는 듯 조심스럽게 걸어가는 가싼을 뒷모습을 물끄러미 바라보았다. 그가 사랑하는 사람들은 이렇게 모두 땅 아래에 묻혀 있는데 어떻게 그의 얼굴에서 슬픔이 사라질 수 있겠는가?

　가싼이 떠나고 나는 아버지의 무덤 옆 흙바닥에 그대로 앉았다. 그리고 옆에 있던 흙들을 손으로 가만히 쓸어 보다가 한 움큼 쥐어 보았다. "아버지…" 만약 아버지라는 말을 하지 않았더라면 울지도 않았을 텐데…. 나는 아버지라는 한 마디에 목이 메었다. 가싼의 서랍과 엄마의 가방 속에 있던 아버지의 사진들이 하나씩 내 눈앞을 스쳐 지나갔다. 행복, 사랑, 용기, 이 모든 것들이 이 무덤의 주인을 거쳐 갔었다. 내 떨리는 두 입술 사이로 또 한 번 "아버지"라는 소리가 흘러 나왔다. 내 목소리가 아버지의 목소리를 쏙 빼닮았다는 말 때문이었을까, 나는 어느새 아버지가 되어 내 부름에 답하고 있었다.

"이싸, 너니? 네가 온 거니?" 나는 울며 고개를 끄덕였다.

"네, 아버지. 제가 바로 이싸예요. 제가 쿠웨이트로 돌아왔어요."

"아들아, 나는 지금 이곳에 평화롭게 누워 있단다."

순간 두 눈에서 굵은 눈물방울들이 뚝뚝 떨어지기 시작했다. 나는 흙이 묻은 손을 차마 털어 내지도 못하고 그대로 쏟아지는 눈물을 닦아 냈다. 흙 때문에 내 얼굴은 어느새 진흙으로 범벅이 되어 버렸다. 눈물과 함께 터져 나온 흐느낌 때문에 나는 도저히 아무 말도 할 수 없었다. 결국 나는 아버지에게 '사랑한다, 나는 당신이 필요하다, 나는 집안에서 환영받지 못하는 존재다, 할머니는 나 때문에 곤란해 하고, 고모들은 내 존재를 인정하지 않는다, 나는 철저히 혼자다, 나는 너무나 약한 존재이다.'라는 말을 전하지 못했다. 아니면 아버지가 당장 내게 해줄수 있는 것은 아무것도 없었기에 나는 그냥 그가 내 사정을 모르는 채 편안한 안식을 누리길 바라는 마음에서 그랬는지도 모르겠다.

멀리서 가싼이 경적을 울리는 소리가 들렸다. 나는 벌떡 일어나 아버지의 묘를 등지고 가싼의 차가 있는 곳으로 걸어갔다. 나는 단 한 번도 뒤돌아보지 않았다 집으로 돌아가는 길, 나는 어떻게든 흐느낌을 멈추려고 애썼지만 아무 소용이 없었다. 그런 내 모습을 보던 가싼은 아무 말도 하지 않았다. 할머니의 집 근처에 도착하자 가싼은 내게 괜찮은지 물었고 나는 고개를 끄덕였다. 가싼은 눈짓으로 내 손을 가리키며 "왜 그렇게 주먹을 꽉 쥐고 있는 게냐?"라고 물었다. 그의 물음에 나는 꽉 쥐고 있던 손바닥을 펴 보이며 말했다. "아버지의 무덤에 있던 흙을 좀 가져왔어요."

내 말에 가싼은 마치 애완견을 쓰다듬기라도 하듯 내 머리를 부드럽게 쓰다듬어 주었다.

14

"이싸! 이싸! 이싸!"

거의 하루도 빠지지 않고 내 이름을 부르는 소리가 할머니의 방에서 들려왔다. 그 외침은 이층에 있는 할머니의 방에서 시작해 집 안의 정원을 통해 내가 있는 방까지 전해졌는데 그것은 할머니가 나를 조금씩 받아들이고 있다는 신호였다. 아마도 할머니의 마음을 열 수 있었던 것은 그녀의 발끝에서부터 시작된 것 같았다. 발끝에서 종아리, 무릎을 거쳐 서서히 그녀의 마음에 닿을 수 있을 것이란 기대에 나도 "이 정도면 나쁘지 않아."라고 혼자 중얼거렸다. 이런 식이라면 얼마 지나지 않아 곧 무릎을 넘어 할머니의 심장에까지 도달할 수 있을 것 같았다. 심장도 다리처럼 마사지를 해서 부드럽게 만들 수 있다면 얼마나 좋을까?! 나는 그 이상은 바라지도 않았다. 할머니는 언젠가부터 내게 매달 200디나르의 용돈을 주셨다. 그건 힌드 고모가 내게 주던 보상금 외의 것이었기에 나는 꽤 많은 금액의 돈을 갖게 되었다. 그래서 나는 매달 그 돈을 필리핀에 있는 엄마와 아이다 이모에게 보내기 시작했고, 엄마는 이메일이나 화상채팅을 통해 나와 자주 연락을 하려고 그 돈으로 컴퓨터를 한 대 샀다. 할머니는 내가 따로 부탁하지 않았음에도 불구하고 내게 돈을 주는 것을 아까워하지 않았다.

한편 할머니에게는 평소에 쉽게 볼 수 없는 숨겨진 모습이 있었다. 나는 어느 날 할머니 모르게 우연히 그 모습을 보게 됐는데 그건 평생 잊지 못할 광경이었다. 평소 근엄하고 엄격하기로 유명해서 좀처럼 웃는 모습을 보기 힘들었던 할머니는 조금 특이한 방식으로 음악을 즐겼다. 그녀가 듣던 음악은 이전에 한 번도 들어 보지 못했던 것으로 '사무라이[10]'와 비슷한 이름을 가진 대중예술의 한 장르였다. 카울라에게 그 이름을 듣고 나서 나는 그녀에게 "일본 예술을 말하는 거야?"라는 질문을 했고 그녀는 깔깔 웃으며 나의 무지함을 놀려 댔다. "오빠는 정말 아무것도 모르는구나!" 그 말은 메릴린에게 모르는 것을 물을 때마다 그녀에게 귀에 딱지가 생길 정도로 들어왔던 말이었다.

그 날 부엌에 가기 위해 유리문을 지나고 있던 나는 문틈 사이로 이상한 자세를 하고 있는 할머니를 보았다. 나는 조심스레 다가가서는 그 사이로 몰래 할머니를 지켜보았다. 할머니는 음

10 　사마리아 예술은 아라비아 반도에서 가장 오래된 민속예술 중 하나로 북소리와 함께 나바트 시에 곡조를 입혀 노래로 부르는 음악예술 부문이다.

악 방송을 보고 있는 것 같았는데 텔레비전의 큰 화면 속에는 붉은 카펫 위에 앉아 있는 나이가 지긋해 보이는 남자가 있었다.[11] 반지르르한 얼굴의 남자는 흰색 머리 두건과 그 위에 검고 얇은 띠를 쓰고 있었다. 흰색의 전통 의상 위에 밝은 청색 재킷을 입고 있던 그는 두 손에 우드를 들고 있었고 스튜디오에서 촬영을 하고 있음에도 불구하고 선글라스를 끼고 있었다. 그의 오른편에는 한 남자가 바이올린을 키고 있었고 왼쪽에는 또 다른 이가 고쟁처럼 생긴 악기를 연주하고 있었다. 그리고 그들 주위로 흰옷을 입은 남자들과 가슴 부분이 금빛으로 수놓인 형형색색의 특이한 옷을 입은 여자들, 그리고 할머니가 외출할 때 입는 검은 가운과 비슷한 옷을 입은 여자들이 둘러앉아 있었다. 그들은 함께 연주하며 노래를 불렀는데 누군가는 박수를 치고 다른 누군가는 청색 재킷을 입은 남자 뒤에서 노래를 했다. 그리고 나머지는 특이하게 생긴 북들을 연주하고 있었다. 우리 할머니 가니마는 그들의 노래에 푹 빠진 것 같았다. 숄로 얼굴의 반을 가리고 있던 그녀는 언제나 그랬던 것처럼 작은 탁자 위에 다리를 올려놓은 채 텔레비전에서 나오는 노래에 맞춰 상체를 좌우로 흔들고 있었고 그녀의 고개는 어깨와 함께 앞뒤로 천천히 리듬을 타고 있었다. 음악에 흠뻑 취한 할머니의 모습은 피리 소리에 좌우로 움직이는 코브라 같았는데, 우리 할머니는 춤을 추는 순간에까지 엄청난 위엄을 드러냈다. 나는 그렇게 마치

---

11 마흐무드 압둘 라자끄 나끼(1904-1982)로 마흐무드 쿠웨이티라는 이름으로 알려져 있다. 그는 쿠웨이트의 유명한 대중예술가로 '바우시야', '이드 할리 힐랄리히' 등의 히트 곡을 보유하고 있다.

의식이라도 치르는 듯한 할머니의 모습을 조용히 관찰하고 있었다.

***

처음 안채에서 나의 출입이 허락되었던 곳은 거실과 식당뿐이었으나 언제부터인가 나는 매일 할머니의 방에 들락날락거리게 되었다. 내가 그 방에 가면 할머니는 검은 숄로 자신의 얼굴을 가린 채 침대에 누워 나에게 다리를 맡겼고 나는 한 시간이채 안 되는 시간 동안 할머니의 다리를 정성스럽게 마사지했다. 그러면 얼마 지나지 않아 코 고는 소리가 들려왔고 그러면 나는 조심스럽게 할머니의 방을 나와 거실로 가서는 카울라와 시간을 보냈다.

여느 때처럼 할머니의 마사지를 끝낸 내가 위층에서 막 내려오려던 참이었다. 카울라는 거실 소파에 누워서 통화를 하고 있었는데 영어로 친구들과 이야기를 나누는 모양이었다. 그때나는 처음으로 카울라가 히잡을 벗고 있는 모습을 보았다. 탐스러운 긴 흑발을 드러낸 카울라의 모습은 정말 아름다웠고 힌드 고모의 모습을 쏙 빼다 박았다. 나는 조용히 계단을 내려와 거실에 발을 내디뎠다. 순간 내 쪽을 바라본 카울라가 큰 목소리로 소리를 질러 댔다. 그녀는 소파 위에 있던 쿠션을 들어서 머리를 감추며 "이싸! 잠깐만 거기서 기다려!"라고 외쳤다. 카울라의 외침에 깜짝 놀랐던 나는 마치 옷을 갈아입는 중에 그녀의 침실에 들어가기라도 한 양 얼른 등을 돌렸다. "좋아, 이제 돌아봐도 돼." 카울라는 히잡을 쓰고 난 뒤 내게 그쪽으로 와도 된다고 말했다. 나는 그녀 옆에 앉아 "이슬람에서는 내가 네 머리카락을 보면 안 되는 거야?"라고 물었다. 내 물음에 그녀는 손깍지를 끼며 아이처럼 다리를 이리저리 흔들다가 내게 답했다.

"사실 이슬람에서는 '마흐람'과 함께 있을 때는 그에게 머리카락을 보여도 상관없어."

"마흐람?"

"응, 마흐람. 남편이나 결혼을 할 수 없는 친인척들을 말하는 건데, 예를 들어 아버지나 할아버지, 남자 형제, 아들을 말하는 거지. 그리고 다른 예외적인 경우들도 있어."

카울라의 대답을 듣던 나는 그녀를 따라 깍지를 끼고 허공에 발을 저으며 말했다.

"그렇다면! 너도 내 앞에서 히잡을 쓸 필요가 없는 거잖아. 나는 네 오빠인걸?"

내 말에 앞뒤로 움직이던 카울라의 다리가 멈췄다. 그리고 그녀는 조심스럽게 입을 열었다.

"사실 내가 오빠를 오빠라고 느끼기에는 조금 이른 것 같아."

그녀의 말에 나 역시 하던 다리 장난을 멈추었다. 카울라는 그런 나를 바라보며 말했다.

"아버지가 지금 살아계신다고 해도 오빠를 아들로 받아들이기에는 시간이 조금 필요했을 거야…."

나는 왠지 카울라의 말이 거슬려서 그녀의 말을 부정했다. 하지만 카울라는 그런 내게 "마르케스는 자식에 대한 사랑이 난

정이 아닌 키운 정에서 나오는 거라고 했어."라고 내게 말했다. 그 말에 나는 바보처럼 카울라를 쳐다보며 물었다.

"마르케스가 누군데?"

카울라는 내 질문에 깜짝 놀란 듯 눈을 크게 뜨더니 나의 무지함을 나무랐다.

"오빠는 정말 아무것도 모르는구나!"

***

어린 시절 나는 메릴린으로부터 많은 것들을 배웠는데 그때의 나는 메릴린이 나보다 네 살이나 위였기에 그게 당연하다고 생각했었다. 그러나 지금의 나는 그때와는 달랐다. 이미 충분히 성장한 상태였고 심지어 카울라는 나보다 두 살이나 어렸다. 그럼에도 불구하고 나는 여전히 카울라에게 가르침을 받고 있었던 것이다. 진정 나는 이들의 말처럼 아무것도 모르는 사람인 걸까?! 가끔 카울라가 내게 해 주는 조언이나 질문에 대한 대답들은 나를 놀라게 했다. 그래서 그때마다 나는 그녀에게 "카울라! 대체 어떻게 하면 그런 생각을 할 수 있는 거니?"라며 감탄을 금치 못했다. 그러면 카울라는 아버지의 서재를 가리키며 "모두 저곳에서 다 알게 된 거야."라며 자신 있게 말했다. 그녀의 대답에 나는 '나도 아랍어를 할 수 있다면 얼마나 좋을까?'라며 항상 아쉬워했다.

그때 카울라의 휴대전화 벨이 울렸다. 그녀는 전화를 받더니 영어로 통화를 하기 시작했다. 잠시 뒤 통화를 마친 카울라에게 나는 왜 아랍어가 아닌 영어로 통화를 하는지 물었고 그녀는 아무렇지도 않게 "그냥 아랍어보다 영어로 말하는 게 더 좋아서."라고 했다. 카울라의 대답에 나는 드디어 동생에게 내 지식을 뽐낼 절호의 기회를 잡았다고 생각했다.

"호세 리살이 말하길, 자신의 모국어를 사랑하지 않는 사람은 썩은 생선보다 못한 존재라고 했어."

내 말에 카울라는 눈썹을 찌푸리며 물었다.

"호세 리살이 누군데?"

카울라의 질문에 나는 고개를 양옆으로 저으며 안타깝다는 듯 말했다.

"카울라 너는 정말 아무것도 모르는구나!"

**

그날 카울라는 하루 종일 나를 붙잡고 필리핀의 국민 영웅인 호세 리살에 대해 물었고 그에 관한 이야기를 다 듣고 나서야 나를 놔 주었다.

"그는 필리핀 사람들이 자신의 모국어를 버리고 침략자들의 언어에 영향을 받기 시작하자 그런 말을 한 거야."

내 말에 카울라는 눈을 반짝이며 더 얘기를 해 보라고 나를 졸랐다.

"호세 리살은 의사였는데 문학가로 활동하기도 했고 그림도 그랬어. 위대한 사상가이기도 했고 무려 스물두 개의 언어를 알았어. 그는 자유란 삶 그 자체라고 믿었기 때문에 스페인 식민 세력과 맞서 싸웠지. 그는 개혁을 요구하며 침략 세력에 대항해야 한다고 강조하기도 했어. 그에게는 『나를 만지지 마오』라는 유명한 저서도 있는데, 그는 그 책을 통해 스페인 식민 세력의 전횡과 그들이 어떻게 필리핀 국민들을 유린했는지, 그 추악한 면들을 적나라하게 고발했어. 그 뒤에 후속작인 『훼방꾼』도 집필했지. 그는 스페인의 점령에 굴복한 필리핀인들이 각성해야한다고 외치면서 늘 사람들과 소통하려 노력했어. 그러자 스페인 측에서 노발대발하면서 호세 리살을 투옥했고 얼마 지나지 않아 그를 처형하고 말았어. 호세 리살이 사망했다는 소식에 필리핀 국민들이 크게 분노해서 봉기했고, 그로부터 2년 뒤에 결국 식민 세력을 쫓아내고 필리핀은 독립을 선언하게 된 거지. 자유를 얻기 위해서는 대가가 따르기 마련인데 그 대가가 바로 호세 리살의 목숨이었던 거야."

자랑스럽게 이야기를 마친 나는 고개를 돌려 카울라의 반응을 살폈다. 그리고 이 말을 덧붙이는 것도 잊지 않았다.

"참고로 필리핀에서 내 이름은 그의 이름을 딴 호세였단다."

카울라는 호세 리살이라는 인물에 흠뻑 취한 것 같았다. 그녀는 내 말을 경청하다가 내가 이야기를 다 마치자 이렇게 중얼거렸다.

"아버지는 할머니가 말씀하시는 것처럼 미치지 않았어. 그는 단지 글을 통해 현실을 바꾸고 싶으셨던 것뿐이야. 아버지가 투옥되기 전에 쓰던 소설 집필을 다 마치셨더라면 좋았을 것을⋯."

그녀는 슬픈 표정으로 나를 바라보며 말했다.

"그래서 여기에 있는 사람들이 아버지의 글을 읽었더라면⋯."

***

나는 카울라, 가싼과 좋은 관계를 유지했다. 하지만 그렇다고 해서 내가 외롭지 않았다는 것은 아니었다. 비록 그 높이가 많이 낮아지긴 했지만 우리 사이에는 여전히 보이지 않는 벽이 존재하고 있었다. 카울라도 항상 할머니와 고모와 함께 지내긴 했지만 외롭기는 마찬가지였다. 어느 날 카울라에게 어떻게 외로움을 이겨낼 수 있는지를 물은 적이 있었는데 카울라의 대답은 놀라웠다.

"말동무가 필요할 때마다 나는 책을 읽어."

나는 그녀의 대답에 잠시 멈칫했다.

"하지만 책은 우리의 말을 듣지 못하잖아."

내 말에 카울라는 이렇게 말했다.

"내가 어렸을 때, 메리는 내 가장 친한 친구였어. 그 아이는 비록 아무것도 하지 못했지만 항상 내 이야기를 들어줬었지. 하지만 얼마 지나지 않아 할머니는 그런 나를 못마땅하게 생각했고 내가 그 아이에게 아무것도 말하지 못하게 했어."

그때를 회상하기라도 하듯 카울라는 미소를 띠며 말했다.

"하지만 나는 메리의 자리를 대신할 다른 친구를 찾았지."

나는 그런 카울라의 얼굴을 바라보며 그 새 친구가 누구인지 궁금해했다."

"내가 차마 부끄러워서 말하지 못할 일도 누군가에게 말하고 싶을 때면…"

카울라는 잠시 뜸을 들이다가 눈을 찡긋하며 이렇게 말했다.

"'아지자'야말로 내 말을 경청해 주는 가장 좋은 친구야."

"아지자?! 그게 대체 누군데?"

내 질문에 카울라는 자리에서 일어나더니 정원으로 이어진 유리문 쪽으로 가며 내게 말했다.

"이싸, 거기서 잠깐만 기다려 봐. 지금이야말로 오빠에게 그 친구를 소개해 줄 아주 좋은 기회니까 말이야."

그렇게 유리문 뒤로 사라진 카울라는 몇 분 뒤 한 손에 상추 잎을 들고 나타났다. 그리고는 거실 한가운데 깔려 있던 카펫 위에 그 상추를 올려놓더니 아이 같은 천진난만한 얼굴로 내 옆에 앉았다.

"조금만 기다려 보자. 아지자는 모든 게 다 느리니까 말이야."

그렇게 3분쯤 지났을까 갑자기 거실 한쪽 구석에 있던 소파 밑에서 중간 크기의 그릇만 한 거북이 한 마리가 모습을 드러냈다. 거북이는 천천히 상추가 있는 카펫 한가운데로 엉금엉금 기어갔다. 카울라는 그 거북이를 가리키며 내게 "이 아이가 바로 아지자야!"라고 소개했고 나는 고개를 끄덕이며 "아지자, 만나서 반가워!"라고 카울라의 비밀 친구에게 반갑게 인사를 건넸다.

15

2006년 9월 24일, 내 생에 첫 라마단이 시작되었다. 내게는 이 한 달이 배고픔과 목마름 그리고 사람들로 인해 고통 받는 시간이었다.

할머니와 가족들은 당연히 나를 무슬림이라고 생각했기에 나는 라마단 기간 동안 무슬림들이 하는 것처럼 금식을 해야 했다. 여전히 내 종교가 무엇인지를 몰라 헤매던 나는 신과 가까워지기 위한 의식이라면 그게 무엇이든 다 해 보고 싶었다. 그래서 그 한 달이라는 시간 동안 나는 금식을 해 보기로 결심했다. 어떻게 하면 아무것도 먹지 않고 마시지 않을 수 있는지, 금식이란 내게 불가능한 일 같았다. 그래서 새삼 무슬림들의 참을성과 인내가 놀랍게 느껴졌고 부럽기까지 했다. 그렇게 금식을 하기로 결심한 첫날, 나는 약 다섯 시간을 굶었고 그다음 날은 여섯 시간, 그리고 세 번째 날에는 여덟 시간을 굶을 수 있었다. 그렇게 네 번째 날이 되자 나는 해가 뜬 시간 동안 아무것도 먹지 않는 데 성공할 수 있었다. 해가 지고 집 근처에 있는 사원들과 텔레비전 방송에서 "알라후 아크바르, 알라후 아크바르!"라며 금식이 끝났음을 알리는 소리가 들려왔을 때 나는 너무 기뻐서 하늘을 날 것 같았다.

금식을 시작한 첫날 이프따르[12]를 마친 뒤, 나는 혼수상태에

---

12 라마단 기간에 무슬림들이 일몰 직후 금식을 마치고 먹는 첫 번째 식사를 뜻한다. _옮긴이 주

빠진 사람처럼 침대에 쓰러져서 깊은 잠에 들었다. 집 안은 온통 조용했다. 카울라와 고모, 할머니는 기도를 드릴 때를 제외하고는 텔레비전 앞을 떠나지 않았다. 그들은 라마단 기간만 되면 그 어느 때보다 텔레비전 시청에 열을 올리는 것 같았다. 기도를 드리는 것도 마찬가지였다. 라마단이 되면 그들은 신께 기도를 드리는데 평소보다 더 많은 시간을 할애했다. 심지어 늦은 밤에도 할머니의 방에서는 불빛이 새어 나왔는데 카울라의 말로는 할머니가 밤새 기도를 드리는 거라고 했다.

한편 가싼은 라마단 기간에 자신만의 특별한 의식을 행했다. 그는 낮 시간 동안 집에 있는 것을 싫어했다. 그래서 일이 끝나고 나면 "옷을 입고 나갈 준비를 하렴. 지금 네 집으로 가는 길이다."라며 내게 전화를 걸어왔다. 가싼과 나는 이프따르를 하기 전까지 매일 밤을 배회하고 다녔다. 어느 날은 쿠웨이트에서 유명한 무바라키야라는 시장에 갔고 어떤 날은 생선을 파는 시장, 고기와 과일이나 야채를 파는 시장에도 가봤다. 금요장터, 새와 애완동물을 파는 시장, 이란 상품들을 파는 시장 등 그렇게 우리는 밤을 돌아다니며 시장 구경을 했다.

나는 가싼과 함께 거리를 돌아다니며 라마단 기간 동안 사람들의 모습이 어떤지 그들의 얼굴 표정을 관찰했다. 사람들의 표정은 정말 각양각색이었다. 운전을 하는 사람들의 얼굴은 잔뜩 굳어 있었고 아무것도 아닌 일들로 차들이 여기저기서 경적 소리를 울려댔다. 사람들은 창문 사이로 팔을 내밀어 삿대질을 하며 화를 내기도 했다. 여기저기 침울한 얼굴을 한 사람들도 보였다. "가싼!" 사람들의 모습을 의아해하던 나는 그를 불러 세워

이런 질문을 던졌다. "라마단 기간에 웃으면 그날 지켜왔던 금
식이 무효가 되기라도 하는 건가요?"

해가 지기 직전, 나는 가싼과 함께 애완동물을 파는 시장에
가서 동물들을 구경하다가 카울라의 친구 '아지자'와 비슷하게
생긴 거북이를 한 마리 발견했다. 나는 별 고민 없이 바로 그 거
북이를 사서 집에 데려왔다. 거북이를 품에 안고 집으로 오는
길, 나는 앞으로 우리 사이에 싹틀 새로운 우정을 생각하며 설
레었다. 사실 멘도사의 땅에 살 때 나는 늙은 개, 닭, 고양이, 참
새, 개구리, 도마뱀 등 실로 많은 동물들과 함께 살고 있었지만
그때는 그들의 중요성을 깨닫지 못했었다. 그래서 내가 왜 갑자
기 동물을 필요로 하게 된 건지 나 자신도 내 모습이 낯설었다.

거북이와 함께 방에 들어오자 "알라후 아크바르… 알라후 아
크바르"라는 이프따르 시간을 알리는 소리가 들려왔다. 그 때
문 밖에서 "이싸, 지금 금식하고 있는 중이지? 이프따르 시간이
됐어."라는 카울라의 목소리가 들려왔다. 그녀는 곧장 내 방문
을 열었고 내 품에 안겨 있는 거북이를 보더니 깜짝 놀랐다.

"아니, 아지자가 어떻게 이 방에 들어온 거지?"

그 말에 나는 고개를 저으며 "이 아이는 아지자가 아니야."라
고 카울라에게 말했다.

카울라의 아지자처럼 내 거북이에게도 이름이 하나 필요했
다. 나는 잠시 고민하다가 좋은 생각이라도 난 듯 크게 외쳤다.

"이 아이의 이름은 '이낭 쥴링'이야!"

***

할머니의 집에 살면서 화가 나는 일이 생길 때마다, 나는 몰래 그 집에서 일하는 사람들과 부엌에 모여 앉아 대화하거나 고민거리를 함께 나누었다.

가사도우미들에게 생기는 일들을 가만히 듣고 있으면 몇 년 전 이곳에서 그 모든 고충들을 참고 견뎌 냈던 엄마가 너무나 가여웠다. 하지만 필리핀에서 그녀를 기다리고 있던 가혹한 운명에 비하면 이곳에서의 고된 일들은 사치에 불과했다.

가사도우미들은 새벽 6시부터 밤 10시까지 일했다. 바부의 말에 따르면, 옆집에 고용된 사람들 중에는 노동시간이 따로 정해져 있지 않고 고용주가 필요로 할 때면 언제든지 달려가서 일을 해야 하는 이들도 있었다. 한편 라주는 다른 사람들에 비해서 일을 많이 하지 않는 편이었다. 그의 역할은 할머니가 외출하는 경우 그녀를 원하는 목적지까지 바래다주거나 가끔 중앙 시장에 가서 필요한 물건들을 사오는 게 전부였다. 또 아침마다 세차와 정원 청소를 하고 집 맞은편에서 자라는 나무들에 물을 주기만 하면 됐다. 그는 매주 휴가를 썼고 바부와 그의 부인 라크쉬미는 한 달에 하루 휴가를 갔다. 그러나 루즈비민다의 경우만은 예외였다. 그녀는 단 하루도 쉬지 않고 일했다. 어느 날 그들과 또 부엌에서 몰래 만났을 때, 나는 루즈비민다에게 왜 하루도 이 집을 떠나 쉬지 않고 기계처럼 일만 하는 지 물었던 적이 있다. 내 질문에 그녀는 이렇게 말했다. "사실 나도 큰사모님께 휴가를 쓰겠다고 부탁을 드린 적이 있었어. 하지만 사모님은

'네가 외출을 하고, 몇 달 뒤 배가 남산처럼 불러오지 않는다는 보장이 있느냐?!'라며 내 부탁을 거절했지. 솔직히 내가 마음만 먹는다면 이 집에서도 충분히 그렇게 할 수 있는데 말이야…" 그리고 그녀는 할머니를 비난하기 시작했다. 하지만 바부와 라크쉬미는 루즈비민다가 할머니 욕을 하는 것을 달가워하지 않았다. 바부는 그런 그녀에게 "가니마는 이 집안의 어른이셔. 내 어머니 같은 분이시지. 그녀가 그렇게 나쁜 사람이었다면 내가 어떻게 근 20년 동안이나 이 집에 남아서 일할 수 있었겠어?"라고 말했다. 라크쉬미는 그 말에 동의했고 루즈비민다는 입을 다물었다.

16

라마단 중순이 되기 며칠 전, 할머니의 집에 온 가족들이 한데 모였다. 그들은 이프따르와 수후르 사이에 먹는 라마단 한정 특별 식사를 함께하기 위해 모인 것이었는데, 그 식사의 이름은 이전에 들어 보지 못했던 새로운 이름이었다.[13] 나는 내 거북이 낭 츌링과 함께 방 안에 앉아 창문 뒤 커튼 틈 사이로 정원에서 뛰노는 아와띠프와 누리야 고모의 아이들을 몰래 지켜보고 있었다. 고모들과 그녀들의 남편인 아흐마드, 파이살, 그리고 힌드 고모와 카울라, 할머니와 큰 손자들은 모두 집 안채에 있

---

13 '가브까'라고 불리는 식사를 가리킨다.

었다. 집 밖에서는 가끔씩 초인종 누르는 소리가 들려왔는데 그곳에는 동네 아이들이 멋진 옷을 뽐내며 기다리고 있었다. 어떤 아이들은 흰색 전통옷 위에 소매 없는 재킷을 입고 머리에 흰 모자를 쓰고 있는 반면 어떤 아이들은 어른들처럼 흰 두건을 쓰고 있었다. 여자아이들도 금색으로 수놓인 얇은 천으로 머리와 상체를 덮고 있었다. 남자아이, 여자아이 할 것 없이 모두가 목에다가 천으로 만든 주머니를 건 채 우리 집 대문이 열리기만을 기다리고 있었다. 힌드 고모는 라크쉬미와 루즈비민다를 대동해서 아이들에게 줄 견과류와 사탕이 가득 담긴 봉투를 가지고 문 밖으로 나갔다. 대문이 열리자 아이들은 박수를 치며 노래를 부르기 시작했고 그 노래가 끝나자 아이들은 고모에게 건네받은 선물을 주머니에 잔뜩 넣어서 집으로 돌아갔다. 이렇게 3일 동안 할머니의 집을 찾는 아이들의 방문이 끊이지 않았는데, 이는 쿠웨이트의 유명한 전통 행사들 중 하나라고 했다.[14]

　그때 집 앞에서 노래를 부르던 아이들 사이로 내 또래 혹은 나보다 조금 어려 보이는 잘생긴 남자아이가 흰옷을 입고 나타났다. 그는 힌드 고모에게 입맞춤을 하고 대문 앞 정원에 있던 카울라에게 인사를 하며 안채로 들어갔다. 그 아이가 나무문으로 들어서자마자 안채에서 "오롤롤롤로!"라는 기괴한 소리가 들려왔는데 마치 인디언들의 함성 소리 같았다. 날카롭고 높은 그 소리는 경기 중에 심판들이 부는 호루라기 소리 같기도 했

14　라마단의 중순이 되기 전, 3일 동안 밤마다 아이들이 이웃집들을 순회하며 노래를 부르고 집주인들이 그 답례로 과자와 사탕을 나눠 주는 전통인 '끼르끼안'을 가리킨다.

다. 나중에 카울라의 말을 들어 보니 그 아이는 누리야 고모의 첫째 아들이자 우리 할머니의 첫 손자였다. 할머니는 그 아이가 집에 올 때마다 매번 그 소리를 내며[15] 그가 결혼하는 모습을 볼 때까지 살 수 있게 해 달라고 신께 기도를 드린다고 했다.

첫 손자의 등장과 함께 온 집안사람들은 안채로 들어갔고 나는 여전히 커튼 뒤에 숨어 창밖을 바라보고 있었다. 손에 들고 있던 이낭 츌링의 등껍질이 단단했기에 망정이지 하마터면 주먹을 꽉 쥔 내 두 손 때문에 그 껍질이 다 깨질 뻔했다. 가족들이 단란하게 앉아 이야기를 나누는 안채에서 멀리 떨어진 외로운 별채에 홀로 있던 내 가슴은 슬픔과 고통으로 먹먹해졌다. 저들과 함께 있다면 얼마나 좋을까? 집 안에서는 떠들썩한 소리들과 함께 웃음소리와 뜻을 알 수 없는 말소리들 그리고 "오롤롤롤로!"라는 소리가 들려왔다.

그때 거실과 통하는 유리문이 열리더니 누리야 고모가 나타났다. 그녀는 평소와는 달리 피처럼 짙은 붉은색에 빛나는 노란 장식이 박혀 있는 소매가 넓은 옷을 입고 있었다. 그녀는 누군가를 부르려는 것 같았다.

"이싸! 이싸!" 그녀의 외침에 나는 품에 안고 있던 이낭 츌링을 바닥에 떨어트리고 말았다. 하지만 이낭 츌링이 바닥에 부딪히는 것쯤은 전혀 신경 쓰이지 않았다. 고모는 "타알(이리 와)."이라는 말을 남긴 채 집 안으로 들어가 버렸고 나는 그 말의 뜻이 뭔지 잘 알고 있었다. 내가 어찌 그 말을 잊을 수 있겠는가?

---

15 '자그라다'를 의미한다.

고모는 나를 가족들이 모여 있는 거실로 불러 그들과 함께 명절을 보내자고 제안한 것이다! 그렇게나 나를 싫어하던 누리야 고모가 내 이름을 부르며 함께 명절을 보내자고 하다니! 나는 너무나 기뻐서 날아오를 것만 같았다. 그 말에 나는 정신없이 내 방문을 열고 정원으로 뛰어가서 단숨에 거실로 통하는 유리문을 열어 집 안에 들어섰다. 순간 시끌벅적하던 거실이 찬물을 끼얹은 듯 고요해졌다. 나는 내가 귀머거리라도 된 줄 알았다. 거실에 있던 모든 눈들이 나를 뚫어지게 바라보았고 할머니는 어깨에 대충 얹어 두었던 숄로 자신의 머리를 덮었다.

힌드 고모와 카울라는 깜짝 놀라 서로를 바라보았고 아와띠프 고모는 겁에 질려 하는 모습이었다. 턱이 긴 그의 남편 아흐마드는 자리에서 벌떡 일어나 나를 죽일 듯이 노려보았고 파이살은 누리야 고모를 바라보며 대체 이게 어떻게 된 영문인지 설명하라는 듯한 눈빛을 보냈다. "살라무우우우 알라이쿠무무무" 앵무새의 우는 소리와 함께 정문에서는 누리야 고모가 데리고 온 가사도우미가 어린아이를 안고 들어왔다. "사모님, 이싸를 데리고 왔습니다."라고 말하는 그녀에게서 파이살은 자신의 어린 아들을 받아 안았다. 누리야 고모는 몹시 당황해하며 옆에 있던 은색 쟁반을 들어 내게 쥐어 주었다. 그리고 파이살의 차 열쇠를 함께 건네주며 "이 접시를 차 안에 넣어 놔."라고 하인을 부리듯 내게 말했다. 나는 떨리는 손으로 쟁반들을 받아 들었고 거실을 나왔다. 내가 문을 채 열기도 전에 안에서는 이해할 수 없는 말로 소리를 질러 대는 아흐마드의 고함 소리가 들려왔다. 그는 화가 잔뜩 나서 허공에 손을 휘젓다가 고모들에게 삿대질을 했다. 카울라는 계단 쪽으로 달려갔고 아와띠프는 겁에 질린 얼굴을 한 채 어설픈 영어로 내게 말했다. "너는 여자들이 있는 곳에 들어와서는 안 돼⋯. 들어오기 전에 우선 노크를 하고 밖에서 기다려야 하는 거야. 이런 행동은 용납되지 않아⋯ 이해했지?" 나는 고개를 끄덕이며 "네, 알겠습니다, 사모님."이라고 말하고는 누리야 고모의 쟁반을 안고 정원으로 나왔다. 부엌에 있던 바부와 라크쉬미, 루즈비민다가 창문을 통해 그런 내 모습을 안타까운 표정으로 바라보고 있었다. 나는 고개를 푹 숙이고 터져 나오는 울음을 애써 삼키려고 노력했다.

파이살의 차 트렁크를 열고 접시들을 막 넣으려고 할 때, 눈썹을 위로 치켜 뜬 누리야 고모가 나타났다. 그녀는 새빨개진 얼굴로 대문 쪽을 바라보더니 아무도 없는 것을 확인하고는 두 손으로 내 셔츠를 움켜잡아 멱살을 잡듯 끌어당겼다. 그리고 어금니를 꽉 문 채 내게 소리쳤다.

"잘 들어. 이번에는 내가 너를 하인이라고 속이며 구해 줬지만 다음번에는 아와띠프의 남편이 네 목에 칼자국을 내도록 그냥 내버려 둘 거야."

그녀의 말에 갑자기 침이 말랐고 온몸이 사시나무 떨듯 떨렸다. 이층에 있던 창의 커튼이 열리며 카울라가 나타났다. 그녀는 위에서 조용히 우리의 모습을 바라보고 있었다. 누리야는 내 셔츠를 쥐고 있던 손에 힘을 주더니 경고라도 하듯이 앞뒤로 세게 흔들었다. 그녀의 행동에 나는 겨우 용기를 내어 "하지만⋯ 고모가 저를 불렀잖아요."라고 말했다.

"닥쳐! 나는 네 고모가 아니야!"

그녀의 말에 나는 그제야 상황 파악이 됐다. 그날 할머니의 집 앞, 그 길에서의 일 이후로 나는 더 이상 누리야라는 이름 뒤에 고모라는 호칭을 붙이지 않았다. 고모라는 호칭은 접시를 넣기도 전에 이미 파이살의 차 트렁크 속으로 굴러떨어졌을지도 모르겠다. 누리야는 뒤돌아서서 아무도 없는 것을 재차 확인한 후에 내게 말했다.

"이 멍청아, 나는 네가 아니라 내 아들 이싸를 부른 거라고!"

그녀는 그제야 손에 쥐고 있던 내 셔츠를 놓으며 뒤돌아 집으로 들어갔다. 그리고 대문을 열고 들어가기 전 나를 보더니 이런 말을 하는 것도 잊지 않았다.

"그리고 필리피노, 너! 너는 내가 부르면 대답만 해. 절대 네 멋대로 행동하지 마."

***

그날 아흐마드와 파이살은 누리야의 속임수에 깜빡 넘어갔다. 보통 남자를 고용할 때는 인도나 방글라데시 출신을 선호하기에 처음에 그들은 할머니가 필리핀 사람을 고용한 것에 대해 이상하게 생각했지만 곧 대수롭지 않게 넘긴 것 같았다.

한편 나는 내 방에 돌아와서 이낭 츌링을 품에 안고 어린아이처럼 엉엉 울었다. 내 앞에는 아버지의 무덤에서 가져 온 흙을 담은 작은 유리병이 놓여 있었다. 나는 그 흙에게 조금 전 내게 있었던 일들을 아버지에게 전해 달라는 듯이 그 병을 가만히 바라보고만 있었다. 그리고 곧 침대에 그대로 몸을 던져 깊은 잠에 빠졌다. 나는 얼마나 오래 잤는지 가늠도 하지 못한 채 새벽 기도 시간을 알리는 소리에 잠에서 깰 수 있었다. 그 소리는 소름 끼치도록 끔찍했던 악몽에서 나를 구해 줬다.

꿈속의 나는 민다나오섬에 있었고 양팔이 등 뒤로 묶인 채 바닥에 머리를 박고 있었다. 누리야와 아와띠프 고모가 내 어깨를 붙잡아 움직이지 못하게 했고 할머니는 저 멀리 열대나무들 사이에 앉아 눈물이 고인 눈으로 조용히 나를 바라보고 있었다. "할머…!" 내가 할머니에게 살려 달라고 외치자 누군가가 내 머리채를 잡아 뒤로 세게 당겼다. 그의 눈과 내 눈이 정면으로 마주쳤는데 그는 바로 아와띠프의 남편인 아흐마드였다. 그는 한 손에 칼을 쥐고 있었다. "할머——!!" 내가 할머니를 부르려고 하자 그는 내가 입을 떼기가 무섭게 그 칼로 내 목을 찔러 버렸다.

17

"알라후 아크바르… 알라후 아크바르"

이 소리는 새벽 기도 시간뿐만 아니라 금식의 시작을 알리는 신호이기도 했다. 나는 "할머니! 할머니!"를 외치며 공포에 질려 잠에서 깨어났다. 입이 바짝 마르면서 목이 탔다. 심장이 빨리 뛰는 게 관자놀이를 통해서 느껴질 정도였다. 나는 얼른 손으로 목을 이리저리 만져 보며 피가 나지 않는 걸 확인했다. 그건 모두 꿈에서 일어난 일들이었다. 하지만 어제 내가 겪은 악몽은 꿈뿐만 아니라 현실에서도 일어났었다. 그건 아무 허락도 없이 거실을 침범하다가 겪은 아주 생생한 악몽이었다. 나는 침대 옆 테이블 위에 있던 물병을 들어 바닥이 드러날 때까지 꿀꺽꿀꺽 단번에 다 마셔 버렸다.

 "알라후 아크바르… 알라후 아크바르"

 카울라는 기도 시간을 알리는 이 소리를 번역하면 신은 이 세상에 존재하고 머릿속에 떠오르는 그 무엇보다 더 크고 위대하다는 뜻이라고 했다. 만약 신이 그런 존재라면 나는 이낭 츌링을 안고 울 필요도 없었을 것이다. 품에 안고 있던 이낭 츌링을 바닥에 놓아주었다. 나는 신과 가까워지고 싶었고 가까워져야만 했다. 그때 내가 알고 있던 신은 아와띠프 고모의 가슴속에 살고 있었다. 그렇다면 그녀가 자신의 집으로 돌아가 아흐마드와 함께 지내는 동안은 신도 그녀와 함께 멀리 떨어져 있는 게 되는 걸까? "어떻게 하면 나도 신에게 내 마음을 열 수 있을까?" 나는 문득 궁금해졌다. 그래서 기도 시간을 알리는 소리가 다 끝나기 전에 "알라후 아크바르… 알라후 아크바르"라고 혼자 되뇌어 보았다. 그리고 곧장 카울라에게 전화를 걸어서 무작정 "나도 사원에 가 보고 싶어."라고 말했다. 그때 카울라도 막 잠에서 깨어나 기도를 드릴 준비를 하고 있었는데 그녀는 내게 사원이 집에서 아주 가까운 곳에 있다며 예배를 하기 전에 꼭 가 보라고 일러 주었다. 나는 전화를 끊기 전 "기도를 하러 갈 때 나도 너와 할머니, 그리고 힌드 고모가 예배를 할 때마다 입던 것과 같은 종류의 옷을 입어야 하는 거야?"라고 묻자 카울라는 내 질문에 웃음을 터뜨렸다.

"오빠의 차림 그대로 가면 돼. 그리고 기도를 드리기 전에 몸을 깨끗이 하는 것도 잊지 마."

당시 나는 예배를 하기 전 어떻게 몸을 깨끗하게 하는지, 어떻게 무슬림들처럼 기도를 하는지 아무것도 모르는 상태였다. 나는 곧장 집 밖으로 나와 집에서 멀지 않은 곳에 위치한 사원을 발견했다. 그 사원은 학교로 보이는 큰 건물을 마주한 작은 건물이었는데 두 건물은 모두 같은 공간 안에 있었다. 라마단 기간 동안에는 사람들이 다른 때 보다 더 많이 예배를 하러 오기 때문에 이미 사원 앞은 주차된 차들로 만원이었다. "좀 한가해질 때까지 기다려야지." 집에서 나오기 전 나는 이미 목욕을 한 상태였지만 예배를 드리기 위해 어떤 방법으로 씻어야 하는지 몰라 당황했다. 카울라가 말했던 것처럼 기도를 하기 전 정결해지고 싶었다. 몸을 깨끗하게 하는 건 간단하지만 영혼을 정결하게 하려면 어떻게 해야 하는 걸까?

사원 맞은편의 뜰에는 차가 거의 없었다. 나는 뜰을 지나 사원의 입구가 있는 쪽으로 천천히 발걸음을 옮겼다. 입구에는 신발들이 이리저리 엉켜 있었는데 일부는 신발장에 가지런히 놓여 있었다. 나는 고개를 살짝 들이밀어 사원 안에 있는 사람들을 보았다. 그리고 모두가 신을 벗은 채 맨발로 있는 것을 확인한 뒤 나도 신을 벗어 신발장에 올려놓았다. 사원 안에 들어서자 공기가 서늘했다. 나는 맨발을 꼼지락거리며 장난을 치다가 평소와는 달리 몸이 가벼워짐을 느꼈다. 이 정도라면 하늘을 날수도 있을 것 같았다. "이게 바로 사원이구나!" 바닥 전체에는 밝은 녹색의 카펫이 깔려 있었는데 그 위에는 진녹색 가로줄이 그려져 있었다. 천장에는 큰 샹들리에가 달려 있었고, 에어컨이 있었음에도 불구하고 벽에는 선풍기들이 달려 있었다. 나는 사원 한가운데 서서 내 주변의 모습들을 바라보았다. 내 정면에는 돔의 형태와 비슷하게 움푹 팬 '미흐랍'이라는 벽감이 있었는데 그 상부는 아랍어 글자들로 장식되어 있었다. 사원은 성당이나 절과는 달리 세밀한 장식이나 눈에 띄는 특징이 없이 매우 단순했다. 몇몇은 동그랗게 모여 앉아 작은 목소리로 이야기를 나누고 있었고 누군가는 기도를 하고 있었다. 그는 고개를 숙이고 이마를 땅에 닿게 했는데 마치 땅에 입맞춤이라도 하는 것 같았다. 또 어떤 이들은 자리에 앉아서 꾸란을 읽고 있었고 구석에서는 한 청년이 고개를 숙이고 두 손을 활짝 편 채 무릎을 꿇고 앉아 있었다.

벽감 쪽으로 다가서자 신을 벗고 사원에 들어왔을 때처럼 발걸음이 가벼워지는 것 같았다. 하지만 이번에는 발이 아니라 내 마음이 모든 굴레를 벗고 자유로워지는 것만 같았다.

나는 벽감 앞에 서서 내면의 목소리에 귀를 기울였다. 두 손을 턱 밑으로 모았다가 조금 전에 보았던 청년이 했던 것처럼 손을 활짝 펴서 얼굴 앞에 들어 보았다. 그리고 두 눈을 감으며 "알라후 아크바르… 알라후 아크바르…"라고 속삭였다. 신이시여, 당신은 그 무엇보다 위대한 존재이니 제 말을 좀 들어주세요. 카울라가 알려 준 방식대로 몸을 청결하게 했다고 확신은 못하지만, 이번이 당신의 집에 찾아온 첫 번째 방문이니 제 무지함을 용서하시고 제 기도를 받아 주세요. 신은 세상의 그 무엇보다 크고 위대한 존재라고 하지만 당신의 집은 제가 상상했던 것보다는 단출하네요. 이곳에서 멀리 떨어지지 않은 별채의 제 방에는 많은 것들이 갖춰져 있어요. 반면 당신의 집은 단출하지만 깨끗하고 아름답네요. 이곳에서 제가 당신의 존재를 느낄 수 있도록 도와주세요. 제 마음도 당신의 집처럼 단출하답니다. 그리고 항상 제 마음을 깨끗하게 해 놓겠다고 약속할게요. 그러면 당신이 아와띠프 고모의 마음속에 사는 것처럼 제 마음속에서도 살 수 있는 건가요?

알라후 아크바르. 이 곳에는 당신과 저, 이렇게 우리 둘만 있네요. 금테로 장식된 예언자 무함마드의 사진이나 성상도 없이 이곳에는 오로지 당신의 영혼만 있기에 저는 이전에는 느끼지 못했던 당신의 존재를 더욱 가깝게 느낄 수 있어요.

그때 누군가의 손이 내 어깨를 만졌다. 뒤를 돌아보니 30대 초반으로 보이는 필리핀 청년이 나를 보고 있었는데 그는 내게 아랍어로 말을 걸었다. 나는 고개를 저으며 아랍어를 모른다는 표현을 했고 그 청년은 내게 필리핀어로 "혹시 필리핀 분이세요?"라고 반갑게 말을 걸어왔다. 나는 긍정의 의미로 고개를 끄덕였다. 그는 그런 내게 자신을 '이브라힘 살람'이라고 소개했다. 그의 말이 끝나기가 무섭게 나는 자동적으로 "와 알라이쿰 살람"이라는 인사말을 해 버렸다. 그 모습에 이브라힘 살람이라는 청년은 박장대소하다가 이곳이 사원임을 깨닫고 급히 웃음을 참았다. 그는 내게 "지금 여기에서 뭐 하는 거예요?"라고 물었고 나는 자랑스럽게 기도를 드리는 중이었다고 그의 질문에 답했다. 그러자 청년은 또 껄껄 웃으며 내 손을 끌고 사원의 한쪽 구석으로 갔는데 그곳에는 나와 이브라힘 살람, 그리고 꾸란을 읽고 있던 나이 지긋한 노인이 있었다.

***

이브라힘 살람은 쿠웨이트에서 오랫동안 살아 온 서른 살의 필리핀 청년이었다. 그는 우리가 만난 그 사원이 소속되어 있는 종교 연구소에서 공부를 하다가 쿠웨이트 대학에서 학위를 땄다. 그는 원래 사원 옆에 있는 학생 기숙사에서 오랫동안 살았으나 졸업과 동시에 다른 지역으로 이사를 갔다고 했다. 하지만 이 연구소에서 공부하는 필리핀, 인도네시아, 아프리카 친구들을 만나기 위해 일부러 이곳까지 와서 기도를 한다고 했다. 그는 이슬람을 알리기 위한 다양한 활동을 하고 있었고 주 쿠웨이트 필리핀 대사관에서 통번역사로 일하면서 동시에 특파원으로 쿠웨이트 현지 신문에 실린 필리핀에 관한 기사들을 번역해서 자국의 신문에 재게재하고 있었다.

나는 그날 새벽 이브라힘 살람과 오랜 시간 동안 대화를 나누었다. 그는 내 사정을 관심 있게 들어주었고 나는 가족들의 경고에도 불구하고 나 자신도 모르는 사이에 그에게 나에 관한 모든 이야기들을 털어놓고 있었다. 내 사정을 가만히 듣고 있던 이브라힘 살람은 "쿠웨이트는 아름다운 곳이야. 이곳 사람들도 좋은 사람들이고."라고 말하며 나를 안심시키려 했다. 하지만 나는 그의 말에 쉽게 동의할 수 없었고 하마터면 "당신은 필리편인 얼굴을 한 쿠웨이트 사람이 아니니까 그렇게 말할 수 있는 거야!"라고 따질 뻔했지만 그냥 아무 말도 하지 않았다. 해가 뜨자 그는 일을 하러 가야 한다며 자리에서 일어났고 다음에 이곳에서 또 만나자며 내게 악수를 청했다. 이브라힘 살람과의 악수 뒤 집에 돌아가려고 자리에서 일어나려던 순간 내 셔츠 깃 사이로 목걸이가 밀려 내려오면서 십자가 장식이 모습을 드러냈다. 나는 당황해서 손바닥으로 십자가를 움켜쥐며 감추려고 했는데, 그 모습을 본 이브라힘은 빙긋 웃으며 "괜찮아. 너는 지금 신에게 다가가기 위한 길을 찾고 있는 것뿐이야. 언젠가는 이것들을 버리게 될 날이 오겠지."라고 말했다. "하지만 저는 기독교인인걸요." 나는 나도 모르게 입에서 나온 대답에 깜짝 놀랐다. 하지만 이브라힘은 내게 "우리도 그분을 사랑하고 그분과 동정녀 마리아의 존재를 믿고 있단다."라고 말해 줬다. 그의 말을 들으니 나는 왠지 모르게 기뻤고 새로 알게 된 사실에 놀라워하며 그에게 질문을 던졌다.

"그러면 당신들도 예언자 무함마드에게 기도를 하는 것처럼 예수님과 마리아님께도 기도를 드리나요?"

이브라힘은 고개를 저으며 말했다.

"아니, 우리는 예언자 무함마드에게 기도를 하지 않고 신께 직접 기도를 드린단다."

그는 손목시계를 힐끔 보더니 휴대폰을 꺼내 어디론가 전화를 걸며 내게 말했다.

"가기 전에 너에게 보여 줄 것이 있어."

그는 이곳 기숙사에 사는 그의 친구들 중 한 명과 통화를 하는 것 같았다. 그가 통화를 마치고 채 5분이 지나지 않아 20대 초반으로 보이는 그의 필리핀 친구가 사원으로 왔다. 잠에서 막 깨어났는지 머리는 헝클어져 있고 얼굴도 퉁퉁 부은 그는 이브라힘에게 작은 플라스틱 상자를 주고는 사라져 버렸다. 우리도 그를 따라 사원 밖으로 통하는 문 쪽으로 향했다. 그때 이브라힘이 내게 친구에게 넘겨받은 그 상자를 건네주었다. 그건 검은 두건을 쓴 영화배우 앤서니 퀸의 사진과 함께 「예언자 무함마드(메시지)」라는 제목이 쓰여 있는 DVD였다. 우리가 문을 막 나서려는 찰나 누군가가 우리를 불렀는데 그건 조금 전 구석에서 꾸란을 읽고 있던 노인이었다. 그는 빠른 걸음으로 우리에게 다가와서는 화난 목소리로 "사원은 예배를 드리는 곳이지 그런 영화나 교류하는 곳이 아니네! 그건 금지된 행위야!"라고 말하며 내가 들고 있던 DVD를 거칠게 채 가서는 이리저리 뒤집어 보며 그 내용이 뭔지 살펴보려는 듯 했다. 그러더니 노인은 얼마 지나지 않아 아무 말 없이 내게 그 DVD를 돌려주더니 내 어깨를 두드리고는 곧 등을 돌려 사원을 나갔다.

***

그날 나는 집으로 돌아오자마자 이브라힘이 준 영화를 봤는데, 영화의 내용이 꽤나 마음에 들어서 몇 번이고 다시 돌려 보았다. 비록 영화상에서는 직접적으로 모습이 나오지 않았지만 나는 예언자 무함마드가 좋았고 그의 삼촌인 함자와 그의 교우들도 참 좋았다. 또 무함마드의 교우들이 에티오피아의 왕과 나누는 대화나 질의응답도 꽤나 인상 깊어서 그 내용이 영화를 본 이후에도 계속 머릿속에 맴돌았다. 하지만 이 영화 하나만으로 이슬람에 대해 알기에는 턱없이 부족했다. 영화를 본 이후 나는 이슬람에 대해 더 알고 배우고 싶은 열정이 생겨서 인터넷을 검색하기 시작했다. 영화 「예언자 무함마드(메시지)」를 검색하자마자 나온 결과는 촬영 스태프들과 촬영 환경 그리고 대중의 반응이었는데 나는 그 결과들 중 이 영화의 감독에 대한 내용을 주목했다.

한 인터넷 사이트에 올라온 사진 속 그는 멀끔한 정장 차림에 검은 넥타이를 매고 있었고 꽤나 세련돼 보였다. 하지만 그 사진 밑에 쓰인 그의 사망 소식에 나는 큰 충격을 받았다. '무스타파 아까드', 그는 내가 쿠웨이트에 오기 약 두 달 전 요르단 암만에 있는 한 호텔에서 이슬람 무장단체의 소행으로 보이는 폭탄 테러로 인해 그의 딸과 함께 사망했던 것이다!

나는 노트북을 그대로 켜 놓은 채 침대에 누웠다. 머릿속이 복잡했다. 대체 이슬람이란 무엇인가? 내가 영화에서 봤던 그 모습이야 말로 진정한 이슬람의 모습일까? 아니면 그 영화를 제작한 감독의 목숨을 앗아간 것이 이슬람의 실체일까? 이슬람은 막탄섬의 지도자 라푸라푸인가 아니면 아부 사이야프와 그의 추종자들인가? 머릿속에는 혼란과 두려움, 의심의 감정이 잔뜩 뒤섞였다. 신을 맞이하기 위해 마음을 비워 놨음에도 불구하고 머리에는 악마가 둥지를 틀고 있는 이런 모순적인 상황은 어떻게 설명해야 하는 걸까?

문득 필리핀에 있는 내 동생 아드레안과 머리를 바꾸고 싶었다. 그러면 나는 기억도 나지 않는 그날의 내 과오를 속죄할 수도 있고, 내 머릿속을 시끄럽게 하는 이 혼란도 잠재우면서 마음이 편해질 텐데 말이다.

<h1 style="text-align:center">18</h1>

라마단이 끝나고 금식 기간이 종료된 것을 축하하는 명절, '이드 알 피프르'가 시작됐다. 명절의 첫날, 나는 꼼짝없이 내 방에 갇혀 우리 집을 방문하는 손님들을 커튼 사이로 몰래 지켜볼 수밖에 없었다. 가족들은 어느 누구도 내게 안부를 묻지 않았고 명절을 축하한다는 인사말도 보내지 않았다. 오로지 가싼만이 휴대폰 문자를 통해 "명절을 축하한다."라는 짧은 인사말만 보내주었다. 화려한 옷을 입고 머리를 한껏 꾸민 여자들이 정원을 통해 안채로 들어갔고 남자들은 모두 전통 의상을 입은채 윤이 나는 새 구두를 신고 있었다. 할머니의 어린 손자들도 어른들처럼 전통 의상을 입고 머리에는 두건을 썼다. 향냄새와 아랍 향수의 향기가 온 집 안에 가득했다. 집에서 일하는 사람들도 그날만큼은 명절을 기념해 모두 새 옷으로 갈아입었다. 나는 살짝 열린 유리문 사이로 평소처럼 작은 테이블 위에 다리를 올려놓고 앉은 할머니의 모습을 보았다. 그녀는 손주들의 이마에 입맞춤을 해 주며 가방에서 돈을 꺼내 아이들에게 나눠 주었다. 그러면 아이들은 신이 나서 정원으로 뛰어나왔고 얼마만

큼의 돈을 받았는지 확인해 보기도 했다. 고용인들도 명절 기념으로 선물을 받았고 정말로 기뻐했다. 반면에 나는 홀로 어두운 방에 앉아, 흰 전통 의상을 입은 내가 할머니의 머리에 입을 맞추며 명절을 축하하는 장면을 상상해 보았다. 하지만 이렇게 거짓된 상상을 하는 것도 이제는 지겨웠다. 나는 겨우 창문에서 시선을 거두고 이낭 츌링을 찾아 내 방을 이리저리 살펴보았다. 곧 침대 밑에서 등껍질에 온몸을 잔뜩 웅크린 채 있는 이낭 츌링을 발견한 나는 침대 밑에서 그 아이를 꺼내 내 이마에 얼굴을 가까이 대며 입맞춤을 시키려 했다. 하지만 이낭 츌링은 좀처럼 내 말을 듣지 않았다. 그래서 나는 마치 이낭 츌링이 내게 뽀뽀를 한 것처럼 일부러 '쪽' 하는 소리를 내 보았다. 그렇게 겨우 어렵게 입맞춤을 끝낸 나는 이낭 츌링을 바닥에 내려놓고 냉장고에서 살짝 젖은 상추를 꺼내 와 그 아이만을 위한 명절 선물을 주었다. 그리고 이낭 츌링의 귀에 대고 "명절을 축하해!"라며 작은 목소리로 속삭였다.

＊＊＊

정오가 되자 명절을 축하하러 온 손님들이 하나둘씩 모두 집으로 돌아갔다. 카울라는 살짝 열려있던 내 방문을 열고 문턱에 선 채로 "이싸, 명절을 축하해."라며 천진난만한 얼굴로 명절 인사를 전했다. 그녀의 말에는 애틋함이 담겨 있었다. 분명 카울라도 내 처지를 안쓰러워하는 것 같았다. 하지만 "안채로 와서 할머니한테 인사를 드리지 않을래?"라는 카울라의 말에 나도 모르게 내 입에서는 "모두가 다 가고 나서야? 이런 수치스런 얼굴을 볼 사람이 아무도 없다는 것을 확인하고 나서야 나보고 할머니께 인사를 드리라는 말이니?"라고 톡 쏘아붙이는 말이 나와 버렸다. 나는 내 얼굴을 가리키며 격앙된 목소리로 말했다. "카울라! 왜 가족들은 나를 이런 식으로 대하는 거야?" 내 말에 카울라는 여전히 미소 짓고 있었지만 그 미소는 전과는 다른 의미를 내포하고 있었다. 그녀는 바닥을 바라보며 "이싸, 이게 그렇게 단순한 일이 아니야."라고 말했고 나는 그 말에 더 흥분해서 외쳤다.

"할머니와 아와띠프 이모도 신의 존재를 알고 신께 기도도 많이 드리잖아! 신도 내 존재를 거부하는 거야?!" 내 말에 카울라는 아무 말도 하지 못했다. 나는 그녀가 서 있는 문으로 다가갔다.

"부처의 가르침에 따르면 사람은 누구나 평등한 존재야. 깨달음을 얻고 욕구를 억제하는 면을 제외하고는 누군가가 다른 누구보다 더 낫다고 생각하지 않지."

내 말에 카울라는 고개를 저었다.

"우리는 불교 신자가 아니야…."

그 말에 나는 침대 근처에 놓인 서랍장으로 성큼성큼 걸어가서는 그 안에 있던 십자가 목걸이를 꺼내 들며 말했다.

"성경에서 사도바울은 유대인과 비유대인, 노예와 자유인, 그리고 남자와 여자 사이에는 아무런 차이가 없고 예수님의 품 안에서 모두 하나라고 말했어.[16]"

카울라는 나를 뚫어지게 바라보더니 무언가를 말하려고 했다. 하지만 나는 그녀에게 말할 기회를 주지 않았다.

"그래 나도 알아. 너와 우리 가족은 기독교인도 아니지."

이번에 나는 노트북을 켜서 카울라가 있는 쪽으로 화면을 돌려 어젯밤부터 열어 놓았던 웹사이트를 보여 주었다.

"예언자 무함마드는 고별 설교에서 너희의 신은 하나이고 너희의 아버지도 하나이며 너희들은 모두 모두 흙에서 태어난 인간이라고 했어. 그리고 오직 신에 대한 경외심만이 사람 간의 차이를 만들 수 있다고 했지. 그건 아랍인과 비아랍인 사이에도 해당되는 말이야."

말을 마침과 동시에 나는 노트북을 닫았다.

"그리고 나는… 이 정도 대우를 받을 만큼 나쁜 짓을 하지 않았어."

"그만하면 충분해!"

카울라는 나를 진정시켰다. "이싸, 미안해…" 그녀의 얼굴에 지난 일들에 대한 후회의 감정이 스치는 것 같았다. "하지만 종교는 이 일과 아무런 관련이 없어."

그날 카울라로부터 들은 이야기는 나로서는 좀처럼 이해하기도, 설명하기도 힘든 문제였다. 내가 이해한 바로는 나라는 존재 때문에 우리 가족이 우리와 비슷한 수준의 다른 가문 사람들에게 멸시를 당하고, 나 때문에 그들과 혼인 관계도 맺지 못할 것이라는 이야기였다. "네 말은 우리 가족이 나를 인정하면 '비둔'

---

16   성경, 갈라디아서 3장 28절 _역자 주

이라도 된다는 얘기야?" 나는 여느 때처럼 카울라에게 바보 같은 질문을 던졌다. 카울라는 내가 한 질문을 듣고는 고개를 갸웃거리며 "혹시 가싼이 오빠에게 비둔에 대해 얘기해 준 거야?"라고 묻더니, "어쨌든 이 문제는 비둔과는 관계없어."라고 말했다. 카울라는 가싼이 내게 설명해 주지 못했던 일들에 대해 차근차근 일러 주었다. 카울라의 말대로라면 쿠웨이트 사람들은 그들이 쿠웨이트인임에도 불구하고 저마다 각기 다른 등급과 계층으로 나뉘어 있었기 때문에 그들을 하나로 아우르는 '쿠웨이트인'이라는 말에 익숙하지 않았다. 물론 이건 비단 쿠웨이트만의 일은 아니었다. 필리핀에도 부유한 가문들이 존재했고 그들 간에도 비슷한 문제들은 존재했기 때문이다. 또 모든 가문들과 가족들에게 선택의 자유가 있는 것이 당연했기에 혼사 문제에 관해서 만큼은 나는 아무런 이의 제기도 하지 않았다. 필리핀에서도 중국인 출신의 필리핀인들은 어떤 이유들로 인해 다른 필리핀 사람들 대신 같은 출신의 가문들과 혼인 관계를 맺는 것을 더 선호했다.

하지만 적어도 그들은 누군가를 자신들의 위나 아래의 계층에 있다고 구분 짓지 않았다. 그랬기에 이곳 쿠웨이트 사람들이 누군가를 경멸의 시선으로 본다는 것이 나로서는 이해가 되지 않았다. 그런 내게 카울라는 이렇게 말했다. "아버지는 집필을 다 끝내지 못한 그의 소설에서 이렇게 말했어. 우리는 필요할 때만, 특히 위기를 맞을 때만 쿠웨이트인이 될 뿐 평화가 찾아오면 곧바로 다시 그 추악한 계급사회로 돌아간다고 말이야…" 카울라의 말을 들으니 아랍어를 배워서 아버지가 쓰신 그 책을 꼭 한번 읽어 보고 싶었다. "아버지는 그 책을 통해 무슨 말을 하려고 했던 거야?" 내 질문에 카울라는 "사실 나도 잘 모르겠어. 그 책은 모순적인 내용들로 가득해. 하지만 언젠가는 내가 아버지의 뒤를 이어 그 책을 다 완성하고 싶어."라고 했다. 그 말에 나는 속으로 '만약 그 책을 통해 아버지가 이곳 사회를 묘사하려고 한 거라면 모순적인 내용이 가득할 수밖에!'라고 생각했다. 하지만 카울라에게는 아무 말도 하지 않았다. "아버지는 그 책의 첫 장에서 '한 손으로는 손뼉을 칠 수 없다.'라고 했어…. 그러면서 정작 책 속에서는 사람들에게 한 손이 되라고 했지. 나는 왜 아버지가 그렇게 말했는지 모르겠어. 한 손으로는 손뼉을 칠 수 없는데 말이야!"

"한 손으로 손뼉은 칠 수 없지만 대신 뺨을 때릴 수는 있지. 누군가는 손뼉을 칠 손보다는 정신을 차릴 수 있도록 뺨을 쳐줄 손이 필요했던 거야!"

"이씨! 무슨 말이 그래?"

하지만 이건 단순히 내가 생각해 내거나 지어낸 말이 아니었다. 나는 단지 아버지가 말하고자 했던 것을 유추해 냈을 뿐이다. 그럼에도 불구하고 카울라는 내게 그런 말은 내부자가 했을 때나 받아들여지는 것이라고 말했다. 그리고 만일 나 같은 외부인이 내부의 사정을 비판하려 한다면 그 누구도 내 말에 귀 기울이거나 그것을 받아들이려 하지 않을 거라고 했다.

카울라는 황급히 주제를 바꾸려는 듯 내게 엄마의 나라에 사는 사람들에 대해 물었다. 그래서 나는 그녀에게 필리핀의 다양성에 대해 이야기해주었다. 그곳에는 메스티소처럼 스페인이

나 유럽계의 혼혈인 가정도 있고 중국계의 사람들도 있었다.

또 필리핀의 북부에는 이푸가오와 이타[17]라는 원주민 외에도 다양한 부족이 한데 어우러져 살고 있었다. 카울라는 내게 필리핀에 존재하는 부족들에 대해 자세히 얘기해 달라고 졸랐다.

"필리핀에는 이푸가오라는 부족이 있는데 옛날부터 쌀을 재배하는 부족으로 유명했지."

나는 노트북을 가져와서 이푸가오 부족 사람들의 모습을 찾아 카울라에게 보여 주었다. 사진 속의 그들은 계단식 논 위에서 거의 벗고 있거나 특별한 행사 때만 입는 전통 의상을 입고 있었다. 카울라는 그 사진들을 유심히 지켜보았고 꽤나 흥미를 느낀 것 같았다. 나는 이렇게 필리핀 사람들에 대해 얘기할 때면 왠지 모를 자부심이 느껴졌다. 누군가에게 쿠웨이트 사람들에 대해 얘기할 때도 이런 열정을 가지고 얘기할 수 있다면 얼마나 좋을까? 그러나 그건 내가 쿠웨이트 사람들 중 하나가 되고 난 뒤에야 가능할 일이었다. 내가 쿠웨이트 사람으로서의 충분한 조건을 갖췄음에도 불구하고 이곳 사람들은 나를 인정하지 않고 거부했다. 이곳 사회의 복잡한 계급 속에서 최하위 계층에 있는 내가 어떻게 자부심을 갖고 그들에 대해 얘기할 수 있다는 말인가?! 이런 곤란한 상황에 놓일 때마다 나는 뇌세포가 손상되어 아무런 생각도 할 수 없는 내 동생 아드레안이 되고 싶었다.

나는 더 많은 사진들을 찾아 카울라에게 보여 주면서 말했다.

---

17 이타(Ita)는 필리핀 전역에 퍼져 있는 북방계 부족으로 그들만의 독특한 문화를 가지고 있고 어두운 피부색과 거친 머릿결이 특징이다. _역자 주

"필리핀의 부족들은 쌀을 재배하는 걸로 유명해. 이곳 쿠웨이트 부족들은 어떤 걸로 유명하니?"

내 질문에 카울라는 별다른 고민 없이 말했다.

"그 쌀을 먹는 걸로 유명하지…."

카울라는 본인도 자기가 한 말이 웃겼는지 마치 다른 사람의 농담을 들은 것처럼 깔깔 웃어 댔다. "너는 그들을 웃음거리로 여기는구나?" 내 말에 카울라는 "우리도 그들에게는 웃음거리야."라고 응수했다.

엄마의 나라에도 이런 게 없다고 부정할 수는 없었지만 그곳의 사람들은 이런 일들보다 더 중요한 것들에 치여 사느라 바빴다. 물론 누군가가 다른 누구를 무시하고 경멸의 시선으로 보는 경우도 있었다. 하지만 그건 상당히 드문 경우였고 카울라가 말해 준 것처럼 그렇게 중요한 문제는 아니었다.

이곳 쿠웨이트에서는 오래된 도시 주변으로 자신의 조상들이 쌓아 올린 담벼락을 자랑스러워하는 이들이 있었고, 아주 오래 전 쿠웨이트의 어딘가에 존재했던 붉은 성[18] 주변에서 일어난 일들을 자랑스러워하는 사람들도 있었다. 그들은 모두가 자신의 조국을 사랑한다고 주장했으나 서로의 존재를 인정하지 않았다. 그들을 보고 있으면 마치 수많은 군중이 응원하는 경기에서 치열하게 싸우는 두 팀을 보는 것 같아 가슴이 아팠다. 나역시 그 군중 중 하나였지만 나는 그 둘 중 어느 한쪽도 응원하

---

18 1896년에 지어진 쿠웨이트의 성들 중 하나로, 성을 둘러싼 붉은색의 벽 때문에 붉은 성이라고 불린다. 1920년 이 지역에 있었던 주변 아랍 부족 세력의 침공과 그들과 맞서 싸웠던 전투 이후에 유명해졌다. _옮긴이 주

지 않았고 단지 그들이 싸우고 있는 그 경기장의 땅만 바라볼 뿐이었다.

만약 엄마의 나라도 아버지의 나라처럼 삶이 윤택했더라면 사람들이 서로 간의 계층을 나누는 일에만 몰두했을까? 아마도 이건 우리가 그동안 느끼지 못했던 가난만이 갖는 장점이 아닐까 싶다.

아버지의 나라에는 복잡한 일들이 많았다. 각각의 사회 계층은 자신들이 올라탈 수 있는 자기들보다 낮은 계층을 찾아 헤맸고, 만약 그게 없다면 만들어서라도 그들의 어깨 위에 올라타 그들을 멸시하고 조롱했다. 그렇게 함으로써 그 계층의 사람들은 자신보다 상류 계층에 있는 사람들이 가하는 또 다른 압력을 조금이나마 해소할 수 있었던 것이다.

이 냉정한 계급사회에서 나는 내 자신이 어디쯤에 있는지 가늠해 보았다. 발밑을 내려다보니 내 밑으로는 땅 말고 아무것도 없었다. 내 어깨에 놓인 수많은 압력들은 나로 하여금 이 나라에서 내가 어떤 위치에 있는지 다시금 상기시켜 주었다.

내 옆으로 이낭 츌링이 느린 걸음으로 기어가고 있었다. 그 아이를 보니 순간 말도 안 되는 생각이 들었다. 하지만 내 발밑에서 산산이 부서질 이낭 츌링의 등껍질은 보고 싶지 않았기에 그 생각을 차마 행동으로 옮기지는 못했다.

메릴린은 힘든 시간을 겪고 있는 것 같았다. 고집 세고 다른 사람의 시선에도 무심했던 강한 성격의 소유자인 메릴린은 나도 모르는 또 다른 모습으로 변해 버렸다. 그동안 그녀가 내게 보내온 메일은 메릴린이 정신적으로 불안한 상태에 있음을 짐작케 했다. 가끔 그녀가 보낸 말은 도저히 이해할 수 없는 헛소리 같아서 나를 불안하게 만들기도 했다. 그래서 어느 날은 메일을 통해 메릴린에게 화상 채팅을 하자고 제안했다. "메릴린, 네 얼굴이 보고 싶어." 하지만 그녀는 내 부탁을 거절했다. 나는 그렇게 일주일 내내 직접 얼굴을 보고 대화하자며 메릴린에게 고집을 부렸다. 그리고 결국에는 그녀도 내 제안을 수락했다.

내가 필리핀을 떠난 지도 어느덧 1년이라는 시간이 흘렀고, 나는 1년 만에 메릴린의 얼굴을 보게 된 것이다. 하지만 노트북 화면에 나타난 메릴린은 내가 이전에 알던 메릴린이 아니었다. 카메라를 통해 보이는 그녀는 인터넷 카페에 있는 것 같았다. 처음에는 또렷했던 화면이 시간이 지날수록 희미해졌고 우리는 화면이 희미해지면 카메라를 껐다가 다시 켜 보기를 반복했다. 하지만 다시 또렷해진 화면에 잡힌 메릴린의 얼굴은 여전히 창백했다. 눈가에는 다크서클이 짙게 내려앉았고 그녀의 입술 색깔도 창백한 얼굴빛처럼 새파랬다. 그럼에도 불구하고 화면에 보이는 메릴린의 모습은 여전히 매력적이었다.

"여보세요! 여보세요! 메릴린, 내 말 들려?" 내 물음에 메릴린은 고개를 끄덕였다. 그녀는 키보드로 채팅창에 글을 쓰는 것 같았다. "네가 보다시피 여기는…" 메릴린은 잠시 주변을 돌아보더니 다시 글을 썼다. "여기는 인터넷 카페고 사람들이 가득해. 마이크로 직접 말하기보다는 이렇게 키보드로 글을 쓰는 게 더 좋을 것 같아…."

메릴린은 타자를 치는데 열중했다. 하지만 속도가 너무 느려서 몇 분에 걸쳐서 겨우 몇 문장을 써 냈다. 그녀는 성가시다는 듯 짜증스럽게 고개를 저었고 가끔씩 멈추기도 했지만 계속 타자를 치며 나와의 대화를 이어 갔다. 한편 나는 그녀의 메시지를 기다리면서 과연 메릴린이 내게 무슨 말을 할까 생각하며 심장이 두근거렸다. 3분… 4분… 그리고 5분 동안 메릴린은 눈을 반짝이며 손끝으로 키보드를 치는데 열중하더니 고개를 들어 화면을 바라보았다. 그 신호에 나는 메릴린이 어떤 메시지를 보냈는지 확인했는데 그녀는 메시지를 보내자마자 손으로 카메라를 가려 버렸다. 메릴린이 보낸 메시지는 단 한 줄이었다. "나는 쓸모없는 인간인 것 같아." 나는 마이크를 얼굴에 대고 속삭였다. "메릴린, 이건 네가 5분 동안이나 집중해서 쓴 그 글이 아니잖아!" 내 말에 메릴린은 카메라를 꺼 버리더니 채팅창에서도 나가 버렸다.

그날 저녁 메릴린으로부터 메일이 한 통 왔다. 마치 헛소리 같던 이전의 메일과는 달리 이번에는 그녀의 진심이 담긴 메시지였다.

호세에게…
이 메일을 보내기 전까지 사실 많이 망설였어. 왜 내가 너에게 이런 편

지를 보내는지도 모르겠다. 너는 내가 적대심을 갖지 않는 유일한 남자야. 아마도 우리가 여러모로 많이 닮았기 때문이겠지. 너와 나는 모두 무언가를 찾고 있어. 그리고 너는 이미 그걸 찾았거나 아니면 거의 다 찾은 것 같아 보인다. 하지만 나는 그렇지 않아. 난 아직도 그걸 찾지 못했고 아마 앞으로도 찾을 수 없을 것 같아. 나는 지난 22년이라는 시간 동안 내 자신이 누구인지 그 답을 찾지 못했어. 지금도 여전히 내 자신이 누구인지 찾아 헤매고 있지만 도저히 그 답이 뭔지 모르겠더라고. 그동안 내가 극복해 온 일들도 있었고 어쩔 수 없이 굴복할 수밖에 없었던 일들도 있었어. 하지만 내 자신과의 싸움만큼은 끝없이 계속되고 있지. 몇 년 전 내가 팔에다가 MM이라는 문신을 했을 때, 나는 내 자신을 속였어. 너를 포함한 모두가 MM이라는 글자가 나와 마리아의 이름을 합쳐 놓은 거라 생각했지만 그건 사실 '메릴린 멘도사'라는 이름을 줄인 글자였어. 내 이름을, 그렇게도 날 혐오했던 할아버지의 성에 귀속시켰던 거지.

사람들은 내 얘기에 별 관심이 없어. 아버지 없이 태어난 사생아지만 사실 여기에서 손해를 보고 있지는 않아. 특히 아버지가 물려준 이 외모 덕에 항상 사람들의 이목을 끌지. 하지만 그들은 내 얼굴 말고는 나에 대해서 그 어느 것에도 관심을 갖지 않아. 나는 이 외모 때문에, 내가 주변 사람들과 다르다는 것에 항상 소외감을 느끼고, 이 얼굴을 볼 때마다 엄마의 아픈 과거와 그 빌어먹을 유럽 수탉 때문에 내가 태어났다는 것을 떠올리곤 해.

나는 그 결핍을 필리핀에 대한 사랑으로 채우려고 했던 것 같아. 마치 내 유럽인 아버지가 내 얼굴에 남겨 놓은 흔적을 필리핀에 대한 사랑으로 지우려는 것처럼 말이야. 그래서 나는 필리핀을 상징하는 것과 필리핀의 문화, 전통에 무조건적인 애정을 갖게 됐어. 그리고 반대로 내 가슴

속에는 유럽과 유럽인들, 그리고 과거 우리나라를 점령했던 이들에 대한 증오심이 불타올랐지. 비록 그들은 이미 필리핀 땅에서 물러났지만 그들의 흔적은 여전히 이곳에 남아 그 존재를 각인시키고 있어. 우리나라의 이름도 그들이 부르던 '필리핀'이라는 명칭 그대로 남아 있으니 말이야. 호세, 너는 필리핀이라는 이름이 원래 그들의 왕이었던 '필립 2세'의 이름에서 따온 거라는 걸 아니?

그리 오래지 않은 과거의 어느 날, 한 유럽 남자가 아이다의 몸을 점령했어. 그 남자는 곧 아이다를 떠났고 대신 그의 존재를 각인시킬 만한 것을 하나 남겨 두었지. 그게 바로 나 메릴린이야.

나는 리살리스타교[19]로 개종했어. 굉장히 흥미로운 종교야. 무엇보다 과거 점령 세력이 우리에게 억지로 개종을 강요했던 기독교와는 달리 순수 필리핀 종교라는 점에서 끌리더라. 비록 호세 리살이 이 종교를 창시한 것도 아니고 그가 처형되고 나서 20세기 초반에야 등장한 종교이긴 하지만 개종할 만한 가치가 충분히 있는 종교라 생각해.

호세야…

나는 그동안 많은 일들을 겪어 왔지만 다 극복해 낼 수 있었어. 하지만 나도 잘 모르는 내 속 마음만큼은 도저히 극복할 수가 없더라. 그렇게 나 거부해 왔던 남자에 대한 욕구가 나를 괴롭히고 있어. 남자를 원했다가도 거부하고, 그들을 유혹하고 그들이 내 앞에 무릎을 꿇는 걸 즐기기도 해. 나는 그들이 나에 대한 갈증을 느끼는 걸 보면서 내 갈증을 해소

---

19 필리핀의 민족영웅인 리살이 구세주로서 사람을 구원하러 온다는 필리핀의 신흥 종교 중 하나 _옮긴이 주

하고 있어. 그들의 입술에 잔을 가까이 대기라도 하면 그들은 거기에 입을 맞추고 손끝으로 더듬기에 여념이 없지. 하지만 나는 그 잔에서 단 한 방울의 물도 허락하지 않아. 그들이 고개를 숙여 내 발에 입맞춤을 할 때면 그보다 황홀할 때가 없어. 하지만 내 눈에 그들은 단지 내 발 사이에서 벌레를 찾는 데만 열중하는 병약한 닭들일 뿐이야. 그런 그들의 모습을 보며 만족감을 느끼다가, 사실 그 이상의 것을 원하는데도 나는 거기에서 멈춘단다. 그리고 곧 옷을 챙겨 입고는 애원하는 그들을 외면한 채 등을 돌려 나가지. 아무도 나를 가질 수 없도록 말이야….

호세…

내가 내 얼굴을 극복한 것처럼 너도 네 얼굴을 극복하길 바란다. 남들이 아닌 네 자신에게 먼저 네가 누군지 증명하렴. 네 자신을 믿으면 네 주변의 사람들도 너를 믿을 거야. 만약 그들이 너를 믿지 않는다고 해도 그건 그들의 문제이지 절대 너의 문제가 아니야.

네가 이미 네 아버지의 나라에서 이슬람으로 개종했는지 아니면 여전히 이 종교 저 종교를 오가며 신을 찾아 헤매고 있는지 모르겠구나. 네종교가 뭐든 간에 나를 위해 기도해 주었으면 해. 네가 사랑하는 네 사촌 메릴린의 죄를 용서해 달라고 너의 신께 기도해 주렴.

네가 여전히 고귀한 존재이길 바란다. 호세 리살이 말했듯, 누군가의 희생이 받아들여지려면 그 희생이 고귀하고 순결해야 하니까 말이야.

사랑하는 네 사촌 MM

메릴린의 메일을 다 읽고 난 뒤, 나는 음소거 상태의 텔레비전 화면을 멍하니 응시했다. 텔레비전에서 나오는 장면은 안개처럼 희미하고도 슬픈 세계에 빠져 있던 나를 전혀 다른 세계로 인도해 주었다. 나는 리모컨을 들어 텔레비전의 볼륨을 높였다. 스물다섯 명 정도 되는 남자들이 이전에는 보지 못했던 다양한 전통 의상들을 입고 줄지어 서 있었는데, 그들의 옷 끝과 깃에는 다양한 색의 자수가 수 놓였고, 소매는 폭이 넓었다. 그들의 등 뒤에는 쿠웨이트 지폐에 그려진 국장(國章)과 비슷한 모양의 나무배 모형이 있었고 그 뒤로 쿠웨이트 깃발이 걸려 있었다. 중간 줄에 서 있던 남자들은 손에 북을 든 채로 카메라의 정면을 응시했고 그들 양쪽의 줄에 서 있던 이들은 서로의 얼굴을 마주한 채 내가 좋아하는 전통적인 방식으로 손뼉을 치고 있었다. 갑자기 그들 중 북을 손에 쥔 남자 한 명이 대형을 빠져나오더니 두 대형 사이를 자유롭게 오가기 시작했다. 그러자 서로를 마주하고 있던 두 대형이 하나가 될 듯 서로 가까워졌고 남자들은 같은 소리로 노래를 부르기 시작했다. 그러다가 각 대형에 서 있던 남자들이 서로의 손을 붙잡고 다른 노래를 부르면서 두 대형이 다시 멀어졌다. 그리고 그 사이로 몇몇이 나와 춤을 추기 시작했다. 나는 그들이 추는 춤이 뭔지 이미 잘 알고 있었다. 머리에 쓴 두건을 손으로 고정시킨 채 어깨를 앞으로 숙였다가 공중에 팔짝 뛰고는 다시 등을 뒤로 기울이는 그 춤은 전혀 낯설지 않았다. 남자들의 얼굴에는 웃음이 가득했고, 그 모습을 보고 있는 내 얼굴에도 어느새 웃음꽃이 피기 시작했다. 춤을 추던 남자들이 다시 대열로 돌아가기도 전에 나는 어느새 노트북이 있던 테이블을 박차고 일어섰다. 그리고 내 방 한가운데에 서서 싱글벙글한 얼굴로 그들을 따라 춤을 추고 있었다. 보라카이섬에서 정신 나간 쿠웨이트 청년들과 함께 있을 때 느꼈던 그 감정을 이번에는 텔레비전에 나오는 남자들을 통해 느낄 수 있었던 것이다. 나는 그들이 하는 것처럼 손뼉을 쳤고 어깨를 앞으로 숙였다가 제자리에서 빙글빙글 돌았다. 남자들은 각자의 대형으로 돌아갔고 북을 든 남자가 홀로 몸을 좌우로 흔들며 대형을 오갔다. 나는 내 휴대폰 벨이 울리기 전까지 그렇게 음악에 맞춰 계속 춤을 췄다.

"여보세요, 이싸?"

"카울라구나."

"할머니가 너무 시끄럽대. 텔레비전 소리 좀 낮춰!"

20

이드 알 피뜨르가 끝나고 두 달 정도가 지난 뒤, 이드 알 아드하라고 불리는 희생제 명절이 시작됐다. 나는 정원에서 들리는 양들의 울음소리에 일찍 잠에서 깨어났다. 한 집의 양이 울기 시작하면 이웃에 있는 다른 양들도 따라 울었는데 그 장면을 보고 있자니 마치 자기들끼리 명절 인사를 주고받는 것 같았다. 아니면 이른 아침 집단 도축이 시작되기 전 서로에게 마지막으로 고하는 작별 인사 같기도 했다. 이 명절에는 집들마다 양들을 도축하는데 일단 도축을 시작하면 양들의 피가 집 밖까지 흘러나와 물과 함께 하수구로 씻겨 들어가는 모습을 흔하게 볼 수 있었다.

아침 6시 반, 사람들이 오기 전 서둘러 할머니를 만나서 그녀의 이마에 입맞춤하며 명절을 축하한다는 말을 하기 위해 나는 아침 일찍 일어나 목욕을 마쳤다. 그리고 얼마 전 중앙 시장 근처에 있는 한 가게에서 마련한 새 옷을 꺼내 입었다. 흰색의 옷과 같은 색의 긴 속바지, 그리고 흰 모자와 두건까지, 두건을 고정시키는 검은 띠와 검은색의 신발을 제외하고는 그날 아침 나는 온통 순백의 흰색으로 덮여 있었다. 나는 거울 앞에 서서 내 모습을 바라보았다. 얼굴만 빼면 마치 다른 사람이 내 앞에 서 있는 것만 같았다.

나는 조심스럽게 유리문을 열고 안채로 들어섰다. 거실에는 할머니가 홀로 앉아 밝은 청재킷을 입은 남자가 나오는 텔레비전 화면을 응시하고 있었다. 그는 이전에 할머니가 음악에 맞춰 몸을 좌우로 흔들던 노래와는 다른 노래를 부르고 있는 것 같았다. 내가 할머니에게 다가가자 인기척을 느낀 그녀가 내 쪽을 힐끔 쳐다봤다. 그러더니 할머니는 믿을 수 없다는 듯 내 얼굴을 뚫어지게 바라봤다. 나는 얼른 고개를 숙여 그녀의 이마에 입을 맞췄다. 그러자 머리에 쓰고 있던 검은 띠가 바닥에 떨어졌다. 할머니는 갑작스런 내 행동에 당황한 것 같았다. 한편 나는 돌아가신 선왕이 엎드려 땅에 입맞춤을 하다가 머리띠를 떨어뜨렸던 장면을 기억해 냈다. 그래서 내가 머리띠를 바닥에 떨어뜨린 것에 딱히 당황하지 않았다. 그리고 놀란 할머니에게 아랍어로 "이드 무바락!"[20]이라며 명절 인사를 드렸다.

---

20 '축복받는 명절'이라는 뜻의 아랍어로 명절을 축하하는 인사말로 사용된다. _옮긴이 주

할머니는 내 인사에 아무 말 없이 고개를 끄덕이더니 나무로 만들어진 정문과 유리문 사이를 초조하게 바라보며 아무도 없는 것을 확인했다. 그녀는 손님이라도 와서 나를 본다거나 우리 집에 일하는 사람들이 내 차림을 보고 내 출생의 비밀에 대해 궁금증을 가질까 두려워하는 것 같았다. 할머니는 평소 내가 그녀의 다리를 마사지 할 때도 항상 조심스러워했다. 그래서 혹시라도 누가 오기라도 할까 봐 나무문을 굳게 닫아 뒀었는데, 명절날 아침이면 오죽할까?

나는 이전 명절에 할머니의 손자들이 했던 것처럼 그녀의 이마에 입맞춤을 함으로써 오랫동안 바랐던 소원을 드디어 이룰 수 있었다. 바닥에 떨어진 검은 머리띠를 주워서 내 방으로 막 돌아가려던 찰나 등 뒤에서 "이싸!"라고 외치는 할머니의 목소리가 들려왔다. 나는 깜짝 놀라 할머니를 바라봤고 그녀는 그런 내게 손짓을 하며 서투른 영어로 "컴… 컴!"이라고 했다. 할머니가 영어 대신 "타알"이라고 했어도 나는 충분히 그 뜻을 이해할 수 있었다. 할머니에게 가자 그녀는 옆에 있던 가방에서 뭔가를 꺼내더니 내 손에 20디나르를 쥐어 주었다. 그러고는 다시 빨리 가라는 듯 손짓하며 "고… 고!"라고 말했다.

방에 돌아온 나는 옷을 갈아입고 가싼과 이브라힘 살람에게 전화를 걸어 명절을 축하한다는 인사를 전했다. 그리고 카울라와 힌드 고모에게도 축하 메시지를 보낸 뒤, 침대에 누워 텔레비전을 보고 있는데 8시 반쯤 됐을 무렵 카울라에게 메시지가 왔다. "오빠도 명절 잘 보내! 그런데 오빠를 좀 봐야 할 일이 생겼어…."

라주는 아주 교묘하게 비열한 행동을 했다. 그는 옆집에 있던 일꾼들에게 내 존재가 의심스럽다고 말했고 그 소식이 얼마 지나지 않아 그들의 고용주였던 '움무 자비르'의 귀에 들어가게 된 것이다. 그녀는 할머니의 바로 옆집 이웃이었는데 명절날 아침 할머니에게 전화를 걸어 축하 인사를 건넨 뒤, "댁에 필리핀 출신의 일꾼이 있다면서요? 일을 아주 잘한다고 라주가 칭찬을 아끼지 않던데…. 오늘 점심에 사람들이 저희 집에 모이기로 했어요. 저희 집 요리사가 너무 바빠서 손님들에게 차와 커피, 주스를 대접할 사람이 하나 필요해요."라고 말했다. 카울라는 할머니가 아주 곤란한 상황에 놓이게 됐다고 했다. 그도 그럴 것이 움무 자비르는 항상 남의 일에 관심이 많았고, 여자들끼리 모이는 자리에서 소문을 퍼뜨리고 말을 전하는 것으로 이웃들 사이에서 유명했기 때문이다. 그래서 할머니는 그 자리에 가는 것을 항상 꺼려했었다. 심지어 그녀는 얼마 전 정년퇴직을 하면서 하던 일을 그만두었고 하루 종일 집에 앉아 시간을 때울 일을 찾던 참이었다. 그래서 전화를 통해 이웃들의 소문들을 여기 저기 퍼뜨리는데 더 열중했고 심지어 자기 마음대로 소문에 살을 붙이는 것도 서슴지 않았다.

할머니는 그녀의 부탁을 정중하게 거절하려고 부단히 노력했다. 그래서 나 대신 바부나 라주를 그 집에 보내는 건 어떠냐고 제안했다. 하지만 할머니에게 돌아온 것은 "아니요. 그들 말고 멀끔해 보이는 그 필리핀 남자아이를 보내 주세요."라는 일관된 대답뿐이었다. 그래서 할머니는 내가 아직 서툴러서 그 일을 잘하지 못할 거라고까지 했다. 그러나 움무 자비르는 그런 할머니에게 "단순한 일이에요. 그냥 접시를 들고 손님들 사이를 다니면 되는 일이랍니다."라고 응수했다. 움무 자비르가 계속 고집을 부리자 할머니는 그녀의 의중을 의심하게 됐고, 내게 이 일을 전하기 위해 카울라를 대신 보낸 것이다. 나는 할머니의 의도를 파악했다. 그녀는 내게 어떻게 해야 할지 물으려는 게 아니라 내게 움무 자비르의 집에 가 달라고 부탁을 하려던 것이다.

카울라는 단단히 화가 나서 "이싸! 할머니가 뭐라고 하든지 절대 하겠다고 하지 마!"라고 내게 말했다. 나는 카울라의 얘기를 들으며 아무 말 없이 고민에 빠졌다. 할머니의 말에 따라 집에서 일하는 사람들에게 내 존재를 숨기는 것은 잠깐이면 되는 일이었기에 가능했다. 아흐마드와 파이살 앞에서 일꾼인 척하며 침묵을 지켰던 것도 누리야와 아와띠프 고모가 자신들의 남편들 앞에서 겪게 될 재앙을 막기 위한 것이었다. 하지만 일이 이 정도까지 커진 거라면 나는 더 이상 참을 수 없었다!

"나는 이싸 라쉬드 따루프야. 나는 이싸 라쉬드 따루프라고! 우리 가족이 그걸 원했던 원하지 않았던 간에 상관없이 나는 아버지로부터 이 이름을 물려받았어. 비록 엄마에게 이 얼굴을 물려받았지만 가사도우미 조세핀의 일까지 물려받은 건 아니란 말이야!" 나는 이성을 잃었다. 카울라는 잔뜩 얼어서 아무 말도 못하고 문턱에 서서 흥분한 내 모습을 보고만 있었다. 나는 옆에 있던 거북이를 발로 차고 테이블을 저만치 밀어 버렸다. 그러자 테이블 위에 놓여 있던 노트북이 바닥으로 굴러 떨어졌다. 나는 양손에 두건과 검은 머리띠를 들고 외쳤다. "대체 내가 뭘 해야 나를 가족으로 인정해 주는 거야?!"

카울라는 내 발에 걸어차여 뒤집어진 이낭 츌링을 집어 들었다. 그리고 얼마 뒤, 그녀의 뒤로 할머니가 나타났다. 할머니는 부축도 받지 않은 채 홀로 내 방까지 와서 방문에 몸을 기댔다. 소문에 대한 두려움이 할머니의 딱딱한 무릎 연골을 부드럽게 만들어 버린 것이다. 카울라는 뒤돌아서 할머니가 유리문으로 이어진 계단을 오르게 도와줄 누군가를 찾으려 했으나 마당에는 할머니의 두려움만이 가득했다.

할머니는 무언가를 중얼거리며 울고 있었다. 그녀는 손가락으로 하늘을 가리키며 아랍어로 뭔가를 말하는 것 같았다.

나는 그 말들 중 가싼이라는 이름을 빼고는 아무 것도 이해할 수 없었다. "지금 할머니가 뭐라고 하는 거야?" 나는 아직 성난 목소리로 카울라에게 물었다. 카울라는 할머니가 가족들에게 상의도 없이 나를 쿠웨이트로 데려온 가싼을 비난하고 있다고 말했다. "가싼은 아버지의 유언을 따른 것뿐이에요! 가싼은 당신들이 해야 할 일을 대신 한 것뿐이라고요!" 나는 할머니에게 소리 질렀고 그녀는 기운이 빠진 듯 카울라의 손을 잡고 그녀에게 기댔다. 할머니는 작은 목소리였지만 여전히 무언가를 웅얼거리고 있었다. 할머니의 입에서는 내 이름과 가싼, 그리고 힌드 고모의 이름도 등장했다. "할머니가 대체 뭐라고 하는 거야?!" 성난 내 목소리에 카울라는 고개를 저으며 아무 말도 하지 않았다. "할머니가 뭐라고 하는 건지 어서 말해!" 나는 카울라에게 계속 고집을 부렸다. 그녀는 할머니를 데리고 집으로 돌아가려다가 뒤를 돌아보더니 내게 이런 말을 했다. "할머니는 가싼이 자신과 힌드 고모의 결혼을 반대한 우리 가족에게 복수를 하기 위해 오빠를 여기로 데려왔다고 생각하셔." 그렇게 카울라는 한 손으로는 할머니를 부축하고 다른 한 손에는 이낭 츌링을 든 채 집 안으로 사라져 버렸다.

침대에 털썩 주저앉은 나는 충격으로 아무 생각도 하지 못했다. 슬픈 얼굴을 한 가싼이 그의 얼굴과 맞지 않는 그런 추한 행동을 하다니… 그는 오랜 시간을 기다렸다가 내가 쿠웨이트로 오게 만들고는 나를 그의 집에서 머물게까지 했다. 그동안 내게 잘해 줬던 것도 다 자신의 오랜 숙원이었던 따루프 가문에 복수를 하기 위함이었다니!

***

그날 가싼은 내게 여러 차례 전화를 걸었지만 나는 그 전화를 받지 않았다. 가싼은 카울라를 통해 내가 왜 자신의 전화를 받지 않는지 그 이유를 알았던 게 분명했다. 그날 저녁 가싼은 내게 짧은 메시지를 한 통 보냈다. '네가 왜 내 전화를 받지 않는지 나도 다 알고 있단다.' 그러나 그는 그 이상의 말은 하지 않았고 그렇게 사라져 버렸다. 우리 중 누가 먼저 상대방을 내친 것일까? 가싼은 자신이 저지른 죄가 적나라하게 밝혀지자 차마 나를 마주할 수 없었던 것이고, 자신을 변호하기 위해 도망을 간 게 분명했다. 하지만 카울라는 나와는 달리 중립적인 입장을 취했다. '내가 정말 가싼에게 속은 건가?' 나는 온종일 심각한 고민에 빠졌다. 카울라는 그런 내게 그건 단지 할머니의 생각일

뿐이라며 힌드 고모도 할머니의 생각에 동의하지 않는다고 일러 줬다. 그러나 정작 카울라는 이 일에 대한 자신의 생각을 끝까지 밝히지 않았다.

***

아버지가 포로로 잡히고 쿠웨이트가 해방된 이후 가싼은 라쉬드의 친구 자격으로 몇 년간 할머니의 집에 자주 출입했다. 그는 가끔씩 집에 와서 남은 가족들의 안부를 물었고, 라쉬드가 죽었다고 해서 자신과 남은 가족들 간의 관계가 끝나는 것은 아니라고 늘 강조했다. 그는 할머니네 가족을 늘 자신의 가족처럼 여겼고 라쉬드의 딸인 카울라의 안부를 묻기 위해 이만과도 자주 연락했다. 그때 그가 할 수 있는 것이라고는 죽은 자신의 친구를 위해 그와 한 약속을 지키는 것뿐이었다. 할머니의 표현을 빌리자면, 가싼에게서는 여전히 아버지의 향취가 묻어났기에 따루프 가문 사람들은 모두 그의 방문을 환영했다. 하지만 시간이 흐르면서 가싼에게서 묻어나던 아버지의 향취도 서서히 사라지기 시작했다. 특히 아와띠프 고모와 누리야가 혼인을 하면서 가싼은 우리 집 사람들을 돌봐 줄 누군가가 생겼다는 사실에 안도했고 서서히 우리 집에 오는 횟수를 줄였다. 그리고 그 무렵 가싼과 힌드 고모 사이에 미묘한 감정이 싹트기 시작했다. 고모는 가싼의 부재가 마치 라쉬드의 부재처럼 느껴졌다고 했다. 그래서인지 가싼이 보이지 않으면 가족 중 유일하게 그의 안부에 대해 묻곤 했다. 카울라는 당시 어렸기 때문에 나중에 자신의 엄마인 이만을 통해 그 이야기를 들었다고 했다. 힌드 고모는 가싼과 자주 통화를 하며 서로의 안부를 물었고 그들의 미묘한 감정은 어느새 서서히 사랑이라는 감정으로 변했다. 힌드 고모는 자신의 감정을 가족 모두에게 숨겼지만 당시 가장 가깝게 지냈던 시누이 이만에게만큼은 솔직했다고 한다. 그리고 얼마 지나지 않아 힌드 고모에게 청혼을 하기 위해 가싼이 할머니를 찾아갔다. 그러나 할머니의 대답은 이랬다. "가싼, 너는 내 아들과 같은 아이야. 우린 너에게 항상 감사하고 있어. 하지만 결혼 문제만큼은… 네게 힌드보다 더 좋은 짝이 생기기를 신께 기도드리마." 카울라는 당시 할머니가 그런 결정을 내릴 수밖에 없었다고 했다. 할머니는 자신의 손주들에게 그들의 아버지와 같은 '비둔'이라는 이름을 물려주어 그들이 사람들에게 거부당하고 법의 보호도 받지 못하는 상황에 처하는 걸 용납할 수 없었던 것이다.

그렇게 가싼은 할머니의 집을 나와 자신의 세계로 돌아갔다. 한편 그 모습을 지켜 볼 수밖에 없었던 힌드 고모는 한동안 공허함에 빠져 지내다가 결국 인권에 관심을 갖게 됐다. 그 이후로 고모는 차별당하는 모든 사람들의 권리를 위해 글도 쓰고 인권 활동가로 활동하며 관련 행사에 참여했다. 고모는 텔레비전이나 신문사에서 주최하는 세미나와 토론 프로그램을 통해 사람들에게 널리 알려졌다. 힌드 따루프. 그녀는 인종과 종교, 소속에 관련 없이 약자의 편에 서는 활동가로서 쿠웨이트에서 유명 인사가 되었다. 하지만 사람들은 고모가 진정으로 지키려고 했던 것이 자신의 좌절된 사랑이었음을 알지 못했다. 그녀는 평생을 소외된 사람들이 겪는 문제들을 해결하기 위해 노력했지만 사실 그 일은 자기 자신의 문제이기도 했다.

나는 복잡하게 엉킨 이 실타래 같은 상황 속에서 가족의 인정을 받기만을 애타게 기다리고 있는 내 자신을 발견했다. 순간 두려워졌다. 나는 가싼처럼 그런 비극적인 운명을 맞이하고 싶지도 않았고, 설령 가족들이 끝까지 나를 거부한다고 해도 그들에게 복수하고 싶지 않았다. 나는 이 감정에서 빨리 벗어나고 싶어서 내 유일한 친구였던 이낭 츌링을 찾았다. 하지만 카울라가 뒤집힌 이낭 츌링을 들어서 안채로 데리고 갔던 장면이 떠올랐다. 그리고 그날 아침 내 방에서 벌어졌던 일들이 차례대로 떠올랐다. 문턱에 서 있던 카울라와 움무 자비르에 관한 이야기, 그리고 할머니의 두려움과나의 저항까지… "나는 이싸 라쉬드 따루프야! 이싸 라쉬드 따루프라고!" 나는 가족들의 인정을 받기 전에 먼저 내 자신으로부터 인정을 받아야 했다. 사실 그날까지도 나는 내 자신을 완전히 인정하지 못했던 것이다.

쿠웨이트는 따루프 가문의 집이 아니다. 따라서 나는 이제 내 자신을 이곳으로부터 자유롭게 해 줄 때가 왔다고 생각했다.

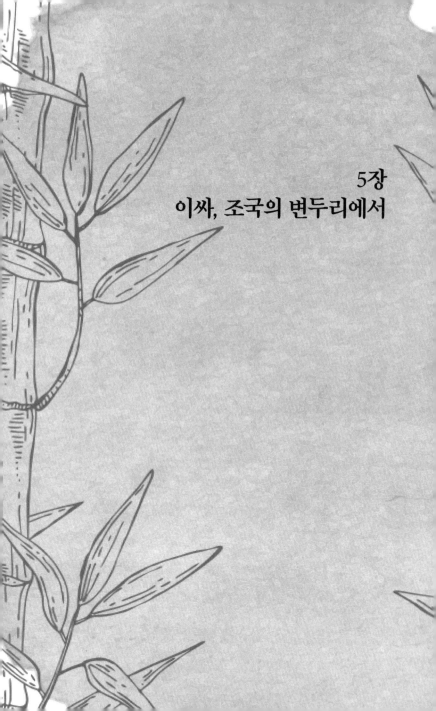

5장
이싸, 조국의 변두리에서

목표를 위해 전념하지 않는 삶에는 아무런 의미가 없다.
그건 건물의 일부가 되지 않고
들판에 방치되어 있는 돌멩이와 다름없다.

호세 리살

1

이드 알 아드하의 명절 첫날, 오후가 되자 카울라의 엄마인 이만이 명절을 맞이하여 오랜만에 따루프가의 집을 찾았다. 그녀는 라마단과 이드 알 피뜨르 때에도 할머니를 찾아오지 못했기 때문에 남편 몰래 이 금지된 방문을 어렵게 감행했던 것이다. 불행은 한꺼번에 찾아온다고 했던가? 이만은 왜 하필 그날 우리 집에 왔던 걸까?

카울라가 내 방문을 두드렸다. 평소처럼 그녀는 내 방에 들어오지 않은 채 그 자리에서 나와 대화를 나눴다. 카울라는 내게 움무 자비르가 또 할머니에게 전화를 걸어 나를 자신의 집에 부르고 싶어 한다고 전했다. 할머니는 그녀에게 부탁을 들어줄 수 없어 미안하다고 사과했고 그 말을 들은 움무 자비르는 "그 필리핀 아이의 이름이 정말 이싸인가요?"라고 물어 할머니를 깜짝 놀라게 했다. 움무 자비르가 넌지시 던진 말에 할머니는 하마터면 그대로 쓰러질 뻔했다. 그 배후에는 분명 라주가 있었을 것이다. 나는 별 감흥 없이 카울라의 얘기를 들으며 고개를 끄덕였다. "그래서 어떻게 됐는데?" 그러자 갑자기 카울라의 두 눈이 촉촉하게 젖기 시작했다. 카울라는 자신의 엄마인 이만이 움무 자비르로부터 연락을 받아서 그녀의 시댁에 있는 필리핀 사내아이의 존재에 대해 물었다고 했다. 그 물음에 이만은 나의 존재를 알아차렸고 곧장 할머니에게 연락해 자신의 딸을 할머니가 아닌 자기의 어머니에게 맡기게 해 달라고 했다는 것이다. 그녀는 카울라를 나와 같은 집에서 살게 하고 싶지 않았던 것이다. 순간 아버지가 엄마에게 보냈던 편지의 내용이 떠올랐다. 아버지는 당시 자신의 새 부인이 나를 쿠웨이트로 데려오는 것에 대해 아무 이의도 제기하지 않았다고 했었다. 왜 이만은 갑자기 태도를 바꾼 걸까? 아무 말 없이 눈물만 닦아 내는 카울라를 보며 나는 큰 결정을 내렸다. "움무 자비르가 더 이상 입을 함부로 놀리지 않고, 네가 그렇게도 사랑하는 이 집을 떠나게도 하지 않을 거야." 카울라는 무슨 뜻이냐는 듯 고개를 들어 나를 바라보았다. 그런 카울라에게 나는 말했다. "내가 이 집을 떠나면 다 해결될 일이야." 내가 이 집에 있다는 것은 곧 카울라가 이 집에서 나가야 한다는 것을 의미했기 때문에 그녀도 슬퍼하기는 했지만 떠나려는 나를 쉽게 막지는 못했다. 카울라는 내 말에 충격을 받은 듯 내게 물었다. "필리핀으로 돌아간다는 소리야?" 그런 그녀에게 나는 말했다. "아니, 난 쿠웨이트로 갈 거야."

할머니는 내가 이 집에 온 이후 처음으로 나를 안아 주었다.

그녀는 내가 이 집을 떠날 결심을 했다는 사실을 알자마자 나를 세게 껴안아 주었는데 하마터면 그녀의 팔 사이에서 질식할 뻔했다. 할머니는 내 뺨에 입맞춤을 한 뒤에야 나를 놔 주었다. 그리고 카울라에게 뭔가를 말하며 자신의 말을 내게 통역해 줄 것을 부탁했다. 카울라는 부끄러워하며 내게 할머니의 말을 전했다. "지금 받고 있는 200디나르 말고 할머니가 오빠에게 200디나르를 더 주시겠대. 앞으로 매달 총 400디나르를 받게 될 거야." 나는 감사의 의미로 고개를 끄덕였다. 카울라는 할머니의 말을 또 전해 줬다. "그리고 아버지의 보상금에서 받는 할머니의 몫을 오빠에게 양도해 주시겠대." 그렇게 말하는 두 사람의 얼굴은 빨갛게 달아올랐다. 카울라는 이 상황에 대한 부끄러움 때문이었고 할머니는 내가 떠난다는 기쁨 때문이었다. 나는 할머니와의 작별 인사를 마치자마자 뒤돌아 앞으로 더 이상 내 것이 아니게 될 내 방으로 돌아갔다.

***

명절의 둘째 날 저녁, 이브라힘 살람이 차를 주차해 놓고 집 밖에서 나를 기다리고 있었다. 막 가방을 챙겨 방을 나서려고 할 때 카울라가 찾아왔다. 그리고 처음으로 내 방 문턱을 넘어 망설이는 듯한 느린 걸음으로 방 안까지 들어왔다. 이전에는 전혀 상상할 수 없던 행동이었던 터라 나는 당황했다. 그래서 들고 있던 가방을 잠시 바닥에 내려놓고 카울라의 얼굴을 빤히 바라보았다. 그녀는 내 앞에 서서는 내 얼굴을 뚫어져라 쳐다봤다. 괜히 어색해진 나는 침을 꼴딱 삼켰다. 아무 표정도 짓지 않은 카울라를 보며 나는 억지로 웃음을 지어 보였다. 금지된 영역을 침범한 카울라의 행동에 당황한 나는 아무것도 할 수 없었다. 순간 카울라가 손을 들어 올리더니 턱 밑에서 무언가를 만지작거렸다. 그러자 그녀가 쓰고 있던 히잡이 느슨해졌다. 곧이어 카울라는 히잡의 머리 부분을 잡아당겨 어깨까지 끌어내리고는 고개를 흔들어 히잡 아래 숨겨져 있던 탐스러운 검은 머리카락을 내게 보였다. 그리고 카울라의 눈과 내 눈이 정면으로 마주쳤다. 그녀의 눈에서는 당장이라도 눈물이 터져 나올 것만 같았다. 카울라는 두 손으로 나를 꽉 껴안더니 내 목에 그녀의 얼굴을 파묻으며 말했다. "오빠, 정말 보고 싶을 거야…"

한편 나는 그런 카울라의 행동에 아무런 반응도 못하고 가만히 굳어 있었다. 심장이 세차게 고동치기 시작했다. 카울라는 그런 내 뺨에 입을 맞추고는 히잡을 고쳐 쓰더니 다시 집 안으로 들어갔다. "오빠, 정말 보고 싶을 거야…"라는 카울라의 말이 메아리처럼 계속 귀에서 맴돌았다.

"오빠라…" 나는 방을 나서면서도 계속 카울라의 말을 되뇌어 보았다.

그날 처음으로 카울라는 내게 진심을 담아 오빠라고 말했고, 그 전날 할머니는 처음으로 나를 꽉 안아 주며 내게 입맞춤까지 해 주었다. 그걸 진즉에 알았더라면 조금 더 일찍 이 집을 나갔을 텐데. 나는 짐 가방을 다 챙기고 마지막으로 내 방을 한 번 훑어 본 뒤 전등불을 껐다. 그리고 정원을 지나다가 부엌에서 나를 바라보고 있는 바부와 라크쉬미 그리고 루즈비민다와 눈이 마주쳤다. 그들은 슬픈 표정을 한 채 내게 손을 흔들며 작별 인사를 했다. 그렇게 결국 나는 할머니의 집을 떠나게 되었다. 집 밖으로 나온 나는 이브라힘의 차 트렁크에 가방을 싣다가 차고와 연결된 문에서 나온 라주와 마주쳤다. 그는 피우던 담배꽁초를 땅바닥에 버리고 발로 비벼 끄더니 나를 쳐다보고는 "잘 가거라."라는 말을 남긴 채 집 안으로 들어가 버렸다.

큰 파라솔 밑에는 힌드 고모의 차가 주차되어 있었다. 그녀는 집 안에 있었지만 나를 배웅하러 나오지 않았다. 나는 고모의 입장을 충분히 이해했다. 내 문제에 관해서 아무것도 할 수 없는 고모가 무슨 면목으로 나를 배웅하러 나올 수 있단 말인가.

나는 힌드 고모를 원망하지 않았다. "네 아버지는 어쩔 수 없었을 거야. 단지 그가 살고 있는 사회가 그로 하여금 그런 결정을 내리게 한 거겠지."라는 엄마의 말처럼 고모도 과거 내 아버지와 같은 상황에 처했을 것이 분명했기 때문이다.

2

나는 새로운 거처를 찾을 때까지 잠시 이브라힘 살람의 작은 방에서 함께 살기로 했다. "왜 하필 자브리야에 사는 거예요?" 나는 그 지역만 생각하면 가슴이 아팠다. 자브리야는 아버지의 친구가 죽은 비행기의 이름이었고 나를 배신한 그의 또 다른 친구가 사는 동네의 이름이기도 했기 때문이다. 내 물음에 이브라힘은 "왜냐하면 내가 지금 일하고 있는 필리핀 대사관이 이 근처에 있기 때문이지."라고 말했다.

어느 날 밤 나는 이브라힘에게 예언자 무함마드에 관한 이야기를 들려 달라고 조르며 그 대신 나도 그에게 예수에 관해 얘기해 주겠다고 말했다. 그건 필리핀에서 창과 함께 지낼 때 매일 밤 잠에 들기 전 예수와 부처에 관한 이야기를 나누었던 것과 같았다. 내 제안에 이브라힘은 "네가 원하는 대로 예언자 무함마드에 관한 얘기를 해 줄게. 하지만 내게 예수에 대해 알려 줄 필요는 없어."라고 답했다. 무슨 영문인지 몰라 그 이유를 묻는 내게 이브라힘은 "나는 동정녀 마리아의 아들인 예수에 대해 네가 모르는 것까지도 다 알고 있단다."라며 확신에 차서 말했다.

이브라힘은 이슬람에 관해 많은 이야기들을 들려주었다. 그의 이야기는 흥미로웠는데 특히 꾸란과 성경에 공통적인 면들이 있다는 말이 굉장히 인상 깊었다. 이슬람은 내가 그동안 생각해 왔던 것처럼 새로 생긴 종교일까 아니면 그 이전에 존재했던 모든 종교들의 완전체일까? 이브라힘은 꾸란에 명시된 초대 경전들에 대해서도 이야기해 주었다. 그 내용에 관해 내가 질문을 하자 그는 바로 꾸란을 가져오더니 그 중 몇 부분을 번역해 주면서 자세한 설명까지 덧붙였다. 그가 내게 번역해 준 부분들 중 하나가 바로 '여성의 장'[1]이었다.

---

1 실로 하나님은 그대에게 계시하였거늘 이는 노아나 그 이후 예언자들에게 계시한 것과 같으며 또한 아브라함과 이스마엘과 이삭과 야곱과 그의 후손과 예수와 아이윱과 유누스와 하룬과 솔로몬에게 계시한 것과 같으며 다윗에게 시편을 내린 것과도 같으니라. 꾸란, 니싸아 장 163절 _역자 주

이브라힘의 설명을 통해 내가 이해한 바로는 이슬람은 그 이전에 존재했던 모든 종교들을 부정하지 않는다. 그래서 이슬람의 경전인 꾸란 역시 이전의 종교들과 그것과 관련된 예언자 및 사도들의 이름을 명시하면서 그들은 모두 신이 인류에게 보내 준 이들이라고 주장한다.

이브라힘은 내 머릿속에 등불을 켜 주기도 했지만 동시에 또 다른 등불을 꺼 버리기도 했다. 혼란스러워하는 내 앞에서 이브라힘은 본인이 더 열정적인 것 같았다. 그가 나를 설득하려는 건지 아니면 자기 자신을 설득하려는 건지 도무지 분간이 가지 않았다. 그는 꾸란을 덮어 침대 근처에 있는 서랍장에 다시 넣어 두고는 생전 처음 들어 보는 기적들에 대해 이야기하기 시작했다. 하늘에 구름들이 모여 알라라는 글씨를 만들어 냈다든가 수박을 갈라 봤더니 그 속에 있던 씨들이 무함마드라는 이름을 새기고 있었다는 이야기였는데, 그밖에도 생선을 뒤집었더니 비닐에 알라라고 쓰여 있었다는 이야기도 해 줬다. 사실 그런 종류의 이야기들은 내가 필리핀에 있을 때 성모 마리아상이 눈물을 흘리는 것을 봤다는 말들과 크게 다르지 않았다. 만약 어디에선가 그런 현상이 발생했다고 하면 그곳은 곧 유명한 성지로 변해 버리곤 했다. 나는 사실 이브라힘의 말을 듣고 깜짝 놀랐다. 그게 내 표정에도 그대로 드러났는지 이브라힘은 뿌듯해하며 "자, 네 생각은 어때?"라고 내 의견을 물었다. 하지만 그의 생각과 달리 나는 그가 말한 것이 실망스러워서 놀란 것뿐이었다. "그건 다 지어낸 이야기일 뿐이에요!" 내 말에 이브라힘의 안색이 싹 변했다. "이브라힘 당신이 그냥 꾸란을 읽는 걸로 만족했으면 좋았을 뻔했어요!"

그러자 갑자기 이브라힘이 꾸란을 넣어 두었던 서랍장으로 가더니 종이 뭉치를 하나 꺼내 왔다. "내가 너에게 진짜 기적이 뭔지 보여 줄게." 그의 말에 온몸의 털이 쭈뼛 서는 것 같았다. 나는 원래 기적 같은 것들을 믿지 않았지만 그 순간만큼 그의 손에 들려 있던 그 종이의 정체가 무엇인지 너무나 궁금했다.

"2004년 12월, 지금으로부터 약 2년 전쯤 일어났던 일이야."

그의 말을 듣자마자 내 머릿속에는 끔찍한 이미지들이 떠올랐다.

"맞아요! 그 때 동아시아의 여러 나라들이 쓰나미 피해를 입었었죠?"

이브라힘은 고개를 끄덕였다.

"그래 맞아."

그리더니 그는 접혀 있던 종이 뭉치들을 하나씩 폈다.

"어떤 섬에 쓰나미가 발생한 적이 있었어. 그 지역은 모두 파도에 휩쓸려 버렸지. 단 한 곳을 빼고 말이야…."

이브라힘은 들고 있던 종이를 내게 보여 주었는데 그 종이에는 폐허 가운데서 홀로 반짝반짝 빛나는 흰 사원의 사진이 있었다.

"그래서 대체 기적이라는 게 뭔데요?"

나는 영문을 몰라 그에게 물었다.

"자, 자세히 봐 봐! 이 사원 주위에 있던 집들은 쓰나미 피해를 입지 않았어. 모든 것들이 다 파도에 쓸려 갔는데 이 사원만큼은 멀쩡하잖아!"

실망스러운 그의 말에 나는 또 소름이 돋고 말았다.

"이브라힘! 누가 봐도 알듯이 저 사원 주변의 집들은 나무와 철판으로 지어졌고, 사원의 뼈대는 땅 속 깊이 박혀 있잖아요. 그리고 사원은 시멘트로 지어졌고 콘크리트 기둥이 건물을 지지하고 있으니 그건 당연한 일이에요!"

"호세, 너는 종교에 대해 의심을 하는 거니?"

나는 고개를 저었다.

"제가 의심을 하는 건 종교가 아니라 그런 말도 안 되는 기적 나부랭이들이에요! 당신의 말대로라면 신은 자신을 믿지 않는 자들이 자신을 믿게끔 하기 위해, 또 그 종교가 옳은 것이라고 증명하기 위해 일부러 파도를 일으켜 자신을 믿는 자들의 거처를 파괴한다는 거잖아요?!"

그때 나는 살면서 처음으로 내가 한 말에 대해 확신할 수 있었다. 그동안 내가 깨달은 바로는 신은 무엇보다 크고 위대하며 그런 기적들보다 훨씬 깊은 존재이기에 신을 이런 방식으로 정의한다는 건 있을 수 없는 일이었다. 하지만 이브라힘 살람의 얼굴에 드러난 불쾌감과 무엇보다 당장 거리에 나가서 잘 준비가 되지 않았기 때문에 나는 더 이상 그 주제에 대해 논하지 않았다. 대신 나는 내 가슴을 가리키며 말했다.

"믿음이란 여기에 살고 있어요. 그리고 지금 당신의 주장은…."

나는 이번에 가슴 대신 내 머리를 가리켰다.

"이브라힘 당신은 지금 여기, 이 머리에서 믿음을 만들어 내려는 거예요. 하지만 이 머릿속에 있는 믿음은 그리 오래 가지 못한답니다."

"그게 대체 무슨 말이야?"

이브라힘은 미심쩍다는 듯 나를 바라보았다. 그의 질문에 나는 이전과는 달리 자신 있게 말했다.

"오직 이 가슴만이 믿음을 담을 수 있어요."

그는 아무 말 없이 내 얼굴을 바라보았다.

"거울에 있는 자신을 한 번 보세요. 여러 기적들 중 당신의 의심을 없애 줄 만한 것을 찾을 수 있을 거예요. 거울 속에 있는 당신 자체가 바로 기적이니까요."

나는 침대 옆 서랍장을 가리키며 말했다.

"그런 엉성한 증거들 말고 꾸란을 가져 와서 제게 그 내용을 번역해 주세요."

오랜 고민 끝에 내가 내린 결론은 종교란 그것을 믿는 자들보다 훨씬 더 위대한 존재라는 것이다. 그래서 나는 더 이상 보이는 것을 찾는데 열중하지 않았다. 나는 십자가 앞이 아니면 기도를 드리지 못하는 엄마처럼 되고 싶지 않았다. 그녀는 마치 신이 십자가에 살고 있다고 생각하는 것 같았다. 또 아니토 신 동상의 보살핌이 없으면 아무것도 못하는 이푸가오족처럼 되고 싶지도 않았다. 그들은 그 동상이 자신들이 하는 일을 축복해 주고 농작물 수확을 도와주며 밤마다 악한 기운으로부터 자신들을 보호해 준다고 믿었다. 그리고 날개 달린 흰 말의 몸에 여자 머리를 한 모형을 가지고 다니며 복을 기원하는 필리핀 남부의 무슬림들처럼 되고 싶지도 않았다. 나는 언젠가 같은 학교에 다니던 무슬림 친구에게 예언자 무함마드의 동상이나 성상에 대해 물었던 적이 있었는데, 그 아이는 다음 날 내게 다시 와서는 무함마드의 그림을 그리거나 동상을 만드는 것은 이슬람에서 금지된 행위라고 알려 주었다. 그러더니 가방 속에서 그 모형을 꺼내 내게 보여 줬다. 나는 괴상한 모양에 놀라 그 정체를 물었고 아이는 내게 "이건 부라끄야."라고 일러 주었다. 나는 한동안 그 모형에 대해 잊고 있었다. 그러다가 몇 년 뒤, 필리핀 국립박물관에서 다양한 크기의 부라끄 모형들을 다시 보게 되었는데 그중에는 망아지만큼 큰 부라끄도 있었다. 그 모형을 전시한 유리 진열장에는 직사각형의 안내 표지판이 걸려 있었다. 안내판에 따르면 부라끄[2]는 이슬람의 사도 무함마드가 이쓰라와 미으라즈의 밤에 히자즈 지방에 있는 메카에서 예루살렘에 있는 아끄싸 사원으로 갈 때 탔던 짐승을 의미한다고 했다.

사람들은 부라끄 모형과 십자가, 부처상, 아니토 신의 조각 같은 수단들을 통해 그들의 믿음을 굳건하게 하려고 한다. 누군가에 의해 만들어진 기적들도 마찬가지이다. 사람들은 오래 전 종교가 생겨났을 때 예언자들에게만 일어났던 그 오랜 기적들에 만족해하지 않는다. 대신 자칭 믿는 자라고 하는 이들은 그 실체가 없는 또 다른 기적들을 찾아 헤매거나 직접 그 기적을 만들어 내서 믿으려고 한다. 하지만 그런 종류의 믿음은 사실 자기 자신부터가 믿음에 대한 확신을 갖지 못함을 보여주는 것이

---

2   천사 가브리엘이 예언자에게 선사한 초자연적인 말(馬)의 이름으로 예언자가 '미으라즈', 즉 승천할 때 타고 갔던 말이다. 이 승천은 야간 여행 즉 '이스라'라 불리기도 한다. 이 단어의 어원인 바라까(baraqa)는 번개와 같이 번쩍이는 것을 의미한다. _옮긴이 주

었다.

나와 이브라힘 살람은 아무 말 없이 서로를 마주 보고 앉았다. 그때 내 오른쪽 귀에 사원에서 울리는 아잔 소리가 들려왔고 왼쪽 귀로는 성당의 종소리가 울리기 시작했다. 그리고 절에서 피우던 향냄새가 콧속으로 풍겨 왔다. 나는 그 소리와 냄새를 모두 배제한 채 일정한 박동으로 뛰고 있는 심장의 움직임에 집중했다. 그래. 신은 바로 이 안에 살아 숨 쉬고 있던 것이다.

3

나는 결국 그렇게도 질색하던 자브리야 지역에서 이브라힘 살람의 도움을 받아 살 곳을 마련했다. 오래된 건물의 삼 층에 있던 내 집은 이브라힘의 아파트로부터 걸어서 10분 정도 떨어진 곳에 있었다. 쿠웨이트에서는 보통 가족들이 독립된 건물에서 따로 살았기에 내가 살던 그 건물은 여자나 아이들 또는 가족들 없이 젊은 미혼의 남자들만 가득해서 마치 감옥이나 군부대에서 지내는 것 같았다. 그곳에는 다양한 국적의 외국인들도 많이 살았는데 어떤 집에서는 열 명 이상이 함께 지내기도 했다. 주중에는 건물 안 대부분의 집들이 텅 비었지만 목요일이나 금요일 밤 또는 명절이나 공휴일에는 젊은 남자들로 꽉 차서 온 건물이 시끌벅적했는데 그런 날 만큼은 여자들의 목소리도 함께 들려왔다. 내 집이 있던 건물의 삼 층에는 나를 포함해 총 네 가구가 살았는데, 그중 한 집에는 다섯 명의 필리핀 청년들이 함께 살고 있었고 다른 곳에는 쉰이 넘어 보이는 아랍인 남자가 혼자 살고 있었다. 한편 또 다른 집에는 주말에만 사람들이 머무는 것 같았다. 주말 자정만 되면 그곳에서는 웃음소리와 노래가 끊이지 않았고 평소와는 다르게 사람들이 끊임없이 들락날락했다.

사실 새로 마련한 집은 예전의 나라면 꿈도 꾸지 못할 사치였다. 두 개의 방과 거실, 화장실, 부엌이 다 갖춰져 있는 새 집은 혼자 지내기에는 부담스러웠기 때문이다. 당시 커다란 옷 가방과 작은 노트북 가방, 그리고 내 존재를 입증해 줄 가장 중요한 가방까지 총 세 개의 가방 말고는 가진 게 아무것도 없었기에 다행히 새 집으로 이사하는 것이 어렵지는 않았다. 이브라힘은 차로 매트리스와 이불을 가져와서 내게 빌려주었다. 한편 나는 카울라와 계속 연락을 하고 있었고 이사를 한다는 것도 알려 주었다. 카울라는 내게 "오빠, 나는 오빠가 우리 집을 떠난 이유 중 하나가 바로 나라는 걸 잘 알아. 그래서 더 죄책감이 느껴져."라면서 할머니도 날 그리워한다고 전했다. 할머니의 무릎 상태가 많이 안 좋아진 것 같았다. 힌드 고모는 내게 전화를 하지는 않았지만 휴대폰 메시지를 통해 내가 새로 이사한 곳의 주소를 물었다.

고모에게 새 주소를 보내고 몇 시간이 채 지나지 않아 내가 할머니 집에서 쓰던 침대와 냉장고, 옷장, 텔레비전 그리고 작은 종이 상자를 실은 용달차가 우리 집에 도착했고 일꾼들이 내 짐을 위층까지 모두 날라 주었다. 작은 상자를 열어보니 내 거북이 이낭 츌링이 등껍질 안에 몸을 웅크린 채 있었다. 그런데 그 아이의 등껍질 한가운데에 전에 보지 못했던 금이 가 있었다. 순간 며칠 전 화가 머리끝까지 치밀어 이낭 츌링을 발로 찼던 일 이 떠올랐고, 그때 내가 한 행동에 대한 후회가 밀려왔다. 상자 안에는 이낭 츌링 말고도 작은 쪽지가 하나 있었는데 그건 카 울라의 편지였다. 그 쪽지에는 예쁜 글씨체로 '아마 내 거북이 아지자가 오빠의 거북이한테 질투를 느껴서 할머니한테 이른 것 같아. 할머니가 화가 나서 이낭 츌링을 내쫓아 버렸어.'라고 쓰여 있었다. 사실 그건 씁쓸한 농담이었다. 하지만 나를 조금 이라도 웃게 하려는 내 동생의 기대에 부응하기 위해 나는 카울 라의 쪽지를 보고 조용히 미소 지었다.

그날 저녁 늦은 시간, 집 정리를 마치자 전화가 한 통 걸려왔 다. 나는 그게 당연히 이브라힘이라고 생각했는데 전화를 건 장 본인은 다름 아닌 힌드 고모였다. 전화를 받자 고모는 내게 이 브라힘에 대해 꼬치꼬치 캐물었다.

"카울라가 말하던 그 남자가 누구니? 어떻게 생겼어? 몇 살이 야? 어디에 살고 있니? 어느 집단에 소속되어 있어?" 한꺼번에 쏟아지는 고모의 질문은 마치 취조 같았다. 나는 그런 고모에게 내가 아는 선에서 이브라힘에 대해 말해 줬다. 고모는 내 대답 을 듣자마자 "이싸! 그런 이상한 사람들을 조심해야 해!" 고모 의 말에 나는 아무 말도 할 수 없었다. "쿠웨이트에는 그런 사람 들 보다 네가 친구로 두기에 더 좋은 유형의 사람들이 있어. 그 런 사람들이랑 연관되어 봤자 전혀 좋을 게 없다고!" 그리고 고 모는 "네가 필요한 게 있다면 나한테 연락하렴. 하지만 그런 수 상한 사람들은 멀리 해."라는 말을 끝으로 전화를 끊었다.

***

사람이 혼자 고립된 시간을 보내는 것은 구석에 몰려 그의 이성과 대면할 수밖에 없는 상황과도 같다. 그 고립된 기간 동안 내내 무언가를 고민하고 생각하지 않았더라면 내 머리는 방치된 근육처럼 쪼그라들었을 게 분명했다. 사실 이성이라는 것은 모든 의심의 근원이었기에 나는 원래 그것을 믿지 않았고 집에 홀로 있던 기간에도 일부러 생각이라는 것을 하지 않으려 했었다. 하지만 나는 내 자신도 모르는 사이에 깊은 생각에 빠져 있었다. 고민이라는 것은 신기하게도 우리로 하여금 자신 이외의 다른 모든 것에 무심하게끔 만드는 능력이 있었다.

배고픔이나 졸음도 잊은 채 그렇게 시간이 흘러갔다. 소화불량에라도 걸린 것처럼 식욕이 없어지고 계속 멍하니 있으니 마치 그 상태로 잠을 잔 것만 같았다. 나는 창문을 통해 내려다보이는 거리를 보며 "지난 3일 내내 집에만 있었네!"라고 혼자 중얼거렸다. 나는 그제야 문득 내가 3일 동안 아무 데도 가지 않은 채 집에만 있었다는 것을 자각했다. 나는 그 시간 동안 내 자신도 모르는 사이에 나만의 애도 의식을 치르고 있었던 것이다. 하지만 그 의식은 내가 처음 이곳에 도착했을 때 봤던 것처럼 국기를 한 단 낮게 달거나 사람들의 얼굴을 슬픔으로 가득 채우는, 그런 종류의 것이 아니었다. 대체 그동안 뭘 한 건지 기억을 더듬어 봤다. 텔레비전을 본 것도 아니고 글자 하나도 읽지 않았고 누구와 연락을 한 것도 아니었다. 그냥 종일 생각만 했을 뿐이다. 대체 내가 뭘 한 거지?

나는 그 때 처음으로 모든 것이 허무하다는 생각을 했다. 나의 빛바랜 꿈, 나를 기다린다던 천국, 쿠웨이트로의 여행, 그리고 한참 쓰고도 남을 정도의 많은 돈까지… 그 다음엔 뭘까? 엄마의 나라에 있을 때 내가 가진 것이라고는 가족 하나밖에 없었다. 하지만 역설적이게도 아버지의 나라에 오니 나는 그 가족을 제외한 전부를 갖게 되었다.

아무 대가 없이 매달 받는 돈 때문에 나는 게을러졌다. 나는 그 게으름이 너무나 싫었고 부끄러웠다. 이전에는 멀게만 느껴졌던 풍족한 삶에 대한 꿈이 이제 현실이 되면서 마음속의 허무함은 점차 커져만 갔다. 우리는 나이가 들면서 꿈에 한 발자국 더 다가갈수록 그 꿈의 실체가 드러난다는 것을 깨닫게 된다. 인간은 꿈을 실현하기 위해 자신의 평생을 바친다. 하지만 시간이 지나면서 우리는 훌쩍 커 버리고 과거에 꿨던 꿈들은 여전히 어린 시절 그대로 그 자리에 머물러 있다. 그러면 우리는 이제 그 꿈들을 기다려 줄 시간도 없고 그럴 만한 가치가 없다는 것도 알게 된다.

애정 없이 무언가를 준다는 것은 아무런 의미도 없고 감사함 없이 무언가를 받는다는 것 또한 무미건조한 일이다. 이건 내가 쿠웨이트에 와서 깨달은 사실이다. 나는 거실 한가운데 앉아 멍하니 바닥을 바라보았다. 눈앞에는 바레인에서 막 돌아온 엄마가 짐을 풀던 장면이 떠올랐다. 엄마의 주변에는 온 가족들이 빙 둘러앉아 엄마가 사 온 선물을 애타게 기다리고 있었다. "베드로!" 엄마의 부름과 함께 삼촌은 메릴린의 눈동자처럼 파란 라이터를 선물로 받았다. 삼촌은 그게 선물이라는 이유만으로 어린아이처럼 좋아했다. "아이다!" 이모는 고무 샌들을 받았다. "메릴린!" 메릴린은 아래위 속옷 세트 한 벌을 선물로 받았다. 숙모는 브래지어를, 삼촌의 자식들은 사탕과 초콜릿이 가득 담긴 봉지를 그리고 나는 만년필과 가방을 받았다. 그리고 엄마는 마지막으로 가방에서 흰 모자를 하나 꺼내더니 거실 한구석에 있던 아드레안의 머리에 살포시 씌워 주었다.

그날 모두의 얼굴에 가득했던 기쁨과 행복을 난 아직도 잊지 못한다. 내 지갑에 수북이 쌓인 돈들과 쿠웨이트 가족이 준 선물들은 나를 기쁘게 하지 못했다. 그리고 그것은 100필스[3]도 안 되는 싸구려 라이터 선물에 행복해 하던 베드로 삼촌의 기쁨에 감히 비할 수도 없었다. 내가 지금 갖고 있는 돈이라면 그런 라이터를 수백 개라도 살 수 있었지만 무언가를 가치 있게 만드는 건 돈이 아닌 사랑과 애정이기에 라이터 하나의 기쁨과는 절대 비교할 수 없었다.

새로 이사 온 그 집에 홀로 고립되어 있는 동안 나는 필리핀에 있는 내 가족에 대한 향수 때문에 괴로워했다. 아버지의 나라에 있는 것들이 조금씩 익숙해지고 정도 들었지만 나는 필리핀과 그곳에 있는 내 가족이 여전히 그리웠다. 이곳에 처음 왔을 때 물에서 느껴졌던 이상한 맛도 더 이상 느껴지지 않았지만 내게는 여전히 필리핀의 물이 더 맛있었다.

나는 이제 길거리에서 입맞춤을 주고받으며 인사하는 사람들을 이상한 눈으로 보지도 않았고 낯선 사람이 지나가면서 건

---

3 쿠웨이트의 화폐 단위로 100필스는 1디나르에 해당된다. _옮긴이 주

네는 인사를 미심쩍게 보지도 않았다. 오히려 누군가가 내 앞을 지나가면 내가 먼저 "앗살라무 알라이쿰!"이라며 인사를 건넸다. 그러면 나는 그곳에 있는 모두가 마치 아는 사람인 것처럼 가깝게 느껴졌다. 특히 이브라힘이 내게 '살람'이라는 것이 평화라는 뜻이라며 그 인사말의 의미를 알려 준 이후로, 나는 그 인사말을 더 좋아하게 됐다. 살람은 이브라힘의 아버지 이름이기도 했다. 그렇게 나는 내 앞에 놓인 비좁은 구멍을 통해 쿠웨이트 사람들과 무언가를 나누고 공유하려고 최선을 다했다. 하지만 쿠웨이트는 내가 잡으려고 하면 할수록 내 손에서 모래처럼 빠져나가 버렸다. 아무리 내가 그의 이름을 부르고 외쳐도 쿠웨이트는 내게 등을 돌렸다. 그러면 그럴 때마다 나는 필리핀에게 달려가 내가 쿠웨이트에게 당한 일들을 하소연했다.

새로운 조국과 가까워지는 것은 좀처럼 쉽지 않았다. 그래서 나는 내가 사랑하는 사람들에게 조국을 대입해 보았다. 하지만 그들 안에 있던 조국은 날 실망시킬 뿐이었다. 아버지의 죽음과 가싼의 배반, 그리고 할머니의 제한적인 사랑, 아와띠프 고모의 무력함, 누리야의 거부, 힌드 고모의 침묵, 그리고 카울라의 현실에 대한 순응까지⋯. 어떻게 이런 얼굴을 하고 있는 조국에게 내가 더 가까이 다가갈 수 있다는 말인가? 내가 그들에게 가까이 다가가려고 하면 할수록 그들은 다른 곳을 바라보며 나를 외면할 뿐이었다.

넓은 집이 답답하게 느껴졌고 아무 말 없는 거북이에게 일방적으로 말을 거는 것도 이제 지겨워졌다. 나는 추위로부터 나를 보호해 줄 코트를 입고 목적지도 정하지 않은 채 집을 나섰다.

그리고 아파트 복도에 서서 엘리베이터를 기다렸다. 곧 내 앞의 엘리베이터 문이 열리더니 옆집에 사는 필리핀 청년이 비닐 봉지를 한 가득 들고 나타났다. 그는 짐 때문에 제대로 앞을 보는 것도 힘들어 보였다. "안녕하세요. 새로 이사 온 분이세요?" 그의 말에 나는 고개를 끄덕였다. "저기, 가시기 전에 죄송하지만 부탁 좀 드려도 될까요?" 그는 민망한 웃음을 지으며 "제 코트 주머니에 있는 열쇠 좀 꺼내 주세요."라며 내게 부탁했다. 나는 그의 코트 주머니에 손을 넣어 열쇠를 전해 주었다. 그러자 그는 빙긋 미소 짓더니 "문 좀 열어 주실 수 있을까요?"라고 내게 물었다. 나는 그의 말대로 문을 열었고 그는 나를 현관문에 세워 둔 채 집 안으로 들어가 버렸다. 어딘가로 사라진 그를 기다리면서 나는 그의 작은 거실을 구경했다. 희미한 조명과 벽에 장식된 형형색색의 종이들, 파이 상자와 탄산음료, 그리고 희미하게 풍겨 오는 요리 냄새까지…. 창가의 한 구석에는 크리스마스트리와 'HAPPY NEW YEAR 2007'이라는 장식이 붙어 있었다. "오늘 저녁에 무슨 계획이라도 있어요?" 어느 방인가에서 청년의 목소리가 들려왔다. 나는 그에게 아무 약속도 없다고 했고 청년은 방에서 머리만 내밀더니 "우리와 함께 오늘 밤을 보내는 건 어때요? 이따가 저녁 10시쯤에 이곳에서 모이기로 했어요."라고 말했다. 나는 그의 초대를 받아들였고 파티라는 말에 가슴이 두근거렸다.

나는 집 밖의 거리를 정처 없이 헤매었다. 어느덧 시계 바늘은 저녁 8시를 향해 가고 있었고 날씨도 쌀쌀해졌다. 나는 그렇게 길을 걷다가 어느 집 앞에 멈춰 섰다. 그 집의 앞마당은 나무로 둘러싸여 있었는데 나는 주변을 둘러보다가 아무도 없는 것을 확인하고는 서너 장 정도의 나뭇잎을 뜯어서 손에 꼭 쥐었다. 다행히 아무도 본 사람이 없는 것 같았다. 나는 그 잎에서 끈적끈적한 진액이 나올 때까지 손가락으로 그 잎을 잘게 바수어 코에 가까이 댔다. 그리고 두 눈을 감은 채 그 향을 가슴 깊숙이 들이마셨다. 나뭇잎의 향기가 내 폐를 가득 채우는 것 같았다.

초록 잎이 붙어 있는 손바닥을 펴서 물끄러미 바라보니 광활한 멘도사의 땅과 네 채의 집, 우리가 키우던 개와 닭, 개구리, 그리고 대나무 울타리까지 그 모든 것이 내 손바닥 안에 있었다. 밖으로 나오니 집에 혼자 있을 때 느꼈던 고향에 대한 향수가 조금이나마 줄어든 것 같았다. 문득 이 그리움을 잠재울 수 있는 무언가를 꼭 해야겠다는 생각이 들었다.

나는 고개를 들어 주변을 둘러보았다. 내가 서 있던 그곳과 멀지 않은 곳에 버스 정류장이 하나 보였다. 하지만 거기에는 몇 명의 남자아이들이 정신 나간 장난질을 하고 있었다. 그래서 나는 그들이 장난을 다 끝내고 집으로 돌아갈 때까지 내가 서 있던 곳에서 기다리기로 했다. 그들은 인도에 서서 지나가는 버스에 돌을 던졌다. 어떤 버스들은 정류장에 섰고 다른 버스들은 정류장을 그냥 지나쳐 버리기도 했다. 아이들은 목표물을 맞힐 때까지 좀처럼 갈 생각을 하지 않았다. 그리고 결국 한 버스의 유리창을 박살내고 나서야 그들은 어둡고 좁은 철길로 부리나케 도망갔다.

아이들이 모두 떠나고 난 뒤에 나는 정류장으로 갔다. 정류장 옆에는 초록색의 기둥이 있었고 그 위에는 운송 회사의 로고가 담긴 흰 표지판이 있었다. 나는 그 기둥에 등을 기대고 버스가 오기를 기다렸다. 그때 내게 중요했던 것은 버스의 번호나 목적지가 아니었다. 나는 단지 버스 엔진에서 뿜어져 나온 검은 연기가 내 주변의 공기를 탁하게 만들고, 내 가슴속에 있는 고향에 대한 그리움을 지워 주기만을 바랐다. 나는 그렇게 눈을 감은 채 기둥에 등을 기대고 서 있었다. 버스들이 내 앞을 지나가면서 검은 매연들이 공기를 뒤덮었고 나는 그 매연을 들이마시며 마닐라의 거리를 느꼈다. 그렇게 버스는 검은 매연을 남기고 그 매연은 그대로 하늘로 올라가 오존층에 구멍을 낸다. 그러면 그 구멍을 통해 차들의 엔진과 경적 소리 그리고 필리핀어와 영어로 대화하는 사람들의 말소리가 들려온다. 나는 하늘 위에서 그 구멍 사이로 머리를 내밀어 땅 위의 거리를 가득 메우는 지프니와 삼륜 오토바이, 버스 그리고 다른 오토바이 들을 내려다본다.

조금 뒤 먹구름이 몰려오면서 비가 내리기 시작하자 온 거리가 비에 젖어 기름 냄새가 사라지고 시끄럽던 소리들도 점차 멀어져만 간다. 그러다가 내 눈 앞에 있던 마닐라의 모습이 점차 희미해지더니 결국 그 구멍과 함께 사라져 버린다. 조금 전만해도 향수에 젖어 있던 나는 자브리야 거리의 한 기둥에 몸을 기대고 있던 조금 전의 현실로 다시 돌아와 버렸다.

4

나는 옆집에서 사람들과 함께 새해를 맞이했다. 시계 바늘이 12시에 가까워지자 그곳에 있던 모두가 카운트다운을 시작했다. 십, 구, 팔, 칠 … 삼, 이, 일!

밖에는 형형색색의 화려한 불꽃들이 하늘을 가득 메우고 있었다. 거리에 있던 차들은 마치 기뻐서 노래라도 부르는 것처럼 다양한 경적 소리를 냈다. 그리고 방 안에는 반짝반짝 빛나는 종잇조각들이 흩뿌려지면서 사람들이 새해를 기념하는 필리핀어와 영어가 뒤섞인 노래를 불러 댔다. 우리는 새해 소원을 빌면서 옆에 있는 사람들과 새해 인사를 주고받았다. 각자의 마음속에는 올해 이루고자 하는 소원들이 하나씩 자리를 차지하고 있었다. 신년 파티가 열린 그 집은 마치 엄마의 나라의 일부인 것만 같았다. 익숙한 얼굴들과 언어, 박수, 노랫소리, 텔레비전 화면에 보이는 장면들, 아도보 요리[4], 흰 쌀밥, 그리고 각종 과자들과 직접 만든 필리핀 술, 익숙한 대화의 주제와 소원, 그리고 그곳을 가득 채운 냄새까지… 그 모든 것은 내게 너무나 친숙한 것들이었다.

그 집에는 약 스무 명 정도의 사람들이 모여 있었다. 각자의 얼굴 생김새나 저마다 가진 고민들은 서로 달랐지만 우리는 모두 필리핀 사람들이었다. 아파트 건물은 비록 쿠웨이트의 도심

---

4 돼지고기나 닭고기, 오징어를 넣고 끓인 스튜로 가장 대중적이고 인기 있는 필리핀 요리 중 하나이다. _옮긴이 주

한가운데 있었지만 그 집 안만큼은 필리핀의 여느 가정과 같았다. 사십이 넘은 대머리의 필리핀 남자가 내게 술잔을 권하더니 고국에 있는 부인과 자식들에 대한 그리움을 토로하기 시작했다. 모자를 거꾸로 뒤집어 쓴 한 청년은 전화기로 자신의 여자 친구를 위해 함께 노래해 달라고 부탁하기도 했다. 그 옆에는 한 여성스러운 젊은이가 노래에 맞춰 우스꽝스럽게 몸을 이리저리 흔들고 있었다. 그는 소매가 없는 딱 맞는 셔츠와 여자처럼 매끈한 두 다리를 훤히 드러내며 짧은 바지를 입고 있었다. 카메라를 들고 있던 젊은 남자는 좀처럼 손에서 사진기를 놓을 줄 모르고 여기 저기 사진을 찍고 다녔다. 누군가는 이곳에서 일할 수밖에 없는 자신의 환경을 저주하며 술을 마시고 있었는데, 그는 술잔에 입을 댈 때마다 불평불만을 늘어놓으며 레드 호스를 찾았다.

다른 누군가는 소화불량에 거릴 정도로 음식을 먹어 댔고 누군가는 음소거 상태에 있는 텔레비전의 화면을 보느라 여념이 없었다. 어떤 사람들은 동그랗게 모여 음식과 술을 나눠 먹으며 이야기꽃을 피우고 있었다.

한편 나는 사람들 사이에서 빠져나와 술잔을 들고 거리가 내려다보이는 창가로 갔다. 건물 앞 주차장에는 젊은 남자들이 있었는데 그들은 차에서 내려 삼삼오오 짝을 지어서 건물 입구 쪽으로 오고 있었다. 누군가는 친구와 있었고 다른 누군가는 여자와 함께 있었는데 그들은 마치 첫 도둑질을 준비하는 도둑들처럼 조심스럽게 주변을 살폈다. 내가 창가에 홀로 있자 몇몇이 내게 다가와서는 내가 하던 것처럼 창밖을 내려다보았다. 그러더니 누군가가 창 밖에 있던 쿠웨이트 남자들을 조롱했다. 그러자 모자를 뒤집어쓰고 있던 청년이 껄껄 웃으면서 쿠웨이트 사람들을 겨냥해 비아냥거리기 시작했다. 그는 투덜대면서 잔에 남아 있던 술을 한 입에 삼켜버렸다. 그러더니 잔뜩 화가 나서 쿠웨이트 사람들에 대해 이야기하며 그들을 모두 부정적으로 묘사했다. 가만히 그 말을 듣고 있던 나는 조국의 국기에 덮인 채 사람들의 어깨에 들렸던 돌아가신 아버지의 모습을 떠올렸다. "쿠웨이트인들은 아주 거만해!" 갑자기 옆에서 대머리의 남자가 청년의 말에 맞장구를 쳤다. 그 말에 내 손에 들려져 있던 잔이 미세하게 떨렸다. "그래도 여기 남자들은 아주 매력적인걸?" 여성스러운 젊은이가 입술을 핥으며 말하자 그 말에 모두가 박장대소했다. 반면 카메라를 들고 있던 남자는 "몇 년 전부터 쿠웨이트인들과 일했는데 괜찮은 사람들이었어. 내가 전에 일했던 나라의 사람들과 비교했을 때 더 개방적이었거든."이라며 쿠웨이트 사람들을 두둔했다. 그러자 불평하며 술을 마시던 남자가 그 말에 이의를 제기했다. "전에 바레인에서 일했던 적이 있는데 그들은 자기네들이 우리들보다 더 나은 존재라고 생각하지 않았어." 그 말에 모자를 뒤집어쓴 청년이 자기의 친구에게 눈짓을 하며 말했다. "또 거기에서는 술을 마시는 게 허용되니까." 그 말에 남자는 허공에 주먹질을 해 대며 "전부 부질없어."라고 씁쓸하게 말했다. 그들의 대화를 듣고 있던 나는 마치 길을 잃은 미아가 된 기분이었다. 이브라힘 살람은 이런 식으로 쿠웨이트 사람들을 생각하지 않았고 이런 어두운 면들이 있다는 것도 내게 일러 주지 않았다. 그들의 대화는 계속됐다. "쿠웨이트 놈들은 돈 말고는 아무것도 가진 게 없어." 불평 많은 남자의 말에 카메라맨이 그에게 손짓하며 "그래서 자네가 화가 났군."이라고 말했다. 그리고 덧붙였다. "쿠웨이트 사람들은 최고의 운을 타고 났지. 반면 자네는 그런 운 따위는 없고 말이야.". 그러자 그 말에 불평 많은 남자는 "허튼 소리 하지 마!"라며 벌컥 화를 냈다.

갑자기 이곳에 모인 사람들 중 가장 연장자로 보이는 대머리 아저씨가 나타나서 "그만하면 충분해. 모두 새해 복 많이 받으라고! 새해 복 많이 받아!"라며 말싸움을 말렸다. 하지만 카메라맨과 불평 많은 남자는 계속 대화를 이어 갔다. 남자는 잔에 술을 더 따르고 있었고 카메라맨은 "이곳에서 사귄 현지 친구들이 많아. 하지만 자네가 얘기하는 모습과는 전혀 다르다고."라며 다시 입을 열었다. 그러자 옆에 있던 여성스러운 청년이 "나도 여기에 친구들이 아주 많아."라고 조금은 다른 뉘앙스를 풍기며 카메라맨의 말에 동의했다. 나는 술잔을 들이켰다. 귓속에서는 쿠웨이트 사람들을 비난하는 소리들이 계속 맴돌았고 눈앞에는 아버지와 카울라, 힌드 고모 그리고 할머니의 모습이 어른거렸다. 여기저기에서 다른 사람들이 동참하면서 그들의 대화는 오랫동안 이어졌다. 나는 불평 많은 남자에게 다가가서는 "여기가 그렇게 싫으면 필리핀으로 돌아가세요!"라고 말했다. 그러자 그는 나를 이상하다는 듯이 쳐다보면서 "너는 여기에 있는 게 행복하니?" 라고 물었다. 나는 그의 질문에 선뜻 대답하지 못했다. 그래서 그의 물음에 대답하는 대신 그 집을 빠져나왔다. 나는 집주인에게 초대해 주어 고맙다는 인사를 전했다. 그리고 "쿠웨이트 사람들은 최고의 운을 타고 났지."라는 카메라맨의 말을 생각하느라 무거워진 머리를 가누며 집을 나섰다.

집 밖에는 엘리베이터를 기다리는 세 명의 젊은이들이 있었다. 복도는 그들의 웃음소리로 시끌벅적했는데 아마도 방금 전 저녁 모임을 끝마친 것 같았다. 나는 그들을 지나치며 "앗살라무 알라이쿰."이라고 인사했다. 그러자 가운데에 있던 남자가 내 발음을 비웃더니 할머니네 집에 있던 앵무새가 내는 소리처럼 "쌀라무우우우 알라이꾸무우"라고 말하며 내 인사에 답했다. 그러더니 그는 양쪽 눈을 찢으며 아시아인인 내 얼굴을 조롱했다. 그러자 옆에 있던 다른 남자들도 그의 행동을 보고 박장대소했다. 남자는 "쿠무스타카(안녕하세요)"라며 내게 필리핀어로 인사를 하고 계속 나를 비웃는 것 같았다. 그 말에 왜 내가 모욕감을 느꼈는지 나 자신도 잘 모르겠다. 그들은 자기네끼리 아랍어로 무슨 말인가를 주고받으며 낄낄댔다. 나는 내 집 현관문을 열다가 갑자기 쿠웨이트 사람들을 비난하던 옆집 사람들에게 욕을 해 주고 싶은 충동이 생겼다. 그러나 그들 대신 조금 전 내 인사를 조롱하던 쿠웨이트 청년들을 보며 나도 모르게 필리핀어로 "Sira Ulo(바보)"라는 욕을 하고 말았다. 그러자 그들은 그게 무슨 뜻인지 몰라 어리둥절해하며 서로를 바라보았다. 젠장! 욕마저도 엄마의 나라를 떠올리게 하다니!

나는 이전에 배웠던 단어를 기억해 내려 애썼다. 그리고 아무도 모르게 속으로만 그 글자들을 되뇌어 보다가 엘리베이터 앞에 서 있던 가운데 남자를 가리키며 큰 소리로 외쳤다. "히마라!(당나귀)" 나는 할머니네 집 앵무새에게 고마워하며 그렇게 현관문을 닫았다.

5

쿠웨이트에서의 일 년이 지났다.

그동안 가족들이 너무 보고 싶어서 필리핀으로 돌아가겠다는 생각을 몇 번이나 했는지 모른다. 엄마도 항상 나를 그리워했지만 내가 필리핀으로 돌아가고 싶다는 의사를 보일 때마다 내게 그러지 말고 쿠웨이트에 더 있으라고 했다. 사실 그게 나를 위한 건지 아니면 내가 보내는 돈 때문에 살림살이가 좀 나아진 가족을 위한 건지는 잘 모르겠다. 결국 나는 필리핀으로 다시 돌아갈 생각을 접었다. 하지만 그건 엄마의 바람을 들어주기 위한 것은 아니었다. 그건 아버지의 나라에 뿌리를 내리기도 전에 필리핀으로 돌아간다면 앞으로 다시는 이곳에 오지 못할 것이라는 나의 믿음 때문이었다.

이브라힘 살람은 내가 일자리를 찾을 수 있도록 도와주겠다고 약속했다. 전에 그는 내게 전도 활동에 함께 할 것을 제안했다. 하지만 나는 이슬람에 대한 지식이 많이 부족했고 그런 일을 할 준비도 되지 않았기에 그의 제안을 거절했었다. 나는 이제 막 신과의 관계를 다듬어 나가기 위한 첫걸음을 뗐을 뿐이었고 그런 관계에 대해 만족하고 있던 참이었다.

이브라힘은 참 괜찮고 소탈한 젊은이였다. 그리고 나는 그를 진정한 친구라고 생각했다. 내가 그에게 먼저 부탁을 하는 일은 없었지만 그는 늘 먼저 내게 도움을 주려고 했다. 이브라힘은 항상 나를 '형제'라고 불렀다. 언젠가 그 이유를 묻자 그는 "무슬림이라면 누구나 모두 형제이기 때문이지."라고 말해 준 적이 있었다. 나는 그가 나를 형제로 생각한다는 것이 고마웠다. 하지만 나는 여전히 신께 다가가는 길을 탐색하는 중이었고 아직 내가 무슬림이라는 확신도 없는 상태였다. 이브라힘에게는 그 점에 대해 말하지 않았다. 하지만 내가 언젠가 이슬람으로 개종을 한다면 그건 이브라힘 살람의 덕도 크다는 점을 말하고 싶다. 나는 그를 통해 세 가지를 배웠는데, 그 덕분에 이슬람에 대한 애정도 커졌고 이슬람에 대해 더 많은 것을 알게 되었다. 그것은 바로 영화 「예언자 무함마드(메시지)」와 그의 전기인 『라히끄 마크툼』[5], 그리고 이브라힘이 내게 보여 준 환대와 따뜻한 관심이었다.

***

쿠웨이트에서 가장 내 눈길을 끌었던 것은 바로 자동차였다. 당시 나는 중형차를 살 수 있을 정도의 돈도 가지고 있었지만 이브라힘의 도움을 받아 자전거를 사는 것으로 만족해했다. 나는 그 자전거를 타고 자브리야 지역이나 그 옆 동네까지 돌아다

---

5 사도 무함마드의 일대기와 관련한 주요 저서들 중 하나로 셰이크 사피 라흐만 무바라크푸리가 그 저자이다. _역자 주

니곤 했는데 검은색의 세련된 자전거 뒤에는 쿠웨이트 국기를 달아 놓았다. 사실 나는 이곳에 온 첫날부터 쿠웨이트 국기를 보는 게 익숙했다. 공항 근처에 한 단 낮게 달려 있던 국기, 2월의 국경일에 사람들의 손 안에서 펄럭이던 국기, 그리고 차에 고정되어 다양한 크기를 자랑하던 국기들까지…. 하지만 쿠웨이트 시인의 시신에 덮여 있던 그 국기를 보기 전까지 내게 쿠웨이트 국기는 별다른 의미가 없었다. 그러나 그날 아버지의 시신 역시 국기에 덮여 있었다는 말을 듣고 난 이후 쿠웨이트 국기는 내게 특별한 의미가 되었다. 국기를 보고 있으면 내 가슴속에 잠자고 있던 무언가가 요동치는 것만 같았다.

자전거를 사자 나는 더 이상 택시를 탈 필요도 없었고 어마어마하게 비싼 택시 요금을 내지 않아도 됐다. 이제는 자전거를 타고 자유롭게 거리를 다닐 수 있었다. 가끔은 내가 어떻게 자전거로 그 정도의 먼 거리를 다닐 수 있었던 건지 믿을 수가 없었다. 가끔 자전거를 모느라 힘이 들기도 했지만 그건 버스를 타는 것보다 훨씬 나았다. 만약 버스에 탔더라면, 창밖을 유심히 살피다가 인도에 소년들이 서 있는 모습이 보일 때마다 고개를 숙여 무릎 사이에 머리를 숨기며 매번 두려워했을 것이다. 그들이 던지는 돌과 깨진 유리 파편을 피하느라 말이다.

처음으로 자전거를 몰고 밖으로 나갔던 날, 나는 자브리야와 수르라 지역을 잇는 다리를 건너 다마스쿠스 거리를 통해 꾸르뚜바 지역으로 갔다. 나는 다마스쿠스 거리를 지나다가 문득 내가 가장 좋아하던 장소가 떠올랐다. 나무가 가득하고 뒤에는 흙으로 덮인 공터가 있어서 내가 한참 동안 앉아 있기 좋아하던 곳이었다. 그러나 다시 찾아간 그곳의 모습에 나는 크게 실망했다. 아무것도 없던 공터에 거대한 화물차가 세워져 있었고 그 주위에 철조망으로 만들어진 울타리가 쳐 있었던 것이다.

뒤가 납작한 차에는 바퀴들이 많이 달려 있었고 차에 달린 큰 컨테이너 사이로 긴 철제 기둥이 삐죽 튀어나와 있었다. 나는 그걸 보자마자 단번에 송신탑이라는 것을 알아차렸다. 멘도사의 땅 한구석을 차지하고 있는 송신탑과 비슷한 모습을 한 그 기둥은 분명 통신사의 송신탑이었다. 왜 하필 내가 좋아하는 장소마다 이렇게 송신탑이 세워지는지 도무지 이해할 수 없었다. 그날 이후로 나는 다시는 그곳을 찾지 않았다.

***

음식은 배를 채우는 본연의 임무 이외에도 내가 즐길 수 있는 오락거리를 제공한다. 나는 할 일이 없을 때면 자주 부엌에서 요리를 하며 시간을 보내고는 했다.

필리핀의 내 가족들이 살고 있는 환경에 비하면 이곳의 삶은 정말 편안했다. 내게는 최신 가전제품과 요리 도구가 갖춰진 완벽한 부엌이 있었다. 가난한 내 가족들이 그랬던 것처럼 탐욕스런 붐바이들에게 돈을 빌려 몇 년에 걸쳐 가전제품을 살 필요도 없었다. 부엌에 있는 냉장고를 열 때면 처음 우리 집에 냉장고가 들어왔을 때 있었던 일들이 생각났고, 가스레인지의 스위치를 돌릴 때면 아이다 이모가 가스를 아끼려 시간을 재던 일들이 떠올랐다. 나는 점화구에서 나오는 파란색과 노란색의 작은 불꽃을 가만히 바라보았다. 가끔은 요리를 하지 않음에도 불구하고 가스레인지의 불을 켜서 가스를 태우는 불꽃을 보는 걸 즐거워했다. 이곳에서 파는 큰 가스통의 가격은 0.75디나르도 채 안 됐다. 그래서 이제는 가스를 다 쓰더라도 아이다 이모가 집 앞마당에서 했던 것처럼 나무를 태우면서까지 요리를 하지 않아도 됐다. 필리핀에서는 가스통이 이곳에서 파는 가스통의 절반 정도의 크기였지만 그 가격이 무려 6디나르가 넘었다. 나는 가스레인지를 켜서 그곳에서 나오는 불꽃을 바라보며 즐거워할 때마다 마치 내가 지금 아이다 이모를 위해 복수를 하고 있는 것만 같았다. 가스를 태우면서 복수를 즐기는 특이한 내 취미 때문에 가스통은 금방 닳아 버렸지만 0.75디나르만 있으면 금방 새것으로 바꿀 수 있었다.

그날 저녁, 나는 택시를 타고 중앙 시장 근처에 있는 가게에 가서 빈 가스통을 새것으로 바꾸려고 했다. 자브리야의 한 거리를 지날 때 그 구간에서 갑자기 교통 체증이 심해졌다. 자브리야는 원래 항상 교통 체증이 있긴 했지만 그날은 차들이 거의 움직일 수 없을 정도로 길이 꽉 막혔는데, 교통사고가 났거나 검문이 있는 날이 아니고서는 쉽게 볼 수 없는 일이었다. 내 예상대로 길 끝에는 푸른색과 붉은색의 경찰차들이 세워져 있었고 경찰들이 운전면허와 자동차 서류를 확인하고 있었다. 오랜 기다림 끝에 드디어 우리 차례가 왔다. 택시기사는 창문을 열어 면허와 서류를 경찰에게 건넸다. 경찰은 서류를 확인하고 기사에게 돌려주기 전에 갑자기 내게 신분증을 요구했다. 나는 신분증을 꺼내려 바지 주머니를 뒤지다가 문득 집에 지갑을 두고 왔다는 것을 알아차렸다. 나는 당황해서 뒤를 가리키며 "신분증을 집에 두고 왔어요."라고 말했지만 경찰은 영어를 모르는 것 같았다. 그는 내게 쿠웨이트 방언으로 "이까마(거주증)! 이까마!"라고 외치다가 내가 쿠웨이트에서 거주할 수 있는 기한이 아직 유효한지 증명해 보라고 했다. 하지만 나는 그런 거주 허가증이 필요하지 않은 쿠웨이트 국민이었기에 경찰에게 "노 이까마!"라고 답했다. 결국 그 경찰을 이해시키지 못했던 나는 차 밖으로 나오게 됐다. 경찰에게 이 상황을 이해시키려고 뭔가 말해 보려 했지만 그는 내게 무섭게 고함을 질러 댔고 결국 나는 아무 말도 하지 못했다. 나는 급히 휴대폰에서 힌드 고모의 번호를 찾아 전화를 걸었다. 왜 그때 힌드 고모의 얼굴이 생각났는지 모르겠다. 그러나 그녀는 끝내 내 전화를 받지 않았다. 그래서 나는 카울라에게 '지금 경찰에게 잡혀 있어.'라는 메시지를 급하게 보냈다. 그때 경찰이 나를 밀치면서 어디론가 끌고 갔고 나는 인도 옆에 세워져 있던 작은 버스에 올라타게 됐다. 그 버스는 신분증명서나 거주가 허가된 비자를 갖고 있지 않은 외국인들로 가득 차 있었다. 아랍인, 인도인, 필리핀인, 방글라데시인, 그리고 쿠웨이트인 같지 않은 쿠웨이트인까지….

버스가 어디론가 출발하기 시작하자 몇몇은 두려워했고 다른 몇몇은 별다른 신경을 쓰지 않는 것 같았다. "최악의 경우에는 우리 모두 본국으로 송환될 거야." 갑자기 그들 중 누군가가 입을 열었다. 한편 나는 버스 문 옆에 있던 경찰에게 가서 "저는 쿠웨이트 사람이에요!"라고 계속 하소연했지만 그는 내 말을 듣는 것 같지 않았다. 대신 그는 아랍어로 뭔가를 말하며 버스 뒷좌석을 가리켰다. 나는 하는 수 없이 내 자리로 돌아와 앉았다. 갑작스러운 이 상황이 너무나 두려웠다.

그때 내 근처에 앉아 있던 미모의 필리핀 소녀가 나를 보더니 말했다. "오늘부터 주말이 시작되니 너는 주말이 끝나고 경감이 올 때까지 주말 내내 유치장에 있어야 할 거야." 그 말에 나는 깜짝 놀라 눈이 휘둥그레졌다. "하지만 나는 쿠웨이트인이고 비자도 필요 없단 말이야." 그녀는 내 말을 듣더니 방긋 웃으며 이렇게 말했다. "그렇다면 우선 유치장에 며칠 있다가 그걸 증명해야 해." 그때 옆에 있던 또 다른 필리핀 출신의 여자가 울음을 터뜨리며 말했다.

"일하던 집에서 도망 나온 이후로 거주증 없이 몇 달 동안 쿠웨이트에서 일했어. 내가 본국으로 송환되면 우리 집 가족들은 다 굶어 죽을 거야."

그 여자의 말에 소녀는 다른 곳을 바라보며 낮은 목소리로 말했다.

"상황이 그 정도로 안 좋다면…"

그녀는 잠시 망설이는 것 같더니 이렇게 말했다.

"저들에게 몸이라도 줘야 할 거예요."

그러자 여자는 소녀의 말에 깜짝 놀라 입이 떡 벌어졌다. 그리고 소녀에게 "이 더러운 년! 창녀! 저주받을 년!"이라며 온갖 욕설을 다 퍼붓기 시작했다.

하지만 소녀는 그녀의 욕에도 아랑곳하지 않고 나를 바라보며 "너는 보다시피 아무것도 줄 게 없어 보이네."라며 깔깔 웃어 댔다. 그리고 자신의 처지에 대해 이야기해 주었다.

"나한테는 늙은 어머니와 세 명의 어린 동생들이 있어. 가족을 위해서라면 나는 그 어떤 거라도 다 희생할 수 있어."

소녀는 경험이 많은 것 같았다. 이렇게 경찰에 잡힌 것도 그녀에게는 처음 있는 일이 아니었다. 그녀는 보통 유치장에 들어가면 그곳에서 오래 머물지 않았다. 아침 당직을 서는 담당 경찰이 점잖은 사람일 경우 저녁 당직을 서는 다른 경찰들은 대부분 그렇지 않았다. 그리고 유치장에 들어간 첫날 그녀에게 접근하는 사람이 없더라도, 둘째 날만 되면 꼭 누군가가 그녀에게 석방을 조건으로 은밀한 제안을 해 왔다. "불법적으로 이곳에서 살아남기 위해 나는 그동안 정말 많은 대가를 치렀어. 그 대가는 경찰서의 빈 방이나 그들의 차 안 또는 그런 행위를 하는 전용 아파트에서 치르곤 했지." 그리고 낮은 목소리로 중얼거리던 소녀는 내게 따지듯 외쳤다. "지금 내 휴대폰에 저장된 경찰들 번호만 몇 개인 줄 알아?"

경찰서에 도착한 우리는 모두 휴대폰을 압수당했고, 버스에서 내리자마자 아무런 조사도 받지 않은 채 바로 악취가 풍기는 유치장으로 옮겨졌다. 나는 차라리 1년 전 거리에서 만났던 그 가짜 경찰을 다시 봤더라면 얼마나 좋았을까 하는 생각을 했다. 그는 비록 내 지갑에서 10디나르를 훔쳐 가기는 했지만 그건 돈만 잃으면 될 문제였다. 하지만 지금 나는 진짜 경찰을 만나서 유치장에 감금될 위기에 처하게 된 것이다!

유치장의 철창 안에서 나는 그렇게 꼬박 이틀 밤을 보냈다. 만약 시계를 보지 않았더라면 시간이 얼마나 흘렀는지도 몰랐을 거다. 그 이틀 밤이 마치 며칠 밤인 양 길게만 느껴졌다. 작고 더러운 방에는 열 명의 사람들이 함께 있었는데 거기에서 나는 냄새와 사람들에게서 나는 냄새가 한데 뒤섞여 도저히 참을 수 없을 만큼 고약했다. 1월의 건조한 냉기는 뼛속을 파고들었고 추위 때문에 사지가 마비되는 것 같았다. 반면 사람들의 얼굴은 침착했다. 그들은 나만 빼고 모두가 어떤 일이 우리를 기다리고 있을지 다 알고 있는 것 같았다. 나는 언제까지 이곳에 갇혀 지내야 하는지 도무지 감이 오지 않았다. 그때 멀지 않은 곳에서 여자들의 목소리가 들려왔다. 나중에 알게 된 사실이지만 여자들의 방은 유치장 복도의 가장 끝에 따로 위치하고 있었다. 버스에서 울고 있던 필리핀 여자는 유치장에서도 여전히 큰 목소리로 엉엉 울고 있었다. 여자는 영어와 아랍어를 섞어 가며 경찰들을 불러 댔고 그녀의 말을 이해한 누군가가 여자를 유치장 밖으로 불러냈다. "제가 만약 고향으로 쫓겨나게 된다면 모두가 굶어 죽을 거예요. 이렇게 부탁할게요. 제발요…." 나와 같은 방에 있던 사람들이 하나둘씩 잠에 들기 시작했지만 여자의 울음소리는 점차 커져만 갔다. 그때 갑자기 검은 막대기를 들고 나타난 경찰 하나가 빠른 걸음으로 여자들이 있는 방으로 향했다. 나는 여자가 곧 처하게 될 상황을 감지하기라도 한 듯 잔뜩 움츠려 앉았다. 그리고 작은 목소리로 속삭였다. "알라후 아크바르, 알라후 아크바르. 신이시여, 제발 저 사람이 여자를 해하지 않게 해 주세요." 경찰이 아랍어로 뭔가를 말하며 소리를 지르자 그 소리에 내 심장도 빠르게 뛰기 시작했다. 여자도 아랍어로 고함을 질러 댔다. 나는 무릎을 감싸 안고 앉아 "제발 저 여자가 경찰을 도발하지 않게 해 주세요."라고 중얼거렸다. 하지만 둘의 고함 소리는 커져만 갔다. "제발요. 불쌍한 저 여자가 다치지 않게 해 주세요." 그때 뭔가가 세게 부딪치는 소리가 들렸고 내 옆에서 자고 있던 사람들도 모두 잠에서 깨어났다. 말싸움 끝에 경찰이 들고 있던 검은 막대기로 유치장의 쇠창살을 내리친 것이었다.

순간 사방이 쥐 죽은 듯 고요해졌다. 경찰은 다시 자기의 위치로 돌아갔고 그제야 내 심장박동도 원래의 상태로 돌아왔다. 사람들도 다시 잠을 청하기 시작했지만 나는 도저히 눈을 붙일 수 없었다. 나는 깊은 한숨을 내쉬면서 "신께서는 정말 가장 크고 위대한 존재이십니다. 정말 감사드려요."라며 혼잣말을 했다.

그렇게 한바탕 소동이 벌어지고 10분도 채 지나지 않아 누군가가 잠에서 깨어나 담당 경찰을 불러 화장실에 가고 싶다고 요청했다. 나는 다른 사람들은 어떻게 계속 잠을 잘 수 있는지 도무지 이해할 수 가 없었다. 추운 날씨와 코 고는 소리, 옆방에서 울어 대는 여자의 울음소리에도 아랑곳 하지 않고 말이다.

나는 무릎을 감싸 안은 채 벽에 기대어 앉아 있었다. 밤이 깊어질수록 이곳에서 나갈 수 있다는 희망이 점차 사라지는 것 같았다. 카울라에게 메시지를 보냈음에도 불구하고 이렇게 오랜 시간 동안 유치장에 있게 될 거라고는 정말 상상도 못했다. 내가 그렇게도 간절히 바랐지만 결국 아무 일도 일어나지 않았다. 혹시 카울라가 날 버린 걸까?

밤늦은 시간 모두가 잠들었을 때, 나는 복도에서 점점 가까워지는 발소리를 들었다. 철창 사이로 보이는 복도에는 경찰관 한 명이 있었는데, 그는 내가 보고 있다는 것도 모르고 남자 방을 지나 여자 방이 있는 복도 끝으로 가고 있었다. 그의 발걸음 소리가 멈추는가 싶더니 곧 열쇠가 부딪치는 소리와 함께 작게 속삭이는 소리가 들려왔다. 그러고는 철창문이 열렸다. 그때 잠들었던 여자가 깨어나 다시 울며 애원하기 시작했다. 경찰은 그녀의 울음을 뒤로한 채 문을 닫고 원래 자기가 있던 곳으로 돌아가려는 것 같았다. 내 옆에 있던 남자들은 여자의 울음소리에 아랑곳하지 않고 여전히 깊은 잠에 빠져 있었다. 나는 창살 사이로 복도를 지나가는 경찰과 그의 뒤를 따라가는 필리핀 소녀를 보았다. 소녀는 복도를 지나다가 내가 있던 방으로 고개를 돌렸고 순간 나와 시선이 마주쳤다. 그녀는 눈썹을 치켜 올리더니 나를 보며 씨익 미소를 지어 보였다. 소녀의 미소는 그녀가 버스에서 했던 말들을 다시 상기시켜 주었다. 둘은 그렇게 사라져 버렸고 나는 소녀에게 벌어질 일들을 생각하느라 아침까지 좀처럼 잠을 이루지 못했다. 그녀는 분명 석방이 되기 전 어디에선가 불법 체류에 대한 대가를 치르고 있음이 분명했다.

인권에 대한 관심이 지대한 힌드 고모가 과연 이곳에서 일어나는 일들을 알고 있을까? 내가 이곳에서 보고 들은 일들을 고모에게 다 알려 주어야 하는 걸까? 그것보다 더 중요한 것은 내가 고모에게 유치장에서 일어나는 일들에 대해 솔직히 다 말한다고 해도, 과연 그녀가 할 수 있는 일이 있기는 한 걸까 하는 점이다.

주말이 끝나고 그다음 날 내 이름이 불렸다. 나는 자리에서 일어나 철창을 사이에 두고 경찰과 짧은 대화를 나눴다. 내 아파트 열쇠를 요구하는 그에게 나는 열쇠를 꺼내 주었고 경찰은 아무 말 없이 그렇게 사라져 버렸다. 그리고 약 한 시간 뒤 또 다른 경찰이 나타나 석방 절차를 위해 나를 데리고 담당 경감이 있는 방으로 갔다. 그곳에는 내 증명 서류를 챙겨 온 가싼이 나를 기다리고 있었다. 그는 경감에게 무언가를 말했다. 그러자 경감은 내게 휴대폰을 돌려주며 정중하게 사과했다. 또 "다음 번에는 지갑을 꼭 챙기세요."라며 내게 충고하는 것도 잊지 않았다. 나는 가싼과 함께 그의 차를 타고 이동했다. 가싼은 운전을 하다가 내게 말했다. "카울라가 네가 유치장에 갇혔던 첫날 내게 연락을 했어. 어떻게든 널 빼내려고 백방으로 수소문했지만——" 나는 가싼의 말을 다 듣기도 전에 "고마워요, 아저씨." 라고 했다. 그러자 가싼은 더 이상 아무 말도 하지 않았다. 나는 운전하는 내내 침묵으로 일관했던 가싼 때문에 화가 났다. 나를 이용해 따루프 가문에 복수를 한 거라는 할머니의 말에 대해 가싼이 자신의 입장을 변호하거나, 내게 사과를 하거나 변명을 할 수 없다면 자기가 한 일에 대해 미안해하는 모습을 보여 주길 바랐지만 그는 아무 말 없이 그저 내 화만 돋울 뿐이었다. 나는 고개를 돌려 운전을 하느라 바쁜 가싼의 얼굴을 유심히 바라보았다. 빌어먹을! 가싼은 자신과 어울리지 않는 얼굴을 하고 있었다. 그의 슬픈 표정이 내 마음을 괴롭게 했다. 그의 얼굴에 있던 슬픔이 어느새 내 가슴속을 파고들었다. 나는 가싼의 슬픈 표정과 나의 혼란스러움을 떨쳐 내기 위해 일부러 고개를 돌려 창문 밖을 바라보았다. 나는 어느 순간 할머니처럼 생각을 하고 있었다. '왜 가싼은 이렇게까지 나를 도와주는 걸까? 그가

진짜 원하는 건 뭘까?'

6

"며칠 전부터 메릴린의 소식이 끊겼어. 마리아에게도 물어봤는데 전혀 모른다고 하더라. 네 이모 아이다는 거의 미칠 지경이야."

엄마는 인터넷 화상채팅을 통해 내게 메릴린의 소식을 전했다. 엄마는 "메릴린이 너와는 계속 연락을 하지 않았니?"라고 물었고 나 역시 메일을 확인한 지 한참이 되었다고 말했다. 나는 곧장 메일 창을 열었고 산더미처럼 쌓인 광고 메일 아래에 메릴린으로부터 온 편지를 하나 발견했다. 9일 전에 왔던 그 편지에는 제목이 없었다.

"호세야! 내가 보여?" 엄마는 카메라 앞에서 손을 흔들며 나를 불렀다. 하지만 나는 메일을 확인하느라 바빴다. "네, 엄마. 근데 제가 지금 조금 바빠서요. 나중에 또 연락할게요!" 나는 카메라를 끄고 다시 메일 창을 열어 광고 메일을 다 지우고 메릴린의 편지만 남겨 두었다. 하지만 왠지 좋지 않은 내용이 담겨 있을 것 같아 그 메일을 차마 열어 보지 못했다. 메릴린은 전에 보냈던 편지의 말미에 '누군가의 희생이 받아들여지려면 그 희생이 고귀하고 순결해야 한다.'라는 호세 리살의 문구를 썼었다. 이 정신 나간 애가 대체 무슨 말을 하고 싶었던 거지?!

호세 리살의 문구로 마지막을 장식했던 저번 편지와는 달리 메릴린의 새로운 편지는 그의 문구로 시작됐다.

호세에게…

'유럽 문명이 태평양에 발을 들였을 때 나타나는 첫 징후는 바로 죽음
이다.'

너는 호세 리살이 했던 이 말을 기억하니? 만약 기억하지 못한다고 해
도 지금 내가 너에게 다시 상기시켜주면 되니까 괜찮아. 이 문구와 내 편
지의 내용이 무슨 관계가 있는지 네가 의아해할 수도 있겠지. 사실 나도
잘 모르겠어. 며칠 전부터 호세 리살이 했던 저 말이 계속 머릿속에서 맴
돌더라. 혹시 저 말은 유럽인들 곁에 있는 모두에게 현실로 이뤄지는 예
언 아닐까? 여기서 내가 말하는 죽음은 점령 시절 리살이 의미했던 죽
음이 아니라 또 다른 의미를 가진 죽음이야. 과거 정체 모를 유럽 남자가
아이다의 몸을 점령하고 그녀의 뱃속에 '나'라는 씨앗을 남긴 채 그렇게
떠나 버렸지. 그리고 내가 태어나기 바로 며칠 전, 죽음은 우리 할머니의
목숨을 앗아 가면서 자신의 정체를 드러냈어. 결국 나는 나중에 사진으
로만 할머니의 얼굴을 볼 수 있었지. 그리고 그 이후로 우리는 인식하지
못했지만 죽음의 그림자는 늘 우리 곁에 있었어. 비록 우리의 심장은 계
속 뛰고 있었지만 죽음은 우리의 삶을 망가뜨리고 있었던 거야. 네가 엄
마라고 부르길 좋아하던 아이다는 수탉을 죽인 그날 이후로 이미 죽은
거나 다름없는 상태야. 나 역시 살아 있는 육신으로 태어났지만 이미 죽
어있었어. 아이다는 내게 자신의 젖을 물리면서 또 다른 죽음을 물려주
었지. 나는 누군지도 모르는 더러운 남자들의 손과 입이 닿았을 그녀의
가슴이 소름 끼치게 싫었어. 그들 중 분명 내 아버지도 있었겠지. 아이다
가 내게 물려주었던 죽음은 시간이 지나면 지날수록 점차 커져 가더니

432

어느새 내 감정을 지배하기 시작했어. 그래서 커 가면서 수탉 같은 남자들과 암탉 같은 여자들, 그리고 그들이 낳는 알에 대한 감정도 죽어 버리게 됐지.

호세야…

혹시 몇 년 전, 비악 나 바토 공원에서 네가 내게 했던 말을 기억하니? 너는 잊어버렸을 수도 있겠다. 하지만 "자살은 삶과의 싸움에서 패배한 겁쟁이들이나 하는 거랬어."라던 네 말을 나는 아직도 생생히 기억해. 이제야 기억이 좀 나니?

사실 그때 나는 네가 한 말에 화가 났었어. 네가 의도치 않게 나를 겁쟁이로 묘사했기 때문이지. 나는 겁쟁이가 되고 싶지는 않았거든. 하지만 오늘 생각을 좀 바꿔 보기로 했어. 그래, 나는 이미 이 삶을 평화롭게 살아가는데 실패한 사람이야. 그리고 삶과의 싸움에서도 패배했지. 그런데 이제 더 이상 실패하고 싶지 않아. 네가 비악 나 바토 공원에서 했던 말의 절반은 사실이지만 네가 간과한 나머지 절반이 또 있단다. 그건 바로 자살은 삶과의 싸움에서 패배한 겁쟁이들이나 하는 것이기도 하지만 동시에 죽음을 당당히 마주할 수 있는 용기 있는 자들이 할 수 있다는 거야. 너는 그 유럽 수탉이 아이다의 몸을 침략하면서 내게 새로운 삶을 줬다고 생각하니? 나는 호세 리살의 말이 틀렸다고 생각하지 않아. 그 유럽 수탉이 호세 리살의 말을 반증하도록 놔 두지 않을 거야.

'유럽 문명이 태평양에 발을 들였을 때 나타나는 첫 징후는 바로 죽음이다.'

행운을 빈다.

MM

***

필리핀에 사는 중국 출신의 불교 집안은 누군가가 죽으면 죽은 고인을 위해 울어 줄 사람들을 고용한다고 한다. 그런 의식은 보통 절에서 이루어지는데 그들의 믿음에 따르면 고인을 위해 우는 것은 그의 영혼이 보다 쉽게 다른 삶으로 갈 수 있게끔 도와주기 위한 것이라 했다. 그래서 그 의식을 치르기 위해 일부러 많은 사람들을 고용하는 것이다.

나는 메릴린의 편지를 다 읽고 난 뒤, 당장에라도 이런 의식을 치르고 싶었다. 사람들을 우리 집에 데리고 와서 온통 울음과 통곡 바다로 만들어야만 할 것 같았다. 충격 때문인지 눈물도 나오지 않았다. 너무 갑작스러워서였을까? 아니면 그녀가 자살을 할지도 모른다는 것을 차마 받아들이지 못하고 믿지도 못했기 때문일까? "아니야. 메릴린은 죽지 않았어. 아직 살아 있을 거고 우리는 언젠가 다시 만나게 될 거야. 그때 다시 만나면 메릴린은 더 이상 가톨릭 신자가 아닐 것이고 나 역시 그렇겠지. 메릴린이 이전에 말했던 대로 나는 그녀가 적대심을 갖지 않는 유일한 남자니까 예전에 꿈꿔 왔던 그 소원도 쉽게 이룰 수 있지 않을까?"

나는 노트북 화면 앞에서 메릴린이 극단적인 선택을 할 거라는 사실을 도무지 믿지 못한 채 혼자 횡설수설했다.

***

여자는 따뜻한 감성을 타고 났기에 다른 어떤 사람보다 위대하다. 그때 내가 필요로 했던 건 여자의 품 또는 여자 친구 그것도 아니면 여자 형제였다. 나는 카울라에게 전화를 걸어 "카울라, 네가 보고 싶어."라는 말을 남긴 채 자전거를 타고 꾸르뚜바로 향했다. 카울라는 내 부탁을 거절하지 않았고 오히려 나를 본다는 사실에 기뻐했다. 사실 카울라에게 메릴린에 대한 이야기를 하려던 것은 아니었다. 나는 단지 메릴린이 보냈던 편지의 잔상에서 잠시 벗어나고 싶었다. 엄마와 다시 화상채팅을 하며 통화를 할 수도 있었지만 차마 엄마에게 메릴린이 보낸 편지에 대해 이야기 할 수는 없었다. 만약 내가 그렇게 했더라면 나는 아이다 이모를 죽이는 거나 다름없었을 것이다.

나에게 메릴린은 필리핀에 있는 것 중 가장 아름다운 것이었다. 그래서 나는 잠시 필리핀에게서 도망을 치기로 했다. 그렇게 자전거를 타고 미친 듯이 달려갔던 곳은 바로 쿠웨이트의 가장 아름다운 형상, 카울라였다.

카울라는 내게 반갑게 문을 열어 주었고 집에 들어간 나는 정원 벽에 자전거를 세워 두었다. 주변을 둘러보니 아무도 없었다. 카울라는 그런 내 모습이 웃겼는지 까르르 웃었다. 나는 아이처럼 웃는 카울라를 품에 안고 계속 그렇게 있었다. 카울라는 내 품에서 빠져나오려고 버둥거리며 "오빠! 괜찮은 거야?"라고 내 상태를 물었다. 나는 그런 카울라에게 "응… 부탁이야. 그냥 이렇게 있어 줘."라고 말하며 그녀를 안고 있던 팔을 더 세게 조였다. 그리고 잠시 뒤 카울라를 안고 있던 팔을 풀었다. 그녀는 내 눈을 똑바로 쳐다보며 "대체 무슨 일이야?"라고 물었지만, 나는 고개를 저으며 "아무것도 아니야… 네가 보고 싶었어."라고 했다. 만약 카울라에게 메릴린의 편지에 대해 조금이라도 말했다면 나는 그 자리에서 엉엉 울었을 것이다.

"할머니는 지금 위층에 있어. 물리치료가 끝나면 할머니를 뵈러 올라가 봐." 물리치료라는 말에 내가 놀라자 카울라는 내게 할머니의 근황을 알려 줬다. "오빠가 집을 나가자마자 할머니는 자기 다리를 마사지해 줄 다른 치료사들을 고용했어." 그 말에 나는 고개를 숙였다. "이 집을 나간 건 내가 원해서가 아니야…. 할머니가 그걸 원했었잖아." 카울라는 그런 내 말을 못 들은 척하는 것 같았다. 그러더니 내 손을 잡고 아버지의 서재로 나를 데리고 가서는 조심스럽게 입을 열었다. "이번이 벌써 세 번째 물리치료사야. 매번 치료가 끝날 때마다 할머니는 '모두 이싸만큼 잘하지 못하는구나.'라고 말씀하셨어…" 이번에는 내가 그 말을 못 들은 척했다.

카울라는 나를 아버지의 책상 앞에 앉게 했다. 그리고 자신은 반대편에 서서 책상 위에 팔꿈치를 올려놓고 턱을 괸 상태로 내 얼굴을 물끄러미 바라보며 물었다. "자, 쿠웨이트가 어떤지 말 좀 해 봐." 그녀의 질문에 나는 빙긋 웃었다. "여전히 탐색하고 있는 중이야… 사실 쿠웨이트가 어떤지 아직 잘 모르겠어." 그러자 카울라는 슬픈 얼굴로 말했다. "나는 혹시나 오빠가 쿠웨이트의 모습을 다 보지 못한 상태에서 이미 결론을 내렸을까 봐 걱정이야." 순간 내가 이곳에 도착한 이후로 지금까지 살아왔던 매일의 삶이 쿠웨이트가 가진 진짜 모습일까라는 생각에 등골이 오싹해졌다. "그동안 내가 봐 왔던 쿠웨이트의 모습을 부정하는 것보다 비록 어려움을 겪더라도 그 진짜 모습을 찾는 것이 중요하다고 생각해." 그런 내게 카울라는 물었다. "그동안 이곳에서 어떤 모습들을 본 거야?" 나는 그런 카울라를 바라보며 "쿠웨이트에는 정말 다양한 모습이 있어. 저마다 각기 다른 색을 지니고 있지."라고 답했다. 내 말에 카울라는 눈을 반짝이며 말했다. "오빠, 오빠의 눈으로 본 쿠웨이트에 대해 얘기해 줘."

이곳에 오고 이 땅에서 하루하루를 살아가고 있었지만 쿠웨이트는 여전히 멀게만 느껴지는 내 오랜 꿈이었다. 내게 쿠웨이트는 왜곡된 진실이자 사실적인 왜곡이기도 했다. 쿠웨이트는 내가 사랑하는 아버지, 그리고 나의 감정과는 대조적인 반응을 보였던 이곳의 가족들, 또 내가 그렇게도 질색하던 외로움까지 정말 다양한 얼굴을 가지고 있었다. 나는 그동안 내 자신을 쿠웨이트 사람이라고 생각하며 이곳에 대한 소속감을 가지고 있었다. 하지만 그들 중에는 나를 거부하고 차별하는 이들이 있었고, 쿠웨이트는 그런 그들을 방임했다. 쿠웨이트를 생각하면 나는 따루프 가문의 별채에 있던 내 방과 거액의 돈이 떠올랐다. 이곳에서는 애정이 메말라 진정한 관계를 쌓을 수도 없었다. 쿠웨이트는 화려하지만 공허함이 가득한 자브리야에 있는 내 집이었고, 아무 죄 없이 이틀 동안 갇혀 지내야 했던 어두운 감옥이었다.

이따금씩 아름다운 모습을 보일 때도 있었다. 시장이나 거리, 사원을 오가며 서로에게 "앗살라무 알라이쿰", "와 알라이쿰 살람"이라는 인사를 건네는 사람들을 보면 마치 모두가 거대한 한 가족처럼 느껴졌다. 또 내가 살던 건물의 맞은편에 있던 큰 집에 사는 마음씨 좋은 노인을 보고 있자면 마음이 따뜻해지기도 했다. 그는 매일 새벽 예배가 끝나면 집 밖으로 나와서 노란 유니폼을 입고 빗자루와 검은 쓰레기봉투를 들고 서 있는 남자들에게 돈과 먹을 음식을 나눠 주곤 했다.

쿠웨이트는 나를 싫어하고 거부하는 누리야였고, 내 존재가 있든 없든 매한가지인 아와띠프 고모이기도 했다. 또 쿠웨이트는 내게 무언가를 주기도 하고 주지 않기도 하는 힌드 고모와도 같았다. 한마디로 쿠웨이트 사회는 따루프 가문 사람들과 꼭 닮아 있었다. 그들과 가까워지려고 노력했고 그들의 집 한쪽 구석에 터를 잡고 살기까지 했다. 하지만 아무리 그렇게 해도 그들은 나를 멀리하려고만 했다. 아! 쿠웨이트여! 나는 도무지 이곳이 어떤 곳인지 알 수 없었다.

"오빠, 일자리를 한 번 찾아봐. 일을 하면 이곳 사람들과 더 쉽게 융화될 수 있을 거야." 카울라의 제안을 진지하게 받아들였던 나는 이브라힘 살람의 도움을 받으며 일자리를 찾으러 나섰다. 그는 나를 데리고 이곳저곳을 함께 다니며 내가 하게 될 일들을 직접 보여 줬다. 하지만 현실적으로 아랍어를 잘 하지 못하면 이곳에서 일자리를 구하는 것도 불가능했다.

카울라는 내게 영어를 사용하는 민간 기업에 가 보라고 조언해 주었다. 그곳에 가면 월급도 많이 받을 수 있고 능력을 위주로 직원을 평가하기 때문에 내게 도움이 될 거라고 했다. 또 쿠웨이트 정부는 청년들을 민간 부문에서 일하도록 장려하기 위해 '국내 고용 지원' 프로젝트의 일환으로 민간 부문에서 일하는 국민들에게 그들이 받는 봉급 이외의 보조금을 추가적으로 지원한다고 했다. 카울라의 말이 다 끝나기가 무섭게 나는 실소를 터뜨렸다. 그런 나를 이상하다는 듯 쳐다보는 카울라에게 나는 "쿠웨이트는 돈과 관련해서는 정말 자비로운 나라구나."라고 말했다. 그러자 카울라는 눈썹을 찌푸리더니 물었다. "그거 칭찬이야? 아니면——" 나는 그녀의 질문이 다 끝나기도 전에 "나는 이미 충분할 정도의 돈을 갖고 있어. 내게 지금 필요한 건 돈보다 더 중요한 거야."라고 선을 그었다.

대화의 흐름을 바꾸기 위해 나는 카울라에게 아버지의 책상 위에 잔뜩 쌓여 있던 종이들의 정체가 뭔지 물었다. 그러자 카울라는 그게 전부 아버지가 쓰던 소설이고 아버지가 포로로 잡히면서 미처 다 완성하지 못한 원고들이라고 했다. "이 원고의 마지막 줄까지 다 읽고 나서 나는 첫 페이지로 돌아가서 원고를 다시 읽기 시작했어. 다시 천천히 읽어 보면서 틀린 맞춤법도 고치고 처음 읽었을 때 이해가 되지 않던 부분들을 어떻게든 이해해 보려고 하는 중이야." 카울라는 종이들을 물끄러미 바라보다가 이런 말을 했다. "참 어려운 소설이야. 어쩔 때는 자신의 생각을 명확히 밝히다가도 어떤 부분에서는 굉장히 암시적이야. 뭔가에 대해 이야기를 하는 것 같지만 사실 그건 또 다른 것에 대한 이야기더라고." 카울라는 책상 앞에 의자를 꺼내 앉으며 책들이 빼곡히 꽂혀 있는 책장을 바라보더니 말했다. "아버지의 생각을 더 잘 이해하기 위해서 난 요즘 그가 읽었던 책들을 읽고 있어. 아직 난 어리지만, 나이를 먹을수록 아버지의 소설을 완성시키겠다는 내 꿈도 함께 커지고 있어. 언젠가는 아버지의 처음이자 마지막인 이 책을 꼭 출판하고 말 거야."

그러더니 카울라는 마치 전기에 감전되기라도 한 듯 갑자기 자리에서 벌떡 일어나며 외쳤다.

"그래, 내게 좋은 생각이 있어!"

나는 영문을 몰라 카울라의 얼굴을 멍하니 바라보았다.

"내가 전에 오빠에게 말하지 않았나? 아버지는 이 책에서 자신의 시선으로 바라본 쿠웨이트의 모습을 그리고 있어. 아버지는 당신의 날카롭고도 솔직한 글을 통해 이 사회의 현실을 바꾸고 싶었던 거야. 물론 그건 다 이 나라에 대한 애정에서 비롯된 거지 다른 의도는 없어."

나는 카울라의 말에 고개를 끄덕였다. 그러자 카울라가 내게 말했다.

"그래, 바로 오빠야! 오빠는 지금까지 쿠웨이트에 여러 모습이 있다는 걸 몸소 다 봐 왔잖아. 그동안 오빠의 시선으로 바라본 쿠웨이트에 대해 글을 써 보는 건 어때?"

"내가?"

나는 카울라의 말에 깜짝 놀랐다.

"글을 쓸 만큼 내가 쿠웨이트에 대해 아는 게 뭐가 있다고?"

그러자 카울라는 씨익 미소를 지었다.

"그게 바로 앞으로 오빠가 쓰게 될 것들이야. 오빠가 모르는 쿠웨이트에 대한 것들 말이야."

나는 잠시 고민을 하다가 카울라에게 말했다.

"내가 글을 쓰게 된다면 따루프 가문에도 좋을 게 없을 텐데…."

하지만 카울라는 내 말에 딱히 신경을 쓰는 것 같지 않았다.

"우리 아버지, 라쉬드 따루프는 오빠를 낳았을 때도 따루프 가의 안위에 대해 신경 쓰지 않았어. 그런데 오빠가 그런다고?"

카울라는 생글생글 웃으며 내게 이런 말을 하는 것도 잊지 않았다.

"오빠가 아버지에게 물려받은 게 단지 그와 똑 닮은 목소리일 뿐이라고 생각하는 건 아니겠지?!"

사실 나는 카울라가 제안한 글쓰기에 대해 진지하게 고민해 보지 않았다. 무엇보다 나는 작가가 아니었고 아랍어를 제대로 하지도 못했다. 이곳에 있는 대부분의 사람들이 이해하지도 못 할 영어로 긴 글을 쓴다는 것도 무리였다. 그것도 아니면 쿠웨이트 사람들에게 내 글을 필리핀어로 설명하기라도 해야 하다 는 말인가?!

카울라는 내게 쿠웨이트 사람들이 독서를 잘 하지 않는다고 했다. 그래서 내가 이곳에서 일어나는 일들에 대해 비난할 때마다 그녀는 내게 "그건 다 우리가 책을 읽지 않아서 그래."라는 반응을 보였다.

아무리 생각해도 글을 쓰는 것은 무리일 것 같다고 하자 카울라는 재치 있는 답변으로 나를 미소 짓게 만들었다. "만약 호세 리살이 오빠처럼 생각했더라면 스페인은 필리핀에서 절대 물러나지 않았을 거야." 그 말을 들은 나는 왠지 뿌듯해졌다.

"300년 이상이나 지속됐던 점령이었어."

카울라 역시 나에 뒤지지 않는 자긍심을 보이며 말했다.

"스페인은 필리핀을 점령하기 전 무려 800년 동안이나 우리 무슬림들의 지배하에 있었는걸?"

엄마의 나라에 대한 애국심이 불끈 솟아오른 나는 카울라에게 외쳤다.

"그런 그들을 결국 우리가 필리핀 땅에서 쫓아버렸지!"

내 말에 카울라는 뭔가를 말하려 하다가 잠시 고민이라도 하는 듯 입을 다물었다.

"왜 갑자기 말을 하지 않는 거야?"

그러자 카울라는 부끄럽다는 듯 고개를 푹 숙이는 연기를 하더니 이렇게 말했다.

"그들도 결국 우리를 스페인 땅에서 내쫓아 버렸는걸!"

나는 그녀의 말을 듣고 박장대소했다. 그런 나를 반항적인 눈빛으로 바라보던 카울라가 말했다.

"그렇게 좋아하지 마! 만약 스페인 땅에 무슬림들이 더 오래 있었더라면 스페인은 필리핀에 가지도 않았을 거야!

이슬람에 대한 이야기를 나누다 보니 나는 지금 내가 카울라와 말하고 있는 건지 아니면 이브라힘 살람과 함께 있는 건지 도무지 분간할 수가 없었다.

7

메릴린을 생각할 때마다 나는 마치 전기에 감전된 것처럼 심장이 따끔따끔 아파 왔다. 한편 메릴린의 친구 마리아는 아이다 이모의 끈질긴 설득과 고집 끝에 결국 메릴린의 행방에 대해 입을 열었다. "메릴린에게는 아무 일도 없어요. 하지만 메릴린은 지금 그 누구와도 말하고 싶어 하지 않아요." 그 말에 이모는 안심하는 것 같았지만 나는 마리아가 진실을 감추고 있다고 생각했다. 메릴린은 내 메일에 답하지 않았다. 내가 수십 통의 메일을 보내 봤지만 모두 아무 소용없었다. 내가 메릴린에게 보냈던 마지막 편지의 내용은 이러하다.

메릴린에게…

나는 네가 분명 내가 보낸 편지들을 다 읽고 있을 거라 생각해. 감감무소식인 너의 답장이 나를 얼마나 두렵게 하는지 넌 절대 모를 거야. 빈 편지라도 좋으니 제발 내 메일에 답장만 해 줘.

나는 평소와 다르게 메릴린에게 솔직한 내 심경을 전했다. 그건 만약 메릴린이 이전 편지에서 암시했던 '그 일'을 이미 저질러 버리기라도 했다면 그녀가 이 편지를 읽지 못할 것이라는 생각과 그와는 반대로 메릴린이 어디에선가 내 편지를 읽고 있을 거라는 믿음에서 비롯된 것이었다. 어느새 나는 과거라면 절대 꺼내지 못했을 이야기들을 그녀에게 전하고 있었다. 그건 내가 남자로 거듭나면서 남몰래 품었던 메릴린에 대한 내 감정과 부끄러워서 차마 밝히지 못했던 사촌에 대한 내 마음이었다. 그때 나는 편지를 통해서 이 모든 것들을 허심탄회하게 털어놓으려 했던 것이다.

메릴린… 너는 내가 너에게 어떤 감정을 갖고 있는지 모르겠지. 아니면 그날 네가 남자가 아닌 여자를 좋아한다고 고백했을 때 나를 밀어냈다고 생각할지도 모르겠다. 내가 어린아이였을 때, 아이다 이모는 종교적으로 허용되지 않는다며 내가 너를 좋아하는 것을 어떻게든 막아 보려 했어. 하지만 그건 결국 실패로 끝나고 말았지. 그리고 너도 비악 나바토 공원의 한 동굴에서 내게 여자를 좋아한다고 밝히면서 어떻게든 내 마음속에서 떠나려 했지만 그 역시 실패한 것 같아. 잠을 잘 때나 눈을 뜨고 있을 때에도 내 머릿속은 항상 너로 가득 차 있어. 이곳에서 매일 많은 여자들을 지나치고 그들을 볼 때마다 가끔 마음이 동하기도 하지만 무의식적으로 그들과 너를 비교하게 되면 그 마음도 싹 달아나 버리더라.

나는 잠시 메일을 쓰던 걸 멈추고 지금까지 내가 쓴 내용들을 쭉 읽어 보다가 어떻게 해야 할지 몰라 망설였다. 만약 메릴린이 '그것'을 감행하기라도 했다면 이 편지를 읽어 보지도 못할 것이었고 그렇다면 내 마음속에 있던 것들을 더 털어놓아도 괜찮을 거라 생각했다.

메릴린… 네가 호세 리살에게 많은 영향을 받은 걸 보면서 내가 얼마나 그를 질투했었는지 너는 모를 거야. 나도 호세 리살을 참 좋아하지만 네가 편지를 쓸 때마다 그를 언급하는 걸 보면서 사실 기분이 썩 좋지는 않았어. 하지만 언젠가 네가 "너는 내가 적대심을 갖지 않는 유일한 남자야."라고 쓴 걸 보고 그에 대한 질투심도 눈 녹듯이 사라지더라. 나는 우쭐했지. 그 편지를 읽을 때 내 앞에 있던 노트북의 화면을 껴안고 싶을 정도였어.

마지막 문장을 쓸 때 나는 정말 메릴린을 내 품 안에 안고 싶었다. 문득 메릴린과 마지막으로 화상채팅을 했을 때 카메라에 보이던 그녀의 얼굴이 떠올랐다. 메릴린은 피곤하고 수척해 보였지만 여전히 밤마다 꿈에 찾아와 나의 남성성을 최고조에 달하게 하는 매력적인 여인이었다. 이제 메릴린에게 숨겨 왔던 나의 마음을 고백할 때가 됐다. 그녀는 분명 어디에선가 이 편지를 읽을 것이었기에 나는 그 말을 꼭 써야만 했다.

메릴린⋯ 망자들이 메일을 읽을지는 모르겠지만 너는 죽지 않았어. 그렇지? 이 편지를 읽는다면 어서 다시 돌아와. 내가 오래 전부터 너에게 하고 싶었던 이 말을 네가 직접 들을 수 있을 날이 빨리 오길 바란다.
널 사랑해.
호세 멘도사

***

역설적이지만 누군가의 부재란 그가 존재할 수 있는 또 다른 방식이기도 했다. 비록 당장은 우리 앞에 없다고 해도 우리의 머릿속에 기억되고 추억됨으로써 그 어느 때 보다 더 많은 시간을 함께 할 수 있기 때문이다. 비록 메릴린은 사라져 버렸지만 그녀는 항상 내 머릿속에 살아 숨 쉬고 있었다. 메릴린은 이따금씩 꿈에 나타나 나와 대화를 나눴다. 그러다가 잠에서 깨어나기라도 하면 나는 꿈에서 미처 다 나누지 못했던 우리의 대화를 혼자 완성했다. 그리고 다시 잠에 들어 그 말을 행동으로 옮겼다.

죽음은 메릴린과 다시 재회할 거라는 내 희망을 막는 큰 걸림돌이었다. 물론 그 재회라는 것은 단지 이 세상에서만 이뤄질 수 있는 것이 아니라 죽음 뒤 또 다른 세상에서도 가능했지만 말이다. 우리는 나중에 시간이 지나면 죽은 이들을 다시 만날 수 있을 거란 희망을 갖고, 그들이 어디에선가 우리를 지켜보며 우리를 기다리고 있을 것이라는 믿음을 갖기도 한다.

하지만 나는 메릴린을 다시 만날 수 있을 거라는 희망을 버리지 않았다. 만약 그런 희망이 없었더라면 그녀가 사라져 버리고 얼마 지나지 않아 나도 이 세상을 떠났을지도 모른다. 그건 마치 이낭 츌링이 자신의 오랜 삶을 지탱하게 해 주었던 유일한 희망인 멘도사가 죽자 자신도 그를 따라 세상을 떠난 것과 같은 이치였다.

나는 편지 말미에 썼던 내용을 다시 보지도 않고 그대로 전송 버튼을 눌러 버렸다. 그리고 이메일 창을 닫고 노트북도 껐다. 닫힌 노트북 뒤로 아버지 무덤에서 가져왔던 흙을 담은 유리병이 반짝였다. 문득 이런 생각이 들었다. 만약 아버지와 메릴린 중 한 명을 다시 살릴 수 있다면 누구를 택하게 될까?

내 선택은 당연히 아버지였다. 그건 내 마음의 소리가 계속 외쳤던 것처럼 메릴린은 분명 죽지 않고 살아 있음이 분명했기 때문이다.

　　　　　　　　　　　　***

　나는 그 이후로 오랫동안 메일을 열어 보지 않았다. 그건 수십 통의 광고 메일들과 함께 메릴린이 내게 보냈을 답장이 적어도 한 통은 있을 거라는 믿음에서였다.

　나는 메릴린에 대한 희망을 놓지 않았기에 더 이상 그녀의 죽음에 대해 고민하지 않았다. 그 대신 이곳에서 새로운 일자리를 찾는 것에만 집중했다. 나는 이곳 쿠웨이트에서 자신의 꿈을 이루기 위해 치열하게 살아가는 여느 필리핀 사람들처럼 살고 싶었다. 필리핀에 있을 때는 쿠웨이트에 대한 막연한 꿈만 가지고 있었지만 이곳에 오니 다시 새로운 꿈이 생기게 된 것이다.

　필리핀에 있을 때 학업을 다 마치지 못했던 나는 카울라가 바라던 것처럼 일반 회사에 취직을 하지는 못했다. 하지만 각고의 노력 끝에 결국 옆집에 살던 이웃의 도움으로 자브리야에 있는 집 근처의 유명한 패스트푸드 음식점에서 일자리를 구할 수 있었다. 내게 일자리를 소개해 준 옆집 필리핀 청년도 나와 함께 그 음식점에서 일했다. 한편 카울라에게 일자리를 구했다는 소식을 전하자 그녀는 "오빠는 자기 자신의 가치를 너무 모르고 있어. 오빠는 이싸 따루프란 말이야!"라며 실망하는 내색을 보였다. 그러더니 "만약에 할머니가 라쉬드의 아들이 그런 곳에서 일하는 것을 알기라도 한다면 충격을 받으실 거야…"라며 걱정했다. 그 말에 나는 "네가 말하는 라쉬드의 아들이 저번에는 움무 자비르의 집에서 손님들 시중이나 들 뻔했어. 설마 그걸 잊은 건 아니겠지?"라고 응수했다. "그렇긴 하지만…" 카울라는 더 이상 아무 말도 하지 못했다.

8

내가 일하게 된 곳은 카운터 뒤로 개방되어 있는 부엌이었다. 나는 쿠웨이트 정부가 국내 고용 지원 프로젝트로 민간 부문에서 일하는 국민들에게 주는 보조금과 함께 월급으로 170디나르를 받았다. 여느 식당의 직원들처럼 나 역시 유니폼을 입었는데 부엌을 전담하는 직원들은 그물망 모자에 비닐장갑을 껴야 했다. 평일에는 일을 하기가 수월한 편이었지만 주말만 되면 상황이 달라져서 나는 마치 로봇처럼 일해야 했다. 기름에 감자를 튀기고 상추나 양파, 토마토를 썰고 치즈의 얇은 비닐 포장을 벗기면서 동시에 일렬로 놓여 있는 쇠고기 패티와 닭고기를 석쇠에 하나씩 올려놓는 게 내 임무였다.

식당에서 일하던 직원들은 두세 명의 인도 출신들을 제외하면 모두 필리핀 사람들이었다. 그래서인지 일을 하는 분위기도 꽤 즐거운 편이었다. 언제인가 손님들로 한창 바쁠 시간에 같이 일하던 옆집 청년이 내게 물었다. "너는 왜 여기에서 일하겠다고 한 거야? 쿠웨이트 사람들은 절대 이런 일을 하지 않는다고!" 그 말에 나는 "그들은 이런 일을 할 필요가 없어."라고 답했다. 그러다가 "그들에게는 더 큰 즐거움이 있으니 이런 일을 할 리가 없지."라며 혼자 중얼거렸다. 하지만 그게 내 진심이 담긴 말인지는 확신하지 못했다.

한편 식당을 찾는 손님들 가운데 상당수가 직원들에게 무례하게 굴었다. 나는 그들이 하는 행동이 정말 마음에 들지 않았다. 하지만 무례한 손님들에 대한 식당 직원들의 대처도 썩 마음에 드는 것은 아니었다. 일부 버릇없는 손님들은 타인을 그런 식으로 대함으로써 자기 자신을 깎아내렸다. 그들은 사소한 일에도 고함을 지르며 듣기에 거북한 말을 해 댔는데, 그건 직원들이 실수로 주문된 것과 다른 크기의 콜라나 사이다를 주거나 샌드위치에 치즈를 더 넣는 것을 깜빡 잊었을 때 벌어지는 일들이었다. 그들이 그런 횡포를 부리고 나면 직원들은 화난 손님들에게 잘못을 사죄하고 그들의 음식을 새로운 음식으로 바꿔 주었다. 그러면 그 손님들은 절대 생각지도 못한 것들을 자신들의 목구멍으로 삼키게 되는데, 나는 그들이 이 사실을 알았으면 좋겠다는 생각이 들었다.

　나를 포함해 부엌에서 일하는 직원들은, 그런 몰상식한 손님들이 주문을 받는 직원에게 고래고래 소리를 지르고 못된 말을 퍼붓는 것을 꽤나 많이 들어왔다. 그러면 곧 그 직원은 손님에게 사죄하고 벌겋게 달아오른 얼굴로 주방에 들어와서는 "스페셜 치킨치즈샌드위치"라고 주문을 말한다. 여기서 '스페셜'이란 손님들이 생각하는 단어의 뜻과 전혀 다른 의미를 지니고 있었다. 그 말을 들은 주방의 직원은 음식을 준비하기 전 "스페셜?"이라고 다시 확인을 하고 상대방이 고개를 끄덕이고 눈을 찡긋하면 요리를 시작한다. 그러면 토마토를 빼거나 치즈를 더 넣어 주면서 다시 받은 주문대로 음식을 할 때, 그 안에 새로운 첨가물들이 들어가게 되는 것이다.

나는 처음 일할 때 그 광경을 보고 구역질을 했으나 어느 정도의 시간이 지나고 손님의 고함 소리와 직원의 사과 그리고 스페셜한 음식의 제조 과정이 계속 반복되자 '믿을 수 없는 족속들이 같은 종류의 인간들에게 복수를 하는군!'이라고 혼자 중얼거리며 그 상황에도 점차 익숙해졌다.

***

일을 시작하면서 외로움도 조금씩 극복할 수 있었다. 또 비록 멀리서 관찰하는 정도였지만 쿠웨이트 사람들과도 더 가까워진 느낌이 들었다. 나는 부엌에서 일을 하느라 바빴지만 매일 가게를 찾아오는 쿠웨이트 손님들과 특히 내 또래의 쿠웨이트 젊은이들을 유심히 관찰했었는데, 그들은 서로 매우 돈독해 보였고 자기들끼리 대화를 나눌 때는 항상 미소를 띠고 있었다. 매일 쿠웨이트 사람들을 관찰하면서 깨달은 것이 하나 더 있었는데 그것은 바로 그들은 누군가를 뚫어지게 쳐다본다는 것이었다. 그건 마치 이 사회가 가지고 있는 문화의 일부분인 것 같았다. 사람들은 누군가를 이상하리만큼 뚫어지게 응시하다가도 서로의 눈이 마주치기라도 하면 언제 그랬냐는 듯 시선을 다른 곳으로 돌렸다. 그러다가 곧 다시 눈알을 굴려 서로의 모습을 샅샅이 살폈다.

나는 그동안 누군가를 그렇게 바라본다는 것이 그에 대한 호감이나 거부감을 드러내는 표시거나 그 사람에 대한 경계의 메시지 중 하나라고 생각했었다. 하지만 이곳 쿠웨이트에서 누군 가를 뚫어지게 응시한다는 것은 그 범주에 속하지 않았다. 오히려 그렇게 하지 않는 사람들을 찾기 어려울 정도로 그것은 이 사회가 가진 하나의 관습으로 자리 잡고 있었던 것이다. 사실은 나도 필리핀에 있을 때 누군가를 저렇게 쳐다보고는 했지만 적어도 조심스럽게 주변을 살피기는 했었다. 아마도 나는 유전적으로 누군가를 응시하고 관찰하는 습관을 타고났는지도 모르겠다. 그리고 이곳에 오고 나니 그런 습관은 더 깊이 뿌리를 내리게 되었다.

언젠가 카울라에게 쿠웨이트 사람들의 이런 행동에 대해 얘기한 적이 있었다. 그러자 카울라는 씨익 웃으면서 "우리도 그걸 옳지 못한 행동이라고 비판하면서도 절대 고치지 못하고 있어."라고 내게 말했다. 이곳 사람들은 옳음과 그름을 구분했고 그게 잘못된 것인지도 알고 있었다. 하지만 그 잘못된 것을 자발적으로 그만두려 하지도 않았다. 그때 카울라가 갑자기 내게 이런 질문을 했다. "오빠, 왜 쿠웨이트 여자들이 다른 나라 여자들보다 훨씬 더 화장에 공을 들이는지 알아?" 나는 그 이유가 뭔지 몰랐다. "그건 다른 나라 여자들이 자신의 얼굴에 더 자신감을 갖고 있다는 뜻이 아니야. 그건 바로 그들 주변에는 뾰루지의 개수를 셀 정도로 자신의 얼굴을 뚫어지게 쳐다보는 사람들이 없다는 것을 말하는 거야." 카울라는 깔깔 웃더니 덧붙였다. "누군가의 얼굴을 쳐다보는 것은 약과야. 만약 누군가의 대화를 몰래 엿들을 때마다 사람의 귀가 움직이기라도 한다면 아마 오빠는 이곳 사람들의 귀가 여기저기서 날개처럼 펄럭이는 걸 보게 될 걸." 나는 사람들의 귀가 날개처럼 펄럭이는 장면을 상상하고는 배를 잡고 웃었다.

이곳 사람들이 누구나 그러는 것처럼, 나도 아무 생각 없이 습관적으로 누군가의 얼굴을 응시하기 시작했다. 그러면서 은연중에 나도 모르는 무언가를 탐색하고 있었다. 하지만 앞으로도 절대 잊지 못한 '그 사건'이 일어난 이후 나는 누군가를 뚫어지게 바라보는 버릇을 그만두게 되었다. 어느 날 40대 중후반으로 보이는 남자가 가게를 찾아온 적이 있었다. 그는 다 낡은 흰색 두건을 쓰고 있었고 두건 밑으로는 길게 자란 머리카락이 드러나 보였다. 그는 누런 이빨에 닿을 정도로 콧수염을 길게 기르고 있었는데 턱 밑에도 흰 수염이 듬성듬성 나 있었다. 이상한 차림새의 남자는 주변에 있던 사람들을 응시하다가 그 반대쪽에서 평소처럼 사람들을 바라보고 있던 나와 시선이 마주쳤다. 그러자 그는 갑자기 내게 윙크를 하더니 야릇한 미소를 지었다. 나는 얼른 고개를 돌려 손님들이 서 있는 카운터 쪽은 보지도 않고 일을 하는 척을 했다.

그리고 그날 저녁 생각지도 못했던 사건이 발생했다. 일을 끝내고 집으로 돌아가는 길, 낮에 봤던 그 이상한 남자가 식당 앞에 위치한 작은 주차장에서 나를 기다리고 있었던 것이다. 나는 그 사람을 못 본 척하며 여느 때처럼 집이 있는 방향으로 걸어갔다. 그러자 남자는 차를 끌고 내게 다가와서는 "내가 집까지 데려다줄까?"라고 말을 걸어왔다. 나는 고개를 저으며 "고맙지만 괜찮습니다. 집이 여기서 가까운 곳에 있어서요."라고 대답하고 그가 있는 쪽은 쳐다보지도 않은 채 계속 길을 걸었다. 나는 그 남자가 왠지 무서워졌다. 그래서 평소처럼 한적한 골목길로 가로질러 가는 대신에 큰 거리로 나갔다. 그러자 남자의 차가 나를 지나쳤다. 멀어져 가는 차를 바라보며 내가 막 안도의 한숨을 내쉬려는 찰나 그 차가 도로 끝에서 유턴하더니 내가 있는 방향으로 다시 돌아오고 있었다. 점점 가까이 다가오는 남자의 차를 보니 심장이 미친 듯이 뛰기 시작했다. 나는 이 남자에게 내가 사는 곳을 알려 주고 싶지 않아 집으로 가는 것을 포기하고 이브라힘 살람을 찾아가기로 했다. 이브라힘이라면 이런 상황에서 나를 구해 줄 수 있을 것 같았다. 하지만 내 전화를 받은 이브라힘은 지금 쿠웨이트 친구들과 함께 자브리야에서 멀리 떨어진 곳에서 봄맞이 캠핑을 하고 있다고 했다. 그건 이슬람으로 개종한 새 신도들을 위한 여행이었다. 전화를 끊은 나는 어떻게 해서든 내 집이 있는 곳으로만 가지 말자는 생각을 했다. 남자는 계속 뒤에서 일정한 거리를 둔 채 나를 쫓아오고 있었고 내 심장은 여전히 쿵쾅대고 있었다. 대체 무엇이 이 남자로 하여금 나를 쫓아오게 만들었을까? 물론 필리핀 사람들 중에는 여성스럽고 그쪽 취향을 가진 사람들도 많았지만 내 모습은 전혀 그렇지 않았다!

순간 꾸르뚜바에 있는 할머니의 집이 생각났다. 하지만 그 집까지 가려면 나는 다리를 건너 수르라까지 가야 했고 거기서 또 꾸르두바 지역까지 먼 길을 가야만 했다. 그러나 뒤에서 나를 따라오는 저 남자가 생각하는 일들이 실제로는 벌어지지 않으리라는 보장이 없었기에 나는 할머니의 집으로 가는 모험은 하지 않기로 했다. 대신 길을 건너 두 도로 사이에 있는 인도로 건너갔다. 그리고는 쌩쌩 달리는 차들의 간격을 살피며 주택들이 모여 있는 건너편으로 가기 위해 또다시 길을 건너려고 했다. 남자의 차가 있는 쪽을 살펴보니 그는 나를 쫓아오기 위해 도로 끝으로 가서 유턴을 했다. 내가 건너갈 쪽으로 다시 돌아올 작정인 것이었다. 순간 심장이 더 빠르게 뛰기 시작했다. "알라후 아크바르, 알라후 아크바르. 제발 저 남자가 제게 다가오지 않게 해 주세요." 나는 쌩쌩 달리는 차들 사이를 겨우 건너서 가싼의 아파트가 있는 쪽으로 달려갔다. 왜 하필 그 때 가싼이 생각났을까?

아마도 그건 이곳에서 처음으로 내게 안정감을 느끼게 한 사람이 바로 가싼이기 때문이었다!

거기서 가싼의 아파트가 있는 곳까지 가는데 생각보다 오랜 시간이 걸렸다. 가쁜 숨을 쉬며 뛰어 봤지만 10분 정도의 시간이 걸렸다. 가는 도중에 남자의 차가 쫓아오지 못하게 일부러 좁은 골목으로 들어가기도 해 봤다. 하지만 남자의 차는 잠깐 사라지는 것 같다가 다시 내 앞에 나타났다.

그렇게 계속된 숨바꼭질 끝에 나는 겨우 가싼의 아파트에 도착할 수 있었다. 곧이어 남자도 내 뒤를 쫓아 건물 앞에 차를 세우더니 이성을 잃은 것처럼 차 밖으로 뛰쳐나왔다. 나는 엘리베이터로 달려 들어가 가싼의 집이 있는 4층 버튼을 눌렀다. 어느새 남자도 내 옆으로 달려와서는 아무 버튼도 누르지 않고 내 어깨에 손을 올리며 "슐로낙(어떻게 지내)?"이라며 아랍어 방언으로 내 안부를 물었다. 나는 어색하게 그의 인사말에 "씨인"이라고 답했다. 그러자 남자는 박장대소했고 그의 입에서는 알싸

한 술 냄새가 풍겨 왔다. 남자는 "씨인이 아니라 제인(잘 지내요.)이야."라며 내 발음을 지적했다. 그 말에 나는 어색하게 고개를 끄덕이며 "제인"이라고 남자의 안부에 답했다. 엘리베이터 문이 열리자 나는 쏜살같이 그곳을 빠져나왔고 남자도 내 뒤를 쫓아왔다. 초인종을 누르기 전에 나는 내 열쇠고리에 가싼의 집 열쇠도 함께 있다는 것을 떠올렸다. 나는 내 뒤에 있던 남자를 똑바로 바라보며 "대체 원하시는 게 뭔가요?"라고 물었다. 그러자 그는 사악한 미소를 지으며 "네게 아랍어를 가르쳐 주마."라고 했다. 나는 문에 열쇠를 꽂고 서둘러 집에 들어가서 그를 쫓아내려고 했다. 하지만 그 남자 역시 내가 있는 집 안으로 들어오기 위해 있는 힘껏 문을 당기기 시작했다. 나는 그 남자의 반대편에서 온 힘을 다해 그를 밀어내고 열쇠로 문을 닫는데 성공했다. 그러자 남자는 밖에서 문을 두드리기 시작했다. "누구세요?" 그때 거실 쪽에서 가싼의 목소리가 들려왔다. 그는 밖에서 들려오는 소란스러운 소리에 손에 담배를 쥔 채 헐레벌떡 뛰어나와 문 앞에 서 있는 나를 멍하니 쳐다보았다.

"이싸!" 그는 놀란 것 같았다. 가싼에게 이 상황을 설명하려던 찰나 그는 "옷은 대체 왜 그렇게 된 거야?"라고 내게 물었다. 나는 그의 물음에 대답을 하는 대신 현관문을 가리키며 "저기에 저를 쫓아오던 미친 남자가 있어요!"라고 소리쳤다. 그러자 그는 "그래, 우선 진정하렴."이라고 말하며 내 어깨를 쓰다듬어 주었다. 그러더니 들고 있던 담배를 내게 쥐어 주었다. 가싼의 표정을 보니 지금 내 행색이 얼마나 가엾고 초라한지 알 수 있었다. 가싼은 나를 진정시킨 뒤 현관문을 열어 이상한 남자와 대면했고 남자는 겁이라도 먹었는지 살짝 뒷걸음질을 쳤다. 그들 사이에 대화가 오가기 시작했고 어느새 언성이 높아지기 시작했다. 낯선 남자는 낄낄거리며 웃었고 가싼은 고함을 지르며 그를 밀쳐 냈다. 결국 남자는 양손에 두건과 머리띠를 쥔 채 엘리베이터 안으로 사라져 버렸다. 남자를 쫓아낸 가싼은 현관문을 닫으며 내게 가위질을 하듯이 손가락을 내밀어 보이더니 "내 담배를 좀 주렴"이라고 했다. 내가 타다 남은 꽁초를 건네주자 가싼은 얼굴을 찌푸리며 담배꽁초를 입에 물었다. 그리고 코로 연기를 뿜더니 배를 잡고 웃기 시작했다.

거실로 돌아온 가싼은 내게 그 남자가 잔뜩 취한 상태라고 이야기해 주었다. "그런데 그 남자가 왜 웃은 거예요?" 내 질문에 가싼은 고개를 절레절레 저으며 "내 취향을 높이 평가하더구나."라고 말했다. 나는 가싼을 따라 그의 서재로 갔다. 그는 책상 앞에 앉았고 나는 그를 따라 그 맞은편에 있던 소파에 앉았다. "그 남자를 밀치기 전에 그에게 뭐라고 말한 거예요?" 가싼은 내 눈을 똑바로 쳐다보며 "내가 그놈한테 뭐라고 했냐면…" 그는 잠시 침묵하더니 내 눈을 피해 다른 곳을 바라보며 "네놈이 쫓아온 사람은 바로 내 아들이야. 이 XX야! 라고 해 줬어."라고 말했다. 나는 마지막 단어의 뜻을 이해할 수 없었지만 아마도 쿠웨이트식 욕인 것 같았다. 가싼은 자기가 한 말이 쑥스러운지 책상 위에 놓여 있던 종이를 뒤적이며 바쁜 척을 했다.

한편 나는 가싼이 한 말을 듣고 차마 딴청을 할 수가 없었다. 그때 종이를 뒤적거리던 가싼이 내게 목이 마르냐고 물었다. 나는 가싼의 집으로 달려오느라 목도 타고 침도 말랐지만 뭘 좀 마시겠냐는 그의 질문은 귀에 들어오지 않았다. "가싼!" 갑작스런 내 부름에 그는 멍하니 나를 쳐다보았다. 나는 조금 망설이다가 "아저씨는 정말 우리 가족에게 복수하기 위해 나를 쿠웨이트로 데려온 건가요?"라고 물었다. 느닷없는 내 질문에 그는 슬픈 미소를 지으며 말했다. "이싸, 너는 내가 생각했던 것보다 더 빨리 쿠웨이트 사람이 되어 버렸구나." 나는 그가 무슨 의도로 그런 말을 한 건지 몰라 눈썹을 찌푸렸다. 그러자 가싼은 "지금 쿠웨이트는 다른 사람을 믿지 못하는 의심만 가득하단다. 과거에 있었던 서로 간의 신뢰는 이제 더 이상 찾아볼 수 없게 됐어…"라고 말하며 더 이상의 자세한 설명은 생략했다.

"제가 아저씨를 오해했군요." 내 말에 가싼은 아무 말도 하지 않았다. "그렇다면 왜 제게 제대로 말해 주지도 않고 아저씨의 입장을 두둔하지도 않은 거예요? 왜 아저씨를 오해한 저를 비난하지도 않았어요?" 내 질문에 가싼은 책상에 놓여 있던 담뱃갑에서 담배 한 가치를 꺼냈다. 나는 가싼이 담배에 불을 붙일 때마다 곧 그의 입에서 중요한 말들이 나오게 될 것을 알았기에 그가 하는 말에 귀를 기울였다. 가싼은 깊게 숨을 들이마시더니 담배 연기를 뿜어내며 내게 말했다. "나는 그동안 갖은 억압과 차별을 당해 왔어. 하지만 단 한 번도 불평한 적이 없었지. 그런데 네가 날 오해했다고 해서 내가 널 비난하기라도 하겠니?" 그의 얘기에 나는 아무 말도 할 수 없었다. 가싼은 내 얼굴을 힐끔 바라보더니 "어이 친구, 내게는 그럴 시간이 없다고."라고 말하며 씨익 웃었다. "친구라니요?" 나는 가싼이 나를 친구라고 부르는 게 싫었다. 그래서 왜 그러냐는 듯 갸우뚱하는 가싼에게

"아까 현관문에서 그 이상한 남자에게 제가 아저씨 아들이라고 했다면서요."라고 말했다. 어떻게 하면 한 사람의 얼굴에 미소와 눈물이 함께 공존할 수 있을까? 환하게 웃는 가싼의 두 눈은 어느새 붉어져 눈물로 반짝이고 있었다. 그러더니 그가 내게 말했다. "그래, 아들아."

가싼의 말 한 마디에 나는 기뻐서 가슴이 벅차올랐다. 그날 나는 지난 몇 달간 아버지의 친구라고 불렸던 가싼을 버리고 '가싼 아빠'를 새로 얻게 되었다. 대화를 마치고 집으로 막 돌아가려고 할 때 가싼은 차 키를 집어 들고는 말했다. "내가 집까지 태워 주마."

9

2008년 4월 쿠웨이트는 거대한 선전의 장으로 변했고 형형색색의 수많은 포스터들이 거리를 가득 메웠다. 시간이 지날수록 벽보의 수는 점차 몇 배로 더 늘어나더니 주변 어디를 둘러봐도 벽보가 붙어 있지 않은 곳을 찾아내기가 힘들 정도였다. 포스터들은 길거리와 로터리, 자동차 후면의 유리를 비롯해 주택과 공터에도 잔뜩 붙어 있었다.

어느 날 자전거를 타고 이브라힘의 집에 가는 길이었다. 온 거리에 잔뜩 붙어 있는 포스터 속의 얼굴들이 마치 나를 감시하는 것만 같았다. 그들의 얼굴 표정은 각양각색이었다. 누군가는 미소를 짓고 있었고 누군가는 인상을 쓰고 있었다. 그중에는 총명하고 날카로운 눈빛을 갖고 있는 사람도 있었고 무표정을 한 사람도 있었으며 멍청해 보이기까지 하는 얼굴을 한 사람도 있었다. 사진 속의 남자들은 대부분 쿠웨이트의 전통 의상 차림이었고 일부는 정장을 입고 넥타이를 매고 있었다. 그리고 아주 드물게 여자들의 사진이 붙어 있는 포스터도 보였는데 그 수는 한두 개 정도에 그쳤다. 또 어떤 포스터에는 아무 사진도 붙어 있지 않았다. 나중에 알게 된 사실이지만 길거리를 가득 메우고 있던 광고 포스터들의 향연은 모두 '그들'의 의회 선거를 앞두고 각 후보들을 선전하기 위한 것이었다.

그들이라고?! 왜 나는 '우리'의 의회 선거가 아닌 '그들'의 선거라고 말했을까? 나는 단어를 바꿔 보려고 하다가 왠지 이상하게 느껴져 그냥 바꾸지 않기로 했다.

이브라힘의 아파트에 도착하자 그가 나를 반갑게 맞아 주었다. 하지만 이브라힘은 늘 온화한 미소를 짓고 있던 평소와 다르게 기분이 썩 좋아 보이지 않았다. 그는 내게 차를 한 잔 주더니 내 안부와 지금 하고 있는 일이 어떤지를 물었다. 하지만 나는 그의 질문에 답을 하는 대신 그의 상태를 먼저 물었다. "이브라힘, 오늘은 왠지 평소와 달라 보여요." 그는 내게 미안하다고 하며 "그래, 사실 네 말이 맞아."라고 고개를 끄덕였다. 그러더니 이브라힘은 내게 신문 두 개를 건네주고는 붉은 펜으로 동그라미를 쳐 놓은 기사들을 보라고 했다. 기사에 쓰인 단어들 밑에는 빨간색 줄들이 그어져 있었고 화살표 표시들은 기사 옆 흰색 공란에 쓰인 그의 메모들을 향해 있었다.

나는 두 기사를 번갈아 봤다. 그중 한 기사에는 천장에 달린 큰 선풍기에 밧줄을 연결해서 목을 맨 소녀의 사진이 있었다. 하지만 도저히 그 내용을 알 수 없었던 나는 신문들을 가리키며 "아랍어로 쓰여 있어서 무슨 내용인지 모르겠어요!"라고 이브라힘에게 말했다. 그러자 그는 이마를 탁 치면서 사과했다. "내가 바보 같았네. 미안해." 그러더니 컴퓨터가 놓인 방의 한쪽 구석으로 가서 키보드로 뭔가를 치다가 두 장의 종이를 인쇄해서 내게 보여 주었다. "이건 이번 주 쿠웨이트 신문에 실린 기사들을 내가 직접 번역한 거야. 난 이것들을 한데 모아서 필리핀 신문사에 보내는 일을 하고 있어." 그러던 그는 작게 속삭였다. "하지만 이제 이 일도 하기가 싫어졌어."

나는 이브라힘이 건네준 종이를 받아 읽었다. '필리핀 가사도우미, 주인집 가족에게 복수하기 위해 신생아를 살해하다.' 제목만으로 그것이 어떤 내용의 기사인지 충분히 파악할 수 있었다. 그 다음 장의 기사에는 '필리핀 가사도우미, 목을 매서 자살하다.'라는 제목이 큼지막하게 쓰여 있었다. 그 기사를 읽자 온몸이 떨리기 시작했다. 나는 기사의 내용을 꼼꼼하게 읽어 보았다. 20대, 주인집에 있는 자신의 방에서, 목을 매 자살, 천장에 달린 큰 선풍기, 그리고 밧줄….

기사에 쓰인 단어들을 하나씩 읽을 때마다 심장이 쿵쾅대는 소리가 내 귀까지 들려오는 것 같았다. 나는 자살한 소녀의 이름을 찾기 위해 다시 기사의 머리말로 돌아가 샅샅이 내용을 훑기 시작했다. 전 세계 어디서든 자살을 시도했다는 소녀에 대해 들으면 그녀가 마치 메릴린인 것처럼 느껴졌다.

이브라힘과의 대화를 마치고 자리에서 일어나려는데 그가

내게 어디로 가는지를 물었다. 나는 그의 물음에 "정말 중요한 게 생각났어."라고 말하며 그의 집 현관문을 나섰다.

***

집에 돌아온 뒤, 나는 다리 위에 노트북을 얹어 놓고 메일 창을 열었다. 계정에 들어가기 위해 비밀번호를 쓰다가 나는 잠시 멈춰서 깜빡이는 커서를 가만히 바라보았다. 그러다가 썼던 비밀번호를 지우고 다시 쓰기를 반복하던 나는 메릴린의 답장이 왔을지도 모른다는 생각에 결국 비밀번호를 입력하고 내 계정으로 들어갔다. 하지만 그녀에게 메일이 오지 않았을지도 모른다는 두려움이 갑자기 물밀 듯 밀려왔다. 결국 나는 나의 나약함과 어수룩함 또 메릴린이 내게 미치는 힘과 그녀의 광기를 저주하며 그 상태로 노트북을 닫아 버렸다. 왜 내게만 이런 일들이 일어나는 것일까.

나는 덜덜 떨리는 손으로 휴대전화를 들었다. 그리고 수많은 전화번호 사이에서 누군가의 번호를 찾아 통화를 시도했다. 하지만 상대방은 내 전화를 받지 않았다. 시계를 보니 이곳은 저녁 9시 30분이었고 상대방이 있을 그곳은 새벽 2시 30분이었다.

나는 받지 않는 전화를 붙들고 몇 번이고 전화를 걸었다.

갑자기 화가 치밀기 시작했다. 나는 상대방이 전화를 받을 때까지 아니면 전화기의 배터리가 다 될 때까지 그렇게 계속 전화를 걸 작정이었다.

"여보세요!"

"네… 누구시죠?"

아마도 내가 자고 있던 상대방을 깨운 것 같았다. 하지만 전화 속 그녀의 목소리는 여전히 잠이 덜 깬 상태였다.

"나 이싸야."

"누구라고요?!"

"아니, 나 호세야."

내 말에 상대편은 아무 말도 하지 않았다.

"마리아! 제발 내게 말해 줘. 메릴린은 지금 어디에 있니?"

내 입에서 메릴린의 이름이 나오자마자 잠에서 깬 듯 마리아의 목소리가 달라졌다. 그러다가 그녀는 갑자기 울음을 터뜨렸다. 마리아의 울음에 나는 갑자기 두려워졌다. 나는 계속 메릴린의 행방을 물었고 마리아는 겨우 울음을 삼키더니 말했다.

"지금 메릴린은 그 누구와도 말하고 싶지 않아 해."

마리아의 대답에 나는 이성을 잃고 소리를 지르고 말았다.

"그런 말이라면 집어 치워! 그런 거짓말은 아이다 이모한테나 하란 말이야!"

갑자기 상대편의 목소리가 들리지 않았다.

"여보세요? 여보세요!"

하지만 전화기에서 미세하게 들리는 빠른 숨소리는 마리아가 전화를 끊지 않았음을 알려 주었다. 나는 그녀에게 무슨 말이라도 하고 싶었지만 꾹 참았고 하고 싶은 말들을 속으로만 삼켰다. 마리아는 아무 말도 하지 않았다. 가끔 이런 식의 침묵은 우리가 두려워하는 것 이상의 무언가를 암시하기 때문에 듣고 싶지 않은 사실을 직접 듣는 것보다 훨씬 큰 공포감을 주었다. 마리아는 대체 무엇을 숨기고 있는 걸까? 나는 이렇게 어지러워서 쓰러질 것만 같은데 그녀는 대체 무슨 생각을 하고 있는 걸까? 차라리 마리아가 차마 말하지 못하고 있는 '그것', 내가 듣고 싶어 하지 않는 '그것' 때문에 계속 울기라도 했으면 싶었다. 자, 마리아, 차라리 아무 말도 하지 말고 울어. 내 질문 때문에 마리아가 우는 게 그녀의 대답 때문에 내가 우는 것보다 훨씬 더 나았다. 마리아는 여전히 거친 숨을 내쉬고 있었고 내 머릿속에는 오늘 이브라힘이 내게 번역해 주었던 신문기사의 내용이 맴돌고 있었다. 20대… 밧줄에 매달려… 천장에 달린 커다란 선풍기… 순간 눈앞에 끔찍한 장면들과 신문 기사의 내용, 자살한 소녀의 사진이 섬광처럼 지나갔다. 이브라힘이 단어 밑에 그어 놓은 빨간 줄들은 새처럼 내 주변을 날아다니다가 갑자기 내 몸을 빙 둘러싸더니 사방에서 나를 잡아 당겼다. 그가 기사 위에 펜으로 그려 놓았던 빨간 원도 올가미가 되어 내 목을 감싸더니 강하게 조여 오기 시작했고 나는 곧 질식할 것만 같았다.

"잘 들어…."

드디어 마리아가 입을 열었다. 나는 두 눈을 감고 마리아의 말에 귀를 기울였다. 그녀는 화난 목소리로 말했다.

"난 정말 메릴린에 대해 아는 게 하나도 없어."

"마리야! 제발 부탁이야."

마리아는 다시 침묵했고 나는 그녀가 진정할 때까지 가만히 기다리고 있었다.

"메릴린은 사라지기 전에 전과 많이 달라졌어. 나와 함께 있는 것조차 싫어했지….”

“그래서?”

“우리가 마지막으로 만났던 날 밤, 술에 잔뜩 취한 메릴린이 이런 말은 하더라. '나는 나를 이해해주고 포용해 줄 사람이 필요해. 나는 남자가 필요하다고.' 그리고 다음 날 아침에 잠에서 깨어나 보니 메릴린은 어딘가로 사라져 버렸어.”

마리아에게 별다른 말을 듣지 못한 나는 그렇게 통화를 마쳤다. 메일도 확인할 수 없어서 멍하니 노트북만 바라보고 있었다. 그때 나는 구토와 열, 온몸에 올라온 물집 등 병의 증상이 분명한 것들이 나타났음에도 불구하고 원치 않는 말을 듣는 게 두려워서 차마 의사를 찾아가지 못하는 사람 같았다.

메릴린의 부재로 나는 아팠고 내게 나타난 증상들은 모두 그녀가 이 세상을 떠났을지도 모른다는 것을 가리키고 있었다.

10

어느 주말의 늦은 밤 나는 고된 하루를 마치고 일할 때 차림 그대로 집으로 돌아가는 길이었다. 내 몸에서는 이제 맡기만 해도 질리는 음식 냄새가 잔뜩 풍겼다. 매일 부엌에서 기계처럼 만들던 그 패스트푸드가 나오는 광고를 보면 소화불량에 걸릴 것만 같았다. 일을 마치고 허기져서 집에 돌아오는 날이면 나는 바로 부엌으로 직행해 나만의 음식을 만들었다. 그리고 식당에서 종일 만들었던 패스트푸드들은 마치 음식도 아닌 것인 양 내가 만든 음식들을 천천히 음미하곤 했다.

아파트 건물에 도착한 나는 일 층에서 엘리베이터가 내려오기를 기다리며 벽에 등을 기대고 서 있었고, 두 눈은 층수를 알려 주는 전광판에 고정되어 있었다. '8…7…5…3…2…G' 일 층에 도착한 엘리베이터가 열리자 순간 사고 회로와 심장박동, 온몸의 털들, 그리고 시간까지… 그 모든 것이 멈춰 버렸다.

그때 내 앞에서 열렸던 것이 엘리베이터의 문이었을까 아니면 쿠웨이트로 오기만을 고대하던 시절 필리핀에서 보았던 쿠웨이트의 문이었을까?

엘리베이터 문이 열리자 쿠웨이트 젊은이 한 명이 모습을 드러냈다. 그는 내가 거기에 있었던 것을 눈치 채지 못했거나 아니면 음식점 직원 옷을 입고서 자기 앞에 서 있는 아시아인에게 관심을 갖지 않은 것 같았다. 나는 여전히 벽에 등을 기댄 상태로 너무 놀라 아무 말도 하지 못했다. 젊은이는 그런 나를 지나쳐 아파트 밖으로 통하는 문 쪽으로 천천히 걸어가고 있었다. 나는 퍼뜩 정신을 차리고 그를 쫓아가서는 "헤이! 이봐요! 잠깐만 기다려 봐요!"라고 소리쳤다. 청년은 내 외침에 놀라 고개를 돌려 멍하니 내 얼굴을 바라보았다. 그는 주변을 살피는가 싶더니 자신을 가리키며 "지금 저를 부른 건가요?!"라고 물었다. 나는 고개를 세차게 끄덕이며 넘쳐 나는 기쁨을 주체하지 못하고 그에게 말했다. "슐로낙?" 그러자 젊은이는 얼굴을 찌푸렸다. 나는 그에게 다가가서 손을 내밀고 악수를 청하려고 했다. 하지만 그는 내 손을 피해 자신의 손을 높이 들면서 못 볼 것이라도 본 양 나를 쫓아내려고 했다. "저리 가! 날 만지지 말란 말이야. 네가 찾는 그런 사람이 아니야!" 그 말에 나는 잠시 주춤했다. 하마터면 그에게 "아니요. 당신은 내가 찾는 그런 사람이에요. 나머지 다른 사람들은 다 어디에 있나요?"라고 말할 뻔했다.

그러나 그가 나를 완전히 알아보지 못한 상태에서 더 오해하게 만들고 싶지는 않았기에 아무 말도 하지 않았다. 그는 내게서 등을 돌리더니 화라도 난 듯 뭔가를 중얼거리며 출입구 쪽으로 걸어갔다. "저 이싸예요!" 그는 내 외침에도 아랑곳하지 않았다. "헤이! 이봐요! 보라카이섬! 레드 호스! 이래도 기억 안 나요?" 그러자 그가 갑자기 걸음을 멈추고 나를 돌아봤다. 젊은이는 손가락으로 나를 가리키며 내 얼굴을 확인해 보려는 것 같았다. "너 혹시?" 나는 그를 향해 씨익 웃었다. 그는 내게 다가와 "메이드 인 필리핀, 필리핀산 쿠웨이트인 맞지?"라고 물었고 나는 "네, 맞아요. 바로 저예요."라고 답했다. 젊은이는 몸통을 앞으로 숙이더니 어깨를 흔드는 동작을 했고 나는 그의 동작을 보며 고개를 끄덕였다. "네, 그것도 맞아요." 우리는 동시에 웃음을 터뜨렸다. 엘리베이터 앞에서 떠들썩한 소리가 들리자 건물을 관리하던 경비가 문을 열고 우리가 있는 곳을 지켜보았다. 이번에는 청년이 머리 위에 손을 올리고 무릎을 굽혔다가 제자리에서 껑충 뛰었다. 그리고 발이 땅에 닿자마자 뒤돌아서 어깨를 들썩이며 걷는 시늉을 했다. 그 동작은 2년 전 엄마의 나라에서 정신 나간 쿠웨이트 청년들과 함께 흥겹게 췄던, 내가 좋아하는 바로 그 춤이었다. 나는 그런 젊은이의 모습을 가만히 보고 있다가 넘쳐흐르는 흥을 주체하지 못하고 그의 동작을 따라 춤을 추기 시작했다. "맞아요. 제가 바로 그 이싸예요!" 내가 팔을 뻗자 그도 나를 따라 손을 뻗었다. 그리고 우리는 마치 눈에 보이지 않는 줄이라도 당기는 것처럼 동시에 손을 움직이기 시작했다. 우리는 그렇게 온몸으로 춤을 추며 박장대소했다.

한편 저 멀리서 우리를 지켜보던 경비는 못 말린다는 듯 고개를 젓더니 우리의 정신 나간 한밤중의 춤사위에 박수를 치고는 아무 말 없이 다시 자기 방으로 들어가 버렸다.

나는 그날 쿠웨이트에 와서 처음으로 아무 고민 없이 마음껏 웃어 봤다.

***

그날 나와 '마슈알'은 서로의 전화번호를 교환했다. 청년의 이름은 마슈알이었지만 나는 도저히 그의 아랍어 이름 중 가운데 철자를 발음할 수가 없어서 그냥 미쉘이라고 부르기로 했다.

마슈알은 내가 보라카이섬에서 일할 당시 만났던 정신 나간 쿠웨이트 청년들 가운데 하나였다. 그때 그는 해변가에서 술을 들이키다가 어느새 나를 따라 신나게 춤을 췄던 이였는데, 그로부터 약 2년의 시간이 지난 뒤 우리는 쿠웨이트에서 엄청난 우연으로 다시 재회했고 그날처럼 또 다시 서로를 마주하고 춤을 추게 된 것이었다. 인생을 살면서 겪게 되는 '우연'이라는 것은 마치 일방통행 길에서 마주치게 되는 어디로 갈 줄 모르는 급커브 길 같았다. 마슈알의 등장은 이전에 느끼지 못했던 내 '쿠웨이트성'에 한 발짝 더 가까이 다가가게 되는 기회가 되었다.

마슈알은 이 건물의 8층에 자신의 아파트가 있다면서 보통 주말마다 이곳에 머물며 다른 곳에서는 할 수 없는 일들을 한다고 했다. 그 말에 내가 의심스러운 눈빛으로 그를 쳐다보자 마슈알은 잔을 쥐고 뭔가를 따라 마시는 시늉을 하며 내 오해를 풀려고 했다. 나는 숙련된 그의 연기를 보고 깔깔대다가 "당신들은 모두 쿠웨이트에서 술을 마시는 것이 금지된 행위라고 하지만 사실 이곳에는 술이 물처럼 넘쳐 나네요!"라고 했다. 내 말에 마슈알도 고개를 끄덕이며 "물처럼 넘쳐 나고 금처럼 귀하지!"라고 맞장구를 쳤다.

나는 마슈알에게 나머지 다른 친구들의 안부를 물었다. 그러자 그는 모두들 잘 지내고 있고, 각자 사는 동네가 다 다르긴 하지만 거의 매일같이 이 근처에 있는 그들 중 누군가의 집 별채에서 다함께 만난다고 했다. 그 말에 내가 위층을 가리키며 "왜 이 아파트 8층에서는 모임을 갖지 않나요?"라고 묻자 그는 아쉽다는 듯이 "네가 우리를 정신 나간 쿠웨이트인들이라고 부르지만 사실 나를 제외하고는 우리 중 아무도 술을 마시지 않아."라고 했다. 그러고는 "또 이런 장소는 사람들의 의심을 사거든."이라고 덧붙였다. 나는 그의 말이 도저히 이해되지 않았다. "하지만 저도 이곳에 사는걸요? 저도 사람들의 의심을 받게 되는 건가요?!" 그러자 마슈알은 진정하라는 듯 내 어깨를 두드리더니 "아니야, 너는 안심해도 돼. 그런 의심은 이곳에 사는 쿠웨이트인들에게만 한정되어 있어."라고 말했다. 나는 '쿠웨이트 사람들에게만 한정되어 있어'라는 그의 말을 모른 척 넘어 갔다. 아마도 그는 일부러 그렇게 말한 게 아니라 내가 쿠웨이트인이라는 것을 잠시 망각한 것 같았다.

"경찰이 무서워서 그런 거예요?" 내 질문에 마슈알은 강하게 부정했다. "그런 게 아니야. 우리는 단지 사람들의 말을 두려워 하는 것뿐이야." 그는 손을 내밀어 사과를 드는 듯한 시늉을 해 보이더니 이렇게 말했다. "쿠웨이트는 정말 좁은 곳이야. 이곳에 사는 거의 모든 사람들이 서로에 대해 잘 알고 있지."

***

마슈알과 작별 인사를 나누고 집으로 돌아온 나는 곧장 유니폼을 벗고 거실에 있는 소파에 몸을 던졌다. 마슈알과 다시 재회한 그날 밤은 그 어느 때 보다 행복했다. 주체할 수 없을 만큼 행복이 넘쳐 나서 누군가와 함께 나누지 않으면 가슴이 터질 것만 같았다. 그런 측면에서 행복과 슬픔은 공통분모를 가졌다. 나는 곧장 이브라힘 살람에게 전화를 걸었다. 이브라힘이 전화를 받자 나는 너무 흥분한 나머지 횡설수설하며 말도 안 되는 단어들을 늘어놓았다. "이브라힘! 믿겨요? 2년 만에 우연히 그 쿠웨이트 젊은이들을! 보라카이섬에서 봤던! 그 정신 나간 친구들을 다시 만났어요! 제 친구들이요! 쿠웨이트 친구들 말이에요!" 이브라힘은 아무 말도 없이 듣고만 있다가 "지금 이렇게 기뻐하는 게 다 그 주정뱅이 친구 때문이야?"라며 내 반응에 의아해했다. 나는 그런 이브라힘에게 "사실은… 완전히 취한 상태는 아니었어요…"라고 마슈알을 두둔했다. 그러자 이브라힘은

"이싸! 너는 내 형제와 같은 친구니 솔직히 말할게. 친구들을 사귈 때는 항상 조심히 가려서 사귀렴. 그런 사람들은 사귈 필요가 없어."라고 내게 조언했다. 아무 말도 하지 못하는 내게 이브라힘은 "나는, 이싸 네가 쿠웨이트인 친구들을 사귀고 싶어 하는 걸 잘 알아. 그러지 말고 우리 모임에 들어와서 친구들을 사귀어 보는 건 어떠니? 그들은 단순히 네 친구가 되어 줄 뿐만 아니라 네가 원하는 것처럼 네 형제도 되어 줄 거야. 그리고 너를 옳은 길로 인도해 주고 도움도 되어 줄 거야."라고 했다. 나는 이브라힘의 제안에 고맙다고 했고 그렇게 통화를 마쳤다. 이전에 힌드 고모는 내게 그와 그의 모임을 경계하라고 주의를 준 적이 있었다. 만약 이브라힘이 그걸 알았다면 그의 제안에 번번이 망설이며 거절하던 내게 서운해 하지도 않았을 텐데. 이곳에서는 뭐가 이리도 복잡할까? 이브라힘은 내게 보라카이에서 만난 청년들을 조심하라고 하고 힌드 고모는 이브라힘과 그의 모임을 경계하라고 했다. 내게는 내가 원하는 것을 선택할 권리조차 없는 걸까? 나는 고모와 이브라힘, 그리고 정신 나간 쿠웨이트 친구들 모두를 잃고 싶지 않았기에 그들의 조언을 못 들은 척하기로 했다.

나에게 실망만 안겨 준 이브라힘의 통화를 마치고 나는 카울라와도 이 기쁨을 함께 나누고 싶어 그녀에게 전화를 걸었다. 나는 카울라가 전화를 받자마자 "앗살라무 알라이쿰, 슐로닉?"이라고 먼저 안부 인사를 건넸다. 그러자 카울라도 꺄르르 웃으며 "아나 제인(나는 잘 지내). 안타 슐로낙(너는 잘 지내)?"이라고 내 인사에 답하며 할머니가 종종 내 안부를 묻는다고 전했다. 하지만 나는 원망이 섞인 말투로 "내 귀에는 할머니의 무릎 상태가 좋지 않다는 걸로 들리네."라고 했다. 그러나 곧 그런 류의 우스갯소리를 한 내 자신이 부끄러워졌다. 그런 내게 카울라는 "아니면 할머니가 아버지의 목소리를 그리워하는 걸 수도 있지."라고 했고 나는 곧장 그녀에게 미안하다고 사과했다. 카울라는 개의치 않아 하는 것 같았다. "괜찮아. 하지만 할머니에게 너무 그러지는 마. 할머니는 오빠를 사랑해." 그녀의 말에 내 심장이 세차게 뛰기 시작했다.

"우리가 따루프가 아닌 다른 가문에서 태어났다면 얼마나 좋았을까?" 전화기를 통해 들리는 카울라의 목소리는 평소와 달리 고조되어 있으면서도 우울했다. 덕분에 그녀에게 전화를 했던 애초의 내 목적과는 다르게 순간 멀리 떨어져 있는 다른 세상으로 간 것만 같은 기분이 들었다. 카울라는 아무런 서두나 부연 설명 없이 무작정 따루프가에 대한 울분을 토하기 시작했다. "우리 가족은 따루프라는 가문 이름 덕에 여러 가지 이득을 얻고 있지. 다른 이들은 갖지 못한 것들 말이야. 하지만 그건 장점이 아니야. 그냥 우리를 옭아매는 족쇄이고 금지 사항들이 잔뜩 적혀 있는 목록이나 다름없다고." 카울라의 갑작스러운 울분에 나는 놀라서 어리둥절했다. "지금 대체 왜 이런 말을 하는 거야?" 그러자 그녀는 슬픈 목소리로 이렇게 말했다. "왜냐하면 오빠가 아직도 할머니를 미워하는 것 같아서 그래. 할머니는 그 정도로 나쁜 사람이 아닌데 말이야." 그 말에 나는 차마 아무 말도 할 수 없었다. "사람들은 그들이 우리보다 훨씬 더 자유롭게 살 수 있음에도 불구하고 우리가 가지고 있는 그 부질없는 것들을 부러워해." 나는 카울라가 무슨 의도로 그런 말을 하는지 이해할 수가 없었다. "오늘 오빠와 내 고민을 나눠도 될까?" 사실 조금 전까지만 해도 나는 오늘 마슈알과 재회했던 기쁨을 그녀와 함께 나누려고 했지만 사실 카울라와 나누는 것이라면 기쁨이든 슬픔이든 아무런 상관이 없었다. 중요한 것은 우리가 무언가를 함께 나눈다는 사실이었다. "그래, 당연하지." 나는 카울라의 부탁을 흔쾌히 들어주었다.

"차라리 우리가 우리 멋대로 분류해 놓은 그런 유의… 가문에서 태어났다면 더 좋았을 뻔했어." 아마도 '그런 유'라는 것은 이 사회에서 인정받지 못하는 낮은 계층의 가문을 말하는 것 같았다. 하지만 카울라는 "내 말은 평범한 가문을 뜻하는 거야."라고 말을 바꾸더니 자신의 이야기를 계속 이어 갔다. "그랬더라면 그 누구도 따루프 가문이 자신의 딸을 비둔과 혼인시킨다면서 우리 가문을 모욕하거나 웃음거리로 만들지도 못했을 거고, 결국 힌드 고모도 가싼 아저씨와 결혼을 할 수 있었을 텐데… 사실 가싼 아저씨도 원래는 따루프 가문과 같은 뿌리를 가진 또 다른 가문의 출신이었단 말이야! 우리가 다른 평범한 집안에서 태어났다면 오빠도 지금 우리와 함께 살고 있을 거야. 또 매번 누가 우리 집을 방문할 때마다 행여나 오빠에 대한 일이 알려지기라도 할까 봐 할머니가 두려움에 떠는 일도 없었겠지. 이싸! 나는 사실 오빠가 그동안 이곳에서 얼마나 많은 역경을 겪어 왔는지는 알 수 없지만, 그래도 그 모든 책임이 할머니나 고모들에게 있다고 생각하지는 않았으면 좋겠어. 우리 곁에는 우리를 시기하고 질투하면서 우리 가문에게 안 좋은 영향을 미칠 일들이 생기기만을 기다리는 사람들이 있어. 우리는 늘 그들에게 감시를 받으며 살고 있는 거야. 자신의 아들을 필리핀 여자와 결혼시키는 게 아무렇지도 않은 집도 있어. 하지만 사회적으로 명망 있는 가문에서 그런 일이 생긴다면 그건 모두에게 비난 받는 범죄가 되는 것과 마찬가지야. 쿠웨이트에서 수십 명의 젊은이들이 마약 때문에 죽어가고 있지만 아무도 그 일에 관심을 갖고 있지 않아. 하지만 만약 똑같은 일이 명망 있는 가문의 누군가에게 일어나기라도 한다면 이야기는 달라져. 그는 자신의 목숨을 끊어야지만 사람들의 비난으로부터 벗어날 수 있고, 남은 가족들은 그의 죽음 이후에도 '수치'라는 낙인이 찍힌 채 평생을 살게 되는 거야. 어떤 사업가가 파산을 한다면 파산을 선언함으로써 그 문제를 끝낼 수 있지만 유명 가문의 누군가가 파산을 하기라도 한다면 그와 그의 자식들은 평생을 사람들의 입방아에 오르내리면서 그 문제를 안고 갈 수밖에 없어. 누군가가 성공해서 재산을 모으면 그는 자수성가한 유명인사가 되는 거지만 만약 누리야 고모의 남편 파이살이 성공을 하기라도 한다면 그는 도둑놈이 되어 버리는 거지… 오빠! 지금 내 말 듣고 있어?"

나는 카울라의 말을 듣다가 잠시 생각에 빠졌다. 독재자와 그 때문에 고통 받는 희생자가 있다는 말은 흔히 들어 봤지만 그 희생자 때문에 고통 받는 또 다른 희생자가 있다는 것은 새로운 사실이었다. 카울라는 최선을 다해 나를 이해시키려 했다. 하지만 과연 내가 이 상황을 제대로 이해한 건지, 설령 이해를 했다고 해도 납득을 한 건지는 확신할 수 없었다. 그래서 뭐가 어쨌다는 건가?

"응, 잘 듣고 있어. 계속 말해 봐."

"오빠, 오빠는 따루프 가문의 한 사람으로서 따루프라는 단어의 뜻이 뭔지 알아? 따루프란 순수 쿠웨이트 단어인데, 아마 거의 대부분의 사람들이 그 단어가 원래 무슨 뜻이었는지 모를 거야. 따루프란 옛날 쿠웨이트 사람들이 물고기를 잡을 때 사용하던 그물을 뜻하는 단어야. 배구 그물처럼 생겨서 바다에 던져 넣으면 거길 지나가던 물고기들이 모두 그 그물에 걸려들게 되는 거지. 그런데 그 그물에 걸리는 건 비단 물고기들만이 아니야. 우리 가문 사람들 모두가 바닷속 물고기들처럼 따루프라는 가문의 이름에 걸려 꼼짝달싹 못하고 있어. 우리는 결코 그 이름으로부터 자유로워질 수도 없고 딱 그 그물이 허락하는 만큼만 움직일 수 있는 거야. 하지만 오빠는 그런 우리와는 달리 따루프라는 보이지 않는 그물망 사이를 자유롭게 오갈 수 있는 한 마리의 작은 물고기 같아. 그래서 난 자유롭게 자기가 원하는 것을 할 수 있는 오빠가 행운아라고 생각해."

내가 부럽다는 카울라의 말에 나는 "그래. 하지만 나는 할머니가 말하던 것처럼 작지만 썩은 물고기라서 나머지 다른 생선들도 다 썩게 만드는 그런 존재야."라고 응수했다. 그러자 카울라는 "아니야, 오빠. 오빠는 그렇지 않아."라며 침착한 목소리로 나를 다독여 주었다. 나는 긴 한숨을 내쉬며 "지금 네가 한 얘기를 아버지의 서재에서 직접 들었으면 얼마나 좋았을까? 오늘따라 네가 더 보고 싶다."라고 카울라에게 아쉬움을 전했다. 지금쯤 수화기 건너편에서 내 말에 미소 짓고 있을 카울라의 얼굴이 눈에 선했다. "조만간 힌드 고모의 일이 다 끝나고 나면 아버지의 서재로 오빠를 꼭 초대하도록 할게!" "힌드 고모의 일이라니?" 내가 힌드 고모에게 생긴 일을 궁금해하자 카울라는 "나중에 다 얘기해 줄게. 우리 가문에게도 좋은 일이고 힌드 고모에는 특히 좋은 소식이야."라고만 했다. 그 말에 나는 아무 생각 없이 예전에 할머니가 냈었던 "오롤롤로로로로!"라는 소리를 따라 하고 나서 "힌드 고모가 결혼이라도 해?"라며 카울라에게 물었다. 갑작스러운 내 행동에 카울라가 배꼽을 잡으며 깔깔 웃어 댔다. 나는 진지하게 계속 무슨 일이냐고 물었지만 카울라는 수화기를 멀리 한 채 기침까지 해 대며 박장대소했다. 나는 카울라가 진정할 때까지 가만히 기다렸다. 그러자 조금 뒤 카울라가 다시 입을 열었다. "오빠 정말 웃긴다! 하지만 힌드 고모는 결혼을 하는 게 아니야. 나중에 때가 되면 다 알려 줄게." 그 말을 마지막으로 우리는 긴 통화를 마쳤다.

"오빠, 잘 자."

"카울라 너도 잘 자고 좋은 꿈 꿔."

내가 막 전화를 끊으려는 찰나 수화기 너머로 카울라의 목소리가 들려왔다.

"이싸!"

"응, 듣고 있어."

"내가 얼마나 오빠를 사랑하는지 알지?"

그 말에 나는 함박웃음을 지었다. 때로 어떤 감정들은 차마 말로 다 형용할 수 없기에 나는 카울라에게 어떤 말을 해 주는 대신 따뜻한 침묵으로 답했다. 그녀는 내게 작별 인사를 남기고 전화를 끊었다.

"오빠, 안녕." 전화를 끊고 전화기를 만지작거리던 나는 엄지손가락으로 뭔가를 써서 카울라에게 보냈다. "내가 더 사랑한다, 동생아."

나는 벽에 머리를 기댄 채 카울라에게 전화를 걸었던 이유를 가만히 생각해 보다가 그녀에게 오늘 마슈알을 만났고 곧 나머지 다른 친구들과도 재회하게 될 거라는 얘기를 미처 못 전했다는 것을 깨달았다.

나는 바닥에 무릎을 꿇고 앉아 소파 밑 여기저기를 살폈다. 그러다가 결국 텔레비전이 놓인 선반 밑에서 나의 친구 이낭 츌링을 찾아냈다. 나는 두 손에 이낭 츌링을 들고 "내가 오늘 엘리베이터 앞에서 누구를 봤는지 알아? 한번 맞춰 보렴!"이라며 혼잣말을 했다. 평소처럼 내 말에 귀 기울여 주는 이낭 츌링을 보니 신이 나서 이브라힘에게 했던 것처럼 두서없이 말하기 시작했다.

"마슈알이라고… 2년 만에 우연히… 보라카이섬에서 봤던! 그 정신 나간 친구들을… 두 번째로 만나게 된 거야! 내 친구들 말이야… 내 쿠웨이트 친구들! 쿠웨이트 친구들이라고"

11

마슈알과 재회하고 그로부터 며칠 후, 나는 드디어 '디와니야'라고 불리는 곳에 들어갈 수 있었다. 엄마는 오래 전부터 내게 그 장소에 대해 얘기해 주고는 했다. 그곳은 쿠웨이트에 있는 집이라면 거의 대부분 마련되어 있는 공간으로 별채에 있는 특별 홀이거나 외부에 있는 방이었다. 보통은 친구들이 모임을 갖는 곳으로 쓰였다. 그 이름을 들을 때면 어릴 적 엄마가 내게 들려주었던 이미지들이 머릿속에서 파노라마처럼 스쳐 지나갔다. 아버지와 왈리드 그리고 가싼이 모여 낚시 장비들을 준비하고 책의 내용이나 정치적으로 중요한 사건들을 토론하고, 텔레비전 주위에 모여 중요한 시합을 보던 곳이 바로 디와니야였다. 물론 이런 것들은 언감생심 내가 꿈도 꿀 수 없는 일이었고, 그저 그곳에 들어갈 수 있다는 사실만으로도 감지덕지할 뿐이었다.

해가 지고 얼마 지나지 않아, 휴대폰의 벨이 울렸다. 마슈알이었다. "이싸, 준비 됐니? 5분 뒤에 건물 밑 주차장에서 보자." 마슈알은 무슨 준비를 물어본 걸까? 나는 이미 오래 전부터, 내가 멘도사의 땅에 살 당시 엄마가 아버지와 그의 친구들에 대해 얘기해 주면서 내게 그들 같은 친구들이 생기기를 바라던 바로 그날부터, 이미 디와니야에 갈 만반의 준비가 다 되었는데!

주차장에서 기다리던 내 앞으로 마슈알의 노란색 스포츠카가 다가왔다. 그 차를 보고 있자니 그동안 즐겨 타고 다녔던 내 자전거와 택시, 버스들이 너무 초라하게 느껴졌다. 그의 차에 올라타고 만남의 악수를 건네자 마슈알이 내게 말했다. "친구들이 널 보면 깜짝 놀랄 거야!" 그 말에 나는 미심쩍어하며 물었다. "그들이 절 기억이나 할까요?"

***

"하나, 둘, 셋⋯."

나는 디와니야에 들어가기 전 문 앞에 놓인 신발의 개수를 세어 보았다. 신발을 벗고 들어가는 장소는 사원에만 국한된 게 아닌 듯 했다. 나는 문 앞에 놓인 신발들을 가리키며 마슈알에게 물었다. "지금 세 명은 안에 있고 마슈알 당신을 제외한 다른 한 명은 어디에 있나요?"

그러자 그는 "이곳은 투르키라는 친구의 디와니야야. 그는 집 안 정원과 연결된 다른 문을 통해서 이곳으로 오거든."이라고 했다. 이곳조차도 내부로 통하는 문과 외부로 통하는 문이 따로 있다니!

마슈알은 문을 열어 주더니 내게 먼저 들어가 보라고 했다. 조심스럽게 들어간 내 눈앞에 제일 먼저 들어왔던 것은 카펫이 정갈하게 깔린 디와니야의 바닥이었다. 그 위에는 소파 대신 앉을 수 있는 얇은 매트리스들이 놓여 있었고 그 사이사이로 팔걸이용 쿠션들과 등받이가 있었다. 누군가가 그 위에 앉아 휴대폰을 가지고 놀고 있었고 다른 누군가는 열어 놓은 창문 밑에 누워 담배 연기를 뿜고 있었는데 나는 그가 우드를 연주하던 친구라는 것을 한눈에 알아차렸다. 또 다른 두 명의 친구들은 텔레비전 앞에 나란히 앉아서 축구 경기를 보는 것 같았다. 가까이가 보니 둘은 손에 작은 기계를 쥐고 버튼을 이리저리 누르면서 플레이스테이션 축구 게임에 열중해 있었다. 담배를 피우는 친구 말고는 그곳에 있던 어느 누구도 우리가 들어온 것을 알아차

478

리지 못한 것 같았다. 그는 갸우뚱하며 나와 마슈알을 번갈아 보았다. "앗살라무 알라이쿰." 마슈알이 인사를 건네고 내 차례가 되자 나도 냉큼 "앗살라무 알라이쿰."이라고 인사했다. 그러자 디와니야에 있던 모두가 동시에 "와 알라이쿠뭇 살람"이라고 말하며 우리가 있는 쪽을 바라보았다. 마슈알은 아랍어로 "우리의 쿠웨이트인 친구야."라며 나를 소개했고 그들의 반응은 각양각색이었다. 누군가는 함박웃음을 지었고 다른 누군가는 의아해했다. 그들은 나를 빙 둘러싸고는 믿을 수 없다는 듯이 외쳤다. "정말 네가 여기에 온 거야?", "네가 진짜 쿠웨이트 사람일 줄은 몰랐어!", "그곳을 떠나자마자 네 일에 대해 잊고 있었어." 그렇게 나의 등장에 놀라워하는 청년들 사이에서 담배를 피우던 친구가 먼저 내게 손을 내밀었다. 그러자 마슈알은 그가 이 집의 주인인 투르키라고 소개했고 나는 그가 내민 손을 잡으며 악수를 하고는 쿠웨이트 사람들이 인사를 하는 방식으로 내 볼을 그의 볼에 가져다 댔다. 곧이어 마슈알은 휴대폰을 가지고 놀던 이의 이름은 자비르이고, 게임을 하고 있던 두 친구의 이름은 각각 압둘라와 마흐디라고 내게 일러 주었다. 나는 그 친구들과 차례대로 악수를 하고 서로의 볼을 가까이 대면서 반갑게 인사를 나눴다.

***

그들은 정말 멋지고 유쾌하고 정도 많은 친구들이었다.

이게 바로 보라카이섬에서 만났던 정신 나간 쿠웨이트 청년들에 대해 내린 나의 최종적인 결론이었다. 나는 그들과 이렇게 다시 만나서 그들만의 세계로 들어온 것이 너무나 기뻤다.

어떻게 한 나라가 이렇게 다양한 얼굴들을 가질 수 있을까? 그 많은 얼굴들 중에 어떤 얼굴이 진짜 쿠웨이트의 얼굴일까?

나는 그날 이후로 거의 매일같이 투르키의 디와니야에 가게 되었다. 투르키는 친구들이 그의 집에 모일 때마다 내게 연락을 했고 운이 좋게도 그가 사는 동네인 아다일리야는 내가 사는 자브리야 지역과 멀지 않은 곳에 있었다. 압둘라를 제외하면 다른 친구들도 모두 그곳에서 가까운 곳에 살고 있었다. 하지만 쿠웨이트에서는 가장 먼 주거 지역까지 가는데 보통 30분 정도면 충분했기 때문에 우리가 상대적으로 멀다고 생각했던 압둘라가 살던 동네도 필리핀처럼 비행기를 타야만 갈 수 있을 만큼 먼 곳은 아니었다.

일이 끝나고 디와니야에 갈 때는 혼자 자전거를 타고 가거나 친구들이 번갈아 가며 나를 데리러 오기도 했는데, 이 모든 것들은 내가 오래 전부터 꿈꿔 왔던 것이었다. 하지만 언어의 장벽을 넘는다는 것은 쉽지 않았다. 나는 친구들이 대화를 나눌 때면 몇 개의 익숙한 단어들은 금방 알아들었지만 나머지는 전혀 이해하지 못했다. 그래서 그들은 나와 함께 있을 때면 나와 그들의 세계를 공유하기 위해 어쩔 수 없이 모국어를 버려야만 했고 나는 그런 친구들이 왠지 모르게 안쓰러웠다. 마슈알은 영어를 유창하게 구사했고 투르키와 자비르도 그보다는 아니었지만 영어를 잘 하는 편이었다. 반면 압둘라와 마흐디는 우리 할머니가 바부나 라주, 라크쉬미 그리고 루즈비민다에게 말하는 식으로 나와 의사소통을 했다. 누군가가 그의 감정을 전달하기 위해 자신의 언어가 아닌 다른 언어와 몸짓까지 섞어 가며 "아이엠 정말 해삐 왜냐면 씨유 에프터 롱타임!"이라고 말하는 것처럼 아름다운 게 또 있을까? 상대방에게 따뜻한 말을 전할 때는 그 사이에 통역도 필요 없다. 비록 상대방이 그 언어를 모른다고 해도 그저 말하는 사람의 얼굴을 바라보고 그의 감정을 이해할 수만 있다면 그걸로 충분하다. 압둘라는 나를 다시 만나게 돼서 기쁘다고 아랍어와 영어를 섞어 가며 힘들게 얘기했지만 나는 그의 얼굴 표정 하나만으로도 그 마음을 충분히 알 수 있었다.

친구들은 가끔 정신 나간 짓을 한다는 공통분모를 빼면 성격이나 사는 곳, 그리고 가문의 이름도 서로 제각각이었다. 투르키와 자비르는 따루프 가문처럼 사회적으로 명망 있는 가문의 자제 같았는데 마슈알은 그걸 인정하지 않았다. 그는 한 가문이 보유하고 있는 재산이 그런 사회적 분류를 초월하게 만든다고 했다. 참고로 그는 엄청난 부자였다.

한편 나는 의사소통의 문제 때문에 영어를 잘 못했던 압둘라와 마흐디에 대해서는 많이 알지 못했다. 내가 압둘라에 대해 아는 것이라고는 그가 다른 친구들에 비해 종교적인 의식들을 잘 지켰다는 것과 항상 소박한 옷차림을 했다는 것이다. 그는 아주 드문 경우를 제외하고는 거의 매일을 전통 의상 차림으로 다녔다. 마흐디는 말수가 적어서 압둘라와 축구 게임을 할 때 기뻐하거나 화를 내며 소리를 지르는 것을 빼고는 좀처럼 그의 목소리를 들을 수가 없었다.

내가 이 친구들을 만난 이후로 나는 그 어느 때보다 그들에게
큰 도움이 되었다. 이제 그들이 디와니야에 모일 때면 나는 그곳
에서 없어서는 안 될 존재가 되어 버린 것이다. 그건 바로 친구
들이 가장 좋아하던 '쿠트 부 씨타'라는 카드 게임 때문이었는
데, 그건 여섯 명이 모여야지만 할 수 있는 게임이어서 그들에게
나라는 존재가 꼭 필요했던 것이다. 비록 카드 게임의 인원을 채
운다는 명목이었고 남들에게는 아주 사소한 일로 보일는지 모
르겠지만, 나는 그 덕분에 쿠웨이트에서 처음으로 내가 중요한
존재라는 것을 느낄 수 있었다.

　우리는 디와니야에 모일 때면 카드 게임을 하거나 실제 축구
경기를 보거나 그것도 아니면 압둘라와 마흐디가 텔레비전 화
면에서 펼치는 치열한 경기를 보면서 시간을 보냈다. 가끔 투르
키는 혼자 우드를 연주하며 흥얼대기를 좋아했다. 그리고 슬슬
지루해지기 시작하면 우리는 각자의 연애사에 대해 이야기를
나누기도 했다. 한편 압둘라는 하루에 다섯 번씩 꼬박꼬박 예
배를 드렸는데 그걸 볼 때마다 나라면 과연 저렇게 할 수 있을
까라는 생각이 들었다. 그래서 어느 날은 어떻게 하면 그렇게 꾸
준하게 기도를 드릴 수 있느냐고 그에게 직접 물어본 적도 있었
다. 그러자 압둘라는 내게 이렇게 말했다. "네가 이렇게 디와니
야에서 우리와 함께 하는 것을 좋아하는데, 만약 신과 함께 그
럴 수 있다면 얼마나 더 좋겠니?" 그러더니 그는 내게 다섯 손가
락을 내밀며 "그것도 하루에 다섯 번씩이나 말이야?"라고 확신
에 가득 차서 말했다.

　우리는 가끔 압둘라의 인도하에 단체로 예배를 드리기도 했

다. 나는 왜 그들 사이에서 이슬람식의 예배를 드렸던 걸까? 그건 진짜 내 마음속에서 우러난 행동일까 아니면 독실한 신자인 압둘라 때문에 어쩔 수 없이 그랬던 걸까? 그렇다면 왜 마슈알은 그런 것에 개의치 않았던 걸까?

나는 내가 왜 친구들과 함께 이슬람식 예배를 드렸는지 그 진짜 이유도 알 수 없었고 비록 그 예배의 절차도 제대로 몰랐지만 그렇다고 해서 거짓으로 예배에 동참한 것은 아니었다. 나는 친구들이 하는 동작들을 보면서 그들이 하는 대로 몸을 움직였지만 속으로는 나만의 기도문을 외웠다. 아마 친구들과 내가 기도를 하면서 내는 소리들 중 유일하게 같았던 것은 '아-민(아멘)'이라는 단어 하나뿐이었을 거다.

압둘라가 "알라후 아크바르, 알라후 아크바르."라고 기도 시간을 알리는 소리를 내면 다른 친구들은 압둘라의 뒤편에 일렬로 서기 바빴지만 마슈알 만큼은 제자리에서 꿈쩍도 하지 않았다. 우리는 압둘라가 "알라후 아크바르"라는 소리를 내면서 동작을 바꿀 때마다 그를 따라 자세를 바꾸며 예배를 드렸다.

마흐디도 예배를 드리는 데에 굉장히 열성적이었지만 그가 기도를 하는 방식은 나머지 다른 친구들과는 조금 달랐다. 나는 가끔 기도를 드리면서도 옆에 있는 친구들을 관찰하느라 집중력이 흐트러지고는 했는데, 그런 내가 아니면 대체 누가 그런 세세한 것까지 알아낼 수 있었을까? 기도를 드리는 동작 중에 허리를 숙이고 무릎 위에 손을 올려놓는 동작을 할 때면 나는 눈 밑으로 보이는 친구들의 발들을 구경하곤 했다. 투르키의 발가락은 작고 오밀조밀한 반면 마흐디의 하얗고 큰 발에는 털이 잔뜩 덮여 있었다. 나는 똑바로 서서 예배를 드릴 때 투르키와 자비르가 두 손을 가슴에 모으는 자세를 하는 반면에 마흐디는 그렇게 하지 않는다는 것, 땅에 엎드릴 때면 모두가 카펫에 이마를 닿게 하는 반면에 마흐디는 땅에 휴지를 올려놓고 그 위에 이마를 닿게 한다는 사실을 알게 되었다. 그 차이점을 알게 되었을 때 나는 예배를 다 마친 뒤 마흐디에게 가서 "혹시 결벽증이라도 걸린 거예요?"라고 바보 같은 질문을 던졌다. 그러자 그는 조용히 웃더니 그게 아니라고 고개를 저었다. 그의 대답에 내가 혼란스러워하자 압둘라가 다가와서는 그동안 내가 몰랐던 이슬람의 새로운 분야에 대해 설명을 해 주려고 했다. "이슬람… 종파…, 순나, 시아" 하지만 그의 설명을 듣고 나서도 좀처럼 이해하기 어려웠다. 원래 이 주제가 그렇게 복잡한 종류의 것이기 때문인지 아니면 짧은 영어와 부정확한 손동작을 섞어 가며 내게 설명하려는 압둘라의 잘못인지는 알 수 없었다. 결국 나는 고개를 저으며 그의 말을 이해하지 못했다는 의사를 전했다. 그러자 옆에 있던 마슈알이 거들었다. "우리는 가톨릭 무슬림이고 그들은 개신교 무슬림이야." 그 말에 나머지 친구들이 배를 잡고 웃어 댔다. 그럼에도 불구하고 나는 마슈알 덕분에 압둘라가 내게 설명해 주지 못한 부분까지 이해 할 수 있었다.

압둘라와 마흐디는 평소처럼 텔레비전 앞에 앉아 게임을 즐기고 있었고, 투르키는 우드의 현을 조율하기 시작했다. 한편 자비르는 매트리스 위에 누워서 누군가와 휴대폰 메시지를 주고받는데 여념이 없었다. 마슈알은 옆에서 그런 자비르를 괴롭히다가 그에게 손 키스를 보내더니 자비르가 하는 것처럼 휴대폰을 들고 메시지를 보내는 시늉을 했다. 그러면서 내가 그 분위기에 함께할 수 있도록 아랍어와 영어를 섞어서 "하빕티(내 사랑) 아이 러브 유!"라고 속삭였다. 순간 그 말에 내 심장도 함께 뛰기 시작했고 마치 전기에 감전된 것만 같았다.

투르키가 우드 연주를 시작하자 디와니야는 어느새 마법과 같은 선율로 가득 차게 되었다. 그는 플라스틱으로 만들어진 조각으로 우드 한가운데 있는 현들을 쓸어내리면서 동시에 다른 손으로는 우드 끝에 달린 다른 현들의 음을 짚었다. 투르키의 손에 있는 악기는 하나였지만 그 속에서 나오는 선율들은 마치 여러 개의 악기들이 동시에 내는 소리 같았다. 마흐디는 게임에서 이겨 기쁨의 환호성을 지르고 있었고 마슈알은 여전히 자비르 옆에 앉아 손 키스와 함께 "아이 러브 유!"를 외치며 그를 놀리고 있었다. 압둘라는 자신의 명예를 회복하겠다며 마흐디에게 게임을 한 번만 더 하자고 졸랐다.

나는 그런 내 친구들과 함께 디와니야에 있었지만 내 심장만큼은 메릴린이 있는 곳을 향해 뛰고 있었다.

12

나는 다리 위에 노트북을 올려놓고 메일 창을 켰다. 대체 언제까지 이렇게 비겁하게 굴 참인가? 대체 언제까지 의심이 섞인 희망에 매달리고만 있을 것인가? 이미 나는 내 메일 계정에 들어가기 위해 비밀번호까지 다 입력을 해 놓은 상태였다. 이제 마지막으로 남은 절차는 '로그인'이라는 버튼 하나뿐이었다.

하지만 끝내 나는 로그인을 하지 못하고 노트북을 옆으로 치워 버렸다. 그리고 내 아파트 거실 한가운데 서서는 벽 쪽을 바라보며 혼자 고민에 빠졌다. "어떤 방향이지?" 그러다가 나는 아와띠프 고모에게 선물로 받은 후 단 한 번도 사용해 본 적이 없었던 예배용 카펫을 바닥에 깔았다. 어느 방향을 향해 예배를 해야 할지 몰랐던 나는 그냥 내 마음이 끌리는 대로 방향을 정했다. 몇 번이나 고개를 숙여야 하지? 몇 번 땅에 이마를 맞대야 하는 걸까? 두 손을 가슴 앞에 모아야 하는지 아니면 그냥 양쪽 허리춤에 놓고 차렷 자세를 해야 할지 나는 그야말로 아무것도 몰랐지만 그냥 무작정 기도를 드렸다.

나는 카펫 위에 서서 "신은 가장 크고 위대하십니다. 당신은 제게 자비로우셨기에 제가 그리도 다시 만나고 싶어 했던 친구들까지 보내주셨습니다. 당신께 정말 감사드립니다."라고 말했다. 그리고는 고개를 앞으로 숙이고 무릎 위에 두 손을 올려놓았다. "신은 가장 크고 위대하십니다. 저는 오래 전부터 편지를 기다려 왔어요. 언제쯤 그 편지가 도착할까요?" 그다음에 나는 다시 고개를 들고 똑바로 서서 기도를 드렸다. "신은 가장 크고 위대하십니다. 신이시여, 제발 제 소원을 들어주세요. 그리고 제가 가장 사랑하는 사람의 죽음으로 저를 고통스럽게 하지 말아 주세요." 그리고 나는 친구들이 하던 것처럼 땅에 엎드려 이마를 대고는 혼잣말을 했다. "제게는 돈도 많고 멋진 친구들도 있습니다." 그다음 허리를 똑바로 펴고 자리에 앉아 신께 기도를 드렸다. "신은 가장 크고 위대하십니다. 저는 지금 당신께서 제

기도를 들어주시기를 소망하며 믿는 자의 기도를 드리고 있습니다. 아멘." 고개를 좌우로 돌리는 것을 마지막으로 나는 그렇게 이슬람식 예배를 마쳤다.

그때 누군가가 우리 집 벨을 눌렀다. 그는 옆집에 사는 필리핀 청년이었는데 그와 함께 사는 룸메이트의 생일 파티에 나를 초대하기 위해 우리 집에 온 것이었다. 나는 현관문 앞에 서서 그의 얼굴과 소파 위에 올려 둔 노트북 화면을 번갈아 보다가 평소 우리 할머니가 하는 방식으로 그의 갑작스러운 초대에 어떤 의미가 담겨 있는지 해석해 보았다. 그건 마치 운명이 내게 이웃집 청년을 보내서 아직 도착하지 않은 메릴린의 답장 때문에 괴로워하지 않게끔 하려는 것만 같았다.

***

필리핀 사람들은 그곳 필리핀에 있을 때나 이곳 쿠웨이트에 있을 때나 늘 한결같았다. 그들은 항상 기념일들을 챙기는 것에 열광했는데 특히 누군가의 생일은 정말 중요한 날이었다. 그래서 매년 그의 생일이 돌아올 때마다 지인들은 그가 마치 처음 생일을 맞이하는 것처럼 함께 기뻐하며 축하해 줬다. 소박한 선물을 교환하고 그게 비록 값싼 선물처럼 보일지라도 항상 기뻐했다. 특히 받은 선물들을 뜯어보기 전 생일을 맞은 주인공의 얼굴에는 행복함이 가득했다. 가끔 선물이 중요하기도 했지만 그것보다 더 중요한 것은 무엇보다도 지인들이 그의 생일을 잊지 않았고 그를 기쁘게 해줄 만한 것들을 찾기 위해 열과 성을 다 했다는 것이었다. 그래서 그것이 양말 한 켤레든 열쇠고리나 액자이든 또는 유명 브랜드를 흉내 낸 값싼 가죽 지갑이든 선물의 종류는 중요하지 않았다. 물론 필리핀인들은 생일뿐만 아니라 보통 다른 기념일에도 신경을 많이 쓰는 편이었고 그 기념일들은 그들에게 특별한 의미를 지니고 있었다. 그런데 왜 나는 '우리에게'라는 단어 대신 '그들에게'라는 말을 사용했을까? 내가 제대로 된 단어를 사용하기는 한 걸까? 나는 단어 하나를 쓸 때조차 이렇게 방황을 하고 있다!

만약 마닐라에서 크리스마스를 보내게 된다면 마치 바티칸에 있는 듯한 착각이 들 것이다. 물론 내가 바티칸에 가 본 것은 아니지만 적어도 이곳 쿠웨이트에서의 크리스마스 같지는 않을 것이다. 크리스마스란 필리핀 사람들에게 특별하고도 친숙한 날이다. 그래서 그날만 되면 사람들의 표정도 달라지고 거리는 온통 믿음과 기도로 충만한 분위기가 된다. 또 교회와 성당, 대성당을 찾는 사람들의 수도 급증하는데 그 이유는 필리핀 전체 인구의 약 90퍼센트가 기독교인이고 그중 80퍼센트는 로마가톨릭교이며 나머지 10퍼센트는 다른 기독교 종파이기 때문이다.

하지만 필리핀 사람들은 이상하게도 중국 신년과 같은 다른 기념일들도 함께 축하했는데 그날이 되면 사람들은 중국식 등불과 형형색색의 종이와 실로 거리를 장식하고 여기저기서 북을 쳐 댔다. 몇몇은 중국식 전통 의상을 입고 붉은색의 용이 되어 춤을 추기도 했다. 우리는 그 누구보다도 즐거움을 추구하는 민족이었고 무언가를 축하하는 기념일이라면 절대 놓치는 법이 없었다.

여느 때와 같이 이웃집의 거실은 반짝반짝 빛나는 종이들로 장식되어 있었고 벽에는 "생일 축하합니다!"라고 쓰인 종이가 붙어 있었다. 집은 노랫소리로 시끄러웠고 그 소리에 맞춰 사람들이 여기저기에서 몸을 흔들고 있었다. 또 옆에는 갖가지 먹을거리와 술이 준비되어 있었는데, 그중에는 필리핀식 수제 술도 있었다. 파티에 초대된 사람들은 그곳에 있는 음식들 가운데 그 술을 가장 좋아했고 나 역시 그날 그 술을 많이 들이켰다. 신나게 춤을 추고 있던 모두가 춤을 멈추고 거실을 환하게 비추던 불도 꺼지자 오직 촛불만이 반짝이며 감성적인 분위기가 연출됐다. 드디어 가라오케라고 불리는 그 시간이 된 것이다. 마이크가 준비되어 있었고 텔레비전에서는 유명한 노래들의 반주가 나오기 시작했고 화면에서는 가사가 흘렀다. 나는 쿠웨이트에 있으면서 필리핀 사람들의 특징을 더 명확하게 알게 되었다. 우리는 진정 음악을 사랑하는 민족이었다.

우리?

그래, 우리!

마이크가 이 사람 저 사람의 손을 거쳐 갔고 우리는 혼자 또는 몇 명씩 함께 노래를 불렀다. 어떤 이들은 텔레비전 화면에 보이는 가사를 보면서 노래를 부르기도 했고 가끔은 누군가의 목소리가 반주 소리를 뚫고 나가기도 했다. 갑자기 필리핀의 유명 가수인 '에릭 산토스'가 불렀던 '헤어짐의 시간'이라는 노래의 반주가 흘러나왔다. 그러자 나는 나도 모르게 어느새 사람들 사이에 껴서 마이크를 쥐고는 피아노 간주 소리를 감상하고 있었다. 나는 가만히 눈을 감고 반주에 맞춰 노래를 부르기 시작했다. 아무런 생각도 들지 않았고 오직 메릴린과 함께했던 추억들만이 머릿속에 맴돌았다.

사람들은 조용히 내 노래를 감상했다. 노래가 거의 끝날 무렵 노래는 절정에 치달았고 나는 허리를 숙이며 목소리를 높였다. 그리고 피아노 소리가 점차 잠잠해지는가 싶더니 그렇게 노래가 끝이 났다. 나는 노래의 말미에 작게 속삭였다. "나는 우리가 함께했던 그날들을 기억하고 있어."

그러자 거실은 사람들의 휘파람 소리와 박수 소리로 가득 찼고 사람들은 모두 잔을 들며 나의 노래 실력을 칭찬했다. 나는 그들의 환호에 고개 숙여 인사하며 손 키스를 보냈다. 곧 다른 노래의 반주가 시작되었고 사람들은 마이크 주변에 모여 함께 노래를 불렀다. 나는 그들 틈에서 조용히 빠져 나와 내 집으로 돌아왔다.

소파에 있던 노트북을 다시 열어 보니 메일 창이 여전히 켜져 있는 상태였다. 술 때문에 의식과 무의식 상태를 오가던 나는 덕분에 로그인 버튼을 쉽게 누를 수 있었다. 수신함에는 광고 메일과 엄마에게서 온 편지들이 가득했다. 엄마는 내게 삼촌과 아드레안과 함께 찍은 사진들을 보냈는데 술에 취해서 그런지 사진들이 눈앞에서 아른거렸다. 사진 속에 있는 내 동생 아드레안은 침을 흘리며 환하게 웃고 있었다. 오늘따라 이 통통한 녀석이 너무나 그리웠다. 사진 속에는 엄마의 집고 내가 살던 집의 모습도 담겨 있었는데 그동안 내가 가족들에게 보낸 돈 덕분에 많은 것들이 변한 것 같아서 내심 기뻤다. 하지만 엄마가 보낸 편지들과 사진들을 보는 기쁨도 그리 오래가지는 않았다. 메릴린 대체 왜 아직까지 답장이 없는 거야?

13

디와니야의 분위기는 예전 같지 않았다. 내 친구들도 더 이상 내가 알던 그 정신 나간 모습이 아니었다. 그들은 다른 것에 일절 관심을 끊고 오로지 의회 선거를 치르는 일에만 집중했다. 그들 사이에 오가는 대화도 어느 때보다 치열하고 날카로웠다. 또 친구들은 평소와는 다르게 내가 그들의 대화에 끼는데 관심을 갖지 않았고 거의 대부분의 대화는 아랍어로 이루어졌다.

어느 날 저녁, 투르키는 내게 마슈알과 압둘라와 함께 어디론가 가자고 했다. 어디로 가는 거냐는 내 질문에 투르키는 그냥 멀지 않은 곳이라고만 했다. 우리 넷은 전화번호가 쓰인 서류들을 정리하는 자비르와 마흐디를 디와니야에 남겨 두고 나왔다. 나중에 안 사실이지만 그 둘은 특정 후보들을 지지하는 선거 운동을 하고 있었다. 그들은 아직 선거에서 투표를 할 수 있는 법적 나이가 되지 않았기에 자신들만의 방식으로 쿠웨이트를 위해 일하고 있던 것이다.

투르키는 친구에게 빌린 작은 용달차를 몰고 가다가 수르라 지역에 있는 어느 학교 앞 거리에 세웠다. 그러고는 차에서 내려 내게 뒷자리에 있던 큰 현수막을 옮겨 달라고 부탁했다. 한편 마슈알과 압둘라는 차에 실었던 철제 받침대와 모래주머니들을 옮기는데 여념이 없었다.

투르키는 인도 위에다가 돌돌 말려 있던 현수막을 폈다. 그러자 검은 현수막 사이로 노란색의 아랍어 글씨가 보였다. 마슈알과 압둘라는 땅에다가 철제 받침대를 놓고 그 위에 모래주머니를 쌓아 받침을 고정시키고 있었다. "이싸! 그쪽에서 현수막 끝을 꽉 잡고 있어." 투르키가 내게 도움을 요청했지만 나는 내가 서 있던 곳에서 한 발자국도 움직이지 않았다. 그리고 "이 현수막에 쓰인 노란색 글씨가 무슨 뜻인지 알려 주면 그렇게 할게요!"라고 고집을 부렸다. 그러자 투르키는 허리춤에 손을 올려놓으며 "이싸, 지금 말고 나중에 다 설명할게."라고 나를 설득하려 했다. 하지만 나는 고개를 저으며 계속 고집을 부렸다. "지금당장 얘기해 줘요!" 결국 투르키는 내 고집에 두 손 두 발을 다들었다.

그는 집게손가락으로 현수막에 쓰인 글자들을 하나씩 가리키며 그게 무슨 뜻인지 내게 번역해 주었다. "그 누구도 수르라를 살 수 없다. 쿠웨이트가 우선이다." 마슈알과 압둘라는 받침대를 고정시키고 난 뒤 투르키를 도와서 현수막을 들고는 그 받침대에 걸었다. 그렇게 거리에는 우리가 준비해 온 그 큰 현수막이 걸리게 되었다. 임무를 마친 우리 넷은 곧바로 차를 타고 다른 지역으로 가서 '디나르는 우리를 지배할 수 없다. 쿠웨이트가 우선이다.'라고 쓰인 또 다른 현수막을 붙였다. 또 '카이판'이라는 지역으로 건너간 우리는 사원의 벽에 '그 누구도 국민의 강인한 양심을 살 수 없다.'라고 적힌 현수막을 붙이고 있던 또 다른 젊은이들을 만나게 되었다.

그날 우리가 한 활동은 청년들의 자발적인 입장을 표명하는 행위였는데 그건 비단 내 친구들뿐만 아니라 쿠웨이트 전역의 많은 젊은이들이 발 벗고 나서서 함께 주도한 일이었다. 그들은 길거리에 구호가 적힌 현수막을 내 거는 것으로써 일부 후보자들이 저지르는 뇌물수수 행위와 돈으로 유권자를 매수하는 행위를 비난하고 있었다. "어떤 지역에서는 한 사람당 2천 디나르를 주면서까지 특정 후보를 뽑게 하는 일도 일어나고 있어." 투르키는 그런 상황을 안타까워했다. 그는 고개를 절레절레 저으며 "그 돈을 받고 사람들이 파는 건 자신의 표가 아니라 바로 이 나라야."라고 강조했다. 당시 쿠웨이트에서 가난하다고 여겨지는 사람들도 내 눈에는 모두 부자로 보였기 때문에 나는 왜 그들이 이런 돈을 받으면서까지 투표를 하는지 도무지 이해할 수 없었다.

나는 그 짧은 기간 동안 이제까지 볼 수 없었던 내 친구들의 새로운 모습을 볼 수 있었다. 그들은 특정 후보들에 대한 고집과 열정을 가지고 있었고 선거 선전 활동에도 자발적으로 참여했다. 그래서 사람들에게 선전물을 나눠 주기도 하고, 돈을 받고 투표를 하는 것은 조국을 파는 것이라며 모든 불법 행위를 경계하라는 현수막도 거리에 걸었다. 친구들의 진중한 태도에 나는 전보다 말수를 줄였다. 그들끼리 아랍어로 얘기를 나눌 때도 전처럼 질문을 많이 하지 않았다. 대신 내 친구들의 얼굴에 가득한 열정을 신기하다는 듯이 관찰했다. 그들의 타오르는 열정은 어느새 내게도 옮겨 붙었다. 그래서 나는 내가 가진 아시아인의 얼굴을 잊고 선전물을 들고 밖으로 나가서 "그 누구도 쿠웨이트를 살 수 없다."라는 말을 혼자 되새기며 자동차 유리와 범퍼 사이에 선전물들을 꽂아 두었다. 나는 그때 살면서 처음으로 진짜 쿠웨이트 사람이 되었고, 그 어느 때보다 내 조국인 쿠웨이트에 대한 소속감이 절정에 다다랐다.

쿠웨이트를 생각할 때마다 나는 내 아버지의 시신을 덮고 있던 네 가지 색으로 이루어진 쿠웨이트 국기가 떠올랐다. 언젠가 메릴린이 내게 보냈던 편지의 한 구절도 생각났다. '내가 내 얼굴을 극복한 것처럼 너도 네 얼굴을 극복하길 바라. 남들이 아닌 네 자신에게 먼저 네가 누군지 증명하렴. 네 자신을 믿으면 네 주변의 사람들도 너를 믿을 거야. 만약 그들이 너를 믿지 않는다고 해도 그건 그들의 문제이지 절대 너의 문제가 아니야.'

메릴린의 말이 옳았다. 나는 그 어느 때보다 메릴린이 너무나 보고 싶었고 그녀의 얘기를 듣고 싶었다.

***

우리는 그날의 임무를 마치고 디와니야로 돌아왔다. 자비르와 마흐디는 여전히 바닥에 앉아 연락처가 적힌 종이들을 정리하고 있었다. 그들은 우리가 밖에 나가 있는 동안 꽤 많은 수의 유권자들에게 전화를 걸어 선거 유세장에 참여할 것을 독려하고 그들에게 자신들이 지지하는 후보를 선전한 것을 뿌듯해했다. 나는 그들 옆에 놓인 선거 선전물들과 후보자들의 사진을 살펴보았다. 사진 주변에는 쿠웨이트 국기와 지도들이 그려져 있었는데 새의 머리를 닮은 지도는 작고 그리기에도 쉬워 보였다. 순간 여기저기 퍼져 있는 섬들 때문에 그릴 때 세심한 작업을 요하는 필리핀의 지도가 머릿속에 떠올랐다. 둘 사이에는 닮은 점이라고는 정말 하나도 없었다.

내 친구들은 총 네 명의 후보를 지지했는데 그중 세 명의 사진은 자비르와 마흐디가 가지고 있던 선전물을 통해 볼 수 있었으나 나머지 후보의 사진은 보이지 않았다. 나는 마흐디에게 왜 마지막 후보의 사진은 없냐고 물었고 그는 내 질문에 사진이 없는 인쇄물을 한 장 내밀더니 "이게 바로 그 후보의 선전물이야. 아마도 자신의 사진을 올리고 싶지 않았나 봐. 그래서 이 종이에 그녀의 이름만 써 놨어. 후보의 이름은 바로 힌드 따루프야." 라고 대답했다.

14

디와니야에 있던 친구들이 갑자기 조용해진 걸까? 아니면 '힌드 따루프'라는 이름을 듣자마자 내 귀가 들리지 않게 된 걸까?!

나는 지난 번 카울라의 통화에서 내가 "올롤로로로로"라고 외쳤던 것도, 카울라가 기뻐했던 것도 다 그런 이유 때문이었음을 이제야 알게 되었다. 이건 전혀 상상도 해 보지 못한 일이었다. 마흐디는 힌드 따루프가 선출되는 것이 쿠웨이트에도 좋은 일이라며 그녀가 선거에서 이기기를 바랐다. 하지만 카울라의 말대로라면 고모가 선거에서 이기는 것은 우리 가족에게 좋은 일이었다. 마흐디의 말대로 그게 쿠웨이트에도 좋은 일이라면 쿠웨이트인인 내게도 고모의 당선은 긍정적인 일이었다. 반대로 그게 우리 가족에게 좋은 일이라면 그건 나와는 상관없는 일이었다.

마흐디는 자신의 입에서 나온 힌드 따루프의 이름을 듣고 깜짝 놀란 내 얼굴을 보더니 "이싸, 무슨 일이야?"라고 물었다. 사실 나는 힌드 고모에 대해 말하기가 조금 망설여졌지만 고모의 당선을 바라는 마흐디의 열정과 고모와 내 관계를 자랑하고픈 마음에 그에게 솔직하게 털어놓기로 했다. "사실 힌드 따루프는 제 고모예요." 그러자 거기에 있던 친구들 모두가 깜짝 놀라 아무 말도 하지 못했다. 그들은 각자 하던 일을 멈추고 서로의 얼굴을 바라보더니 동시에 내 쪽을 바라보았다. 호기심 어린 그들의 시선이 내 얼굴을 뚫어 버릴 것만 같았다. "지금 농담하는 거지?" 투르키의 말에 나는 고개를 저으며 당당히 말했다. "힌드 따루프는 제 아버지인 라쉬드 따루프의 친동생이에요." 내 말이 끝나기가 무섭게 자비르가 자세를 고쳐 앉으며 "거짓말 하지 마!"라고 외쳤다. 나는 그의 반응에 아무 말도 하지 않았다. 친구들이 이렇게 놀라워하는 것을 보니 괜히 성급하게 말을 꺼낸 게 아닌가 싶어 후회가 됐고 차라리 조용히 있는 편이 더 나았을 지도 모른다는 생각이 들었다. 하지만 힌드 따루프가 내 고모라는 게 뭐가 이상하다는 말인가? 머리가 온통 혼란스러웠나. 그때 자비르가 입을 열었다. "어릴 적부터 따루프 가문의 집은 내 두 번째 집이나 다름없었어. 나는 내 자신을 아는 것처럼 그들에 대해 다 알고 있다고 생각했는데… 이싸, 너에 대해서는 단 한 번도 들어 본 적이 없어!" 그 말에 "그러면 우리 할머니 가니마와 아와띠프, 누리야 그리고 카울라도 알겠네요?"라고 물었다. 그러자 자비르가 깜짝 놀란 듯 두 눈을 동그랗게 떴다.

"나를 모르면서 우리 집에서 일하는 라주와 바부, 라크쉬미 그리고 루즈비민다까지 다 알고 있는 건가요? 아무리 그래도 내가 이싸 라쉬드 이싸 따루프라는 것은 부정할 수 없어요." 내가 집안 식구들과 집에서 일하는 가사도우미들의 이름까지 자세히 알고 있자 친구들은 아무 말도 하지 못했다. "왜요? 또 나 때문에 고모가 선거에서 지기라도 할까 봐 그런 건가요?" 날카로운 내 질문에 자비르는 혼란스러워하며 고개를 저었다. "아니… 내 말은 그런 의도가 아니라… 하지만…" 그는 한 손으로 자신의 머리를 잡았다. 그건 평소처럼 춤을 추기 위한 동작이 아니라 갑작스런 내 발언으로 그가 깜짝 놀랐다는 신호였다. 나는 그가 천천히 이 상황을 파악할 수 있도록 아무 말도 하지 않았다. 그러나 곧 자비르의 입에서 나온 말은 역으로 나를 깜짝 놀라게 만들었다. "한 1년쯤 전에, 사실 정확한 기억은 아니지만 라쉬드의 어머니가 필리핀 일꾼을 집에 데려왔다고 들은 적이 있었어. 그 일꾼의 이름이 아마 '이싸'였을 거야." 나머지 친구들은 아무 말 없이 나와 자비르의 대화를 듣고 있었다. 자비르는 내게 손을 내밀며 악수를 청했고 냉소적으로 말했다. "그리고 내가 바로 네 이웃인 움무 자비르의 아들, '자비르'야." 순간 저 멀리 구석에 앉아 있던 마슈알이 박수를 치기 시작했다. 우리가 동시에 그를 바라보자 마슈알은 나를 똑바로 응시하며 손을 내밀더니 사과를 쥔 듯한 동작을 해 보이며 입을 열었다. "내가 전에 말하지 않았던가? 쿠웨이트는 정말 좁은 곳이라고!"

***

자비르에게 나와 힌드 고모의 관계에 대해 얘기한 것은 잘못이 아니었다. 하지만 우리 가족이 내게 미리 주의를 줬던 것처럼 그에게 이 일을 비밀로 해 달라고 부탁하지 않은 것은 분명 내 잘못이었다. 쿠웨이트는 정말 좁은 곳이었다. 만약 쿠웨이트가 좀 더 넓은 곳이었다면 내가 이런 일들을 당하지 않았을까? 왜 사람들은 행동거지나 말, 동작 하나에서도 늘 조심해야 할 것들을 대수롭지 않게 여기며 살아가는 걸까? 나는 가족들과 멀리 떨어져 살고 있음에도 불구하고 그들에게 또 수치를 주고 말았다. 누군가를 짓밟으면서까지 모두가 쟁취하려고 하는 그것, 그 권력이라는 것은 대체 무엇일까? 이곳 사람들이 가장 두려워하는 것은, 잠시도 쉬지 않고 남들에 대해 이러쿵저러쿵하느라 침이 잔뜩 묻은 입안의 '혓바닥'이었다.

자비르는 내게 들었던 이야기를 그대로 자신의 어머니인 움무 자비르에게 전했다. 그리고 움무 자비르는 그 이야기를 이웃집에 옮겼으며 그 이웃들은 또 다른 사람들에게 그 소문을 퍼뜨렸다. 쿠웨이트는 좁아서 사람들은 서로에 대해 잘 알고 있었고, 사람의 말에는 날개가 달렸기 때문에 내 이야기는 한 마리의 새가 되어 날아갔다. 그리고 늘 누군가에 대한 풍문으로 가득한 여자들의 모임 한가운데를 빙빙 날아다녔다. 그러다가 잠시 휴식을 취하기 위해 그들 중 누군가의 혀에 앉기라도 하면 얼마 있지 않아 다시 또 다른 누군가를 향해 날아가야만 했다.

내 동생 카울라는 그의 유일한 오빠인 나와 나머지 가족들 사이에서 항상 중립의 입장을 취했다. 사람들 사이에 소문이 쫙 퍼진 뒤, 카울라가 내게 전화를 했을 때도 그녀는 어떤 입장도 취하지 않았다. 나는 그 어느 때 보다 내 편에 서 줄 사람이 필요했다. 나는 정말 아무 잘못도 하지 않았다! 나는 가족들이 내 저주를 피할 수 있도록 이미 내 발로 따루프 가문의 집을 나왔다. 오래 전 아버지가 나를 품에 안고 할머니의 집에서 쫓겨났을 때 그 집에는 축복이 찾아왔다고 했다. 그런데 왜 이번에는 내가 내 의지로 그 집에서 나왔음에도 불구하고 가족들에게 아무런 축복도 찾아오지 않았을까? 할머니는 내가 따루프 가문에 내려진 저주라고 했다. 하지만 내가 직접 보고 경험한 바로는 따루프 가문이야 말로 내게 내려진 저주였다!

나는 아직도 그날 카울라가 내게 했던 말을 기억한다. "움무 자비르는 정말 못된 사람이야. 할머니는 지금 몸져누우셨다고. 누리야 고모는 이를 바득바득 갈고 있고 우리 가문과 혼인 관계로 엮인 사람들 모두가 그 일을 알게 됐어. 라쉬드에게는 그와 필리핀 가사도우미 사이에서 낳은 아들이 있다고 말이야…" 카울라의 갑작스러운 침묵에 나는 입을 열었다. "그리고 또?" 그녀는 잠시 망설이다 내게 이렇게 말했다. "친척들이 나를 불쌍히 여기고 있어. 이 일 때문에 내가 좋은 남자와 결혼할 수 있는 기회가 적어졌다고 하더라." 그 말은 할머니가 오래 전 부엌에서 내 아버지에게 했던 것과 같은 말이었다. 그리고 실제로 그 말은 맞는 것 같았다. 조세핀의 저주가 아와띠프 고모와 힌드 고모에게서 빠져 나와 이제는 내 동생 카울라에게 손을 뻗고 있었다.

내가 아무 말도 하지 않자 카울라가 먼저 입을 열었다. "오빠 미안해. 내 말은——" 나는 카울라가 더 이상 다른 말을 하지 않도록 그녀의 말을 가로챘다. "아니야. 네가 미안해할 게 아니라 내가 미안해해야지."

쿠웨이트는 다른 의미로 정말 놀라운 나라였다. 이 나라는, 필리핀에서 내가 평생 동안 머릿속에 그려 왔던 모습과는 정반대의 모습을 지니고 있었다. 그건 절대 내가 꿈꿔 왔던 그런 모습이 아니었다. 내 상상 속에 있던 '그 나라'와 지금 마주하고 있는 '이 나라' 사이에는 그야말로 아무런 공통점이 없었다. 물론 둘 다 '놀라운 나라'라는 것은 말할 필요도 없었다.

***

라쉬드와 조세핀, 왜 당신들은 지금 내가 있는 이곳에는 없는 건가요? 나를 낳을 권리만을 누리고 이런 식으로 나를 내버려 두는 건가요? 당신들은 권리만 누렸지 그 권리에 따르는 책임은 지지 못했어요.

인간은 본인의 의지 없이 이 세상에 태어난다. 우리는 우연히 이 세상에 태어나게 되는데 부모의 사전 계획 없이도 또는 그들이 충분히 계획한 이후에 태어날 수도 있다. 나는 문득 이런 생각이 들었다. 만약 우리가 무(無)에서 생겨났다면, 자궁에 안착되어 영혼이 들어오기 전에 여러 남녀 후보들 사이에서 우리의 부모를 고르고 만약 후보자들 모두가 적합하다고 여겨지지 않는다면 다시 무(無)의 세계로 돌아갈 텐데 하고 말이다.

나는 디와니야에서 압둘라에게 이런 생각에 대해 말했다. 그러자 그는 '영혼이란 신 말고는 그 어떤 누구도 알지 못하는 비밀이다. 왜냐하면 우리는 아주 적은 지식만을 갖고 있는 인간이기 때문이다.'라는 꾸란 구절을 번역해 주었다. 그러고는 "그렇다면 새로운 몸에서 새 삶을 시작하기 위해 부모를 선택한 과정에 대한 기억이 지워지기도 전에, 아예 선택 자체를 하지 않게 된다면 결국 우리는 어디로 가게 된다는 말이니?"라며 내게 질문을 던졌다. 나는 그 말에 얼른 그에게 물었다. "혹시 부처를 믿어요?" 그러자 그는 펄쩍 뛰었다. "아니야, 난 무슬림이야." 나는 그런 그에게 "그렇다면 방금 왜 불교의 환생과 비슷한 얘기를 한 건가요?"라고 되물었다. 그러자 그는 조금 전 내게 일러 줬던 꾸란의 구절[6]을 읊었는데 마치 그런 생각을 한 자신의 죄를 뉘우치는 것 같았다. 한편 이브라힘 살람은 다른 의견을 가지고 있었다. 그는 내가 이런 생각을 말하는 것조차도 달가워하지 않았다. 그리고 내가 이야기를 다 마치기도 전에 죽음이란 모든 영

---

6   그들이 성령에 관하여 그대에게 물으리라 일러 가로되 성령은 주님 외에는 알지 못하는 것이며 너희가 아는 것은 미량에 불과하니라. 꾸란, 이스라 장 85절 _역자 주

혼들의 운명이라는 꾸란의 구절[7]을 내게 말해 주며 그걸로 답을 대신했다.

***

디와니야의 친구들도 사람들 사이에 내 소문이 퍼지게 됐다는 것을 알게 되었다. 투르키는 내게 "이싸, 그건 네가 비난받을 일이 아니야."라고 말해 줬다. 그의 말을 들으니 내 마음도 한결 가벼워지면서 위로를 받는 것 같았다. 하지만 그는 곧 "그래도 네 할머니나 네 고모들을 질책하지는 마."라는 말을 덧붙였고 나는 그의 말에 잔뜩 흥분해서 외쳤다. "그들은 다 부자예요. 모든 걸 다 가지고 있다고요! 정말 모든 것을요! 그러면서도 왜 그들은 내가 자신들에게 해를 끼친다고 하는 거죠?" 내 말에 투르키는 가싼이 자주 짓던 특유의 슬픈 미소를 띠며 내게 말했다. "쿠웨이트에는 아주 유명한 말이 있어. 그건 바로 '누군가의 명성은 그가 가진 재산을 능가한다.'라는 말이지…."

---

7 모든 인간은 죽음을 맛보고 하나님께로 돌아오리라. 꾸란, 안카부트 장 57절 _역자 주

15

　내게는 세 개의 선택지가 있었다. 그건 바로 우리 가족을 곤란하게 만든 내 자신을 미워하는 것, 아니면 내게 시련을 가져다 준 내 가족을 미워하는 것. 그것도 아니면 우리 가족을 미워함으로써 그 가족의 일원인 내 자신까지 미워하는 것이었다.

　나에 대한 소문이 사람들에게 퍼지고 난 뒤 어느 날, 누군가가 내 집으로 찾아왔다. 문 밖의 그 누군가는 내가 현관문을 열 때까지 끈질기게 초인종을 눌러 댔다. 그 누군가는 바로 송곳니를 드러낸 채 잔뜩 흥분한 상어와 무력한 돌고래였다. 그들은 여전히 따루프라는 그물에서 벗어나지 못하고 그 그물을 꼬리 뒤에 단 채 내 아파트에 침입했다. 반면 나는 작은 물고기였기에 그 그물에 빠지지 않고 도망가기 위해 필사적으로 노력했다.

　"누리야?"

　나는 그들의 갑작스러운 방문에 깜짝 놀랐다. 나는 누리야가 또 다시 내 셔츠 깃을 잡아서 흔들기라도 할까봐 살짝 몇 발짝 뒤로 물러섰다. 그때 우리는 할머니의 집에 있었고 누리야는 혹시 누군가가 우리를 보기라도 할까 봐 흥분을 가라앉히기 위해 최대한 노력했었다. 하지만 내가 살고 있는 이 작은 이항은 할머니의 집과는 엄연히 달랐다. 카울라의 말대로 작은 물고기였던 나는 거대한 상어 앞에 놓여 있었고 내가 도망갈 곳은 그 어디에도 없었다.

　두려움에 떨던 나는 아와띠프 고모의 인자한 얼굴을 바라보며 그녀가 무엇이라도 해 주길 바랐다. 하지만 그녀는 아무것도 하지 않고 가만히 서 있기만 했다. 나는 거실 쪽을 가리키며 그들에게 집 안으로 들어오라고 권했다. 그러나 둘은 문 앞에서 꿈쩍도 하지 않았다. 누리야는 얼굴 표정에서부터 벌써 내게 욕을 퍼붓고 있었다. 두 눈썹은 하늘 위로 치켜 올려져 있었고 그녀의 높고 뾰족한 코는 어느 때보다 날카롭게 느껴졌다. 누리야는 혀에 독이라도 발라 놓은 것 같았다.

"이봐, 잘 들어. 나는 힌드나 카울라 같은 사람이 아니야. 지금 당장 쿠웨이트를 떠나. 알겠어?!"

누리야의 일방적이고도 가시 돋친 명령은 나를 자극했다. 순간 흥분한 나는 누리야의 얼굴에 대고 외쳤다. 대체 그럴 용기가 어디에서 나왔는지 지금도 모르겠다.

"저는 이미 오래 전에 따루프 가문의 집을 나왔어요. 당신이 제게 그런 말을 할 권리는 없죠!"

그러자 누리야는 마치 뺨이라도 한 대 맞은 듯 눈을 동그랗게 뜨며 내게 소리 질렀다.

"지금 당장 쿠웨이트를 떠나란 말이야!"

"쿠웨이트는 따루프가의 집이 아니에요."

내 말대꾸에 누리야의 두 눈은 커질 대로 커져서 무서울 정도가 되었다. 그녀는 내가 보이는 반응을 믿을 수 없다는 듯 아와띠프 고모를 바라보다가 다시 내게 말했다.

"지금 내게 반항하는 거니?"

"저는 아무에게도 반항하지 않아요."

"우리 엄마가 네게 월마다 주는 용돈을 끊기로 결정하셨어. 힌드도 더 이상 너를 돕지 않을 거야. 이래도 지금 네 상황을 이

504

해하지 못하겠니?"

"제게는 직업이 있어요. 지금 받는 월급만으로도 충분히 남은 생을 이곳에서 보낼 수 있어요."

나는 손가락으로 땅을 가리키며 누리야를 정면 응시했다.

"이곳, 바로 쿠웨이트에서 말이죠."

그러자 누리야의 두 입술이 가늘게 떨리기 시작했다. 그녀는 어쩔 줄 몰라 하며 나와 아와띠프 고모를 번갈아 보았다. 나는 그런 누리야를 욕하지 않았다. 그녀는 어울리지 않는 목소리로 으르렁거리는 작은 고양이 같았고, 그건 사자가 포효하는 것보다 훨씬 더 인상 깊었다. 누리야의 두 눈이 잠깐 반짝이나 싶더니 잠시 뒤 검은 눈물이 그녀의 볼을 적시기 시작했다. 검은 눈물이라니! 그 장면은 실로 괴기스러울 정도였다. 누리야는 울먹이며 아와띠프 고모에게 뭔가를 말하고는 다시 내 쪽을 바라보며 말했다.

"네가 원하는 만큼의 돈을 줄게."

"저는 돈 같은 건 필요 없어요."

단호한 내 대답에 누리야는 내가 이해할 수 없는 눈빛으로 자신의 언니를 바라보더니 뭔가를 속삭였다. 그러자 이번에는 아와띠프 고모가 입을 열었다.

"우리가 잠시 네 집에 들어가도 되겠니?"

***

둘은 내 맞은편에 앉았다. 누리야는 그녀의 방식으로 나를 쫓아내는데 실패하자 그녀의 언니인 아와띠프 고모에게 도움을 요청했다. 고모는 조금 모자란 영어로 내게 말하기 시작했고 누리야가 옆에서 그녀가 말하는 것을 도와주었다. 아와띠프 고모는 우선 내게 예배를 드리냐고 물었다. 나는 지금 이 상황에 맞지 않는 그녀의 질문이 이상하게 느껴졌지만 그렇다고 대답했다. 그러자 고모는 잘 했다는 듯이 내게 미소를 지었다. "그거 참 잘되었구나. 나는 네가 꼭 의롭고 믿음을 가진 자가 될 거라고 확신했단다." 나는 고모와 누리야를 번갈아 보면서 대체 무슨 의도로 내게 이런 말을 하는 건지 파악하려고 애썼다. 그리고 조금 뒤 아와띠프 고모는 내게 이렇게 말했다. "꼭 강한 믿음을 가진 자가 되거라. 네 운명을 마주하고 신께서 네게 정해 주신 그 길을 가렴." 나는 고모의 말에 "신께서 제게 그 길을 정해 주셨다고요?"라고 되물었다. 그러자 고모는 내 질문에 고개를 끄덕이는 대신 조용히 미소만 지었다. 나는 고모의 말에 크게 당황했다. 내 당황한 표정을 본 누리야의 얼굴에 그제야 자신감이 돌아왔다. 아와띠프 고모는 침착한 어조로 말했다.

"위대한 신께서는 애초에 네가 이곳에 살도록 너를 창조하지 않으셨어."

나는 밀랍 인형처럼 어떤 표정이나 움직임도 없이 눈만 움직이 내 앞에 앉아 있는 둘을 어이없다는 듯이 바라보았다. 신이시여! 어찌하다 저들이 자기 마음대로 아무 데나 신을 끌어들이는 지경에까지 이르게 된 건가요?

"네게 어울리는 곳은 그곳 필리핀이야."

그 소리에 나는 자리를 박차고 일어났다. 둘은 무슨 일이냐는 듯 나를 올려다보았고 나는 거실을 뛰쳐나갔다.

"어디로 가는 거야?"

누리야의 물음에 나는 "잠깐만 기다려 봐요."라고 대답했다.

잠시 뒤 나는 아버지의 사진들과 증명 서류들이 담겨 있는 가방을 가지고 와서 그들 앞에 앉았다. 그리고 그 가방에서 내 파란색 여권과 검은색 국적 사실 증명서를 꺼내 들고 그들의 얼굴 앞에 흔들어 보였다.

"저는 쿠웨이트 사람이에요."

그러자 둘은 아무 말 없이 고개를 저었다. 그러더니 누리야가 나를 노려보며 말했다.

"아니, 넌 간음을 통해 태어난 아이야."

순간 전기가 빛의 속도로 내 척추를 타고 올라오더니 머리까지 통과하는 듯한 느낌이 들었다. 아와띠프 고모는 누리야의 옆에서 그런 나를 달래려는 듯 조용히 말했다.

"너는 믿음을 가진 사람이란다."

나는 정신없이 가방을 뒤져서 그 안에서 아버지의 사진을 꺼내 들었다. 그리고 주체할 수 없을 정도로 화가 나서 덜덜 떨려오는 손으로 그 사진을 고모들의 얼굴에 가져다 댔다.

"저는 이 사진 속에 있는 남자가 낳은 아들이에요!"

하지만 무언가 확신에 찬 그들의 얼굴은 나를 불안하게 만들었다. 나를 바라보는 누리야의 눈빛은 나를 수치스럽게 만들었고 아와띠프 고모는 아무 말 없이 고개를 저었다.

"저는 이쌰 라쉬드 따루프라고요!"

그러자 아와띠프 고모는 아무 표정의 변화 없이 내게 말했다.

"라쉬드는 네 아버지가 아니야. 너에게는 그의 호적에 오를 권리도 없고 그의 성을 쓸 권리도 없단다."

그녀가 이렇게 확신을 하며 말하는 데에는 분명 숨겨진 뭔가가 있었다.

"하지만 너는 여전히 믿음을 가진 자야."

그러던 고모는 내게 마지막 쐐기를 박았다.

"간음을 통해 태어난 자식은 아버지가 아닌 어머니의 호적에 귀속된단다."

그러자 잠자코 옆에 앉아 있던 누리야가 거들기 시작했다.

"그러니까 너는 이쌰 따루프가 아니라 이쌰 조세핀이 되는 거지."

젠장, 왜 이리도 많은 이름들이 나를 따라다니는 걸까? 이제는 정말 이 수많은 이름들 중에서 하나의 이름에만 정착해야 했다. 나는 가방에서 종이들을 뒤지다가 그 사이에서 동그랗게 말려 있는 종이를 한 장 꺼냈다. 내가 알기로 그것은 왈리드와 가쌴의 서명이 적힌 종이었다. 그러나 그런 내 노력이 무색하리만큼 누리야는 그 종이를 제대로 보지도 않고 내게 말했다.

"지금 네가 우리에게 라쉬드와 조세핀의 결혼 증명서를 보여 주려고 하는 것 같은데, 괜한 짓 하지 마. 네가 민법상으로 라쉬드의 아들이라고 해도 종교법상으로는 그렇지 않아!"

그러자 아와띠프 고모가 옆에서 내게 조용히 말했다.

"너는 믿음을 가진 자란다."

나는 고모의 말을 무시하고 누리야의 두 눈을 똑바로 마주했다. 그러자 그녀가 내게 말했다.

"너도 알다시피 네 엄마는, 아니 우리 집에서 일했던 가사도우미였던 조세핀은 이 서류를 발급받기 전에 이미 임신을 한 상태였어. 그건 결혼 전에 임신을 했다는 말이지."

나는 누리야의 말에 귀 기울이는 대신 어떻게든 서류 가방 사이에서 다른 종이를 찾아보려고 애썼다. 그러자 누리야가 그런 내게 외쳤다.

"조세핀의 아들 녀석아, 내 말 잘 들어! 네게는 우리의 성을 딴 이름을 가질 권리도 없고 유산을 상속받을 권리도 없어. 이건 종교법상 모두 네게 금지된 것들이야. 그런데도 아무런 부끄러움 없이 아직까지 여기에 남겠다고 고집을 부릴 참이니?"

아와띠프 고모도 잠시 망설이는가 싶더니 그 말을 거들었다.

"그건 믿음을 반하는 행위기도 해."

한편 나는 그렇게도 찾으려고 애썼던 종이를 가방에서 꺼내는데 성공했다. 그리고 누리야를 향해 말했다.

"누리야 고모, 당신의 말이 맞아요."

나는 특히 '고모'라는 단어에 힘주어 말하며 그녀가 원하든 원하지 않든 그녀와 나의 관계가 고모와 조카 사이임을 강조했다. 나는 오른손에 쥐고 있던 가싼과 왈리드의 서명이 적힌 결혼 증명서를 흔들어 보이며 말했다.

"고모 말대로 이 서류를 발급하기 몇 달 전에 엄마가 저를 임신한 게 맞아요."

그리고 방금 가방에서 찾았던 또 다른 종이를 왼손에 쥐고 흔들어 보였다.

"그리고 그 서류를 발급하고 며칠 뒤에…"

그들은 불안한 눈빛으로 서로의 얼굴을 바라보았다. 그러다가 누리야는 최대한 아무렇지도 않은 척하며 내게 그 종이의 정체가 뭐냐고 물었다.

나는 아와띠프 고모처럼 점잖은 미소를 지으며 누리야의 질문에 답했다.

"이 종이는 당신들이 '관습혼'[8]이라고 부르는 그 결혼을 증명하는 서류예요."

내 말에 누리야는 결국 폭발하고 말았다. 그녀는 아랍어와 영어를 섞어 가며 온갖 협박과 욕을 해 댔고 소리를 고래고래 지르며 내게 양손으로 삿대질을 했다. 한편 아와띠프 고모는 충격과 슬픔이 교차하는 표정으로 아무 말도 하지 못한 채 가만히 앉아 있었다.

작은 물고기와의 싸움에서 패배한 상어는 결국 내 집에서 뛰쳐나갔고 아와띠프 고모는 아바야를 머리에 고정시킨 뒤 현관문을 나섰다. 그녀는 문을 닫기 전 눈물을 흘리며 나를 바라보

---

8 관습혼은 마으둔의 주재 하에 혼인계약이 이루어지지 않았거나 공식적으로 법원에 등록되지 않았지만 실제로 혼인계약이 이루어진 사실혼이다. 관습혼이라도 합법적인 혼인의 기본요건인 두 명의 계약자, 청약과 승낙, 증인, 후견인의 허락, 마흐르 등의 조건이 충족되면 유효한 혼인이다. 혼인의 기본 요건 중 여성의 후견인의 동의와 관련하여 하나피 학파는 여성이 성인인 경우 두 명의 증인만 충족되면 후견인의 동의가 없어도 혼인으로 인정한다. 문재완 외, 『파트와를 통해 본 이슬람 사회의 규범과 현실』(세창, 2016), 151쪽 _옮긴이 주.

더니 "왈라히, 왈라히(정말로, 정말로) 아이엠 쏘리."라고 말했다. 그녀는 아바야 끝자락으로 눈물을 닦고 "너는 쿠웨이트 사람이다. 너는 우리 오빠 라쉬드의 아들이야."라는 말도 잊지 않았다. 엘리베이터 쪽에서 "아와띠프!"라고 외치는 누리야의 목소리가 들리자 고모는 누리야를 뒤따라가기 전에 "나를 용서해 주겠니? 그래야 신께서도 나의 잘못을 용서하실 거야."라고 내게 사과의 말을 전했다.

나는 그 말에 억지 미소를 지어 보이며 "고모는 신앙인이에요."라고 말하고는 그대로 현관문을 닫아 버렸다.

16

나는 자비르에게 "당신이 당신 어머니께 나에 대해 다 말해서 내가 그동안 얼마나 힘들었는지 알아요?"라며 굳이 따지지 않았다. 물론 나는 그에게 화가 나 있었다. 하지만 나는 내 소중한 '정신 나간 친구들'을 잃을 만큼 정신이 나가지 않았기에 화를 꾹 참고 그런 것쯤은 아무것도 아니라고 생각하기로 했다.

어느 날 저녁, 나는 자비르와 함께 디와니야에 앉아서 시간을 보내고 있었고 나머지 다른 친구들은 모두 밖에서 내 고모, 힌드 따루프의 선거 유세장을 돌보느라 여념이 없었다. 친구들은 모두 고모가 당선되기를 열렬히 바랐지만 압둘라만큼은 그들과 달랐다. 그는 "쿠웨이트에 지금 남자가 없어?!"라고 말하며 의회에서 여성이 자신을 대변하는 것을 거부했다. 물론 그는 내 앞에서 직접 이런 말을 하지 못했고 나도 나중에 자비르를 통해 고모에 대한 압둘라의 생각을 알게 되었다. 자비르는 내게 이렇게 말해 줬다. "압둘라는 여성이 의회 말고 다른 분야에서 사회에 기여할 수 있다고 생각해."

한편 자비르는 힌드 고모를 가까이에서 지켜보면서 그녀의 선거 프로그램과 쿠웨이트의 미래에 대한 비전, 인권에 대한 고모의 한결같은 지지와 그녀가 그 분야에서 얻은 명성 등 힌드 따루프에 관한 것이라면 무엇이든지 다 알고 있었다. "고모가 이번 선거에서 이길 수 있을까요?" 내 질문에 그는 입을 삐쭉대다가 이렇게 말했다. "사실 그게 그렇게 쉬운 일은 아니야. 여성이 참정권을 얻은 지 아직 3년밖에 되지 않았어. 이곳에서 여성이 정치를 한다는 것은 여전히 낯선 일이야. 지금은 몰라도 아마 몇 년 뒤에는 이길 수 있을 거야." 그때 그의 휴대폰에서 메시지의 도착을 알리는 알람 소리가 들려 왔다. 자비르는 주머니에서 휴대폰을 꺼내 메시지를 읽었다. "투르키가 보낸 메시지인데 우리가 지금 명장면을 볼 기회를 놓쳤다는데? 지금 네 고모의 선거 유세장에 사람들이 가득하대!" 말을 마치자마자 자비르는 차 열쇠를 쥐더니 당장이라도 유세장으로 달려갈 기세였다. "우리도 가자! 어서 일어나!" 그러나 나는 가지 않겠다고 고개를 저었다. 내 반응에 자비르는 내 팔을 움켜잡으며 "겁쟁이처럼 굴지 마. 우리는 차 안에 있을 거니까 걱정하지 말라고!"라며 나를 안심시켰다.

***

힌드 따루프의 선거 캠프는 꾸르뚜바의 다마스쿠스 거리가 내려다보이는 종교 연구소와 가까운 곳, 그리고 내가 가장 좋아하던 장소를 빼앗은 송신탑과 멀지 않은 곳에 있었다.

캠프 안의 홀은 컸지만 밖에서는 안을 들여다볼 수 없었다. 종교 연구소 주차장에는 차들이 가득했고 캠프 주변의 보도에도 차들이 잔뜩 주차되어 있었다. 이곳저곳에 설치된 스피커에서는 고모의 목소리가 흘러나왔는데 그녀는 내가 평소 텔레비전 프로그램을 통해 들어왔던 목소리와 같은 톤으로 무언가에 대해 말하고 있었다. 홀로 들어가는 입구 앞에는 투르키와 마슈알, 그리고 마흐디가 서서 참석자들에게 유인물을 나눠 주고 있었다. 그리고 아와띠프 고모와 누리야의 자녀들도 각자의 목에 피켓을 건 채 입구에 함께 서 있었다. 나는 큰 글씨로 쓰인 3이라는 숫자 말고는 다른 글씨들을 알아볼 수 없었는데 옆에 있던 자비르가 내게 "저건 네 고모의 선거구를 뜻하는 숫자야."라고 일러 주었다.

많은 인파로 시끌벅적한 캠프 주변에서 나는 숫자 3이 쓰인 피켓을 들고 있는 카울라를 발견했고, 곧바로 그녀에게 전화를 걸었다. "여보세요? 지금 밖에서 뭐 하는 거야? 얼른 홀 안으로 들어가." 나는 자비르의 차 안에서 나를 찾으려고 자신의 주변을 둘러보는 카울라의 모습을 지켜보고 있었다. "오빠 지금 어디야? 누리야 고모도 여기에 있어!" 나는 창문을 내리고 카울라에게 손을 흔들며 말했다. "나 지금 여기에 있어." 하지만 그녀는 여전히 나를 찾지 못한 채 주변을 둘러보고만 있었다. "여기! 여기! 거리 쪽으로 돌아 봐. 오른쪽, 아니 더 오른쪽으로!" 결국 카울라는 내가 타고 있던 차를 발견했고 내가 좋아하는 미소를 지은 채 반갑게 손을 흔들며 이쪽으로 달려왔다. "앗살라무 알라이쿰. 슐로낙 이싸?" 그녀는 나를 보기 위해 창문으로 고개를 숙였다. 그리고는 운전석에 있는 자비르를 발견하고는 씨익 웃으며 "슐로낙 자비르?"라고 그의 안부를 물었다. 그녀의 뒤로 보이는 캠프는 순간 사람들의 박수 소리로 떠들썩했다. 그 소리를 듣자 온몸의 털이 쭈뼛 서는 것 같았고 심장이 빠르게 뛰기 시작했다. 그 소리에 카울라도 무의식적으로 박수를 쳤다. "지금 상황이 어때?" 내 질문에 카울라는 두 손을 포개 가슴에 올리더니 "오빠, 만약 우리 아버지가 지금 저 군중 사이에 있었더라면 얼마나 좋았을까? 아버지는 오래 전부터 사회를 건설하는데 여성의 참여가 꼭 필요하다고 주장했어. 오늘 아버지가 자신의 여동생이 저기에 서 있는 걸 봤더라면 정말 좋아했을 텐데…" 카울라는 잠시 조용히 있다가 창문에 머리를 다 집어넣을 것처럼 가까이 다가와서 나와 자비르를 번갈아 보며 말했다.

"옆집 동네 친구와 내 오빠가 한 차에 타고 있다니! 운명이란 참…" 나는 그 말을 듣고 있다가 마슈알이 했던 것처럼 사과를 쥔 듯한 손동작을 해 보이며 "쿠웨이트는 정말로 좁은 곳이지."라고 선수를 쳤다.

캠프 안에서 들려오는 박수 소리가 고조되나 싶더니 잠시 뒤 사람들이 밖으로 나오기 시작했디. 카울리는 "잘 가. 나중에 또 얘기하자."라는 말을 남기고 캠프로 돌아갔다.

***

　나는 자비르와 함께 디와니야로 돌아왔고 그곳에서 압둘라
가 우리를 기다리고 있었다. 그리고 얼마 뒤 선거 유세가 다 끝
났는지 투르키와 마슈알, 그리고 마흐디도 모두 디와니야로 돌
아왔는데 모두 표정이 밝지 않았다. 그들은 아랍어로 자비르에
게 뭔가를 말했고 그 말을 들은 자비르의 얼굴도 사색이 되었
다. 뭔가 이상함을 감지한 나는 투르키에게 어떻게 된 일이냐고
물었지만 그는 내 질문에 아무런 대답도 하지 않았다. 그러자 옆
에 있던 마흐디가 입을 열었다. "유세를 시작할 때는 정말 그보
다 더 좋을 수 없었어." 나는 그런 마흐디에게 물었다. "그런데
요?" 이번에는 마슈알이 거들었다. "하지만 최악의 상태로 끝이
나버렸지." 그들은 또 다시 아랍어로 무언가를 말하기 시작했
다. 나는 친구들이 하는 대화를 가만히 듣고 있다가 처음으로
그들이 하는 말에 껴들었다. "저도 대화에 참여하게 해 주세요.
부탁할게요!" 그러자 투르키는 고개를 끄덕이며 "네 고모는 제
정신이 아니야!"라고 말했다. 뒤이어 마흐디는 "이미 선거에서
진 거나 다름없어."라고 맞장구를 쳤다. 나는 깜짝 놀랐다. "하
지만 아직 투표 결과가 나오지도 않았는걸요? 심지어 오늘은
투표를 하는 날도 아니잖아요!" 내 말에 투르키는 "오늘 도중에
나가버린 사람들의 얼굴에서 우리는 이미 네 고모의 패배를 읽
었어."라고 말했다. 마슈알도 거들었다. "아무리 사실이라고
해도 모두가 알게 되면 나중에 말이 나오기 마련인데, 오늘은
네 고모가 너무 충동적이었어!" 그러자 옆에서 잠자코 있던 압

둘라도 입을 열었다. 그는 내가 겨우 이해할 정도의 어색한 영어로 "여자는 늘 감정의 지배를 받지."라고 말했는데 나는 그게 비난인지 칭찬인지 제대로 구분할 수가 없었다.

***

그날 유세장에서 힌드 고모가 연설을 마치자마자 관중의 질문 세례가 쏟아지기 시작했다. 고모는 자신감 있고 순발력 있게 모든 질문에 적절하게 잘 대응했다. 그리고 열성적인 한 늙은 여인의 마지막 질문, 아니 마지막이 되어 버린 질문을 받게 되었다.

"후보자께서는 그동안 비둔의 인권에 관련해서만 유독 강조를 하셨는데요, 그게 후보자의 우선 순위였다는 것은 잘 알고 있습니다." 여자의 말에 고모는 망설임 없이 "네, 여전히 그렇습니다."라고 답했다. 그러자 여자는 고모에게 "그렇다면 모든 비둔이 쿠웨이트 국적을 받을 권리가 있다는 말씀인지요?"라고 질문했다. 그 질문에 힌드 고모는 "물론 아닙니다. 하지만 다른 일반 쿠웨이트 국민들 역시, 그 모두가 쿠웨이트 국적을 얻을 권리가 있다고는 생각하지 않습니다. 비둔의 경우도 마찬가지입니다."라는 대답을 했다고 한다. 내 친구들의 말대로 고모의 대답에는 어느 정도 충동적인 면이 있었던 것 같다. 그 대답을 듣고 있던 여자는 갑자기 핸드백을 챙기더니 자리에서 일어났다. 그녀는 안타깝다는 듯이 고개를 저으며 "신께서 고인이 된 이싸따루프의 영혼에 자비를 베풀어 주시길."이라는 말을 남기고 유세장을 빠져 나갔다. 여자가 우리 할아버지의 이름을 언급하자 장내는 박수 소리로 뜨겁게 달아올랐다. 하지만 그녀가 나가버리자 다른 사람들도 자리에서 일어났고 결국 고모가 자신의 입장을 제대로 표명하기도 전에 선거 유세는 그렇게 끝나 버렸다.

나는 고모의 소식을 듣고 카울라에게 위로의 전화를 걸었다. 카울라도 오늘 있었던 일에 크게 당황하고 슬퍼하는 것 같았다. 그녀는 너무 안타깝다는 듯이 말했다. "사람들이 고모의 말을 제대로 듣지도 않았고 고모가 제대로 말할 시간도 주지 않았어…" 나는 카울라에게 힌드 고모의 상태가 어떤지 물었다. 그러자 카울라는 나를 안심시키며 "고모는 괜찮아. 하지만 할머니가 많이 편찮으셔."라고 답했다. 그녀는 터져 나오려는 울음을 억지로 삼키는 것 같았다. "지금 아와띠프 고모와 누리야 고모가 곁에서 할머니를 보살피고 있어." 나는 슬퍼하는 카울라에게 조심스럽게 물었다. "카울라 너는? 너는 괜찮은 거야?" 그러자 카울라는 깊은 한숨을 내쉬더니 "나? 사실 잘 모르겠어. 그렇지만 나도 조만간 할머니의 믿음이 옳은 것이었다고 생각하게 될 것 같아."라고 말했다. 수화기를 통해 카울라의 숨소리가 가빠지는 것이 느껴졌다. "우리에게 생긴 모든 일들이 그 사람, 바로 가싼의 저주 때문이라는 생각 말이야…"

17

2008년 5월 17일, 드디어 쿠웨이트에서 의회 선거가 열렸다.

그 선거에서 힌드 고모가 패배한 것은 놀라운 일도 아니었다. 특히 고모가 유세장에서 했던 소신 발언을 여러 신문사들이 기사로 크게 다루면서 고모의 패배는 당연한 결과로 받아들여졌다. 일부 국내 유명 신문들은 그들의 첫 지면에 고모의 기사를 대서특필했다. 신문에는 굵은 글씨로 이렇게 쓰여 있었다.

국민들의 애국심에 대한 회의론
힌드 따루프: 쿠웨이트인들은 쿠웨이트 국적을 가질 자격이 없다!

힌드 고모를 공격하는 일부 신문들의 반응 때문에 디와니야에는 장례식 같은 분위기가 감돌았다. 친구들은 선거 결과가 공표되기도 전에 그 결과가 어떨지 알고 있었다. 내게도 힌드 고모의 패배는 놀라운 일이 아니었다. 대신 진짜 놀라웠던 것은 누리야가 나를 쫓아내기 위해 그동안 말로만 해오던 협박을 실제 행동으로 옮겼다는 것이었다. 누리야의 협박과 위협은 모두 진심이었고, 그녀는 결국 그것들을 모두 실행으로 옮겼다. 할머니가 더 이상 내게 용돈을 보내지 않는 것은 이미 예상하고 있던 일이었다. 하지만 힌드 고모마저 그러리라고는 생각도 못했다!

결국 나는 식당에서 일하며 받는 월급과 정부에서 주는 지원금만으로 생활을 해야 했고 그 돈으로는 집 월세만 겨우 낼 수 있었다. 그래서 나는 그동안 내가 저축해 뒀던 돈을 쓰기 시작했고 앞으로 얼마나 더 버틸 수 있을지를 계산해 보았다. 계산을 해 본 결과, 앞으로도 계속 이런 상태라면 나는 몇 달도 채지나지 않아 파산할 것이 분명했다.

친구들은 그런 내게 금전적인 도움을 주려고 했다. 특히 그중에서 자비르가 가장 열성적이었는데 그건 아마도 그가 나에 대한 죄책감을 가졌기 때문이리라. 마슈알은 "나는 주말만 아니면 그 집이 필요 없어."라며 내게 같은 건물의 8층에 있는 자신의 집에서 머물라고 했다. 투르키도 "네가 너에게 맞는 새로운 거처를 찾을 때까지 이곳 디와니야에서 머물러도 괜찮아."라고 거들었다.

이브라힘 살람도 지금 살고 있는 집이 좁긴 했지만 나를 돕는 데 주저하지 않았다. "내 방이 작긴 하지만 이전에 너도 충분히 함께 잘 지냈잖아. 네가 이곳에 또 머무른다고 해도 문제될 게 전혀 없어." 돈을 받지 않겠다는 이브라힘과 옥신각신한 끝에 결국 나는 매달 30디나르를 주는 조건으로 그의 방에서 함께 지내기로 했고 그도 그 조건에 동의했다.

***

이브라힘의 집으로 거처를 옮기고 채 일주일이 지나지 않아 내가 일하던 식당의 당직 교대장이 나를 불렀다. 그리고는 "다른 일을 찾아 봐. 이번 주가 자네가 이곳에서 일하는 마지막 주가 될 거야."라고 통보했다. 내가 그 이유를 묻자 그는 아무 이유도 없다는 말만 했다.

결국 나는 내가 식당에서 해고당한 이유를 혼자서 찾아내야만 했다. 쿠웨이트가 이렇게 날 뱉어 내버리는구나!

며칠 뒤 카울라의 전화가 왔다. "정말 식당에서 해고된 거야?" 그렇다는 나의 대답에 카울라는 전화를 끊기 전 "젠장! 그건 다 누리야 고모의 짓이야!"라고 잔뜩 흥분해서 외쳤다.

한편 따루프가에서는 식구들 사이의 갈등이 점차 고조되고 있었다. 힌드 고모와 아와띠프 고모는 나를 식당에서 해고시킨 누리야와 심하게 충돌했다. "그냥 이싸를 그렇게 살도록 내버려 둬!" 당시 누리야는 힌드 고모가 유세장에서 그런 소신 발언을 한 것과 선거에서 진 것에 화가 잔뜩 나 있는 상태였다. 그녀는 나를 두둔하는 힌드 고모에게 이렇게 말했다. "만약 우리 아버지, 이싸 따루프가 살아계셨더라면 너 때문에 다시 돌아가셨을 거야." 할머니는 집 안에서 일어난 일들로 몸져누워서 상태가 좋지 않았다. 자매들은 매일같이 싸워 댔고 카울라는 그런 할머니의 집을 나와 자신의 외할머니 댁으로 가 버렸다. "지금 할머니네 상황이 정말 좋지 않아." 카울라는 내게 지금 할머니의 상태가 어떤지 설명해 줬다. "할머니는 하루 종일 당신의 허벅지를 때리면서 비통해하고 있어. 그러면서 계속 '신께서 아부 라쉬드(라쉬드의 아버지)의 영혼을 보살펴 주시길.', '신께서 라쉬드의 영혼을 보살펴 주시길.'이라고 말하다가 하늘에 손을 번쩍 들어 올리고는 '신이시여 가싼에게 복수를 해 주세요.'라고 외치셔."

"카울라! 내가 이 상황을 이해할 수 있도록 날 좀 도와 줘. 지금 모든 것들이 너무 복잡하게 꼬여 있잖아."

수화기 너머에 있는 카울라는 내 말에 아무런 대답도 하지 않았다.

"제발 내 질문에 대답 좀 해 줘."

그녀는 여전히 묵묵부답이었다.

"이 모든 문제들이 발생한 게 다 누구 때문이니?"

카울라는 평소처럼 아무 말도 하지 않았다. 나는 더 큰 목소리로 물었다.

"가싼 아저씨가 그 원인이야?"

그녀는 낮은 목소리로 답했다.

"아니."

나는 목소리를 조금 낮추고 카울라에게 다시 질문했다. 이번에는 그녀의 입에서 어떤 대답이 나올 지 두려워졌다.

"그럼 그게 다 나 때문이야?"

그러자 카울라는 큰 목소리로 외쳤다.

"당연히 아니야!"

그제야 그동안 나를 괴롭히던 죄책감으로부터 벗어날 수 있다는 안도의 한숨을 내쉬었다. 그런 내게 카울라가 말했다.

"그건 모두 따루프라는 그 커다란 그물 때문이야."

18

나는 이브라힘 살람의 방 한가운데 상추 한 장을 뜯어 놓고 이낭 츌링이 나타나기만을 기다렸다. 나는 꽤 오랜 시간 동안 이낭 츌링에게 밥 주는 것을 잊었던 상태라 그 아이가 빨리 나와서 상추를 먹기를 기대했다. 하지만 이낭 츌링은 좀처럼 그 모습을 드러내지 않았다. 이렇게 오랫동안 이낭 츌링이 아무것도 먹지 않는 것은 이상한 일이었다. 순간 그의 상태가 걱정되고 불안한 마음이 들었다. 그래서 방 여기저기를 샅샅이 뒤지며 이낭 츌링을 찾던 나는 결국 컴퓨터를 놓는 탁자 밑에서, 금이 간 껍질 안에서 말라 죽은 작은 거북이 한 마리를 발견했다.

그동안 조용히 그리고 아무 불평 없이 참을성 있게 내 말을 들어주던 이낭 츌링이 죽어 버렸다. 그날 아침 돌연 찾아온 이낭 츌링의 죽음에 나는 너무나 비통해했다. 신이시여, 오로지 당신만이 제가 그날 얼마나 울었는지 알고 계실 겁니다. 대체 누가 저를 위로해 줄 수 있을까요? 누가 거북이의 죽음 때문에 그렇게 슬퍼하는 저를 이해해 줄 수 있을까요? 일을 마치고 집에 돌아온 이브라힘 살람은 내 얼굴에 가득한 슬픔과 수심을 눈치채고 내게 무슨 일이냐고 물었다. 하지만 나는 그에게 내 거북이의 죽음에 대해 이야기하지 않았다. 어차피 그가 이해하지도 못할 일을 말해 봤자 무슨 소용이 있단 말인가? 나는 혼자 화장실로 가서 수도꼭지와 샤워기의 물을 틀고 엉엉 울어 댔다. 물소리 사이로 들리는 내 흐느낌 소리에 이브라힘은 화장실 문을 두들기며 "이싸! 괜찮은 거야?"라고 내 상태를 물었다. 나는 최대한 아무렇지 않은 척하며 "네, 저는 괜찮아요. 그냥 물이 차갑네요…"라고 이브라힘을 안심시켰다.

어떻게 거북이 한 마리의 부재가 이렇게 크나큰 공허함을 남길 수 있는 걸까? 이낭 츌링에게는 내가 그리워할 만한 목소리도 없었고 그 아이가 항상 내 곁에 있었던 것도 아니었다. 이낭 츌링은 소파 밑 자신의 등껍질 안에 웅크린 채로 모든 것과 단

절된 상태로 대부분의 시간을 보냈다. 이낭 츌링을 잃고 나서 나는 그 아이에게 혼잣말을 할 때만 들을 수 있었던 내 진짜 목소리와 내 자아를 잃게 되었다. 그리고 더 이상 냉장고에서 상추를 볼 수 없었다.

이낭 츌링은 내 슬픔과 분노, 투정까지 나의 변덕스러운 기분을 가장 잘 맞춰 주던 친구이기도 했다. 그 아이는 할머니의 집 별채에 있던 내 방에서 나의 방황을 함께해 주던 친구였고 자브리야에 있던 넓은 아파트에서 함께 살기도 했으며 이브라힘 살람의 집에서 함께 지내던 룸메이트기도 했다. 그런 이낭 츌링이 오늘 내 곁을 떠나갔다.

이낭 츌링마저 없는 이곳은 너무나 고독했다. 그동안 나는 내가 쿠웨이트의 일부라고 생각했지만 그런 쿠웨이트는 내 앞에 남아 있던 마지막 문까지 닫아 버렸다. 물론 나는 지금까지 대나무 줄기는 어디서든 그 뿌리를 내릴 수 있다는 생각을 했었다. 그러나 순간 이곳은 내가 있어야 할 곳이 아니라는 것과 지금까지 내가 잘못된 선택을 했다는 생각이 퍼뜩 들었다.

아마도 나는 '자신이 왔던 곳을 되돌아보지 못하는 자는 그가 목표한 곳에 절대 도달할 수 없다.'라는 호세 리살의 말을 그의 의도와는 다르게 이해한 것 같았다. 나는 그동안 호세 리살의 말을 예언처럼 신봉해 왔었다. 그래서 쿠웨이트를 내가 태어난 곳이자 내가 왔던 곳이라고 생각했고 오랜 부재 뒤에 다시 돌아가야 할 곳도 역시 쿠웨이트라고 여겨 왔다. 하지만 내가 왔던 곳을 돌아볼 때마다 그곳에는 필리핀과 마닐라, 그리고 발렌수엘라와 멘도사의 땅이 있었다.

갑자기 쿠웨이트가 좁아지기 시작하더니 이브라힘 살람의 방 크기만큼 작아졌다. 그리고 점점 더 좁아지면서 결국 성냥갑 만 한 크기가 되어 버렸다. 하지만 나는 그 속에 있는 성냥이 아니었다.

사람들이 자주 하던 말이 머릿속에 맴돌았다. "쿠웨이트는 정말 좁은 곳이야."

***

그날은 평소처럼 지루한 날이었다. 나는 다리 위에 노트북을 펴 놓고 메릴린의 편지를 확인하기 위해 메일 창을 열었다. 하지만 내 메일함에는 엄마에게서 온 편지들과 귀찮은 광고 메일들만이 가득 쌓여 있었다.

메릴린이 내가 보낸 메일을 읽기나 했을까? 그녀가 내 메일을 읽었는지 그 여부만이라도 알고 싶었다.

그때 무언가가 번개처럼 내 머릿속을 스쳐 지나갔다. 왜 그동안 내가 이 생각을 하지 못했던 걸까?! 나는 메릴린의 이메일 계정을 만들고 계정의 아이디와 비밀번호까지 알려 준 장본인이었다. 메릴린이 비밀번호만 바꾸지 않았다면 나는 메릴린의 계정으로 들어가서 그녀가 내 메일을 확인했는지의 여부를 알 수 있었던 것이다.

나는 곧바로 또 다른 메일 창을 열어 메릴린의 아이디와 비밀번호를 써 넣고 로그인 버튼을 눌렀다. 그러자 천만다행으로 로

그인이 되었다. 갑자기 심장이 쿵쾅쿵쾅 뛰기 시작했다. 메릴린의 메일 보관함에는 수십 통의 편지들이 있었는데, 그중에는 내가 보낸 메일과 마리아의 편지들도 있었다. 하지만 중요한 것은 내가 보낸 메일 앞에 그려진 표시였다. 나와 마리아에게 온 편지들 앞에는 모두 누군가 그 메일을 읽었다는 흰색 표시가 그려져 있었던 반면 나머지 메일 앞에는 아직 그 편지들을 열어 보지 않았다는 노란색 표시가 그려져 있었다. 그건 메릴린이, 메릴린이 아직 살아 있다는 의미였다!

순간 관자놀이 쪽의 맥박이 세차게 뛰기 시작했다. 나는 떨리는 손으로 키보드를 눌러 가며 메릴린에게 또 다른 편지를 쓰기 시작했다. 그렇게 편지를 보낸 뒤 나는 조금 기다려 보다가 메릴린의 계정으로 다시 들어가서 그녀가 내 편지를 읽었는지 확인해 보았다. 편지를 보낸 지 몇 시간이 지나지 않아 편지 앞에 있던 표시는 노란색에서 흰색으로 변했다.

메릴린의 부재에 슬퍼했을 때도 나오지 않던 눈물이 그녀가 돌아왔다는 기쁨에 주룩주룩 터져 나오기 시작했다. 노란색 표시가 흰색으로 변하며 메릴린이 그곳에 살아 숨 쉬고 있다는 것을 내게 확인시켜 줄 때마다 내 눈에서는 눈물이 터져 나왔다.

어느새 그건 내가 즐겨 하는 놀이가 되었다. 나는 내가 사랑하는 내 사촌에게 하고 싶었던 말들을 다 담아서 매일 그녀에게 메일을 보냈다. 메일 확인 표시의 색이 변할 때마다 그녀가 어디에선가 내가 보낸 편지를 읽고 있다는 나의 확신은 점차 커져만 갔다.

19

이브라힘 살람은 쿠웨이트 주간 신문에서 필리핀과 관련한 기사를 찾느라 바빴는데, 그는 기사를 찾으면 바로 번역을 해서 그 번역본을 필리핀에 있는 현지 신문사들에게 보내는 일을 했다. 어느덧 쿠웨이트에도 여름이 찾아왔다. 그때 내 정신 나간 친구들은 여름을 맞이하여 스페인, 런던, 프랑스, 태국 또는 말레이시아 등 전 세계를 순회하며 그들의 광기를 여기저기 퍼뜨리고 있었다. 과연 이 친구들이 필리핀의 보라카이섬에서 나를 만났던 것처럼 그 나라의 해변에서도 반쪽짜리 쿠웨이트 사람을 만날 수 있을까? 그건 오직 신만이 알고 계시겠지.

그때 나는 철저히 외톨이였다. 짧은 인생을 살면서 단 한 번도 그렇게 내가 외톨이라고 느껴 본 적은 없었다. 나에게는 일자리도 없었고 나만을 위한 집도 없었다. 밖에 나가려고 해도 50도가 넘는 쿠웨이트의 살인적인 더위 때문에 나와 내 자전거는 금방이라도 그 뜨거운 열기에 녹아 버릴 것만 같았다. 내가 키우던 거북이도 죽어 버렸고 내 정신 나간 친구들도 모두 여행을 간 상태였다. 카울라와의 만남도 그녀가 외할머니의 집으로 간 이후에는 불가능한 일이 되어 버렸다. 아버지는 평소처럼 사진에서만 볼 수 있었고 엄마와 아드레안 그리고 아이다 이모는 지구의 정반대 편에 있었다. 메릴린도 분명 어딘가에 있는 게 틀림없었지만 여전히 나와는 먼 곳에 있었다. 가싼의 경우에는 나 때문에 그의 걱정이 더 늘 것만 같아 어느새 나도 모르게 그를 피하고 있었다.

이제 더 이상 내가 아버지의 나라에 더 머물러야 할 그 어떠한 이유도 없었다. 하지만 엄마의 나라로 돌아갈 비행기 표를 마련할 돈조차 없었기에 나는 혼란에 빠졌다.

한편 카울라는 여름방학을 맞이해서 몇 번이고 아버지의 미완성 소설을 다시 읽느라고 여념이 없었다. 언젠가 카울라는 우울한 목소리로 말했다. "이걸 다 완성하려면 적어도 몇 년 이상이 걸릴 거야." 그리고 아버지가 쓴 책의 일부분을 내게 번역해 주었는데 나는 아버지가 책의 서두에 쓴 짧은 감사의 말이 왠지 인상 깊었다. '쿠웨이트와 당신 이렇게 둘에게만…' 카울라는 지난 몇 년간 아버지의 책을 읽으면서 아버지가 여기서 언급한 '당신'이 당연히 자신의 어머니인 이만이라고 생각했었다고 했다. 하지만 책을 여러 번 읽을수록 그게 자신의 어머니가 아닌, 대학생이었던 아버지가 사랑했고 할머니의 반대로 어쩔 수 없이 헤어져야 했던 그의 옛 애인이라는 생각이 들었다고 했다.

"아버지가 그 여자랑 결혼했다면 우리 엄마 조세핀이랑도 이렇게 엮이지 않았을 텐데!" 나는 냉소적으로 반응했다.

카울라가 내게 번역해 준 책의 내용을 듣고 나니, 나는 아버지가 자신의 조국에 살면서도 정작 자신은 다른 세계에 살고 있는 듯한 고립감 때문에 고통스러웠을 거라는 생각이 들었다. 카울라와의 통화를 끝내고 나는 나도 모르게 이브라힘 살람에게 종이와 펜을 빌려서 영어로 뭔가를 적어 나갔다.

저는 당신들과 다릅니다. 또 많은 부분에서 조금 뒤떨어진다고 생각할 수도 있어요. 제 얼굴이 당신들에게는 이상하게 보일지도 모르겠습

니다. 그리고 아랍어 글자와 단어를 말할 때 제 발음이나 말하는 방식도 당신들에게는 어색할지도 모르겠네요. 하지만 그럼에도 불구하고 당신들이 가지고 있는 그 종이들을 저도 가지고 있습니다. 그리고 제게는 당신들과 똑같은 권리와 의무가 있지요. 또 저는 이 땅을 사랑합니다. 하지만 당신들은 제가 모르는 어떤 이유 때문에 저와 제가 사랑하는 이 땅 사이를 갈라놓았습니다. 이 땅은 제가 태어난 곳이자, 저희 아버지가 목숨을 바쳐 지킨 곳이기도 합니다. 그리고 당신들은 제가 저의 의무를 수행하지 못하게 막았고, 제가 갖고 있는 최소한의 권리도 빼앗아 버렸어요.

제가 '그곳'에 있을 때 저는 어린아이였고 당신들의 땅은 제게 꿈같은 곳이었죠. 이제 이 땅은 '당신들의 땅'이지 더 이상 '내 땅'이 아닙니다. 저에게는 제가 이 나라의 사람이라는 증명서들도 있지만 현실은 그렇게 녹록하지 않았어요. 어린 시절 제게 쿠웨이트는 언젠가 갈 수 있는 천국과 같은 곳이었죠. 그곳의 사람들도 제게 쿠웨이트에 대해 항상 아름다운 이미지만 심어 줬어요.

그동안 여러 어려움들이 있었지만, 저는 이곳에 있는 모든 것들과, 그야말로 모든 것들과 어떻게든 가까워져 보려고 정말 최선을 다했어요. 하지만 저는 여전히 이곳에서 당신들과는 다른 타인일 뿐이네요.

저는 우리 사이에 놓인 견고하고 높은 벽들을 어떻게든 뛰어넘어 보려고 했어요. 하지만 조금이라도 저를 둘러싸고 있는 경계를 넘으려고 할 때마다 매번 쫓겨나고 말았지요. 당신들은 여러 면에서 서로 달랐지만 저를 거부하는 것만큼은 모두가 한마음이었어요. 저는 마치 꽃가루나 먼지 같은 존재네요. 바람을 따라 이곳저곳을 방황하다가, 당신들이 들이마시기라도 하면 곧 재채기를 통해 다시 밖으로 뱉어져서 또 다른 방황을 시작할 수밖에 없는 그런 존재요.

또 당신들 중 누군가가 '신에게 찬미를'이라고 말하면, 다른 누군가는 '신이 당신들에게 자비를 베풀어 주시길'이라고 답을 하지요. 그리고 어떤 사람들은 '신이 우리를 옳은 길로 이끌어 주시길', '신이 당신들을 옳은 길로 이끌어 주시길'이라는 말로써 대답하는 것을 저도 잘 알고 있습니다. 이렇게 신에게는 찬미를, 당신들에게는 자비와 옳은 길을 기원하면서 왜 항상 저에게는 저주와 상실이라는 단어만 꼬리표처럼 붙어 다니는 거지요?

저는 당신들 사이에 섞이기 위해 정말 각고의 노력을 기울였어요. 하지만 당신들은 아무런 노력도 하지 않았죠. 아, 실례합니다. 그건 당신들에게 중요한 일이 아니네요. 이런 상황에서 제가 어떻게 제 이야기를 계속할 수 있나요?!

하지만 저는 지금 제 가슴속에 묻어 놓았던 이야기들을 이렇게 허심탄회하게 털어놓음으로써 마음의 평안을 찾고 싶습니다. 가끔 저는 이곳에서 있었던 당신들과 저에 관한 이야기를 다 잊어버리고 그냥 제가 있던 그곳으로 돌아가고 싶습니다.

갑자기 다윈과 그의 하찮은 이론을 욕하고 싶어지네요. 어떻게 인간의 시초가 원숭이라고 할 수 있죠? 저는 이곳에서 당신들로 인해 인간이기를 거부당하고 모자라고 하찮은 존재가 되었죠. 그리고 대대손손 유인원 자식들을 낳으면서 사실 다윈의 이론은 반대였다는 것을 역사에 증명해 보이게 되었습니다!

저의 지나친 솔직함과 무모함 그리고 뻔뻔함을 이해해 주시길 바랍니다. 저는 제가 당신들의 일부라고 생각했기에 당신들을 좋아했습니다. 그리고 당신들을 싫어했고 결국 내 자신을 싫어하게 되었습니다.

저는 당신들에 대한 제 감정을 그곳까지 가져가고 싶지 않아요. 그래서 저는 지금 이 글을 통해 제 모든 감정을 이곳에 남겨 두고 가려 합니다.

아마도 이 글을 통해 당신들은 다른 이들이 어떻게 자신을 바라보고 있는지 알게 되겠지요. 언젠가 미래에 저도 그곳에서 제 아이를 낳게 된다면, 저는 그 아이에게 천국을 가리키며 진짜 꿈의 나라가 어떤 곳인지 이야기해 줄 겁니다. 그러면 나중에 아이는 제게 들었던 것처럼 그 천국이 진짜 존재했음을 깨닫게 되겠죠.

제가 너무 냉정하게 말했다면 미리 사과드립니다. 일이 이렇게 된 것도 당신들의 잘못이 아닐 수도 있어요. 그건 다 저를 그곳에서 오랫동안 자라게 하고 나중에서야 저를 당신들의 땅으로 데려온 제 아버지의 잘못일 수도 있습니다. 아버지는 열대식물이 사막에서 자라지 못한다는 것을 잊고 저를 새로운 땅에 심으려 하셨지요.

이 종이들을 가져가서 제가 잃어버린 인간성의 반쪽을 돌려주세요. 아니면 그냥 제게 남은 나머지도 가져가 버리세요.

당신들이 인정하지 않는 제 남은 반쪽짜리 인간성도 가져가서 저를 개미나 벌, 바퀴벌레처럼 살게 내버려 두세요. 단 더듬이만은 사양합니다.

***

내가 쓴 글들을 카울라에게 읽어 주자 그녀는 울음을 터뜨렸다. 나는 조심스럽게 물었다. "그만 읽을까?" 그러자 그녀는 울먹이면서도 "아니, 계속 읽어 줘. 계속!"이라고 나를 재촉했다. 내가 글을 다 읽어 내렸을 때 카울라는 긴 한숨을 내쉬었다. 그리고 아무 말 없이 수화기를 들고 있던 내게 말했다. "오빠의 글은 나를 울리기도 했지만 동시에 나를 기쁘게 해 줬어." 긴 통화를 마치고 전화를 끊기 전에 카울라는 내게 간절히 부탁했다. "이싸! 내가 전에도 오빠에게 글을 써 보라고 했던 거 기억하지? 그리고 지금도 이렇게 부탁할게. 오빠 자신을 위해서, 그리고 나와 아버지, 힌드 고모, 가싼 아저씨, 또 이곳의 모두를 위해서 글을 써 줘." 그녀의 부탁에 나는 내 생각을 솔직히 말했다. "하지만 카울라, 내가 글을 쓰게 된다면 그 내용은 모두에게 상처를 줄 거야." 그러자 카울라는 자신 있다는 듯이 말했다. "그런 생각할 필요는 없어. 아버지도 말을 하거나 글을 쓸 때, 또는 무슨 행동을 할 때 아무도 신경 쓰지 않았는걸? 아버지처럼 하는 건 어때?" 또 카울라는 "내가 만약 이 따루프라는 그물에 걸려 있지만 않았더라면 그렇게 허심탄회한 글을 쓸 수도 있었을 텐데… 오빠 벌써 잊은 거야? 오직 오빠만이 투명한 실에 걸리지 않고 이 따루프라는 그물을 자유롭게 오갈 수 있어!"라는 말도 잊지 않았다. 그렇게 카울라와의 통화를 마친 나는 일을 하느라 바쁜 이브라힘 살람에게 여분의 종이를 더 달라고 부탁했다.

그리고 펜을 쥐고 영어로 'My name is jose.'라는 문장을 썼다. 하지만 곧 '자신의 모국어를 사랑하지 않는 사람은 썩은 생선보다 못한 존재다.'라는 호세 리살의 말을 떠올리고는 영어로 글을 쓰는 것을 멈췄다. 내가 자기 손자들과 접촉하는 것을 두려워했던 할머니가 말했던 것처럼 비록 나는 주변의 싱싱한 생선들을 썩게 만드는 썩은 생선이었지만 그보다 더 최악의 존재는 되고 싶지 않았다.

물론 영어와 필리핀어가 알파벳으로 쓰인다는 점에서는 같았지만, 결국 나는 필리핀어로 글을 쓰기로 결심했다. 그리고 매트리스에 누워 막 잠에 들려고 하는 이브라힘을 불렀다.

"이브라힘!"

내 부름에 이브라힘은 졸린 눈으로 나를 바라봤고 나는 그에게 물었다.

"저를 위해 글을 좀 번역해 줄 수 있나요?"

그러자 이브라힘은 씨익 웃으며 내게 말했다.

"그럼, 그게 내 일인걸?"

나는 자리를 고쳐 앉으며 이브라힘에게 내 글에 대해 더 자세히 설명하기 시작했다.

"사실 그 글이 좀 길어요."

그는 내 말을 듣고는 어리둥절해했다.

"길이보다 중요한 건 그 글의 내용이야."

나는 이브라힘에게 내가 쓰려고 하는 글이 뭔지 자세히 이야기해 주었다. 그는 처음에는 망설였다. 하지만 번역을 하는 대신 그가 제시한 조건들을 들어주겠다는 내 말에 이브라힘은 내 글을 번역하는데 동의했다. 나는 그에게 말했다. "당신은 이미 이 분야에서 많은 경험을 쌓았잖아요. 그러니까 당신이 적합하다고 생각하는 대로 자유롭게 번역을 해도 좋아요. 하지만 번역을 할 때 제 이름만큼은 필리핀에서 발음하는 대로 '호세'라고 해주세요." 내 글과 번역에 대한 짧은 대화가 끝나고 이브라힘은 서둘러 잠에 들었지만 나는 좀처럼 잠을 이룰 수가 없었다. 그래서 다시 펜을 들고 필리핀어로 글을 써 내려가기 시작했다.

내 이름은 Jose.

이렇게 쓰인다. 필리핀에서는 영어와 마찬가지로 이 이름을 '호세'라고 발음한다. 아랍어와 스페인어 발음으로 '코쎄'로 들리는데 같은 글자이지만 포르투갈어 발음으로는 '죠제'로 불리기도 한다. 그리고 이곳 쿠웨이트에서는 앞서 언급된 이름들이 다 소용없다. 왜냐? 이곳에서 내 이름은 '이싸'이기 때문이다!

마지막 장
이씨, 뒤를 돌아보다

비록 조국이 우리의 몸을 내쫓더라도
친구들의 마음만은 우리의 영혼을 담아 줄
조국이 되어 줄 것이다.

호세 리살

나는 쿠웨이트에서의 마지막 날, 이 소설의 첫 장을 완성했다. 그리고 가싼 아저씨가 그의 애마로 나를 공항에 데려다주던 날, 그 원고를 이브라힘에게 전했고 남은 소설의 원고들은 필리핀에서 각 장을 다 완성할 때마다 그에게 이메일로 보내 주기로 했다.

내가 처음 이 공항에 왔을 때와는 조금 다른 종류의 것이기는 했지만 그날 공항의 분위기도 꽤나 우울했다. 국기가 한 단내려서 걸리지도 않았고 카페의 의자들이 탁자 위에 거꾸로 놓이지도 않았지만 카울라와 내 친구들은 모두 가싼의 얼굴을 하고 있었다.

출국장의 문 앞에서 나는 파란색 여권을 손에 쥐고 있었고 내 정신 나간 친구들과 가싼, 그리고 이브라힘 살람이 그런 내 주위를 동그랗게 둘러쌌다. 누군가는 나를 품에 꼭 안아 주었고 또 다른 누군가는 내게 뜨거운 악수를 건넸다. 또 어떤 이는 내게 돈이 들어 있는 봉투를 손에 쥐어 주기도 했다. "마지막 탑승 안내입니다. 필리핀 마닐라로 가는 쿠웨이트 항공 411 여객기 탑승객 여러분은 지금 탑승 게이트로 오십시오." 그 소리에 나를 에워싸고 있던 친구들은 카울라가 내게 마지막 인사를 할 수 있도록 길을 터 주었다. 그녀는 천천히 내게 다가와서 나를 세게 안아 주었다. 우리는 그렇게 한참을 안고 있었다. 그러자 옆에 있던 가싼이 "카울라, 이만하면 충분하단다. 비행기가 곧 이륙할 거야."라며 이제 작별할 시간이 다가왔음을 알려주었다.

카울라는 내 목덜미에 얼굴을 파묻고 "차라리 비행기가 가 버렸으면 좋겠네요."라고 말했다. 그때 나를 둘러싸고 있던 친구들의 원이 점점 커지더니 그 사이에서 힌드 고모가 나타났다. 나는 고모가 나를 배웅하러 공항까지 나올 줄은 꿈에도 상상하지 못했다. 힌드 고모의 등장에 가싼은 어디론가 사라졌고 친구들도 내가 고모와 이야기할 수 있도록 자리를 비켜 주었다. 고모는 여전히 나를 꽉 껴안고 있던 카울라의 어깨를 잡더니 부드럽게 내 품에서 떼어 냈다. 하지만 카울라는 나를 놓지 않겠다고 고집을 부리며 나를 더 세게 안았다. 그러자 고모는 나를 안고 있는 카울라를 뒤에서 안았고 나 역시 카울라를 가운데 두고 마주 보고 있는 고모의 등을 세게 안았다. 카울라는 계속 울고 있었다. 고모는 그런 카울라의 등을 쓸어 주면서 가싼의 얼굴을 한 채 아무 말 없이 나를 바라보았다. 그리고는 "이싸, 우리를 용서해 주렴. 우리를 용서해 줘."라며 내게 사과했다.

나는 고모에게 아무 말 없이 미소를 지어 보이며 고개를 끄덕였다. 입은 웃고 있었지만 두 눈에서는 눈물이 하염없이 쏟아지고 있었다. 나는 곧 모두를 뒤로한 채 등을 돌려 출국장 문으로 들어섰다. 문 안으로 들어와 뒤를 돌아보니 유리 사이로 애틋한 눈빛으로 나를 배웅하는 사람들의 모습이 보였고 카울라는 힌드 고모의 품에 안겨 있었다. 한편 가싼은 힌드 고모가 나타나자마자 어디론가 사라져 보이지 않았다.

지금으로부터 약 3년 전인 2008년 8월의 어느 날, 나는 아버지의 무덤에서 가져온 흙을 담은 유리병과 자전거 꽁무니에 달고 다녔던 작은 쿠웨이트 국기, 영어로 된 꾸란, 언제쯤 사용해야 할지 아직도 모르는 예배용 카펫, 그리고 금이 간 이낭 츌링의 등껍데기를 제외한 모든 것들을 그곳에 남겨 둔 채 쿠웨이트를 떠났다.

오늘은 2011년 7월 28일 목요일이고 시계는 저녁 8시 반을 가리키고 있다. 그리고 지금으로부터 30분 뒤인 9시에 필리핀과 쿠웨이트의 2014년 브라질 월드컵 예선 경기가 열리게 된다.

오늘 열리게 될 경기를 위해 쿠웨이트 국가대표팀은 며칠 전 필리핀에 도착해서 마카티 대학의 운동 경기장에서 훈련을 시작했다. 그리고 그들이 도착한 지 얼마 지나지 않아 마닐라에는 진도 6의 강한 지진이 일어났다. 그때 나는 쿠웨이트 선수들이 마닐라에 온 것과 마닐라에 지진이 난 일을 서로 연결시켜 보았다. 대체 누가 누구에게 저주를 내린다는 말인가? 하지만 나는 곧 머릿속에서 이런 생각을 지워 버렸다.

나의 정신 나간 친구들은 지금 내가 있는 이곳과 멀지 않은 곳에 있다. 그들은 리살 메모리얼 경기장에서 쿠웨이트 국가대표팀을 응원하고 있을 것이다. 나는 어제 니노이 아키노 국제공항에 도착한 친구들을 맞이하러 나갔고 내일은 그들을 배웅하러 갈 것이다. 친구들이 필리핀에 더 오래 머무른다면 보라카이 섬에 다 함께 가 볼 수 있을 텐데!

나는 이 마지막 장의 원고를 다 쓰고 나면 이 소설의 첫 장을 썼을 때처럼 필리핀에 온 내 친구들을 통해 이 원고를 메일이 아닌 종이 그대로 이브라힘 살람에게 전하기로 했다. 그러면 이브라힘은 그 원고를 번역하고 원고의 원본과 번역본을 함께 카울라에게 전해 줄 것이다. 비록 카울라는 필리핀어를 모르지만 내 손으로 직접 쓰인 이 마지막 원고를 보면 그녀 자신도 힘을 낼 것이다. 그러면 조만간 카울라가 아버지의 소설을 완성시킬 수 있으리라 믿는다.

***

나는 지금 이 원고를 손에 든 채 멘도사의 땅에 있는 내 집 거실 텔레비전 앞에 앉아 있다. 내 옆자리에 있는 우리 가족 모두, 엄마, 알베르토, 아이다 이모, 베드로 삼촌, 그리고 그의 아내와 아이들은 선수들이 경기장으로 나오는 모습을 예의 주시하고 있다. 물론 내 동생 아드레안은 평소처럼 혼자 자기만의 세계에 빠져 있다. 그리고 거실 한가운데에 놓인 카펫 위에는 내 어린 아들이 자기 주변의 일에는 아무런 관심도 갖지 않은 채 엉금엉금 기어 다니고 있다.

경기가 시작되기 전 장내에 쿠웨이트 국가가 울려 퍼지자 온

몸에 전율이 일어나며 내 마음속 깊은 곳에서 시작된 그 떨림이 손, 발까지 전해지기 시작했다. "쿠웨이트, 나의 조국, 안전과 번영이 있다네. 그대는 언제나 행운과 함께 한다네." 카메라가 국가를 부르는 선수들의 얼굴을 비추고 있을 때 나는 나도 모르게 그들과 함께 쿠웨이트 국가를 흥얼거리고 있었다. 선수들이 노래를 마치자 동시에 나도 흥얼거림을 멈췄다. 그리고 곧이어 필리핀 국가가 흘러나오기 시작했고 카메라가 필리핀 선수들의 얼굴을 비추고 있을 때 내 옆에 있던 가족들도 큰 목소리로 국가를 따라 불렀다. "사랑스러운 땅이여, 동방의 진주여, 마음의 열정은… 너는 용감함의 요람이라네."

나는 방금 전 느꼈던 그 감정을 이 원고에 글로 다 옮길 수가 없다. 종이를 쥐고 최대한 집중해서 글을 써 보려고 했지만 소용없는 일이다. 글쓰기에 집중하지 못한 나는 내 어린 아들과 텔레비전 화면을 번갈아 바라본다. 내 아들은 파란색의 눈에 흰 피부를 가지고 태어날 것이라 기대했지만 그와는 정반대로 아랍 사람들이 가진 갈색의 피부와 카울라의 눈을 닮은 커다란 눈망울을 한 채 태어났다.

메릴린은 우리 아들의 이름을 'Juan'이라고 짓고 싶어 했다. 나는 하마터면 그런 메릴린의 의견에 동의할 뻔했다. 하지만 다행히 그렇게 하기 전에 저 이름은 필리핀어와 영어에서 후완이라고 발음되고 포르투갈어에서는 주완, 그리고 아랍어와 스페인어에서는 쿠완이라고 발음되는 것을 알아차리고는 우리 아이에게만큼은 저 많은 이름 대신 내 아버지의 이름을 딴 라쉬드라는 이름을 지어 주자고 제안했다.

어린 라쉬드는 갑자기 거실에서 들려오는 함성 소리에 놀라 울음을 터뜨렸다. 전반전 말 연장 시간에 필리핀 대표팀 선수 중 한 명인 슈테판 슈뢰크가 슛을 날렸고 그 공이 정확히 쿠웨이트 골문을 뚫었던 것이다. 경기장과 우리 집 거실은 함성 소리와 휘파람 소리로 가득했고 가족들의 얼굴에도 환한 미소가 가득했다.

내 주변의 모두가 기뻐서 박수를 치고 있었지만 나는 마치 내가 내 골대에 공을 넣은 것만 같았다.

잠시 뒤 경기의 후반전이 시작됐고 라쉬드는 메릴린의 품에 안겨 깊은 잠에 들었다. 61분 쿠웨이트 대표팀 선수인 유수프 나세르가 골을 득점하자 가족들 모두가 크게 실망했다.

이렇게 나는 내 골대에 또 한 번 공을 넣었다.

나는 지금까지의 결과에 만족했다. 경기가 끝나기 전까지는 30분이 조금 더 넘게 남아 있었지만 나는 더 이상 그 경기를 보고 싶지 않았다. 나를 이기게 하는 것도 싫었고 지게 하는 것도 싫었다. 그냥 나는 지금 이 상태인 중간이 딱 좋았다.

나는 이제 이 긴 소설의 마지막 장을 끝마치고 엄마의 품에 안겨 곤히 자고 있는 내 작은 아이의 평온한 얼굴, 멍하게 허공을 응시하고 있는 아드레안의 두 눈을 보는데 집중하러 가야겠다.

2011년 7월 마닐라에서

* 추신: 그날의 경기는 84분 왈리드 알리의 추가골로 쿠웨이트 대표팀이 승리했다.

대나무가 자라는 땅

1판 1쇄 인쇄 2019년 3월 21일
1판 1쇄 발행 2019년 3월 28일

지은이 사우드 알 사누시
옮긴이 백혜원
펴낸이 서의윤

펴낸곳 훗
주소 서울시 강남구 테헤란로2길 8, 4층
출판신고번호 제2015-000019호 신고일자 2015년 1월 22일
huudbooks@gmail.com / www.huudbooks.com

ISBN 979-11-89795-01-6 (04890)
    979-11-957367-5-1 (세트)

＊ 이 책 내용의 전부 또는 일부를 재사용하려면 반드시 저작권자와 훗의 동의를 받아야 합니다.

＊ 이 도서의 국립중앙도서관 출판예정도서목록(CIP)은 서지정보유통지원시스템 홈페이지
(http://seoji.nl.go.kr)와 국가자료공동목록시스템(http://www.nl.go.kr/kolisnet)에서 이용하실
수 있습니다. (CIP제어번호: 2019010635)

책값은 뒤표지에 있습니다.
잘못 만들어진 책은 구입하신 서점에서 교환해드립니다.

판매 · 공급 한스컨텐츠㈜
전화 031-927-9279 팩스 02-2179-8103